원전으로 읽는 우리 고전 5

명주와 보월의 인연

명주 보월빙 ②

원전으로 읽는 우리 고전 5

명주와 보월의 인연

명주보월빙 ②

장시광 옮김

이담북스

역자 서문

　이제 <쌍천기봉>(전 9권, 2017-2020, 이담북스), <이씨세대록>(전 13권, 2021-2024, 이담북스)에 이어 세 번째로 대하소설 역주본을 낸다. <명주보월빙> 장서각본은 총 100권 분량이다. 이를 세 권씩 묶어 전체 33권으로 펴낸다. 앞의 작업과 마찬가지로, 각 권당 2부로 나누어 2부에서는 원문 탈초, 한자 병기, 주석 작업의 결과물을 싣고, 1부에서는 2부의 작업을 바탕으로 현대어역본을 싣는다. 현대어역본이 1부에 나오지만, 2부의 작업이 오히려 작업의 강도가 훨씬 세고 시간도 오래 걸린다.

　이러한 작업을 하는 이유는 앞의 두 작품을 할 때도 밝혔듯이 아직까지도 대하소설의 기초 작업이 충분히 되어 있지 않기 때문이다. 1969년에 정병욱 선생님에 의해 낙선재에 소장된 대하소설의 존재가 밝혀진 이후, 많은 연구가 진행되었지만 아직도 한자 병기나 주석 등의 작업이 이루어지지 않은 작품이 적지 않다. 다행히도 삼대록계 소설의 역주물이 일찍이 완간되었고, <완월회맹연>의 역주본과 현대어역본이 간행되고 있으며 다른 대하소설의 역주 작업물도 속속 나오고 있지만 아직도 갈 길이 멀다.

　누군가는 해야 하지만 학계의 현실이 녹록지 않아 선뜻 그러한 작업을 맡을 연구자가 별로 없다. 강사 시절에는 전임교원이 되기 위해 논문을 쓰는 데에 집중해야 한다. 많은 대학에서 번역서는 업적으로 인정하지 않고 있기 때문이다. 운 좋게 전임교원이 되어도 조교수와 부교수 시절에는 역시 논문에 집중할 수밖에 없다. 필자가 재직 중인 대학은 다행히 번역서를 업적으로 인정하고 있지만, 아직도 몇몇 학교에서는 그렇지 않기 때문이다. 정교수가 된 이후에는 번역서를 논문과 대등하게 인정하지 않는 학계의 풍토 때문에 번역 작업에 소홀할 수밖에 없다.

사실 번역 작업은 지루하기 짝이 없다. 특히 주석과 번역을 탈고하여 출판사에 보낸 이후의 작업이 그러하다. 두 번, 세 번 반복되는 교정 작업을 하다 보면 연구자로서의 존재 의의에 회의감이 들 때가 적지 않다. 오로지 기계적인 작업에 몰두하게 되기 때문이다.

그러나 대하소설의 기초 작업은 반드시 이루어져야 한다. 분량이 방대하다 하여 손을 놓을 수 없다. 분량이 방대할수록 기초 작업이 선행되어야 한다. 연구자는 어차피 원문 해독 능력이 있으니 기초 작업이 필요 없다고 할 수 있다. 그러나 해 놓은 기초 작업은 연구자뿐 아니라 중고등학생부터 대학원생, 우리의 이야기에 관심을 가진 각종 분야의 종사자들까지 두루 이용할 수 있다. 작업을 하다 보면 오류는 반드시 생기고 자신의 밑천도 드러날 수밖에 없다. 그래도 그러한 점을 감수하고 일단 진행시켜야 한다.

필자가 타고난 자질이 비루하고 학식이 천박함에도 불구하고 기초 작업을 진행하는 것은 이러한 이유 때문이다. 필자가 해 놓은 작업에 오류가 있다면 후속 작업자가 수정을 하면 될 일이다. 그렇게 해서 탄탄하게 마련된 한 편의 고전소설은 현대의 연구자와 일반 독자에게 훌륭한 독서물이 될 수 있을 것으로 기대한다.

필자가 작업한 이 <명주보월빙>은 최길용 선생님에 의해 역주 작업이 한 차례 이루어진 바 있다. 특히 장서각본과 박순호본의 원문을 비교해 실어 놓은 것은 이본 연구의 초석을 다졌다는 점에서 큰 의미가 있다. 선생님에 의해 작업이 이처럼 꼼꼼하게 진행되었음에도 불구하고 필자가 굳이 다시 한 이유는, 필자에 의해 작품의 구체적인 면모가 좀 더 밝혀지지 않을까 하는 기대 때문이다. 기존 작업에 더해서 필자는 모든 한자어에 한자 병기를 하였고 주석 역시 더 보완을 하였다. 교감 작업을 기존 연구에 비해 더욱 정밀하게 수행하였다. 현대어역의 경우, 중고등학생들도 쉽게 읽을 수 있을 정도로 하였다. 현대어역은 필자가 1차 작업을 한 이후, 필요한 부분은 AI의 윤문을 거쳤다.

이 작업을 수행하며 감사를 드려야 할 분들이 많다. 작고하신 일평(一平) 조남권(趙南權) 선생님으로부터는 대학원에 다니면서 온지서당(溫知書堂)에서 한문을 배웠고, 권우(卷宇) 홍찬유(洪贊裕) 선생님에게서는 유도회(儒道會) 한문연수원에서 사서삼경 등을 배웠다. 뒤늦게 배운 터라 실력이 어쭙잖지만 그나마 한자를 더듬더듬 읽기라도 하고, <명주보월빙>의 한자 병기를 하게 된 것은 선생님들 덕분이다. 선생님들이 그립다. 학부 때부터 지금까지 학문적으로, 인간적으로 가르침을 주고 계신 정원표 선생님과 박일용 선생님께는 감사하다는 말씀 외에는 드릴 말씀이 없다. 대학원에서 고전소설 원문을 읽고 연구하는 데 길을 터 주신 이상택 선생님께 감사드린다. 필자의 지도교수이신 선생님께서 박사논문의 대상으로 삼으셨고 그 이후에도 꾸준히 애정과 관심을 갖고 계시는 이 작품을 필자가 번역하고 주석을 가하게 되어 기쁘다. 원문 탈초본 및 주석 파일을 아무 조건 없이 내주신 최길용 선생님께 이 자리를 빌려 감사의 말씀을 드린다. 선생님 덕분에 원문 탈초의 고통을 한결 덜 수 있었다. 끝으로 동지인 아내 서경희에게 감사의 마음을 전한다.

차례

제1부

현대어역

1. 번역의 저본은 제2부에서 행한 주석 및 교감의 결과 산출된 텍스트이다.

2. 원문에는 소제목이 없으나 내용을 고려하여 권별로 적절한 소제목을 붙였다.

3. 주석은 인명 등 고유명사나 난해한 어구, 전고가 있는 어구에 달았다.

4. 주석은 제2부의 것과 중복되는 것은 가급적 삭제하거나 간명하게 처리하였다.

명주보월빙 제4권

하진은 윤수와 빙물을 교환하고서 귀양 가고
위 씨 고식은 윤명아 혼인을 방해하려 하다

이때 김후가 반쯤 죽었다가 스스로 깨어나자 서동들이 내당에 아뢰었다.

국구 부부는 다른 집에 있었으므로 미처 이 일을 모르고 후의 부인과 자녀가 모두 나와서 보았다. 김후는 온 얼굴이 똥 빛이고 손에는 피가 흘렀으며 방 안은 어지러워 비린내 나는 피가 가득했다. 똥물이 흘러 악취가 코를 거슬리게 했으니 부인과 자녀가 매우 경황이 없었다. 시녀를 시켜 침상 아래의 똥을 쳐 내고 자리를 갈아 눕히도록 했다. 후가 말을 못 하고 있어 부인과 자녀가 곡절을 재삼 묻자 후가 천신의 말을 하려 했다.

부모가 이 일을 듣고 급히 와서 보니 광경이 참혹했으므로 후를 붙들고 울며 밤 사이에 이토록 참혹히 상한 까닭을 물었다. 후가 소리를 끊으락이으락 하며 천신이 자신의 죄를 하나하나 따지고 이처럼 무겁게 다스렸으며 손가락을 베어 가고 똥을 입에 눈 일을 고했다. 부모가 앉아 다시 말을 못 하고 있더니 국구가 말했다.

"어느 천신이 이렇게 하겠느냐? 이는 결단코 사람이 한 일이다.

집이 여러 겹으로 둘러싸져 있고 담이 유리로 밀친 듯해 나는 새 외에는 왕래를 못 할 것인데 어디에서 형가(荊軻)[1]와 섭정(聶政)[2]의 용력을 가진 자가 들어와 이렇게 하겠느냐? 후가 사람과 귀신을 분간하지 못하고서 하씨 집안을 모해한 일과 아름답지 않은 일을 일렀으니 큰 변고가 날 것이다. 겁이 많은 아이가 이토록 했단 말이냐?"

후가 손을 저으며 말했다.

"결단코 사람은 아닙니다. 소자가 경황이 없는 중이었으나 어찌 사람과 귀신을 분간하지 못하겠나이까? 하진을 살려 주겠다고 언약했으니 대인께서는 저 사람을 죽일 생각을 하지 마소서."

국구가 혀를 차고 말했다.

"마음이 이렇듯 겁이 많으니 큰일을 이루지 못하겠구나. 그러나 죽이지 않으려 할 것이면 초왕과 상의한 후에 성상께 정배(定配)[3]를 청할 것이다."

후가 상처 난 곳 때문에 매우 아파 했다. 목구멍으로 똥물이 넘어와 눅눅하고 아니꼬우며 비위를 진정시키지 못해 음식이 입에 거슬리고 약물을 순순히 넘기지 못했다.

일가 사람들이 정신없이 상처 난 곳에 약을 붙이고 온갖 방법으로 치료한 덕에 10여 일 사이에 잠깐 나았으나 이런 일을 겪은 것이 남에게 부끄러워 혹 아는 이가 있을까 두려워 이 일을 감췄다.

초왕 등이 한 무리였으나 오히려 이런 일을 몰랐다. 국구는 자기

---

1) 형가(荊軻): 중국 전국시대의 자객(?-B.C.227). 위나라 사람으로, 연나라 태자인 단(丹)의 부탁(付託)을 받고 진시황제를 암살하려 하였으나 실패하고 죽임을 당함.
2) 섭정(聶政): 중국 전국시대 제(齊)나라의 협객. 한(韓)의 애후(哀侯)를 섬기던 엄중자(嚴仲子)가 재상 협루(俠累)와 사이가 나빠 백정이던 섭정을 찾아 협루를 죽여 달라고 하나 섭정은 어머니를 봉양해야 하므로 청을 들어 줄 수 없다 함. 그후 자신의 어머니가 죽자 엄중자를 찾아가 협루를 죽여 주겠다고 해 협루를 죽이고 자신의 눈알을 빼고 창자를 드러내 자결함.
3) 정배(定配): 죄인을 지방이나 섬으로 보내 정해진 기간 동안 그 지역 내에서 감시를 받으며 생활하게 하던 일. 또는 그런 형벌.

자식을 치고 간 것이 사람인 줄 알았으나, 그 나머지는 혹은 귀신이라고도 하고 혹은 귀신이 아니라고도 하며 집안의 흉악한 사람이 바깥사람을 두려워해 변란을 지은 것이라고도 해 의견이 분분했다.

국구는 근심이 많아졌다. 아들이 자신들의 악행을 일렀으므로 후환이 될까 마음을 놓지 못한 것이다. 그러나 김후는 훗날의 일을 아직 근심할 겨를이 없고 다만 아버지에게 하진을 죽이지 말아 줄 것을 청하며 무리 중에 보는 사람마다 일렀다.

"하원상 등의 죄상을 성상께서 밝히 보셨으나 그 아비는 역모가 분명한 줄을 모르니 폐하의 호생지덕(好生之德)4)을 도와 사형에서 감해 정배를 청하는 것이 옳다."

무리는 구태여 하진을 미워하지는 않았는데, 국구의 세력을 두려워하고 이부총재의 뜻을 이어 벼슬이 점점 높아지기를 바라고 있다가 김후가 이와 같이 말하므로 그대로 하겠다고 응했다.

임금께서 건강이 좋지 않으셔서 옥사를 결정하지 못하고 계시다가 건강을 회복하시자 문무 관료를 모아 국청을 열어 하진의 죄를 물으셨다. 국구의 무리는 하 공을 구하려 하고, 어진 군자들은 하 공이 재앙에 떨어진 것을 아까워하고 분노했으므로 모두 아뢰었다.

"원상 등은 결단코 칼을 빼고 돌입해 폐하를 침범할 리가 없으니 도깨비가 변란을 지은 것인가 합니다. 더욱이 하진은 나랏일을 잘 다스리고 백성을 어루만져 도적이 변해 양민이 되어 그 덕화가 고을에 가득합니다. 그리고 충성은 해를 꿰뚫을 듯해 폐하를 받드는 것이 효자가 아비를 섬기는 것보다 더하옵니다. 그러니 충성스럽고 어진 사람을 죽이시는 것은 성스러운 덕에 흠이 되는 일이 될 것입니다."

---

4) 호생지덕(好生之德): 사형에 처할 죄인을 특사하여 살려 주는 제왕의 덕.

이처럼 간하고 김후의 무리가 또한 사형을 감해 정배해 주실 것을 아뢰었다. 이에 임금께서 말씀하셨다.

"하진의 넷째아들 원광이 신하의 관상이 아니라 하니 원광을 죽이는 것이 어떠한가?"

태중태우 윤수가 엎드려 아뢰었다.

"원광은 겨우 열한 살 어린아이입니다. 관상을 아직 의논할 것이 없으니 어느 관상쟁이가 원광을 제왕의 상이라 해 몸이 망하는 화를 취하겠습니까? 성상께서 친히 보시면 신하로서의 의리가 가득한 줄을 아실 것입니다. 신의 어린 여식과 원광을 정혼시켰으니 사람들은 신이 하씨 집안을 구하는 것이 공변된 의리가 아니고 사사로운 정 때문인가 여길 것입니다. 그러나 신의 마음은 해와 달이 비춰 공변된 의리를 위주로 하고 사사로운 정을 생각지 않으므로 이처럼 아뢰는 것입니다."

임금께서 원광을 보려 하셔서 대궐로 불러들이라 하셨다.

나졸이 원광을 이끌어 대궐 앞에 꿇렸다. 키가 여남은 살 아이 같지 않아 장부의 몸을 이루었고 누에눈썹에는 상서로운 기운이 응했으며 옥으로 쌓은 듯한 이마가 뚜렷하고 두 뺨은 죽순을 꽂아 놓은 듯 파릇파릇했고 주사(朱砂)처럼 붉은 입술에 옥처럼 흰 이가 감춰져 있었다. 고운 얼굴이 반악(潘岳)[5]의 맑음과 두랑(杜郎)[6]의 풍채를 비웃을 정도였다. 임금께서 이에 깜짝 놀라 몸을 움직이며 옥음(玉音)을 열어 물으셨다.

---

5) 반악(潘岳): 중국 서진(西晉)의 문인(247-300)으로 자는 안인(安仁), 하남성(河南省) 중모(中牟) 출생. 용모가 아름다워 낙양의 길에 나가면 여자들이 몰려와 그를 향해 과일을 던졌다는 고사가 있음.
6) 두랑(杜郎): 중국 당(唐)나라 때의 시인인 두목(杜牧, 803-853)으로 자(字)는 목지(牧之). 호는 번천(樊川). 이상은과 더불어 이두(李杜)로 불리며, 작품이 두보(杜甫)와 비슷하다 하여 소두(小杜)로도 불림. 미남으로 유명함.

"짐이 네 아비를 저버린 일이 없고 네 형 등 세 사람을 사랑해 임금과 신하의 의리가 엄숙한 것을 잊고 부자(父子)처럼 친하게 대했다. 그런데도 네 형들은 한밤중에 칼을 끼고 짐을 범하려 했으며 네 아비는 하남군을 거두어 경사를 침범하려 하고 너 어린아이를 언급해 신하의 관상이 아니라 하며 흉악한 일을 꾀한다 하니, 네가 비록 나이 어리지만 인사를 모르지는 않을 것이다. 네 아비가 모역한 일을 바로 고해 형벌의 괴로움을 받지 말라."

원광이 고개를 조아리고 아뢰었다.

"신은 나이 어린아이라 세상일을 채 모릅니다. 그러나 신의 아비는 매양 임금과 신하 사이의 의리를 이르며 거짓 없는 참된 마음과 충성심을 해와 달에 비추고자 했습니다. 형 등이 또한 이를 본받아 충효 두 글자를 알고 있었습니다. 아비가 나랏일로 나간 후에 형 등이 충성을 다했습니다. 네 부자가 성은을 과도하게 입어 벼슬과 녹봉이 지나쳤습니다. 그래서 가득 차면 넘치는 화가 있을까 조심하며 삼갔습니다. 그런데 재앙이 하룻밤 사이에 일어나 세 형이 죄로 죽고, 아비는 역모를 했다는 흉악한 이름으로 잡혀 와 집안이 멸망하게 될 줄 어찌 알았겠습니까? 하늘이 특히 신의 집을 미워하셔서 지극히 원통한 역모죄로 세 형이 참혹히 죽었사오니 신의 부자가 아홉 개의 입과 세 개의 혀가 있어도 이를 해명하지 못할 것입니다. 도끼로 목 베이는 벌을 입을 것이지만 죄명이 애매해 백옥처럼 하자가 없습니다. 그러나 만사가 다 운명이니 설마 어찌하겠습니까? 다만 신의 아비가 모역한 것을 누가 친히 보아 폐하께 아뢰었나이까? 큰일은 몽롱하게 처리하지 못할 것인데 하물며 역모의 일은 더욱 그러할 것입니다. 고변(告變)[7]한 자를 내어 대면하게 해 주시고 또 하남군을 잡아 엄히 심문하셔서 참과 거짓을 자세히 조사하시는 것이 마땅할까 하나이다."

임금께서 다 듣고는 마음이 많이 바뀌어 하 공 죽일 뜻이 많이 줄어드셨다. 그래서 신하들을 돌아보아 말씀하셨다.

"원광의 말이 이와 같아 하진의 역모는 짐이 친히 본 일이 없으니 아직 사형을 감해 정배했다가 훗날 애매함이 드러난다면 벼슬의 차례를 따지지 않고 등용할 것이고, 혹 모역이 틀림없다면 죽음을 면치 못할 것이니 우선 해도(海島)에 정배하라."

하 공의 벗들이 안도감을 이기지 못하며 신하들이 일시에 임금의 덕을 칭송했다. 임금께서 원광에게 말씀하셨다.

"너를 보니 결단코 흉악한 일을 꾀하지 않았을 듯해 네 아비를 정배하는 것이니 너는 짐의 처사를 원망하지 말라. 네 아비의 불의를 고치도록 하고, 네 형 세 명의 죄가 애매하면 어찌 누명이 풀리지 않겠느냐? 비록 관상쟁이, 하남 군사와 대질할 것을 청했으나 일이 어지러워 죄명 벗기는 쉽지 않을 것이다."

원광이 신하로서의 도리로 성상께서 특별히 은혜를 내려 주시는데 다시 다투어 변론하는 것이 옳지 않아 절하고 은혜에 감사할 뿐이었다. 행동거지가 대군자와 같아 덕과 바탕이 빛났으니 임금께서 사랑하시고 백관들이 다 기특하게 여겼다.

임금께서 윤 태우에게 일러 말씀하셨다.

"경이 강직한 마음으로 국가를 위하고 사사로운 정을 쓰지 않음을 짐이 알고 있으니 오늘 원광을 보고 짐의 마음이 많이 기울었다. 원경 등의 시신을 온전히 하고 연좌를 쓰지 않을 것이니 하진은 죄가 있건 없건 귀양을 보낼 뿐이요, 원광은 특은(特恩)으로 법을 쓰지

---

7) 고변(告變): 반역 행위를 고발함.

않노라.”

윤 공이 호생지덕(好生之德)을 사은하고 임금께서 조회를 마치셨다.

원광이 몸이 무사하게 되어 죽은 형들의 벌을 받지 않고 물러나자 바로 대리시 옥문으로 갔다. 나졸이 장차 하 공을 붙들어 내어 죄명을 전하려 하더니, 원광이 바삐 아버지 앞에서 두 번 절했다. 그러자 공이 원광의 손을 잡고 통곡하며 말했다.

“내가 하남으로 갈 적에 너희 사 형제가 강머리에 나와 송별했더니 네다섯 달 사이에 어찌 이토록 변한 것이냐?”

공자가 심장이 미어질 듯했으나 아버지를 위로해 말했다.

“망극한 화가 이에 미쳤으니 비록 슬퍼하나 죽은 형들에게 유익함이 없고 죄명을 밝히기 전에는 대인께서 귀양 가시는 것은 폐하의 특별한 은혜입니다. 세 형이 참혹히 죽은 것은 지극히 원통한 일입니다. 그러나 만일 요란하게 구시면 폐하를 원망하는 것 같아 간악한 무리가 일을 엿볼까 두려우니 깊이 살피소서.”

공이 울음을 그치고 물었다.

“네 형 등의 시신을 입렴(入殮)[8]하였느냐?”

원광이 대답했다.

“보지 못하고 심리에 임했으므로 자세히는 모르나 서숙이 있으니 정성으로 하지 않았겠나이까?”

말이 잠시 멈춘 사이에 금평후와 윤 태우가 이르러 하 공의 손을 잡고 눈물을 흘리며 말했다.

“형의 집에 생긴 참혹한 재앙은 다시 이를 말이 없네. 그래도 불행 중에 형과 원광이가 무사하니 성스러운 임금님의 호생지덕(好生

---

8) 입렴(入殮): 시체를 관(棺)에 넣음.

之德)을 칭송하고 형의 장수함을 기뻐하네. 자건 등의 참혹한 죽음은 도리어 잊히니 슬픔을 너그러이 억제하고 훗날 간악한 사람들이 목 베여 소멸되기를 기다리게. 영랑 세 명의 빈연(殯筵)9)은 성문 밖에 집을 얻어 편안히 둔쳐 두었으니 어서 그리로 가게."

공이 미처 답하기 전에 하운이 안장 얹은 말을 가지고 분부를 기다리며 성문 밖으로 갈 것을 청했다. 정, 윤 두 공이 하 공이 갈 것을 재촉해 성문 밖으로 갈 적에, 하 공이 한편으로는 조 부인에게 알리고 두 사람이 뒤를 좇아 나왔다.

하 공이 빈소에 이르러 세 개의 관을 보자 가슴이 막혀 관을 두드리고 한 소리 통곡에 피눈물이 이어져 흐르니 산천초목이 다 슬퍼하는 듯했다. 정, 윤 두 공이 한바탕을 통곡하고 하 공 부자에게 울음을 그치라 했다. 공자가 눈물을 거두고 부공(父公)을 붙들어 울음 그치시기를 청했다. 공이 하늘에 사무치고 땅끝까지 이를 만한 고통을 참지 못해 부르짖어 통곡하다가 엎어졌다. 한 몸의 기운이 끊어지자 공자가 경황이 없어 약물로 구호했다. 정, 윤 두 공이 또한 놀라 하 공을 붙들어 구호하니 하 공이 오랜 후에야 정신을 차렸다. 이에 두 공이 위로해 말했다.

"형이 당당한 장부로서 온갖 슬픔과 원통함을 다잡아 참고 몸을 잘 보호해 원한을 갚을 길운(吉運)을 기다리지 않고 이토록 지나치게 슬퍼해 자건 등의 뒤를 따르려 하니 이는 평소 형의 기상이 아니네. 자건 등의 혼령이 알게 된다면 형의 이 모습에 더욱 서러워하지 않겠는가?"

하 공이 가슴을 어루만져 대답하려 할 때 임 시랑이 이르러 서로

---

9) 빈연(殯筵): 상여가 나갈 때까지 관(棺)을 놓아 두는 방. 빈소(殯所).

보고 통곡했다. 곡성이 처절하여 산천을 움직이고 눈물을 펑펑 흘려 황하의 물을 보탤 정도였다. 이에 좌우의 사람들이 슬퍼하지 않는 이가 없었다.

공자가 부친을 붙들어 울음을 그치게 하고 임 시랑이 학사 삼 형 제의 참혹한 죽음과 딸의 자결을 이르며 목이 메어 서로 말을 이루 지 못했다. 하 공이 임 소저의 죽음은 오히려 몰랐다가 이 말을 듣고 목이 쉬도록 울며 참으로 슬퍼하는 마음을 이기지 못해 손으로 땅을 두드리며 다시 통곡하고 말했다.

"내 아들 세 명이 죄에 얽혀 참혹하게 죽은 것은 모두 하씨 집안 에 쌓인 재앙이 깊어서인데, 며느리처럼 착하고 슬기로운 바탕을 가 진 사람이 복을 향유하지 못하고 수명을 누리지 못해 이팔청춘에 스 스로 목을 찔러 죽은 것은 며느리가 우리 집안에 들어왔기 때문이 네. 백인(伯仁)이 나 때문에 죽었으니[10] 영녀(令女)가 죽은 것은 내 집 탓이네. 내가 오히려 며느리는 살아 있는 줄로 알았더니 자식과 며느리 네 명을 한꺼번에 죽이고 내가 차마 어찌 살 수 있겠는가?"

임 공이 도리어 위로하고 윤, 정 두 공이 재차 타일러 비로소 문 답했다. 하 공이 세 아이가 죽은 곡절을 알지 못하고, 입렴(入殮)을 누가 했는지 몰랐다. 하운이 세 학사의 시체를 완전히 하고 습렴(襲 殮)해 입관(入棺)한 것이 윤, 정 두 공의 덕이라 하고, 정, 윤 두 공 은 삼 학사의 죄명을 전했다. 하 공이 세 아들의 망극한 죄를 듣자 오장이 끊어지는 듯했다. 윤, 정 두 공의 태산과 같은 은덕에 뼈에

---

10) 백인(伯仁)이-죽었으니: 다른 사람이 화를 입게 된 원인이 자기에게 있음을 한탄하는 말. 진 (晉)나라의 왕도(王導)가 억울하게 옥에 갇혔을 때 백인이 누명을 벗겨 주었지만 왕도는 이를 몰랐음. 이후에 백인이 옥에 갇히게 되었으나 왕도가 그를 구할 수 있었음에도 불구하고 구하 지 않아 백인이 왕도의 종형(從兄)인 왕돈(王敦)에 의해 처형당함. 나중에 이를 안 왕도가 백 인을 구하지 못한 자신의 어리석음을 자책하며 이러한 말을 함.

새길 정도로 감격해 그 은혜를 갚을 바를 알지 못했으나 말로 과도하게 일컫지 않고 말했다.

"정, 윤 두 형은 피차 동기와 다름이 없으니 내 집 화란을 친히 당한 것처럼 한 것은 그 본심에서 우러나온 것이네. 우리 세 사람의 마음이 죽고 살 적에 서로 좇을 것을 허여했으니 내 자식 등의 시신을 거두어 주며 성상께 다투어 간해 그 머리를 완전하게 한 것은 두 형의 지극한 신의와 남다른 덕이지만, 그 행동이 예사로운 일이니 내 죽은 뒤에도 잊지 않을 은혜라 일컫지 않겠네. 죽은 아이 등이 저승에서 풀을 맺으며[11], 나는 마음속에 은덕을 새길 뿐이니 살아서 갚을 도리가 어디에 있겠는가?"

두 공이 슬픈 빛으로 눈물을 흘리며 말했다.

"우리는 마음을 서로 비추는 사이니 우리의 마음은 이르지 않아도 알 것이네. 다만 영랑(令郞) 등이 참혹히 죽은 광경을 볼 때에는 우리가 어찌 음식을 넘길 수 있었겠는가? 형의 몸을 염려하는 것이 각각 나에 대한 것보다 적은 것이 없었으나 오히려 홀어머니가 계시기에 범사를 자유롭지 못하게 한 적이 많았으니, 어찌 자건 등의 시신을 입렴한 것에 은혜를 일컬어 우리를 불안하게 하는 것인가?"

하 공이 감동을 머금고 눈물을 흘리며 행동하는 것이 경황이 없었다. 그리고 세 관을 보다가 혹 가슴을 치고 혹 머리를 부딪쳐 목숨을 잃기 쉬울 정도였다. 이에 정, 윤 두 공이 붙들어 묽은 죽을 권하며 위로하기를 마지않았다.

배소를 서촉(西蜀)에 정하니 위사가 이르러 삼사 일 여장을 준비

---

11) 저승에서–맺으며: 결초보은(結草報恩) 고사. 중국 춘추시대 진(晉)나라 때 위과(魏顆)가 아버지 위무자의 죽기 전 유언 대신 평소에 한 말씀을 따라, 위무자가 죽은 후에 자신의 서모(庶母)를 순장시키지 않고 개가시켰는데 후에 위과가 진(秦)나라와 전투를 벌일 적에 서모의 망부(亡父)가 나타나 풀을 맺어 위과를 도왔다는 이야기.

해 길을 떠날 것을 전했다. 하 공이 심사가 아득해 도리어 벙어리처럼 앉아서 말을 못 하고 있었다. 정, 윤 두 공이 말했다.

"형이 영랑(令郎) 등의 장사를 지내고 갈 길이 없으니 형은 온갖 염려를 다 물리치고 길을 무사히 나서는 것이 옳네. 우리가 영랑 등의 관을 붙들어 형의 선산 소주에 가 안장할 것이니 형은 염려하지 말고 오직 몸을 보전하게."

하 공이 미처 대답하지 않아서 공자가 아버지 앞에 나아와 고했다.

"정, 윤 두 연숙(緣叔)[12]께서 한결같이 태산과 바다 같은 은덕을 드리우시니 그 은덕은 뼈에 새길 정도입니다. 대인께서는 죽은 형 등의 장사는 염려하지 마시고 먼저 가시면 소자는 여기 머무르며 세 형의 장사를 지내고 촉 땅으로 가겠나이다."

윤 공이 말했다.

"네 말이 옳으나 영존(令尊)이 너를 마저 떠나 멀고 험한 땅에 정신을 진정해 무사히 도달할지 모르겠구나. 비록 장사를 보지 못해도 네 아버지를 보호해 함께 가는 것이 옳으니 잘 생각해 보거라."

공자가 절하고 사례하며 말했다.

"소질이 어리석어 아버님을 모시고 갈 사람이 없는데 홀로 가실 바를 염려하지 않고 가형 등의 장사를 지내려 했더니 연숙의 밝으신 가르침이 마땅합니다. 소질은 아버님을 모시고 갈 것이니 세 형의 장사는 두 분 연숙을 믿겠습니다. 장례에 임해 보지 못하는 깊은 한이 가는 곳마다 무궁할 것입니다."

윤, 정 두 공이 불쌍히 여기고 슬퍼해 그 손을 잡고 하 공을 대해 말했다.

---

12) 연숙(緣叔): 아저씨뻘 되는 친척.

"형이 비록 자건 등을 잃고 하늘에 사무치는 한이 맺혔으나 이 아들이 남의 열 아들을 부러워하지 않을 사람이네. 참혹한 재앙을 돌려 뒷날에 가문을 일으킬 자는 원광이네. 이미 죽은 이는 따르지 못하니 살아 있는 자녀를 돌아보아 마음을 너그러이 억제하는 것이 옳고, 나이 사십이 넘었으나 이제라도 존수(尊嫂)께서 생산을 하실 것이라 앞길이 만 리와 같으니 과도하게 슬퍼 말게."

하 공이 어린 듯이 앉아 들을 뿐이었다. 그러다가 천천히 길이 탄식하고 말했다.

"죄지은 내가 망극한 죄명을 몸 위에 싣고 참혹한 화를 당하고 남은 목숨이 성스러운 폐하의 호생지덕(好生之德)으로 실낱같은 목숨을 보전했으나 경사에 돌아올 기약을 감히 바라지 못할 것이네. 형 세상 처자와 이별하지 못하게 되었으니 가는 길에 처와 자녀를 다 거느려 갈 것이네. 죽은 아이들의 장사는 두 형이 마음을 다할 것이니 내 친히 보는 것이나 다르지 않을 것이라 근심하지 않네. 다만 만사가 아득하여 닥치는 데마다 슬픈 회포가 일어나네. 지금에 이르러 예전에 어린 자녀를 가져 정혼한 일이 더욱 뉘우쳐지네. 원광이어찌 가문을 일으킬 것이며 다른 사람의 여러 아들을 바라겠는가? 오직 내가 생전에 죽는 일이나 없으면 그것으로 다행이지 어찌 생산하기를 바라겠는가?"

윤 태우가 문득 안색을 고치고 말했다.

"내가 무슨 일을 형에게 잘못 보인 일이 있기에 자녀 정혼한 일을 뉘우쳐 버릴 뜻을 두는 것인가? 나는 천지개벽하고 상전벽해한다 해도 일편단심을 고치는 일이 없어 원광을 사위로 알고 영녀(令女)를 희천의 아내로 알고 있네. 이번 화란에서 원광이 살지 못했다면 내 딸을 빈 규방에서 인륜을 폐하고 형의 필적을 지키게 하려 했네. 그런데 하늘이 도우셔서 원광이 무사하게 되었으니 서촉 아니라 만리 타국이라도 나이가 차기를 기다려 혼인시키려 했더니 형의 뜻은 많이 다르네."

하 공이 자기가 가문의 참혹한 화를 만나 귀양 가므로 감히 윤 공의 딸로 혼인 기약을 바라지 못했다. 그랬는데 윤 공의 견고하고 확실한 뜻이 이와 같음을 보고 감격의 눈물이 쏟아져 사례하며 말했다.

"내가 지금 화란을 겪고 살아난 인생으로서 형의 만금과 같은 딸로써 며느리를 삼을 마음이 아득했는데 형의 굳은 신의가 이와 같으니 오직 의리와 덕에 감탄할 뿐이네."

윤 공이 기뻐하지 않으며 말했다.

"형이 나를 세력을 좇는 더러운 사람으로 아는 것이 더욱 부끄럽네. 다만 형이 속히 경사에 돌아오지 못한다면 내가 여식을 거느리고 내려가 혼인을 시킬 것이니 형은 괴이한 말을 말게. 몇 천 리를 떠날 적에 혼서(婚書)13)와 납빙(納聘)14)을 행하고 갈 것이니 원광과 우리 딸이 비록 어리지만 이번 행도(行途)에 내 집의 납폐(納幣)15)와 문명(問名)16)을 가져가게."

하 공이 감히 청하지는 못할망정 진실로 원하던 바였으므로 말마다 허락해 좇았다. 그러나 세 아들의 영구를 보니 가슴이 갈기갈기 찢어졌다. 벗들과 겨레들이 모두 공이 사지에서 벗어나 귀양 가는 것을 도리어 기뻐하고 하 공의 위인을 대우하며 그 억울한 죄를 원통해 하자 공이 도리어 기뻐하지 않았다.

---

13) 혼서(婚書): 정혼이 이루어진 증거로 신랑집에서 신붓집에 보내는 글.
14) 납빙(納聘): 신랑집에서 신붓집으로 보내는 예물.
15) 납폐(納幣): 신랑집에서 신붓집으로 보내는 예물.
16) 문명(問名): 납채가 끝난 뒤에 남자 집의 주인(主人)이 서신을 갖추어 사자를 여자 집에 보내어 여자 생모(生母)의 성(姓)을 묻는 의례. 여기에서는 혼서를 의미함.

공자가 집에 돌아가 모친과 누이를 보려 하자 공이 말했다.

"행장을 급히 차려 노복을 나누어 더러는 집을 지키게 하고 더러는 행도를 좇게 하라. 조상의 사당은 아직 경사에서 모셔 운에게 제사를 받들게 하고, 모레 너의 어머니와 누이를 데리고 길을 떠나오도록 하라."

공자가 명령을 들으니 공이 또 말했다.

"우리 며느리의 관을 못 보니 인정에 더욱 가슴이 찢어질 듯하구나. 이곳에 옮겨 두었다가 함께 상을 치르도록 할 것이니 우리 며느리의 관을 이리로 보내라."

공자가 명령에 응하고 옥루항으로 갔다.

조 부인이 즉시 죽으려고 마음먹었다가 공의 부자가 무사히 귀양을 간다 하므로 적이 다행으로 여겨 죽을 찾아 마시고 정신을 차렸다. 그리고 임 씨의 관에 나아가 새로이 통곡하며 말했다.

"세 아이가 죽었으나 며느리나 살아 있었다면 원경이의 대신으로 위로를 삼았을 텐데 어찌 죽어서 흔적이 없게 한 것이냐? 내 목숨이 모질어 세 아들과 며느리를 잊고 지금까지 살아 있다가 상공께서 사형을 면해 정배를 가신다는 말을 듣고는 도리어 기쁜 소식으로 알아 죽을 마음을 고치니 어찌 사납지 않으냐?"

말을 마치고는 관을 두드리며 통곡하다가 피를 토하고 기운이 막혔다. 영주 소저가 눈물을 흘리며 구호하고 있는데 공자가 들어와 슬하에 절하니 부인이 바삐 등을 어루만지며 말했다.

"비록 위험한 곳에 들어갔다 살아나서 모자(母子)가 서로 보게 되었으나 네 형은 어느 세월에 볼 수 있겠느냐?"

공자가 온화한 얼굴과 부드러운 목소리로 위로하며 아버지의 명령을 고했다.

"행장을 차리소서."

그러자 부인이 십분 슬픔을 참고 정신을 차렸으나 집안일을 처치할 길이 없었다. 공자가 친히 밥상을 받들어 모친이 드시기를 권하며 말했다.

"어머님께서 비록 세 형을 위해 세상에 사시기를 원하지 않으시나 상명지통(喪明之痛)[17]을 당한 사람이 한둘이 아닙니다. 그리고 천행으로 대인께서 무사하시고 저희 남매가 살아 있으니 족히 위로받을 일입니다. 이후에는 세 형과 임 형수를 잊으시고 슬픔을 억제하는 데 힘쓰소서."

부인이 아들의 말을 듣고 이미 죽은 아들은 어쩔 수 없고 이 자식이 살았으니 죽으려 하는 것을 진정하고 모자(母子)가 서로 밥 먹는 것을 권했다. 공자가 누이를 돌아보니 모습이 완전히 바뀌어 훌쩍 죽을 것 같았으므로 가슴이 더욱 막힐 듯해 꾸짖어 말했다.

"세 형이 참혹히 돌아가셔서 우리가 예전과 다르니 부모께 하나의 근심이라도 끼치지 않는 것이 옳다. 그런데 어찌 이토록 된 것이냐?"

소저가 슬피 울며 대답했다.

"우리가 다 부모의 사랑을 받아 인간 세상의 즐거운 일만 알고 슬픔은 모르다가 하루아침에 흉한 화를 당해 모친께서 밤낮으로 오라버니 등을 따르려 하시니 제가 무슨 마음으로 음식에 뜻이 있겠나이까? 홀로 지나치게 슬퍼해 그런 것이 아니고 어머님이 음식을 폐하시기에 저 홀로 먹지 못해 이렇게 된 것입니다."

부인이 자녀의 행동을 보고 불쌍해 뼈마디가 시렸다. 이에 자녀를

---

17) 상명지통(喪明之痛): 눈이 멀 정도의 슬픔이라는 뜻으로 자식이 죽은 슬픔을 이르는 말. 중국 춘추시대, 공자의 제자 자하(子夏, B.C.508?-B.C.425?)가 공자가 죽은 후 서하(西河)에 은거하고 있었는데 그 자식이 죽자 슬피 울어 눈이 멀었다는 데서 유래함.

위로하고 행장을 차렸다. 조상의 제사는 하운의 처 박 씨가 매우 어질었으므로 제례를 일러 집을 지키게 하고, 적소로 데려갈 노복을 정했다. 공자가 임 씨의 영구를 성문 밖으로 옮기자 부인이 말했다.

"내 잠깐 세 아이의 관을 영결하고 싶구나."

공자가 대답했다.

"대인께 고하고 명령대로 하겠나이다."

부인이 임 씨의 관을 보내고 딸과 함께 피눈물을 흘리며 애통해했다.

공자가 임 소저의 영구를 모시고 나오자 공이 향이 피워진 탁자를 배설해 빈소를 만든 후 목이 쉬도록 길이 통곡하니 공자가 애걸해 위로했다. 정, 윤 두 공이 함께 밤을 지낸 후, 먼 이별을 서운해 하며 피차 슬픈 회포를 참지 못했다.

공자가 아버지에게 모친이 세 형의 영구를 영결하고 싶다고 한 말을 아뢰자 공이 슬픈 빛으로 말했다.

"관을 보면 더욱 슬퍼질 뿐만 아니라 죽은 아이들에게 유익한 것이 없다. 그러나 어미와 자식의 정리를 막지 못할 것이니 내일 잠깐 나와서 보게 하라."

공자가 명령을 듣고 다음 날 아침에 본부에 들어가 모부인을 모시고 성문 밖으로 나아갔다. 영주가 또한 오빠의 영구를 영결하려고 모친을 따라 나왔다. 부인이 세 아들의 관을 어루만지며 가슴이 막혀 다만 말했다.

"네 어미가 밤낮으로 긴 세월, 하늘에 사무치는 슬픔을 어찌 참을 수 있겠느냐? 꿈을 빌려 너희를 서로 보고 싶으나 마음과 같지 않을 것이니 어떻게 잊을 수 있겠느냐?"

그러고서 통곡하며 기운이 끊어지고, 영주가 또한 슬피 통곡하며 정신을 못 차렸다. 공자가 이에 모친과 누이를 구호해 진정시켰다. 공이 들어와 서로 보니 한층 슬픈 회포가 더할 뿐이었다. 공이 딸을 나오게 해 그 수척한 모습을 염려해 머리를 어루만지고 부인을 대해 눈물을 흘리며 말했다.

"세 아이를 참혹히 잃고 부부가 산 낯으로 보는구려. 이미 목숨이 질겨 저희를 따르지 못하고 한 목숨이 살아 촉 땅으로 향하는구려. 부인이 생을 위해 원통함을 참고 살기를 힘쓰는 것이 저의 불효를 더하지 않게 하는 것이고, 원광 남매를 진정하게 하는 도리요. 천도가 우리 가문을 증오하셔서 이처럼 화를 내리셨으니 슬퍼한들 어찌하겠소? 원광이는 더러운 옥에서 고생했으나 그토록 상하지는 않았는데 딸아이는 몰라보게 되었구려. 죽은 아이들은 이미 죽은 것이고 산 자녀를 병들지 않게 하면 그것이 우리 부부의 다행이니 부인은 널리 생각하시오."

부인이 공의 몸을 염려했으므로 슬픔을 십분 억지로 참아 대답했다.

"죽은 이를 따르지 못한 후에는 자연히 잊게 될 것입니다. 첩은 명공의 적행(謫行)18)이 도리어 천행입니다. 자녀가 지성으로 먹이려 하니 죽을 뜻은 없지만 명공께서 지나치게 슬퍼하셔서 병이 생길까 두렵습니다. 하물며 몇 천 리 험한 땅으로 길을 나서시니 슬픔을 참아 억제하시고 즐거운 길을 가는 것처럼 하소서."

공이 길이 탄식하고 서로 위로해 내일 길을 떠날 것을 일렀다. 공자를 본부에 보내 집안일을 처리한 후 부인과 딸을 보호하여 길을 가도록 했다.

공자가 세 형의 관을 어루만져 하직을 고할 적에 피눈물이 옷을

---

18) 적행(謫行): 귀양 가는 길.

적시고 한 번 울음에 일만 마리의 원숭이가 날쳤으나 부모의 심정을 돌아보아 울음을 그치고 부인을 모셔 집으로 돌아갔다.

윤, 정, 임 세 공이 머물러 하 공을 보내려 할 적에 윤 공이 말했다.

"형이 만사에 다른 생각이 없을 것이나 원광이의 납폐와 문명은 두고 길을 떠나게."

하 공이 즉시 부인에게 전해 전날 남강에서 뱃놀이할 때 얻은 보월(寶月)을 보내라 했다. 부인이 놀라고 의아해 말했다.

"보월은 원광이의 납폐를 위해 둔 것인데 어찌 이런 슬프고 경황 없는 중에 달라고 하시는 것입니까?"

공자가 대답했다.

"촉 땅이 오가기가 어려우므로 빙물(聘物)을 아주 두고 가라 하신 것입니다."

부인이 말했다.

"비록 옛날에 약혼했으나 지금 윤부는 온전하고 우리 집안은 화란에서 살아남은 집인데 어찌 결혼하려 하는 것이냐?"

공자가 탄식하고 대답했다.

"윤 공의 신의는 세속 사람이 미칠 바가 아닙니다. 정 공과 함께 세 형을 극진히 염빈(殮殯)[19]하고 시체를 완전하게 한 것이 다 두 공의 큰 덕 덕분입니다."

부인이 이에 뼈에 새길 정도로 은혜에 감동했다.

시녀가 보월을 가져오니 하 공이 혼서를 쓰고 보월을 한데 싸 윤 공에게 밀며 말했다.

"납빙(納聘)은 길일을 택하는데 환난 중에 이처럼 하는 것이 구차

---

19) 염빈(殮殯): 시체를 염습하여 관에 넣음.

하네."

윤 공이 탄식하고 말했다.

"만사가 하늘의 뜻이니 저의 팔자가 길하다면 택일 여부가 무슨 상관이 있겠는가?"

윤 공이 빙물과 혼서를 가지고 급히 본부에 가 현아 소저와 유모 설란을 불러 혼서와 월패를 주어 깊이 간직하라 하고 딸을 어루만지며 말했다.

"너는 하씨 집안 사람이니 팔뚝 위의 붉은 필적은 너의 시아버지가 쓴 것이다. 남자는 충성과 효도가 근본이요, 여자는 효도와 절개가 으뜸이다. 네 어미가 인사를 모르고 세력을 따라 하씨 집안을 배반할 뜻을 두었으니 한심하여 내가 말을 하지 않지만 혼서를 이미 가져왔으니 너는 네가 있는 곳에 두고 어질지 않은 어미의 가르침에 속지 마라."

소저가 옥 같은 얼굴에 붉은빛이 돌고 별 같은 눈이 나직해 감히 대답하지 못했다. 공이 이를 불쌍히 여기고 사랑함을 마지않았다.

태부인이 이 모습을 보고 크게 놀라 말했다.

"네가 비록 꼼꼼하지 못하나 천륜인 자식을 그처럼 그릇된 곳에 보내려 하느냐? 노모 생전에는 이 혼인을 시키지 못할 것이다."

태우가 정색하고 대답했다.

"제가 신의가 없고 의롭지 않아 하씨 집안을 배신하려 해도 어머님이 마땅히 신의가 있어야 함을 가르치실 만한데 어찌 이런 말씀을 하시는 것입니까? 하씨 집안이 비록 기러기를 올리는 예[20]를 하지는 않았으나 현아의 팔 위에 하 공의 필적이 있고 소자가 대면해 쇠와

---

20) 기러기를 올리는 예: 신랑이 기러기를 가지고 신붓집에 가서 상 위에 놓고 절하는 의례(儀禮).

돌처럼 굳게 약속했습니다. 장부의 한마디는 천 년이 지나도 고치지 못할 것이니 자식을 차마 훼절하게 하겠습니까? 이 일에 이르러서는 어머님의 가르침을 받들지 못하겠습니다."

태부인이 노해 말했다.

"네가 원래 날 알기를 길 가는 사람처럼 했으니 어찌 내 말을 듣겠느냐? 너도 인정이 있다면 자식을 차마 역적의 무리와 결혼시키려 한단 말이냐?"

태우가 처연한 빛으로 슬피 자리를 떠나 대답했다.

"소자가 어리석고 사리에 밝지 않아 어머님을 효도로 받들지 못한 것은 비록 죽어도 갚지 못할 것입니다. 그러나 현아를 하씨 집안과 혼인시키는 것은 절의(節義)를 완전하게 하려 해서이니 사랑이 얕아서 그런 것이 아닙니다."

부인이 성을 참지 못해 말했다.

"칼 들고 임금께 달려드는 것이 흉역(凶逆)이 아니더냐? 하씨 집안을 아끼는 것을 보니 너부터 불충한 사람이다."

공이 오랫동안 말을 하지 않다가 천천히 조 부인에게 고했다.

"하 공이 희천을 사랑해 그 딸과 정혼시켰더니 이제 수천 리 길을 떠나게 되었습니다. 양쪽 집안의 인사를 알지 못해 미리 아이의 빙폐를 보내려 하니 형수님은 명주를 내어 주소서."

조 부인이 슬픈 빛으로 응대하고 일어나 침소로 갔다. 태부인이 희천 등의 혼사는 아무리 참혹해도 놀라운 빛이 하나도 없어 말리지 않았다. 태우가 또 고했다.

"유 씨가 두 딸을 낳은 지 10년에 다시 생산할 길이 없으니 소자가 희천이를 계후(繼後)[21]로 정하겠습니다."

태부인이 바야흐로 조 씨 모자를 죽이려 도모할 즈음에 이 말을 듣고 기뻐하지 않아 놀라서 말했다.

"네가 나를 남같이 여기니 범사에 대사를 일러 무엇하겠느냐? 다만 유 씨 며느리가 사십이 멀었고 생산이 끊긴 줄을 알지 못하니 희천이를 계후했다가 유 씨가 아들을 낳으면 어찌하려 하느냐?"

태우가 말했다.

"만일 아들을 낳는다면 희천이를 장자로 삼을 것이니 어찌 의논할 것이 있겠습니까? 소자가 천이를 계후로 정한 지 오래되었으나 발설하는 것은 지금이 처음입니다. 어머님께 고하고 조용히 예부에 공문을 올려 세상 사람들이 다 알게 하려 합니다."

유 씨가 태우의 고집을 알고 있으므로 애달프고 분해서 끝내 희천을 죽여 공의 바람을 끊으려 했으나 그렇게 하지 못했다. 마음을 공교롭게 먹어 밖으로는 극진히 어진 체해 공이 의심하지 않게 하고 가만히 희천을 죽이려 해 문득 탄식하고 태부인에게 고했다.

"첩의 재앙이 쌓인 것이 깊어 한 명의 아들을 낳은 일이 없으니 군자가 계후하려 하는 것이 마땅한 일입니다. 조 형이 낳은 아이가 어찌 첩의 소생이나 다르겠습니까? 첩이 비록 남자아이를 낳아도 희천이 같기를 바라지 못할 것이니 일찌감치 계후를 정하는 것이 좋을까 하나이다."

태부인이 유 씨의 말이라면 기특히 여겼으므로 반드시 묘한 계책이 있어 이처럼 한다 생각해 기뻐하며 시원하게 허락해 말했다.

"나는 며느리가 남자아이 낳기를 바라고 일찍이 계후 정한 것을 불쾌했는데 며느리의 뜻이 이와 같고 수가 굳이 정하려 하니 내 어찌 막겠느냐?"

---

21) 계후(繼後): 양자로 대를 잇게 함.

공이 매우 기뻐해 절하고 물러났다. 조 부인이 이에 명주를 외헌으로 내어보냈다.

태우가 즉시 혼서를 쓰니 두 공자가 곁에서 잠깐 보았다. 공이 '복(僕)의 아들 희천'이라고 쓰자 광천이 눈으로 희천을 보며 매우 놀랐다. 이는 유 씨가 자기들이 뱃속에 있을 때도 독약으로 모자를 죽이려 하던 악한 마음을 가진 사람인데 그 양자가 되면 더욱 미워할 것을 보지 않아도 알기 때문이었다. 둘째공자는 눈길을 낮춘 채 생각도 없고 염려도 없는 듯이 있었다. 공이 다 쓰고서 일렀다.

"하 공은 선형(先兄)과 나의 문경지교(勿頸之交)다. 이제 원통하고 억울하게 귀양을 가니 너희가 나이는 어리지만 잠깐 가서 절하고 이별하는 것이 옳으니 내 뒤를 좇으라."

두 공자가 명령에 응했다.

공이 명주와 혼서를 가지고 두 공자를 거느려 성문 밖으로 가 하 공을 보았다. 두 공자가 절하고 인사하니 그사이에 신장이 넉넉하고 풍채가 시원스러웠다. 하 공이 어서 나오라 해 손을 잡고 사랑해 말했다.

"대여섯 달 사이에 이처럼 장성했으니 어찌 기특하지 않으냐?"

두 공자가 감사한 마음을 표하고 그 화란을 위로하니 말이 간절하고 곡진한 정성이 나타났다. 하 공이 이를 더욱 기특하게 여겼다.

윤 공이 혼서와 명주를 하 공에게 전하니 공이 펴서 보고 놀라 물었다.

"형이 어찌 젊은 나이에 문득 계후하여 바람이 끊긴 사람처럼 하는 겐가?"

태우가 미소 짓고 말했다.

"내 비록 늙지 않았으나 남자아이를 낳는 것을 바라지 않아 희천이로써 후사를 이으려 마음먹은 것이 오래되었는데 형이 어찌 놀라는 것인가?"

하 공이 말했다.

"구태여 말리지는 않으나 너무 이른가 하네."

윤 공이 말했다.

"이 말은 천천히 하고 명주를 영아(슈兒)에게 전해 깊이 간직하도록 하게. 형의 월패와 우리 집 명주는 귀중한 보배네."

이에 하 공이 명주를 내어 보고 탄식하며 말했다.

"다시는 이 월패와 명주를 얻을 때처럼 즐기는 때가 없을 것이네."

윤 공이 또한 형을 생각하고 옛일을 추억하며 매우 슬퍼했다.

날이 저물자 광천 등이 하 학사 영구에 절해 곡을 하고, 하 공에게 험한 길에 무사히 도달하시기를 말하고 하직했다. 하 공이 손을 잡고 연연해 하며 희천에게 말했다.

"네 아버지가 나의 집 참화를 돌아보지 않고 서로의 자녀 혼인을 약속대로 하려 하니 훗날 너를 다시 볼까 한다."

공자가 조용히 절해 이별하고 형과 함께 돌아갔다.

태우가 두 아이를 보내고 이날 밤을 정 공, 임 공과 함께 하 공을 위로하며 이별의 정을 일렀다. 그러면서 다음 날 아침에 길을 떠난 후에는 만날 기약이 없는 것을 한탄했다.

이처럼 밤을 새우고 차관(差官)이 갈 길을 재촉하므로 하 공이 세 아들의 관을 두드려 하늘을 향해 부르짖으며 통곡하고 기운이 끊어졌다. 세 공이 구호해 너그러이 위로하자 겨우 진정이 되었다. 하 공이 다시 임 씨의 관을 어루만져 한바탕 슬피 통곡하고 비로소 길을 떠나려 했다. 벗과 친척들이 모두 이별의 정으로 연연해 하고 은사(恩赦)[22]가 속히 내려지기를 원했다. 이에 공이 슬픈 빛으로 감사를 표하며 말했다.

"비루한 사람이 참혹한 재앙에서 살아나 한 목숨이 연장된 것도 천은(天恩)이 망극해 그런 것인데 경사에 돌아오기를 어찌 바라겠는가?"

그러고서 임 시랑을 향해 말했다.

"며느리와 아들 등의 장사는 형과 윤, 정 두 형을 믿으니 어찌 내가 친히 장례 지내는 것과 다르겠는가? 다만 부자의 정에 장례를 보지 못하니 마음이 찢어지는 것 같을 뿐이네."

세 공이 재삼 위로하고 손을 나누었다. 하 공이 말에 오르자 온갖 슬픔과 원망으로 한 치의 간장을 상하게 하니 눈물이 황하의 물을 보탤 정도였다. 장부의 기운이 자질구레해지고 영웅의 기운이 놀라니 이를 참지 못해 세 공을 붙들어 한바탕 얼굴을 가리고 울었다. 하운을 머무르게 해 소주에 가 세 아들을 장사 지낸 후 신주를 서촉으로 옮기려 했다.

원광 남매가 집안일을 정돈하고 모부인을 모셔 길을 떠나려 했다. 조 부인이 학사 등의 방에 가 소리 내어 슬피 울며 차마 떠나지 못했다. 공자가 붙들어 수레에 올리고 비복을 거느려 서쪽으로 향하니 윤, 정, 임 세 공이 하 공의 가는 수레를 바라보며 슬퍼했다. 공자가 모친을 보호해 떠나는 모습을 보고는 손을 잡아 무사히 도달할 것을 당부하니 공자가 오열하며 말했다.

"사람의 정으로서 망극함을 어찌 견딜 수 있겠습니까? 환난을 겪고 살아난 인생이 하늘의 해 볼 것을 기약하지 못하니 세 분 연숙께서는 만수무강하소서."

정, 임 두 공은 슬픈 빛으로 눈물을 떨구고 윤 공은 손을 잡아 눈

---

22) 은사(恩赦): 나라에 경사가 있을 때에, 죄과가 가벼운 죄인을 풀어 주던 일.

물을 흘리며 말했다.

"영엄(令嚴)[23]이 속히 은사를 입지 못해도 몇 년 후면 내가 딸을 거느리고 갈 것이니 어찌 다시 볼 일이 없겠느냐? 모름지기 슬픔과 원망을 억제해 병을 이루지 말거라."

공자가 절해 하직하고 부모를 보호해 따라갔다. 세 공이 그 멀리 갈 때까지 바라보다가 슬피 눈물을 흘리고 하운에게 영구를 지키게 하고 각각 자기 집으로 돌아갔다.

윤 공이 결심을 하여 예부에 고하고 친족을 청하여 희천으로 후사를 잇게 했다. 조 부인이 말리지 못했으나 유 씨의 심보를 알고 있었으므로 염려가 가득해 훗날 아들의 신세가 어찌 될지 회포가 무궁했다. 명아 소저가 모친의 근심을 알고 온화한 빛으로 위로했다.

유 씨가 희천이 아들로 완전히 정해지자, 겉으로는 자애가 가득해 귀하게 여기는 모습을 태우가 보게 했다. 공은 성품이 꼼꼼하지 못했으므로 유 씨의 흉악한 마음을 모르고 유 씨의 행동이 인지상정인 줄로 알아 근심하지 않았다. 그래서 희천이 홀로, 견디지 못할 지경을 당하니 어찌 불쌍하지 않은가.

유 씨가 희천을 친자식으로 삼은 지 몇 십 일에, 공자가 공경하고 삼가는 효성이 낳아 준 어머니보다 덜하지 않았다. 그러나 유 씨는 고요한 때와 남들의 이목이 없는 곳에서는 공자를 불러 온갖 죄를 들먹이며 말했다,

"열 살도 안 된 어린 것이 간악하고 요망해 태우에게 매양 참소해 부모를 불화하게 하는 것이냐?"

그러면서 혹 자기를 죽이려는 뜻이 있어 간사한 계교를 생각한다

---

23) 영엄(令嚴): 상대의 아버지를 높여 이르는 말.

해 그 몸을 헤아리지 않고 강포한 힘을 다해 치나 그 낯은 상하지 않게 해 태우가 모르도록 했다.

공자는 아홉 살 어린아이였으나 사람됨이 효성이 출천하고 역량이 하해(河海)와 같았다. 양모의 간악함을 모르지 않았으나 효도를 다해 양모가 감동하기를 바랄 뿐이고 조금도 미워하거나 원망하지 않았다. 생모에게도 괴로움을 고하지 않으니 조 부인이 지극히 총명하고 광천 공자가 남달리 신명했으나 오히려 유 씨가 그토록 한 줄은 몰랐다. 이는 유 씨가 희천을 칠 때마다 사람이 보지 않는 곳에 가서 그랬으므로 집안 사람들이 모른 것이었다.

공자가 경황이 없는 가운데 근심하며 밤낮으로 마음을 놓지 않고 양모에게서 독한 매를 맞으면 아픈 것이 심했으나 잘 참아서 온화한 기운이 전과 같았으니 그 마음속을 아는 사람이 없었다.

윤, 정, 임 세 공이 상의해 하 학사의 장례일을 택하고 소주로 네 구의 상구를 떠나 보냈다. 천여 리 길에 초겨울을 맞아 찬바람이 소슬하고 눈서리가 부슬부슬 내리는 중에 붉은 명정과 네 구의 상구가 길을 가니 모습이 쓸쓸해 보는 자를 슬프게 했다.

길을 떠난 지 십여 일에 소주에 이르렀다. 정 공이 본디 땅을 보는 눈이 고명했으므로 장사 지낼 땅을 선택해 두 학사를 장사 지내고 원경을 임 씨와 함께 묻으니 하 공이 친히 장례를 지내도 이보다 더하지 못할 정도였다.

목주를 하운이 보호해 따라가 촉으로 향하니, 세 공이 하 공에게 짧은 편지를 부쳤다. 하운이 길을 떠날 적에 세 묘소 앞에서 크게 통곡했다. 임 공이 딸과 사위를 한꺼번에 장사 지내고 돌아오는 마음이 찢어질 것 같은 것은 인정상 예사로운 일이었다. 정, 윤 두 공은 벗의 자식을 위한 마음이 이와 같았으니 세 학사의 정령이 있다면 저승에서 풀을 맺는 것을 사양하지 않을 것이었다. 세 공이 하운을 보내고 경사로 돌아가니 그사이에 한 달이나 지났다.

재설. 하 공 부부가 지극한 원통함을 서리담고 귀양지로 향할 적에 검각(劍閣)의 잔도(棧道)[24]에 나무가 공중으로 높이 늘어서 백주(白晝)에도 하늘빛을 보지 못했다. 호랑이, 표범의 휘파람과 독사, 전갈의 자취가 비치다가도 하 공자가 앞으로 가 길을 열면 다 스스로 물러가는 것이었다. 일행이 모두 공자가 평범한 사람이 아닌 줄 알아 위태한 곳을 만나면 공자에게 고했다. 공자가 순순히 앞길을 가 호랑이와 표범, 승냥이, 이리 등이 보이면 죽이려 했으나, 자기는 열한 살 아동으로 화란을 당한 집에서 살아난 인생이니 용력이 남보다 뛰어난 것을 간악한 무리가 듣는다면 반드시 해칠 기틀을 엿볼까 두려워하고 아버지가 또한 살생을 금했으므로 용맹을 드러내지 않았다. 그래도 맹수들이 절로 물러났다.

공의 부부가 외아들을 두었으나 남의 열 아들을 부러워하지 않아 마음을 위로했다. 그러나 몇 천 리를 가 경사는 점점 멀어져 까마득하고 산봉우리가 겹겹으로 있는데 단풍은 비단 휘장을 두른 듯하고 산의 경치가 아름다워 회포를 더욱 도왔다.

한 달 남짓을 조금씩 전진해 서릿바람에 초목의 나뭇잎이 떨어지니 날이 차가워지고, 서리 내리는 밤의 달빛이 흰데 기러기는 슬피 울었다. 공의 부부가 슬픔을 참으려고 애를 썼으나 이러한 광경을 보고서는 죽은 자식 등의 목소리와 얼굴을 그리워하여 구천에서 만

---

24) 검각(劍閣)의 잔도(棧道): 검각은 사천성(四川省) 검각현(劍閣縣)에 있는 관문(關門)의 이름. 이 관문은 장안(長安)에서 촉(蜀)으로 들어가는 길목에 위치해 있는데, 검각현의 북쪽으로 대검(大劍)과 소검(小劍)의 두 산 사이에 잔교(棧橋)가 있는 요해처(要害處)로 유명함.

나기를 원했다. 공자 남매가 지극한 효성으로 음식을 자주 곡진히 권하니 이를 차마 저버리지 못해 가는 길에 근근이 몸을 지탱해 적소에 이르렀다.

촉군 태수 한흠이 친히 맞아 성안의 큰 집을 치우고 일행을 편히 둔치게 하고 극진히 대우했다. 공이 그 참혹한 죄를 몸에 실어 죄명이 매우 큰 것을 일컬어 대우받는 것을 굳이 사양하고 성 밖에 시골집을 얻어 머물렀다. 태수의 삭망점고(朔望點考)25)에 참여해 수자리 살기를 지극히 했다.

번화한 경사의 큰 집에서 학사 등이 좌우로 벌여 있던 일이 일장춘몽이 되고 외딴 촌구석의 몇 간 초가집이 한 몸을 용납하기 어려운데 좌우를 돌아보니 원광 남매뿐이었다. 공이 이에 부인을 돌아보고 말했다.

"복(僕)이 본디 일찍이 부모를 여의고 끝내 형제가 적어 어렸을 때부터 슬픈 인생이었소. 그런데 장인어른께서 거두어 사랑하신 데 힘입어 몸이 귀하게 되었으나 부모님께서 안 계셔서 인간 세상의 즐거움을 모르고 지냈소. 우리 부부가 혼인한 후 슬하가 적막하지 않아 사람들이 다 복이 있는 사람이라 일컬었소. 그런데 이때를 당해서는 천고에 끝이 없는 고통을 품고, 화란에서 살아남은 인생으로 서촉의 수자리 서는 사람이 되어 하늘의 해를 볼 길이 없으니 이와 같은 슬픔과 원통함을 어찌 견딜 수 있겠소?"

부인이 공의 회포를 돕지 않으려 해 마음을 굳게 잡아 편안한 낯빛으로 대답했다.

"생각하면 뼈마디가 삭을 것이니 설마 하늘이 우리 죽은 아이들

---

25) 삭망점고(朔望點考): 매월 초하룻날과 보름날에 관청에서 죄수 등(等)의 수를 그 명부에 일일이 점을 찍어가며 조사하던 일.

의 원한을 풀 틈을 주시지 않겠습니까? 그러니 상공께서는 정을 베어 아이들을 생각지 마시고 마음을 너그러이 억제하소서."

공이 슬픈 빛으로 서운해 하며 길이 애도했다.

한겨울에 하운이 세 학사와 임 씨의 목주를 옮겨 이르자, 네 곳에 향을 피울 탁자를 배설해 아침저녁으로 향을 피우니 참담한 모습이 보기에 슬펐다.

공자 남매가 온갖 슬픔을 억제해 밤낮으로 부모의 곁을 떠나지 않으며 부모를 위로했다. 세 학사와 임 소저 영궤에 차례로 곡을 해도 많이 울지는 않아 어버이의 마음을 편안히 했다.

공이 윤, 정, 임 세 공의 서간을 반기고 슬퍼했다. 하운이 세 공의 지극한 성의와 정 공이 땅을 택해 선산 나머지 묘소에 내리 쓴 것을 일일이 고했다. 이에 공이 감격의 눈물을 왈칵 쏟으며 말했다.

"임 형은 딸과 사위에 대해 인지상정이라 하겠지만 윤, 정 두 형은 그 덕이 천고에 쌓이 없구나."

부인과 공자 남매가 뼈에 새길 정도로 은혜에 감동했다.

부인이 때때로 윤부에서 보낸 납빙을 내어 명주의 광채가 영롱한 것을 기특하게 여겨 매양 일렀다.

"어느 때에 보월의 임자를 찾으며 명주를 납빙한 신랑이 자라 딸을 맞이해 가겠습니까? 세월이 물이 흐르듯 한다 하나 자녀의 혼인을 기다리기에는 참으로 멉니다."

공이 슬픈 빛으로 말했다.

"원광이가 아내를 맞이하는 것은 불과 수삼 년이 될 것이고, 딸아이도 사오 년을 기다리면 신랑을 맞을 것이오. 산 사람은 자연히 즐길 때가 있을 것이나 죽은 아이들은 천년만년에 원통하고 억울한 정령이 슬퍼할 뿐이오. 그러니 어느 시절에 웃는 낯으로 그 아이들을 반기겠소?"

부인이 눈물만 흘린 채 말이 없었다.

공과 함께 온 차관이 눈비가 연일 오므로 한 달을 관가에 있으며 떠나지 못하다가 날이 갠 후에 하운과 함께 길을 나섰다. 하운에게 조상의 사당을 모셔 제사에 마음을 다할 것을 당부하고 윤, 정, 임 세 공에게 글을 부쳤다.

하루는 찬 바람이 뼈를 시리게 하고 공이 머무는 시골집이 퇴락해 비바람을 막지 못해 한기가 심했다. 내당은 오히려 나았으므로 공자가 들어가 취침하실 것을 재삼 청했다. 공이 아들의 말이라면 그 정성을 어여삐 여겨 들었으므로 시노 등을 시켜 공자를 모시고 자라 하고 자신은 내당으로 들어갔다.

공이 부인과 화란 이후에 잠을 이루지 못하다가 이날 밤에 부부 두 사람이 잠깐 취침을 했다. 홀연 학사 등이 들어와 부모에게 절하고 곡하니 공의 부부가 황홀해 반갑고 슬픈 마음을 이기지 못해 학사 등을 붙들고 목이 쉬도록 울며 말이 없었다. 이에 학사 등이 눈물을 흘리며 말했다.

"소자 등은 부모님의 교훈을 받들어 충효를 중히 알고 있었습니다. 그런데 운명이 기구하여 흉한 누명을 몸에 실어 인간 세상에서 자취가 스러졌습니다. 성상의 해와 달 같은 현명함이 뜬구름에 가려져 하룻밤 사이에 분노가 진첩(震疊)²⁶⁾하셔서 극한 형벌로 저희에게 엄히 물으셨습니다. 저희가 부귀 중에 나서 자라 부모님의 사랑이 과도하셔서 일찍이 태장도 맞지 않았더니 이 원통함을 어찌 다 아뢰겠습니까? 백옥처럼 티가 없음을 생각하고 행여 살아날까 하다가 원

---

26) 진첩(震疊): 존귀한 사람이 몹시 성을 내어 그치지 아니함.

상이가 한 차례의 형벌도 받지 않아서 문득 목숨이 다하고, 소자 형제는 목숨이 끊어지지 않았거늘 김탁 흉악한 놈이 독약을 옥리(獄吏)에게 주어 중형을 받고 살아난 목숨이 즉시 끊어졌습니다. 충성과 효도가 다 헛곳에 돌아가 구천의 혼백이라도 슬픔과 원통함을 품어 울기를 참지 못하니 부모님께서 슬퍼하시는 것을 어찌 모르겠습니까? 나이가 차지 못한 채 슬하를 느껍게 이별하여 자식의 정을 펴지 못하고 임금을 모신 지 일고여덟 달에 애매히 몸을 마쳤습니다. 상제께서 비명횡사한 것을 불쌍히 여기셔서 저희를 인간 세상에 다시 환생하게 하셨으니 소자 등이 소원을 빌어 다시 부모님 슬하에서 모시려 합니다. 소자 형제는 먼저 쌍둥이가 되어 나고 셋째는 몇 년 내에 날 것입니다."

하 공 부부가 가슴을 치고 기운이 끊어질 듯한 채 세 아들을 붙들고 말했다.

"너희가 만일 소원을 빌어 다시 부자의 정을 이으려 한다면 빨리 뱃속에 의탁하라. 아무리 잊으려 해도 밤낮으로 눈과 귀에 너희 모습이 어리고 목소리가 귀에 들리니 가슴에 칼이 박히고 뼈마디가 녹는 듯했다. 긴 세월을 참고 견딜 길이 없더니 다시 돌아온다면 참으로 다행한 일이다."

세 사람이 눈물을 거두고 위로해 말했다.

"소자 등이 다시 부모님을 모실 것이고, 훗날 누명을 벗는 것이 거울 같을 것이니 부모님은 너무 슬퍼 마시고 허탄한 꿈으로 알지 마소서."

부인이 더욱 울며 말했다.

"세 아이는 다시 의탁할 여한이 있으나 임 씨는 스스로 목을 찔러 죽었으니 한때 참혹한 이별과 설움이 너희와 마찬가지다. 임 씨도 또한 돌아올 수 있겠느냐?"

학사가 대답했다.

"임 씨는 효성과 절개를 두루 완전히 했으므로 슬프다 하셔서 다시 임 공의 딸이 되어 소자와 인연을 이루어 수명과 복록을 누리게 하셨나이다."

부모가 말했다.

"너희가 세상에 난 후에는 다시 재앙이 없겠느냐?"

학사 등이 일제히 소리내어 말했다.

"환생한 후에는 수명과 복록이 완전하며 충성과 효도를 다하려 하니 부모님께서는 이후에는 너무 슬퍼하지 마소서. 원한을 갚을 때에는 영화롭게 경사로 돌아가실 것입니다."

말을 마치자 형제가 부인 품으로 들고 직사는 일어나 절하고 말했다.

"소자는 두 형이 세상에 난 후에 다시 올 것이니 아직 물러갑니다."

부모가 붙들고 울다가 깨달으니 침상에서 꾼 한 꿈이었다. 공이 더욱 흉악한 사람의 마음씀을 깨우쳐 임금 앞에서 초왕, 김탁이 저지른 불법을 아뢴 까닭에 그들이 미워해 학사 등을 대역의 죄에 빠뜨리고 하씨 집안을 멸망시키려 하던 일을 생각하니 원통함이 하늘에 닿았다. 그래서 벌떡 앉아 서안을 치며 크게 소리치고 눈물을 흘리며 말했다.

"내 부디 살아 간사하고 흉악한 놈들이 싹 다 목 베여 죽는 것을 보고 우리 아이들의 원수를 갚아 천지에 쌓인 원통함을 풀 것이다."

부인은 피눈물을 흘리며 말을 이루지 못했다.

날이 밝아 공자가 아침문안을 하자 부모가 꿈 이야기를 이르고 눈물이 얼굴에 가득한 채 새로이 애도했다. 공자 남매가 꿈 이야기를 듣고 오장이 끊어질 듯했으나 억지로 참아 위로해 말했다.

"세 형의 원통하고 억울한 정령이 저승에서도 앎이 있어, 부모님이 지나치게 슬퍼하심과 자신들이 인세를 슬프게 버린 한 때문에 세상에 다시 나도록 소원을 빌고 다시 슬하를 모시려 하는 것이니 부모님께서는 지극한 슬픔을 잊으시고 운수가 되어 가는 것을 보소서."

부모가 새로이 지극한 슬픔을 이기지 못했다.

과연 꿈을 꾼 후에 부인이 잉태했다. 하 공이 슬하가 적막함을 슬퍼하고 세 아들이 참혹하게 죽은 것을 하늘과 땅에 사무치도록 슬퍼하다가 비록 원통함을 풀지는 못했으나 학사 등이 환생해 다시 자식이 될까 다행함을 이기지 못했다. 부인이 잉태한 것을 알자 무엇을 얻은 듯해 열 달을 채워 무사히 해산하기를 바랐으므로 또한 몸을 스스로 보호했다. 공자 남매가 이에 다행함을 이기지 못했다.

재설. 정 공자 천흥의 나이가 열셋에 이르자 윤, 정 두 공이 서로 의논하고 혼인을 이루려고 택일했다. 납빙(納聘)[27]하는 날은 십일월 초순이고, 혼례는 그믐 즈음이니 정 공이 기뻐하며 말했다.

"길일이 겨우 한 달 남짓 남았으니 내가 며느리 볼 날이 머지않아 기쁘고 다행함을 이기지 못하겠네."

윤 공이 슬픈 빛으로 옛일을 느껴 낯빛을 고치고 길이 탄식하며 말했다.

"옛날에 백화헌에서 우리 형님과 형이 하 퇴지와 함께 서로 자녀를 바꾸어 정혼하던 시절에 어찌 우리 형님께서 조카의 혼인을 보지 못하실 줄 알았으며 하 퇴지가 저런 참화를 만나 수천 리 밖으로 귀

---

27) 납빙(納聘): 혼인할 때에, 사주단자의 교환이 끝난 후 정혼이 이루어진 증거로 신랑집에서 신붓집으로 예물을 보냄. 또는 그 예물. 보통 밤에 푸른 비단과 붉은 비단을 혼서와 함께 함에 넣어 신붓집으로 보냄.

양 갈 줄을 알았겠는가? 이제 우리 두 사람만 남아 눈이 닿는 데마다 외로움과 슬픔이 비길 데가 없네."

정 공이 또한 슬퍼하며 탄식하기를 마지않았다.

금평후가 돌아간 후에 태우가 내당에 들어가 조 부인에게 명아의 혼사를 정 공이 재촉해 연말 그믐 즈음으로 길일을 택했음을 고했다. 부인이 옛일을 생각하고 새로이 눈물을 금하지 못하고, 유 부인은 마음 쓰는 것이 칼과 창 같아서 광천 삼 남매를 죽여 없애려 했는데 명아가 재상 집안의 총부(冢婦)[28]가 된 것이 밉고 분하여 생각했다.

'나는 운명이 괴이해 두 딸을 두었는데 경아처럼 빼어난 재주와 바탕을 가진 아이는 석생의 박대를 받고 조 씨는 자녀를 두루 두어 그 딸이 먼저 재상의 며느리가 되었는가.'

이처럼 골똘히 생각하며 경아와 함께 명아의 혼인이 되지 못하게 할 계교를 상의했다. 경아가 눈썹을 찡그리고 간악한 계교를 밤낮으로 생각했다.

일이 공교롭게 되어 항주 선산에 투장(偸葬)[29]이 일어나 묘지를 지키는 종이 급히 아뢰었다. 태우가 분하고 원통해 바삐 항주로 갈 적에 어머니에게 하직하고 조 부인에게 고했다.

"소생이 급히 투장한 것을 파내고 올 것이니 형수님은 혼구를 미비한 것 없이 차리소서."

부인이 응대하고 속히 돌아오기를 청했다.

공이 바삐 나와 정 공을 보고 가려 할 차에 하리가 금평후가 왔음을 아뢰었다. 공이 기뻐해 급히 청해 서로 보고 태우가 말했다.

---

28) 총부(冢婦): 종자(宗子)나 종손(宗孫)의 아내.
29) 투장(偸葬): 남의 산이나 묏자리에 몰래 자기 집안의 묘를 쓰는 일.

"내가 바야흐로 형을 보러 가려 했더니 참으로 잘 왔네. 항주 선산에 투장한 변이 나서 지금 가는 길이네. 비록 급히 가지만 그 투장한 것을 파내고 돌아오면 자연히 길일의 때가 될 것이네. 모든 혼구가 미비할까 염려되니 형은 희천 등에게 자주 와 보고 혹 미비한 것이 있거든 밖으로 도와 주게."

정 공이 놀라서 말했다.

"형이 항주로 간다 하니 천 리 길이 지극히 험난할 것이네. 마지못한 길이지만 혹 길일에 못 미쳐 올까 하니 혼구는 염려 말고 속히 다녀오게."

태우가 한시가 바빠 급히 떠나니 정 공이 서운한 마음을 이기지 못했다. 이윽히 앉아 광천 등과 대화하다가 돌아갔다.

유 씨가 자기 소원에 들어맞아 혼사를 방해할 틈이 생겼으므로 시어머니에게 고했다.

"조 씨 사 모자를 매양 없애려 하셨는데 소원을 못 이루셨습니다. 희천 형제는 점점 자라가고 명아는 정씨 집안과의 혼사를 온전히 할 수 있게 되었습니다. 조 씨의 형세상 손을 쓰기 어려우니 어찌하려 하십니까?"

부인이 한참을 생각하다가 대답했다.

"이 혼인을 방해해 분을 풀려 해도 좋은 계교가 없구나."

유 씨가 말했다.

"정씨 집안이 명아가 서너 살 때 돌아가신 아주버니와 정혼해 이제 혼인하게 되면 쉽게 방해할 틈이 없을 것이니 이를 근심하나이다."

경아가 비밀스럽게 고했다.

"소녀가 적이 생각하니 위 관인이 나이 사십에 아내가 없어 평생 절색을 구한다고 합니다. 할머님께서 위력으로 위 관인에게 맡기시고 정씨 집안에는 명아를 잃어버렸다 하고 혼인을 물리치면 관계가 없을 것입니다."

부인이 박장대소하며 말했다.

"이 말이 묘하고 묘하구나. 방이 아내를 잃고 재취를 구하고 있었는데 노모가 깨닫지 못하고 있었구나."

그러고서 즉시 심복시녀를 보내 위방을 불렀다.

원래 이 위 관인은 태부인의 서질(庶姪)이다. 방의 용맹이 남보다 뛰어나 활을 당기고 칼을 춤추어 날랜 것이 빼어났으므로 군대에서 장관(將官)을 지내고 집이 부유하여 몇 만 금을 쌓아 두고 노복이 무수했다. 그 아내 홍 씨가 자녀를 두고 죽어 방이 과도하게 슬퍼하는 중에 주부가 없는 것을 민망히 여겨 재취할 사람을 진정으로 구했다. 천금을 들여도 미인을 얻는다면 아끼는 것이 없었으니 여색에 주린 귓것이었다.

경아가 명아를 천거하고 금은을 제 욕심대로 물리도록 얻기 위해 짐짓 할머니를 부추기고 훗날 부친이 알아도 자기는 빠지려 한 것이었다.

위방이 이르러 태부인을 뵙고 부르신 연고를 물었다. 부인이 이에 웃고 말했다.

"좋은 말을 이르려 부른 것이다. 네 후취를 못 했으니 여자를 소개하려 한다. 나의 손녀 현의 딸은 나이가 겨우 열두 살인데 아름다운 얼굴이 천고에 독보하다. 제 아비가 살아 있을 때 금평후 정연의 아들과 정혼했는데 이제 정씨 집안에서 혼인을 재촉하는구나. 내 마음으로는 너에게 주고 싶으나 너는 서얼(庶孼)이고 나이가 맞지 않아 내 아들의 귀에는 이 일을 들리게 하지 못할 것이다. 그래서 내 마음대로 못 하고 있었는데 이제 수가 나가고 혼인날이 임박해 일이 매우 급하게 되었으니 네 뜻이 어떠하냐?"

방이 천만뜻밖에 윤 상서의 천금과 같은 딸을 자기에게 시집보내려 한다는 말을 듣자 감격한 듯, 황공한 듯 정신이 취해 오직 웃는 입을 벌리고 검은 낯에 더러운 수염을 어루만지며 일어나 머리를 두드리고 사례하며 말했다.

"천한 조카를 위해 명천공 어르신의 만금과 같은 따님을 허락하시니 그 은혜는 몸이 부서지고 뼈가 가루가 되어도 다 갚지 못할 것입니다. 그러나 법률에 의거한 서얼이 재상 가문의 여자를 남이 알게 시집오게 할 수 없을 것이니 각별한 계교로 취하려 하나이다."

부인이 말했다.

"나도 위력으로 맡기려 했더니 네 말이 옳구나. 어떻게 남이 모르게 취할 수 있겠느냐?"

방이 말했다.

"제가 용맹이 남보다 뛰어나니 소저 침소를 알려 주시면 심야에 겁탈하려 하나이다."

부인이 옳다 하더니 경아가 협실에서 문답을 듣고 공교로운 꾀를 생각하고 조모를 청해 일렀다.

"할머님은 이리이리 하소서."

부인이 응낙하고 나와 방에게 말했다.

"손녀가 아직 각각 침소에 있지 않고 모녀가 함께 거처하고 있다. 조 씨 총명이 귀신과 같아 남자보다 뛰어난 식견이 있으니 네가 비록 용맹하나 혼자 들어가서는 자취가 드러나기 쉬울 것이다. 내가 집을 떠나 조 씨 모녀만 데리고 강정으로 갈 것이니 너는 명화적(明火賊)[30]인 체하고 군사를 거느려 돌입하면 내가 안에서 응해 힘을 합칠 것이다. 너는 또 조 씨를 마저 찔러 죽여 말이 나지 않도록 하라."

방이 더욱 기뻐해 순순히 사례하니 부인이 말했다.

"오늘이라도 옮길 것이니 너는 다만 용맹하고 굳센 장수를 모아 일을 잘하라."

방이 무수히 절해 은혜를 일컫고 돌아갔다.

태부인이 조 부인을 불러 말했다.

"노모가 연일 꿈자리가 불길하고 심사가 어지러워 지향을 못해 괴이하게 여겨 점치는 사람에게 길흉을 점쳤더니 몇 달 동안 집을 떠나 액운을 피하라 하더구나. 부득이하게 며칠 내로 강정으로 가려 한다. 유 씨는 운수가 불길하다 하므로 데려가지 못하고 오직 그대 모녀가 길하다 하니 나를 좇아갔다가 혼례날에 미쳐 돌아오도록 하라."

조 부인이 시어머니의 마음을 비추어 보고 적이 놀랐으나 감히 거역하지 못해 명령을 들을 따름이었다.

두 공자가 들어와 이 말을 듣자, 첫째공자가 간했다.

"점치는 자의 말이 참으로 허탄하고, 까닭 없이 재앙을 피하실 것이 아니니 원컨대 옮기지 마소서."

태부인이 천아 등에 대한 미움이 얽혀 있었으나 태우가 있을 때는 꾸짖지도 못했는데 문득 쌓였던 마음이 크게 폭발해 낯빛을 바꾸어 말했다.

"노모가 꿈자리가 어지러워 집을 잠깐 떠나려 하는데 네가 어찌 막는 것이냐?"

공자 등이 대답했다.

"부디 옮기려 하시면 소손 등과 구 씨 할머니가 모시고 갈 것이니 모친과 누이는 두고 가십시오."

---

30) 명화적(明火賊): 떼를 지어 돌아다니며 재물을 마구 빼앗는 사람들의 무리.

부인이 꾸짖었다.

"네 어미를 데려가는 것이 무엇이 해롭겠느냐?"

공자가 대답했다.

"해로운 것이 아니라 누이의 혼사일이 임박했는데 가고 오는 데 혼수를 차리기가 어려울까 해서입니다."

부인이 대로해 몇 년 쌓인 분노와 한이 겸하여 폭발해 금척(金尺)으로 두 공자를 난타하며 말했다.

"간사하고 흉악한 악한 종자들이 무엇을 안다고 노모에게 명령하는 것이냐? 네 아비부터 몹쓸 놈이었는데 일찍 죽고 너희 두 사람을 끼쳐 두었는데 너희가 이토록 사나운 것이냐?"

첫째공자가 정색하고 말했다.

"요(堯)임금과 순(舜)임금의 아들31)도 어리석었습니다. 소손 등이 사나운 것은 선군(先君)의 죄가 아닌데 어찌 차마 대인을 일컬으셔서 못할 말씀을 하십니까? 선군이 일찍 세상을 떠나신 것이 할머님께는 서하지탄(西河之嘆)32)이시고 소손 등에게는 지극히 슬픈 일입니다. 그런데 할머님은 슬퍼하는 마음을 두지 않으시고 덕을 이처럼 잃으신 것입니까?"

부인이 더욱 대로해 광천의 머리털을 잡아 벽에 부딪게 하고 오른손으로 희천의 머리를 잡아 뜯으며 큰 소리로 꾸짖었다.

"열 살도 안 된 것들이 지금부터 할미를 죽이려 해 원망하는 마음

---

31) 요(堯)임금과~아들: 요임금과 순임금은 중국 고대 성군(聖君)으로 덕이 높은 인물로 유명함. 요임금은 아들 단주(丹朱)가 어리석자 순임금에게 임금 자리를 물려주고, 순임금은 아들 상균(商均)이 어리석자 우(禹)임금에게 임금 자리를 물려줌.

32) 서하지탄(西河之嘆): 서하(西河)에서의 탄식이라는 뜻으로 부모가 자식을 잃고 하는 탄식을 이름. 서하(西河)는 지금의 섬서성(陝西省) 한성현(韓城縣)에서 화음현(華陰縣) 일대. 중국 춘추시대 공자의 제자 자하(子夏, B.C.508?-B.C.425?)가 공자가 죽은 후 서하(西河)에 은거하고 있었는데 그 자식이 죽자 슬피 울어 눈이 멀었다는 데서 유래함.

이 이와 같으냐? 이런 악한 종자들을 살려 무엇하겠느냐? 내 말이 어떠하기에 덕을 잃었다는 것이냐? 네 아비 놈이 너희를 못 보았어도 간악하고 요망해 밖으로는 효도하는 체하고 안으로는 나를 죽이려 했더니 너희 놈들이 아비와 같으니 어찌 괘씸하지 않으냐? 자식이 부모를 닮는다는 말이 옳다. 너희의 행동은 현의 간악함과 조 씨의 흉악함을 겸했으니 천고에 제일가는 악한 놈들이구나. 차라리 한칼에 어미와 자녀 네 명을 다 죽여 내 한을 풀어야겠다."

광천이 머리를 부딪혀 아픔을 이기지 못했으나 억지로 참아 정색하고 대답했다.

"할머님 말씀이 한심함과 놀라움을 이기지 못하겠습니다. 소손 등이 아버님의 얼굴을 알지 못하고 지극한 고통이 뼛속에 맺혀 인간 세상의 즐거움을 몰랐습니다. 그런데 일가친척들의 말을 들으면 선친께서는 성품이 효도하고 우애가 있으며 친척에게 돈독하고 어질어 세속의 사람과 다르시다고 했습니다. 그런데 할머님은 어찌 소손 등의 불초함 때문에 문득 선군을 불효하고 불인(不仁)한 사람이라 하셔서 목강(穆姜)33)의 인자하신 덕이 없으시고 덕을 잃고 체면을 잃는 것을 위주로 하십니까? 소손이 실로 할머님을 위해 다른 사람이 들을까 부끄럽습니다."

부인이 더욱 분한 기운이 뼈에 사무쳐 둘째공자를 놓아두고 큰공자에게 달려들어 머리부터 온몸을 헤아리지 않고 짓두드렸다. 분한 기운이 끓어올라 흉악하게 날치는 모습이 이리가 사람을 만나 물어흔드는 형상이요, 한 조각 인정이 없으니 나이는 비록 늙었으나 쇠

---

33) 목강(穆姜): 중국 진(晉)나라 정문거(程文矩)의 아내 이 씨의 자(字). 친아들 둘을 두고 전처의 아들 넷이 있었는데, 정문거가 죽자, 전처의 아들 넷은 이 씨가 자기들을 낳은 어머니가 아니라고 하여 박대하였으나 이씨는 그들을 사랑으로 대하였다 함.

약함이 없어 공자를 두드리자 피가 솟아나고 온몸이 상했다. 조 부인이 이런 광경을 보고 자기 몸이 아프고 뼈가 저린 듯했으나 어디에 가 구해 달라는 말을 내겠는가. 오직 아는 듯 모르는 듯하니 둘째 공자가 울며 빌었다.

"형이 비록 말이 공손하지 않았으나 큰 덕을 드리우셔서 형을 용서하시기를 슬피 고하나이다."

그러나 부인은 들은 체하지 않았다. 큰공자는 자기가 아픈 것보다 집안에 새로이 생긴 변란을 생각하니 놀라서 자기 형제가 효도하지 않은 사람이 될까 슬퍼해 이에 고했다.

"소손을 다스리실 것이면 마땅히 종들을 시켜 때리실 일이지 어찌 이처럼 할머님 몸을 쓰셔서 소손의 불효를 더하시는 것입니까?"

부인이 또 들은 체하지 않고 어지럽게 두드리며 그 몸을 물어뜯어 피를 내고 머리털을 쥐어뜯으며 벽에 팽개쳐 벼락같이 짓두드리니 두골이 깨져 붉은 피가 돌돌 솟아났다. 위 부인이 이처럼 요란하게 굴 적에 큰소저와 현아 소저며 구 씨 등이 이르러 이 광경을 보고 크게 놀라 현아 소저가 나아가 위 부인에게서 매를 빼앗고 공자를 붙들어 냈다. 부인이 오히려 분을 풀지 못했으나 아주 죽이지는 못하고 현아가 매를 앗으니 마지못해 풀어 놓았다. 그리고 조 부인에게 자식을 잘못 낳았다며 욕하며 꾸짖을 따름이고 강정에 갈 것을 확정해 날마다 쓸 물건을 약간 옮기고 집을 청소하라 분부했다. 조 부인이 이에 묵묵히 물러났다.

큰공자가 정신을 수습해 머리를 싸매고 천천히 외당에 가 둘째공자에게 말했다.

"할머님이 강정에 행차하시는 것은 불행한 일이니 반드시 곡절이 있어 어머님과 누이를 데려가시는 것이다. 어찌하면 화를 방비해 위

험한 지경을 면할꼬? 내가 정신이 아득해 진정하지 못하겠구나."

둘째공자가 탄식하고 대답했다.

"대인께서 안 계셔서 이런 일이 있으나 강정으로 가신 후에 일의 기미를 보아 방비할 것입니다. 그런데 형님이 부질없이 분노를 돋우면 조금도 유익함이 없으니 이후에는 일이 되어 가는 것을 보시고 어른의 명령을 어기지 마소서."

큰공자가 길이 슬퍼하며 말했다.

"우리가 운명이 기구해 아버님의 얼굴을 알지 못하는데 집안의 기미를 스치건대 변고가 한층 더할 것이다. 우리의 안위는 관계없으나 어머님께서 긴 세월에 무궁한 고생을 겪으실 것이니 자식의 도리로 어머님께서 편하실 바를 도모하지 못하고 어찌 견디겠느냐?"

말을 마치자 눈물이 줄줄 흘러내려 연꽃 같은 얼굴을 적셨다. 둘째공자가 슬퍼해 눈물을 많이 흘렸으나 할머니의 악함은 일컫지 않았다.

위 부인이 며칠 후에 조 씨 모녀를 데리고 강정으로 갈 적에 두 공자가 모시고 가기를 청했으나 위가 듣지 않았다.

명주보월빙 제5권

윤명아는 도적을 피해 암자에 안둔하고
정천흥은 문무 양과에서 장원급제하다

이때 위 부인이 며칠 후 조 씨 모녀를 데리고 강정으로 갈 적에 두 공자가 모셔 갈 것을 청했으나, 위 씨가 조 부인 모녀를 없애려 마음먹었으니 그 말을 어찌 듣겠는가. 이에 말했다.

"너희는 집에 있고 오지 마라."

조 부인이 두 아들을 불러 가만히 일렀다.

"나는 딸아이와 함께 아무 기구한 변고가 있어도 방비할 것이니 너희는 할머님의 명령대로 아직 집에 있거라."

두 사람이 눈물을 흘리며 말했다.

"강정 행차는 어머님과 누이에게 좋은 길이 아닙니다. 불의에 변고를 만나면 어찌하려 하십니까?"

부인이 말했다.

"네 어미가 비록 무능하나 이미 하늘이 무너지는 슬픔도 견디고 죽지 않았으니 이제는 끝까지 삶을 도모할 것이다. 그러니 너희는 염려하지 말거라."

소저가 또 두 아우를 위로했다. 두 공자가 눈물을 흘리고 재삼 청해 뜻밖의 변고가 있어도 몸을 가볍게 상하게 하지 마시기를 고했다. 부인이 순순히 응낙하고 태부인의 재촉이 급했으므로 드디어 모녀가 함께 강정으로 향했다. 두 공자가 할머니와 어머니를 성문 밖에 나아가 이별하고서 울적한 심사와 절박한 근심이 비길 데가 없었다.

부인이 강정에 나와 방을 정해 들어가고 조 부인 모녀를 악악거리며 보채는 일은 없었으나 부인 모녀가 잠시도 마음을 놓지 못했다.

강정에 온 지 며칠 후에 정부의 빙물이 이르렀다. 조 부인이 보니 월패 한 줄이었으나 광채가 황홀해 태양의 빛을 앗아 천하에 값을 따질 수 없는 보배였다. 부인이 정 공이 남강에서 뱃놀이할 때 보월을 얻은 줄을 들었는데 이제 보고서 슬피 옛일을 느꼈다. 그때에 상서는 명주를 얻고 정(鄭) 후(侯)는 보월을 얻어 기특하게 정혼했으나 자녀의 혼인 때를 맞이해 상서가 앎이 없음을 슬퍼했다. 정 공이 청렴하고 검소해 큰아들을 혼인시키는 데 세속의 번잡함이 없어 다만 보낸 것은 한 장의 혼서와 보월 한 개와 집안에서 대대로 전해 오는 박옥쌍봉잠(璞玉雙鳳簪)[1]뿐이었다. 부인이 그 맑고 고상함을 탄복했으나 태부인은 입을 비죽이며 말했다.

"정씨 집안이 공후(公侯)의 부귀를 가지고서 혼인 예물이 변변치 않고 소략해 가난한 선비만도 못하니 이는 아비가 없는 탓이라 어찌 분하지 않으냐?"

조 부인이 말을 하지 않고 빙물을 거두어 침소에 두었다. 태부인이 그 보월이 기이한 보배인 줄 그윽이 욕심내어 그것을 빼앗아 경아를 주려 했다. 그런데 위방이 명아를 겁탈하고 조 씨를 죽이기로 했으므로 만일 조 씨를 죽이면 보월을 시원하게 빼앗아 경아를 주려

1) 박옥쌍봉잠(璞玉珀玉雙鳳簪): 박옥으로 만든, 한 쌍의 봉황이 새겨진 비녀. 박옥은 순도 높은 옥의 원석을 말함.

하니 흉악한 욕심이 이와 같았다.

위방이 강정에 나아가 눈에 익히려 두루 보고 태부인을 뵈었다. 부인이 서로 날을 기약하고 무뢰배를 데리고 돌입하라 하니 방이 순순히 사례하고 갔다.

조 부인이 방이 다녀간 뒤부터 갑자기 가슴이 요동쳐 방이 무슨 흉계를 꾸미는지 염려가 적지 않았다. 소저가 갑자기 왼팔이 떨리며 진정하지 못하다가 모친에게 고했다.

"소녀가 마음이 어지럽고 왼팔이 떨려 스스로 무서우니 이는 반드시 불길한 징조입니다. 오늘 밤은 모친과 제가 옷을 다 바꿔 입어 소녀는 광천의 옷을 입고 모친은 대인께서 입으시던 단의(單衣)를 입으셔서 불의의 변고를 방비하는 것이 마땅합니다."

부인이 고개를 끄덕이며 말했다.

"네 말이 바로 내 마음과 같구나. 이리 온 지 십여 일에 잠시도 마음을 놓지 못해 일 만난 사람 같으니 이는 반드시 큰 화가 임박해서이다. 하물며 위방이 예전에는 어머님을 뵙지 않더니 근래에는 왕래가 잦아 이곳까지 다녀간 것이 미심쩍구나. 오늘 밤에 옷을 바꿔 입고 기미를 보아야겠다."

모녀가 의논을 정하고 저녁을 먹은 후에 태부인을 모시고 말하다가 물러나 침소로 돌아가 남자 옷으로 바꿔 입었다. 소저의 유모 설란은 부인의 유제(乳弟)[2]요, 시녀 주영과 현행은 설란의 딸이니 다 심복이었다. 부인과 소저의 행동을 의아하게 여겨 연고를 물었다.

"불의의 변고가 있으면 잠깐 피하려 하는 것이니 너희는 나갈 길을 보라."

---

2) 유제(乳弟): 젖을 같이 먹고 자란 동생.

설란이 몸을 일으켜 밖에 나가 좌우를 살피다가 집 뒤의 담을 보니 퇴락해 무너지고 허술했다. 돌아가 부인에게 고하니, 부인이 아들이 빙물로 줄 명주는 자기 몸에 감추고 정씨 집안의 빙물과 혼서는 소저의 품에 넣게 하고 밤이 깊도록 등불을 밝히고 앉아 있었다.

이때 홀연히 함성이 크게 일어나며 횃불이 밝게 비쳤다. 부인과 소저가 설란 세 모녀를 이끌고 허둥지둥 뒷담 무너진 데로 급히 달아나 빨리 피했다. 산 위에는 흰 눈이 가득하고 길이 막혀서 도적이 뒤쫓아온다면 몸을 버릴 곳이 없었다. 초조하고 급해 설란이 겨우 부인과 소저를 이끌어 감추고 곁에 섰다.

위방이 강정에 돌입해 뭇 도적들을 데리고 바로 조 부인 침소로 달려들어서 보았으나 부인과 종들 다섯 명은 그림자도 없었다. 위방이 무료(無聊)[3]하고 애달픈 것은 이를 것도 없고 흉악한 위 부인의 분함이 비길 데가 없었다. 이에 급히 일렀다.

"요망한 년들이 기미를 알고 도주했구나. 반드시 멀리 가지는 않았을 것이니 어서 급히 쫓아라."

방이 명령을 들어 무리를 거느리고 산에 올라 사방을 두루 돌았다. 횃불을 대낮같이 한 채 도적이 벌이 무리 지은 듯 나아갔다. 소저가 일이 급하므로 마음을 단단히 먹고 모친을 붙들어 위로했다.

"이 변란이 심상한 데서 나온 것이 아니니 어쨌거나 일을 방비하는 것이 옳습니다. 어머님은 몸을 보호할 계책을 생각하소서."

부인이 이에 주영, 현앵을 돌아보아 말했다.

"너희의 기상과 충성으로써 소저의 아름다운 몸을 어떻게 해야 보전시킬 수 있겠느냐?"

---

3) 무료(無聊): 부끄럽고 열없음.

주영과 현앵이 소리에 응해 대답했다.

"저희가 비록 충성이 옛사람에게 미치지 못하나 천한 몸으로써 소저를 보호할 것입니다."

말이 끝나기 전에 도적이 점점 산 아래로 왔다. 설란과 현앵이 주영을 붙들어 통곡하며 소리쳐 일렀다.

"우리는 도적을 피해 소저를 모시고 여기에 있을 것이니 바라건대 목숨을 상하게 하지 말거라."

위방이 소저가 간 곳을 쫓아와 이곳에 와서 만나니 크게 기뻐해 바로 교자(轎子)를 산 아래에 두었다. 그리고 붙들고 통곡하는 것이 소저라 생각해 급히 붙들어 교자에 담았다. 주영이 본디 아름다운 몸이 여종 가운데서 빼어났으므로 비단 소매로 낯을 가리고 슬피 통곡하니 도적이 소저라 여겨 붙들고 일렀다.

"소저는 슬퍼 마시고 놀라지 마소서. 소저께 해로운 사람이 아니고 소저의 일생을 영화롭고 부귀하게 할 것이니 도적의 무리로 여기지 마소서."

주영이 머리를 부딪쳐 울며 말했다.

"하늘이 비추시고 신명이 곁에 계시는데 재상 가문의 규수를 도적이 이처럼 욕되게 구는 일이 고금에 어디에 있느냐? 모친은 어디로 가셨으며 희천이는 나를 버리고 물러서서 어찌하려 하는 것이냐?"

방이 주영의 행동을 보고 윤 소저가 매우 매섭다 생각했다. 조 부인을 마저 죽이면 원수가 될 것이고 소저가 또 죽을까 겁을 내어 주영만 교자에 담아 소나기처럼 몰아갔다. 이에 주영은 내내 슬피 울었다.

설란이 현앵과 함께 그 가는 광경을 바라보고는 놀라고 슬퍼 즉시 부인이 있는 암석 사이에 나아갔다. 도적이 하던 말을 고한 후 설란이 말했다.

"그 으뜸도적은 의심 없는 위방이었습니다. 비록 낮에 가면을 썼으나 어찌 모르겠습니까?"

부인이 **뼈**가 서늘하여 말했다.

"그렇다면 딸아이를 데리고 들어가지 못할 것이다. 주영이를 대신 보내 도적이 물러갔으니 딸아이가 들어가는 것이 마땅하나 도적이 이 소식을 들으면 다시 변란을 일으킬 것이니 이를 어찌할꼬?"

소저가 눈물을 머금고 말했다.

"위방 흉악한 도적이 주영이를 겁탈해 갔으니 계부(季父)께서 오시기 전에는 소녀가 집에 들어가지 못할 것입니다. 어머님께서는 유모를 데리고 들어가시고 저는 현앵과 함께 아직 고요한 곳을 가려 머무르겠습니다."

부인이 손을 잡고 탄식하며 말했다.

"너를 아무 데도 지향 없이 보내고 내 마음을 어찌 다잡아 견딜 수 있겠느냐? 이제 집에 들어갈 형세가 되지 못하니 다른 데로 가지 말고 금릉에 조카 등이 있으니 그곳에 가 머무르며 일의 기미를 보아 가며 집으로 들어오면 될 것이다. 그런데 이 혹독한 추위에 어찌 갈 수 있겠느냐?"

소저가 위로하며 말했다.

"일이 불행해 이에 미쳤으니 슬퍼해 무엇하겠습니까? 어머님께서는 마음을 널리 하시고 소녀를 염려하지 마소서. 금릉으로 가거나 어디 암자나 도관을 얻어 몸을 평안히 할 것입니다. 하늘이 죽이지 않으신다면 스스로 위태롭게 하지 않을 것이니 할머님께서 바야흐로 어머님이 피하신 것을 아시면 분노가 더하실 것입니다. 그러니 어서 들어가소서."

부인이 마지못해 소저를 암석 사이에 두고 들어갈 적에 심장이 찢어지는 듯해 울며 말했다.

"네 어미가 믿고 바라는 것이 너희 남매다. 온갖 슬픔을 서리담아 밤낮으로 축원하는 바는 광천이 등과 너를 혼인시켜 선군의 유언을 저버리지 않으려 하는 것이다. 딸아이는 하해의 넓음과 금옥(金玉)의 견고함이 있으니 어떻게든 몸을 보전하라."

소저가 명령을 듣고,

"유모를 데리고 들어가소서."

라고 말했다.

부인이 한없는 슬픔을 참고 마지못해 돌아갈 적에 소저에게 노자(路資)가 없으므로 소저를 아직 암석에 있으라 했다.

부인이 설란과 함께 가니, 위 씨가 바야흐로 손뼉을 두드리며 말하던 참이었다.

"조 씨 모녀가 간통한 남자를 얻어 도망하고 도적이 들었어도 날 혼자 버리고 갔다."

이처럼 욕설이 놀라웠으니 부인이 발걸음을 중지해 듣고 어이없고 한심했다. 자기가 남자 옷을 한 모습을 보면 더욱 밉게 여길 줄 알고 가만히 침소로 들어가 다시 옷을 바꿔 입고 손그릇을 뒤져 은냥을 얻어 소저에게 보내고 바삐 시어머니에게 나아갔다.

부인이 조 부인 모녀가 어디로 갔는지 알지 못해 행여 살아날까 근심하고 분노하다가 부인을 보자 미워하는 마음으로 부인을 끝내 삼킬 듯했으나 소저가 간 곳을 물으려 해 말했다.

"점치는 자가 이러한 일 때문에 액운이 깊다 했던 것이다. 한밤중에 명화적(明火賊)이 급히 들어 노모는 놀라 거의 기절할 뻔했다. 그런데 며느리 모녀는 그림자도 보지 못했으니 어디에 갔던 것이냐?"

조 부인이 소저가 간 곳을 전혀 모르는 체해 놀라는 낯빛으로 대답했다.

"도적의 함성을 듣고 첩은 어머님 침소로 오려 하다가 벌써 도적이 앞을 막았으므로 오지 못하고 뒷문으로 나가 잠깐 숨었습니다. 명아는 주영이와 현앵을 데리고 뒷문으로 향해 달아나려 하기에 첩이 어머님 침소로 가거나 대청 밑에 숨거나 하라 했더니 어디에 숨고서 나오지 않은 듯합니다."

부인이 조 부인이 평소에 단정하고 고요해 헛된 말을 하지 않는 줄을 오히려 알고 있으므로 소저가 어디에 숨었는가 해 대청 밑과 온 집을 두루 흩어서 찾아보게 했다. 그런데 그림자도 얻어 보지 못했는데 강정 노복과 이웃 사람들이 다 도적이 갈 때 교자 속에서 울음소리가 들렸다고 이르니, 태부인이 소저는 방이 데려간 줄 알고 기뻐했다. 조 부인 못 죽인 것을 애달파 했으나 주변 사람들의 의심을 막으려 해 거짓으로 놀라는 낯빛으로 두루 찾으라 하며 눈물을 흘리니 좌우 사람들이 그런 줄로 여겼다.

이에 조 부인을 돌아보아 말했다.

"명아의 거처가 끝내 없으면 정씨 집안에는 무엇이라 하고 혼인을 물리려 하느냐?"

부인이 대답했다.

"딸아이를 끝내 찾지 못하면 마침내 정씨 집안에는 딸을 잃어버렸다고 알리는 것 외에 어찌하겠습니까?"

위 씨가 또 물었다.

"빙물은 어찌하였느냐?"

부인이 대답했다.

"명아가 몸에 지니고 나갔으니 어찌하겠습니까?"

부인이 보월에 욕심을 내었다가 이 말에 매우 애달파 했다. 그리고 조 부인을 죽이지 못한 것을 한탄했으나 강정 비복들의 이목이라도 자기가 너무 인정 없이 하면 아름답지 않은 소문이 날까 꺼려 흉악한 마음을 서리답고 겉으로는 흔쾌한 듯했다.

조 부인이 매사에 한심해 침소에 돌아가 설란에게 소저에게 은자를 전했는지 물었다. 그러자 난이 대답했다.

"소저께서 이르시기를, '소녀는 아무쪼록 목숨을 보전해 훗날 슬하에 절할 것이니 어머님께서는 몸 보중을 잘하소서.'라고 하셨습니다."

부인이 길이 탄식해 딸과 같은 약질이 눈보라가 이는 추위에 어디로 향했는지 생각하며 슬픔을 이기지 못하니 설란이 위로했다.

날이 밝자 강정 노복 등이 옥루항 공자 등에게 소저 잃어버린 변을 고했다. 공자 등이 매우 놀라 경황없이 숙모에게 고하고 강정으로 갔다.

위 씨가 마중 나와 밤에 있었던 일을 이르고 소저를 잃어버린 데 말이 미쳐서는 목이 메여 눈물을 금치 못했다. 그러나 두 공자가 어찌 할머니의 뜻을 모르겠는가. 말하는 것이 무익해 다만 눈물을 흘리며 말했다.

"누님이 비록 한때 간 곳을 모르나 결단코 도적에게 잡혀가지는 않았을 것이니 할머님은 너무 슬퍼하지 마소서."

그러고서 모친 방에 가 전날 밤의 일을 묻고 큰공자는 친히 두루 돌아다녀 누이의 거처를 찾아보겠다고 했다. 부인이 두 아들을 가만히 나오게 해 주영을 도적이 데려간 일과 소저가 금릉으로 가려 하던 일을 일렀다. 두 공자가 기뻐했으나 약질이 혹한을 당해 어찌 도달할까 슬퍼해 부인에게 고했다.

"어머님께서 어찌 누이를 선뜻 보내셨습니까? 금릉은 길이 멀고 암자, 도관 등도 조용한 곳을 얻기가 참으로 어려울 것이니 소자 등이 오늘 종일토록 찾아보려 합니다.”

부인이 말리며 말했다.

“네 누이는 위인이 결코 몸을 가볍게 버리지 않을 것이니 아직 가만히 버려두라. 흉악한 도적이 주영이를 데려갔으나 안에 응하는 사람이 있으니 필시 네 누이가 벗어난 줄 알면 큰 변고가 날 것이다. 그러니 너희는 아직 모르는 체하는 것이 옳다.”

두 공자가 대답했다.

“어머님의 가르치심이 마땅하시나 혼인은 이미 길일이 멀지 않았고 정부에서는 우리 집 연고를 모르는데 규수를 잃었다 해 혼인을 물리면 아름답지 않습니다. 소자가 두루 돌아다니며 누이를 찾아 조용한 암자를 얻어 몸을 편안하게 하고 돌아올 것입니다. 그러니 정부에는 아직 이런 말을 마십시오. 계부께서 혼인 즈음에 오실 것이니 계부께서 오시거든 누이를 데려와 혼인시켜 보내면 간악한 도적이 미처 손을 놀리지 못할 것이고 혼사를 무사히 지낼 수 있을 것입니다.”

부인이 말했다.

“우리 아이의 말이 마땅하나 서방님이 혼인날에 못 미쳐 오신다면 딸아이의 혼사는 길일을 허송할까 하는구나.”

큰공자가 대답했다.

“계부께서 혹 혼인날에 못 미쳐 오신다면 정씨 집안에는 누이가 병이 있어 혼인을 이루지 못하니 잠깐 물리자 하는 것이 옳습니다.”

부인이 옳게 여겨 고개를 끄덕였다.

유 씨가 강정에 도적이 들어 소저의 거처가 없다는 말을 듣고 위방이 데려갔음을 알아 기뻐했다. 그러나 오히려 조 부인을 죽이지

못했고 공자 등이 비상하므로 혹 기미를 알까 하여 시어머니에게 글을 올렸다,

'광천 등이 범상한 아이가 아니니 혹 누이를 찾으려 할 것입니다. 며칠 동안은 어머님 앞을 떠나지 못하게 하여 명아의 자취를 얻지 못하게 하소서.'

태부인이 글을 보고 깨달아 짐짓 누워 떨며 앓는 체하고 부인 세 모자를 불러서 일렀다.

"내가 정신이 황홀해 기운이 아득하니 며느리는 손자 등을 데리고 내 앞을 떠나지 마라."

부인과 공자 등이 조모의 마음을 알았으나 이처럼 크게 아픈 것에 놀라움을 이기지 못해 위 부인의 손발을 주무르며 좌우에서 떠나지 않았다.

한참이 지나자 공자 등은 귀신 같은 총명함이 있었으므로 병의 징후를 살피니 결단코 진짜로 앓는 병이 아니었다. 속으로 한심하게 여겨 집의 변고를 크게 슬퍼하다가 큰공자가 모친에게 고했다.

"희천 아우를 데리고서 할머님의 환후를 구호하소서. 소자는 누이의 거처를 알아보겠습니다."

태부인이 광천의 손을 잡아 곁에 앉히고 말했다.

"지난 밤에 도적의 변고에 놀란 가슴이 지금까지 진정하지 못할 것 같으니 너희나 떠나지 말거라."

조 부인이 행여 아들이 명령을 거역할까 두려워 눈으로 아들을 보며 말했다.

"딸아이는 자취가 어디로 간 줄 알지 못하고 어머님의 환후가 이와 같으시니 물러날 생각을 마라."

공자가 누이의 거처를 찾지 못해 가슴이 베이는 듯했으나 조모의

마음을 스쳐 알고 슬픈 빛으로 대답했다.

"소자가 오늘부터 두루 돌아다니며 누이의 거처를 알고 도적의 근본을 부디 알려고 했습니다. 그런데 할머님께서 이와 같으셔서 움직이지 못하나 누이를 생각하면 처연한 마음을 비길 데가 없습니다."

부인이 공자의 말을 듣고 마음속으로 우습게 여겨 생각했다.

'자기가 비록 총명하나 우리가 한 일을 어찌 알겠는가. 어쨌거나 잡아 앉혀 두어 아직은 소문을 듣지 못하게 해야겠다.'

이렇게 헤아리고 공자 형제를 다 곁에서 물러나지 못하게 했다.

큰공자가 더욱 마음이 급했으나 하릴없어 며칠을 위 부인 곁에서 떠나지 못했다.

정 공이 옥루항에 와 공자 등을 보려 하니 노복 등이 공자들은 강정에 나갔다 하고 소저를 잃어버렸다고 고하는 것이었다. 정 공이 크게 놀라 친히 강정에 나아가 두 공자를 보고 물었다.

"길일이 점점 가까워 오니 기쁨을 이기지 못해 존부(尊府)에 나아가 너희를 보고 미비한 것이 있으면 혼례 물품을 도우려 했다. 그런데 뜻밖에도 소저를 잃어버렸다고 하니 이 어찌 된 변고며 너희는 무슨 까닭으로 이렇게 나온 것이냐?"

큰공자가 부디 누이의 거처를 알아내 계부가 들어오시면 누이를 데려다가 길례를 지내려 했으므로 누이 잃은 것을 정부에 알리지 않았더니 정 공이 벌써 안 것을 불행히 여겼다. 그러나 정 공이 알고 묻는데 속이는 것이 옳지 않아 이에 몸을 굽혀 대답했다.

"조모께서 우환을 피하실 일이 있어 어머님과 누이를 데리고 이에 옮아 계셨더니 뜻밖에도 명화적이 심야에 돌입했습니다. 누이가 두어 시녀와 함께 급히 피했다고는 하나 며칠이 되었는데도 거처를 알지 못하니 온 집안이 초조하고 경황이 없는 가운데 있습니다. 즉시 존부에 알려 아시게 해야 했습니다만, 혹 누이를 찾을까 했는데 오늘까지 소식이 없습니다. 누이가 반드시 밤을 맞아 경황없이 피하다가 길을 잃어 찾지 못하는가 싶습니다. 할머님의 건강이 좋지 않으시므로 떠나지 못하고 참으로 어찌할 줄을 모르고 있나이다.”

공이 매우 놀라 물었다.

“도적이 들었을 때 너희 형제는 어디에 있었으며 영매(令妹)가 또 어찌 그리 멀리 가서 길을 잃도록 한 것이냐? 재상 집안의 규수를 잃어버린 것은 희한한 변고다. 혼인날이 임박했는데 이런 불행한 일이 어디에 있느냐?”

두 공자가 슬픈 빛으로 대답했다.

“길일을 허송하실 일이 존부에도 불행한 일이나 저희가 누이를 잃어버렸으니 사정상 절박한 근심은 이를 것도 없고 할머님과 홀어머님이 지나치게 슬퍼해 병이 나시기에 이르렀으니 저희가 더욱 근심을 이기지 못하겠습니다. 도적이 돌입할 때 저희는 본부에 있어서 알지 못하고 오늘 아침에야 여기에 이르렀습니다. 그런데 누이가 어디로 갔는지 몰라 지향해 찾을 길이 없고 할머님의 환후 때문에 곁을 떠나지 못하니 심신이 미칠 것 같습니다.”

정 공이 공자 등의 행동을 보니 한갓 누이를 잃어버려 애태울 뿐 아니라 경황이 없어 어찌할 줄 모르는 모습이었다. 반드시 별다른 연고가 있음을 깨달아 불행함을 이기지 못해 공자 등에게 당부해 소저를 찾아보라 하고 돌아갔다.

공자 등이 안으로 들어가 모친에게 정 공의 말을 고했다. 부인이 부끄럽고 슬펐으나 태부인을 두려워해 소저 찾을 생각을 못 하고 10여 일을 지냈다.

태우가 항주에 내려가 투장(偸葬)[4]한 것을 파내고 바삐 상경해 집안으로 갔다.

소저의 길일이 며칠밖에 남지 않았으므로 공이 눈이 오는 혹한을 헤아리지 않고 빨리 온 것인데 공자 등은 없고 구파가 바삐 달려왔다. 태부인이 우환을 피하려고 조 부인 모녀를 데리고 강정에 갔다가 소저를 잃어버린 연유와 태부인이 놀라 병이 났음을 고하고 소저를 잃어버린 것을 슬퍼했다. 공이 다 듣기도 전에 온 마음이 경악해 봉황의 눈이 둥그레지고 눈썹 사이가 매우 엄해진 채 말했다.

"어머님께서 부질없는 점쟁이의 말을 믿어 강정으로 향하셨으나 서모와 유 씨 등이 어찌 간하지 않은 것입니까?"

구파가 탄식하며 말했다.

"상공께서 아직도 태부인의 성격을 모르고 계십니다. 노신 등이 우환을 피하시는 것이 부질없다고 고했으나 듣지 않으시니 어찌할 도리가 없었습니다."

공이 탄식하고 강정으로 갔다. 태부인이 맞이해 달려와 소저를 잃어버렸음을 이르고 눈물을 흘렸다. 태우가 그사이 건강을 묻고 눈물을 줄줄 흘리며 말했다.

"어머님께서 무당과 점쟁이의 말을 숭상하시는 것을 소자가 매양 간했는데 필경 이런 일이 있어 명아를 잃었으니 어찌 애달프지 않습니까? 소자가 어리석고 사리에 밝지 않아 평소에 어머님께 간하지 못해 요괴로운 무녀와 점쟁이의 말을 믿으시게 했습니다. 부질없이 우환을 피하신다 해 조카딸을 잃어버리게 해 선형께서 지극히 믿으신 바를 저버렸습니다. 그러니 훗날 저승에서 백씨(伯氏)를 뵐 면목이 없습니다."

---

4) 투장(偸葬): 남의 산이나 묏자리에 몰래 자기 집안의 묘를 씀.

말이 끝나자 울음을 그치지 않았다.

조 부인이 들어오자 일어나 맞이해 인사를 마치고 조카딸을 잃은 것을 일컬으며 눈물을 비오듯 흘렸다. 조 부인이 어찌 공을 속이려 하겠는가마는 시어머니의 흉악함을 두려워해 역시 슬퍼할 뿐이고 구태여 말이 없었다. 공이 모친에게 고했다.

"어머님께서 이리로 옮으실 때 광천이가 형수님과 조카딸을 데려가지 마시라고 한 것에 분노해 광천이를 난타하신 것이 과도한 지경에 미쳐 광천이의 머리가 깨졌다고 하니 그 어찌 된 일입니까? 광천이 등에게 불초한 일이 있어도 사리로 꾸짖으시고 사랑으로 거느리신다면 저의 천성이 지극히 효성스러우니 자연히 허물 된 일이 없었을 것입니다. 그런데 어머님은 덕과 자애를 멀리하시고 선형의 효성과 선행을 만고에 불효하고 어질지 않은 일로 지목하셔서 덕을 잃은 것이 과도하셨던가 싶습니다. 소자가 듣고서 마음이 서늘하고 뼈가 놀랄 정도였습니다. 어머님께서 비록 심화가 심하시나 어찌 차마 그와 같으셨단 말입니까?"

부인이 매사를 공이 모르게 해 자기의 극악하고 흉한 마음을 알까봐 감추고 겉으로는 어진 낯빛을 지어 공을 속이고 있었다. 그런데 자신이 공자 등을 난타한 일과 상서를 함부로 언급하며 꾸짖은 일을 아들이 어느 사이에 알고 이처럼 이르는 것을 듣고 매우 민망해 거짓으로 뉘우치는 척하고 탄식하며 말했다.

"노모가 네 형을 잃은 후로부터 화증이 성해 조그마한 일이라도 마음과 같지 않으면 심화가 드러난 것이다. 그러니 어찌 손자들을 소중히 여기지 않아 그렇게 한 것이겠느냐?"

공이 슬픈 빛으로 탄식하고 모친의 몸이 평안하지 않은 것을 우려해 의약으로 다스려 차도가 있으면 속히 집으로 돌아오시기를 청했다.

이때 정 공이 윤 소저를 잃어버렸다는 말을 듣고 매우 놀라 집으로 돌아가 태부인에게 고하고 길일을 허송할 바를 애달파 했다. 윤 소저의 훌륭한 행실과 사덕(四德)5)이 외모에 나타나 있음을 어렸을 때 보았으므로 속히 혼인을 이뤄 눈앞의 기이한 기화(琪花)로 삼으려 했다. 그런데 이런 일을 당하니 불행하고 놀라운 마음을 이기지 못해 이미 얻은 며느리나 다르지 않게 생각했다. 태부인이 길일을 손꼽아 고대하다가 이 말을 듣자 매우 놀라 말했다.

"명화적이 들었으나 재산과 보화를 노략할 것이지 재상 규수를 겁탈해 가지는 않았을 것이니 그 집 변고가 참으로 괴이하구나. 천 흥이가 나이 열셋이나 장대함이 미진한 데가 없거늘 지금까지 아내를 얻지 않은 것은 규수가 어리기 때문이었다. 그런데 이제 잃어버렸다 하니 거처 없는 윤 씨를 어찌 기다리겠느냐? 먼저 다른 집에 구혼해 혼인시키면 좋을까 한다."

공이 대답했다.

"어머님의 말씀이 마땅하시나 저 윤 씨는 평범하게 정혼한 사람이 아닙니다. 윤 문강이 살아 있을 때 소자가 친히 윤 씨 아이의 팔위에 글자를 쓰고 얼굴을 마주해 정혼했으니 피차 마음이 변할 일이 아닙니다. 저 집이 신의를 어기고 약속을 배반하려 한 것이 아니라 변고가 이와 같아 그 날짜를 허송하는 것입니다. 윤 씨는 우리 집안에서 얻은 며느리나 다르겠습니까? 몇 년을 기다려 윤 씨의 생사와 거처를 알고 다른 집에 구혼하려 합니다."

부인이 이 말을 듣고 매우 서운해 했다.

윤 공이 모친의 환후가 나아지자 모시고 집안으로 돌아갔다. 그리

---

5) 사덕(四德): 여자가 지녀야 할 네 가지 덕. 네 가지 덕은 마음씨[婦德], 말씨[婦言], 맵시[婦容], 솜씨[婦功]를 이름.

고 노복을 흩어 소저의 종적을 사방으로 찾도록 했다. 그러나 추풍 낙엽과 대해의 부평초 같으니 어디에 가 소식인들 듣겠는가.

속절없이 길일을 허송하고 해가 바뀌니 공이 애달프고 슬퍼 음식을 먹어도 단맛을 알지 못하고 잠을 자도 편히 자지 못해 모습이 수척해지니 태부인이 속으로 한스러워했다.

정 공이 매양 이르러 태우를 보고 소저의 거처를 찾아보라 하면 공이 슬픈 빛으로 말했다.

"찾지 않으려 하는 것이 아니라 지금까지 소식을 모르고 있으니 앉으나 누우나 몸에 병이 생길 정도라네. 형의 집이 제사를 받들고 어버이를 받드는 데 창백[6]의 혼사가 한시가 바쁠 것이네. 간 곳을 알 수 없는 내 조카딸을 기다리지 말고 다른 집에서 아내를 얻도록 하고 혹 조카딸을 찾는 날이면 비록 선후가 바뀌었으나 정씨 집안에 의탁해 버리지 않으면 큰 덕이겠네. 형은 염려하지 말고 바삐 며느리를 가리게."

정 공이 역시 슬픈 빛을 하고 말했다.

"노친이 과연 한시를 바빠 하시나 몇 년까지나 영질(令姪)을 찾아 거처를 알고 내 아들의 혼인날을 정하려 하니 어찌 다른 집과 혼인을 의논하겠는가? 영질이 비록 내 아들과 화촉의 예를 이룬 일은 없으나 우리 집에 빙폐와 혼서가 있고 영질의 팔 위에 글자가 있네. 천지개벽해도 뜻을 고칠 길이 없으니 어찌 신의를 잃어 죽은 벗을 저버리고 훗날 저승에서 문강 형을 볼 안면이 없게 하겠는가?"

태우가 슬픈 빛을 하고 눈물을 흘리며 말했다.

"조카딸의 혼사를 정한 길일에 못 지낸 것은 내 탓이네. 내가 집

---

6) 창백: 앞에서는 등장하지 않았지만 뒤의 예를 보면 정천흥의 자(字)로 보임.

에 있었다면 홀어머님께서 강정에 행차를 안 하셨을 것이네. 한갓 사사로운 정으로 마음이 베이는 듯하니 새로이 형 집안에 근심을 끼치고 죽어서는 형님을 뵙고 전할 말씀이 없네. 조카딸을 잃은 지 벌써 서너 달이 되었으니 더 기다려 보아 마침내 소식을 모른다면 내가 천하를 두루 돌며 생사거처를 알고서야 아픔을 견딜 것 같네."

정 공이 윤 공이 너무 슬퍼하는 것을 보고 도리어 위로해 말했다.

"영질은 수명과 복록이 완전한 상이네. 잃어버렸다 해 목숨을 버릴 일은 없을 것이니 형은 너무 슬퍼하지 말고 액운이 다해 후에 서로 모이기를 기다리게."

태우가 슬픈 회포를 진정하지 못해 거의 목숨을 잃을 듯했다.

정 후가 돌아간 후에 공자 등이 내당에 들어가 모부인에게 정 공의 말씀을 고했다. 그리고 날이 따뜻해지면 자기들이 누이를 찾아보겠다 하니 부인이 슬픈 낯빛을 하고 말했다.

"서방님께서 와 계시니 네 누이를 찾으면 급히 혼인시켜 시가로 보내면 좋으련마는 아직 네 누이의 거처를 모르고 있구나. 이 아이가 금릉으로 안 갔어도 반드시 안전하고 고요한 곳을 얻어 머물면서 우리 소식도 알려고 할 것이다. 그러니 너희는 급히 찾을 생각을 말거라."

공자 등이 명령을 들었으나 누이를 위한 근심이 비길 데가 없었다.

유 씨 모녀가 위 씨에게 고했다.

"명아의 위인이 범상하지 않아 위방의 모욕을 달게 받지 않을 것입니다. 그 일이 어떻게 되었는지 알지 못하니 참으로 궁금합니다. 위 관인에게 명아와 두 시녀가 다 갔는지 알아보소서."

부인이 그렇게 여겨 사람을 보내 물으려 했다.

그런데 위방이 문득 밖에 와 알현하기를 청하는 것이었다. 공은 마침 나가고 두 공자는 독서당에 있으므로 방이 내당에 가 부인을 뵈려 했다.

이때 태우가 돌아오자 방이 공을 싫게 여겨 바쁜 일이 있다 핑계하고 돌아갔다.

태우는 위방의 행동을 알지 못했으나 그 모습을 우습게 여겨 태부인에게 고했다.

"위방의 눈이 흐리멍덩하고 몸을 고요히 가지지 못해 행동거지가 미친 사람 같습니다. 이후에 오거든 어머님은 핑계하시고 보지 마소서. 비록 가까운 친척이나 저런 것이 왕래하는 것이 불길합니다."

부인이 태우가 이처럼 하는 것을 보고 혹 명아의 일을 아는 것이 있는가 하여 이에 말했다.

"그것이 본디 눈동자가 좋지 못하고 무반이란 것이 굳센 기운을 써서 대개 그런 것이다. 비록 천하지만 숙모와 조카의 정이 있으니 오면 안 볼 수 없어 본 것이다. 내당에서 보는 것을 불편해 한다면 보지 않겠다."

태우가 눈썹을 찡그리고 대답했다.

"어머님께서 보시려는 것을 보시지 말라고 하는 것이 아닙니다. 소자가 그런 사람과 대면하는 것이 괴로워 그런 것입니다. 어머님께서 안 보신다면 자기 스스로 왕래할 일은 없을까 하나이다."

부인이 매우 불쾌해 다시 말을 안 했다.

재설. 윤 소저가 현앵과 함께 사오 냥 은자를 가지고 금릉으로 향하려 했다. 그런데 날이 매우 차서 약질이 먼 길에 도달할 길이 없을 뿐더러 세 치의 걸음걸이가 동서(東西)를 분간하지 못했다. 현앵이 또한 하류의 종이었으나 어려서부터 사대부가의 규방에서 종사했으므로 얼음과 옥처럼 맑은 골격을 지니고 있었다. 주인과 종이 서로 붙들어 마음을 담대히 먹고 즉시 바위 동굴을 떠나 길을 찾아 나아갔다. 참으로 그물에서 벗어난 고기요, 새장에서 떠난 봉황이니 이른바 집이 있으나 들어가지 못하고 천하가 넓으나 한 몸이 머무를 곳이 없었다. 집을 바라보고는 아른거리는 듯 눈물을 뿌리고 몸에 남복이 있으니 이를 믿고 두루 암자와 도관을 구해 몸을 편안히 있으려 했다.

주영을 시켜 자기 몸을 대신해 위 씨 도적을 속여 돌려보냈으나 모부인을 떠나와 그 마음이 베어지는 듯했다. 스스로 명철보신(明哲保身)[7]해 몸과 목숨을 완전하게 하려 했다. 몸이 비록 규방의 한 소녀였으나 식견이 고상해 진유자(陳孺子)[8]의 슬기가 있고, 현명해 사군자와 열장부(烈丈夫)의 마음이 있었으니 어찌 잠시의 이별에 자질구레하게 대사를 그릇되게 하겠는가.

모친이 보낸 사오 냥의 은자를 가지고 강정에서 십여 리를 가니, 앞에 한 여승이 백라장삼(白羅長衫)[9]을 떨쳐 입고 오색의 염주를 목에 걸고서 황옥장(黃玉杖)[10]을 짚고 바로 윤 소저를 향해 합장하고 배례해 말했다.

"벽화산 취월암 혜원 비구니는 귀 소저께 뵙나이다. 이런 엄동설한에 천금과 같은 약질이 길에서 방황하고 계십니다."

소저가 남복을 하고 있으므로 자기가 여자인 줄을 알지 못하는가 하다가 천만뜻밖에 비구니를 만나 이런 말을 듣자 놀랍고 신기한 마

7) 명철보신(明哲保身): 총명하고 사리에 밝아 일을 잘 처리하여 자기 몸을 보존함.
8) 진유자(陳孺子): 중국 전한(前漢)의 개국공신 진평(陳平, ?-B.C.178)을 이름. 유자(孺子)는 고향의 부로(父老)들이 진평에 대해 부른 이름.
9) 백라장삼(白羅長衫): 하얀 천으로 된 승려의 옷옷. 길이가 길고, 품과 소매를 넓게 만듦.
10) 황옥장(黃玉杖): 황옥(黃玉)으로 만든 지팡이.

음을 이기지 못했다. 눈을 들어 비구니를 보니 얼굴은 백설 같고 미목(眉目)이 빼어나 강산의 정기를 띠고 있었다. 소저가 이에 탄식하고 일렀다.

"내 평생 법사(法師)와 한 번 만난 교분이 없고 환난을 당한 곡절을 이르지 않았는데 법사께서 어찌 이처럼 아는 것입니까?"

혜원이 웃으며 말했다.

"빈도(貧道)[11]가 비록 현명하지 못하나 소저의 근본은 거의 알고 있습니다. 길에서 문답할 것이 아니라 암자가 겨우 몇 리는 되는 곳에 있으니 바삐 가시지요."

소저가 바야흐로 암자, 도관을 얻어 머무르려 하던 차에 이승(異僧)을 만나 함께 벽화산으로 갔다. 산의 형세가 기이하고 화려하며 암자는 정묘해 별세계였고, 봉래방장(蓬萊方丈)[12]이었다. 암자에서 칠팔 명의 여승이 나와 혜원을 맞이하며 말했다.

"사부께서 월아선(月娥仙)[13]을 맞으러 간다 하시더니 맞아 오셨나이까?"

혜원이 말했다.

"월아선을 맞아 왔거니와 너희는 요란히 굴지 마라."

이렇게 이르며 소저를 인도하여 안으로 들어갔다.

승려들이 윤 소저가 여자인 줄은 알지 못했으나 남의(男衣) 가운데 일월(日月)과 같은 광채와 타고난 자태가 만고를 기울여도 둘이 없는 미모라 모두 넋을 잃고 매우 기이하게 여겼다.

---

11) 빈도(貧道): 덕(德)이 적다는 뜻으로, 승려나 도사가 자기를 낮추어 이르는 말.
12) 봉래방장(蓬萊方丈): 봉래산(蓬萊山)과 방장산(方丈山)을 함께 이르는 말로 중국 전설에 나오는 삼신산(三神山) 중 두 산. 나머지 하나는 영주산(瀛洲山).
13) 월아선(月娥仙): 달에 사는 선녀인 항아(姮娥)를 이름. 항아는 지상에서 후예(后羿)의 아내였는데 후예가 가진 불사약을 훔쳐 달로 도망가 달의 신이 되었다 함.

원래 혜원은 근본이 사족(士族)이었다. 양주 선비 강운의 딸로 일찍이 부모가 죽고 이칠(二七)에 시집가 남편이 죽었다. 마을 인심이 흉악하고 음란해 그 자색을 듣고 문득 절개를 꺾으려 했다. 이에 법사가 부모와 형제가 없으므로 몸을 보전하지 못할까 두려워 머리를 깎고 비구니가 되었다. 버릇없는 탕자가 산문(山門)을 따라다니며 법사를 겁탈하려 했으므로 부득이하게 경사로 올라가 남문 밖 벽화산에 암자를 짓고 부처를 받든 지 수십 년이었다. 불에 익힌 음식을 싫어하고 도행(道行)이 기특해 부처의 정과(正果)14)를 얻어 앉아서 천 리 밖의 일을 헤아리고 몸이 구름 속에 의지해 하루에 만 리를 갔다.

　　이날 법당에 앉아 불경을 외다가 눈을 희미하게 감으니 관음보살이 현성(顯聖)15)해 말했다.

　　"월아선이 윤씨 집안의 딸이 되었더니 지금 도적에게서 변을 당해 길에서 방황하고 있다. 제자는 빨리 구해 데려다가 암자에 편히 머무르게 하라."

　　법사가 놀라서 깨어 월아선의 운수를 헤아리니 틀림없이 남자 옷을 입고 암자나 도관을 구하고 있었다.

　　그래서 즉시 나아가 윤 소저를 맞아 돌아온 것이었다. 기쁨을 이기지 못해 그 빛나는 자태에 정신이 황홀해 반드시 비상하고 귀한 골격이라 여겼다. 소저에게 관음대사가 현성해 알려 주시던 말씀을 전하며 두 눈을 옮기지 않고 소저를 바라보며 말했다.

　　"소저가 대낮에 화란을 당했어도 부귀와 복록이 인간 세상에서 희한하시므로 조금도 위태하신 것은 없습니다. 그러나 초년 운수가

14) 정과(正果): 바른 과보(果報). 과보는 사람이 지은 선악의 행위에 의한 결과를 이름.
15) 현성(顯聖): 높고 귀한 사람이 죽은 후에 신령이 되어 나타남.

험난해 나이가 열 살을 넘지 않아서 부친상을 만날 것이고, 이번에도 집을 서너 달이나 떠나실 운수입니다. 그래도 액운에서 벗어나려면 아직 멀었습니다."

소저가 이 말을 듣자 매우 놀라 별 같은 눈에 가을 물결이 움직이며 말했다.

"첩의 운수가 법사가 이르는 말 같아서 어려서 아버님을 여의고 외로우신 어머님과 함께 세월을 보내고 있었습니다. 그런데 어젯밤에 도적이 들어 혼인을 어지럽히니 첩은 한 명의 시녀와 함께 급히 피해 사오 리를 나아와 길을 잃었습니다. 날이 밝았으나 집을 찾지 못해 길에서 방황하고 있더니 법사가 구해 암자에 데려와 주니 감사함을 이기지 못하겠습니다. 다만 법사의 성씨와 근본은 어떠합니까?"

혜원이 길이 탄식하고 말했다.

"빈도는 천하에 운명이 기박한 사람입니다. 사족 여자가 머리를 깎고 비구니가 된 것을 어찌 사람에게 들리게 할 만하겠습니까? 벌써 불가(佛家)에 맹세해 세상 염려를 끊은 지 하마 수십 년입니다. 산수간에 노닐며 뜻을 부치고 있었는데 천행으로 소저를 만났으니 산문(山門)의 큰 경사입니다."

소저가 혜원의 풍채와 골격이 반점 속세에 물들지 않았음을 기특하게 여겨 조용히 말했다. 혜원이 제자에게 명령해 소선(素膳)[16]을 갖추어 좋은 음식을 소저에게 대접하게 하고 그윽한 집을 가려 소저와 시녀를 머무르게 했다. 그리고 말했다.

"이곳이 경사에서 수십 리는 하나 궁벽해서 일찍이 바깥사람의 자취가 임하지 않았습니다. 소저께서 음양을 바꾸어 남복으로 계시

---

16) 소선(素膳): 고기나 생선이 들어 있지 아니한 반찬.

는 것이 옳지 않으니 옷을 바꿔 입는 것이 마땅할까 하나이다."

소저가 말했다.

"사부의 말이 옳으나 내 이곳에 머물 일이 없고 혹 뜻밖에 외인이 들어와도 매우 불편할 것이니 어찌 여복으로 고치겠습니까?"

혜원이 그렇게 여겨 말했다.

"소저 생각이 그러하시다면 빈도가 감히 막지 못하니 소저의 뜻대로 하십시오. 이미 이곳에 와 계시니 한번 부처께 절하는 것은 폐하지 못할 것입니다."

소저가 말했다.

"산문에 들어와 부모께서 주신 몸과 머리털을 상해 머리 깎고 비구니가 되는 것은 옳지 않으나 한번 예배하는 것이야 어찌 하지 않겠습니까?"

혜원이 기뻐해 이른 아침을 맞아 소저를 불전에서 절하라 했다. 소저가 마지못해 액운이 사라져 속히 집으로 돌아가도록 축원했다.

소저가 암자에 잠시 머문 사이에 신년을 맞이해 눈길 닿는 곳마다 슬픔을 이기지 못했다. 모친의 괴롭고 슬픈 마음을 생각해 밤낮 애가 타는 듯할 뿐만 아니라 태어나서 처음으로 어머니를 떠났으니 그리워하고 슬퍼하는 마음이 날로 더했다. 주영은 도적에게 잡혀가 어찌 되었는지 사라지지 않는 염려가 비길 데가 없었다. 때때로 맑은 눈물이 어지럽게 흘러 두 뺨을 적시니 현앵이 한때를 떠나지 않으며 위로하고 혜원이 소저 받들기를 관음의 버금으로 해 공경하고 삼가는 정성이 대단했다.

소저가 감사함을 마지않아 암자에서 겨우 얻어먹는 밥이 자기 때문에 허비되는 것이 불안했다. 그래서 가져온 사오 냥의 은으로 색실과 촉단(蜀緞)[17]을 사서 수놓아 시장에 매매하니 수놓은 솜씨가 정묘해 보는 사람이 황홀하게 여겼다. 저마다 값을 다투지 않고 많고 적음을 논하지 않아 부귀한 집의 소저 등이 다투어 샀다. 암자에 있은 지 몇 달에 금은이 날로 모였는데 소저는 조금도 가지는 것이 없이 수놓은 것을 팔아 값을 받으면 즉시 비구니에게 주어 양식을 살 자금으로 삼으라 했다. 가냘프고 고운 열 손가락을 신기하게 놀려 낮이면 수를 놓는 데 마음을 쏟고 밤이면 시서(詩書)에 고요히 몰두했다. 원래 혜원이 학문이 넉넉해 암자에 성현의 책들을 갖추어 두었는데 소저가 서적을 옮겨 자기가 머무는 방에 쌓아 두었다.

소저가 현앵에게 명령해 강정 근처에 가 소식을 탐지해 오라 했다. 현앵이 명령을 듣고 한나절을 나가서 소식을 알고 와서 고했다.

"태우께서 돌아와 태부인과 모부인을 모셔 옥루항으로 들어가고 노복을 내어놓아 소저의 소식을 듣본다고 합니다."

이에 소저가 기뻐해 자기가 암자에 있는 것을 알려 집으로 들어가려 했다. 그러자 혜원이 말리며 말했다.

"어느 때라도 돌아갈 것입니다. 빈도가 소저께서 떠나는 것을 연연해 하는 것이 아니라 아직 들어가시는 것은 너무 급해서 그러합니다. 서너 달 더 머물러 계시면 자연히 기회를 만날 것이니 그때 옥루항으로 나아가소서."

소저가 물었다.

"이제 들어간다 해 무슨 일이 있겠습니까?"

혜원이 웃으며 말했다.

"소저의 액운이 사라지려면 아직 멀었습니다. 이번에도 너무 빨리 들어가시면 재앙을 급히 취하실 것입니다."

---

17) 촉단(蜀緞): 중국 촉나라에서 생산된 비단.

소저가 말했다.

"그러면 언제 들어갈 수 있겠습니까?"

혜원이 대답했다.

"늦봄을 기다리소서."

소저가 탄식하며 말했다.

"내가 어버이를 그리워하는 회포는 하루가 삼추(三秋)와 같거니와 늦봄이 멀지 않으니 법사의 말을 믿겠습니다."

법사가 이에 관음대사의 가사(袈裟)[18]에 수를 놓아 줄 것을 청하며 말했다.

"빈도가 훗날에 취월암에 있지 않을 것이지만 혹 다시 소저를 모실까 바랍니다. 소저께서는 불가(佛家)에 공을 쌓으셔서 관음대사 가사에 수를 놓아 주시는 것이 어떠합니까?"

소저가 선뜻 허락하고 재주를 다해 관음대사의 가사에 수를 놓았다. 수놓은 것이 영롱하고 오색이 어려 상서로운 빛이 났으니 당대 용렬한 수품(繡品)[19]과는 차이가 매우 컸다. 이에 혜원이 기쁨을 이기지 못했다.

수 놓기를 끝내는 날 법당에 가 부처 앞에 절하고 윤 소저의 수명과 복록을 축원했다.

이때 조정에서 과거를 베풀어 인재를 뽑으려 하자, 정부에서 천흥 공자가 할머니를 부추겨 말했다.

"아버님이 소손(小孫)의 나이가 어리다 하셔서 작년 과거에도 못 보게 하시고 이번에도 과거를 보지 말라고 하십니다. 남아(男兒)가

---

18) 가사(袈裟): 승려가 장삼 위에, 왼쪽 어깨에서 오른쪽 겨드랑이 밑으로 걸쳐 입는 법의(法衣).
19) 수품(繡品): 수놓은 품격.

이른 나이에 영화를 구하지 않고 구태여 수염이 세고 기운이 다 빠진 후에 과거를 본들 무엇이 좋겠나이까? 원컨대 할머님께서 이리이리 하셔서 소손이 과거장에 나아가게 하소서."

태부인이 그 기상을 기뻐해 웃고 말했다.

"네 아비에게 이르겠지만 네 아비가 매양 너의 호방함을 일러 일찍 과거를 보면 기운을 기를까 해 염려해 그런 것이다. 그런데 어찌 수염이 세고 기운이 쇠한 후에 과거를 보라 하겠느냐?"

공자가 역시 웃고 물러났다.

이날 저녁문안을 맞아 태부인이 금평후에게 말했다.

"박명한 인생이 세상에 즐거움이 없으나 너 한 몸을 둔 채 다른 자녀는 있지 않고 손자로는 천흥이 외에는 자란 이가 없다. 천흥이의 문장과 기상이 성숙한 어른이라도 미치지 못할 것이니 벌써 과거장에 출입하는 것이 마땅했다. 그런데 네가 고집을 부려 천흥이가 과거 보는 것을 허락하지 않았다. 이번에는 노모를 위해 천흥이를 과거장에 들여보내거라."

정 공이 효성이 빼어나 평소에 태부인 말씀을 어기는 일이 없었으므로 명령을 듣고 절해 말했다.

"삼가 어머님의 가르침을 받들겠습니다. 다만 천흥이의 사람됨이 방탕하고 허랑하며 군자의 행실이 부족해 일찍이 과거장 출입을 시켰다가 어린 기운을 펴 벼슬길에 나아가는 날에는 미녀를 모을까 염려가 되었습니다. 그런데 어머님께서 이 아이를 과거장에 들이라 하시니 어찌 거역하겠나이까?"

그러고서 공자를 불러 내일 과거장에 들어가라 하니 천흥이 속으로 기뻐했으나 다만 나직이 절해 명령을 들었다.

공자가 과거장에서 쓸 도구들을 차려 나아갔다. 오래지 않아서 글제가 나오고 시각이 급해 평범한 재주를 가진 사람은 붓을 떨치기 어려웠다. 그러나 정천흥이 십 년 공부한 노력과 강하와 같은 큰 재주를 이날 펼치니 종이 위에 바람과 구름이 모여 용사비등(龍蛇飛騰)하고 봉황이 쌍쌍이 춤추니 세상을 다스릴 만한 재주와 덕이 글 위에 완전했다.

이미 다 쓰고, 따라온 종에게 주어 바치라 하고 두루 돌아다니며 수만 선비의 글제를 보았다. 눈썹을 찡그리고 목을 끄덕여 한없이 생각하며 글씨 쓰기를 비는 자도 있고 필체가 상쾌해 용렬함을 면한 자도 있으며 글을 능히 짓지 못해 남이 지어 주기를 청하는 이도 있어 스스로 짓고 쓰는 자가 참으로 드물었다. 생이 이 모습을 보고 실소하며 헤아렸다.

'저런 것들이 선비인 체하고 명지(名紙)20)를 메고 과거장에 들어 왔으니 어찌 염치가 없는 자들이 아닌가.'

이렇듯 웃으며 한곳에 다다르니 네 명의 선비가 글제를 바라보고 눈물을 떨어뜨리며 쓸 생각이 없는 채 있는데 우두머리 되는 자가 탄식하며 말했다.

"과거는 일 년에 몇 차례나 있는 것이고 사람마다 급제하기를 바라는 것이 아니나 나의 사정은 다른 사람과 같지 않다. 부모님이 다 돌아가시고 할머님의 양육을 입어 장성했는데 지금 할머님의 환후가 위독하신 가운데 실로 병든 할머님 곁을 떠나 과거장에 들어오지 못할 상황이었으나 할머님이 권해 들여보내시며, '내 병을 약으로 치료하지 말고 계화청삼(桂花靑衫)21)으로 내 앞에 절하면 내 병이

---

20) 명지(名紙): 과거 시험에 쓰던 종이.
21) 계화청삼(桂花靑衫): 계수나무의 꽃과 청삼. 청삼은 조복(朝服) 안에 받쳐 입는 옷으로 남빛 바탕에 검은 빛깔로 가장자리를 꾸미고 큰 소매를 달았음. 과거 급제자의 옷차림.

금세 나을 것이다.'라고 하셨다. 그런데 이제 글제를 보니 갑자기 지을 길이 없구나. 종이를 들고서도 시문을 짓지 못하고 그저 가게 되었으니 할머님께 무엇이라 고하겠는가?"

그 아래 앉은 선비가 눈물을 머금고 말했다.

"형은 집이 경사에 있으니 과거마다 참여하는 것이 쉽겠으나 우리는 천 리 먼 지방에 있고 집안이 빈궁해 아침에 저녁 일을 헤아리지 못하는 지경에 있네. 어머님이 안 계시고 아버님이 쇠약하셔서 세상일을 깨닫지 못하시다가 과거가 있다는 말을 들으시고 노자를 장만해 주시면서 우리에게 당부해 과거를 못 보면 내려오지 말라 하셨네. 그런데 글제를 보니 생각이 아득해 가슴이 막히는 듯하니 과거 급제는 바라지도 못하고 돌아가 아버님을 뵐 낮이 없네."

말석에 앉은 이는 머리를 숙이고 오랫동안 말을 못 하다가 두 줄기 눈물이 물이 흐르듯 해 말했다.

"저는 원래 과거에 들어올 생각을 하지 않았으나 망팔지년(望八之年)[22]의 증조모께서 용꿈을 꾸었으니 들어가라 하시고 과거장에서 쓸 도구를 구차히 빌려서 주셨습니다. 그래서 마지못해 들어왔더니 글과 글씨를 꾸며 내는 것은 죽도록 해도 못 하니 그저 부질없이 돌아가 증조모께 부끄럽고 열없는 마음을 어찌 보일 수 있겠습니까? 어려서부터 팔자가 기구해 부모와 조부모를 다 여의고 형제와 친척이 없어 증조모를 의지해 자라나서도 한 일도 기쁜 일을 보여 드리지 못했습니다. 증조모께서 허탄한 꿈을 믿으셔서 아득히 급제하기를 바라고 계실 것이니 차라리 처음에 과거를 보라 하셨을 때 사양하고 들어오지 말 것을, 이런 애달픈 일이 어디에 있습니까?"

---

22) 망팔지년(望八之年): 여든을 바라보는 나이라는 뜻으로, 나이 일흔한 살을 이르는 말.

이때 정 공자가 네 명의 문답을 다 듣고 재주가 용렬하고 둔한데 이렇게 말하는 것을 우습게 여겼으나 그 사정을 슬퍼해 앞에 나아가 팔을 들어 길이 읍(揖)[23]하고 말했다.

"예전에 사마의(司馬懿)[24]가 이르기를, '세계의 사람들은 모두 형제라고 이를 만하다.'[25]라고 했습니다. 제가 네 분 형과는 면분(面分)이 없으나 오늘 네 분 존형의 회포를 잠깐 들으니 마음에 슬픔을 이기지 못하겠습니다. 알지 못하겠습니다만, 성명이 어떻게 되십니까? 제 재주가 아둔하나 네 형이 붓을 들고 글을 쓰지 못하는 것을 헤아려 명지(名紙)를 내 주신다면 까마귀를 그리더라도 되도록 하겠습니다."

네 명이 바야흐로 슬픈 회포를 이르고 눈을 들어서 보지 않았으므로 정생이 뒤에 서 있는 줄 몰랐다가, 정생이 문득 읍(揖)하고 그 말이 이와 같은 데 미치자 크게 놀라 급히 일어나 답례했다. 정생의 신선 같은 광채는 바로 태양의 광채요, 낮이 찬란해 고운 것은 이를 것도 없고 팔 척이나 되는 몸에 헌걸찬 위엄이 세상에 보기 드문 한 사람이었다. 혹 신선이 자기 등을 희롱하는가 의심해 서로 얼굴을 돌아보며 대답하지 못하자 생이 다시 말했다.

"사람을 믿지 않아 시각이 늦어 가되 명지를 내 주시지 않으니 제가 청하여 누추한 문필을 보이려 한 것이 심히 부끄럽습니다."

네 명이 급히 몸을 굽혀 사례해 말했다.

"저희는 용렬하고 어리석은 사람들입니다. 재주가 없어 과거에 급

---

23) 읍(揖): 두 손을 맞잡아 얼굴 앞으로 들어 올리고 허리를 앞으로 공손히 구부렸다가 몸을 펴면서 손을 내리는 예(禮).
24) 사마의(司馬懿): 중국 삼국시대 위(魏)나라의 명장(179-251). 자(字)는 중달(仲達). 촉한(蜀漢) 제갈공명의 도전에 잘 대처하는 등 큰 공을 세워, 그의 손자 사마염이 위(魏)에 이어 진(晉)을 세우는 데에 기초를 세움.
25) 세계의-만하다: 이 말은 사마의가 한 말이 아니라 공자의 제자 자하가 한 말임. 『논어(論語)』, 「안연(顔淵)」에 공자의 제자 자하(子夏)가 사마우(司馬牛)에게 한 말이 등장함.

제하기를 바라는 것은 둘째요, 명지를 도로 가져가게 되었습니다. 다 사정이 예사롭지 않아 우연히 회포를 일렀던 것인데 존형은 어디에서 이르셨기에 사람에게 적선을 하려 하시는 것입니까? 존귀한 성과 큰 이름을 듣고자 하나이다."

정생이 미소 짓고 말했다.

"성명을 아는 것은 바쁘지 않으니 어서 차례로 명지를 내 주소서."

네 명이 기쁨을 이기지 못해 즉시 명지와 붓을 내어 주며 쓰도록 했다. 우두머리의 이름은 여숙이요, 그 아래로 박관과 박건이 형제니 먼 지방에서 온 선비요, 끝에 앉은 소년은 화정이었다. 모두 정생을 향해 무수히 사례하고 그 붓을 놀리는 모습을 보았다. 시각이 늦었으므로 조금도 생각하는 빛이 없이 네 장의 명지를 초서로 다 각각 필체를 다르게 해 잠깐 사이에 다 썼다. 종이 위에 쌍룡이 뛰놀고 일월이 떨어진 듯, 광채가 찬란해 눈이 부셨다. 하물며 첩첩한 글이 장강(長江)과 대해(大海) 같았으니 네 명이 글 뜻은 어떠한지 몰랐으나 그 신속함에 놀랐다. 다 쓰고서 생이 일어나 읍하고 말했다.

"날이 늦었으니 어서 바치고 더디게 하지 마소서."

네 명이 일시에 정생의 옷을 붙들고 성명을 물으며 은인이라 칭하며 뼛속 깊이 감동한 것이 말에 나타났다. 이에 생이 정색하고 말했다.

"우연히 아둔한 글귀를 시험했으나 이토록 하시는 것은 저의 불안함을 돕는 것입니다. 함께 공부한 사람들이 바야흐로 기다릴 것이라 한담을 하지 못하니 성명은 훗날 아뢰는 날이 있을 것입니다."

말을 마치자 명지를 바치라 재촉하고 늠름히 일어나며 여러 사람에게 섞이니 순식간에 간 곳을 몰랐다. 여생 등이 신선인가 의심하며 글을 지었으므로 다행으로 여겨 일시에 바쳤다.

정생이 여, 박 네 명에게 글을 지어 주고 한가하게 노닐다가 다시 연무청(鍊武廳)을 바라보았다. 수만 명의 영웅이 굳센 기운을 드날려 말을 달리고 활을 잡아 백 보나 떨어진 버들잎을 맞히며 날짐승의 무리를 쏘아 땀을 흘리고 과거에 급제하기를 죄는 마음이 큰 가뭄에 구름과 무지개가 뜨기를 기다리는 것 같았다.

정생이 홀연 마음이 요동쳐 헤아렸다.

'대장부가 재주를 품고 드러내지 않으면 매우 졸렬한 것이다. 내 본디 무예를 익히지 못했으나 뜻이 매양 문무를 겸전하려 했더니 어쨌거나 한번 시험해 보아야겠다.'

그러고서 즉시 소매를 떨치고 선뜻 연무청으로 나아갔다. 활을 당기며 화살을 날리니 어찌 착오가 있겠는가. 반생을 부지런히 익힌 자라도 이에 미치지 못할 것이라 백발백중하니 무과 장원을 남에게 사양하지 못할 것이었다. 큰 북이 연하여 울리고 수만 명의 영웅이 혀를 내두르며 칭찬하지 않는 이가 없었다. 그 풍채의 시원스러움은 만고에 한 사람이라 보는 자들이 황홀하게 넋을 잃어 어린 듯이 정 공자 몸에 눈길을 보냈다.

이날 과거장이 전과 크게 달라 황상께서 친히 글제를 내시고 일일이 평가하셔서 인재를 바라는 마음이 지극하셨다. 그런데 한 장도 임금의 마음에 합하는 것이 없었다. 혹 시의 뜻이 기발한 것이 있으나 마침내 은하의 깊은 것이 없고, 그렇지 않으면 겨우 시를 완성한 것도 있으며 문리(文理)26)가 채 되지 못한 것도 있어 용안(龍顔)이 매우 좋지 않으셨다. 천천히 정 공자의 시권(詩券)을 친히 얻어 한번 어람(御覽)하시니 온 종이에 황룡이 서리고 봉황이 뛰어놀고 있는 것이었다. 첩첩한 글이 천지의 너른 것을 가져 나라를 평안하게 하고 안

---

26) 문리(文理): 글의 뜻을 깨달아 아는 힘.

정시키며 세상을 다스리고 경륜을 펼 재주와 덕이 종이 위에 완연했다. 임금께서 매우 기뻐하셔서 친히 장원으로 정하시고 차례로 평가해 수를 채우셨다. 여, 박, 화 등의 글을 보시고 당세에 인재가 많은 것을 기뻐하시니 곁에서 모시던 신하들이 다 황홀히 칭찬했다.

이미 문무 급제자의 수를 채워 전두관(殿頭官)27)이 옥계(玉階) 아래에서 소리를 길게 해 문무의 장원(壯元)을 호명하니 '태주인 정천흥의 나이가 열네 살이요, 아버지는 대사도 금평후 연이라.'고 하는 소리가 세 번 울렸다. 한 소년이 가볍게 걸어 옥계 아래에 잰걸음으로 나아가니 키는 팔 척이고, 뚜렷한 이마는 동(董) 원수(元帥)28)의 천원지방(天圓地方)29)을 닮았다. 누에눈썹에 봉황의 눈을 가졌고, 제비 모양의 턱에 호랑이 모양의 머리30)를 했으며, 호랑이 코에 붉은 입술을 가져 용과 호랑이의 기상을 지녔다. 대궐에 있던 구름 같은 사람들이 장원이 나이가 어리다는 말을 듣고, 모두 한꺼번에 구경하다가 그 키와 몸을 보고 놀라지 않는 이가 없었다.

임금께서 한번 보시고 매우 기뻐하셔서 계수나무꽃을 주시고는 크게 칭찬하셨다.

"정연은 동량(棟樑)31)의 신하이며 금과 옥처럼 매우 훌륭한 군자로서, 자식을 두었는데 이처럼 특출나니 이는 한갓 정씨 집안만의 복이 아니다. 짐이 인재를 얻어 사직(社稷)의 신하32)를 삼고 동량(棟樑)의 인재를 정하니 국가의 경사라 어찌 기쁘지 않은가?"

---

27) 전두관(殿頭官): 궁전에서 임금의 명을 받아 널리 알리거나 일을 하는 내시.
28) 동(董) 원수(元帥): 중국 전한(前漢) 때의 재상 동중서(董仲舒, B.C.176?~B.C.104)를 이름. 동중서는 천인감응(天人感應), 천원지방(天圓地方) 사상을 주장한 바 있음.
29) 천원디방(天圓地方): 하늘은 둥글고 땅은 네모남.
30) 제비-머리: 먼 나라에서 봉후(封侯)가 될 상(相)을 이르는 말.
31) 동량(棟樑): 마룻대와 들보로 쓸 만한 재목이라는 뜻으로, 집안이나 나라를 떠받치는 중대한 일을 맡을 만한 인재를 이르는 말.
32) 사직(社稷)의 신하: 나라의 안위(安危)와 존망(存亡)을 맡은 중신(重臣).

만조백관이 모두 만세를 불러 인재 얻으신 것을 하례했다. 새로 문무에 급제한 사람들을 차례로 불러들이시니 여, 박, 화 네 명이 구슬 펜 듯이 올라왔다. 여섯 번째는 석준이니 추밀사 석화의 셋째아들이며 태우 윤수의 사위이자 경아의 남편이었다. 임금께서 매우 총애해 금평후 정연과 추밀사 석화를 가까이 부르셔서 옥배(玉杯)에 향온(香醞)33)을 내려 각각 기이한 자식 둔 것을 칭찬하시고 장원을 각별히 총애해 어온(御醞)을 내려 주셨다.

이날 벼슬을 돋워 정천흥을 한림학사 호위장군에 임명하시고 그 어린 나이에 문무의 재주를 다 갖춘 것이 만고에 희한함을 크게 칭찬하셨다. 금평후가 아들이 지닌 헌걸찬 문장과 큰 재주로써 과거장에 나아가 급제할 줄은 짐작했으나 문무의 으뜸이 되어 위로 임금과 아래로 만조백관이 칭찬해 당대의 한 사람으로 치켜세우자 도리어 불안해 기뻐하지 않았다. 임금의 총애가 과도하기에 다다라 황공함을 이기지 못해 고개를 조아려 사은하고 말했다.

"천흥은 한낱 나이 어린 아이입니다. 우연히 과거에 참여하였사온데 급제해 큰 영광을 얻을 줄은 천만뜻밖입니다. 하물며 문무 두 길을 디뎌 장원의 자리를 밟았으니 신이 놀라움과 두려움을 이기지 못해 아뢸 바를 알지 못하겠습니다. 엎드려 바라건대 성상께서는 천흥의 외람한 벼슬을 거두시고 십 년 말미를 주시면 물러가, 글을 더 읽고 나이가 차거든 임금을 섬기고 나라의 은혜를 갚아 성은을 만분의 일이나 갚을까 하나이다."

재삼 사양하는 것이 진심에서 우러났으니 임금께서 그 공손하고 청렴함을 아름답게 여기시고 만조백관이 탄복함을 마지않았다.

---

33) 향온(香醞): 향기로운 술이라는 뜻으로, 임금이 내리는 술을 이름.

장원이 아버지가 기뻐하지 않는 것을 보고 역시 계단에서 내려가 굳이 사양해 말했다.

"소신은 이칠 어린아이입니다. 어린 나이에 과거를 구경하는 것이 무엇이 바쁘겠습니까? 다만 할미가 연로해 서산(西山)에 임박하니 자손의 영화를 바삐 보고자 해 신의 아비를 권해 신을 과장(科場)에 들여보냈기에 마지못해 글을 지어 바친 것입니다. 연무청에서 무반(武班)이 활과 화살을 희롱하니 아이 마음에 일시 희롱으로 활을 잡아 나는 새를 쏘는 놀음에 참여하였으나 기약하지 않은 무과 장원이 되었으니 황공하고 불안하여 몸 둘 곳을 알지 못하겠습니다. 엎드려 바라건대 성상께서는 신의 이름을 무과 장원 방목에서 떼어 내시고 십 년 말미를 허락하시면 물러가 다시 재주와 학문을 닦아 벼슬 직임을 다스르겠나이다."

임금께서 웃고 말씀하셨다.

"경의 부자가 겸손히 물러나는 뜻이 너무 과도하도다. 원래 재주는 나이의 많고 적음에 있지 않으니 옛날에 나이 어린 장량(張良)[34]이 범아부(范亞父)[35]를 업신여겼도다. 천흥 같은 재주와 덕으로 어찌 임금을 섬기고 나라의 은혜를 갚을 재주가 부족하겠는가? 경은 안심해 염려하지 말고 천흥은 부질없이 사양하지 말고 공무를 행하고 직임을 살피라."

정 공 부자가 재삼 고사해 십 년 말미를 청했으나 임금께서 끝내

---

34) 장량(張良): 중국 한(漢)나라 고조 때의 재상(?-B.C.186). 자는 자방(子房)이고 시호는 문성공(文成公). 일찍이 유방 밑에서 모사로 있으면서 소하(蕭何)와 함께 한나라 창업에 힘썼고, 그 공으로 유후(留侯)에 책봉됨. 말년에 유방이 자신을 의심한다는 것을 알고 적송자를 본받아 은거하여 살았음.

35) 범아부(范亞父): 중국 초나라 항우의 모신(謀臣)이었던 범증(范增, ?-B.C.204)을 이름. 아부는 항우가 그를 아버지 버금이라 해 부른 이름. 범증은 항우를 위해 홍문연을 열어 유방을 죽이려 했지만 실패하고 유방의 모사인 진평의 이간계에 빠진 항우의 의심을 받자, 자리에서 물러나 고향으로 돌아가는 길에 등창이 나 죽음.

윤허하지 않으시고 삼일유가(三日遊街)[36] 후에 즉시 공무를 보라 하셨다.

장원이 하릴없어 사은숙배(謝恩肅拜)[37]하고 물러났다. 임금께서 장원 사랑을 이기지 못해 어전에서 신래(新來)를 갖은 방법으로 희롱하시며 군신이 종일토록 즐거움을 다하고 조회를 마쳤다.

장원이 문무 방하(榜下)[38]를 거느려 대궐 문을 나서니 만조백관이 모두 그 뒤를 이어 물러났다.

정 공이 아들을 앞세우고 집으로 돌아가자 집안일을 보는 사람과 관아의 사내종들은 행렬을 돕고 비단옷을 입은 광대들은 재주를 드날리는데 좌우에서 일산을 받든 소년들과 홍패(紅牌)[39]를 든 두 사람이 앞을 인도했다. 이름난 재상과 높은 관리들이 벌이 엉기며 개미가 비집듯이 큰 길을 덮어 취운산에 모여 신래(新來)를 희롱하려했다. 잡인의 통행을 금하는 소리와 네 마리 말이 끄는 수레가 전후로 어지러운 가운데 장원의 천지간에 시원스러운 풍채와 용, 봉황처럼 빼어난 자질이 독보하니 길에서 구경하는 자들이 입을 모아 칭찬하며 천상에서 온 사람이라 했다.

정 공이 집안에 돌아와 장원을 데리고 내당에 들어가 순 태부인을 뵙도록 했다. 태부인과 진 부인이 바삐 눈을 들어서 보니 장원이 두드러진 양 어깨에 비단에 수놓은 청삼(靑衫)[40]을 더하고 이리 허리에 옥대를 두르고 섬섬옥수에 아홀(牙笏)[41]을 잡아 조모와 태부인에

---

36) 삼일유가(三日遊街): 과거에 급제한 사람이 사흘 동안 풍악을 잡히고 거리를 돌며 시험관과 선배 급제자와 친척을 방문하던 일.
37) 사은숙배(謝恩肅拜): 임금의 은혜에 감사하여 공손하고 경건하게 절을 올림.
38) 방하(榜下): 같이 과거에 급제하였지만, 순위가 떨어지는 사람들.
39) 홍패(紅牌): 문과와 무과 급제자에게 주는 합격증서. 붉은색을 띤 용지를 사용했으므로 이와 같이 부름.
40) 청삼(靑衫): 조복(朝服) 안에 받쳐 입던 옷.
41) 아홀(牙笏): 벼슬아치가 몸에 지니던 홀. 무소뿔이나 상아로 만듦.

게 절하는 것이었다. 어화(御花)[42]는 달처럼 둥근 이마에 기울었고 어온(御醞)에 반쯤 취한 얼굴은 가을 연못에 붉은 연꽃이 만발한 듯했으며 별 같은 눈빛은 영웅의 기운이 가득해 좌우에 빛났고 훤칠한 기상과 빼어난 풍채가 청삼과 화대(花帶)[43] 가운데 더욱 빼어났다. 태부인이 바삐 그 손을 잡고 등을 두드리며 기쁨을 이기지 못하고 즐겁게 웃는 입을 다물지 못한 채 말했다.

"죽지 않고 살아온 인생이 성이 무너지는 설움을 견딘 것은 네 아비의 지극한 효성을 저버리지 못해서였다. 세상에 머물러 있어도 실로 즐겁고 기쁜 것을 알지 못했단다. 그런데 오늘날 네가 청운(靑雲)에 높이 올라 계화청삼(桂花靑衫)으로 노모의 앞에 절하는 것을 보니 인간 세상에 즐거운 일이 이 외에 없는 듯 기쁘구나. 아름다움을 형언하지 못할 듯하니 어찌 효자와 어진 손자가 아니겠느냐?"

진 부인이 화장한 눈썹에 기쁜 빛이 가득한 채 붉은 입술과 흰 이가 찬란히 빛났다. 장원은 조모와 모친이 기뻐하는 모양을 보고 옥 같은 얼굴에 온화한 기운이 가득했다. 금후가 아들의 절인(絕人)한 재주를 기특하게 여겼으나 어린 나이에 사람마다 너무 일컫고 문무의 으뜸이 되어 용호방(龍虎榜)[44]의 천 사람을 업신여겼으니 속으로 불안해 너무 일찍 출세한 것을 기뻐하지 않았다. 그런데 모부인이 이처럼 즐거워하시는 것을 보니 비로소 잠깐 웃고 아뢰었다.

"자식이 일찍 출세해 귀하게 되는 것은 사람들이 바라는 것입니다. 그러나 천흥이는 나이가 어리고 재주가 부족한 아이인데, 외람되게 문무 장원이 되었습니다. 무관이 되는 것은 선세(先世)로부터

---

42) 어화(御花): 문무과에 급제한 사람에게 임금이 하사하던 꽃.
43) 화대(花帶): 어화(御花), 옥대(玉帶)를 함께 이른 말.
44) 용호방(龍虎榜): 중국 당나라 정원(貞元) 8년에 구양첨(歐陽詹)과 한유(韓愈), 이강(李絳) 등 23명이 급제하였는데 모두 걸출했으므로 세상에서 용호방(龍虎榜)이라 칭함.

본디 꺼리는 일이었는데 아이가 망령되게 아비가 기뻐하지 않는 일을 좋은 일로 알아 행했습니다. 소자가 종일토록 심사가 불편해 기쁜 줄을 알지 못했는데 집에 돌아와 어머님께서 기뻐하시는 모습을 보니 이는 천흥이의 효도라 할 것입니다.”

태부인이 웃으며 말했다.

“무관이 되는 것은 선조에게는 없던 일이니 천흥이의 일이 사리에 어두운 일이기는 하다. 그러나 문과를 폐하고 무과에 응한 것이 아니라 문무에 다 제일이 되었으니 우리 손자의 재주가 비상한 것이라 어찌 불편한 마음이 있겠느냐? 비록 부자지간이나 성품과 도량이 각각이다. 천흥이는 천고의 열장부요, 일세의 준걸인데 너는 단정하고 진중한 군자라 고요하기로 이른다면 네가 나을 것이나 만사가 능란하고 기이하기는 손자가 그 아비보다 백배는 나을 것이다. 그러니 너는 부질없는 근심을 말거라.”

금후가 웃으며 절해 사례했다. 장원을 데리고 사당에 알현해 절하도록 했다.

외당에 좌객이 가득해 신래를 부르는 소리가 진동하니 금후가 아들을 데리고 외헌으로 나가 하객을 맞았다. 이름난 재상과 높은 관리들이 마루 위에 나란히 앉아 신래를 온갖 방법으로 유희했다. 절대미색을 들여 함께 춤추게 해 여러 가지로 유희하니 장원이 나아가고 물러나는 절차를 하며 하늘을 뚫을 듯한 굳센 기운을 감추지 못해 사관(司官)45)이 가르칠 나위 없이 희롱이 낭자해 포독절도할 일이 많았다. 여러 재상과 소년 명사들이 다 부채를 쳐 박장대소했으나 금후는 평안한 빛으로 단정히 앉아 조금도 웃는 빛이 없이 천천

___
45) 사관(司官): 각 관청에 소속된 관원.

히 두 눈을 흘려 장원을 보았다. 생이 아버지의 기색을 알아보고는 즉시 희롱을 그치고 사관에게 고했다.

"어전(御殿)에서 여러 노선생께서 온갖 방법으로 유희하시기에 소생이 가쁜 숨을 돌리지 못하고 집에 돌아왔는데 또 이같이 보채시니 소생이 기운이 다해 못 견디겠습니다."

자리에 있던 사람들이 크게 웃으며 말했다.

"이 신래가 성품이 모질어 우리가 보채는 것을 스스로 그치려 하는 것이고, 기운이 다했다는 말은 거짓말이다. 장원이 하늘을 뚫을 듯한 굳센 기운이 있어 산악을 뒤엎을 듯하니 이처럼 보채기를 일 년을 해도 숨이 가빠 못 견디도록 할 리는 없을 것이다."

장원이 웃음을 머금고 고했다.

"사관께서 소생의 기운이 다하도록 보채려 하신다면 감히 사양하지 못할 것입니다. 그러나 피와 살이 있는 몸은 다 한가지니 여러 존공께서는 과거에 급제했을 때 가쁘시지 않으셨습니까? 소생은 졸렬하고 나약해 그만 보채셔도 다시 일어나지 못할 것입니다."

좌중의 사람들이 크게 웃고 그 기상을 사랑하지 않는 이가 없어 장원을 용서하고 마루에 올려 말했다. 장원은 아버지 앞이라 공경하고 삼가는 예를 잡았으니, 무릎을 모으고 꿇어앉아 봉황의 눈이 나직하고 기운이 편안해 단정하고 곧은 모습이 다른 사람 같았다. 금후는 그 한결같지 못한 것에 불쾌해 속으로 염려했다. 이는 곧 천흥이 뜻을 펴 문무 장원이 되고 임금의 총애가 과도하시니 더욱 방약무인해 동서로 거칠 것이 없어 제어하기 어려울까 해서였다. 장원은 아버지의 기색이 온화하지 않은 데 크게 황공해 말을 마음대로 못 했다.

자리에 있던 윤 태우가 장원의 손을 잡고 안색을 슬피 해 정 공을 향해 일렀다.

"조카딸이 박복해 일찍 봉관화리(鳳冠花履)46)로 명부(命婦)47)의 직임을 즐기지 못하고 혼인하기도 전에 까닭 없이 실종되었네. 이제 영랑이 청운(靑雲)에 높이 올랐으니 아내가 하루도 없으면 안 될 것이네. 그러니 형은 간 곳 없는 내 조카딸을 기다리지 말고 명문 집안의 숙녀를 맞이해 영랑의 곁을 빛나게 하게."

금후가 탄식하고 말했다.

"몇 년을 기다려 영질(令姪)의 거처를 찾고, 끝내 찾지 못하면 남아가 홀아비로 있지 못할 것이라 혼인을 시킬 것이지만 아직은 내가 다른 곳에는 마음을 두지 않고 있네."

좌중에 가득한 이름난 재상과 높은 관리들이 딸 둔 자는 저마다 유의해 혼인을 청하려 했다. 그러나 전날 정 공이 여러 혼처를 다 물리치고 윤 상서 집과 어려서 맹약이 있음을 일렀으므로 윤 태우의 말이 이와 같았던 것이고, 또 정 공이 다른 곳을 마음에 두지 않았으니 감히 구혼하는 사람이 없었다.

좌중에 동평장사 양필광은 참정 양문광의 아우이니 정 공과는 마음을 서로 알아주는 친구였다. 이에 웃고,

"장원의 걸출한 기상을 보면 한 아내로 늙지 않을 것이네. 만일 윤 소저를 만나 혼인을 이루거든, 내가 비록 용렬하나 외람되게 형이 지기(知己)로 허여함에 힘입어 다시 사돈의 정을 맺으려 하네. 나에게 머리 누른 딸이 있어 거의 도요시(桃夭詩)48)를 읊을 나이가 되었네. 형이 만일 나를 나무라 버리지 않는다면 내 딸을 장원의 재실

---

46) 봉관화리(鳳冠花履): 봉황 문양을 장식한 예관(禮冠)과 아름다운 신발.
47) 명부(命婦): 봉작(封爵)을 받은 부인(夫人)을 통틀어 이르는 말.
48) 도요시(桃夭詩): 도요는 『시경(詩經)』의 편명으로, 복숭아꽃이 필 무렵이란 뜻이며, 혼인을 올리기 좋은 시절을 이르는 말. 시집 가는 아가씨를 노래하고 있음.

이 되도록 허락하게."

금후가 양 평장의 맑고 어진 사람됨을 칭송하며 허여하고 있었으므로 매몰차게 뗴칠 생각은 없었다.

명주보월빙 제6권

정천흥이 암자에서 윤명아를 발견하고
정천흥과 윤명아는 우여곡절 끝에 혼인하다

화설. 금평후가 양 평장의 맑고 어진 사람됨을 칭송하며 허여하고 있었으므로 매몰차게 떼칠 생각은 없었다. 다만 장원의 호방함을 염려해 그 방탕함을 돕지 않으려 해 사양하며 말했다.

"형이 내 아들의 용렬함을 꺼리지 않아 귀한 딸로써 재실의 낮음에 얽매이지 않고 구혼하니 내가 어찌 감사하지 않겠는가? 다만 내 아들이 어설프고 사리에 밝지 않아 한 아내도 편히 거느리지 못할 것이니 형의 만금과 같은 귀한 딸을 탕자에게 시집보낸다면 일생이 욕될 것임은 묻지 않아도 알 것이네. 내가 진심으로 이르니 형은 내 아이에게 마음을 두지 말고 장안의 군자를 가려 영아(슈兒)의 혼인 대사를 그르치지 말게."

양 공이 웃으며 말했다.

"형이 나와 사돈이 되는 것을 꺼려해 영랑의 호방함을 일컬으며 혼사를 막으니 내가 애달픈 마음을 이기지 못하겠네. 영랑의 기상이 백 명의 미인과 천 명의 여자를 맡아도 다른 길로 빠질 사람이 아니니 어찌 두 아내를 거느리지 못할까 근심하겠는가? 설사 영랑이 방탕해 여자의 일생이 평안하지 못하더라도 내가 스스로 청해 얻은 사위이니 형을 원망하지 않을 것이네. 그러니 부질없이 핑계하지 말고 혼인을 허락하게."

정 공이 양 공의 말이 이에 미쳐서는 막을 말이 없어 도리어 웃으며 말했다.

"형의 식견이 남보다 나은가 했더니 허랑하고 아름답지 않은 내 아들을 이토록 과도하게 알아 귀한 딸을 재실로 보내려 하니 사람을 알아보는 것이 어찌 이토록 밝지 않은 겐가? 아직 윤 씨를 찾지 못했으니 재취를 의논하지 못할 것이고, 내 아들이 어린아이로서 만사가 외람되어 문무의 장원이 되고 벼슬이 과도하니 내 마음이 두려워 재취를 허락할 생각이 없네."

장원의 외숙부인 진 상서 등이 웃고 일렀다.

"속담에 '아들의 아내는 열이라도 사양하지 않는다.'라고 했네. 형이 비록 천흥이로써 윤 씨 외에 다른 사람을 허락하지 않을 뜻이 있으나 이 아이의 사람됨이 형의 단정하고 진중함과는 다르니 훗날 여러 처첩을 모을 것이네. 그러니 어찌 양 형의 간절한 청을 물리치는 것인가? 모름지기 시원하게 허락해 주진(朱陳)의 좋은 인연[1]을 이루도록 하게."

금후가 미처 답하기 전에 윤 태우가 말했다.

"형이 신의를 굳게 잡아 내 조카를 찾아 영랑의 정실로 삼으려 하니 내가 그 은혜에 깊이 감동하네. 그러나 양 형이 천금과 같은 귀한 딸을 창백의 재실로 삼으려 하니 형은 비록 원하지 않으나 창백의

---

1) 주진(朱陳)의 좋은 인연: 주씨와 진씨 집안의 좋은 인연이라는 뜻으로 두 집안이 통혼함을 이르는 말. 당나라 때 서주(徐州) 고풍현의 주진이라는 마을에 주씨와 진씨 두 성씨만 살면서 대대로 혼인을 하며 화목하게 지냈다고 한 데서 유래함.

풍채와 빛나는 얼굴을 보는 자 중에 딸 둔 사람은 무심하지 않을 것이네. 양 형의 딸이 기특함은 묻지 않아 알 것이니 하늘이 주는 것을 받지 않으면 도리어 그 재앙을 받는 법이네. 창백의 호방한 풍모를 저버리고 숙녀를 사양하는 것은 가당치 않으니 간 곳을 알 수 없는 내 조카를 기다리지 말게. 혹 생존한 소식을 듣는다면 뒤이어 아내로 삼아도 형의 신의에 해롭지 않을까 하네."

정 공이 한참을 생각한 끝에 처연히 탄식하며 말했다.

"내 아이는 아직 옛사람이 말한 장가갈 나이가 아니네. 몇 년을 더 기다리는 것이 무엇이 바빠 선후를 바꾸며 구천에 있는 죽은 벗을 저버리겠는가?"

금평후의 굳은 뜻을 되돌리기 어려웠으므로 좌우의 사람들이 다 탄복하기를 마지않았다. 윤 공 역시 슬픈 빛으로 감동함을 이기지 못했다.

이렇듯 종일토록 단란하게 보내고 해가 서산으로 지자 재상들이며 명사들이 다 흩어졌다.

장원이 삼일유가를 마치고서 임금께 아뢰고 말미를 청해 선산에 소분(掃墳)[2]할 적에 태부인과 부모에게 하직하고 광대들과 추종(騶從)[3]을 거느려 선산으로 향했다. 태부인과 부모가 장원의 손을 잡고 천 리 먼 길에 어린아이가 어찌 몇 대 선묘(先墓)에 잘 다녀올까 염려가 무궁해 연연해 함을 마지않자 장원이 부드러운 목소리와 온화한 기운으로 말했다.

"소자가 비록 나이는 어리나 혈기가 굳세니 천 리는 이를 것도 없고 만 리라도 염려하실 것이 없을 것입니다. 그러니 할머님과 부모

---

2) 소분(掃墳): 오랫동안 외지에서 벼슬하던 사람이 친부모의 산소에 가서 성묘하던 일.
3) 추종(騶從): 윗사람을 따라다니는 종.

님께서는 너무 염려하지 마시고 귀한 몸을 평안히 하시기를 바라나이다."

그러고서 절해 하직하고 아버지와 이별했다. 금후가 재삼 속히 다녀올 것을 이르고 여러 곳 선묘(先墓)를 알려 주니 장원이 절해 명령을 듣고 길에 올랐다. 광대와 추종이 길을 덮고 풍악 소리가 하늘에 가득해 행렬이 십 리에 벌여 있으니 길에서 구경하는 자들이 입을 모아 칭찬하고 장원의 빛나는 풍채와 웅장한 행렬을 일컬으며 천상에서 내려온 사람이라 했다.

지나는 고을의 수령들이 공손히 맞이하고 보내며 기구의 화려함을 도우니 장원이 가는 길에 영광이 빛났다.

무사히 선릉(先陵)에 도달하니 향리의 남녀 노복이 떠들썩하게 십리 밖에까지 나와 맞이했다. 원근의 향로들이 모여 장관을 구경하며 장원의 빛나는 풍채와 빼어나고 시원한 기상을 입을 모아 칭찬하니 혀가 닳고 침이 마를 지경이었다.

이에 기구를 갖추어 조상의 묘를 다 소분하고 며칠을 옛집에 머무르며 평안히 쉬었다. 선묘에 하직하고 돌아가 길을 나서 십여 일 만에 경성의 경계 가까이 왔다. 취운산 아래에 다다라 급한 비가 퍼붓듯이 오니 이 또한 하늘이 유의하신 것이 아니겠는가.

일행이 무주공산에서 큰비를 만나 피할 데가 없어 한참을 방황하다가 문득 산 위의 작은 암자가 수풀 사이에 비쳤다. 장원이 관리에게 명령해 절에 들어가 비를 피하겠다고 알리라 했다.

관리가 급히 암자에 들어가 객실을 치우라 하자 모든 비구니가 정신없이 객당을 깨끗이 치우고 장원을 영접했다.

생이 보니 이 사람들은 남자 승려가 아니고 여승의 무리였다. 그래서 구태여 말을 섞지 않고 잠깐 비를 피해 날이 개기를 기다렸다.

일행이 점심 먹을 밥값을 후하게 주어 암자에 폐를 끼치지 말라 하고 문에 기대어 있었다.

홀연 인가 서동의 옷을 한 종이 안으로 들어가니 장원이 문득 불렀다. 그 종이 앞에 이르자 장원이 물었다.

"이곳이 여승의 암자인데 유학(儒學)하는 서생이 머무르고 있느냐? 너를 보니 인가의 서동이라 네 주인이 여기에 계시냐?"

그 서동이 몽롱하게 대답했다.

"여승 있는 암자에 어찌 유학하는 선비가 머물겠나이까? 다만 우리 주인이 마침 머물 일이 있어 잠깐 있는 것입니다."

장원이 비를 피해 잠깐 암자에 머물렀으나 적적해 함께 말할 사람이 없으니 화려한 성정에 매우 답답해 하던 차에 그 서동의 말을 듣자 암자에 머무는 선비를 한번 보려는 생각이 자연히 요동쳤다. 그래서 스스로 몸을 일으켜 그 서동에게 말했다.

"내 잠깐 네 주인을 보고 싶으니 너는 모름지기 나를 인도해 앞장서거라."

이때 현앵이 몸 위에 남복이 있으므로 서동인 체했으나 외인이 소저를 보려 하는 데 매우 놀라 다시 눈을 들어 장원을 보았다. 헌걸찬 풍채와 준수한 골격이 늠름하고 시원스러워 태산처럼 당당하고, 비가 갠 하늘의 달과 같은 풍모와 푸른 하늘에 떠 있는 해와 같은 기상은 완연히 소저와 정혼했던 신랑이었다. 정 장원은 현앵을 유의해 본 일이 없으므로 알지 못했으나 현앵은 장원이 옥루항에 왕래해 태우를 뵐 적에 익히 보았으므로 크게 놀라고 의아해 했다. 주인이 병이 들었다고 핑계를 대려 하다가 장원이 벌써 당에서 내려와 신을 신고 서동을 재촉해 앞장서라 했으므로 현앵이 미처 말을 못 하고 앞서 소저 침소에 다다랐다.

이날 윤 소저가 마침 수놓는 작업을 물리고 성현의 글에 몰두해 눈을 옮기지 않고 있었다. 그런데 문이 열리고 현앵이 들어오는데 한 남자가 청삼옥대(靑衫玉帶) 차림에 오사모(烏紗帽)4)를 숙이고 들어오는 것이었다. 그 모습이 새로 과거에 급제한 사람 같았는데 어화(御花)는 아래 관리에게 맡겼으므로 쓰지 않았으나 풍채가 훤칠해 그 모습이 좌우에 쏘였다. 소저가 기약하지 않은 외인이 자기 침소에 들어오자 놀라고 경황없는 모양이 비길 데가 없었다. 그러나 몸에 남복이 있음을 믿고 마지못해 일어나 맞이해 예를 마치고 좌정했다. 장원이 눈을 들어 윤 소저를 보니 그 눈썹의 밝은 빛이 얼굴에 어른거려 창졸간에 이목구비를 자세히 알아보지 못했다. 나는 봉황 같은 두 어깨에 청삼(靑衫)을 더하고 버들가지 같은 허리에 세초대(細草帶)5)를 두르고 단정히 앉아 있었다. 그 머리에 오히려 관을 쓰지 않아 아직 관례를 올리지 않은 남자아이의 모습을 면치 못했으나 엄숙하고 공손한 위엄은 가을하늘의 높음과 다툴 정도였다.

장원이 한참을 살피니 그 눈썹 사이에 훌륭한 자질과 기운이 나타나고 밝은 별 같은 눈에는 착한 덕이 어려 있었다. 옥 같은 얼굴과 연꽃 같은 뺨이며 붉은 입술과 흰 이에 달 같은 이마와 하얀 귀밑털이 만고에 대두할 사람이 없었다. 장원이 한참을 바라보다가 크게 놀라고 탄복해 헤아렸다.

'눈썹과 눈에 덕스러운 기운이 이와 같이 비치고 이마 복판에 문채가 자연스러우니 도덕과 학행이 세대에 무쌍한 자로구나. 그런데 남자가 되어 어찌 이토록 고운 자가 있겠는가. 우리도 풍채를 저마다 일컫는 바이나 진실로 이 소년에 비한다면 많이 떨어지니 피와

---

4) 오사모(烏紗帽): 벼슬아치들이 관복을 입을 때에 쓰던 모자로, 검은 사(紗)로 만듦.
5) 세초대(細草帶): 가느다란 실로 꼬아서 만든 띠.

살을 지닌 몸이 하나이나 이 사람은 기이한 것이 세상에 드문 한 사람이로구나. 외모가 이와 같고서 마음이 이보다 내려가지 않을 것이니 언어를 문답해 보아야겠다.'

그러고서 입을 열었다.

"저는 경사 사람으로서 마침 향리에 다닐 일이 있어 갔다가 돌아오는 길에 비를 만나 피할 길이 없어 이곳에서 잠깐 쉬려 했습니다. 그런데 수재(秀才)[6]께서 이곳에 머무르신다는 말을 듣고 매우 적적해 감히 교분을 맺으려 이르렀습니다. 알지 못하겠습니다만 존성(尊姓)과 대명(大名)을 들을 수 있겠습니까?"

윤 소저가 처음 눈을 들어 본 것을 뉘우쳐 다시 별 같은 눈을 들지 않고 오직 사양하며 말했다.

"소생은 일찍이 나이 어린 자로서 어려서 부모와 헤어져 성명을 얻지 못한 죄인입니다. 자취가 산문(山門)에 머무르고 있으니 혹 사람 중에 성명을 묻는 이가 있으나 이를 말이 없습니다. 스스로 세상에 머무는 것을 부끄러워하니 감히 예사 사람과 같이 교유하는 것을 바라지 못합니다. 하물며 귀인과 사귀기를 원하겠나이까?"

옥 같은 소리가 낭랑해 금쟁반에 진주가 구르고 봉황의 목소리가 온화해 천지에 따뜻한 기운을 이룰 정도였다. 말을 하면서부터 부끄러워하는 태도가 있어 어여쁜 모습이 봄바람과 여름 해에 일만 꽃봉오리가 향기를 토하는 듯하고, 시원스럽게 높고 맑은 모습은 높디높은 하늘, 구름 한 조각 없는 곳에 가을 달이 옥루에 밝은 듯하고, 연못물에 씻긴 얼음과 수정을 대한 것 같았다. 정 장원이 눈을 옮기지 않고 황홀히 사랑하는 마음을 이기지 못했다. 아무리 생각해도 남자

---

6) 수재(秀才): 미혼 남자를 높여 이르는 말.

로는 이러한 모습이 없을 것이었다. 한참을 깊이 생각하고 또 유의해 보니 피차가 다 어려서 보았으나 이 사람의 빛나는 얼굴과 전아한 모습이 윤 소저의 어렸을 적 태도와 많이 닮아 있었다. 비록 남복을 하고 크고 작은 것이 달랐으나 이상하게 비슷해 한 조각 의심이 들었다. 이에 문득 가까이 앉아 말했다.

"수재의 사정을 들으니 슬픈 마음을 이기지 못하겠습니다. 알지 못하겠습니다만 어찌 천하를 두루 돌아 부모를 찾지 않으시는 것입니까? 원래 방년(芳年)이 몇 년을 지내 계십니까?"

소저가 또한 나이를 알지 못하겠다 대답하고 그가 가까이 앉자 놀라움을 이기지 못해 물러앉았다. 정생이 눈으로 소저를 보며 손으로 서안의 책을 뒤적이다가 두어 장 시사(詩詞)가 떨어지기에 펴서 보니 필획이 찬란해 먹빛이 빛났다. 일월이 비추는 듯, 구슬을 흩어 놓은 듯, 가는 철실을 드리운 듯해 시사의 맑고 고결함이 그 사람됨과 다르지 않았다. 그러나 웅장하고 호방함이 부족해 전혀 높고 맑기와 어질고 착한 것을 위주로 했으니 남자로 이른다면 안연(顏淵), 자기(子奇)[7]와 한가지였다. 장원이 칭찬하기를 마지않고 소저를 향해 말했다.

"이는 반드시 수재가 지은 것인가 봅니다. 탄복하는 마음을 이기지 못하겠으니 이제 우리가 한 수 시를 화답해 처음으로 보지만 평생 알던 사람처럼 정을 표하면 좋겠습니다."

소저가 더욱 불쾌해 다만 손을 꽂고 사양하며 말했다.

---

7) 안연(顏淵), 자기(子奇): 모두 어린 나이에 재주가 있는 사람으로 일컬어졌던 사람들임. 안연은 중국 춘추시대의 유학자이며 공자의 수제자로 학덕이 뛰어났으나 요절한 안회(顏回, B.C.521-B.C.490)를 이르는 말로, 안연은 그의 자(字)인 자연(子淵)과 합쳐 부른 말임. 자기는 중국 춘추시대 제(齊)나라 사람으로 나이 18살 때 제나라 임금이 그에게 아현(阿縣)이라는 고을을 다스리게 했는데 정사를 잘했다 함.

"명공께서 미미한 글귀를 이처럼 과도하게 칭찬하셔서 어찌 소생의 마음을 부끄럽게 하시는 것입니까? 소생이 성정이 아둔하고 재주가 둔해 갑자기 시를 지을 길이 없으니 좋은 뜻을 받들지 못하겠습니다."

정생이 재삼 청했으나 소저는 굳이 사양하며 두 눈을 낮추어 비록 입으로 대화했으나 방안에 사람이 있으며 없음을 보지 않았다. 정생이 의심이 점점 일어나 선뜻 몸을 움직여 그 앞에 나아가 큰 힘으로, 꽂은 팔을 빼며 종이와 붓을 가져 글을 지으라 했다. 소저가 깜짝 놀라 급히 팔을 떨치려 할 때 장원이 그 옥 같은 손을 잡고 소매를 밀치니 백옥에 단사(丹砂)[8] 빛이 찬란한데, 붉은 붓으로 '정가종부(鄭家宗婦)[9]' 네 글자가 뚜렷하니 그것은 아버지의 필적이었다. 의심 없는 윤 소저임을 확실히 알자 속으로 기쁘고 다행함을 형상하지 못했다. 혼례 전 친근하게 구는 것은 예의 밖이라 해로움을 깨달아 바삐 잡았던 손을 놓고 일어나며 말했다.

"저는 소저와 정혼한 정 창백입니다. 선릉에 소분하러 내려갔다가 우연히 암자에 비를 피해 들어왔더니 소저가 진실로 남자인가 여겨 사귀려 했습니다. 그런데 팔 위의 글자를 보았으니 이는 처음에 남녀를 알지 못해 한 일입니다. 혼례 전에 얼굴을 마주해 대화하는 것이 옳지 않으나 이는 실로 고의로 한 일이 아닙니다. 소저께서 놀라셨으나 저는 다른 사람과 다르니 소저는 안심하소서. 생이 돌아가 영숙대인(令叔大人)께 고해 본부로 돌아가실 수 있게 하겠습니다."

말을 마치고는 팔을 들어 예하고 빨리 나갔다.

이때 윤 소저가 부끄러워 죽으려 해도 죽을 땅이 없어 만면에 붉

---

8) 단사(丹砂): 수은으로 이루어진 황화 광물. 붉은색 안료.
9) 정가종부(鄭家宗婦): 정씨 집안의 종부. 종부는 종가(宗家)의 맏며느리를 이름.

은빛이 가득하고 별 같은 눈에 물결이 요동치는 것을 면치 못했다. 자기의 얼음과 옥 같은 몸과 고고한 예절로 집에 무사히 있지 못해 산문(山門)에 머무르다가 정생을 만났으니 놀라서 탄식이 나며 부끄럽고 한심한 마음을 이기지 못했다. 정생이 자기의 근본을 모르고 간 것과 달라 이미 이르고 나갔으니 일마다 운명을 슬퍼해 부친이 계셨으면 자기가 어찌 미혼 전에 이런 일이 있을까 하며 새로이 슬픈 회포가 가득해 어린 듯이 베개에 기댔다. 혜원이 들어와 웃고 말했다.

"이제는 소저께서 돌아가실 때가 가까운데 어찌 이렇듯 즐거워하지 않으시나이까?"

소저가 묵묵히 대답하지 않자 혜원이 위로하며 말했다.

"만사가 다 운명이니 소저는 한스러워하지 마소서. 불과 한 달 이내에 돌아가실 것이나 액운이 없어지려면 멀었으니 비록 면하려 해도 쉽지 않을 것입니다. 그러나 본디 소저의 귀한 복록이 당당해 온갖 고초를 당해도 끝내 목숨은 염려할 것이 없습니다. 빈도가 혹 훗날 다시 모실까 하나이다."

소저가 슬피 탄식하며 말이 없었다.

생이 밖에 나와 현앵을 불러 물었다.

"네 주인이 남자가 아닌 것은 알았으나 너도 서동이 아니고 시녀로구나. 알지 못하겠구나. 이곳이 옥루항에서 수십여 리는 떨어져 있고 강정은 더욱 가까운데 너의 주인이 집을 찾아 돌아가지 않으시니 이 암자에 머무는 것은 무슨 까닭이냐? 나는 들으니 도적이 들어 너의 주인을 잃어버렸다 하더니 무슨 곡절로 산사(山寺)에 머무르게 된 것이냐?"

현앵이 소저와 정혼한 신랑인 줄 알자 마음에 헤아렸다.

'내 형이 소저 대신으로 갔는데 아름답지 않은 말이 우리 소저 신상에 미치면 비록 씻으려 해도 쉽지 않을 것이니 정 상공이 물으시는 때를 타 고해야겠다.'

이렇게 생각하고 이에 고했다.

"소비(小婢)의 주인이 노태부인을 모셔 강정에 나왔다가 생각지 못한 도적이 심야에 돌입했습니다. 주인이 소비 형제와 함께 급히 피하셨는데 원래 집안에 어지러운 일이 많으므로 태우 어르신이 항주에 내려가시고 주인께서는 외로이 강정에 머무르셨습니다. 주인께서 생각이 깊어 마침 밤을 맞아 남자 옷으로 바꿔 입으신 때라 도적이 구태여 재물을 노략할 생각이 아니고 소저 신상을 해치려 하므로 소비의 형이 소저인 체하고 잡혀갔습니다. 그 도적이 매우 범상하지 않아 안에서 응해 우리 주인을 해치려 하는 사람이 있습니다. 그래서 소저께서 강정을 떠나 암자에 머무르시는 것입니다. 태우 어르신이 돌아오신 후 옥루항으로 가려 하셨으나 또 해를 입을까 두려워하시므로 서너 달을 이곳에 머무르고 계신 것입니다."

장원이 앵의 말을 듣고 윤부 집안이 평시와 같지 않아 별난 사고가 있음을 짐작하고 또 말했다.

"네 주인이 옥루항으로 들어가는 것을 두려워해 다른 곳에 머무실 데가 없어 산사에 머무르시는 것이냐?"

앵이 대답했다.

"경사에는 마땅히 계실 만한 곳이 없고 소저의 외가가 금릉에 있어 그때 금릉으로 가려 하시다가 날이 매우 추운 데다 규방의 약질이 험한 길을 떠나실 길이 없어 마지못해 암자에 머무르고 계셨습니다. 근래에 돌아가려 하셨는데 혜원 비구니가 찾아오는 이가 있음을 고하며 '급히 들어가 재앙을 취하지 마소서.'라 했습니다. 진실로 사람 마음을 헤아릴 수 없으니 어찌해야 할지 알지 못하겠나이다."

정생이 현앵의 말이 수상함을 듣고 구태여 남의 집 아름답지 않은 소문을 다시 알려 하지 않아 천천히 일렀다.

"내가 돌아가 윤 태우께 너의 노주(奴主)가 이곳에 있음을 전해 속히 데려가시게 하겠다."

현앵이 다만 사례하고 물러갔다.

생이 이윽히 앉아 비가 개기를 기다려 빨리 운산으로 가니 벌써 해가 저물었다.

생이 태부인과 부모를 뵙고 그사이의 존후를 물었다. 집을 떠난 지 보름이 되었으므로 조모와 모친이 크게 반겼다. 금평후가 여러 능침에 소분한 것을 묻고 등불을 이어 태원전에서 부자 형제가 태부인을 모시고 말했다. 금평후가 이에 말했다.

"네가 이제는 소분을 다 했으니 벼슬을 살펴 공무를 행해야 할 것이다. 어린 기운을 나는 대로 해 사람과 겨루지 말 것이다. 네가 과거에 급제하였으나 어린아이가 문무 벼슬이 너무 지나치구나. 우리 가문이 대대로 재상의 반열로 벼슬이 매우 높았으니 내 매양 불안한 마음이 없지 않았다. 네가 급제한 이후로 가문의 세력이 더욱 번성할까 두렵구나. 우리 종족에 오사모를 쓰고 자줏빛 도포를 입은 자가 40여 명이다. 비록 숙질과 형제 사이는 아니나 먼 겨레라도 과거의 경사가 자주 나니 도리어 기쁘지 않다. 마음 잡기를 충렬(忠烈)에만 오로지하지 않고 몸가짐을 청렴하고 검소하게 한다면 어찌 기쁘지 않겠느냐?"

장원이 절하고 사례해 말했다.

"제가 비록 어리석고 사리에 밝지 못하나 아버님의 지극하신 교훈을 가슴 속에 새기겠습니다."

태부인이 탄식하고 말했다.

"임금을 섬기고 직임을 살피는 것은 제 마음에 달려 있으나 천흥이의 아내를 얻는 것은 그 아비 마음에 있다. 그런데 과거에 급제한 자식에게 머리를 땋아 늘인 어린아이처럼 아내를 얻지 말라 하고 윤씨를 위해 수절하라 하는구나. 천흥이가 만일 아비 뜻을 어겨 훼절하는 일이 있으면 아비 눈 밖에 나는 자식이 될 것이니 노모는 근래 천흥이 때문에 근심이다."

공이 고개를 조아리고 두 번 절해 말했다.

"소자가 불초해 이런 쉬운 일에 어머님을 우려하시게 하니 불효를 탄식합니다. 윤 태우를 보면 그 조카딸의 생사와 거처를 자세히 듣보라 해 끝내 소식을 모르면 양씨 집안에서 아내를 얻어 며느리를 어머님이 속히 보시게 하겠습니다."

태부인은 장원의 혼인이 늦은 것을 애달파 하고 진 부인이 말했다.

"윤씨 집안과는 한갓 천흥이의 정약뿐 아니라 딸아이를 광천과 정혼시켰습니다. 그 집 규수 잃는 변란을 보니 실로 혼인시키려는 생각이 적고 많이 서운하더이다."

금후가 말했다.

"이때를 맞아서는 윤씨 집안에서 어떤 괴이한 일이 있어도 약속을 어기지 못하게 되었으니 부인은 부질없는 말을 마시오."

태부인이 말했다.

"정혼이 금석과 같으니 고칠 길은 없으나 저 집이 만일 며느리를 얻어 편히 거느리지 못할 것 같으면 어찌 불행한 일이 아니겠느냐?"

공이 웃고 말했다.

"각각 저의 팔자니 염려하여 미칠 길이 없습니다. 아직 천흥이의 형제도 장가들지 못했으니 딸아이의 혼사에는 생각이 미치지 못했습니다. 그러나 윤광천을 보면 딸아이가 어서 자라기를 바랍니다. 아무리 괴이한 집안이라도 광천이 같은 남편을 얻는 여자는 복록이 끝이 없을 것입니다. 소자는 죽은 벗의 뜻을 저버리지 못하고 광천 하나를 보아 근심을 하지 않습니다."

장원이 조모와 부모의 말씀이 그치신 후에 자리를 떠나 고했다.

"소자가 오늘 급한 비를 만나 남문 밖 벽화산 취월암에 잠깐 들렀더니 거기에서 윤 씨가 살아 있음을 알았나이다."

태부인과 공의 부부가 크게 기뻐 윤 소저가 생존한 곡절을 물었다. 생이 몸을 굽혀 윤 씨 시비를 보고 남복을 했으므로 인가의 서동인 줄만 여겨 데리고 들어가 윤 씨를 보니 처음에는 여자인 줄 알지 못했다가 너무 수습하는 것이 괴이해 우연히 글을 지으라 했는데 옷소매를 걷어 올려 팔을 보니 그제야 깨달아 놀라 즉시 나온 일과 그 시녀의 말을 다 고했다. 태부인과 금후 부부가 기쁨을 이기지 못해 윤 태우에게 기별해 길례(吉禮)를 속히 이루려 했다.

태부인이 윤 소저의 얼굴과 기질을 묻자 생이 아버지가 곁에 있으므로 말을 나오는 대로 못 해 오직 남복 가운데 유의하지 않아 자세히 보지 않았다고 고했다. 태부인이 소저 혜주를 나오게 해 쓰다듬고 웃으며 말했다.

"우리 손녀는 어질고 덕이 뛰어난 여자다. 윤 씨가 비록 아름다우나 우리 손녀에게는 미치지 못할 것이다."

정 공이 웃음을 띤 채 고했다.

"어머님은 혜주를 세상에 없는 아이로 알고 계시나 윤 씨는 여러 층 나은 것이 있습니다. 혼례를 이뤄 윤 씨를 보시는 날에 아실 것입니다."

부인이 말했다.

"윤 씨 아이가 생존한 것은 기쁘지만 그 시녀가 하더란 말을 들으니 그 집안이 고요하지 않은 줄을 알겠구나. 또 저번에 들으니 윤 태우 모친 위 씨가 참으로 인자하지 않고 윤 태우 부인 유 씨가 어질지 못한 여자라 하더구나. 우연히 들었던 것인데 이번에도 염려가 되어 혜주가 혼례도 안 했는데 마음이 편치 않구나."

공이 웃으며 말했다.

"비록 부인 여자의 잔염려가 있으나 어찌 미리 근심하겠습니까? 우리 딸은 물과 불에 들어가도 염려할 아이가 아닙니다. 복록이 다 갖춰질 것이니 두고 보소서."

부인이 대답했다.

"미리 근심하는 것이 아니라 윤 씨 시녀의 말을 들으니 의심이 많아지고 윤 씨를 잃어버렸다는 말을 들으니 그 근본이 괴이합니다. 첩의 소견에는 상공께서 윤 씨 아이의 생년월일을 알고 계시니 아직 거처를 찾으라 하지 마시고 저 집 모르게 택일하셔서 며칠 남았을 때 그제야 윤 태우에게 일러 그 조카딸을 데려다가 혼사를 지내게 하는 것이 마땅합니다. 미리 알게 하면 혹 윤 씨 아이를 해치는 이가 간악한 계책을 행할까 두렵습니다."

공이 옳게 여겨 웃으며 말했다.

"부인이 잔염려를 많이 하기에 일을 꼼꼼히 생각했으니 이 생각이 방해롭지 않소."

태부인이 택일을 속히 하라 하니 공이 대답했다.

"택일은 신붓집에서 하는 것이 옳습니다. 다만 소자는 윤 씨에게 시아버지라 친아버지를 겸했으니 혼례를 지낸 후에는 범상한 시아버지와 며느리 사이와는 다를 것입니다."

태부인이 웃고 길일이 속히 나기를 기다렸다.

금후가 어머니가 바빠 하시는 것을 보고 등불 아래에서 택일하니 소원과 들어맞아 보름이 남았다. 태부인이 기뻐하고 금후가 길일이 며칠 남지 않았을 때 윤 태우에게 이르려 했다.

장원이 공무를 행하며 직임을 살필 적에 임금 앞에서 임금의 허물을 기탄없이 직간하는 것은 당나라 승상 위징(魏徵)[10]과 같았고 나라를 안정시키고 국가를 태평하게 할 재주가 가득해 두 대에 걸쳐 임금을 보필할 재목이었다. 그래서 임금의 총애가 융성하시고 만조백관이 추앙했다. 금평후는 그 행동에 기뻐했으나 갈수록 경계를 엄히 해 삼가도록 했다.

이러구러 혼인하는 날이 며칠 뒤면 있게 되자, 금평후가 옥루항에 이르러 윤 태우를 보고 조용히 대화할 적에 문득 웃으며 말했다.

"형이 조카의 거처를 끝내 모르는 것인가?"

태우가 탄식하며 말했다.

"아무리 찾으려 해도 아득히 소식을 모르니 내가 친히 찾아보려 하네."

정 공이 말했다.

"어느 때에 찾으려 하는가?"

태우가 대답했다.

"벌써 찾아보려 했더니 일이 많아 떠나지 못했네. 며칠 뒤에 길을 떠나 경사로부터 사방 온 고을을 다 돌아 조카딸의 생사거처를 알고 들어오려 하네."

정 공이 웃으며 말했다.

---

10) 위징(魏徵): 중국 당나라 태종 때의 재상, 학자(580-643). 자는 현성(玄成). 수(隋)나라 말기 혼란기에 이밀(李密)의 군대에 참가하였으나 곧 당고조(唐高祖)에게 귀순하여 고조의 장자를 도움. 황태자 건성이 아우 세민(世民, 후의 太宗)과의 경쟁에서 패하였으나 위징의 인격에 끌린 태종의 부름을 받아 후에 재상이 됨. 직간(直諫)한 신하로 유명함.

"형이 영질의 생사를 찾으러 나가는 수고로써 내가 영질이 있는 곳을 알려 준다면 며칠 사이에 혼례를 이룰 수 있겠는가?"

태우가 말했다.

"조카를 찾는 날이라도 길일을 만나면 친사(親事)를 지낼 것이지만 형이 어찌 우리 조카의 거처를 아는 것인가?"

금후가 웃으며 말했다.

"내 아들이 과거에 급제한 후에 선영(先塋)에 소분하고 집으로 돌아오다가 급한 비를 만나 남문 밖 벽화산 암자에 들어가 비를 피하는데 영질이 그곳에 남복 차림으로 있었다고 하네. 이 아이는 알지 못하고 조카와 사귀려 하다가 팔 위의 글자를 보고 비로소 영질인 줄 알았네. 성례 전에 서로 본 것이 기쁘지 않으나 이미 영질의 거처를 알았으니 두 집안의 다행이네. 내가 영질의 생년월일을 알기에 길일을 택했으니 모레가 크게 길한 날이네. 어서 데려와 이번에는 혼인을 무사히 지내도록 하게."

태우가 기쁘고 즐거워 도리어 어린 듯해 정 공을 한참을 보다가 웃으며 말했다.

"영랑이 소분하고 돌아온 지 십 일이 넘어 형이 안 지 오래되었는데 이제야 이르는 것은 무슨 뜻인가?"

금후가 웃으며 말했다.

"내가 즉시 형에게 이르려 했더니 마침 일이 있어 이곳에 오지 못했네. 형이 나를 찾지 않으니 내가 생각하기를 혼인날에 임박해 알아도 전날 차렸던 혼수가 없지 않을 것이니 설마 어찌하겠는가 했다네."

태우가 금평후가 즉시 이르지 않은 것이 반드시 어떤 까닭이 있음을 깨달아 괴이하게 여겼으나 조카딸의 거처를 안 것을 참으로 다행으로 여겨 웃으며 말했다.

"형이 스스로 택일하고 나에게는 이르지 않았다가 임박한 후에 이제야 이른 것이 참으로 한스러우니 길일이 또 어찌 없겠는가? 조카를 데려와 천천히 혼례를 시킬 것이네."

금후가 크게 웃으며 말했다.

"그렇게 해서는 내가 스스로 내일 영질을 데려다가 형의 집 사랑에 머물러 두고 혼례 후에 데려갈 것이네. 형이 바야흐로 영질의 거처를 모를 즈음에 내가 와서 일렀는데 감격할 줄은 모르고 말끝이 이와 같으니 내가 도리어 분하네."

태우가 호탕하게 웃으며 말했다.

"성례 후에는 형의 집 며느리라 거취가 윤보에게 달려 있으니 내 알 바가 아니네. 그러나 성혼 전에는 형이 마음대로 못 할 것이니 우스운 말을 말게."

말을 마치고 가정(家丁)11)을 분부해 수레를 차리라 하고 정 공에게 말했다.

"형은 아직 이곳에 있게. 내가 가서 조카를 데려올 것이네."

이에 금후는 다닐 데가 있어 돌아갔다.

태우가 즉시 안에 들어가 모친에게 고했다.

"명아를 잃어버려 서너 달이 가까워 왔으나 거처를 모르고 있었습니다. 그런데 들으니 성문 밖 산사에 머무르고 있다 하니 소자가 이제 가서 데려오려 하나이다."

위 씨가 이 말을 듣고는 놀라 벼락이 온몸을 부수는 듯하고, 한스럽고 이상해 정신을 차리지 못했다. 명아가 행여 위방의 집에서 도망쳐 산사로 갔는가 해 매우 놀라 자연히 눈물을 금치 못했으니 이

---

11) 가정(家丁): 집에서 부리는 남자 일꾼.

는 자기의 악함을 태우가 알고 무슨 변을 내어 태우가 죽을까 염려가 무궁해서였다. 이에 말했다.

"성문 밖 산사에 있으면 어찌 이제야 소식을 알게 되었느냐? 참으로 알지 못할 일이로구나. 어쨌거나 어서 데려오거라."

태우가 즉시 아래 관리를 거느려 취월암을 찾아갔다.

현앵이 마침 문밖에 나와 있다가 태우를 보고 급히 절하고 뵈었다. 태우가 현앵이 남복을 입었음을 괴이하게 여겨 바삐 말에서 내려 소저 있는 곳을 물었다. 현앵이 안에 있음을 고하자 태우가 소저볼 마음이 급해 앞을 인도하라 했다.

태우를 모시고 소저 숙소에 이르러 숙부와 조카가 서로 보았다. 소저가 정생을 만나 자기의 근본을 알고 돌아간 후 십 일이 지나도 소식이 없자, 반드시 옥루항에 알리지 않았음을 알고 괴이하게 여겼으나 현앵이 정 한림에게 집안에서 일어난 연고를 이른 것은 알지 못했다. 오늘 계부 대인을 만나 무릎 아래에 절하게 되자 매우 곡진한 감정을 가졌다. 태우가 소저가 남복 가운데 절세한 풍채가 더욱 수려해 향기로운 자태가 이목을 현란하게 하니, 급히 그 손을 잡고 두 줄기 눈물이 흘러내려 오래도록 말을 못 했다. 이에 천천히 탄식하고 말했다.

"내 항주를 내려간 지 오래지 않아서 너를 잃어버리고 돌아와 아무리 찾으려 해도 소식을 알 길이 없었다. 그런데 오늘에서야 정 공이 이르러 이리이리 하기에 데리러 왔으나 음양을 바꾸어 산사에 머물러 집을 찾아 돌아오는 것을 잊고, 형수님이 밤낮으로 비통히 염려하시는 것을 생각지 않은 것은 어이 된 뜻이냐?"

수저가 오열해 울며 그 말에 즉시 대답하지 못하고 집안의 형세를 고하려 했다. 그런데 그 가운데 유 부인을 범하는 것을 불편하게 여기고 사단이 무궁할 것이므로 차라리 도적에게 쫓겨 온 것으로 대답해 일이 편하게 되게 하려 했다. 이에 슬피 눈물을 흘리고 대답했다.

"할머님께서 강정에 우환을 피하러 가시기에 모친과 소녀가 모시고 나갔다가 어느 날 밤에 명화적이 달려들었습니다. 그런데 구태여 재물을 취하는 일이 없고 소녀를 해치려 했습니다. 경황이 없는 중에 피할 도리가 없어 희천이의 여벌 옷을 급히 입고 달려갔습니다. 도적이 성화처럼 따라오기에 화를 면하기 어려웠으므로 마지못해 다시 불의의 변이 있을까 두려웠습니다. 마침 길에서 혜원 비구니를 만났는데 혜원이 지성으로 암자에 머물기를 청해 아직 산사에 머물고 있다가 액운이 다 없어지면 돌아가라 했습니다. 그래서 서너 달을 머물렀으나 할머님과 숙부, 어머님을 우러러 사모하는 정이 어느 때에 풀어졌겠나이까?"

태우가 크게 놀라 말했다.

"그때 어떤 도적이 너를 해치려 하다가 주영을 대신 잡아갔단 말이냐? 참으로 범상한 도적이 아니구나. 재상가 규수를 겁탈하려 한 것은 세상에 희한한 변고니 어찌하면 흉악한 도적을 잡아 통쾌하게 다스릴꼬? 진실로 괘씸하구나."

소저가 유모의 말을 듣고 위방인 줄 알았으나 고하지 않았다. 서너 달 서로 이별했다가 숙부와 조카가 만났으니 태우의 기쁜 마음과 소저의 반기는 마음이 부녀지간이나 다름이 없었다.

공이 혜원을 불러 조카딸을 구해 편히 머무르게 한 것에 사례하고 백은 삼백 냥을 주었다. 혜원은 청정한 이승이었다. 재물을 중요하지 않게 여겼으나 태우가 은혜를 일컫는 것이 과도했으므로 감격한 마음을 이기지 못해 사례했다. 소저가 떠나는 것을 크게 서운해 해 눈물을 뿌리며 이별을 안타까워했다. 암자의 승려들이 다 서운한 마음을 이기지 못해 연연함을 마지않았다. 소저가 또한 뭇 승려의 두 터운 뜻에 사례했다.

태우가 날이 늦은 것을 일컬으며 길을 재촉했다. 소저가 교자에 들자 혜원이 소저를 붙들고서 서운해 하고 슬퍼하며 뒤에 만날 것을 일렀다. 소저 역시 혜원의 맑고 고상한 도행을 공경했으므로 서너 달을 함께 머무르며 곡진히 대하던 후의에 새로이 사례했다. 가는 길이 바빴으므로 소저가 총총히 돌아갔다. 현앵이 또한 승려들에게서 사랑받는 은혜를 입었으므로 피차 떠나는 것을 서운해 해 눈물을 뿌리며 승려들과 하직하고 소저를 모셔 돌아갔다. 혜원과 승려들이 멀리 나와 이별하고 돌아가니 서운함을 이기지 못했다.

이때 윤 태우가 조카딸을 데리고 돌아가니 남녀 노복이 문에 나와 맞이했다. 광, 희 두 공자가 나아와 태우를 맞으며 누이가 돌아온 것을 기뻐하니 이른바 죽었다가 살아온 것과 같았다.

바로 교자를 경희전 뜰에 놓으니 소저가 아직도 남자 옷을 벗지 못했으므로 푸른 도포에 혁대 차림으로 주렴 밖으로 나왔다. 광천 형제와 구파가 붙들어 반기는 것이 가득했는데 소저가 남복한 것을 보고 각각 웃음을 머금었다.

소저가 당에 올라 태부인과 모부인을 뵙고 유 씨에게 절했다. 위 씨가 가슴이 뛰놀아 놀라고 미우며 분한 마음을 이기지 못하고, 애달픔이 지극해 조 씨 네 모자녀를 즉시 젓갈을 만들어 미운 마음을 시원하게 풀고 싶었으나 태우의 의심을 사지 않기 위해 도리어 붙들고 울기를 마지않았다. 조 부인은 머리를 숙여 묵묵했으나 태부인의 행동을 보자 근심이 더욱 깊어져 자기 자녀의 화란이 어느 지경이 미칠지 알지 못했다. 태우는 모친의 흉악한 마음을 알지 못하고 모친이 과도하게 슬퍼하는 것을 위로하고 조 부인에게 고했다.

"정 공이 길일을 택했으니 모레가 크게 길하다 합니다. 그러니 형수님은 혼수를 급히 차려 혼례를 치르도록 하소서."

부인이 속으로 기뻐하고 딸을 어서 혼인시켜 정씨 집안으로 보내려 했으므로 이에 대답했다.

"혼수는 전날에 차려 두었습니다. 저 집이 바빠 하면 이번에나 정한 날에 지내면 좋을까 하나이다."

태우가 소저를 돌아보아 남자 옷을 벗으라 했다. 소저가 더욱 두려워 움직이지 못하고, 조모의 마음을 헤아리면 염려가 헤아릴 수 없어 화장한 눈썹에 근심 어린 기운이 모이고 샛별 같은 두 눈에서 두 줄기 눈물이 굴러 꽃 같은 뺨을 적실 뿐이었다. 이에 위 씨가 울며 말했다.

"너를 잃어버린 지 서너 달이 되었으나 생사와 거처를 모르고 밤낮으로 칼을 삼킨 듯 슬픈 마음을 억누르지 못했단다. 산문에 머무르며 몸에 탈이 없는 것이 다행스럽고 반가운 일이지만 그때 널 잃고 애쓰던 일과 노모가 도적의 변을 혼자 당해 하마터면 죽을 뻔한 일을 생각하면 슬픔이 지극하구나."

소저가 탄식하고 대답했다.

"소녀가 그때 도적에게 쫓겼을 때 마침 남복을 했기에 화를 벗어나서 급히 피할 수 있었습니다. 오던 길을 잃고 취월암 으뜸승려가 간절히 청해 암자에 가 액운이 지나가기를 이르기에 오히려 불의의 변을 두려워해 집으로 들어오지 못하고 서너 달을 산문에 머물렀습니다. 할머님과 어머님 곁을 처음으로 떠났으니 우러러 사모하는 정을 어찌 헤아릴 수 있겠습니까?"

위 씨가 이 말을 듣고는 소저가 결코 위방에게 가지 않은 줄 알고 더욱 놀랍고 괴이해 생각했다.

'지금 위방이 윤 소저라 생각하고 집에 둔 이는 누구인고?'

창졸간에 생각하지 못해 불량한 눈동자가 벌건 채 흉악한 마음이 곧바로 일어났다. 그러나 공교한 꾀는 유 씨에게 미치지 못했다. 유 씨가 현앵은 왔으나 주영이 없는 것을 보고 소저에게 물었다.

"주영은 어디에 갔기에 오지 않고 현앵만 데려온 것이냐?"

소저가 대답했다.

"도적이 주영이를 저로 여겨 데려갔습니다. 훗날 주영이를 찾는 날이면 도적의 근본을 알아 처치할 도리가 있을 것입니다. 그러나 아직 주영이를 찾지 못했으니 도적놈이 누구인지는 모르겠습니다."

유 씨 모녀와 태부인이 듣고 말마다 부아가 넘쳐 미운 마음을 참지 못했다. 그러나 급히 해칠 방법이 없고 혼인이 모레라 하니 절절히 한스러움을 이기지 못했다. 위방에게 알려 '주영을 죽여 없애 훗날에 소문이 나지 않게 하라.'고 이르려 했으나 위방이 사오 일 전에 황금 팔백 냥을 가만히 보내 은혜에 사례했으니 위방에게 주영을 죽이라 할 낯이 없었다. 그래서 조용히 유 씨와 의논하려 했다.

날이 저물자, 소저가 모친 침소로 물러가 여복으로 바꿔 입고 광천 형제, 구파와 함께 말했다. 조 부인은 혼사를 속히 지내게 되어 기쁘고 다행으로 여겼으나 일마다 마음이 찢어지는 듯했다. 상서가 자녀의 혼사를 보지 못한 것을 뼈에 사무치도록 슬퍼했다. 공자 형제가 위로하고 구파가 위로하며 말했다.

"부인은 슬퍼 마소서. 소저를 찾아 혼인시키는 것은 지극한 경사니 무익하게 옛일을 생각지 마소서."

부인이 슬픈 빛으로 탄식하고 소저의 월패(月佩)를 찾아 월패가 상하지 않은 것을 기뻐했다.

위 씨가 유 씨를 불러 가만히 일렀다.

"요괴로운 명아가 기특히 재앙을 피해 위방에게 주영이를 보내고 자기는 산사에서 무사히 있다가 돌아와 정씨 집안과 인연을 이루게 되었구나. 이 애달프고 분한 마음을 어찌 견딜 수 있겠느냐? 주영이가 돌아오는 날에는 위방의 일이 드러날 것이고, 노모의 잘못을 모르는 이가 없게 될 것이다. 아직 다행히도 조 씨 모녀가 그 도적이 위방인 줄은 알지 못하고 있구나. 다만 방에게 기별해 주영이를 죽여 소문이 없게 하고 명아를 다시 겁탈하라 하고 싶으나 저의 금을 다 없앴으니 낯이 없어 어찌할 줄을 모르겠구나."

유 씨가 한참을 생각하다가 고했다.

"명아를 급히 없앨 도리는 없습니다. 그런데 비록 정씨 집안과 혼례를 치러도 금슬이 화목하지 않아 아주 원수처럼 만들어 명아의 앞길을 마친다면 다시 위 관인에게 돌려보내거나 다른 곳에 금은을 받고 팔거나 각별히 좋은 계교가 있을 것입니다. 첩의 형이 한 아들을 두고 부부가 다 죽었습니다. 조카 몽숙이 외로워 의지할 데가 없어 그 아이가 어렸을 때 첩의 집에서 데려와 길렀습니다. 나이가 칠팔 세가 된 후에는 상서 진광에게 수학했습니다. 진 상서는 정천홍의 외숙부요 집이 취운산에 있어서 구몽숙이 어려서부터 정천홍 등과 정이 두터웠습니다. 몽숙이가 비상한 재주가 있는데 몇 년 전 기특한 도인을 만나 변화하는 술법을 배워 얼굴이 바뀌고 목소리가 다르게 될 수가 있게 되었습니다. 첩의 소견으로는 몽숙이를 청해 정천홍의 의심을 사게 해 명아를 함정에 넣는 것이 마땅할까 하나이다."

위 씨가 말했다.

"며느리의 지략은 진유자(陳孺子)12)보다 낫구나. 어서 구생을 청

---

12) 진유자(陳孺子): 중국 전한(前漢)의 개국공신 진평(陳平, ?-B.C.178)을 이름. 유자(孺子)는 고향의 부로(父老)들이 진평에 대해 부른 이름.

해 계교를 이르고 정천흥의 금슬이 좋지 않아 명아를 내쫓는 지경이
되거든 구생에게 첩을 삼아 살라고 이르라."

유 씨가 웃으며 대답했다.

"몽숙이가 나이 열다섯에 아직 혼인 전입니다. 명아를 정씨 집안
에서 버리면 아내라도 삼을 것이니 어찌 첩으로 의논하겠습니까?"

위 씨가 재촉해 구생을 불러 이 일을 이르라 했다. 유 씨가 즉시
시녀를 보내 몽숙을 불러오도록 했다.

원래 몽숙이라는 자는 이부시랑 구순의 아들이다. 구순이 맑은 위
인으로서 명망이 조정 안팎에 드날렸다. 그런데 한 아들을 두고 부
부가 일찍 죽으니 집금오 유 공이 몽숙을 데려다가 기른 것이다. 몽
숙이 칠팔 세 된 후에는, 상서 진 공과 금평후가 구 공과 매우 절친
한 벗이었으므로 그 한 아들이 혈혈단신임을 슬퍼해 진 상서가 데려
다가 가르치고 정 공이 옷과 음식 챙기는 것을 마음에 두어 천흥 등
과 같이 대했다. 그래서 몽숙은 정, 진 두 집에 왕래해 조카처럼 지
냈다. 몽숙이 용모가 아름답고 풍채가 당당해 보기에 사랑스러웠고
말을 거침없이 잘했다. 학문이 넉넉해 흠이 될 만한 것이 없으나 한
조각 마음이 어질지 못해 간사하고 교활했다.

이날 구생이 숙모가 청하자 윤부에 이르렀다. 유 씨가 좌우를 물
리치고 소리를 가만히 해 말했다.

"조카가 정천흥과 정이 친밀하니 천흥이가 너의 말을 깊이 믿느냐?"

몽숙이 대답했다.

"저는 천흥이 등과 동기 같아 어려서부터 정이 깊습니다. 그런데
숙모께서 어찌 물으시는 것입니까?"

유 씨가 말했다.

"그렇다면 천흥이의 금슬을 방해하고 네가 숙녀를 얻을 수 있는

계교를 할 수 있겠느냐?"

몽숙이 매우 반겨 듣고 대답했다.

"비록 동기 같은 벗 사이지만 숙녀에 이르러는 무슨 일을 못 할 것이며 그 금슬을 희짓지 못하겠습니까?"

유 씨가 문득 몽숙의 마음을 흔들려 해 길이 탄식하고 말했다.

"형님 내외가 계셨다면 네가 아내를 얻는 일이 어려하겠느냐? 다만 불행히 너의 부모가 다 돌아가시고 집이 없어 아직 정, 진 두 집에서 후하게 대우하고 있으나 남이란 것은 다 거짓 것이다. 네가 지금까지 아내도 못 얻고 글이 이두(李杜)[13]를 비웃을 것이나 과거에 급제하는 경사가 없구나. 범사가 형세에 따르는 것이니 정천흥 같은 사람은 나이가 어린데 문무 장원이 되고 조정의 재상 중에 딸 둔 이들이 다투어 사위를 삼으려 하나 정 공이 허락하지 않아 지금까지 아내를 얻지 않았다. 아주버니 상서공께서 한 딸을 어려서 정천흥과 정혼시켰다. 작년 연말에 혼사를 지낼 것이었으나 도적이 들어 조카딸을 잃어버렸기에 서너 달을 물렸다가 조카딸을 찾아 돌아와 혼인날이 겨우 하루가 남아 있단다. 조카처럼 만고에 비할 데 없는 빛나는 용모와 기질을 가진 사람이 진실로 너 같은 재주 있는 선비와 쌍이 되지 못하고 정씨 집안의 며느리가 되는 것을 진실로 아까워한다. 너는 모름지기 정천흥 부부의 금슬을 희지어 조카가 정씨 집안에 온전히 머무르지 못하게 해 쫓겨나는 지경이 되면 네가 당당히 때를 타 조카를 겁탈하면 될 것이다. 내 너를 위한 정으로 밤낮 홀로 숙녀를 천거하려 했으나 마땅한 곳이 없고 뜻이 다해 이리 이르는

---

13) 이두(李杜): 이백(李白, 701-762)과 두보(杜甫, 712-770)를 아울러 이르는 말. 모두 중국 성당(盛唐) 때의 시인. 중국의 최고 시인들로 꼽히며 이백은 시선(詩仙)으로, 두보는 시성(詩聖)으로 칭하여짐.

것이다. 네 재주가 잠깐 사이에 변화해 네 소원대로 다 한다 하니 조카의 앞길을 마치며 천흥의 의심을 사게 하는 것은 네 손에 달려 있다. 일이 정도가 아니나 요조숙녀는 성인도 자나 깨나 생각해 전전반측하셨으니 하물며 풍류랑에 있어서랴?"

몽숙이 절반도 듣기 전에 기쁘고 즐거워 윤 씨를 자기 것으로 삼은 것 같아 급히 사례해 말했다.

"숙모께서 저를 위해 절색의 미인을 천거해 주시니 감격한 마음을 이기지 못하겠습니다. 정천흥 부부의 금슬을 희지어 윤 씨가 내쫓기는 화를 보게 하는 것은 저의 손에 있으니 숙모께서는 어쨌거나 윤 씨가 저의 사람이 되도록 해 주소서."

유 씨가 말마다 고개를 끄덕이고 몽숙에게 재삼 당부했다.

"어서 가서 정생을 놀라게 해 미리 의심이 일어나게 하라."

몽숙이 명령을 듣고 돌아가니 일이 은밀해 아는 사람이 없었다.

정부에서 길일이 임하자 혼수를 차리며 태부인과 정 공 부부가 기쁨을 이기지 못했다. 정 한림도 숙녀의 만고에 비할 데 없는 빛나는 얼굴과 기질을 친히 보았으므로 소저를 백량(百兩)[14]으로 얻어 관저(關雎)의 즐거움[15]을 이룰 뜻이 있었다. 그래서 각별히 다른 염려는 없었다.

그런데 홀연히 몽숙이 청죽헌에 이르러 한림 형제와 말하다가 인흥 공자는 안으로 들어가고 한림만 있는 것을 보고 물었다.

"나는 전혀 몰랐더니 자네가 윤 명천의 여자와 혼사 약속이 있다

---

14) 백량(百兩): 신부를 맞아 오는 일. 백 대의 수레로 신부를 맞이한다 하여 이와 같이 씀. 『시경(詩經)』, <작소(鵲巢)>에 "새아씨가 시집옴에 백량으로 맞이하도다. 之子于歸, 百兩御之."라는 구절이 있음.

15) 관저(關雎)의 즐거움: 부부가 함께 누리는 즐거움을 이름. '관저(關雎)'는 '끼룩끼룩 우는 물수리'라는 뜻이며, 『시경(詩經)』의 작품 명임.

하고 규수를 잃어버렸다 하던데 다른 곳에서 아내를 얻는 것인가?"

한림이 말했다.

"잃어버렸던 규수를 찾았으므로 옛 약속을 완전하게 하려 하는 것이네. 그런데 형이 어찌 묻는 것인가?"

몽숙이 이 말을 듣고 낯빛이 변해 말했다.

"형처럼 빼어난 풍채와 재주로써 배우자를 가리는 데 반드시 임사(姙姒)16)의 큰 덕이 있는 숙녀가 아니면 가당치 않을 것이니 형이 배필을 아름답게 만날 수 있겠는가?"

한림이 구생과 사귄 것이 깊었으나 그 위인을 취하지 않았으므로 이런 말을 들어도 매우 공교롭게 여겨 대답하지 않고 서안의 책을 들어 낭랑하게 읽었다. 몽숙이 말을 낸 것이 도리어 열없었으나 한림의 행동을 시험하려 한림이 읽는 책을 앗고 소리를 나직이 해 말했다.

"내가 속으로 품은 것이 있으나 발설하는 것도 실로 어렵고 안한다면 내 알고서 형을 속이는 것이네. 형이 끔찍한 일을 모른 채혼례를 치르려 하니, 너무 놀랍고 안타까워서 견딜 수가 없네. 내가형 집에서 은혜 받은 것을 적게 했다면 이런 중대한 말을 꺼내려 하겠는가? 다만 영대인(令大人) 바라보기를 부형(父兄)같이 하고 형 등과는 골육 같으므로 잠자코 있지 않는 것이네. 형은 듣고 스스로 잘 처치해 이런 일이 행여나 내 입에서 난 줄 다른 사람에게 이르지 말게."

그러고서 말했다.

"윤 씨를 잃어버린 것은 다른 까닭이 아니네. 전에 소저가 윤 태

---

16) 임사(姙姒): 중국 고대 주(周)나라 문왕(文王)의 어머니 태임(太姙)과, 문왕의 아내이자 무왕(武王)의 어머니인 태사(太姒)를 아울러 이르는 말로 이들은 현모양처로 유명함.

우의 문객 맹환과 정을 맺었는데 길일이 임박하자, 맹환이 거짓으로 명화적인 체하고 강정에 가 윤 소저를 탈취해 취월암에 감추어 둔 채 음란하고 비루한 일이 시도 때도 없었네. 그런데 오히려 맹환이 윤 소저의 팔에 앵혈(鸎血)[17]을 그대로 두어 아직 남녀의 정을 이루지 않았으나 뜻이 금석(金石) 같아서 부부의 은정이 무궁하다고 한다네. 맹환이 용맹이 절륜(絶倫)해 지금 칼 같은 마음을 가졌으니 정씨 가문에 화란이 있을까 끔찍이 두려워하네."

한림이 다 듣지 않아서 놀라 스스로 물러앉아 그 말을 듣지 않고 말했다.

"내 비록 군자가 아니나 예가 아닌 것은 듣지 않으니[18] 형은 그만 그치게. 다만 윤 씨를 만고에 없는 음란한 여자라 일러도 예전에 대인께서 윤 명천과 굳은 약속을 맺으셨으니 어찌 배반하겠는가? 천하에 흔한 것이 여자이니 윤 씨를 얻어 행실이 음란하다면 내쫓고 다른 아내를 얻으면 되니 설마 어찌하겠는가? 어느 장사 놈이라도 사람 목숨을 마음대로 살해하지 못할 것이니 무엇이 두렵겠는가?"

말을 마치자 엄숙히 정좌해 도로 책을 몰두해 보았다. 낯빛이 마치 온화한 봄바람 같았으나 기운이 엄숙하고 정대해 다시 말 붙이기 어려웠다. 몽숙이 크게 열없고 또한 괘씸하게 여겨 그 마음을 엿볼 길이 없으므로 거짓으로 칭찬해 말했다.

"어질고 명쾌한 것이 진실로 미칠 사람이 없겠네. 나는 이 말을 듣고서 한심해 형에게 일러 처치하게 하려 했더니 형의 말이 이와 같으

---

17) 앵혈(鸎血): 장화(張華)의 『박물지』에서 그 출처를 찾을 수 있음. 근세 이전에 나이 어린 처녀의 팔뚝에 찍던 처녀성의 표시를 말하는 것으로 도마뱀에게 주사(朱沙)를 먹여 죽이고 말린 다음 그것을 찧어 어린 처녀의 팔뚝에 찍으면 첫날밤에 남자와 잠자리를 할 때에 없어진다고 함.
18) 예가~않으니: 『논어』, 「안연(顏淵)」에 있는 문장. 원문은 "예가 아니면 보지 말고, 예가 아니면 듣지 말며, 예가 아니면 말하지 말고, 예가 아니면 행동하지 마라. 非禮勿視, 非禮勿聽, 非禮勿言, 非禮勿動."임.

니 내가 탄복하는 마음을 이기지 못하겠네. 훗날에 이런 말을 형이 입밖에 내지 말고 내가 일렀다는 말을 아무에게도 전하지 말게."

한림이 빙그레 웃고 말했다.

"형이 나를 이토록 지나치게 칭찬해 나를 몸 둘 곳이 없게 하는구나. 형이 전한 말을 아무에게도 이르지 않을 것이니 염려 말게."

몽숙이 말없이 이윽히 앉아 있다가 진부로 갔다.

한림이 단정히 앉아 생각했다.

'윤 씨는 빛나고 고운 것은 이를 것도 없고 좋고 맑은 기운이 비가 갠 후에 가을하늘에 뜬 달과 같다. 하물며 눈썹 사이에 큰 덕이 나타나고 눈빛에 어진 기운이 가득하며 만면에 맑은 덕이 나타나 길이 복을 누릴 상이다. 내가 네다섯 살부터 글을 읽어 열 살에 글을 능통하지 않은 곳이 없다. 윤 씨에게 만일 그런 음란한 행적이 있었다면 그 얼굴이 반드시 고운 가운데 좋지 않은 곳이 있을 듯한데 아무리 보아도 보통 사람보다 매우 빼어나다. 그러니 어찌 구생의 공교로운 말을 군자가 믿을 수 있겠는가. 윤 씨의 시녀가 말을 알아들을 만큼 하여 제 주인을 해치는 사람이 있음을 비쳤으니 반드시 윤 씨를 미워하는 자가 몽숙을 사주해 내 귀에 흉한 말을 전하게 한 것이다. 윤 씨를 얻어 한 집에서 그 행동을 보면 알 것이니 미리 염려할 것이 아니다.'

생각이 이에 미치자 결코 다른 염려가 없었다.

한림이 이날 밤에 인홍 등 동생들과 청죽헌에서 아버지를 모시고 자는데, 한밤중에 크게 소리하고 칼로 사창(紗窓)을 찌르는 이가 있었다. 한림이 희미하게 눈을 떠 보니 이때는 보름 즈음이라 보름달이 만방에 비추고 있는데 창밖에 신장이 팔 척이나 한 장사가 서 있는 것이었다. 한림이 분연(憤然)[19]히 일어나 문을 쑤시는 칼을 앗고 문을 열고 달려나오자 그 사람이 즉시 공중으로 솟으며 말했다.

"정천흥아, 네 나의 천금 같은 미인을 감히 앗아 취하려 하나 나 맹환은 일세(一世)를 하나로 만드는 재주가 있으며 두 팔 가운데 만 명이 대적하지 못할 힘이 있으니 너는 머리가 열이라도 보전하지 못 할 것이다. 그러니 너는 매우 조심하라."

이처럼 이르며 간 곳을 알지 못했다. 한림이 이 광경을 당해 매우 놀라고 공자들이 다 깨어 놀라기를 마지않았다. 한림이 도로 들어와 베개에 누우며 말했다.

"어디에서 괴이한 도적놈이 와서 자취를 보이고 도망했구나. 저 사람을 두려워하는 것이 아니라 긴 혀를 놀려 욕설이 가볍지 않으니 그런 괘씸한 일이 없구나."

셋째공자 세흥이 나이가 어렸으므로 속으로 분노와 놀라움을 이 기지 못해 말했다.

"그 도적의 말 가운데 저의 미인을 형님이 앗으려 한다 하니 그것 이 어찌 된 말입니까? 부모님과 할머님께 아뢰어 혼인을 지내지 않 게 하소서."

한림이 선뜻 웃으며 말했다.

"비록 여덟 살 어린아이지만 식견이 이토록 얕은 것이냐? 윤 씨에 게 혹 그런 일이 있어도 명천과 대인께서 어떠한 사이의 벗이냐? 저 윤씨 집안은 참으로 법도 있는 가문이니 윤 씨를 잠시 잃어버렸으나 그것은 액운이 불행해서이고 음란한 짓을 해 도망친 일은 아닐 것이 다. 두고 보면 알겠지만 그 도적의 말은 믿을 것이 못 된다. 도적이 진실로 나를 죽이려 왔다면, 내가 그 손에 죽을 리는 없겠지만 반드

---

19) 분연(憤然): 분노하는 모양.

시 가만히 들어와 해쳤을 것이다. 자기 힘이 부족해 도망쳤어도 잠 자코 갈 것이지 어찌 흉한 소리를 낭자히 이를 리가 있겠느냐? 너는 이런 말을 부모님께 고하지 마라. 이 밤이 새면 길일이니 어찌 혼인을 물리겠느냐?"

둘째공자 인홍이 큰형의 지혜로운 말을 듣고 깊이 탄복해 말했다.

"형님의 원대하신 지식이 이와 같으시니 어떤 어려운 일을 당하신들 두려운 일이 있겠습니까? 내일 지낼 혼사를 물리자 하는 것은 어린아이의 말이지만 참으로 사리에 밝지 못한 말입니다. 다만 의심 컨대 윤씨 집안에서 누가 저토록 규수를 미워하는지 알지 못할 일입니다."

한림이 탄식하고 말했다.

"인심은 헤아릴 수 없으니 누가 그리하는 줄 알겠는가마는 윤 씨를 그러한 사람으로 치부하는 것은 나는 못하겠다."

세홍이 웃으며 말했다.

"형님 말씀도 마땅하시지만 윤씨 집안에서 어떤 놈을 보내 그렇게 할 자가 있겠습니까?"

한림이 두 아우의 말을 듣고 아우들에게 당부해 이런 말을 입 밖에 내지 말라 했다.

셋째공자가 나이는 어렸으나 성품이 과격했다. 이 일을 참지 못해 다음 날 아침문안 후에 집안이 자연히 떠들썩해 큰 잔치를 베풀고 내외 빈객을 청하니 태부인에게는 더욱 고할 틈이 없어 모친이 협실에 들어간 때를 타 따라 들어가 지난 밤의 변고를 일일이 고했다.

진 부인은 천성이 단엄하고 맹렬해 본디 의리가 아닌 일과 법도에 맞지 않는 일을 용납하지 않고 만사에 처신이 예법이 가득해 법도에 맞는 행동이 학문을 닦은 선비와 같았다. 다만 온화하며 유순한 자질이 잠깐 부족해 창해처럼 너르지는 못했다. 부인이 이 말을 듣고 갑자기 대로해 놀라움을 이기지 못했으나 오늘이 혼례일이었으므로 여러 사람의 이목 가운데 비루한 소문을 내지 못해 셋째공자를 당부해 이런 말을 다시 하지 말라고 했다. 그러나 마음속으로는 한심함이 가득했으니 자연히 안색이 온화하지 못했다.

금평후는 곡절을 모르고 일가친척과 벗들을 모아 몹시 즐거워하다가 부인의 냉담한 낯빛을 보고 문득 웃으며 말했다.

"부인이 원래 온화한 기운이 적은 바탕이지만 오늘을 맞아 자식을 처음으로 혼인시켜 지혜로운 여자를 얻는 날이라 인심에 기쁨이 지극할 텐데 어찌 좋지 않은 낯빛을 짓는 것이오?"

진 부인이 억지로 참아 미소 짓고 말을 하지 않았다.

내외의 빈객이 벌이 엉기듯 하니 태부인이 진 부인과 함께 손님들을 맞이해 자리를 잡아 대화했다. 태부인의 나이가 육순이 되었으나 쇠로함이 없어 얼굴이 봄꽃 같았다. 말을 내면 자리에 있던 사람들을 감동시키니 인심이 흡족해 큰 덕에 기뻐하며 복종하지 않는 이가 없었다. 또한 진 부인의 엄숙함과 미모에 공경하지 않는 이가 없었다. 일가의 부인네들이 저마다 금평후 부부의 복록을 일컬으며 한림이 어린 나이에 맑은 명망을 얻은 것을 부러워해 칭찬하며 태부인에게 하례했다. 태부인이 기뻐해 감사하며 말했다.

"죽지 않고 남아 있는 인생이 구차하게 세상에 머물며 한 자식의 지극한 효도에 의지해 성이 무너지는 고통을 잊었습니다. 그러나 슬하가 적막하고 예전에는 종일토록 입을 열 일이 없어 슬픈 회포뿐이었습니다. 그런데 지금은 천흥의 형제 여럿이 용렬함을 면했고 진씨 며느리가 임신한 지 또 네다섯 달이니 스스로 기쁨을 이기지 못하겠습니다. 여러 친척의 염려에 힘입어 손자가 과거에 급제하고 오늘 신부를 얻는 날을 맞이하여 친척과 이웃이 다 오셨으니 폐사(弊舍)[20]의 광채가 배나 좋아졌습니다."

손님들이 공자 등이 출범(出凡)한 것을 입을 모아 칭찬하며 말했다.

"전날에 어린 소저를 보았더니 이제는 거의 자랐을 것이라 친척 등이야 무엇을 내외하겠습니까? 한번 볼 수 있게 해 주소서."

태부인이 웃으며 말했다.

"구태여 내외하는 것이 아니라 어린아이가 부끄러움이 심해 여러 어른 앞에 뵙는 것을 어려워하거니와 부디 보고자 하신다면 이제 불러 알현하게 하겠습니다."

말을 마치고서 혜주 소저를 불렀다. 잠시 뒤에 소저가 두어 시녀와 함께 나아와 세 치의 발걸음을 자약히 옮겨 모든 사람들에게 인사했다. 상서로운 빛이 자욱해 얼굴을 가리고 걸을 때는 기이한 향내가 가득하고 보배로운 기질과 어여쁜 태도는 천화(天花)[21] 한 가지가 옥병에 꽂혀 있으며 가을하늘의 보름달이 광채를 만방에 흘리는 듯했다. 자리에 있던 사람들이 소리를 모아 칭찬해 넋을 잃고 태부인은 기쁨을 이기지 못했다. 소저가 빈객이 무수한 것을 보고 즉시 들어가려 하자 친척 부인네가 손을 잡고 태부인을 향해 크게 칭찬했다. 이에 태부인이 웃으며 말했다.

"자식은 자연히 부모를 닮는 법입니다. 제 아들과 며느리의 외모, 풍채와 기질, 성행이 남의 아래가 아니라 여러 자식이 하나도 용렬한 아이가 없거니와 천흥이와 이 아이는 제 부모보다 나은 위인입니다. 그래서 나의 사랑하는 정이 각별하답니다. 그런데 여자는 일생을 데리고 있지 못하니 나이가 차면 남의 집 사람이 될 것이라 우리

---

20) 폐사(弊舍): 자기 집을 낮추어 이르는 말.
21) 천화(天花): 천상계에 핀다는 영묘한 꽃.

집안을 일으킬 일이 없습니다. 크게 바라는 바는 오늘 보는 신부가 제 시어미만큼만 된다면 오죽 좋겠습니까?"

말이 잠시 멈춘 사이에 금평후가 들어오니 내외할 부인네는 휘장 안으로 들어가고 멀고 가까운 친척 부인네만 서로 보았다. 부인들이 공자의 비상함과 소저의 특이함을 일컬어 복을 하례하니 공이 칭찬하는 말을 감당하지 못하고 웃음을 머금어 태부인에게 고했다.

"오늘은 천흥이의 길일인데 딸아이는 어찌 규수로서 잔치 자리에 나온 것입니까?"

태부인이 웃고 부인들이 보고 싶어 하기에 불렀음을 이르고 말했다.

"내 스스로 손녀를 자랑하는 것은 아니나 사람들이 다 혜주 같기는 어려우니 신부가 저의 시어미를 이어받는다면 어찌 기쁘지 않겠느냐?"

공이 만면에 웃음을 띠고 대답했다.

"윤 씨는 만고에 드문 성녀이니 어찌 그 시어머니와 비교할 수 있겠습니까? 보시면 아실 것입니다."

태부인이 웃고 말했다.

"진 씨 며느리의 착한 덕은 진실로 아름답다."

정 공이 웃으며 대답했다.

"너무 칭찬하지 마소서."

태부인이 웃고 좌우를 둘러보아 쌍쌍한 옥동들이 하나하나 선풍도골임을 기뻐하고, 공은 딸을 침소로 들여보냈다.

날이 늦어지자 한림이 들어와 길복(吉服)을 입을 적에 태부인이 습례(習禮)[22]하고 가라 했다. 그러자 한림이 미소하고 대답했다.

---

22) 습례(習禮): 예법을 익힘.

"습례를 하지 않아도 실례하도록 하겠나이까?"

공이 말했다.

"실례할 것이라 하는 것이 아니라 어머님께서 보고 싶어 하시니 사양하지 마라."

한림이 거역하지 못해 늠름한 신장에 길복을 갖추고 기러기를 올리는 예[23]를 익혔다. 시원스러운 용모는 남전(藍田)[24]의 백옥이 티끌을 씻었으며 가벼운 풍채는 금당(金塘)[25]에 일만 버들이 춤추는 듯하니 좌객이 칭찬하기를 마지않았다. 요객(繞客)[26]이 재촉하자 한림이 태부인과 부모에게 하직하고 외당에 나와 허다한 행렬을 거느려 옥루항으로 향했다.

이때 윤부에서 소저의 혼인을 맞아 태우가 죽은 형을 생각하고 새로이 참담한 마음을 억제하지 못했다. 그러나 범사에 정성이 가득했으니 비록 검소하려고 했으나 어찌 혼례에 성대히 준비하지 않겠는가. 큰 잔치를 베풀어 신랑을 맞으며 신부를 보낼 적에 내외 친척을 청해 술잔을 날리며 옛일을 일러 연연함을 마지않았다.

날이 늦자 신랑을 청하고 내헌에 들어가 소저를 단장시켜 대청에서 예법을 익히게 했다. 전아한 향기와 찬란한 자태는 좌우에 흘러 넘치고 태양의 빛을 앗았으니 만고에 무쌍하고 일대에 독보할 정도였다.

조 부인은 딸의 길일을 맞아 혼자 보는 것을 뼈에 사무치도록 슬퍼해 눈물을 금치 못하고 위 씨의 구밀복검(口蜜腹劍)[27]을 짐작하고

---

23) 기러기를 올리는 예: 혼인 때 신랑이 신붓집에 기러기를 가져가서 상위에 놓고 절하는 예.
24) 남전(藍田): 중국 섬서성의 옥이 많이 나는 지역.
25) 금당(金塘): 아름답게 가꾼 연못.
26) 요객(繞客): 혼인 때에 가족 중에서 신랑이나 신부를 데리고 가는 사람.
27) 구밀복검(口蜜腹劍): 입에는 꿀이 있고 뱃속에는 칼이 있다는 뜻으로, 말로는 친한 듯하나 속으로는 해칠 생각이 있음을 이르는 말.

더욱 놀랐다.

이윽고 신랑이 이르러 상에 기러기를 올리고 천지에 절했다. 시강학사 석준이 자리에 참여했다가 팔을 밀어 자리에 들도록 하니 윤공이 신랑의 손을 잡고 슬픈 빛으로 탄식하며 말했다.

"옛날에 이 당 가운데서 형님과 영엄(令嚴)28)이 혼사를 정했으니 너희는 피차 다 젖먹이 자녀였다. 여러 해가 바뀌어 속히 자라기를 바랐을 뿐이고 형님께서 사위를 보시지 못할 줄은 생각지 않았더니 이제 옛날 약속을 이루니 눈길 닿는 데마다 슬픈 회포가 비할 데가 없구나. 미약한 조카딸의 일생을 창백에게 맡기니 여자의 소소한 허물이 있어도 창백은 너그럽고 어질며 큰 의리를 숭상해 길이 화락한다면 어찌 기쁘지 않겠느냐?"

한림이 대답했다.

"소생이 오늘 합하(閤下)29)의 슬픔에 어린 말씀을 들으니 사람 마음에 슬픔을 이기지 못하겠습니다. 합하께서 비록 소생에게 자잘한 일을 당부하시더라도 소생은 천성이 꼼꼼하지 못하니 어찌 여자의 소소한 허물을 알은체하겠습니까? 하늘이 정한 팔자는 마음대로 못할 것이지만 합하께서 이런 말씀을 하실 것은 아닙니다."

태우가 그 옥 같은 얼굴과 호방한 풍채가 오늘 더욱 새로움을 크게 기뻐해 사랑하는 마음이 친사위보다 더한 것이 있었다.

날이 늦고 갈 길이 조금 멀었으므로 신부가 가마에 오르기를 재촉했다. 태우가 안에 들어가 소저를 보낼 적에 조 부인이 딸의 단장을 갖추어 주머니를 채워 주며 시부모를 효성으로 받들고 남편의 뜻을 잘 이어 순종할 것을 경계했다. 구파는 소저의 손을 잡고 슬픔을 이

---

28) 영엄(令嚴): 상대의 아버지를 높여 이르는 말.
29) 합하(閤下): 높은 벼슬아치를 높여 이르는 말.

기지 못했다.

태부인과 유 씨는 정 한림의 풍채를 보고는 밉고 분해 명아가 열셋 어린아이로서 저와 같은 영웅호걸의 짝이 되어 부귀를 누릴 일이 애달프고 분통이 터졌다. 구몽숙이 금슬을 희지어 명아의 앞길을 아주 마치고, 비 내리는 밤 푸른 등불 아래 피눈물이 버들 같은 눈썹에 잠기게 하려 하니 심술의 흉악함이 어찌 비할 데가 있겠는가.

태우는 모친과 유 씨 모녀의 마음을 알지 못하고 조카딸의 손을 잡고 경계해 말했다.

"너의 바탕이 하자할 곳이 없으니 식견이 태산 같은 시집이라도 너를 미진하게 여길 일은 없을 것이다. 창백은 세차고 어려운 장부요, 정씨 집안은 예법을 중시하는 가문이라 모름지기 조심해 선형(先兄)의 맑은 덕과 형수님의 훌륭한 행실을 가져, 딸을 두었는데 사람마다 어질다고 이른다면 이 삼촌이 어찌 기쁘지 않겠느냐?"

말을 마치자 슬픈 빛으로 눈물을 흘리니 소저가 옥 같은 얼굴에 슬픈 빛을 띤 채 절하고 명령을 들을 뿐이었다. 유 부인 모녀는 태우가 명아를 사랑하는 것을 더욱 밉게 여겼다.

소저가 태부인과 숙부, 모친에게 하직하고 덩30)에 들자 신랑이 순금으로 만든 자물쇠를 가져 가마를 봉하고 말에 올라 취운산으로 돌아갔다. 윤, 정 두 집안에 모였던 높은 벼슬아치들이 다 남녀가 혼인하는 데 행렬이 되어 네 마리 말이 끄는 수레와 벽제(辟除)31) 소리가 큰길에 가득했다. 풍류 소리가 하늘에 가득한 중에 신랑의 빼어난 풍채가 태양의 빛을 앗고 용과 봉황 같은 자질과 당당한 얼굴은 천승(千乘)32) 제후를 기약할 것이었다. 길에서 구경하던 자들이 윤

---

30) 덩: 공주나 옹주가 타던 가마.
31) 벽제(辟除): 길을 가는 데 방해받지 않도록 잡인의 통행을 금하는 것.

소저의 복됨을 일렀다.

길을 가 집에 다다라 대청에서 합환주를 마시고 맞절을 할 적에 금주선(錦珠扇)[33]을 반쯤 여니 남녀의 풍모가 빼어나 황금과 백벽(白璧)이 빛을 다투며 물속의 교룡이 서로 희롱하고 일월이 나란히 밝은 듯했다.

뭇 손님이 숨을 길게 쉬고 미처 말을 못 해서 신랑이 밖으로 나가고 신부가 단장을 고쳐 시부모를 뵙는 예를 했다. 빼어난 신장에 수놓은 붉은 비단 치마를 끌고 섬섬옥수로 폐백을 받들어 앞으로 나아오니 맑은 눈빛이 멀리 비쳐 두 줄기 광채가 자리에 빛나고, 버들잎 같은 팔자 눈썹은 봄산의 아첨을 싫어하니 덕스러운 기운이 외모에 나타나 천만고에 없는 한 사람이었다. 순 태부인이 폐백을 받으며 신부를 바라보는 눈이 어리고, 기쁜 기운이 얼굴에 흘러넘쳐 웃는 입을 다물지 못했다. 정 공은 온 마음으로 기뻐하는 것이 태부인보다 덜하지 않아 빼어난 이마에 온화한 기운이 가득했다.

---

32) 천승(千乘): 천 대의 병거라는 뜻으로, 제후를 이르는 말. 제후는 천 대의 병거를 낼 만한 나라를 소유하였음.
33) 금주선(錦珠扇): 비단 폭에 구슬이 달린 부채.

제2부

주석 및 교감

• 일러두기 •

A. 원문

1. 저본은 한국학중앙연구원 장서각 소장본(100권 100책)으로 하였다.
2. 면을 구분해 표시하였다.
3. 한자어가 들어간 모든 어휘는 한자 병기를 원칙으로 하였다.
4. 음이 변이된 한자어 및 한자와 한글의 복합어는 원문대로 쓰고 한자를 병기하였다.
   예) 고이(怪異). 겁칙(劫-)
6. 현대 맞춤법 규정에 의거해 띄어쓰기를 하되, 소왈(笑曰)처럼 '왈(曰)'과 결합하는 1음
   절 어휘는 붙여 썼다.

B. 주석

1. 다음과 같은 경우에 각주를 통해 풀이를 해 주었다.
   가. 인명, 국명, 지명, 관명 등의 고유명사
   나. 전고(典故)
   다. 뜻을 풀이할 필요가 있는 어휘
2. 현대어와 다른 표기의 표제어일 경우, 먼저 현대어로 옮겼다.
   예) 츄쳔(秋天): 추천.
3. 주격조사 'ㅣ'가 결합된 명사를 표제어로 할 경우, 현대어로 옮길 때 'ㅣ'는 옮기지 않
   았다. 예) 긔위(氣宇ㅣ): 기우.

C. 교감

1. 교감을 했을 경우 다른 주석과 구분해 주기 위해 [교]로 표기하였다.
2. 원문의 분명한 오류는 수정하고 그 사실을 주석을 통해 밝혔다.
3. 원문의 의미가 분명하지 않은 경우, 박순호본(36권 36책)과 한국학중앙연구원 장서각
   소장본2(2권1책)를 참고해 수정하고 주석을 통해 그 사실을 밝혔다.
4. 알 수 없는 어휘의 경우 '미상'이라 명기하였다.

D. 참고한 문헌

1. 국립국어원 표준국어대사전(https://stdict.korean.go.kr)
2. 한국고전종합DB(https://db.itkc.or.kr/)
3. 한어대사전(전 13권), 중국 상해사서출판사, 1994.
4. 고려언어연구원, 『조선말 고어사전』, 흑룡강 조선민족출판사, 2006.
5. 박재연 편, 『고어사전』, 이회문화사, 2001.
6. 서대석 외 엮음, 『고전소설독해사전』, 태학사, 1999.
7. 삼대록계 소설 사전(미간행)

명듀보월빙(明珠寶月聘) 권디스(卷之四)

1면

어시(於時)의 김휘 반싱반스(半生半死)ㅎ엿다가 스스로 씨미 셔동비(書童輩) 뇌당(內堂)의 알외니,

국구(國舅) 부〃(夫婦)는 닷집1) 의 이시미 밋쳐 모로고 후의 부인(夫人)과 조녀(子女 1) 일시(一時)의 나와 보니 만면(滿面)이 똥 빗치오, 손의 피 흘너시며 방(房) 안이 후란(朽爛)2)ㅎ여 셩혈(腥血)3)이 님니(淋漓)4)ㅎ고 똥물을 흘녀 악취(惡臭) 코흘 거스리니, 부인(夫人)과 조녀(子女 1) 창황망극(倉黃罔極)5)ㅎ여 시녀(侍女)로 상하(床下)의 똥을 쳐 닉고 조리를 가라 누인뒤 휘 말을 못 ㅎ거놀, 부인(夫人)과 조녀(子女 1) 곡졀(曲折)을 지삼(再三) 므른뒤 휘 텬신(天神)의 말을 ㅎ려 홀 츠(次),

부뫼(父母 1) 듯고 급(急)히 와 보니 그 거동(擧動)이 흉참(凶慘)6)흔지라 붓들고 울며 야릭(夜來)7)의 이딕도록 참혹(慘酷)히 샹(傷)ㅎ믈 므르니, 휘 소릭을8) 씃치락니으락 ㅎ며

---

1) 닷집: '다른 집'의 뜻으로 보이나 미상임.
2) 후란(朽爛): 문드러짐.
3) 셩혈(腥血): 성혈. 비린내가 나는 피.
4) 님니(淋漓): 임리. 피, 땀, 물 따위의 액체가 흘러 흥건함.
5) 창황망극(倉黃罔極): 몹시 놀라 어찌할 바를 모름.
6) 흉참(凶慘): 흉하고 참혹함.
7) 야릭(夜來): 야래. 해가 진 뒤부터 먼동이 트기 전까지의 동안.

천신(天神)니[9] 져를 슈뢰(數罪)[10]ᄒ고 이러텃 듕치(重治)[11]ᄒ며 손가락을 버혀 가고 ᄶ을 입의 눈 바를 고(告)ᄒ니, 부뫼(父母ㅣ) 안ᄌ 능(能)히 다시 말을 못 ᄒ더니 국귀(國舅ㅣ) 왈(曰),

"어나 텬신(天神)이 〃러ᄒ리오? 결단(決斷)코 사ᄅᆷ의 작용(作用)이라. 문회(門戶ㅣ) 듕〃쳡〃(重重疊疊)[12]ᄒ고 댱원(牆垣)이 뉴리(琉璃)로 밀친 ᄃᆺᄒ여 비됴(飛鳥)밧긔 왕ᄂᆡ(往來)를 못 ᄒ리니 어듸셔 형가(荊軻)[13], 섭정(聶政)[14]의 용녁(勇力) 가진 쟤(者ㅣ) 드러와 이러텃 ᄒ리오? 휘 인귀(人鬼)를 분변(分辨)치 못ᄒ고 하가(河家) 모ᄒᆡ(謀害)ᄒᆫ 일과 블미지ᄉ(不美之事)[15]를 닐너시니 대변(大變)이 날디라 허겁(虛怯)[16]ᄒ미 이듸도록 ᄒᄂ뇨?"

휘 손을 져어 왈(曰),

"결단(決斷)코 사ᄅᆷ은 아니라. 쇼ᄌᆡ(小子ㅣ) 창황(倉黃) 듕(中)이나 엇디 인귀(人鬼)를 분변(分辨)치 못ᄒ리잇가? 하진을 술오마 언약(言約)ᄒ여시니 대인(大人)은 져를 죽일 의ᄉ(意思)를 마르쇼셔."

국귀(國舅ㅣ) 혀 ᄎ

---

8) 휘 소릭을: [교] 원문에는 없으나 문맥을 고려해 삽입함.

9) 천신니: [교] 원문에는 없으나 문맥을 고려해 박순호본(2:16)을 따라 삽입함.

10) 슈뢰(數罪): 수죄. 죄를 하나하나 따짐.

11) 듕치(重治): 중치. 무겁게 다스림.

12) 듕〃쳡〃(重重疊疊): 중중첩첩. 여러 겹으로 겹쳐 있음.

13) 형가(荊軻): 중국 전국시대의 자객(?-B.C.227). 위나라 사람으로, 연나라 태자인 단(丹)의 부탁(付託)을 받고 진시황을 암살하려 하였으나 실패하고 죽임을 당함. 사마천, 『사기』, <자객열전(刺客列傳)>.

14) 섭정(聶政): 섭정. 중국 전국시대 제(齊)나라의 협객. 한(韓)의 애후(哀侯)를 섬기던 엄중자(嚴仲子)가 재상 협루(俠累)와 사이가 나빠 백정이던 섭정을 찾아 협루를 죽여 달라고 하나 섭정은 어머니를 봉양해야 하므로 청을 들어 줄 수 없다 함. 그후 자신의 어머니가 죽자 엄중자를 찾아가 협루를 죽여 주겠다고 해 협루를 죽이고 자신의 눈알을 빼고 창자를 드러내 자결함. 사마천, 『사기』, <자객열전(刺客列傳)>.

15) 블미지ᄉ(不美之事): 불미지사. 아름답지 않은 일.

16) 허겁(虛怯): 마음이 실하지 못하여 겁이 많음.

왈(曰),

"듕심(中心))이 져러틋 허겁(虛怯)ᄒ니 능(能)히 대ᄉ(大事)를 일우지 못ᄒ리로다. 연(然)이나 죽이지 말고져 ᄒ면 초왕(-王)과 상의(相議)ᄒ고 셩샹(聖上)긔 정비(定配)17)를 쳥(請)ᄒ리라."

휘 창쳐(瘡處)18)를 간〃이19) 알흐며 후간(喉間)20)의 분쉬(糞水ㅣ) 넘어 눅〃21)ᄒ고 아니쏘으미 비위(脾胃)를 뎡(定)치 못ᄒ여 음식(飮食)이 거ᄉ리며 약믈(藥物)을 슌(順)히 넘기지 못ᄒ니,

일개(一家ㅣ) 황〃(遑遑)22)ᄒ여 창쳐(瘡處)의 약(藥)을 븟치고 빅(百) 가지로 티료(治療)ᄒ여 슌여(旬餘)23)의 잠간(暫間) 나으되 이런 말이 남도 붓그러워 혹(或) 알 니 이실가 두려 곰초니,

초왕(-王) 등(等)이 그 당뉴(黨類)로되 오히려 모로고 국구(國舅)ᄂ 기ᄌ(其子)를 치고 간 거시 사름인 줄 아나 기여(其餘)ᄂ 혹(或) 귀신(鬼神)이라도 ᄒ며 혹(或) 신귀(神鬼)도 아니오, 가ᄂᆡ(家內) 흉인(凶人)이 외인(外人)을 두려 작변(作變)ᄒ다 ᄒ여 의논(議論)이 분〃(紛紛)24)ᄒ고,

국구(國舅)

---

17) 정비(定配): 정배. 죄인을 지방이나 섬으로 보내 정해진 기간 동안 그 지역 내에서 감시를 받으며 생활하게 하던 일. 또는 그런 형벌.
18) 창쳐(瘡處): 창처. 상처 난 곳.
19) 간〃이: 위태롭게.
20) 후간(喉間): 목구멍.
21) 눅〃: 축축한 기운이 약간 있음.
22) 황〃(遑遑): 갈팡질팡 어쩔 줄 모르게 급함.
23) 슌여(旬餘): 순여. 열흘 남짓.
24) 분〃(紛紛): 어지러운 모양.

는 근심이 만하 ᄋ둘이 악ᄉ(惡事)를 닐너시니 후환(後患)이 될가 방심(放心)[25]치 못ᄒ나 김후는 후일(後日)은 아딕 근심치 아니ᄒ고 다만 하진을 죽이지 말믈 쳥(請)ᄒ여 당뉴(黨類)를 보ᄂᆞᆫ이마다 니르딕,

"하원상 등(等)을 셩샹(聖上)이 되샹(罪狀)을 붉히 보아 계시나 기부(其父)는 모역(謀逆)이 분명(分明)ᄒᆞᆫ 줄 모로니 셩듀(聖主)의 호ᄉᆡᆼ지덕(好生之德)[26]을 돕ᄉᆞ와 감ᄉᆞ뎡빅(減死定配)[27]를 쳥(請)ᄒᆞ미 올ᄒᆞ니라."

당뉴(黨類)는 굿ᄐᆡ여 믜워ᄒᆞᆫ 빅 아니로딕 국구(國舅)의 세(勢)를 두리고 니부(吏部)의 통ᄌᆡ(冢宰)의 ᄯᅳᆺ을 바다 환로(宦路)의 졈″(漸漸) 놉기를 바라더니 김휘 이러툿 ᄒᆞ니 그딕로 ᄒᆞ기를 응(應)ᄒᆞ더라.[28]

샹휘(上候ㅣ)[29] 미령(靡寧)[30]ᄒᆞ샤 결옥(決獄)을 못 ᄒᆞ시더니, 평복(平復)[31]ᄒᆞ시미 문무(文武)를 모화 하진을 셜국문되(設鞠問罪)[32]ᄒᆞ실ᄉᆡ, 국구(國舅)의 당뉘(黨類ㅣ) 하(河) 공(公)을 구(救)ᄒᆞ려 ᄒ

고 현인군ᄌᆞ(賢人君子)는 하(河) 공(公)이 화(禍)의[33] ᄶᅥ러지믈 앗기

---

25) 방심(放心): 마음을 놓음.
26) 호ᄉᆡᆼ지덕(好生之德): 호생지덕. 사형에 처할 죄인을 특사하여 살려 주는 제왕의 덕.
27) 감ᄉᆞ뎡빅(減死定配): 감사정배. 죽을죄를 지은 죄인을 처형하지 않고 장소를 지정하여 귀양을 보내던 일.
28) 응ᄒᆞ더라: [교] 장서각본2는 여기까지 있음(2:106).
29) 샹휘(上候ㅣ): 상후. 임금 신체의 안위.
30) 미령(靡寧): 어른의 몸이 병으로 인하여 편하지 못함.
31) 평복(平復): 병이 나아 건강이 회복됨.
32) 셜국문되(設鞠問罪): 설국문죄. 국청(鞠廳)을 열어 죄를 캐물음.
33) 화의: [교] 원문에는 없으나 문맥을 고려해 박순호본(2:19)을 따라 삽입함.

고 분(憤)ㅎ던지라 일시(一時)의 듀왈(奏曰),

"원샹 등(等)은 결단(決斷)코 발검돌입(拔劍突入)[34]ㅎ여 범샹(犯上)[35]홀 니(理) 업스니 니미망냥(魑魅魍魎)의 작변(作變)인가 ㅎ오며, 더옥 하진은 국스(國事)를 션치(善治)ㅎ여 빅셩(百姓)을 안무(按撫)[36]ㅎ민 도적(盜賊)이 화(化)ㅎ여 냥민(良民)이 덕홰(德化ㅣ) 가즉ㅎ고 튱셩(忠誠)이 관일(貫日)[37]ㅎ여 군샹(君上)을 밧드오미 효지(孝子ㅣ) 아비 셤김도곤 더ㅎ온디라 튱냥(忠良)[38]을 죽이시미 셩덕(聖德)의 흠시(欠事ㅣ)[39]니이다[40]."

간(諫)ㅎ고 김후의 당뉴(黨類ㅣ) 쏘흔 감스뎡비(減死定配)ㅎ믈 듀(奏)ㅎ니 샹(上)이 굴오스디,

"하진의 데스즈(第四子) 원광이 인신지샹(人臣之相)[41]이 아니라 ㅎ니 원광을 죽이미 엇더ㅎ뇨?"

태듕태우(太中大夫) 윤쉬 부복(俯伏) 듀왈(奏曰),

"원광은 계오 십일(十一) 셰(歲) 유이(幼兒ㅣ)라. 샹모(相貌)를 아딕 의논(議論)홀 빈 업스오니 어나 샹직(相者ㅣ)[42] 원광을

6면

데왕지샹(帝王之相)이라 ㅎ여 멸망지화(滅亡之禍)를 취(取)ㅎ리잇고? 셩샹(聖上)이 친(親)히 보시면 인신의(人臣義)[43] 가즉ㅎ믈 아르실지

---

34) 발검돌입(拔劍突入): 칼을 뽑아 갑자기 들어감.
35) 범샹(犯上): 범상. 임금을 범함.
36) 안무(按撫): 백성의 사정을 살펴서 어루만져 위로함.
37) 관일(貫日): 해를 꿰뚫음.
38) 튱냥(忠良): 충량. 충성스럽고 어진 신하.
39) 흠시(欠事ㅣ): 흠사. 흠이 되는 일.
40) 니이다: [교] 원문에는 '믈'로 되어 있으나 문맥을 고려해 이와 같이 수정함.
41) 인신지샹(人臣之相): 신하가 될 관상.
42) 샹직(相者ㅣ): 상자. 관상 보는 사람.

라. 신(臣)의 어린 녀식(女息)과 원광으로 뎡혼(定婚)ㅎ여시니 하가
(河家)를 구(救)ㅎ오미 공의(公義) 아니라, 사름이 신(臣)으로뻐 수졍
(私情)을 인(因)ㅎ민가 넉이려니와 신(臣)의 ᄆᆞ음이 일월(日月)이 빗
최여 공의(公義)를 듀(主)ㅎ고 수졍(私情)을 싱각지 아니므로 이리
알외미로소이다."

샹(上)이 원광을 보고ᄌᆞ ᄒᆞ샤 뎐젼(殿前)의 블너드리라 ᄒᆞ시니,

나졸(邏卒)이 닛그러 뎐하(殿下)의 ᄭᅮᆯ닐ᄉᆡ, 신댱(身長)이 십여(十
餘) 세(歲) ᄋᆞ희(兒孩) ᄀᆞᆺ지 아냐 댱부(丈夫)의 톄(體)를 일웟고 잠미
(蠶眉)[44]는 샹셔(祥瑞)를 응(應)ㅎ엿고, 옥(玉)으로 무은[45] 뎐졍(天
庭)[46]이 두렷ㅎ고 냥협(兩頰)의 듁슌(竹筍)을 ᄭᅩᆺ즌 ᄃᆞᆺ, 단ᄉᆞ쥬슌(丹
砂朱脣)[47]의 옥치(玉齒) 곱초여시니 고은 용ᄒᆞ(容華ㅣ)[48] 반악(潘
岳)[49]의 ᄆᆞᆰ음과 두랑(杜郞)[50]

7면

의 풍ᄎᆡ(風采)를 웃는지라, 뎐심(天心)이 번연경동(翻然驚動)[51]ㅎ샤
옥음(玉音)을 여러 ᄆᆞ르샤ᄃᆡ,

"딤(朕)이 여부(汝父)[52]를 져바리미 업고 여형(汝兄) 등(等) 삼(三)

---

43) 인신의(人臣義): 신하로서의 의리.
44) 잠미(蠶眉): 잠자는 누에 같다는 뜻으로, 길고 굽은 눈썹을 이르는 말. 와잠미(臥蠶眉).
45) 무은: 쌓은.
46) 뎐졍(天庭): 천정. 관상에서, 두 눈썹의 사이 또는 이마의 복판을 이르는 말.
47) 단ᄉᆞ쥬슌(丹砂朱脣): 단사주순. 주사(朱砂)처럼 붉은 입술.
48) 용ᄒᆞ(容華ㅣ): 빛나는 얼굴.
49) 반악(潘岳): 중국 서진(西晉)의 문인(247-300)으로 자는 안인(安仁), 하남성(河南省) 중모(中牟)
출생. 용모가 아름다워 낙양의 길에 나가면 여자들이 몰려와 그를 향해 과일을 던졌다는 고사
가 있음.
50) 두랑(杜郞): 두목지(杜牧之). 중국 당(唐)나라 때의 시인인 두목(杜牧, 803-853)으로 목지(牧之)
는 그의 자(字). 호는 번천(樊川). 이상은과 더불어 이두(李杜)로 불리며, 작품이 두보(杜甫)와
비슷하다 하여 소두(小杜)로도 불림. 미남으로 유명함.
51) 번연경동(翻然驚動): 깜짝 놀라 몸을 움직이는 모양.

인(人)을 스랑ᄒᆞ여 군신지의(君臣之義) 엄슉(嚴肅)ᄒᆞᆫ 거슬 닛고 부ᄌᆞ(父子)의 친(親) 흠ᄀᆞ치 ᄒᆞ엿거늘 혼야(昏夜)의 칼을 씌고 딤(朕)을 범(犯)코져 ᄒᆞ며 여뷔(汝父ㅣ) 하람군(河南軍)을 거두어 범경(犯京)[53] 코져 ᄒᆞ고 너 쇼ᄋᆞ(小兒)를 거드러[54] 인신지상(人臣之相)이 아니라 ᄒᆞ여 흉ᄉᆞ(凶事)를 쇠ᄒᆞ다 ᄒᆞ니 네 비록 년유(年幼)ᄒᆞ나 인ᄉᆞ(人事)를 모로지 아니ᄒᆞ리니 여부(汝父)의 모역(謀逆)ᄒᆞ던 바를 직고(直告)[55]ᄒᆞ여 형벌(刑罰)의 괴로오믈 밧디 말나.”

원광이 돈슈(頓首)[56] 듀왈(奏曰),

“신(臣)은 년쇼유이(年少幼兒ㅣ)라 셰ᄉᆞ(世事)를 치 모로오나 아비 미양 군신유의(君臣有義)를 니르와 젹심단튱(赤心丹忠)[57]이 일월(日月)의 빗최고ᄌᆞ ᄒᆞ오니, 형(兄) 등(等)이 쏘ᄒᆞᆫ ᄒᆞᆫ가지로 효측(效則)[58]ᄒᆞ여 튱효(忠孝) 두 ᄌᆞ(字)

8면

를 아옵ᄂᆞᆫ지라, 아비 국ᄉᆞ(國事)로 나가온 후(後) 형(兄) 등(等)이 튱셩(忠誠)을 다ᄒᆞ듸 ᄉᆞ(四) 부ᄌᆞ(父子ㅣ) 성은(聖恩)을 과(過)히 닙ᄉᆞ와 작녹(爵祿)이 과의(過矣)라, 가득ᄒᆞ미 넘[59]쐬이ᄂᆞᆫ[60] 홰(禍ㅣ) 이실가 긍〃업〃(兢兢業業)[61]ᄒᆞ옵더니, 참홰(慘禍ㅣ) 일야지간(一夜之

---

52) 여부(汝父): 네 아비.
53) 범경(犯京): 경사를 침범함.
54) 거드러: 언급해.
55) 직고(直告): 정직하게 고함.
56) 돈슈(頓首): 돈수. 고개를 조아림.
57) 젹심단튱(赤心丹忠): 적심단충. 거짓 없는 참된 마음과, 마음에서 우러나오는 참된 충성.
58) 효측(效則): 효칙. 본받음.
59) 넘: [교] 원문에는 없으나 문맥을 고려해 박순호본(2:21)을 따라 삽입함.
60) 넘쐬이ᄂᆞᆫ: 넘치는.
61) 긍〃업〃(兢兢業業): 항상 조심하여 삼감. 또는 그런 모양.

間)의 삼(三) 형(兄)이 되ᄉᆞ(罪死)ᄒᆞ고 아비 흉역지명(凶逆之名)62)으로 나릭(拿來)63)ᄒᆞ와 문회(門戶ㅣ) 멸망(滅亡)홀 줄 엇디 아라시리잇가? 하날이 각별(恪別) 신(臣)의 집을 믜이 넉이샤 디원극통(至冤極痛)ᄒᆞᆫ 되역(罪逆)64)의 참ᄉᆞ(慘死)65)ᄒᆞ오니 신(臣)의 부지(父子ㅣ) 구〃삼셜(九口三舌)66)이라도 발명(發明)치 못ᄒᆞ오리니 부월지쥬(斧鉞之誅)67)를 닙ᄉᆞ오려니와 이믜ᄒᆞ미 빅옥무하(白玉無瑕)68)ᄒᆞ오나 만ᄉᆞ(萬事ㅣ) 다 명애(命也ㅣ)니 현마 엇지ᄒᆞ리잇가? 다만 신부(臣父)의 모역지상(謀逆之狀)69)을 뉘 친(親)히 보아 폐하(陛下)긔 알외더니잇고? 대ᄉᆞ(大事ㅣ) 몽농(朦朧)치 못ᄒᆞ오리니 ᄒᆞᄆᆞᆯ며 대역지ᄉᆞ(大逆之事ㅣ)리잇

9면

고? 고변(告變)70)ᄒᆞ던 ᄌᆞ(者)를 ᄂᆡ여 듸면(對面)케 ᄒᆞ시고 쏘 하람군(河南軍)을 잡아 엄문(嚴問)71)ᄒᆞ샤 진가(眞假)를 힉실(覈實)72)ᄒᆞ시미 맛당홀가 ᄒᆞᄂᆞ이다."

샹(上)이 쳥파(聽罷)의 텬심(天心)이 만히 도로혀샤 하(河) 공(公) 죽일 ᄯᅳ시 만히 주러지시니 졔신(諸臣)을 도라보샤 왈(曰),

"원광의 말이 〃 곳고 하진의 모역(謀逆)은 친견(親見)ᄒᆞ미 업ᄉᆞ니

---

62) 흉역지명(凶逆之名): 흉악하게 반역을 했다는 이름.
63) 나릭(拿來): 나래. 붙잡아 옴.
64) 되역(罪逆): 죄역. 마땅한 이치에 거슬리는 큰 죄.
65) 참ᄉᆞ(慘死): 참사. 참혹히 죽음.
66) 구〃삼셜(九口三舌): 구구삼설. '아홉 입과 세 혀'라는 뜻으로 많은 말을 늘어놓는 것을 이르는 말.
67) 부월지쥬(斧鉞之誅): 부월지주. 도끼로 죽임을 당함.
68) 빅옥무하(白玉無瑕): 백옥무하. 백옥처럼 아무런 티나 흠이 없음.
69) 모역지상(謀逆之狀): 역모를 꾀한 상황.
70) 고변(告變): 반역 행위를 고발함.
71) 엄문(嚴問): 엄히 심문함.
72) 힉실(覈實): 핵실. 일의 실상을 조사함.

아직 감亽뎡비(減死定配)ᄒᆞ여 타일(他日) 이미ᄒᆞ미 드러난즉 블ᄎᆞ(不次)73)로 쁠 거시오, 혹즈(或者) 모역(謀逆)이 젹실(的實)74)ᄒᆞ면 쥬륙(誅戮)을 면(免)치 못ᄒᆞ리니 히도(海島)의 뎡비(定配)ᄒᆞ라."

ᄒᆞ시니 하(河) 공(公)의 친우붕비(親友朋輩) 블승영ᄒᆡᆼ(不勝榮幸)75)ᄒᆞ며 졔신(諸臣)이 일시(一時)의 셩덕(聖德)을 칭숑(稱頌)ᄒᆞ니 샹(上)이 원광다려 글오ᄉᆞᄃᆡ,

"너를 보니 결단(決斷)코 흉亽(凶事)를 죄ᄒᆞ지 아냐실 듯ᄒᆞᄆᆡ 여부(汝父)를 뎡비(定配)ᄒᆞᄂᆞ니 너ᄂᆞᆫ 딤(朕)의 쳐亽(處事)를 원(怨)치

10면

말고 아비 블의(不義)를 곳치게 ᄒᆞ고 여형(汝兄) 삼(三) 인(人)의 죄(罪) 이미ᄒᆞ면 엇지 신셜(伸雪)76)치 아니ᄒᆞ리오? 비록 샹즈(相者)와 하람(河南) 군亽(軍士)로 딕질(對質)77)ᄒᆞᆷᆯ 쳥(請)ᄒᆞ나 일이 어즈러워 죄명(罪名) 벗기ᄂᆞᆫ 쉽지 못ᄒᆞ리라."

원광이 인신(人臣)의 도리(道理)의 셩샹(聖上)이 특은(特恩)을 드리오시ᄂᆞᆫᄃᆡ 다시 징변(爭辯)78)ᄒᆞᄆᆡ 블가(不可)ᄒᆞ여 빅복샤은(拜伏謝恩)ᄲᅵᆫ이라, 동용거지(動容擧止) 대군즈(大君子)의 덕질(德質)이 빈〃(彬彬)79)ᄒᆞ니 샹(上)이 ᄋᆡ경(愛傾)80)ᄒᆞ시고 빅뇨(百僚ㅣ) 다 긔특(奇特)이 넉이더라.

---

73) 블ᄎᆞ(不次): 불차. 벼슬하는 차례를 따지지 않음.
74) 젹실(的實): 적실. 틀림이 없이 확실함.
75) 블승영ᄒᆡᆼ(不勝榮幸): 불승영행. 다행함을 이기지 못함.
76) 신셜(伸雪): 신설. 가슴에 맺힌 원한을 풀어 버리고 창피스러운 일을 씻어 버림.
77) 딕질(對質): 대질. 양쪽을 대면시켜 심문함.
78) 징변(爭辯): 쟁변. 다투어 변론함.
79) 빈〃(彬彬): 바탕이 잘 갖추어져 훌륭함.
80) ᄋᆡ경(愛傾): 애경. 매우 사랑함.

샹(上)이 윤(尹) 태우(大夫)다려 닐너 굴오ᄉᆞᄃᆡ,

"경(卿)이 딕심(直心)으로 국가(國家)를 위(爲)ᄒᆞ고 ᄉᆞ졍(私情)을 쓰지 아니믈 아ᄂᆞ니 금일(今日) 원광을 보미 딤심(朕心)이 이경(愛傾)ᄒᆞᄂᆞᆫ디라, 원경 등(等)의 시신(屍身)을 온젼(穩全)이 ᄒᆞ고 년좌(連坐)를 쓰지 아냐 하진은 유죄무죄(有罪無罪) 간(間) 찬뎍(竄謫)[81]ᄒᆞᆯ ᄲᅥᆫ이오, 원

광은 특은(特恩)으로 뉼(律)을 아니 쓰노라."

윤(尹) 공(公)이 호싱지덕(好生之德)을 샤은(謝恩)ᄒᆞ고 샹(上)이 파됴(罷朝)ᄒᆞ시다.

원광이 몸이 무ᄉᆞ(無事)ᄒᆞ여 망형(亡兄)의 죄뉼(罪律)[82]을 밧지 아니코 믈너나미 바로 대리시(大理寺) 옥문(獄門)의 니르니, 나졸(邏卒)이 쟝ᄎᆞᆺ(將次ㅅ) 하(河) 공(公)을 붓드러 닉여 죄명(罪名)을 젼(傳)ᄒᆞ더니 원광이 밧비 부젼(父前)의 ᄌᆡ비(再拜)ᄒᆞ미 공(公)이 집슈통곡(執手慟哭)[83] 왈(曰),

"내 하람(河南)으로 갈 제 너의 ᄉᆞ(四) 형뎨(兄弟) 강두(江頭)의 나와 숑별(送別)ᄒᆞ더니 ᄉᆞ오삭지닉(四五朔之內)의 엇지 이디도록 변역(變易)ᄒᆞ엿ᄂᆞ뇨?"

공ᄌᆞ(公子ㅣ) 심쟝(心臟)이 믜여질 듯ᄒᆞ나 야〃(爺爺)를 위로(慰勞) 왈(曰),

"망극지홰(罔極之禍ㅣ) 이의 밋쳣ᄉᆞ오니 비록 슬허ᄒᆞ나 망형(亡

---

81) 찬뎍(竄謫): 찬적. 벼슬을 빼앗고 귀양을 보냄.
82) 죄뉼(罪律): 죄율. 죄에 따른 형벌.
83) 집슈통곡(執手慟哭): 집수통곡. 손을 잡고 통곡함.

兄) 등(等)의게 유익(有益)ᄒ미 업ᄉ고 죄명(罪名)을 신빅(伸白)[84]ᄒ기 젼(前) 대인(大人)의 찬뎍(竄謫)ᄒ시미 셩듀(聖主)의 특은(特恩)이라. 삼(三) 형(兄)

12면

의 참ᄉ(慘死)ᄒ오미 디원극통(至冤極痛)이오나 요란(搖亂)ᄒ시미 원망(怨望)ᄒᄂ 듯ᄒ와 간당(奸黨)[85]의 엿보미 두리오니 심찰(審察)[86]ᄒ쇼셔."

공(公)이 우름을 긋치고 문왈(問曰),

"네 형(兄) 등(等)의 시슈(屍首)를 입념(入殮)[87]ᄒ다?"

ᄃ왈(對曰),

"보지 못ᄒ고 취리(就理)[88]ᄒ여시니 ᄌ시 모로오나 셔슉(庶叔)이 〃시니 졍셩(精誠)으로 아니ᄒ리잇가?"

뎡언간(停言間)[89]의 금평후(--侯)와 윤(尹) 태위(大夫ㅣ) 니르러 하(河) 공(公)의 손을 줍고 톄읍(涕泣) 왈(曰),

"형(兄)의 집 참화(慘禍)ᄂ 다시 니를 말이 업거니와 블ᄒᆡᆼ(不幸) 듕(中) 형(兄)과 원광이 무ᄉ(無事)ᄒ니 셩듀(聖主)의 호ᄉᆡᆼ지덕(好生之德)을 칭숑(稱頌)ᄒ고 형(兄)의 댱슈(長壽)ᄒ믈 깃거ᄒᄂ니 ᄌ건[90] 등(等)의 참ᄉ(慘死)ᄂ 도로혀 닛치이ᄂ지라, 관억(寬抑)[91]ᄒ고 후일

---

84) 신빅(伸白): 신백. 원통한 일을 풀어 밝힘.
85) 간당(奸黨): 간악한 무리.
86) 심찰(審察): 깊이 살핌.
87) 입념(入殮): 입렴. 시체를 관(棺)에 넣음.
88) 취리(就理): 취리. 죄인이 심리를 받음.
89) 뎡언간(停言間): 정언간. 말이 잠시 멈춘 사이.
90) 건: [교] 원문에는 '안'으로 되어 있으나 앞의 예를 따라 이와 같이 수정함.
91) 관억(寬抑): 너그럽게 억제함.

(後日) 간인(奸人)의 쥬멸(誅滅)[92]ᄒ기를 기다리라. 녕낭(令郞) 삼
(三) 인(人)의 빙연(殯筵)[93]은 문외(門外)예 집

13면

을 어더 안돈(安屯)[94]ᄒ여시니 밧비 그리로 가라.”

공(公)이 미급답(未及答)[95]의 하운이 안마(鞍馬)[96]를 딕후(待候)[97]
ᄒ여 문외(門外)로 가기를 쳥(請)ᄒ고, 뎡(鄭)·윤(尹) 냥(兩) 공(公)이
하(河) 공(公)의 가기를 직쵹ᄒ여 문외(門外)로 갈ᄉᆡ, 일변(一邊) 됴
부인(夫人)긔 통(通)ᄒ고 이(二) 인(人)이 뒤흘 좃ᄎ 나오니,

하(河) 공(公)이 이에 다드라 세 낫 관(棺)을 보니 가슴이 막혀 관
(棺)을 두다리고 일셩호곡(一聲號哭)[98]의 혈뉘(血淚ㅣ) 니음ᄎ니[99]
산쳔초목(山川草木)이 다 슬허ᄒᄂᆫ 둧, 뎡(鄭)·윤(尹) 냥(兩) 공(公)이
일장(一場)을 통곡(慟哭)ᄒ고 하(河) 공(公) 부ᄌ(父子)의 울기를 긋
치라 ᄒ니, 공지(公子ㅣ) 눈믈을 거두고 부공(父公)을 붓드러 긋치시
믈 쳥(請)ᄒᆫ딕, 공(公)이 궁텬극지〃지통(窮天極地之痛)[100]을 발(發)
ᄒᄆᆡ 참지 못ᄒ여 브르지져 통곡(慟哭)ᄒ다가 업더져 일신(一身)이
엄[101]절(奄絶)[102]ᄒ니 공지(公子ㅣ) 황〃(遑遑)ᄒ

---

92) 쥬멸(誅滅): 주멸. 죄인을 죽여 없앰.
93) 빙연(殯筵): 빈연. 상여가 나갈 때까지 관(棺)을 놓아 두는 방. 빈소(殯所).
94) 안돈(安屯): 안둔. 편안히 둔침.
95) 미급답(未及答): 미처 대답하기 전.
96) 안마(鞍馬): 안장이 있는 말.
97) 딕후(待候): 대후. 웃어른의 분부를 기다림.
98) 일셩호곡(一聲號哭): 일성호곡. 한 소리를 내고 소리를 내어 슬피 욺.
99) 니음ᄎ니: 잇따르니.
100) 궁텬극지〃지통(窮天極地之痛): 궁천극지지통. 하늘에 사무치고 땅의 끝까지 이를 만한 고통.
101) 엄: [교] 원문에는 ‘녕’으로 되어 있으나 문맥을 고려해 이와 같이 수정함.
102) 엄절(奄絶): 기운이 끊어질 듯함.

14면

여 약슈(藥水)로 구호(救護)홀식, 뎡(鄭)·윤(尹) 이(二) 공(公)이 쪼흔 놀나 하(河) 공(公)을 붓드러 구호(救護)ᄒ여 오란 후(後) 인ᄉ(人事)를 출히ᄂᆞᆫ지라, 이에 위로(慰勞) 왈(曰),

"형(兄)이 당〃(堂堂)흔 대댱부(大丈夫)로 천만비원(千萬悲怨)[103]을 잡아 춤아 댱신보존(藏身保存)[104]ᄒ여 신셜(伸雪)홀 길운(吉運)을 기다리지 아니ᄒ고 이딕도록 과통(過痛)[105]ᄒ여 ᄌ건[106] 등(等)의 뒤흘 쏠오고져 ᄒ니 평일(平日) 긔상(氣像)이 아니라. ᄌ건[107] 등(等)의 녕빅(靈魄)이 알오미 이시면 형(兄)의 이 경상(景狀)[108]을 더옥 셜워 아니ᄒ리오?"

하(河) 공(公)이 가슴을 어로만져 답(答)고져 홀 제, 님 시랑(侍郞)이 니르러 셔로 보고 통곡(慟哭)ᄒ민 곡셩(哭聲)은 쳐졀(凄切)[109]ᄒ여 산쳔(山川)을 움죽이고 눈믈은 소〃(瀟瀟)[110]ᄒ여 하슈(河水)를 보틸지라, 좌위(左右ㅣ) 아니 슬허ᄒ리 업더라.

공ᄌ(公子ㅣ) 부친(父親)을 붓드러 우름을 긋치고 님 시랑(侍郞)이

15면

혹ᄉ(學士) 삼(三) 형뎨(兄弟)의 참ᄉ(慘死) 홈과 녀ᄋ(女兒)의 ᄌ문이ᄉ(自刎而死)[111]ᄒ믈 닐너 목이 메여 셔로 말을 일우지 못ᄒ니, 하

---

103) 천만비원(千萬悲怨): 천만비원. 온갖 슬픔과 원망.
104) 댱신보존(藏身保存): 장신보존. 몸을 잘 간수하고 보존함.
105) 과통(過痛): 지나치게 슬퍼함.
106) 건: [교] 원문에는 '안'으로 되어 있으나 앞의 예를 따라 이와 같이 수정함.
107) 건: [교] 원문에는 '안'으로 되어 있으나 앞의 예를 따라 이와 같이 수정함.
108) 경상(景狀): 좋지 못한 몰골.
109) 쳐졀(凄切): 처절. 몹시 슬프고 쓸쓸함.
110) 소〃(瀟瀟): 세찬 모양.

(河) 공(公)이 님 쇼져(小姐) 죽으믄 오히려 몰낫다가 실셩참통(失聲
慘痛)112)ᄒ믈 니긔지 못ᄒ여 손으로 짜흘 두다려 다시 통곡(慟哭)
왈(曰),

"돈ᄋ(豚兒) 삼(三) 인(人)이 죄루(罪累)113) 듕(中) 참망(慘亡)114)ᄒ
믄 도시(都是)115) 하가(河家) 젹앙(積殃)116)이 듕(重)ᄒ미오, 현부(賢
婦)의 슉ᄌ혜질(淑資惠質)117)노 복(福)을 향(享)치 못ᄒ고 슈(壽)를
누리지 못ᄒ여 이팔쳥츈(二八靑春)의 ᄌ문이ᄉ(自刎而死)ᄒ도 오문
(吾門)의 드러온 연괴(緣故ㅣ)라. 빅인(伯仁)이 유아이ᄉ(由我而死
ㅣ)118)니 녕녀(令女)119)의 망(亡)ᄒ미 내 집 탓시라. 쇼뎨(小弟) 오히
려 현부(賢婦)는 산 줄노 아랏더니 ᄌ부(子婦) ᄉ(四) 인(人)을 일시
(一時)의 죽이고 ᄎ마 엇지 슬니오?"

님 공(公)이 도로혀 위로(慰勞)ᄒ고 윤(尹)·뎡(鄭) 이(二) 공(公)이
ᄌ삼(再三) 개유(開諭)ᄒ여 비로소 문답(問答)홀식, 하(河) 공(公)이
삼(三) 익120)(兒ㅣ) 맛

---

111) ᄌ문이ᄉ(自刎而死): 자문이사. 스스로 목을 찔러 죽음.
112) 실셩참통(失聲慘痛): 실성참통. 목이 쉬도록 몹시 슬퍼함.
113) 죄루(罪累): 죄에 연루되는 일.
114) 참망(慘亡): 참혹하게 죽음.
115) 도시(都是): 모두.
116) 젹앙(積殃): 적앙. 쌓인 재앙.
117) 슉ᄌ혜질(淑資惠質): 숙자혜질. 착하고 슬기로운 바탕.
118) 빅인(伯仁)이 유아이ᄉ(由我而死ㅣ): 백인이 유아이사. 백인이 나 때문에 죽음. 다른 사람이
    화를 입게 된 원인이 자기에게 있음을 한탄하는 말. 진(晉)나라의 왕도(王導)가 억울하게 옥
    에 갇혔을 때 백인이 누명을 벗겨 주었지만 왕도는 이를 몰랐음. 이후에 백인이 옥에 갇히게
    되었으나 왕도가 그를 구할 수 있었음에도 불구하고 구하지 않아 백인이 왕도의 종형(從兄)
    인 왕돈(王敦)에 의해 처형당함. 나중에 이를 안 왕도가 백인을 구하지 못한 자신의 어리석음
    을 자책하며 이러한 말을 함.『진서(晉書)』, <주의전(周顗傳)>.
119) 녕녀(令女): 영녀. 상대방의 딸을 높여 이르는 말.
120) 익: [교] 원문에는 '의'로 되어 있으나 문맥을 고려해 이와 같이 수정함.

츤 곡졀(曲折)을 칙 아지 못ᄒ고 그 입념(入殮)을 아뫼 ᄒ 줄을 모로
ᄂᆞᆫ지라, 하운이 삼(三) 흑ᄉᆞ(學士)의 시톄(屍體)를 완젼(完全)이 ᄒ고
습념입관(襲殮入棺)ᄒ미 윤(尹)·뎡(鄭) 이(二) 공(公)의 덕(德)이라 ᄒ
고 뎡(鄭)·윤(尹) 이(二) 공(公)이 삼(三) 흑ᄉᆞ(學士)의 죄명(罪名)을
젼(傳)ᄒ니, 하(河) 공(公)이 삼(三) ᄌᆞ(子)의 망극(罔極)ᄒ 죄루(罪累)
를 드르니 오ᄂᆡ붕졀(五內崩絶)[121]ᄒ고 윤(尹)·뎡(鄭) 냥(兩) 공(公)의
태산(泰山) ᄀᆞ튼 은덕(恩德)을 극골감격(刻骨感激)ᄒ여 갑흘 바를 아
지 못ᄒ나 말노뼈 과(過)히 일ᄏᆞ지 아냐 왈(曰),

"뎡(鄭)·윤(尹) 이(二) 형(兄)은 피ᄎᆞ(彼此) 동긔(同氣)로 다르미 업
ᄉᆞ니 내 집 화란(禍亂)을 친(親)히 당(當)ᄒᆞᆷ ᄀᆞᆺ치 ᄒᆞᆷ믄 그 본심(本心)
이라. 우리 삼(三) 인(人)의 ᄆᆞᄋᆞᆷ이 ᄉᆞᆼ싱지졔(死生之際)[122]의 셔로 좃
ᄎᆞᆷ믈 허(許)ᄒ여시니, 돈ᄋᆞ(豚兒) 등(等)의 시신(屍身)을 거두어 주며
셩상(聖上)긔 징간(爭諫)[123]ᄒ여 그 머리를 완젼(完全)케 ᄒᆞᆷ믄 이(二)
형(兄)의 극(極)ᄒ 신의(信義)

와 남다른 덕(德)이로ᄃᆡ 그 힝ᄉᆞ(行使)의 예ᄉᆡ(例事ㅣ)니 쇼뎨(小弟)
신망지은(身亡之恩)[124]을 일ᄏᆞ지 아니코 망ᄋᆞ(亡兒) 등(等)이 구원
(九原)의 플을 미ᄌᆞ며[125] 쇼뎨(小弟) 듕심(中心)의 은덕(恩德)을 명골

---

121) 오ᄂᆡ붕졀(五內崩絶): 오내붕절. 오장이 무너지고 끊어지는 듯함.
122) ᄉᆞᆼ싱지졔(死生之際): 사생지제. 죽고 사는 즈음.
123) 징간(爭諫): 쟁간. 다투어 간함.
124) 신망지은(身亡之恩): 죽은 뒤에도 잊지 않고 갚아야 할 은혜.
125) 구원(九原)의 플을 미ᄌᆞ며: 구원의 풀을 맺으며. 저승에 가서도 은혜를 갚는다는 뜻. 결초보은
(結草報恩) 고사. 중국 춘추시대 진(晉)나라 때 위과(魏顆)가 아버지 위무자의 죽기 전 유언

(銘骨)126) 홀 쌴이라 스라셔 갑흘 도리(道理) 어이 〃시리오?"

냥(兩) 공(公)이 쳑연슈루(慽然垂淚)127) 왈(曰),

"우리 심담(心膽)이 상됴(相照)ᄒ니 니르지 아냐도 알녀니와 녕낭(令郎) 등(等) 참망(慘亡)ᄒᆫ 거동(擧動)을 볼 쩨의야 어이 식음(食飮)을 넘으리오? 형(兄)의 몸을 념녀(念慮)ᄒᄆᆡ 각〃(各各) 내 ᄆᆞ음의 나리미 업ᄉᄃᆡ 오히려 편친(偏親)이 계시므로 범ᄉ(凡事)를 ᄌᆞ유(自由)치 못홀 젹이 만흐니 엇지 ᄌᆞ건128) 등(等)의 시슈(屍首)를 입념(入殮)ᄒᆞᆯ믈 칭은129)(稱恩)ᄒᆞ여 블안(不安)케 ᄒᄂᆞ뇨130)?"

하(河) 공(公)이 감은(感恩)ᄒᆞᆯ믈 먹음고 눈믈을 흘녀 거동(擧動)이 당황(唐惶)ᄒᆞ고 셰 관(棺)을 보다가

18면

혹(或) 가삼을 치고 혹(或) 머리를 부듸이져 상셩(喪性)131)키 쉬온지라, 뎡(鄭)·윤(尹) 냥(兩) 공(公)이 붓드러 듁음(粥飮)132)을 권(勸)ᄒᆞ며 위로(慰勞)ᄒᆞᆯ믈 마지아니ᄒᆞ더니,

빈소(配所)를 셔쵹(西蜀)의 뎡(定)ᄒᄆᆡ 위시(衛士ㅣ) 니르러 슈삼(數三) 일(日) 티ᄒᆡᆼ(治行)ᄒᆞ여 가기를 젼(傳)ᄒᆞ니, 하(河) 공(公)이 심ᄉᆞ(心思ㅣ) 아득ᄒᆞ여 도로혀 아인(啞人)133)ᄀᆞ치 안ᄌᆞ 말을 못 ᄒᆞ거늘

대신 평소에 한 말씀을 따라, 위무자가 죽은 후에 자신의 서모(庶母)를 순장시키지 않고 개가시켰는데 후에 위과가 진(秦)나라와 전투를 벌일 적에 서모의 망부(亡父)가 나타나 풀을 맺어 위과를 도왔다는 이야기. 『춘추좌씨전(春秋左氏傳)』에 전함.

126) 명골(銘骨): 뼈에 새김.

127) 쳑연슈루(慽然垂淚): 척연수루. 슬픈 빛으로 눈물을 흘림.

128) 건: [교] 원문에는 '안으로 되어 있으나 앞의 예를 따라 이와 같이 수정함.

129) ᄒᆞᆯ믈 칭은: [교] 원문에는 없으나 문맥을 고려해 박순호본(2:30)을 따라 삽입함.

130) ᄒᄂᆞ뇨: [교] 원문에는 'ᄒᆞ리오'로 되어 있으나 문맥을 고려해 박순호본(2:30)을 따름.

131) 상셩(喪性): 상성. 목숨을 잃음.

132) 듁음(粥飮): 죽음. 묽은 죽.

133) 아인(啞人): 말을 못 하는 사람.

뎡(鄭)·윤(尹) 냥(兩) 공(公) 왈(曰),

"형(兄)이 녕낭(令郎) 등(等)의 쟝亽(葬事)도 지니고 갈 길히 업亽니 온갓 념녀(念慮)를 다 믈니치고 힝거(行車)를 무亽(無事)히 ᄒᆞᄂᆞᆫ 거시 올흐니, 우리 녕낭(令郎) 등(等)의 관(棺)을 븟드러 형(兄)의 션산(先山) 소쥐(蘇州)가 안장(安葬)[134]ᄒᆞ리니 형(兄)은 믈념(勿念)ᄒᆞ고 오직 몸을 보전(保全)ᄒᆞ라."

하(河) 공(公)이 밋쳐 답(答)지 못ᄒᆞ여셔 공ᄌᆡ(公子ㅣ) 부젼(父前)의 고왈(告曰),

"뎡(鄭)·윤(尹) 냥(兩) 년슉대인(緣叔大人)[135]이 흔갈ᄀᆞ치 산ᄒᆡ지은(山海之恩)을 드리오시니 감골(感骨)ᄒᆞ온

19면

지라. 대인(大人)이 망형(亡兄) 등(等)의 쟝亽(葬事)ᄂᆞᆫ 념녀(念慮)치 마르시고 몬져 힝(行)ᄒᆞ시면 쇼ᄌᆞ(小子)ᄂᆞᆫ 머므러 삼(三) 형(兄)의 쟝亽(葬事)를 지니고 쵹(蜀)으로 가리이다."

윤(尹) 공(公) 왈(曰),

"네 말이 올흐나 녕존(令尊)이 너를 마ᄌᆞ 쩌나[136] 원노험디(遠路險地)[137]의 졍신(精神)을 진뎡(鎭靜)ᄒᆞ여 무亽(無事)히 득달(得達)ᄒᆞ기를 밋지 못ᄒᆞ니, 비록 쟝亽(葬事)를 보지 못ᄒᆞ나 녕엄(令嚴)[138]을 보호(保護)ᄒᆞ여 흔가지로 가미 올흐니 닉이 싱각ᄒᆞ라."

공ᄌᆡ(公子ㅣ) 빅샤(拜謝) 왈(曰),

---

134) 안장(安葬): 안장. 시신이나 유골을 편안하게 모시기 위하여 예를 갖추어 장례를 치름.
135) 년슉대인(緣叔大人): 연숙대인. 아저씨라고 부를 만한 친지.
136) 쩌나: [교] 원문에는 없으나 문맥을 고려해 박순호본(2:31)을 따라 삽입함.
137) 원노험디(遠路險地): 원로험지. 먼 길과 험한 땅.
138) 녕엄(令嚴): 영엄. 상대의 아버지를 높여 이르는 말.

"쇼딜(小姪)이 블초(不肖)호와 가친(家親)을 뫼시리 업시 홀노 힝 (行)호실 바를 념녀(念慮)치 못호고 머므러 가형(家兄) 등(等)의 쟝스 (葬事)를 지닉고져 호옵더니, 년숙(緣叔)의 명픠(明敎ㅣ)139) 맛당호 시니 쇼딜(小姪)은 가친(家親)을 뫼셔 갈 거시니, 삼(三) 형(兄)의 쟝 스(葬事)는 이위(二位) 년숙대인(緣叔大人)을 밋습거니와 님쟝지시 (臨葬之時)140)의도 보지 못호는 유한(幽恨)141)이 쵹쳐(觸處)142)의 무 궁(無窮)

20면

토소이다."

윤(尹)·뎡(鄭) 냥(兩) 공(公)이 년익(憐哀)143)호여 그 손을 줍고 하 (河) 공(公)을 딕(對)호여 왈(曰),

"형(兄)이 비록 즈건144) 등(等)을 일코 궁텬지한(窮天之恨)145)이 밋쳐시나 이 ᄋ들이 남의 십(十) 즈(子)를 블워 아닐 비오, 참화(慘 禍)를 도로혀 후릭(後來)의 문호(門戶)를 흥긔(興起)홀 즈(者)는 원광 이라. 임의 죽으니는 쏠오지 못호고 스랏는 즈녀(子女)를 도라보아 심스(心思)를 관억(寬抑)호미 올코 형(兄)의 년긔(年紀) 스십(四十)이 넘어시나 이제라도 존쉬(尊嫂ㅣ) 싱산(生産)을 호실 빈라, 전정(前 程)146)이 만(萬) 니(里)와 ᄀᆺᄐ니 과도(過度)히 슬허 말나."

---

139) 명픠(明敎ㅣ): 밝은 가르침.
140) 님쟝지시(臨葬之時): 임장지시. 매장에 임한 때.
141) 유한(幽恨): 그윽한 한.
142) 쵹쳐(觸處): 촉처. 가서 닥치는 곳.
143) 년익(憐哀): 연애. 불쌍히 여기고 슬퍼함.
144) 건: [교] 원문에는 '안'으로 되어 있으나 앞의 예를 따라 이와 같이 수정함.
145) 궁텬지한(窮天之恨): 궁천지한. 하늘에 사무치는 한.
146) 전정(前程): 전정. 앞길.

하(河) 공(公)이 어린 ㄷ시 안주 드를 쓴이러니 날호여 기리 탄왈(嘆曰),

"죄뎨(罪弟) 망극(罔極)흔 죄루(罪累)[147]를 몸 우희 싯고 참화여싱(慘禍餘生)[148]이 셩듀(聖主)의 호싱지덕(好生之德)으로 일누(一縷)[149]를 보젼(保全)ㅎ나 환쇄(還師ㅣ)[150]홀 긔약(期約)을 감(敢)히 ㅂ라지 못홀지라. 형셰(形勢) 쳐ㅈ(妻子)로 각니(各離)치 못ㅎ게 되

21면

여시니 쳐(妻)와 ㅈ녀(子女)를 다 힝도(行途)의 거ᄂ려 가니, 망ㅇ(亡兒) 등(等) 쟝ᄉ(葬事)ᄂ 냥(兩) 형(兄)이 진심(盡心)[151]ㅎ니 쇼뎨(小弟) 친(親)히 보나 다르지 아닌디라 근심치 아니ㅎ디, 만ᄉ(萬事)ㅣ 아으라ㅎ여[152] 촉쳐비회(觸處悲懷)[153]라. 당추지시(當此之時)ㅎ여ᄂ 셕년(昔年)의 어린 ㅈ녀(子女)를 가져 뎡혼(定婚)흔 일이 더옥 뉘웃븐지라, 원광이 엇지 문호(門戶)를 흥긔(興起)ㅎ며 타인(他人)의 여러 ㅇ들을 ㅂ라리오? 오직 죄뎨(罪弟) 싱젼(生前)의 죽ᄂ 일이나 업ᄉ면 만힝(萬幸)이라 엇지 싱산(生産)ㅎ기를 ㅂ라리오?"

윤(尹) 태위(大夫ㅣ) 믄득 안ᄉ(顔色)을 곳치고 왈(曰),

"쇼뎨(小弟) 므슴 일 형(兄)의게 잘못 뵌 일이 잇셔 ㅈ녀(子女)를 뎡혼(定婚)ㅎ믈 뉘웃쳐 바릴 ᄯ즐 두ᄂ뇨? 쇼뎨(小弟)ᄂ 텬디개벽(天

---

147) 죄루(罪累): 죄에 연루되는 일.
148) 참화여싱(慘禍餘生): 참화여생. 참혹한 재앙을 겪고 살아난 목숨.
149) 일누(一縷): 일루. 한 오리의 실이라는 뜻으로, 몹시 미약하거나 불확실하게 유지되는 상태를 이르는 말.
150) 환쇄(還師ㅣ): 환사. 경사에 돌아옴.
151) 진심(盡心): 마음을 다함.
152) 아으라ㅎ여: 아득하여.
153) 촉쳐비회(觸處悲懷): 촉처비회. 닥치는 곳마다 슬픈 회포가 일어남.

地開闢)호고 하히상젼(河海桑田)[154]이 되나 일편명심(一片貞心)[155]을 곳치미 업셔 원광을 쇼회로 알고 녕녀(令女)로 희텬의 안히로

22면

아ᄂ니, 금번(今番) 화란(禍亂)의 원광이 쇼지 못ᄒ던들 아녀(阿女)를 공규(空閨)의 폐륜(廢倫)ᄒ여 형(兄)의 필젹(筆跡)을 직희게 ᄒ엿더니, 텬되(天道ㅣ) 도으샤 원광이 무ᄉ(無事)ᄒ니 셔쵹(西蜀) 아녀 만니타국(萬里他國)이라도 나히 ᄎ믈 기ᄃ려 셩친(成親)코져 ᄒ더니 형(兄)의 쯧은 만히 다르도다."

하(河) 공(公)이 ᄌ가(自家) 문호(門戶)의 참화(慘禍)를 만나 찬덕(竄謫)ᄒ니 감(敢)히 윤(尹) 공(公)의 녀ᄋ(女兒)로뼈 긔약(期約)을 ᄇ라지 못ᄒ더니, 윤(尹) 공(公)의 견확(堅確)[156]ᄒ미 여ᄎ(如此)ᄒ믈 보고 감뉘(感淚ㅣ) 죵횡(縱橫)ᄒ여 샤례(謝禮) 왈(曰),

"죄뎨(罪弟) 당금(當今)의 ᄉ고여ᄉᆡᆼ(事故餘生)[157]이 형(兄)의 만금농쥬(萬金弄珠)[158]로뼈 위부(爲婦)[159]ᄒᆯ 의ᄉᆡ(意思ㅣ) 망연(茫然)[160]ᄒ미러니, 형(兄)의 굿은 신의(信義) 여ᄎ(如此)ᄒ니 오딕 의긔심덕(義氣心德)[161]을 감탄(感歎)ᄒᆯ ᄲᅢᆫ이로다."

---

154) 하히상젼(河海桑田): 하해상전. 뽕나무밭이 변하여 푸른 강이나 바다가 된다는 뜻으로, 세상일의 변천이 심함을 비유적으로 이르는 말. 상전벽해(桑田碧海).
155) 일편명심(一片貞心): 일편정심. 한 조각 곧은 마음.
156) 견확(堅確): 견고하고 확실함.
157) ᄉ고여ᄉᆡᆼ(事故餘生): 사고여생. 불행한 일을 겪고 남은 목숨.
158) 만금농쥬(萬金弄珠): 만금농주. 만금처럼 귀한 딸. 농주는 희롱하는 구슬이라는 뜻으로 한고(漢皋)의 두 신녀의 고사. 정교보(鄭交甫)가 남쪽의 초(楚)에 가 한고의 누대 아래에 이르러 두 여자를 만났는데, 두 여자가 두 개의 구슬을 차고 있었는데 크기가 계란만 했다 함. 『문선(文選)』, 장형(張衡), <남도부(南都賦)> 주(註).
159) 위부(爲婦): 며느리로 삼음.
160) 망연(茫然): 아득한 모양.
161) 의긔심덕(義氣心德): 의기심덕. 의로운 기개와, 마음을 쓰는 데서 나타나는 덕.

윤(尹) 공(公)이 블열(不悅) 왈(曰),

"형(兄)이 쇼뎨(小弟)로 츄셰비린(趨勢鄙吝)162)으로 알믈 더옥 참괴(慙愧)ᄒᆞᄂᆞ니 다만 형(兄)이 슈

23면

히 환쇄(還師ㅣ)치 못ᄒᆞᆫ죽 쇼뎨(小弟) 녀식(女息)을 거ᄂᆞ려 나려가 성친(成親)ᄒᆞ리니, 형(兄)은 괴이(怪異)ᄒᆞᆫ 말을 말고 여러 천(千) 니(里)의 혼셔납빙(婚書納聘)163)을 힝(行)ᄒᆞ고 갈지니 원광과 아녜(阿女ㅣ) 비록 어리나 ᄎᆞ힝(此行)의 내 집 납폐문명(納幣問名)164)을 가져가라."

하(河) 공(公)이 블감청(不敢請)이언정 고소원(固所願)165)이라, 언〃(言言)이 낙종(諾從)166)ᄒᆞ나 도라 삼(三) ᄌᆞ(子)의 녕구(靈柩)를 보니 심담(心膽)이 촌할(寸割)167)ᄒᆞ고 친우죡친(親友族親)이 모다 공(公)의 ᄉᆞ디(死地)의 버셔나 찬덕(竄謫)ᄒᆞ믈 도로혀 깃거ᄒᆞ니, 하(河) 공(公)의 위인(爲人)을 긔디(器待)168)ᄒᆞ며 그 죄루(罪累)를 칭원(稱冤)169)ᄒᆞ니 공(公)이 도로혀 깃거 아니ᄒᆞ더라.

공ᄌᆞ(公子ㅣ) 집의 도라가 모친(母親)과 누의를 보려 ᄒᆞ거ᄂᆞᆯ 공

---

162) 츄셰비린(趨勢鄙吝): 추세비린. 권세를 좇는 비루하고 인색한 사람.

163) 혼셔납빙(婚書納聘): 혼서납빙. 혼서는 정혼이 이루어진 증거로 신랑집에서 신붓집에 보내는 글이고 납빙은 신랑집에서 신붓집으로 보내는 예물임.

164) 납폐문명(納幣問名): 납폐는 신랑집에서 신붓집으로 보내는 예물이고 문명은 납채가 끝난 뒤에 남자 집의 주인(主人)이 서신을 갖추어 사자를 여자 집에 보내어 여자 생모(生母)의 성(姓)을 묻는 의례이나 여기에서는 혼서를 가리킴.

165) 블감청(不敢請)이언정 고소원(固所願): 불감청이언정 고소원. 감히 청할 수는 없지만 진실로 원하는 바.

166) 낙종(諾從): 낙종. 허락해 좇음.

167) 촌할(寸割): 마디마디 끊어짐.

168) 긔디(器待): 기대. 기량을 소중히 여겨 예를 갖춰 대우함.

169) 칭원(稱冤): 원통함을 일컬음.

(公)이 골오딕,

"힝니(行李)를 급(急)히 출히고 노복(奴僕)을 분졍(分定)[170]ᄒ여 더ᄂ는 집을 직희오고 더ᄂ는 힝도(行途)의 좃게 ᄒ라. 조션샤우(祖先祠宇)[171]는 아

24면

직 경샤(京師)의 뫼셔 운으로 ᄒ여곰 봉샤(奉祀)케 ᄒ고 ᄌ명일(再明日)의 너의 ᄌ당(慈堂)과 누의를 다려 발힝(發行)케 ᄒ라."

공ᄌ(公子ㅣ) 슈명(受命)ᄒ니 공(公)이 우왈(又曰),

"아부(阿婦)의 관(棺)을 못 보니 졍니(情理)[172]의 더옥 통할(痛割)[173]ᄒ니 이곳의 옴겨 두엇다가 흠긔 힝상(行喪)[174]케 ᄒ리니 ᄋ부(阿婦)의 관(棺)을 이리 보ᄂ라."

공ᄌ(公子ㅣ) 응명(應命)ᄒ고 옥누항의 니르니,

됴 부인(夫人)이 즉시(卽時) 죽기를 ᄌ분(自分)[175]ᄒ다가 공(公)의 부ᄌ(父子ㅣ) 무ᄉ(無事)히 찬뎍(竄謫)ᄒ다 ᄒ니 져기 다힝(多幸)ᄒ여 듁음(粥飮)을 ᄎᄌ 마시고 졍신(精神)을 출혀 님 시(氏) 관(棺)의 나아가 ᄉ로이 통곡(慟哭) 왈(曰),

"삼(三) 익(兒ㅣ) 죽으나 현부(賢婦ㅣ)나 ᄉ라시면 경ᄋ(-兒)[176]의 딕신(代身)으로 위회(慰懷)[177]홀 ᄇ이어늘 엇지 죽어 흔젹(痕迹)이 업

---

170) 분졍(分定): 분정. 나누어 정함.
171) 조션샤우(祖先祠宇): 조선사우. 조상의 사당.
172) 졍니(情理): 정리. 인정과 도리를 아울러 이르는 말.
173) 통할(痛割): 슬퍼서 마음이 찢어지는 듯함.
174) 힝상(行喪): 행상. 상례를 행함.
175) ᄌ분(自分): 자분. 스스로 헤아림.
176) 경ᄋ(-兒): 경아. 하원경을 이름.
177) 위회(慰懷): 괴롭거나 슬픈 마음을 위로함.

게 ᄒᆞᄂᆞ뇨? 나의 명완무지(命頑無知)[178]ᄒᆞ미 삼(三) ᄌᆞ(子)와 현부(賢婦)를 닛고 지금(至今) ᄉᆞ랏다가 상공(相公)이 면ᄉᆞ뎡비(免死定配)[179]ᄒᆞ믈 드르니 도로혀 희보(喜報)[180]

25면

로 아라 죽을 의ᄉᆞ(意思)를 곳치니 엇지 ᄉᆞ오납지 아니리오?"

언파(言罷)의 관(棺)을 두다려 통곡(慟哭)ᄒᆞ다가 구혈긔ᄉᆡᆨ(嘔血氣塞)[181]ᄒᆞ니 영쥬 쇼졔(小姐ㅣ) 톄읍구호(涕泣救護)ᄒᆞ더니, 공ᄌᆞ(公子ㅣ) 드러와 슬하(膝下)의 졀ᄒᆞ오니 부인(夫人)이 밧비 등을 어로만져 왈(曰),

"비록 위지(危地)의 드럿던 비나 ᄉᆞ라나 모ᄌᆡ(母子ㅣ) 상견(相見)ᄒᆞ니 여형(汝兄)은 어나 셰월(歲月)의 어더 보리오?"

공ᄌᆞ(公子ㅣ) 화안이셩(和顔怡聲)[182]으로 위로(慰勞)ᄒᆞ며 부명(父命)을 고(告)ᄒᆞ여,

"힝니(行李)를 출히쇼셔."

ᄒᆞ니, 부인(夫人)이 십분(十分) 강작(强作)ᄒᆞ나 능(能)히 정신(精神)을 출혀 가ᄉᆞ(家事)를 쳐치(處置)ᄒᆞᆯ 길히 업ᄉᆞ니 공ᄌᆞ(公子ㅣ) 친(親)히 식상(食床)을 밧드러 모친(母親)의 진(趁)[183]ᄒᆞ시믈 권(勸)ᄒᆞ여 왈(曰),

"ᄌᆞ위(慈闈) 비록 삼(三) 형(兄)을 위(爲)ᄒᆞ여 셰상(世上)을 원(願)

---

178) 명완무지(命頑無知): 목숨이 모질고 무지하여 우악스러움.

179) 면ᄉᆞ뎡비(免死定配): 면사정배. 사형을 면하고 유배당함.

180) 희보(喜報): 기쁜 소식.

181) 구혈긔ᄉᆡᆨ(嘔血氣塞): 구혈기색. 피를 토하고 기운이 막힘.

182) 화안이셩(和顔怡聲): 화안이성. 온화한 얼굴과 평안한 목소리.

183) 진(趁): 밥을 먹을 생각을 함. 진식(趁食).

치 아니시나 상명지통(喪明之痛)[184]을 당(當)ᄒ미 ᄒ나둘히 아니오, 텬ᄒᆡᆼ(天幸)으로 대인(大人)이 무ᄉ(無事)ᄒ시고 희ᄋᆞ(孩兒) 남ᄆᆡ(男妹) ᄉᆞ라시니

26면

죡(足)히 위로(慰勞)ᄒᆞᆯ 비오니, ᄎᆞ후(此後)ᄂᆞᆫ 삼(三) 형(兄)과 님슈(-嫂)를 니ᄌᆞ시고 관억(寬抑)ᄒ시믈 위쥬(爲主)ᄒ쇼셔."

부인(夫人)이 ᄋᆞᄌᆞ(兒子)의 말을 듯고 임의 죽은 ᄋᆞ들은 이의(已矣)오, 이(二) ᄌᆞ식(子息)이 ᄉᆞ라시니 죽기를 진졍(鎭靜)ᄒ고 모ᄌᆞ(母子ㅣ) 셔로 진반(趁飯)[185]ᄒ기를 권(勸)ᄒ고, 공ᄌᆞ(公子ㅣ) 쇼ᄆᆡ(小妹)를 도라보니 형용(形容)이 환탈(換奪)[186]ᄒ여 표연(飄然)[187]이 우화(羽化)[188]ᄒᆞᆯ ᄃᆞᆺᄒ여시니 심ᄉᆞ(心思ㅣ) 더옥 막힐 ᄃᆞᆺᄒᆞᆫ지라, 칙왈[189](責曰),

"삼(三) 형(兄)이 참ᄉ(慘死)ᄒ시미 우리 젼ᄌᆞ(前者)로 다르거늘 부모(父母)긔 ᄒᆞᆫ 근심이나 깃치디[190] 말미 올흔지라 엇디 져ᄃᆡ도록 되엿ᄂᆞ뇨?"

쇼졔(小姐ㅣ) 이읍(哀泣) 딕왈(對曰),

"우리 다 부모(父母)의 교ᄋᆡ(嬌愛)[191]를 밧ᄌᆞ오니 인간(人間)의 낙

---

184) 상명지통(喪明之痛): 눈이 멀 정도의 슬픔이라는 뜻으로 자식이 죽은 슬픔을 이르는 말. 중국 춘추시대, 공자의 제자 자하(子夏, B.C.508?-B.C.425?)가 공자가 죽은 후 서하(西河)에 은거하고 있었는데 그 자식이 죽자 슬피 울어 눈이 멀었다는 데서 유래함. 『예기(禮記)』, 「단궁(檀弓)」.

185) 진반(趁飯): 밥을 먹음.

186) 환탈(換奪): 사람이 전혀 딴 사람처럼 변함. 환골탈태(換骨奪胎).

187) 표연(飄然): 나는 듯 가벼운 모양.

188) 우화(羽化): 사람의 몸에 날개가 돋아 하늘로 올라가 신선이 된다는 뜻으로, '죽음'을 비유적으로 이르는 말. 우화등선(羽化登仙).

189) 칙왈: [교] 원문에는 없으나 문맥을 고려해 박순호본(2:36)을 따라 삽입함.

190) 디: [교] 원문에는 '미'로 되어 있으나 문맥을 고려해 이와 같이 수정함.

191) 교애(嬌愛): 예뻐하고 사랑함.

ᄉ(樂事)를 알고 슬프믄 모로다가 일됴(一朝)의 흉화(凶禍)를 당(當)
ᄒ여 모친(母親)이 일야(日夜)의 거〃(哥哥)[192] 등(等)을 ᄯᆞᆯ오려 ᄒ시
니 쇼ᄆᆡ(小妹) 므슴 ᄆᆞ음으로 음식(飮食)의 ᄯᅳᆺ이〃시리잇고? 스ᄉᆞ로
과쳑(過瘠)[193]고져 ᄒᆞ미 아

27면

니오, ᄌᆞ위(慈闈) 음식(飮食)을 폐(廢)ᄒ시니 쇼ᄆᆡ(小妹) 홀노 먹지
못ᄒ여 이리 되과이다."

부인(夫人)이 ᄌᆞ녀(子女)의 거동(擧動)을 보고 잔잉ᄒ미 골졀(骨
節)이 한상(寒傷)[194]ᄒ여 위로(慰勞)ᄒ고 ᄒᆡᆼ니(行李)를 출힐ᄉᆡ, 조션
봉ᄉᆞ(祖先奉祀)ᄂᆞᆫ 하운의 쳐(妻) 박 시(氏) 가장 현미(賢美)ᄒᆞᆫ 고(故)
로 졔례(祭禮)를 닐너 집을 직희오고 뎍소(謫所)의 다려갈 노복(奴
僕)을 뎡(定)ᄒ고 공ᄌᆡ(公子ㅣ) 님 시(氏) 녕구(靈柩)를 문외(門外)로
옴기니 부인(夫人) 왈(曰),

"내 잠간(暫間) 삼(三) ᄋᆞ(兒)의 관(棺)을 영결(永訣)코져 ᄒ노라."

공ᄌᆡ(公子ㅣ) 딕왈(對曰),

"대인(大人)긔 고(告)ᄒ고 명(命)딕로 ᄒ리이다."

부인(夫人)이 님 시(氏)의 관(棺)을 보ᄂᆡ고 녀ᄋᆞ(女兒)로 더브러 혈
읍통도(血泣痛悼)[195]ᄒ더라.

공ᄌᆡ(公子ㅣ) 님 쇼져(小姐)의 녕구(靈柩)를 뫼셔 나오니 공(公)이
향탁(香卓)을 빈셜(排設)ᄒ고 빙소(殯所)ᄒᆞᆫ 후(後) 실셩댱통(失聲長

---

192) 거〃(哥哥): 오라버니.
193) 과쳑(過瘠): 과척. 지나치게 야윔.
194) 한상(寒傷): 시리도록 슬픔.
195) 혈읍통도(血泣痛悼): 피눈물을 흘리며 몹시 애도함.

痛)196)호니, 공지(公子ㅣ) 이걸(哀乞) 위로(慰勞)호고 뎡(鄭)·윤(尹)
냥(兩) 공(公)이 혼가지로 밤을 지닌 후(後) 원별(遠別)이 결연(缺
然)197)호여 피츠(彼此) 비회(悲懷)

28면

를 춤지 못호더라.

공지(公子ㅣ) 부젼(父前)의 모친(母親)이 삼(三) 형(兄)의 녕구(靈
柩)를 영결(永訣)코져 호시믈 픔(稟)호니 공(公)이 츄연(惆然) 왈(曰),

"관(棺)을 보미 더옥 참통(慘痛)198)홀 쌴 아냐 죽은 져의게 유익
(有益)호믄 업스나 모즈(母子)의 졍니(情理)를 막지 못호리니 명일
(明日) 잠간(暫間) 나와 보게 호라."

공지(公子ㅣ) 슈명(受命)호고 명됴(明朝)의 본부(本府)의 드러와
모부인(母夫人)을 뫼셔 문외(門外)로 나아갈시, 영쥐 쏘흔 거거(哥哥)
의 녕구(靈柩)를 영결(永訣)코져 모친(母親)을 뚤아 나와, 부인(夫人)
이 삼(三) 즈(子)의 관(棺)을 어로만져 가슴이 막혀 다만 굴오디,

"여뫼(汝母ㅣ) 쥬〃야〃(晝晝夜夜)의 긴 셰월(歲月)을 엇지 궁텬극
지〃통(窮天極地之痛)199)을 춤으리오? 꿈을 비러 여등(汝等)을 상면
(相面)코져 호나 능(能)히 므움과 굿지 못호리니 엇지호여 〃등(汝
等)을 니즈리오?"

인(因)호여 호곡운졀(號哭殞絶)200)호니 영쥐 쏘흔 이곡(哀哭)호여
인스(人事)를 모로

---

196) 실성댱통(失聲長痛): 실성장통. 목이 쉬도록 길이 통곡함.
197) 결연(缺然): 비어 있는 듯한 모양.
198) 참통(慘痛): 매우 슬퍼함.
199) 궁텬극지〃통(窮天極地之痛): 궁천극지지통. 하늘에 사무치고 땅의 끝까지 이르는 고통.
200) 호곡운졀(號哭殞絶): 호곡운절. 소리를 내어 슬피 울다가 기운이 끊어짐.

니, 공저(公子ㅣ) 모친(母親)과 쇼민(小妹)를 구호(救護)ᄒ여 진뎡(鎭
靜)ᄒ고 공(公)이 드러와 셔로 보민 일층(一層) 비회(悲懷) 더홀 ᄲ인이
라. 공(公)이 녀ᄋ(女兒)를 나호여 그 슈쳑(瘦瘠)ᄒ믈 념녀(念慮)ᄒ여
머리를 어로만져 부인(夫人)을 디(對)ᄒ여 타루(墮淚) 왈(曰),

"삼(三) ᄋ(兒)를 참망(慘亡)ᄒ고 부뷔(夫婦ㅣ) 산 낫ᄎ로 보민 임
의 명완(命頑)201)ᄒ여 져희를 ᄯᆯ오지 못ᄒ고 일명(一命)이 ᄉ라 쵹디
(蜀地)202)로 향(向)홀지라, 부인(夫人)은 싱(生)을 위(爲)ᄒ여 통원(痛
冤)을 ᄎᆷ고 슬기를 위쥬(爲主)ᄒ미 져의 블효(不孝)를 더으지 아니ᄒ
미오, 원광 남민(男妹)로 ᄒ여곰 진뎡(鎭靜)케 ᄒᄂ 도리203)(道理)라.
텬되(天道ㅣ) 오문(吾門)을 증오(憎惡)ᄒ샤 여ᄎ(如此) 강화(降禍)204)
ᄒ시니 슬허ᄒᆫ들 어이 밋ᄎ리오? 원광은 누옥(陋獄)205)의 곤(困)ᄒ나
그ᄃᆡ도록 패(敗)치 아냐시디 녀ᄋ(女兒)ᄂ 몰나보게 되여시니 망ᄋ
(亡兒)ᄂ 이의(已矣)206)오, 산 ᄌ녀(子女)를 병(病)들게 말미

우리 부〃(夫婦)의 힝(幸)이니 부인(夫人)은 널니 싱각ᄒ쇼셔."

부인(夫人)이 공(公)의 몸을 념녀(念慮)ᄒ미 십분(十分) 강작(强作)
ᄒ여 디왈207)(對曰),

---

201) 명완(命頑): 목숨이 질김.
202) 쵹디(蜀地): 촉지. 촉 땅.
203) ᄂ 도리: [교] 원문에는 없으나 문맥을 고려해 박순호본(2:40)을 따라 삽입함.
204) 강화(降禍): 재앙을 내림.
205) 누옥(陋獄): 더러운 감옥.
206) 이의(已矣): 이미 끝남.
207) 디왈: [교] 원문에는 없으나 문맥을 고려해 박순호본(2:40)을 따라 삽입함.

"죽으니를 쓸오지 못흔 후(後)는 즈연(自然) 닛는 거시 되니 쳡(妾)은 명공(明公)의 뎍힝(謫行)[208]이 도로혀 텬힝(天幸)이오, 즈녜(子女ㅣ) 디셩(至誠)으로 먹고져 ᄒ니 죽을 의ᄉ(意思ㅣ) 업ᄉᄃㅣ 다만 명공(明公)이 과상(過傷)ᄒ샤 셩질(成疾)[209]ᄒ실가 두려ᄒᄂᄂ니, ᄒ믈며 누쳔(累千) 니(里) 험노(險路)의 발셥(跋涉)[210]ᄒ실지라 믈비관억(勿悲寬抑)[211]ᄒ샤 즐거온 길의 힝(行)홈ᄀᆞᆺ치 ᄒ쇼셔."

공(公)이 기리 탄식(歎息)고 셔로 위로(慰勞)ᄒ여 명일(明日) 발힝(發行)홀 바를 니르고 공ᄌ(公子)를 본부(本府)의 보ᄂᆡ여 가ᄉ(家事)를 쳐치(處置)ᄒ고 부인(夫人)과 녀ᄋ(女兒)를 호힝(護行)케 ᄒ니,

공ᄌ(公子ㅣ) 삼(三) 형(兄)의 관(棺)을 어로만져 하딕(下直)을 고(告)ᄒᆞᆯ식, 혈뉘(血淚ㅣ) 쳠의(沾衣)[212]ᄒ고 흔 번(番) 우름의 일만(一萬) 진납이 날치나 부모(父母)의 심ᄉ(心思)를 도라

31면

보아 울기를 긋치고 부인(夫人)을 뫼셔 환가(還家)ᄒ니라.

윤(尹)·뎡(鄭)·님 삼(三) 공(公)이 머므러 하(河) 공(公)을 보ᄂᆡ려 ᄒᆞᆯ식, 윤(尹) 공(公) 왈(曰),

"형(兄)이 만ᄉ(萬事ㅣ) 무렴(無念)ᄒ나 원광의 납폐문명(納幣問名)을 머므로고 힝(行)ᄒ라."

하(河) 공(公)이 즉시(卽時) 부인(夫人)긔 통(通)ᄒ여 젼일(前日) 남강(南江) 션유(船遊)의 어든 바 보월(寶月)을 보ᄂᆡ라 ᄒ니 부인(夫人)

---

208) 뎍힝(謫行): 적행. 귀양 가는 길.
209) 셩질(成疾): 성질. 병이 남.
210) 발셥(跋涉): 발섭. 산을 넘고 물을 건너 길을 감.
211) 믈비관억(勿悲寬抑): 물비관억. 슬퍼하지 말고 너그러이 억제함.
212) 쳠의(沾衣): 첨의. 옷에 젖음.

이 경의(驚疑)[213] 왈(曰),

"보월(寶月)은 광ᄋ(-兒)[214]의 납폐(納幣)를 위(爲)ᄒ여 둔 비어늘 이런 비황(悲遑)[215] 듕(中)의 달나 ᄒ시ᄂ고?"

공ᄌ(公子ㅣ) 듸왈(對曰),

"쵹디(蜀地) 왕반(往返)[216]이 어려온 고(故)로 빙믈(聘物)을 아조 두고 가라 ᄒ더이다."

부인(夫人) 왈(曰),

"셕년(昔年)의 비록 약혼(約婚)ᄒ여시나 당금(當今) 윤부(尹府)ᄂ 온전(穩全)ᄒ고 오가(吾家)ᄂ 화가여ᄉᆡᆼ(禍家餘生)이라 엇디 결혼(結婚)코져 ᄒ더뇨?"

공ᄌ(公子ㅣ) 탄식(歎息) 듸왈(對曰),

"윤(尹) 공(公)의 신의(信義)ᄂ 셰쇽인(世俗人)의 밋츨 비 아니라. 뎡(鄭) 공(公)으로 더브러 삼(三) 형(兄)을

32면

극진(極盡)이 념빙(殮殯)[217]ᄒ고 시톄(屍體)를 완전(完全)케 ᄒ미 다 이(二) 공(公)의 대덕(大德)이니이다."

부인(夫人)이 국골감은(刻骨感恩)ᄒ더라.

시녀(侍女ㅣ) 보월(寶月)을 가져오니, 하(河) 공(公)이 혼셔(婚書)를 쓰고 보월(寶月)을 흔듸 빗 윤(尹) 공(公)긔 미러 왈(曰),

"납빙(納聘)은 길일(吉日)을 틱(擇)ᄒ거늘 환난(患難) 듕(中) 이러

---

213) 경의(驚疑): 놀라고 의심함.
214) 광ᄋ(-兒): 광아. 하원광을 이름.
215) 비황(悲遑): 슬프고 경황이 없음.
216) 왕반(往返): 갔다가 돌아옴.
217) 염빙(殮殯): 염빈. 시체를 염습하여 관에 넣음.

툿 구챠(苟且)ᄒ도다."

윤(尹) 공(公)이 탄왈(嘆曰),

"만시(萬事ㅣ) 텬의(天意)니 져의 팔직(八字ㅣ) 길(吉)ᄒ면 틱일(擇日) 여뷔(與否ㅣ) 하관지위(何關之有ㅣ)[218]리오?"

ᄒ더라.

윤(尹) 공(公)이 빙치(聘采)[219]를 가지고 밧비 본부(本府)의 니르러 현ᄋ 쇼져(小姐)와 유모(乳母) 셜난을 블너 혼셔(婚書)와 월패(月佩)를 주어 심쟝(深藏)ᄒ라 ᄒ고 녀ᄋ(女兒)를 무익(撫愛)[220] 왈(曰),

"너는 하문(河門) 사름이라. 비샹쥬필(臂上朱筆)[221]이 너의 엄구(嚴舅)의 쁜 비니 남ᄌ(男子)는 튱효(忠孝)가 근본이오, 녀ᄌ(女子)는 효졀(孝節)이 읏듬이니 여뫼(汝母ㅣ) 인ᄉ(人事)를 모로고 츄세(趨勢)[222]ᄒ여 하가(河家)를 빅반(背叛)홀 ᄯᆞᆺ을 두니 한심(寒心)ᄒ여 말을 아니

33면

커니와 문명(問名)을 임의 가져와시니 네 곳의 두고 블인(不仁)ᄒ 모훈(母訓)의 쇽지 말나."

쇼졔(小姐ㅣ) 옥면(玉面)이 취홍(聚紅)[223]ᄒ고 셩안(星眼)이 나ᄌ

---

218) 하관지위(何關之有ㅣ): 무슨 관련이 있겠는가.

219) 빙치(聘采): 빙채. 빙물(聘物)과 채단(采緞)으로, 빙물은 결혼할 때 신랑이 신부의 친정에 주던 재물이고, 채단은 신랑집에서 신붓집으로 미리 보내는 푸른색과 붉은색의 비단임.

220) 무익(撫愛): 무애. 어루만지며 사랑함.

221) 비샹쥬필(臂上朱筆): 비상주필. 팔뚝 위의 붉은 글씨. 붉은 글씨는 앵혈을 가리킴. 앵혈은 장화(張華)의 『박물지』에서 그 출처를 찾을 수 있음. 근세 이전에 나이 어린 처녀의 팔뚝에 찍던 처녀성의 표시를 말하는 것으로 도마뱀에게 주사(朱沙)를 먹여 죽이고 말린 다음 그것을 찧어 어린 처녀의 팔뚝에 찍으면 첫날밤에 남자와 잠자리를 할 때에 없어진다고 함.

222) 츄셰(趨勢): 추세. 권세를 따름.

223) 취홍(聚紅): 취홍. 붉은빛을 띰.

ᄒᆞ여 감(敢)히 ᄃᆡ(對)치 못ᄒᆞ니 공(公)이 년ᄋᆡ(憐愛)[224]ᄒᆞᆷ를 마지아니
ᄒᆞ더라.

태부인(太夫人)이 〃 거동(擧動)을 보고 대경(大驚) 왈(曰),

"네 비록 소활(疎闊)[225]ᄒᆞ나 ᄌᆞ식(子息)의 대륜(大倫)을 이러틋 그
른 곳의 지ᄂᆞ려 ᄒᆞᄂᆞᄂᆈ? 노모(老母)의 싱젼(生前)은 ᄎᆞ혼(此婚)을 지
ᄂᆗ지 못ᄒᆞ리라."

태위(大夫ㅣ) 뎡ᄉᆡᆨ(正色) ᄃᆡ왈(對曰),

"ᄒᆡ의(孩兒ㅣ) 무신블의(無信不義)[226]ᄒᆞ와 하가(河家)를 ᄇᆡ약(背
約)[227]고져 홀지라도 ᄌᆞ졍(慈庭)[228] 훈괴(訓敎ㅣ) 맛당이 유신(有信)
ᄒᆞᆷ를 니르섬 즉ᄒᆞ거늘 엇디 이런 하교(下敎)를 ᄒᆞ시ᄂᆞ니잇고? 하개
(河家ㅣ) 비록 젼안지녜(奠雁之禮)[229]를 아녀시나 현ᄋᆞ의 팔 우희 하
(河) 공(公)의 필젹(筆跡)이 잇고 쇼ᄌᆞ(小子ㅣ) 금셕(金石) ᄀᆞᆺ치 면약
(面約)[230]ᄒᆞ여시니 댱부일언(丈夫一言)은 쳔년블개(千年不改)[231]라
ᄌᆞ식(子息)을 ᄎᆞ마 훼졀(毁節)[232]케 ᄒᆞ리

34면

잇고? ᄎᆞᄉᆞ(此事)의 다ᄃᆞ라ᄂᆞᆫ ᄌᆞ교(慈敎)를 봉승(奉承)[233]치 못ᄒᆞ리

---

224) 년ᄋᆡ(憐愛): 연애. 불쌍히 여기며 사랑함.
225) 소활(疎闊): 꼼꼼하지 못하고 어설픔.
226) 무신블의(無信不義): 무신불의. 신의가 없고 의롭지 않음.
227) ᄇᆡ약(背約): 배약. 약속을 어김.
228) ᄌᆞ졍(慈庭): 자정. 어머니.
229) 젼안지녜(奠雁之禮): 전안지례. 신랑이 기러기를 가지고 신붓집에 가서 상 위에 놓고 절하는
    의례(儀禮).
230) 면약(面約): 대면해 약속함.
231) 댱부일언(丈夫一言)은 쳔년블개(千年不改): 장부일언은 천년불개. 남자가 한 한마디 말은 오
    랜 시일이 지나도 바뀌지 않음.
232) 훼졀(毁節): 훼절. 정절을 훼손함.
233) 봉승(奉承): 웃어른의 뜻을 받들어 이음.

로소이다."

태부인(太夫人)이 노왈(怒曰),

"네 본(本)딕 날 알기를 힝노(行路)ᄀᆞ치 ᄒᆞᄂᆞ니 엇디 내 말을 드르리오? 너도 인정(人情)이라 ᄌᆞ식(子息)을 ᄎᆞ마 역적(逆賊) 여당(與黨)234)의 결혼(結婚)코져 ᄒᆞᄂᆞ냐?"

태위(大夫ㅣ) 츄연(惆然)이 슬허 좌(座)를 쩌나 딕왈(對曰),

"쇼ᄌᆞ(小子ㅣ) 블초무상(不肖無狀)235)ᄒᆞ와 ᄌᆞ정(慈庭)을 효봉(孝奉)치 못ᄒᆞ오믄 슈ᄉᆞ난쇽(雖死難贖)236)이오나 현ᄋᆞ를 하가(河家)의 성혼(成婚)키는 졀의(節義)를 완젼(完全)코져 ᄒᆞ오미니 ᄌᆞ익(慈愛) 박(薄)ᄒᆞ미 아니로소이다."

부인(夫人)이 셩을 춤지 못ᄒᆞ여 왈(曰),

"칼 들고 님군긔 다라드는 거시 흉역(凶逆)이 아니냐? 하가(河家)를 앗기미 너브터 블튱(不忠)이로다."

공(公)이 오릭 말을 아니타가 날호여 조(曺) 부인(夫人)긔 고왈(告曰),

"하(河) 공(公)이 희뎐을 ᄉᆞ랑ᄒᆞ여 기녀(其女)와 뎡혼(定婚)이 되엿더니 이제 슈쳔(數千) 니(里) 왕반(往返)의 냥가(兩家) 인

35면

ᄉᆞ(人事)를 아지 못ᄒᆞᄂᆞ니 미리 ᄋᆞᄌᆞ(兒子)의 빙폐(聘幣)를 보닉고져 ᄒᆞ오니 존슈(尊嫂)는 명쥬(明珠)를 닉여 주쇼셔."

조(曺) 부인(夫人)이 쳑연응딕(惕然應對)237)ᄒᆞ고 니러나 침소(寢

---

234) 여당(與黨): 함께하는 무리.
235) 블초무상(不肖無狀): 불초무상. 어리석으며 아무렇게나 행동하여 버릇이 없음.
236) 슈ᄉᆞ난쇽(雖死難贖): 수사난속. 비록 죽어도 갚기 어려움.
237) 쳑연응딕(惕然應對): 척연응대. 슬픈 빛으로 응대함.

所)로 가민, 태부인(太夫人)이 희텬 등(等) 혼ᄉ(婚事)는 아모리 참혹(慘酷)ᄒᆞᆫ디 ᄒᆞ나 놀나오미 업셔 말니미 업더니, 태위(大夫ㅣ) ᄯᅩ 고왈(告曰),

"뉴 시(氏) 냥(兩) 녀(女)를 싱(生)ᄒᆞᆫ 십(十) 년(年)의 다시 싱산(生産)ᄒᆞ미 업스니 쇼ᄌᆞ(小子ㅣ) 희텬으로 계후(繼後)[238]를 뎡(定)ᄒᆞᄂᆞ이다."

태부인(太夫人)이 바야흐로 조(曹) 시(氏) 모ᄌᆞ(母子)를 죽이믈 도모(圖謀)ᄒᆞᆯ 즈음의 ᄎᆞ언(此言)을 듯고 블열통ᄒᆡ(不悅痛駭)[239] 왈(曰),

"네 날을 남ᄌᆞ치 넉이니 범간(凡間) 대ᄉᆞ(大事)를 닐너 무엇ᄒᆞ리오? 다만 뉴 현뷔(賢婦ㅣ) ᄉᆞ십(四十)이 머럿고 단산(斷産)[240]ᄒᆞ믈 아지 못ᄒᆞ니 희ᄋᆞ(-兒)로 계후(繼後)ᄒᆞ엿다가 뉴 시(氏) 싱ᄌᆞ(生子)ᄒᆞ면 엇지려 ᄒᆞᄂᆞ뇨?"

태위(大夫ㅣ) 왈(曰),

"만일(萬一) 싱ᄌᆞ(生子)ᄒᆞᆫ즉 희ᄋᆞ(-兒)로 댱ᄌᆞ(長子)를 삼을지니 엇지 의논(議論)

36면

ᄒᆞ리잇고? 쇼ᄌᆞ(小子ㅣ) 텬ᄋᆞ(-兒)를 뎡(定)ᄒᆞ연 지 오릭오디 토셜(吐說)[241]이 금ᄌᆞ(今者)[242] 처음이라 ᄌᆞ뎐(慈殿)의 고(告)ᄒᆞ고 종용(從容)이 예부(禮部)의 졍문(呈文)[243]ᄒᆞ여 셰샹(世上)이 다 알게 ᄒᆞ려

---

238) 계후(繼後): 양자로 대를 잇게 함.
239) 블열통ᄒᆡ(不悅痛駭): 불열통해. 기뻐하지 않으며 몹시 놀람.
240) 단산(斷産): 생산이 끝남.
241) 토셜(吐說): 토설. 숨겼던 사실을 비로소 밝히어 말함.
242) 금ᄌᆞ(今者): 금자. 지금.
243) 졍문(呈文): 정문. 하급 관아에서 상급 관아로 공문(公文)을 올림.

ᄒᆞᄂᆞ이다.”

뉴 시(氏) 태우(大夫)의 고집(固執)을 알거니 이듭고 분(憤)ᄒᆞ미 고
디 희텬을 죽여 공(公)의 ᄇᆞ라믈 슷고져 ᄒᆞ나 득(得)지 못ᄒᆞ고, 공교
(工巧)로온 의ᄉᆞ(意思ㅣ) 밧그로 극진(極盡)히 어진 쳬ᄒᆞ여 공(公)으
로 의심(疑心)치 아니케 ᄒᆞ고 가마니²⁴⁴⁾ 희텬을 죽이고져 ᄒᆞ여 믄득
탄식(歎息)고 태부인(太夫人)긔 고왈(告曰),

“쳡(妾)이 젹앙(積殃)이 듕(重)ᄒᆞ와 ᄒᆞᆫ 낫 농장지경(弄璋之慶)²⁴⁵⁾
이 업ᄉᆞ오니 군ᄌᆞ(君子)의 계후(繼後)코져 ᄒᆞ오미 맛당ᄒᆞ온지라. 조
(曹) 형(兄)의 ᄉᆡᆼ이(生兒ㅣ) 엇지 쳡(妾)의 긔츌(己出)이나 다르리잇
가? 쳡(妾)이 비록 ᄉᆡᆼ남(生男)ᄒᆞ나 희텬 ᄀᆞᆺ기를 바라지 못ᄒᆞ오리니
일죽이 뎡(定)ᄒᆞ오미 됴흘가 ᄒᆞᄂᆞ이다.”

태부인(太夫人)이

37면

뉴의 말인즉 긔특(奇特)이 넉이ᄂᆞᆫ디라 반ᄃᆞ시 묘계(妙計) 이셔 져러
ᄐᆞᆺ ᄒᆞᄂᆞᆫ도다 ᄒᆞ여 깃거 쾌허(快許) 왈(曰),

“나는 현부(賢婦ㅣ) ᄉᆡᆼ남(生男)ᄒᆞ믈 ᄇᆞ라고 일죽 뎡(定)ᄒᆞᆷ믈 블쾌
(不快)ᄒᆞ더니 현부(賢婦)의 ᄯᅳᆺ이 여ᄎᆞ(如此)ᄒᆞ고 쉬 구지 뎡(定)ᄒᆞ니
내 엇디 막으리오?”

공(公)이 ᄀᆞ장 깃거 ᄇᆡ샤이퇴(拜謝而退)²⁴⁶⁾ᄒᆞ니 조(曹) 부인(夫人)
이 명쥬(明珠)를 외헌(外軒)으로 닉여보ᄂᆞ니,

---

244) 니: [교] 원문에는 없으나 문맥을 고려해 삽입함.
245) 농장지경(弄璋之慶): 아들을 낳은 경사. 예전에, 중국에서 아들을 낳으면 규옥(圭玉)으로 된
　　구슬의 덕을 본받으라는 뜻으로 구슬을 장난감으로 주었다는 데서 유래함.
246) ᄇᆡ샤이퇴(拜謝而退): 배사이퇴. 절하여 사례하고 물러남.

태위(大夫ㅣ) 즉시(卽時) 혼셔(婚書)를 쓸식, 냥(兩) 공ㅈ(公子ㅣ) 좌우(左右)의셔 잠간(暫間) 보니 공(公)이 '복지ᄌ(僕之子) 희련[247]'이라 쓰는지라. 광련이 눈으로 희련을 보아 놀나믈 마지아니ᄒ니, 이는 뉴 시(氏) ᄌ긔(自己) 등(等)이 복듕(腹中)의 이실 제도 독약(毒藥)으로쎠 모ᄌ(母子)를 죽이려 ᄒ던 악심(惡心)이어든 그 양ᄌ(養子) 되미 더옥 믜워ᄒ

38면

믈 보지 아냐 알지라, ᄎ공ᄌ(次公子)는 눈을 낫초아 무ᄉ무려(無思無慮)[248]ᄒ 듯ᄒ더라. 공(公)이 쓰기를 다ᄒ고 니르딕,

"하(河) 공(公)은 선형(先兄)과 나의 문경지괴(勿頸之交ㅣ)라. 이제 원억(冤抑)[249]히 찬뎍(竄謫)ᄒ니 여등(汝等)이 년유(年幼)ᄒ나 잠간(暫間) 가 빈별(拜別)ᄒ미 올흐니 내 뒤흘 좃츠라."

냥(兩) 공ᄌ(公子ㅣ) 응명(應命)ᄒ미,

공(公)이 명쥬(明珠)와 혼셔(婚書)를 가지고 냥(兩) 공ᄌ(公子)를 거나려 문외(門外)로 가 하(河) 공(公)을 볼식, 냥(兩) 공ᄌ(公子ㅣ) 빈례(拜禮)ᄒ니 그ᄉ이 신댱(身長)이 유여(裕餘)ᄒ고 풍광(風光)이 동탕(動蕩)[250]ᄒ여시니 하(河) 공(公)이 밧비 나호여 집슈이경(執手愛傾)[251] 왈(曰),

"오륙삭지닉(五六朔之內)의 이러툿 댱셩(長成)ᄒ여시니 엇지 긔특(奇特)지 아니리오?"

---

247) 련: [교] 원문에는 '린'으로 되어 있으나 문맥을 고려해 박순호본(2:46)을 따름.
248) 무ᄉ무려(無思無慮): 무사무려. 아무 생각이나 걱정이 없음.
249) 원억(冤抑): 원통하고 억울함.
250) 동탕(動蕩): 활달하고 호탕함.
251) 집슈이경(執手愛傾): 집수애경. 손을 잡고 매우 사랑함.

냥(兩) 공지(公子ㅣ) 스샤(謝辭)[252]ᄒ고 그 화란(禍亂)을 티위(致慰)[253]ᄒᄆ 언시(言辭ㅣ) 간절(懇切)ᄒ고 위곡(委曲)[254]ᄒᆫ 졍셩(精誠)이 나타

39면

나니 하(河) 공(公)이 더옥 긔특(奇特)이 넉이더라.

윤(尹) 공(公)이 혼셔(婚書)와 명듀(明珠)를 하(河) 공(公)긔 젼(傳)ᄒ니 공(公)이 펴 보고 경문(驚問) 왈(曰),

"형(兄)이 엇지 져믄 나희 믄득 계후(繼後)ᄒ여 망단(望斷)[255]ᄒᆫ 사ᄅᆷ ᄀᆞ치 ᄒᄂᆞ뇨?"

태위(大夫ㅣ) 미쇼(微笑) 왈(曰),

"내 비록 늙지 아냐시나 ᄉᆡᆼ남(生男)ᄒᄆᆞᆯ 바라지 아냐 희ᄋᆞ(-兒)로 신후(身後)를 닛고져 ᄒᄆ 졍(正)히 구의(久矣)라 형(兄)이 엇지 놀나ᄂᆞ뇨?

하(河) 공(公) 왈(曰),

"굿ᄐᆞ여 말니든 아니나 너모 니른가 ᄒ노라."

윤(尹) 공(公) 왈(曰),

"이 말은 날희고[256] 명듀(明珠)를 녕ᄋᆞ(令兒)의게 젼(傳)ᄒ여 심댱(深藏)[257]케 ᄒ라. 형(兄)의 월패(月佩)와 오가(吾家) 명듀(明珠)ᄂᆞᆫ 듕(重)ᄒᆫ 보ᄇᆡ라."

ᄒ니 하(河) 공(公)이 명듀(明珠)를 ᄂᆡ여 보고 탄왈(嘆曰),

252) 스샤(謝辭): 사사. 고마운 뜻을 나타내는 말을 함.
253) 티위(致慰): 치위. 위로함.
254) 위곡(委曲): 찬찬하고 자세함.
255) 망단(望斷): 희망이 끊김.
256) 날희고: 늦추고.
257) 심댱(深藏): 심장. 깊이 간직함.

"다시 이 월패(月佩)와 명듀(明珠) 어들 젹굣치 즐길 찍 업스리로다."

윤(尹) 공(公)이

40면

쏘흔 형댱(兄丈)을 싱각고 츄감(追感)258)흐믈 마디아니터라.

일모(日暮)흐미 광텬 등(等)이 하(河) 혹스(學士) 녕구(靈柩)의 비곡(拜哭)흐고 하(河) 공(公)긔 험노관산(險路關山)259)의 무고(無故)히 득달(得達)흐시믈 빗샤하딕(拜謝下直)흐니 하(河) 공(公)이 집슈년〃(執手戀戀)260)흐여 희텬다려 왈(曰),

"녕엄(令嚴)이 내 집 참화(慘禍)를 블고(不顧)흐고 피츳(彼此) 즈녀(子女) 혼취(婚娶)를 뎡약(定約)딕로 흐고져 흐니 타일(他日) 다시 볼가 흐노라."

공직(公子ㅣ) 유연비샤(悠然拜辭)261)흐고 형(兄)으로 더브러 도라가니,

태우(大夫)는 냥(兩) 즈(子)를 보닉고 츳야(此夜)를 뎡(鄭) 공(公)과 님 공(公)으로 더브러 하(河) 공(公)을 위로(慰勞)흐며 니졍(離情)을 니를식, 명됴(明朝)의 발힝(發行)흔 후(後) 만날 지쇽(遲速)262)이 업스믈 탄(歎)흐여,

이러툿 달야(達夜)263)흐미 치관(差官)이 힝거(行車)를 직쵹흐는지라, 하(河) 공(公)이 삼(三) 즈(子)의 관(棺)을 두득

---

258) 츄감(追感): 추감. 옛일을 생각하고 슬퍼함.

259) 험노관산(險路關山): 험로관산. 험한 길과 국경 주변의 산.

260) 집슈년〃(執手戀戀): 집수연연. 손을 잡고 연연해 함.

261) 유연비샤(悠然拜辭): 유연배사. 침착한 모습으로 절하고 이별함.

262) 지쇽(遲速): 지속. 기약.

263) 달야(達夜): 밤을 새움.

려 호텬통곡(呼天慟哭)ㅎ여 운졀(殞絶)[264]ㅎ니 삼(三) 공(公)이 구호
관위(救護寬慰)[265]ㅎ여 계오 진뎡(鎭靜)ㅎ민, 다시 님 시(氏)의 관
(棺)을 어로만져 일장(一場)을 이통(哀痛)ㅎ고 비로소 승도(陞途)[266]
ㅎ식, 친븡죡당(親朋族黨)이 모다 니졍(離情)을 년〃(戀戀)ㅎ고 은식
(恩赦ㅣ)[267] 슈히 나리믈 원(願)ㅎ니 공(公)이 츄연스사(惆然謝辭)[268]
왈(曰),

"누인(陋人)이 참화여싱(慘禍餘生)으로 일명(一命)이 지연(遲延)홈
도 텬은(天恩)이 망극(罔極)ㅎ미어늘 환쇄(還師ㅣ)키를 엇지 ᄇ라리
오?"

님 시랑(侍郞)을 향왈(向曰),

"현부(賢婦)와 ᄋᆞᄌᆞ(兒子) 등(等)의 장ᄉᆞ(葬事)ᄂᆞᆫ 형(兄)과 윤(尹)·
뎡(鄭) 냥(兩) 형(兄)을 밋ᄂᆞᆫ 엇지 쇼뎨(小弟) 친집(親執)홈과 다르
리오마ᄂᆞᆫ 부ᄌᆞ졍니(父子情理)의 보지 못ᄒᆞ니 심ᄉᆞ(心思ㅣ) 여할(如
割)[269]홀 ᄯᆞᆫ이로다."

삼(三) 공(公)이 지삼(再三) 위로(慰勞) 분슈(分手)ᄒᆞᆯ식, 하(河) 공
(公)이 샹마(上馬)ᄒᆞ기의 당(當)ᄒᆞ여ᄂᆞᆫ 일만비원(一萬悲怨)이 촌장
(寸腸)[270]을 샹(傷)ᄒᆞ오니 누쉬(淚水ㅣ) 하슈(河水)를 쳠(添)ᄒᆞ여 댱
부(丈夫)의 긔운이 셜

---

264) 운졀(殞絶): 운절. 기운이 끊김.
265) 구호관위(救護寬慰): 구호하며 너그러이 위로함.
266) 승도(陞途): 길에 오름.
267) 은식(恩赦ㅣ): 은사. 나라에 경사가 있을 때에, 죄과가 가벼운 죄인을 풀어 주던 일.
268) 츄연스사(惆然謝辭): 추연사사. 슬픈 빛으로 감사의 말을 함.
269) 여할(如割): 칼로 베어지는 듯함.
270) 촌장(寸腸): 마디마디의 창자.

셜(屑屑)[271]ᄒ고 영웅(英雄)의 긔운이 ᄎ악(嗟愕)ᄒ니, 참지 못ᄒ여 삼(三) 공(公)을 븟드러 일쟝(一場)을 엄읍(掩泣)[272]ᄒ고 하운을 머므러 소쥐(蘇州) 가 삼(三) ᄌ(子)를 쟝(葬)ᄒᆫ 후(後) 목쥬(木主)를 셔쵹(西蜀)으로 반우(返虞)[273]ᄒ려 ᄒ더라.

원광 남믜(男妹) 가ᄉ(家事)를 쳐치(處置)ᄒ고 모부인(母夫人)을 뫼셔 발ᄒᆡᆼ(發行)ᄒ려 ᄒᆯᄉᆡ, 됴 부인(夫人)이 흑ᄉ(學士) 등(等)의 방(房)의 가 호곡(號哭)[274]ᄒ여 ᄎ마 ᄯᅥ나지 못ᄒ니 공ᄌ(公子ㅣ) 븟드러 거륜(車輪)의 올니고 비복(婢僕)을 거ᄂᆞ려 셔(西)ᄒ로 ᄒᆡᆼ(行)ᄒ니, 윤(尹)·뎡(鄭)·님 삼(三) 공(公)이 하(河) 공(公)의 ᄒᆡᆼ거(行車)를 ᄇᆞ라 초챵(悄愴)[275]ᄒ더니 공ᄌ(公子)의 모친(母親)을 호ᄒᆡᆼ(護行)[276]ᄒ여 ᄯᅥ나믈 보고 손을 잡아 무ᄉ득달(無事得達)[277]ᄒ믈 당부(當付)ᄒ니 공ᄌ(公子ㅣ) 오열(嗚咽) 왈(曰),

"인졍텬니(人情天理)[278]의 망극(罔極)ᄒ믈 엇지 견듸리잇고? 환난여ᄉᆡᆼ(患難餘生)[279]이 텬일(天日) 보믈 긔필(期必)치 못ᄒ옵ᄂᆞ니 삼위(三位) 년

---

271) 셜셜(屑屑): 셜셜. 자질구레함.
272) 엄읍(掩泣): 얼굴을 가리고 욺.
273) 반우(返虞): 장례 지낸 뒤에 신주(神主)를 집으로 모셔 오는 일.
274) 호곡(號哭): 소리를 내어 슬피 욺.
275) 초챵(悄愴): 초창. 마음이 근심스럽고 슬픔.
276) 호ᄒᆡᆼ(護行): 호행. 보호하며 따라감.
277) 무ᄉ득달(無事得達): 무사득달. 무사히 도달함.
278) 인졍텬니(人情天理): 인정천리. 사람의 정과 하늘의 바른 도리.
279) 환난여ᄉᆡᆼ(患難餘生): 환난여생. 재앙에서 살아난 인생.

슉대인(縁叔大人)은 만슈무강(萬壽無彊)ᄒ쇼셔."

뎡(鄭)·님 냥(兩) 공(公)은 츄연타루(惆然墮淚)[280]ᄒ고 윤(尹) 공(公)은 집슈뉴체(執手流涕) 왈(曰),

"녕엄(令嚴)이 슈히 은샤(恩赦)를 닙지 못ᄒ나 슈년(數年) 후(後)면 내 녀식(女息)을 거느려 가리니 엇디 다시 보미 업스리오? 모로미 비원(悲怨)을 억제(抑制)ᄒ여 병(病)을 닐위지 말나."

공ᄌ(公子ㅣ) 빅샤하딕(拜謝下直)고 부모(父母)를 호힝(護行)ᄒ니 삼(三) 공(公)이 그 먼니 가도록 ᄇ라다가 츄연(惆然)이 타루(墮淚)ᄒ고 하운으로 ᄒ여곰 녕구(靈柩)를 직희오고 각〃(各各) 환귀기가(還歸己家)[281]ᄒ니라.

윤(尹) 공(公)이 ᄯᆺᆺ을 결(決)ᄒ여 녜부(禮部)의 고(告)ᄒ고 죡친(族親)을 쳥(請)ᄒ여 희련으로 계후(繼後)ᄒ게 ᄒ니, 조(曹) 부인(夫人)이 말니지 못ᄒ나 뉴 시(氏)의 심의(心意)를 아는 고(故)로 념녜(念慮ㅣ) 가득ᄒ여 타일(他日) ᄋᄌ(兒子)의 신셰(身世) 엇더ᄒᆯ고 회푀(懷抱ㅣ) 만단(萬端)[282]ᄒ니 명ᄋ

쇼졔(小姐ㅣ) 모친(母親) 심우(心憂)를 알고 화평(和平)이 위로(慰勞)ᄒ더라.

뉴 시(氏) 희련으로 ᄋ돌을 완뎡(完定)[283]ᄒ미 것ᄎ로 ᄌᄋ근〃(慈

---

280) 츄연타루(惆然墮淚): 추연타루. 슬픈 빛으로 눈물을 흘림.
281) 환귀기가(還歸己家): 자기 집으로 돌아감.
282) 만단(萬端): 만 가지가 됨.
283) 완뎡(完定): 완정. 완전히 정함.

愛--)284)호여 귀듕(貴重)호는 거동(擧動)을 태위(大夫ㅣ) 보게 호니, 공(公)은 소활(疏闊)호디라 그 흉악(凶惡)을 모로고 인지상정(人之常情)으로 아라 근심치 아니" 희련이 홀노 견딕지 못홀 경계(境界)를 당(當)호니 엇지 잔잉치 아니리오.

뉴 시(氏) 희련을 친즈식(親子息)을 삼안 지 슈슌(數旬)의 공지(公子ㅣ) 동"쵹"(洞洞屬屬)285)흔 효성(孝誠)이 싱모(生母)의 감(減)호미 업스나 뉴 시(氏) 고요흔 쩌와 이목(耳目)이 업순즉 공즈(公子)를 블너 만단슈뵈(萬端數罪)286) 왈(曰),

"십(十) 세(歲) 전(前) 쇼이(小兒ㅣ) 간흉요악(奸凶妖惡)287)호여 태우(大夫)긔 미양 참소(讒訴)호여 부모(父母)를 블화(不和)케 흔다?"

호여 혹(或) 즈가(自家)를 욕살지의(欲殺之意)288) 이셔 간계(奸計)289)를 싱각는다 호여 그 몸을 혜지 아니코 강악(强惡)흔

45면

힘을 다호여 치디 그 낫출 상(傷)치 아니케 호여 태위(大夫ㅣ) 모로게 호니,

공지(公子ㅣ) 구(九) 세(歲) 치이(稚兒ㅣ)로디 사룸되오미 셩회(誠孝ㅣ) 츌텬(出天)호고 역냥(力量)이 하히(河海) ᄀᆞᆺ트니 양모(養母)의 간험(奸險)호믈 모로지 아니디 셩효(誠孝)를 다호여 감동(感動)호기를 브랄 쓴이오, 일호(一毫) 질원(疾怨)290)치 아니코 싱모(生母)긔도

---

284) 즈익근"(慈愛--): 자애근근. 자애가 가득함.
285) 동"쵹"(洞洞屬屬): 동동촉촉. 공경하고 삼가며 매우 조심스러움.
286) 만단슈뵈(萬端數罪): 만단수죄. 여러 가지로 죄를 하나하나 따짐.
287) 간흉요악(奸凶妖惡): 간사하고 흉악하며 요망함.
288) 욕살지의(欲殺之意): 죽이고 싶은 마음.
289) 간계(奸計): 간악한 계교.
290) 질원(疾怨): 미워하고 원망함.

괴로오믈 고(告)치 아니″ 조(曹) 부인(夫人)이 지극(至極) 춍명(聰明)ᄒ고 광던 공지(公子ㅣ) 남달니 신능(神能)ᄒ나 오히려 뉴 시(氏)의 그딕도록 ᄒ믈 모로니, 츠(此)ᄂᆞᆫ 뉴 시(氏) 희뎐을 칠 적마다 사름이 보디 못ᄒᄂᆞᆫ 곳의 가 치니 가듕(家中)이 모로더라.

공ᄌᆞ(公子)의 황″우구(遑遑憂懼)[291]ᄒᆞ미 일야(日夜) 방심(放心)치 아냐 양모(養母)의 독(毒)ᄒᆞᆫ 민를 당(當)ᄒᆞ면 알프미 극(極)ᄒ나 참기를 잘ᄒ여 화긔(和氣) 여젼(如前)ᄒ니 그 심회(心懷)를 알 니 업더라.

윤(尹)

46면

·뎡(鄭)·임 삼(三) 공(公)이 상의(相議)ᄒ여 하(河) 혹ᄉᆞ(學士)의 쟝일(葬日)을 틱(擇)ᄒ고 소쥐(蘇州)로 네 상구(喪柩)를 발(發)ᄒᆞᆯ시, 쳔여(千餘) 리(里) 도로(道路)의 초동(初冬)을 당(當)ᄒ여 한풍(寒風)이 쳐″(凄凄)[292]ᄒ고 상셜(霜雪)이 비″(霏霏)[293]ᄒᆞᆫ 듕(中) 붉은 명졍(銘旌)과 네 낫 상귀(喪柩ㅣ) 힝(行)ᄒ니 소조(蕭條)[294]ᄒ미 견ᄌᆞ(見者)로 ᄒ여곰 슬플지라.

발힝(發行) 슌여(旬餘)의 소쥐(蘇州) 니르러 뎡(鄭) 공(公)이 본(本)딕 디슐(地術)이 고명(高明)ᄒᆞᆫ 고(故)로, 댱지(葬地)를 틱(擇)ᄒ여 냥(兩) 혹ᄉᆞ(學士)를 장(葬)ᄒ고 원경을 님 시(氏)로 합폄(合窆)[295]ᄒ미 하(河) 공(公)이 친집(親執)ᄒ나 이에 더으지 못ᄒᆞᆯ지라.

목쥬(木主)를 하운이 호힝(護行)ᄒ여 쵹(蜀)으로 향(向)ᄒ미 삼(三)

---

291) 황황우구(遑遑憂懼): 경황이 없는 가운데 근심하고 두려워함.
292) 쳐″(凄凄): 처처. 찬 기운이 있고 쓸쓸함.
293) 비″(霏霏): 부슬부슬 내리는 비나 눈의 모양이 배고 가늚.
294) 소조(蕭條): 고요하고 쓸쓸함.
295) 합폄(合窆): 여러 사람의 시체를 한 무덤에 묻음.

공(公)이 하(河) 공(公)긔 편296)셔(片書)297)를 붓치고 님힝(臨行)의 삼묘(三墓)의 크게 통곡(慟哭)ᄒ니, 님 공(公)은 녀셔(女壻)를 일시(一時)의 장(葬)ᄒ고 도라오ᄂ 심회(心懷) 여할(如割)ᄒ믄 인정(人情)의 녜ᄉ(例事ㅣ)로ᄃ 뎡(鄭)·윤(尹) 이(二)

47면

공(公)은 친우지ᄌ(親友之子)를 위(爲)ᄒ여 〃ᄎ(如此)ᄒ니, 삼(三) 흑ᄉ(學士)의 졍녕(精靈)이 이실진ᄃ 구쳔지하(九泉之下)의 결초(結草)298)ᄒ믈 ᄉ양(辭讓)치 아닐너라. 삼(三) 공(公)이 하운을 보ᄂ고 경샤(京師)의 도라오니 그ᄉ이 일삭(一朔)이나 되엿더라.

ᄌ셜(再說). 하(河) 공(公) 부뷔(夫婦ㅣ) 지원극통(至冤極痛)을 셔리담고299) 빅소(配所)로 향(向)ᄒᆯ시, 잔도검각(棧道劍閣)300)의 슈목(樹木)이 참텬(叄天)301)ᄒ여 빅쥬(白晝)라도 텬식(天色)을 보지 못ᄒ고 호표(虎豹)의 파람과 ᄉ갈(蛇蝎)의 ᄌ최 갓가이 빗최다가도 하(河) 공ᄌ(公子ㅣ) 당젼(當前)ᄒ여 길흘 열면 다 스ᄉ로 믈너가ᄂ지라, 일힝졔인(一行諸人)이 다 공ᄌ(公子)의 범인(凡人)이 아닌 줄 아라 위티(危殆)ᄒ 곳을 당(當)ᄒ즉 공ᄌ(公子)긔 고(告)ᄒ니, 슌〃(順

---

296) 편: [교] 원문에는 '평'으로 되어 있으나 문맥을 고려해 이와 같이 수정함.

297) 편셔(片書): 편서. 짧은 편지.

298) 결초(結草): 풀을 맺어 은혜에 보답함. 결초보은(結草報恩). 중국 춘추시대 진(晉)나라 때 위과(魏顆)가 아버지 위무자의 죽기 전 유언 대신 평소에 한 말씀을 따라, 위무자가 죽은 후에 자신의 서모(庶母)를 순장시키지 않고 개가시켰는데 후에 위과가 진(秦)나라와 전투를 벌일 적에 서모의 망부(亡父)가 나타나 풀을 맺어 위과를 도왔다는 이야기. 『춘추좌씨전(春秋左氏傳)』에 전함.

299) 셔리담고: 마음속 깊이 간직하고.

300) 잔도검각(棧道劍閣): 검각의 잔도. 검각은 사천성(四川省) 검각현(劍閣縣)에 있는 관문(關門)의 이름. 이 관문은 장안(長安)에서 촉(蜀)으로 들어가는 길목에 위치해 있는데, 검각현의 북쪽으로 대검(大劍)과 소검(小劍)의 두 산 사이에 잔교(棧橋)가 있는 요해처(要害處)로 유명함.

301) 참텬(叄天): 참천. 하늘을 찌를 듯이 공중으로 높이 솟아서 늘어섬.

順)이 젼도(前途)를 당(當)ᄒ여 호표싀랑(虎豹豺狼)302)을 보면 죽

이고져 ᄒ나 ᄌ긔(自己) 십일(十一) 셰(歲) ᄋ동(兒童)으로 화가여싱(禍家餘生)이니 용녁(勇力)이 과인(過人)ᄒ믈 간당(奸黨)이 드르면 반ᄃ시 희(害)홀 긔틀을 엿볼가 두리고 부공(父公)이 ᄯ흔 살싱(殺生)을 금(禁)ᄒᄂ 고(故)로 용(勇)을 발(發)치 아니나 졀노 믈너가니,

공(公)의 부뷔(夫婦ㅣ) 독ᄌ(獨子)나 남의 십(十) ᄌ(子)를 블워 아냐 심ᄉ(心思)를 위로(慰勞)ᄒ나 여러 쳔(千) 니(里)를 힝(行)ᄒ여 경ᄉ(京師)ᄂ 졈"(漸漸) 머러 아ᄋ라ᄒ고 봉만(峰巒)303)이 듕텹(重疊)흔디 단풍(丹楓)은 금슈쟝(錦繡帳)을 두른 ᄃᆺᄒ니 산경(山景)의 가려(佳麗)ᄒ미 더옥 심회(心懷)를 돕ᄂ지라.

월여(月餘)를 촌"젼진(寸寸前進)304)ᄒ여 상풍(霜風)305)의 초목(草木)이 녕낙(零落)ᄒ니 일식(日色)이 늠녈(凜烈)306)ᄒ고 상월(霜月)이 교"(皎皎)307)흔디 기러기 슬피 우니 공(公)의 부뷔(夫婦ㅣ) 춤기로 위쥬(爲主)ᄒ나 이를 당(當)ᄒ여ᄂ 망ᄌ(亡子) 등(等)의 음용(音容)

을 ᄉ상(思相)ᄒ여 쳔양(泉壤)308) 하(下)의 만나기를 원(願)ᄒ니, 공

---

302) 호표싀랑(虎豹豺狼): 호표시랑. 호랑이·표범·승냥이·이리를 아울러 이르는 말.
303) 봉만(峰巒): 꼭대기가 뾰족뾰족하게 솟은 산봉우리.
304) 촌"젼진(寸寸前進): 촌촌전진. 조금씩 앞으로 나아감.
305) 상풍(霜風): 서릿바람. 서리가 내린 아침에 부는 쌀쌀한 바람.
306) 늠녈(凜烈): 늠렬. 추위가 살을 엘 듯이 심함.
307) 교"(皎皎): 달이 썩 맑고 밝음.
308) 쳔양(泉壤): 천양. 사람이 죽은 뒤에 그 혼이 가서 산다고 하는 세상.

즈(公子) 남민(男妹) 지성대효(至誠大孝)로 식음(食飮)을 즈로 권(勸)
ᄒᆞ민 위곡(委曲)[309]ᄒᆞᆯ믈 ᄎᆞ마 져바리지 못ᄒᆞ여 일노(一路)의 근〃(僅
僅) 지팅(支撐)ᄒᆞ여 뎍소(謫所)의 니르니,

촉군태슈(蜀郡太守) 한흠이 친(親)히 마즈 성니(城內) 큰 집을 슈
소(修掃)[310]ᄒᆞ고 안둔(安屯)[311]케 ᄒᆞ고 극진위ᄃᆡ(極盡爲待)[312]ᄒᆞ니,
공(公)이 그 참누(慘累)[313]를 몸의 시러 뫼명(罪名)이 호대(浩大)ᄒᆞᆯ믈
일ᄏᆞ라 고샤(固辭)ᄒᆞ고 셩외(城外) 촌샤(村舍)를 어더 머믈며 태슈
(太守)의게 삭망졈고(朔望點考)[314]를 참예(叅預)ᄒᆞ여 슈졸(戍卒)[315]
ᄒᆞ기를 디극(至極)히 ᄒᆞ니,

경ᄉᆞ(京師)의 번화(繁華)와 고루거각(高樓巨閣)[316]의 흑ᄉᆞ(學士)
등(等)으로 좌우(左右)의 버럿던 빈 일장츈몽(一場春夢)이 되고 궁항
벽쳐(窮巷僻處)[317]의 슈간모옥(數間茅屋)[318]이 일신(一身)을 용납(容
納)기 어렵거늘, 좌우(左右)를 도라보니 원광 남민(男妹)ᄲᅮᆫ이라 공
(公)이 부인(夫人)을

50면

도라보아 왈(曰),
　"복(僕)이　본(本)ᄃᆡ　됴상부모(早喪父母)ᄒᆞ고　죵션형뎨(終鮮兄

---

309) 위곡(委曲): 찬찬하고 자세함.
310) 슈소(修掃): 수소. 수리하여 깨끗이 치움.
311) 안둔(安屯): 편안히 둔침.
312) 극진위ᄃᆡ(極盡爲待): 극진위대. 극진히 대우함.
313) 참누(慘累): 참루. 참혹한 죄.
314) 삭망졈고(朔望點考): 삭망점고. 매월 초하룻날과 보름날에 관청에서 죄수 등(等)의 수를 그 명부에 일일이 점을 찍어가며 조사하던 일.
315) 슈졸(戍卒): 수졸. 변방에서 수자리를 섬.
316) 고루거각(高樓巨閣): 높고 크게 지은 집.
317) 궁항벽쳐(窮巷僻處): 궁항벽처. 외딴 촌구석 궁벽한 곳.
318) 슈간모옥(數間茅屋): 수간모옥. 몇 간의 초가집.

弟)319)호여 ㅇ시(兒時)로 슬픈 인싱(人生)이라. 악댱(岳丈)이 거두어 무이(撫愛)320)호시믈 힘닙어 몸이 영귀(榮貴)호디 부뫼(父母ㅣ) 아니 계샤 인간지낙(人間之樂)을 모로던 빅라. 우리 부뷔(夫婦ㅣ) 결발(結髮)321) 후(後) 슬히(膝下ㅣ) 젹막(寂寞)지 아니〃 인〃(人人)이 다 복인(福人)이라 칭(稱)호더니 당추지시(當此之時)호여 천고무애지통(千古无涯之痛)322)을 품고 화란여싱(禍亂餘生)으로 셔쵹(西蜀) 슈졸(戍卒)이 되여 텬일(天日)을 볼 길히 업스니 이 ㄱ툰 비원(悲怨)을 엇디 견디리오?"

부인(夫人)이 ㅁ옴을 구지 잡아 공(公)의 회포(懷抱)를 돕디 아니려 타연(妥然)이 디왈(對曰),

"싱각흔즉 골졀(骨節)이 스회리니323) 현마 텬되(天道ㅣ) 망ㅇ(亡兒) 등(等)의 신셜(伸雪)홀 조각을 빌니디 아니호리잇가? 샹공(相公)은 졍(情)을 버

51면

혀 싱각지 마르시고 심스(心思)를 관억(寬抑)호쇼셔."

공(公)이 창연의〃(悵然依依)324)호여 기리 통도(痛悼)325)호더니,

듕동(仲冬)326)의 하운이 삼(三) 흑스(學士)와 님 시(氏)의 목듀(木主)를 반혼(返魂)327)호여 니르니, 네 곳으로 향탁(香卓)을 빅셜(排設)

---

319) 종선형뎨(終鮮兄弟): 종선형제. 끝내 형제가 적음.
320) 무이(撫愛): 무애. 어루만지며 사랑함.
321) 결발(結髮): 예전에, 관례를 할 때 상투를 틀거나 쪽을 찌던 일. '성년(成年)' 또는 '혼인'을 달리 이르는 말로 쓰임.
322) 천고무애지통(千古無涯之痛): 천고무애지통. 세상에 드문 끝없는 고통.
323) 스회리니: 삭을 것이니.
324) 창연의〃(悵然依依): 슬픈 빛으로 서운해 함.
325) 통도(痛悼): 매우 슬퍼함.
326) 듕동(仲冬): 중동. 한겨울. 음력 11월.

ᄒᆞ여 됴셕졔향(朝夕祭香)328)을 일우니 참담(慘憺)ᄒᆞᆫ 형샹(形狀)이 보기의 슬프더라.

공ᄌᆞ(公子) 남ᄆᆡ(男妹) 쳔만비회(千萬悲懷)를 억졔(抑制)ᄒᆞ여 듀야(晝夜)로 부모(父母)의 좌측(座側)을 ᄯᅥ나지 아냐 위로(慰勞)ᄒᆞ고, 삼(三) 흑ᄉᆞ(學士)와 님 쇼져(小姐)의 녕궤(靈几)329)의 ᄎᆞ례(次例)로 졔곡(啼哭)330)ᄒᆞᄃᆡ 지리(支離)히 우지 아냐 친의(親意)를 위안(慰安)ᄒᆞ더라.

공(公)이 윤(尹)·뎡(鄭)·님 삼(三) 공(公)의 셔간(書簡)을 반기고 슬허ᄒᆞ니, 하운이 삼(三) 공(公)의 디극(至極)ᄒᆞᆫ 셩의(誠意)와 뎡(鄭) 공(公)이 튁디(擇地)ᄒᆞ여 션산여혈(先山餘穴)331)의 나리332) ᄡᅳᄆᆞᆯ 일〃(一一)히 고(告)ᄒᆞ니, 공(公)이 감뉘(感淚ㅣ) 죵횡(縱橫)ᄒᆞ여 왈(曰),

"님 형(兄)은 녀셔(女壻)의

52면

샹졍(常情)이어니와 윤(尹)·뎡(鄭) 이(二) 형(兄)은 심덕(心德)이 쳔고무ᄡᅡᆼ(千古無雙)이라."

부인(夫人)과 공ᄌᆞ(公子) 남ᄆᆡ(男妹) ᄀᆡᆨ골감은(刻骨感恩)333)ᄒᆞ고,

부인(夫人)이 ᄯᅢ〃 윤부(尹府) 납빙(納聘)을 늬여 명듀(明珠)의 광치(光彩) 녕농(玲瓏)ᄒᆞᄆᆞᆯ 긔특(奇特)이 넉여 ᄆᆡ양 닐오ᄃᆡ,

"어나 ᄯᅢ의 보월(寶月)의 님ᄌᆞ를 ᄎᆞᄌᆞ며 명듀(明珠)의 빙(聘)ᄒᆞᆫ 신

---

327) 반혼(返魂): 장례 지낸 뒤에 신주(神主)를 집으로 모셔 옴.
328) 됴셕졔향(朝夕祭香): 조석제향. 아침저녁으로 향을 피워 제를 지냄.
329) 녕궤(靈几): 영궤. 영위(靈位)를 모시어 놓은 자리.
330) 졔곡(啼哭): 제곡. 큰 소리로 욺.
331) 션산여혈(先山餘穴): 선산여혈. 선산의 무덤을 쓸 만한 여유가 있는 자리.
332) 나리: 내리.
333) ᄀᆡᆨ골감은(刻骨感恩): 각골감은. 뼈에 사무치도록 은혜에 감격함.

낭(新郞)이 즈라 녀ᄋ(女兒)를 마즈 갈고? 셰월(歲月)이 여류(如流)타 ᄒ나 ᄌ녀(子女) 셩취(成娶) 기ᄃ리기의ᄂ 요원(遙遠)ᄒ도다."

공(公)이 츄연(惆然) 왈(曰),

"광ᄋ(-兒)의 취실(娶室)은 블과(不過) 슈삼(數三) 년(年)이 될 거시오, 녀ᄋ(女兒)도 ᄉ오(四五) 년(年)을 기다리면 신낭(新郞)을 마즈리니 ᄉ니ᄂ 즈연(自然) 즐길 ᄽᅵ 이시려니와 망ᄋ(亡兒) 등(等)은 천츄만년(千秋萬年)의 원억(冤抑)ᄒ 졍녕(精靈)이 슬허ᄒᆯ ᄲᅢᆫ이라 어나 시졀(時節)의 웃ᄂ 낫ᄎ로 반기리오?"

부인(夫人)이 슈루무언(垂淚無言)[334]이러라.

공(公)과 홈긔 온 치관(差官)이 우셜(雨雪)

53면

이 년일(連日)ᄒ므로 일삭(一朔)을 관가(官家)의 이셔 ᄯᅥ나디 못ᄒ더니, 날이 긴 후(後) 하운으로 동힝(同行)ᄒᆯ식 션셰샤우(先世祠宇)[335]를 뫼셔 제ᄉ(祭祀)의 딘심(盡心)ᄒᄆᆯ 당부(當付)ᄒ고 뎡(鄭)·윤(尹)·님 삼(三) 공(公)긔 글을 븟치니라.

일〃(一日)은 한풍(寒風)이 ᄲᅢ를 블고 공(公)의 머므ᄂ 촌식(村舍)]) 퇴락(頹落)[336]ᄒ여 풍우(風雨)를 막지 못ᄒ여 한닝(寒冷)ᄒ미 심(甚)ᄒ니 ᄂᆡ당(內堂)이 오히려 나은지라, 공ᄌᆞ(公子)]) 드러가 취팀(就寢)ᄒ시ᄆᆯ 지삼(再三) 쳥(請)ᄒ니 공(公)이 ᄋᆞᄌ(兒子)의 말인즉 그 졍셩(精誠)을 어엿비 넉여 듯ᄂᆫ디라 시노(侍奴) 등(等)으로 공ᄌᆞ(公子)를 뫼셔 ᄌᆞ라 ᄒ고 ᄂᆡ당(內堂)으로 드러가니,

---

334) 슈루무언(垂淚無言): 수루무언. 말 없이 눈물을 흘림.
335) 션셰샤우(先世祠宇): 선세사우. 조상의 신주(神主)를 모셔 놓은 집.
336) 퇴락(頹落): 낡아서 무너지고 떨어짐.

부인(夫人)으로 화란(禍亂) 이후(以後) 다 잠을 일우지 못ᄒ더니 ᄎ야(此夜)의 부〃(夫婦) 냥인(兩人)이 잠간(暫間) 취팀(就寢)ᄒ엿더니, 홀연(忽然) 흑ᄉ(學士) 등(等) 삼(三) 인(人)이 드러와 부모(父母)긔 비곡(拜哭)ᄒ니 공(公)의

54면

부뷔(夫婦ㅣ) 황홀(恍惚)이 반갑고 슬프믈 니기지 못ᄒ여 붓들고 실성체읍(失聲涕泣)ᄒ여 말이 업더니 흑ᄉ(學士) 등(等)이 뉴체(流涕) 왈(曰),

"쇼ᄌ(小子) 등(等)이 부모(父母) 교훈(敎訓)을 밧ᄌ와 튱효(忠孝)를 듕(重)히 아옵더니, 명되(命途ㅣ) 긔구(崎嶇)ᄒ여 흉참(凶慘)[337]ᄒᆫ 누명(陋名)을 시러 인간(人間)의 ᄌ최 스러지고 성상(聖上)의 일월지명(日月之明)이 부운(浮雲)의 옹폐(壅蔽)[338]ᄒ시니 일야지간(一夜之間)의 성뇌(聖怒ㅣ) 진쳡(震疊)[339]ᄒ샤 극형엄문(極刑嚴問)ᄒ시니, 히ᄋ(孩兒) 등(等)이 부귀(富貴) 듕(中) 싱댱(生長)ᄒ와 부뫼(父母ㅣ) ᄌ익(慈愛) 과도(過度)ᄒ시므로 일즉 퇴장(笞杖)도 밧지 아녓더니 원통(冤痛)ᄒ믈 엇디 다 알외리잇고? 빅옥무하(白玉無瑕)[340]ᄒ믈 싱각고 힝(幸)혀 ᄉ라날가 ᄒ다가 원샹이 블급일ᄎ(不及一次)[341]의 믄득 명(命)이 딘(盡)ᄒ고 쇼ᄌ(小子) 형뎨(兄弟)ᄂᆫ 명(命)이 긋지[342] 아녓거늘 김탁 흉인(凶人)이 독약(毒藥)을 옥니(獄吏)

---

337) 흉참(凶慘): 흉하고 참혹함.
338) 옹폐(壅蔽): 윗사람의 총명을 막아서 가림.
339) 진쳡(震疊): 진첩. 존귀한 사람이 몹시 성을 내어 그치지 아니함.
340) 빅옥무하(白玉無瑕): 백옥무하. 백옥처럼 흠이 없음.
341) 블급일ᄎ(不及一次): 불급일차. 한 차례의 매를 맞지 않음.
342) 긋지: 끝나지.

를 준 비 되여 듕형여싱(重刑餘生)이 경긱(頃刻)의 맛촌디라. 튱(忠)
과 효(孝ㅣ) 다 헛곳의 도라가니 구원녕빅(九原靈魄)[343]이라도 비원
(悲怨)을 픔어 울기를 참지 못하옵누니 부모(父母)의 통상(痛傷)[344]
하시믈 엇디 모로리잇고? 나히 ᄎ지 못하고 슬하(膝下)를 늣거이 참
별(慘別)[345]하여 인ᄌ(人子)의 졍(情)을 펴디 못하고 근시(近侍)[346]
칠팔(七八) 삭(朔)의 이미히 몸을 맛ᄎ니, 샹뎨(上帝) 비명횡ᄉ(非命
橫死)[347]하믈 어엿비 넉이샤 우리 등(等)을 인셰(人世)의 다시 환도
(還到)[348]케 하시니 쇼ᄌ(小子) 등(等)이 발원(發願)[349]하여 다시 부
모(父母) 슬하(膝下)의 뫼시려 하와 쇼ᄌ(小子) 형뎨(兄弟)는 몬져 ᄡᅡᆼ
틱(雙胎) 되여 나고 삼뎨(三弟)는 슈년(數年) 닉(內)의 나리이다.”

　하(河) 공(公) 부뷔(夫婦ㅣ) 통흉운졀(痛胸殞絕)[350]홀 ᄃᆞᆺ 삼(三) ᄌ
(子)를 붓들고 왈(曰),

　“너희 만일(萬一) 발원(發願)하여 다시 부ᄌ지졍(父子之情)을 니으
려 홀진딘 ᄲᆞᆯ

니 복듕(腹中)의 〃탁(依託)하라. 아모리 닛고져 하나 듀야(晝夜)로
이목(耳目)의 영(影)삐고[351] 낭셩(朗聲)[352]이 징연(錚然)[353]하니 흉

---

343) 구원녕빅(九原靈魄): 구원영백. 저승에 있는 넋.
344) 통상(痛傷): 매우 슬퍼함.
345) 참별(慘別): 참혹히 이별함.
346) 근시(近侍): 곁에서 모심.
347) 비명횡ᄉ(非命橫死): 비명횡사. 뜻밖의 사고를 당하여 제명대로 살지 못하고 죽음.
348) 환도(還到): 돌아옴.
349) 발원(發願): 소원을 빎.
350) 통흉운졀(痛胸殞絕): 통흉운절. 가슴이 아파 기운이 끊어질 듯함.

흉둥(胸中)의 칼이 박히고 골절(骨節)이 녹는 듯 긴 세월(歲月)을 춤고 견딜 길히 업더니 다시 도라온즉 만〃텬힝(萬萬天幸)354)이라."

삼(三) 인(人)이 눈믈을 거두고 위로(慰勞) 왈(曰),

"쇼즈(小子) 등(等)이 다시 부모(父母)를 뫼실 거시오, 타일(他日) 누명(陋名)을 신셜(伸雪)ᄒᆞ미 거울 ᄀᆞᆺᄉᆞ오리니 너모 슬허 마르시고 허탄(虛誕)355)흔 몽ᄉᆞ(夢事)로 아르시지 마르쇼셔."

부인(夫人)이 더옥 우러 왈(曰),

"삼(三) ᄋᆞ(兒)는 다시 의탁(依託)홀 여한(餘恨)이 〃시나 님 시(氏) ᄌᆞ문이ᄉᆞ(自刎而死)356)ᄒᆞ니 일시(一時) 참별(慘別)과 셜우미 여등(汝等)으로 일양(一樣)이라 ᄯᅩ흔 도라오미 이시랴?"

흑ᄉᆡ(學士ㅣ) 디왈(對曰),

"님 시(氏) 효절(孝節)이 ᄡᅡᆼ젼(雙全)ᄒᆞ온 고(故)로 비챵(悲愴)타 ᄒᆞ샤 다시 님 공(公)의 ᄯᆞᆯ이 되어 쇼즈(小子)로 인연(因緣)을 일워 슈복(壽福)을 누리

57면

게 ᄒᆞ엿ᄂᆞ이다."

부뫼(父母ㅣ) 왈(曰),

"너희 ᄌᆡ셰(再世) 후(後) 다시 ᄌᆡ앙(災殃)이 업스랴?"

흑ᄉᆞ(學士) 등(等)이 제셩(齊聲)357) 왈(曰),

---

351) 영(影)ᄭᅵ고: 어리고.
352) 낭셩(朗聲): 낭성. 낭랑한 목소리.
353) 징연(錚然): 쟁연. 쇠붙이가 부딪쳐 울리는 것같이 소리가 날카로움.
354) 만〃텬힝(萬萬天幸): 만만천행. 참으로 대단한, 하늘이 준 행운.
355) 허탄(虛誕): 거짓되고 미덥지 아니함.
356) ᄌᆞ문이ᄉᆞ(自刎而死): 자문이사. 스스로 목을 찔러 죽음.
357) 제셩(齊聲): 제성. 소리를 나란히 함.

"환싱(還生) 후(後)는 슈복(壽福)이 완전(完全)ᄒ며 튱효(忠孝)를 다ᄒ려 ᄒᄋᆸᄂ니 부모(父母)는 ᄎ후(此後)란 과상(過傷)치 마르쇼셔. 신셜(伸雪)ᄒᆯ 시졀(時節)의 영화(榮華)로이 환쇄(還師ㅣ)ᄒ시리이다."

언파(言罷)의 형뎨(兄弟) 부인(夫人) 픔으로 들고 딕ᄉ(直士)는 니러 비샤(拜辭) 왈(曰),

"쇼ᄌ(小子)는 냥(兩) 형(兄)이 싱셰(生世) 후(後) 다시 오리이다. 아딕 믈너가ᄂ이다."

부뫼(父母ㅣ) 붓들고 우다가 ᄭ다르니358) 팀상일몽(寢牀一夢)이라. 더옥 공(公)이 흉인(凶人)의 용심(用心)을 ᄭ쳐 ᄌ긔(自己) 군젼(君前)의셔 초왕(-王), 김탁의 불법지ᄉ(不法之事)을 쥬(奏)ᄒ 연고(緣故)로 혐원(嫌怨)359)이 니러 혹ᄉ(學士) 등(等)을 딕역지쥬(大逆之誅)360)의 흠익(陷溺)361)ᄒ고 ᄒ가(河家)을 멸망(滅亡)ᄒ려 ᄒ던 바을 싱각ᄒ니362) 통원(痛寃)이 하날의 다하 뇝쪄363) 안ᄌ 셔안(書案)을 치며 고셩뉴테(高聲流涕) 왈(曰),

"내 브듸 ᄉ라 간흉(奸凶)이 쥬멸(誅滅)364)ᄒᆯ을 보고 오ᄋ(吾兒) 등(等)의 원슈(怨讐)를 갑하 궁양극통(穹壤極痛)365)을 셜(雪)ᄒ리라."

부인(夫人)은 혈읍(血泣)ᄒ여 말을 일우지 못ᄒ더니,

날이 붉으매 공ᄌ(公子ㅣ) 신셩(晨省)ᄒ니,

---

358) ᄭ: [교] 원문에는 이 뒤에 'ᄂ'가 더 있으나 부연으로 보아 삭제함.
359) 혐원(嫌怨): 미움과 원망.
360) 딕역지쥬(大逆之誅): 대역지주. 반역을 일으킨 죄로 죽임.
361) 흠익(陷溺): 함닉. 물속으로 빠져 들어감.
362) 공이-싱각ᄒ니: [교] 원문에는 없으나 문맥을 고려해 박순호본(2:57)을 따라 삽입함.
363) 뇝쪄: 벌떡.
364) 쥬멸(誅滅): 주멸. 죄인을 죽여 없앰.
365) 궁양극통(穹壤極痛): 하늘과 땅에 사무치는 지극한 고통.

부뫼(父母ㅣ) 몽ᄉ(夢事)를 니르고 눈믈이 만면(滿面)ᄒ여 시로이 이도(哀悼)ᄒ니, 공ᄌ(公子) 남민(男妹) 몽ᄉ(夢事)를 쏜 듯고 오닉분붕(五內分崩)366)ᄒ나 강인(强忍)367)ᄒ여 위로(慰勞) 왈(曰),

"삼(三) 형(兄)의 원억(冤抑)ᄒ 졍녕(精靈)이 명〃(冥冥) 듕(中) 알오미 이서 부모(父母)의 과상(過傷)ᄒ심과 인셰(人世)를 늣거이368) 바린 한(恨)이 지셰발원(再世發願)369)ᄒ고 다시 슬하(膝下)를 뫼시고져 ᄒ오미니 부모(父母)는 디원극통(至冤極痛)을 니ᄌ시고 텬슈(天數)의 되여 가믈 보쇼셔."

부뫼(父母ㅣ) 시로이 참졀(慘絶)370)ᄒ믈 니긔지 못ᄒ더니,

과연(果然) 몽ᄉ(夢事) 어든 후(後) 부인(夫人)이 잉틱(孕胎)ᄒ니, 하(河) 공(公)이 슬하(膝下ㅣ) 젹막(寂寞)ᄒ믈 슬허ᄒ고 삼(三) ᄌ(子)의 참ᄉ(慘死)ᄒ믈 궁텬극디(窮天極地)371)ᄒ다가 비록 통원(痛冤)을 신셜(伸雪)치 못ᄒ나 혹ᄉ(學士) 등(等)이 환싱(還生)ᄒ여 다시 ᄌ식(子息)이 될가 영힝(榮幸)ᄒ믈 니긔지 못ᄒ고, 부인(夫人)이 잉틱(孕胎)ᄒ므로브터 무어슬 어든 듯ᄒ여 십(十) 삭(朔)

을 치와 무ᄉ(無事)히 분산(分産)372)ᄒ기를 브라기로 쏜 몸을 스스

---

366) 오닉분붕(五內分崩): 오내분붕. 오장이 찢어지고 무너지는 듯함.
367) 강인(强忍): 억지로 참음.
368) 늣거이: 느껍게.
369) 지셰발원(再世發願): 재세발원. 세상에 다시 나도록 소원을 빎.
370) 참졀(慘絶): 참절. 매우 비참함.
371) 궁텬극디(窮天極地): 궁천극지. 하늘에 사무치고 땅의 끝까지 이름.
372) 분산(分産): 아이를 낳음.

로 보호(保護)ᄒ니 공ᄌ(公子) 남민(男妹) 다힝(多幸)ᄒ믈 니긔디 못
ᄒ더라.

지셜(再說). 뎡(鄭) 공ᄌ(公子) 텬흥의 년(年)이 십삼(十三)의 니르
니, 윤(尹)·뎡(鄭) 냥(兩) 공(公)이 셔로 의논(議論)ᄒ고 혼ᄉ(婚事)를
일우려 틱일(擇日)ᄒ니 납빙(納聘)[373]은 십이월(十二月) 초슌(初旬)
이오 대례(大禮)ᄂᆞᆫ 회간(晦間)[374]이라, 뎡(鄭) 공(公)이 환희(歡喜) 왈
(曰),

"길긔(吉期)[375] 계오 월여(月餘)를 격(隔)ᄒ니 쇼뎨(小弟) 현부(賢
婦) 볼 날이 머지 아냐시민 환힝(歡幸)[376]ᄒ믈 니긔지 못ᄒ리로다."

윤(尹) 공(公)이 츄연감상(惆然感傷)[377]ᄒ여 낫빗츨 곳치고 기리
탄왈(嘆曰),

"셕년(昔年) 빅화헌(--軒)의셔 샤곤(舍昆)과 형(兄)이 하(河) 퇴지로
더브러 셔로 ᄌ녀(子女)를 밧고와 뎡약(定約)ᄒᆞᆯ 시졀(時節)의 엇디
샤곤(舍昆)이 딜ᄋᆞ(姪兒)의 혼인(婚姻)을 보지 못ᄒᆞᆯ 줄 아라시며 하
(河) 퇴지 져런 참화(慘禍)를 만나 슈쳔(數千) 니(里) 애각(涯角)[378]
의 찬뎍(竄謫)

60면

ᄒᆞᆯ 줄 알니오? 이졔 우리 냥인(兩人)만 남아 쵹ᄉ(觸事)[379]의 외롭고

---

373) 납빙(納聘): 혼인할 때에, 사주단자의 교환이 끝난 후 정혼이 이루어진 증거로 신랑집에서 신
    붓집으로 예물을 보냄. 또는 그 예물. 보통 밤에 푸른 비단과 붉은 비단을 혼서와 함께 함에
    넣어 신붓집으로 보냄.
374) 회간(晦間): 그믐날 앞뒤의 며칠 동안.
375) 길긔(吉期): 길기. 혼인하는 날.
376) 환힝(歡幸): 환행. 기쁘고 다행으로 여김.
377) 츄연감상(惆然感傷): 추연감상. 슬픈 빛으로 느껴 슬퍼함.
378) 애각(涯角): 하늘의 끝이 닿은 곳과 땅의 한 귀퉁이라는 뜻으로, 서로 멀리 떨어져 있음을 이
    르는 말. 천애지각(天涯地角).

슬프미 비길 디 업도다.”

뎡(鄭) 공(公)이 역비역탄(亦悲亦嘆)380)ᄒ기를 마지아니ᄒ더라.

금평휘(--侯ㅣ) 도라간 후(後), 태위(大夫ㅣ) 닉당(內堂)의 드러가 조(曹) 부인(夫人)긔 뎡ᄋ의 혼ᄉ(婚事)를 뎡(鄭) 공(公)이 지쵹ᄒ여 세말(歲末) 회간(晦間)으로 길일(吉日) 퇵(擇)ᄒᄆᆯ 고(告)ᄒ니, 부인(夫人)이 셕ᄉ(昔事)를 싱각고 ᄉᆡ로이 쥬루(珠淚)를 금(禁)치 못ᄒ고 뉴 부인(夫人)은 심용(心用)이 검극(劍戟)381) ᄀᆞ트여 광텬 삼(三) 남미(男妹)를 죽여 업시코져 ᄒ거ᄂᆞᆯ 뎡이 공후(公侯)의 툥뷔(冢婦ㅣ)382) 되미 밉고 분(憤)ᄒ여 싱각ᄒᄃᆡ,

‘나ᄂᆞᆫ 명되(命途ㅣ) 괴이(怪異)ᄒ여 냥(兩) 녀(女)를 두미 경ᄋ의 초츌(超出)383)ᄒᆫ 지질(才質)노뼈 셕ᄉᆡᆼ(石生)의 박ᄃᆡ(薄待)를 밧고, 조(曹) 시(氏)ᄂᆞᆫ ᄌᆞ녀(子女)를 ᄀᆞ초 두어 그 녀ᄋ이(女兒ㅣ) 몬져 공후(公侯)의 며ᄂᆞ리 되ᄂᆞᆫ다?384)’

골돌ᄒ여 경ᄋ로 더브러 혼ᄉ(婚事) 일

61면

지 못ᄒᆞᆯ 계규(計巧)를 상의(相議)ᄒ니, 경이 미우(眉宇)를 ᄢᅵᆼ긔고 간계(奸計)를 듀ᄉᆞ야탁(晝思夜度)385)ᄒ더니,

일이 공교(工巧)ᄒ여 항쥐(杭州) 션산(先山)의 투장(偸葬)386)이 니

---

379) 쵹ᄉ(觸事): 촉사. 만나는 일.
380) 역비역탄(亦悲亦嘆): 슬퍼하기도 하고 탄식하기도 함.
381) 검극(劍戟): 칼과 창을 아울러 이르는 말.
382) 툥뷔(冢婦ㅣ): 총부. 종자(宗子)나 종손(宗孫)의 아내.
383) 초츌(超出): 초출. 두드러지게 뛰어남.
384) 되ᄂᆞᆫ다: [교] 원문에는 ‘되믈’로 되어 있으나 문맥을 고려해 이와 같이 수정함.
385) 듀ᄉᆞ야탁(晝思夜度): 주사야탁. 밤낮으로 생각하고 헤아림.
386) 투장(偸葬): 투장. 남의 산이나 묏자리에 몰래 자기 집안의 묘를 쓰는 일.

러 묘지(墓地) 슈호(守護)ᄒᄂᆫ 노진(奴子ㅣ) 급보(急報)ᄒ니 태위(大夫ㅣ) 분앙(憤怏)[387]ᄒ여 밧비 항쥐(杭州)로 갈ᄉᆡ, 모젼(母前)의 하딕(下直)고 조(曹) 부인(夫人)긔 고왈(告曰),

"쇼싱(小生)이 급″(急急)히 투쟝(偷葬)ᄒᆫ 거ᄉᆞᆯ 파닌고 오오리니 존슈(尊嫂)ᄂᆞᆫ 혼구(婚具)를 미비(未備)ᄒᆫ 것 업시 출히쇼셔."

부인(夫人)이 응딕(應對)ᄒ고 슈히 환귀(還歸)ᄒ시믈 쳥(請)ᄒ니,

공(公)이 밧비 나와 뎡(鄭) 공(公)을 보고 가려 ᄒᆞᆯ ᄎᆞ(次), 하리(下吏) 금평후(--侯)의 님(臨)ᄒ시믈 보(報)ᄒ니 공(公)이 깃거 밧비 쳥(請)ᄒ여 셔로 볼ᄉᆡ 태위(大夫ㅣ) 왈(曰),

"쇼뎨(小弟) ᄇᆞ야흐로 형(兄)을 보라 가려 ᄒᄃᆞ니 가쟝 잘 왓도다. 항쥐(杭州) 션산(先山)의 투쟝(偷葬)ᄒᆫ 변(變)이 나셔 시금(時今)의 가ᄂᆞᆫ 길히라. 비록 급″왕반(急急往返)[388]ᄒ나 그 투쟝(偷葬)ᄒᆫ 거ᄉᆞᆯ 파닌고 도라

62면

오면 ᄌᆞ연(自然) 길긔(吉期) 님시(臨時)[389] 되리니 범귀(凡具ㅣ)[390] 미비(未備)ᄒᆞᆯ가 념녀(念慮)ᄒᄂᆞ니 형(兄)은 희텬 등(等)을 ᄌᆞ로 와 보고 혹(或) 미비(未備)ᄒᆫ 거시 잇거든 밧그로 도으라."

뎡(鄭) 공(公)이 놀나 왈(曰),

"형(兄)이 항쥐(杭州)로 간다 ᄒ니 쳔니왕반(千里往返)이 극난(極難)ᄒ나 마지못ᄒᆞᆫ 길이어니와 혹ᄌᆞ(或者) 길긔(吉期) 밋쳐 못 올가

---

387) 분앙(憤怏): 분노하고 원망함.
388) 급″왕반(急急往返): 급히 돌아옴.
389) 님시(臨時): 임시. 때가 닥침.
390) 범귀(凡具ㅣ): 모든 기구(器具).

ᄒᆞᄂᆞ니 혼구(婚具)란 넘녀(念慮) 말고 속〃(速速)히 단녀오라.”

태위(大夫ㅣ) 일시(一時) 밧바 급(急)히 ᄯᅥ나니 뎡(鄭) 공(公)이 결연(缺然)391)ᄒᆞᆷ믈 니긔지 못ᄒᆞ여 이윽이 안ᄌᆞ 광텬 등(等)으로 슈쟉(酬酌)ᄒᆞ다가 도라가니라.

뉴 시(氏) 쇼원(所願)이 영합(迎合)ᄒᆞ여 혼ᄉᆞ(婚事) 쟉희(作戲)392)ᄒᆞᆯ 긔틀이 되니 존고(尊姑)긔 고왈(告曰),

“조(曹) 시(氏) ᄉᆞ(四) 모ᄌᆞ(母子)를 ᄆᆡ양 업시코져 ᄒᆞ시ᄃᆡ 소원(所願)을 못 일우시고 희텬 형뎨(兄弟)는 졈〃(漸漸) ᄌᆞ라 가고 명ᄋᆞ는 뎡가(鄭家) 혼ᄉᆞ(婚事)를 온젼(穩全)케 되니 조(曹) 시(氏)의 형세(形勢) 하슈(下手)393)키 어려온지라 엇지

63면

ᄒᆞ려 ᄒᆞ시ᄂᆞ니잇고?”

부인(夫人)이 침음(沈吟) 답왈(答曰),

“ᄎᆞ혼(此婚)을 쟉희(作戲)ᄒᆞ여 셜분(雪憤)394)코져 ᄒᆞ나 됴혼 계괴(計巧ㅣ) 업도다.”

뉴 시(氏) 왈(曰),

“뎡개(鄭家ㅣ) 명이 삼ᄉᆞ(三四) 셰(歲)의 션슉〃(先叔叔)과 결혼(結婚)ᄒᆞ여 이제 셩혼(成婚)ᄒᆞᄆᆡ 경이(輕易)395)히 쟉희(作戲)ᄒᆞᆯ 조각이 업셔 우민(憂悶)ᄒᆞᄂᆞ이다.”

경이 밀〃(密密)396)히 고왈(告曰),

---

391) 결연(缺然): 비어 있는 듯한 모양.

392) 쟉희(作戲): 방해함.

393) 하슈(下手): 하수. 손을 씀.

394) 셜분(雪憤): 설분. 분함을 씻음.

395) 경이(輕易): 일 따위가 힘들지 않고 쉬움.

"쇼녜(小女 ┃) 그윽이 싱각ᄒ오니 위 관인(官人)이 년급ᄉ십(年及
四十)의 금현(琴絃)397)이 단졀(斷絶)ᄒ고 평싱(平生) 졀식(絶色)을 구
(求)ᄒ다 ᄒ니, 조뫼(祖母 ┃) 위력(威力)으로 맛지시고 뎡가(鄭家)의
ᄂᆞᆫ 실산(失散)ᄒ다 ᄒ고 믈니치면 관겨(關係)치 아니리이다."

부인(夫人)이 박장대쇼(拍掌大笑) 왈(曰),

"이 말이 묘(妙)ᄒ고 묘(妙)ᄒ다. 방이 상실(喪室)ᄒ고 ᄌᆡ취(再娶)
를 구(求)ᄒ되 노뫼(老母 ┃) 능(能)히 씨듯지 못ᄒ도다."

즉시(卽時) 심복시녀(心腹侍女)로 위방을 브르니,

원닉(元來) 이 위 관인(官人)은 태부인(太夫人) 셔딜(庶姪)이라. 방
이 용밍(勇猛)이 과인(寡人)ᄒ여 활을 다리고398)

64면

칼흘 춤츄어 효용(驍勇)399)이 졀눈(絶倫)400)ᄒ므로 군문(軍門)의 댱
관(將官)을 지니고 집이 호부(豪富)401)ᄒ여 누만금(累萬金)을 ᄡ코
노복(奴僕)이 무슈(無數)ᄒ더라. 기쳐(其妻) 홍 시(氏) ᄌᆞ녀(子女)를
두고 망(亡)ᄒ니, 방이 과상(過傷)402)ᄒᄂᆞᆫ 듕(中) 듀뫼(主母 ┃) 업ᄉ
믈 민망(憫惘)ᄒ여 신취(新娶)를 진졍(眞情) 구(求)ᄒᆯᄉᆡ 쳔금(千金)을
드려도 미인(美人)을 어드면 앗길 거시 업셔 녀식(女色)의 쥬린 귓
(鬼ㅅ)거시라.

경이 명ᄋᆞ를 쳔거(薦擧)ᄒ고 금은(金銀)을 제 욕심(慾心)ᄃᆡ로 믈니

---

396) 밀〃(密密): 비밀스러운 모양.
397) 금현(琴絃): 거문고의 줄이라는 뜻으로 '아내'를 비유한 말임.
398) 다리고: 당기고.
399) 효용(驍勇): 사납고 날쌤.
400) 졀눈(絶倫): 절륜. 아주 두드러지게 뛰어남.
401) 호부(豪富): 세력 있고 부유함.
402) 과상(過傷): 지나치게 슬퍼함.

려 ᄒᆞ미라, 짐즛 조모(祖母)를 쵹(囑)403)ᄒᆞ여 타일(他日) 부친(父親)이 아라도 져의ᄂᆞᆫ 샌지고져 ᄒᆞ미라.

위방이 니르러 태부인(太夫人)긔 ᄇᆡ견(拜見)ᄒᆞ고 브르시ᄂᆞᆫ 연고(緣故)를 뭇ᄌᆞ오니 부인(夫人)이 쇼왈(笑曰),

"됴흔 말을 니르고져 브르미라. 네 후취(後娶)를 못 ᄒᆞ여시니 나의 손녀(孫女) 현의 ᄯᆞᆯ이니 나히 계오 십이(十二) 세(歲)라 옥모이용(玉貌愛容)404)이 금고(今古)의 독

65면

보(獨步)ᄒᆞᆫ다라. 제 아비 싱시(生時)의 금평후(--侯) 뎡연지ᄌᆞ(--之子)와 뎡약(定約)ᄒᆞ여 이졔 뎡개(鄭家ㅣ) 쵹혼(促婚)405)ᄒᆞ니 내 ᄆᆞᄋᆞᆷ은 너를 주고져 ᄒᆞ나 네 셔얼(庶孽)이오 년긔(年紀) 브적(不適)406)ᄒᆞ니 ᄋᆞᄌᆞ(兒子)의 귀의ᄂᆞᆫ 츠언(此言)을 듣니지 못ᄒᆞᆯ다라 임의(任意)로 못 ᄒᆞ더니, 이제 쉬 나가고 혼긔(婚期) 님박(臨迫)ᄒᆞ여 일이 가장 급(急)ᄒᆞᆫ다라 너의 ᄯᅳᆺ이 엇더ᄒᆞ뇨?"

방이 쳔만무망(千萬無望)407)의 윤(尹) 상셔(尚書) 쳔금농듀(千金弄珠)408)로 져의게 가(嫁)ᄒᆞ려 ᄒᆞᆷ을 드르니 감격(感激)ᄒᆞᆫ 듯 황공(惶恐)ᄒᆞᆫ 듯 졍신(精神)이 취(醉)ᄒᆞ이니 오딕 웃ᄂᆞᆫ 입을 버리고 거믄 낫ᄎᆡ 더러온 나룻슬 어로만지며 니러 고두ᄇᆡ샤(叩頭拜謝)409) 왈(曰),

---

403) 쵹(囑): 주. 사주함.
404) 옥모이용(玉貌愛容): 옥모애용. 옥처럼 빼어난 외모와 아름다운 얼굴.
405) 쵹혼(促婚): 촉혼. 혼인을 재촉함.
406) 브적(不適): 부적. 맞지 않음.
407) 쳔만무망(千萬無望): 천만무망. 천만뜻밖.
408) 쳔금농듀(千金弄珠): 천금농주. 매우 귀한 딸. 농주는 희롱하는 구슬이라는 뜻으로 한고(漢皐)의 두 신녀의 고사. 정교보(鄭交甫)가 남쪽의 초(楚)에 가 한고의 누대 아래에 이르러 두 여자를 만났는데, 두 여자가 두 개의 구슬을 차고 있었는데 크기가 계란만 했다 함. 『문선(文選)』, 장형(張衡), <남도부(南都賦)> 주(註).

"천딜(賤姪)을 위(爲)ᄒ여 명천공(--公) 노야(老爺)의 만금규와(萬金閨瓦)410)로뼈 허(許)ᄒ시니411) 은혜(恩惠) 쇄신분골(碎身粉骨)ᄒ오나 다 갑습디 못ᄒ리

66면

로소이다. 연(然)이나 의법(依法)412)ᄒ 셔얼(庶孽)이 상문(相門)413) 녀ᄌ(女子)를 남이 알게 취(娶)치 못ᄒ오리니 각별(恪別)한 계교(計巧)로 취(娶)코져 ᄒᄂ이다."

부인(夫人) 왈(曰),

"나도 위력(威力)으로 맛지고져 ᄒ더니 여언(汝言)이 올ᄒ니 엇디 남이 모로게 취(娶)ᄒ리오?"

방 왈(曰),

"천딜(賤姪)이 용밍(勇猛)이 과인(過人)ᄒ니 쇼져(小姐) 팀소(寢所)를 가르치시면 심야(深夜)의 겁탈(劫奪)414)코져 ᄒᄂ이다."

부인(夫人)이 올타 ᄒ더니 경이 협실(夾室)의셔 문답(問答)을 듯고 공교(工巧)로온 쇠를 싱각고 조모(祖母)를 청(請)ᄒ여 니르딕,

"왕모(王母)ᄂ 이리이리 ᄒ쇼셔."

ᄒ니, 부인(夫人)이 응낙(應諾)고 나와 방다려 왈(曰),

"손녜(孫女ㅣ) 아직 각〃(各各) 팀쳐(寢處)의 잇지 아니코 모녜(母

---

409) 고두빅샤(叩頭拜謝): 고두배사. 공경하는 뜻으로 머리를 땅에 조아려 절하고 사례함.
410) 만금규와(萬金閨瓦): 아주 귀한 딸. 규와는 딸을 비유하는 말로, 와(瓦)는 길쌈할 때 쓰는 벽돌로 여자아이가 생기면 놀게 하는 것임. 『시경』, <사간(斯干)>에 "여자를 낳으면 땅에 재우며 포대기를 입히고 기왓장을 희롱하게 하네. 乃生女子, 載寢之地, 載衣之裼, 載弄之瓦."라는 구절이 있음.
411) 니: [교] 원문에는 '나로 되어 있으나 문맥을 고려해 이와 같이 수정함.
412) 의법(依法): 법률에 의거함.
413) 상문(相門): 재상 집안.
414) 겁탈(劫奪): 강제로 탈취함.

女ㅣ) 동거(同居)ᄒ고 조(曹) 시(氏) 총명(聰明)이 여신(如神)ᄒ여 남
ᄌ(男子)의 지난 지감(知鑑)[415]이 〃시니 네 비록 용밍(勇猛)ᄒ나 혼
ᄌ 드러와

67면

셔ᄂᆫ 정적(情迹)[416]이 패루(敗漏)[417]ᄒ기 쉬오니, 내 집을 ᄯ러나 조
(曹) 시(氏) 모녀(母女)만 다리고 강정(江亭)으로 갈 거시니 너ᄂᆫ 명
화적(明火賊)[418]인 체ᄒ고 군ᄉ(軍士)를 거ᄂ려 돌입(突入)ᄒ면 내
ᄂᆡ응(內應)[419]ᄒ여 합녁(合力)ᄒ리니 너ᄂᆫ ᄯᅩ 조(曹) 시(氏)를 마ᄌ
질너 죽여 말이 나디 아니케 ᄒ라.”

방이 더옥 깃거 슌〃샤례(順順謝禮)ᄒ니 부인(夫人) 왈(曰),

“오날이라도 올므리니 너ᄂᆫ 다만 용댱(勇壯)[420]ᄒᆫ 댱슈(將帥)를
모화 일을 잘ᄒ라.”

방이 빅빅팅은(百拜稱恩)ᄒ고 도라가니,

태부인(太夫人)이 조(曹) 부인(夫人)을 블너 왈(曰),

“노뫼(老母ㅣ) 년일(連日) 몽뫼(夢兆ㅣ) 블길(不吉)ᄒ고 심ᄉㅣ(心思
ㅣ) 산란(散亂)ᄒ여 디향(指向)치 못ᄒ니 괴이(怪異)ᄒ여 복ᄌ(卜
者)[421]의게 길흉(吉凶)을 츄졈(推占)[422]ᄒᆫ즉 슈삭(數朔)이나 니가(離
家)ᄒ여 도익(度厄)[423]ᄒ라 ᄒ니, 브득이(不得已) 슈일(數日) ᄂᆡ(內)

---

415) 지감(知鑑): 사람을 알아보는 감식안.
416) 정적(情迹): 정적. 감정으로 느낄 수 있는 흔적 또는 사정의 흔적.
417) 패루(敗漏): 일이 드러남.
418) 명화적(明火賊): 명화적. 떼를 지어 돌아다니며 재물을 마구 빼앗는 사람들의 무리.
419) ᄂᆡ응(內應): 내응. 내부에서 몰래 통함.
420) 용댱(勇壯): 용장. 용맹하고 굳셈.
421) 복ᄌ(卜者): 복자. 점치는 사람.
422) 츄졈(推占): 추점. 앞으로 닥칠 일을 미루어서 점을 침.
423) 도익(度厄): 도액. 가정이나 개인에게 닥칠 액을 미리 막는 일.

로 강졍(江亭)으로 가려 ᄒᆞᄂᆞ니 뉴 시(氏)ᄂᆞ 운쉬(運數ㅣ)

68면

블길(不吉)타 ᄒᆞ니 다려가디 못ᄒᆞ고 오딕 그딕 모녜(母女ㅣ) 길(吉)타 ᄒᆞ니 날을 좃ᄎᆞ 갓다가 혼녜(婚禮) 밋쳐 도라오게 ᄒᆞ라."

조(曹) 부인(夫人)이 존고(尊姑)의 심폐(心肺)를 빗최고 그윽이 놀나오나 감(敢)히 거역(拒逆)지 못ᄒᆞ여 슈명(受命)ᄒᆞᆯ ᄯᆞ름이러니,

냥(兩) 공ᄌᆞ(公子ㅣ) 드러와 ᄎᆞ언(此言)을 듯고 일공ᄌᆞ(一公子ㅣ) 간왈(諫曰),

"복셜(卜說)424)이 극(極)히 허탄(虛誕)ᄒᆞ고 무고(無故)히 피화(避禍)425)ᄒᆞ실 비 아니〃 원(願)컨딕 옴지 마르쇼셔."

태부인(太夫人)이 텬ᄋᆞ(-兒) 등(等) 믜오미 얽혀시딕 태우(大夫) 이실 쩍ᄂᆞᆫ ᄭᅮ짓도 못ᄒᆞ엿던디라 믄득 젹튝(積蓄)426)ᄒᆞ엿던 심용(心用)이 대발(大發)ᄒᆞ여 변식(變色) 왈(曰),

"노뫼(老母ㅣ) 몽ᄉᆞ(夢事ㅣ) 심난(心亂)ᄒᆞ여 집을 잠간(暫間) 써나려 ᄒᆞ미라 네 엇지 막ᄂᆞ뇨?"

공ᄌᆞ(公子) 등(等)이 딕왈(對曰),

"브딕 올무려 ᄒᆞ시면 쇼손(小孫) 등(等)과 구(寇) 조뫼(祖母ㅣ) 뫼셔 가리니 모친(母親)과 믹져(妹姐)ᄂᆞᆫ 두고

---

424) 복셜(卜說): 복설. 점쟁이의 말.
425) 피화(避禍): 재앙을 피함.
426) 젹튝(積蓄): 적축. 쌓임.

가수이다."

부인(夫人)이 즐왈(叱曰),

"여모(汝母)를 다려가미 므어시 유히(有害)ㅎ리오?"

공ᄌ(公子ㅣ) 딕왈(對曰),

"유히(有害)ㅎ미 아니라 져〃(姐姐)의 혼긔(婚期) 님박(臨迫)ᄒᆫ딕 왕반(往返)ㅎ미 혼슈(婚需)[427] 출히기 어려올가 ᄒᆞᄂᆢ이다."

부인(夫人)이 대로(大怒)ㅎ여 적년(積年) 밧힌 분한(憤恨)[428]이 겸발(兼發)ㅎ니 금쳑(金尺)으로 냥(兩) 공ᄌ(公子)를 난타(亂打)ㅎ여 왈(曰),

"간흉(奸凶)[429]ᄒᆫ 악죵(惡種)[430]들이 므어슬 아노라 노모(老母)를 긔걸[431]ᄒᆞᄂᆢ뇨? 여부[432](汝父)브터 몹쓸 놈일너니 일즉 죽고 여등(汝等) 냥인(兩人)을 깃쳐 이딕도록 ᄉᆞ오나오냐?"

댱공ᄌ(長公子ㅣ) 뎡식(正色) 왈(曰),

"요슌지ᄌ(堯舜之子)[433]도 블쵸(不肖)ᄒᆞ오니 쇼손(小孫) 등(等)의 ᄉᆞ오나오미 션군(先君)의 죄(罪) 아니어늘 엇디 ᄎᆞ마 대인(大人)을 일ᄏᆞ르샤 못홀 말ᄉᆞᆷ을 ᄒᆞ시ᄂᆞ니잇고? 션군(先君)의 됴셰(早世)[434]ᄒᆞ시미 왕모(王母)긔 셔하지탄(西河之嘆)[435]이시고 쇼손(小孫) 등(等)

---

427) 혼슈(婚需): 혼수. 혼인에 드는 물품.

428) 분한(憤恨): 분노와 한.

429) 간흉(奸凶): 간사하고 흉악함.

430) 악죵(惡種): 악종. 악한 종자.

431) 긔걸: 명령함.

432) 여부: [교] 원문에는 '우'로 되어 있으나 문맥을 고려해 박순호본(2:66)을 따름.

433) 요슌지ᄌ(堯舜之子): 요순지자. 요임금과 순임금의 아들. 요임금과 순임금은 중국 고대 성군(聖君)으로 덕이 높은 인물로 유명함. 요임금은 아들 단주(丹朱)가 어리석자 순임금에게 임금 자리를 물려주고, 순임금은 아들 상균(商均)이 어리석자 우(禹)임금에게 임금 자리를 물려줌.

434) 됴셰(早世): 조세. 세상을 일찍 떠남.

435) 셔하지탄(西河之嘆): 서하지탄. 서하(西河)에서의 탄식이라는 뜻으로 부모가 자식을 잃고 하

의 디원극통(至冤極痛)이라 비절(悲絶)[436] ᄒᆞ신 ᄆᆞ음을

70면

두지 아니시고 실덕(失德)[437] ᄒᆞ시미 이 ᄀᆞᆺ투시니잇고?"

부인(夫人)이 더욱 대로(大怒) ᄒᆞ여 광텬의 두발(頭髮)을 잡아 벽의 브ᄃᆡ잇고 우슈(右手)로 희텬의 머리를 잡아 ᄲᅳᆮ며 고셩(高聲) 즐왈(叱曰),

"십(十) 셰(歲)도 못 ᄒᆞᆫ 것들이 〃 졔브터 한미를 죽이려 ᄒᆞ여 원망(怨望) ᄒᆞᄂᆞᆫ 쯧이 〃 ᄀᆞᆺ트니 여ᄎᆞ(如此)ᄒᆞᆫ 악종(惡種)들을 슬녀 므엇 ᄒᆞ리오? 나의 말이 엇더ᄒᆞ여 실덕(失德)이 되ᄂᆞ뇨? 네 아비 놈이 너희를 못 보아셔도 간흉요악(奸凶妖惡)[438] ᄒᆞ여 밧그로 효셩(孝誠)된 체ᄒᆞ고 안흐로 날을 죽이고져 ᄒᆞ더니 너희 놈들이 아비와 ᄀᆞᆺ트니 엇지 통히(痛駭)치 아니리오? ᄌᆞ식(子息)이 부모(父母)를 담는다 말이 올ᄒᆞ여 〃 등(汝等)의 거동(擧動)은 현의 간악(奸惡)과 조(曹) 시(氏)의 궁흉(窮凶)을 겸(兼) ᄒᆞ여시니 쳔고뎨일대악(千古第一大惡)[439]이라 출하리 ᄒᆞᆫ 칼히 모ᄌᆞ녀(母子女) ᄉᆞ(四) 인(人)을 다

71면

죽여 셜한(雪恨)[440] ᄒᆞ리라."

는 탄식을 이름. 서하(西河)는 지금의 섬서성(陝西省) 한성현(韓城縣)에서 화음현(華陰縣) 일대. 중국 춘추시대 공자의 제자 자하(子夏, B.C.508?-B.C.425?)가 공자가 죽은 후 서하(西河)에 은거하고 있었는데 그 자식이 죽자 슬퍼 울어 눈이 멀었다는 데서 유래함. 『예기(禮記)』, 「단궁(檀弓)」.

436) 비절(悲絶): 비절. 매우 슬픔.

437) 실덕(失德): 덕을 잃음.

438) 간흉요악(奸凶妖惡): 간사하고 흉악하며 요망함.

439) 쳔고뎨일대악(千古第一大惡): 천고제일대악. 역사상 제일가는 악인.

광텬이 머리를 브딕이즈니 알프믈 니긔지 못ᄒ나 강인(强忍)ᄒ여 졍ᄉᆡᆨ(正色) 딕왈(對曰),

"왕모(王母) 말ᄉᆞᆷ이 한심경희(寒心驚駭)[441]ᄒᆞᆷ믈 니긔지 못ᄒ리로소이다. 쇼손(小孫) 등(等)이 엄안(嚴顔)[442]을 아지 못ᄒᄂᆞᆫ 지통(至痛)이 심골(心骨)의 밋쳐 인셰흥황(人世興況)[443]을 모로오딕 일가친쳑(一家親戚) 졔인(諸人)의 말을 듯ᄌᆞ오면 션친(先親)의 효우셩ᄒᆡᆼ(孝友性行)[444]과 목죡인현(睦族仁賢)[445]ᄒᆞ샤미 셰쇽지인(世俗之人)으로 다르시더라 ᄒᆞ거늘, 왕뫼(王母ㅣ) 엇디 쇼손(小孫) 등(等)의 블초(不肖)ᄒᆞᆷ믈 인(因)ᄒᆞ여 믄득 션군(先君)을 블효블인(不孝不仁)이라 ᄒᆞ샤 목강(穆姜)[446]의 인ᄌᆞ(仁慈)ᄒᆞ신 셩덕(盛德)이 업ᄉᆞ시고 실덕실톄(失德失體)[447]를 위듀(爲主)ᄒᆞ시니 쇼손(小孫)이 실(實)노 왕모(王母)를 위(爲)ᄒᆞ여 타인(他人)이 드를가 븟그리ᄂᆞ이다."

부인(夫人)이 더옥 분긔쳘골(憤氣徹骨)[448]ᄒᆞ여 ᄎᆞ공ᄌᆞ(次公子)를 노화 ᄇᆞ리고 대공ᄌᆞ(大公子)의게 다라드러 머리로브터

72면

왼몸을 혜지 아니코 즛두다리니, 분긔발〃(憤氣勃勃)[449]ᄒᆞ여 흉악

---

440) 설한(雪恨): 설한. 원한을 씻음.
441) 한심경희(寒心驚駭): 한심경해. 마음이 서늘해지고 몹시 놀람.
442) 엄안(嚴顔): 아버지의 얼굴.
443) 인셰흥황(人世興況): 인세흥황. 인간 세상의 흥미.
444) 효우셩ᄒᆡᆼ(孝友性行): 효우성행. 효성스러운 성품과 행동.
445) 목죡인현(睦族仁賢): 목족인현. 친척에 돈독하고 어짊.
446) 목강(穆姜): 중국 진(晉)나라 정문거(程文矩)의 아내 이 씨의 자(字). 친아들 둘을 두고 전처의 아들 넷이 있었는데, 정문거가 죽자, 전처의 아들 넷은 이 씨가 자기들을 낳은 어머니가 아니라고 하여 박대하였으나 이 씨는 그들을 사랑으로 대하였다 함. 『후한서』, 「열녀전」.
447) 실덕실톄(失德失體): 실덕실체. 덕을 잃고 체면을 잃음.
448) 분긔쳘골(憤氣徹骨): 분기철골. 분한 기운이 뼈에 사무침.
449) 분긔발〃(憤氣勃勃): 분기발발. 분한 기운이 끓어오를 듯이 성함.

(凶惡)히 날치는 거동(擧動)이 일희450) 사름을 만나 무러 흔드는 형상(形狀)이오, 흔 조각 인졍(人情)이 업스니 나히 비록 늙으나 쇠패(衰敗)451)호미 업셔 공족(公子)를 두다리는 바의 피 소스나고 일신(一身)이 상(傷)호는디라. 조(曹) 부인(夫人)은 이런 광경(光景)을 당(當)호여 족긔(自己) 몸이 알프고 쎼 져리나 어디 가 구(救)호는 말을 니리오. 오직 아는 듯 모로는 듯호니 추공족(次公子ㅣ) 울며 비러 왈(曰),

"형(兄)이 비록 말숨이 블공(不恭)호오나 셩덕(盛德)을 드리오소셔(赦)호시믈 이고(哀告)452)호느이다."

부인(夫人)이 드른 체 아니〃 댱공족(長公子ㅣ) 족긔(自己) 알프기는 식로이 가변(家變)을 싱각호니 추악(嗟愕)호여 족긔(自己) 형뎨(兄弟) 블효지인(不孝之人)이 될가 슬허 이의 고왈(告曰),

"쇼손(小孫)을 다스리시미 의법(依法) 시노(侍奴)

73면

로 쟝칙(杖責)453)호실 비라 이러툿 셩톄(盛體)454)를 근노(勤勞)호샤 쇼손(小孫)의 블효(不孝)를 더으시느니잇고?"

부인(夫人)이 쏘 드른 체 아니호고 어즈러이 두다리며 그 몸을 무러쓰더 피를 니고 두발(頭髮)을 쥐여쓰드며 벽의 부디이져 별학굿치 줏두다리니, 두골(頭骨)이 씨여져 붉은 피 돌지어455) 흐르니 이러구

---

450) 일희: 이리.
451) 쇠패(衰敗): 늙어서 기력이 약해짐.
452) 이고(哀告): 애고. 슬피 고함.
453) 쟝칙(杖責): 장책. 태형으로 벌함.
454) 셩톄(盛體): 성체. 어른의 몸을 높여 이르는 말.
455) 돌지어: 솟아나.

러 요란(搖亂)ᄒᆞᆫ디라. 대쇼져(大小姐)와 현ᄋ 쇼져(小姐)며 구(寇) 시(氏) 등(等)이 다드라 ᄎᆞ경(此景)[456]을 보고 대경(大驚)ᄒᆞ여 현ᄋ 쇼졔(小姐ㅣ) 나아가 ᄆᆡ를 앗고 공ᄌᆞ(公子)를 붓드러 너니, 부인(夫人)이 오히려 분(憤)을 프지 못ᄒᆞ여시나 아조 죽이든 못ᄒᆞ고 현이 ᄆᆡ를 아ᄉᆞ니 마디못ᄒᆞ여 노코 조(曺) 부인(夫人)을 ᄌᆞ식(子息) 잘못 나하시믈 욕(辱)ᄒᆞ고 ᄭᅮ지즐 ᄯᆞ름이오, 강졍(江亭)의 가기를 ᄃᆡ뎡(大定)ᄒᆞ여 일용즙믈(日用什物)[457]

74면

을 약간(若干) 옴기고 당ᄉᆞ(堂舍)를 슈쇄(收刷)[458]ᄒᆞ라 분부(分付)ᄒᆞ니 조(曺) 부인(夫人)은 믁연(黙然)이 믈너나니,

대공ᄌᆞ(大公子ㅣ) 정신(精神)을 슈습(收拾)ᄒᆞ여 머리를 ᄲᆡ믹고 날호여 외당[459](外堂)의 니르러 ᄎᆞ공ᄌᆞ(次公子)다려 왈(曰),

"왕모(王母)의 강졍(江亭) 힝되(行途ㅣ)[460] 블힝(不幸)이라 반ᄃᆞ시 곡졀(曲折)이 〃셔 ᄌᆞ위(慈闈)와 져〃(姐姐)를 다려가시미라 엇디ᄒᆞ면 화(禍)를 방비(防備)ᄒᆞ여 위디(危地)[461]를 면(免)ᄒᆞᆯ고? 우형(愚兄)이 정신(精神)이 아득ᄒᆞ여 뎡(定)치 못ᄒᆞ리로다."

ᄎᆞ공ᄌᆞ(次公子ㅣ) 탄식(歎息) 딕왈(對曰),

"대인(大人)이 아니 계시믹 이런 일이 〃시니 강졍(江亭)으로 가신 후(後) ᄉᆞ긔(事機)를 보아 방비(防備)ᄒᆞ려니와 형댱(兄丈)이 브졀업

---

456) ᄎᆞ경(此景): 차경. 이 광경.
457) 일용즙믈(日用什物): 일용집물. 날마다 쓰는 온갖 기구.
458) 슈쇄(收刷): 수쇄. 거두어 정돈함.
459) 외당: [교] 원문에는 '닉당'으로 되어 있으나 문맥을 고려해 박순호본(2:68)을 따름.
460) 힝되(行途ㅣ): 행도. 행차.
461) 위디(危地): 위지. 위험한 지경.

시 셩노(盛怒)를 도〃아 일호(一毫) 유익(有益)ᄒ미 업스니 ᄎ후(此後)ᄂ 일이 되여 가믈 보시고 교명(敎命)462)을 어긔오지 마르쇼셔."

대공ᄌ(大公子ㅣ) 기리 슬허 왈(曰),

"아등(我等)의 명

되(命途ㅣ) 긔구(崎嶇)ᄒ여 엄안(嚴顔)을 아지 못ᄒ고 가듕(家中) ᄉ긔(事機)를 슷치건디 변괴(變故ㅣ) 층가(層加)463)ᄒ리니 아등(我等)의 안위(安危)ᄂ 겨관(係關) 업스나 ᄌ위(慈闈) 긴 세월(歲月)의 무궁(無窮)ᄒᆫ 고ᄉᆡᆼ(苦生)을 겻그시리니 인ᄌ지도(人子之道)의 ᄌ정(慈庭)이 편(便)ᄒ실 바를 도모(圖謀)치 못ᄒ고 엇지 견듸리오?"

언필(言畢)의 눈믈이 삼〃(滲滲)464)ᄒ여 ᄇᆡᆨ년용화(白蓮容華)465)를 젹시니, ᄎ공ᄌ(次公子ㅣ) 비읍(悲泣)ᄒᆷᄅ 마지아니나 왕모(王母)의 과악(過惡)을 일ᄏᆞᆺ지 아니터라.

위 부인(夫人)이 슈일(數日) 후(後) 조(曹) 시(氏) 모녀(母女)를 다리고 강졍(江亭)으로 갈ᄉᆡ, 냥(兩) 공ᄌ(公子ㅣ) 뫼셔 가믈 쳥(請)ᄒ니 위 듯지 아니ᄒ더라.

---

462) 교명(敎命): 웃어른의 명령.
463) 층가(層加): 한층 더함.
464) 삼〃(滲滲): 눈물이 흘러내리는 모양.
465) ᄇᆡᆨ년용화(白蓮容華): 백련용화. 하얀 연꽃처럼 아름다운 얼굴.

명듀보월빙(明珠寶月聘) 권디오(卷之五)

1면

어시(於時)의 위 부인(夫人)이 슈일(數日) 후(後) 조(曹) 시(氏) 모녀(母女)를 다리고 강졍(江亭)으로 갈시, 냥(兩) 공직(公子ㅣ) 뫼셔 가믈 쳥(請)ᄒ니 위 시(氏) 조(曹) 부인(夫人) 모녀(母女)를 업시 ᄒ려 ᄒ거늘 엇디 드르리오. 이의 굴오딕,

"여등(汝等)은 집의 잇고 오지 말나."

ᄒ니, 조(曹) 부인(夫人)이 냥(兩) ᄌ(子)를 블너 가마니 니르딕,

"나는 녀ᄋ(女兒)로 더브러 아모 긔구(崎嶇)ᄒᆫ 변(變)이 잇셔도 방비(防備)ᄒ리니 여등(汝等)은 왕모(王母)의 명(命)딕로 아직 집의 이시라."

냥인(兩人)이 쳬읍(涕泣) 왈(曰),

"강졍(江亭) 힝되(行途ㅣ) ᄌ위(慈闈)와 져〃(姐姐)긔 됴흔 길히 아니라, 블의지변(不意之變)을 만나면 엇지코져 ᄒ시ᄂ니잇고?"

부인(夫人) 왈(曰),

"여뫼(汝母ㅣ) 비록 무릉(無能)ᄒ나 임의 텬붕지통(天崩之痛)[1]도 견딕고 죽지 못ᄒ여시니 이제는 궁극(窮極)히 슬

---

[1] 텬붕지통(天崩之痛): 천붕지통. 하늘이 무너지는 것 같은 아픔이라는 뜻으로, 제왕이나 아버지의 죽음을 당한 슬픔을 이르는 말. 여기에서는 남편 윤현의 죽음을 이름.

기를 도모(圖謀)ᄒᄂ니 여등(汝等)은 념녀(念慮) 말나."

쇼제(小姐ㅣ) ᄯᅩ 냥(兩) 데(弟)를 위로(慰勞)ᄒ니 냥(兩) 공ᄌ(公子ㅣ) 눈물을 흘니고 ᄌᆡ삼(再三) 청(請)ᄒ여 블의지변(不意之變)이 〃셔도 경이(輕易)히 몸을 상(傷)히오지 마르시믈 고(告)ᄒ니, 부인(夫人)이 슌〃응낙(順順應諾)고 태부인(太夫人) ᄌᆡ촉이 급(急)ᄒ니 드듸여 모녀(母女ㅣ) 혼가지로 강졍(江亭)으로 향(向)ᄒᆞᆯ시, 냥(兩) 공ᄌ(公子ㅣ) 조모(祖母)와 모친(母親)을 문외(門外)예 숑별(送別)ᄒ고 결울(結鬱)[2]혼 심ᄉ(心思)와 졀박(切迫)혼 근심이 비길 곳이 업더라.

부인(夫人)이 강졍(江亭)의 나와 방ᄉ(房舍)를 졍(定)ᄒ여 들고 조(曹) 부인(夫人) 모녀(母女)를 악〃[3]히 보ᄎᆡ는 일이 업ᄉ나 부인(夫人) 모녀(母女ㅣ) 일시(一時)도 방심(放心)치 못ᄒ더니,

강졍(江亭)의 온 슈일(數日) 후(後) 졍부(鄭府) 납빙(納聘)이 니르니, 조(曹) 부인(夫人)이 보니 월패(月佩) 일(一) 줄이나 광ᄎᆡ(光彩) 황홀(恍惚)ᄒ여 태양(太陽)의 빗츨 아ᄉ니 텬하무가뵈(天下無價寶ㅣ)[4]라. 부인(夫人)

이 뎡(鄭) 공(公)이 남강(南江) 션유(仙遊) 시(時)의 보월(寶月) 어든 줄 드럿더니, 이제 보믹 쳑연감상(慽然感傷)[5]ᄒ여 기시(其時)의 상셔(尚書)는 명듀(明珠)를 엇고 뎡후(鄭侯)는 보월(寶月)을 어더 긔특

---

2) 결울(結鬱): 가슴이 답답하게 막힘. 울결.
3) 악〃: 몹시 기를 쓰며 자꾸 소리를 내지름.
4) 텬하무가뵈(天下無價寶ㅣ): 천하무가보. 천하에 값을 매길 수 없을 만큼 귀한 보배.
5) 쳑연감상(慽然感傷): 척연감상. 처연한 빛으로 슬퍼함.

(긔특(奇特)이 뎡혼(定婚)ᄒ여시나 ᄌ녀(子女)의 셩취(成娶)ᄒ기를 당(當)ᄒ여 알오미 업ᄉ믈 슬허ᄒ고, 뎡(鄭) 공(公)의 쳥검졀ᄎ(淸儉切磋)[6]ᄒ미 댱ᄌ(長者)를 셩혼(成婚)ᄒᄃᆡ 시쇽(時俗) 번잡(煩雜)ᄒ미 업셔 다만 ᄒᆫ 댱(張) 혼셔(婚書)와 보월(寶月) 일(一) 쥬(株)와 셰젼(世傳)ᄒᄂᆞᆫ 박옥ᄡᅡᆼ봉잠(璞玉雙鳳簪)[7]ᄲᆞᆫ이라. 부인(夫人)이 그 쳥고(淸高)[8]ᄒ믈 탄복(歎服)ᄒᄃᆡ 태부인(太夫人)은 입을 비죽여[9],

"뎡개(鄭家ㅣ) 공후(公侯)의 부귀(富貴)로 빙믈(聘物)이 박냑(薄略)[10]ᄒ여 빈한(貧寒)ᄒᆫ 션븨만도 못ᄒ니 아비 업슨 탓시라[11] 엇지 분(憤)치 아니리오?"

조(曹) 부인(夫人)이 말을 아니코 빙믈(聘物)을 거두어 침소(寢所)의 두니, 태부인(太夫人)이 그 보월(寶月)이[12] 긔

4면

특(奇特)ᄒᆫ 보ᄇᆡ믈 그윽이 욕심(欲心)ᄂᆡ여 아ᄉ 경ᄋᆞ를 주고져 ᄒᄃᆡ 위방이 뎡ᄋᆞ를 겁탈(劫奪)ᄒ고 조(曹) 시(氏)를 죽이고져 ᄒ니, 만일(萬一) 죽이거든 쾌(快)히 아ᄉ 경ᄋᆞ를 주려 ᄒ니 욕심(慾心)의 흉독(凶毒)[13]ᄒ미 이 ᄀᆞᆺ더라.

위방이 강졍(江亭)의 나아가 눈닉여 두로 보고 태부인(太夫人)긔 ᄇᆡ견(拜見)ᄒ니, 부인(夫人)이 셔로 날을 긔약(期約)ᄒ고 무뢰ᄇᆡ(無賴

---

6) 쳥검졀ᄎ(淸儉切磋): 청검절차. 청렴하고 검소함을 갈고 닦음.
7) 박옥ᄡᅡᆼ봉잠(璞玉雙鳳簪): 박옥쌍봉잠. 박옥으로 만든, 한 쌍의 봉황이 새겨진 비녀. 박옥은 순도 높은 옥의 원석을 말함.
8) 쳥고(淸高): 청고. 청렴하고 고상함.
9) 비죽여: 비죽여.
10) 박냑(薄略): 박략. 변변치 않고 소략함.
11) 라: [교] 원문에는 이 뒤에 'ᄒ여'가 있으나 문맥을 고려해 삭제함.
12) 이: [교] 원문에는 '의'로 되어 있으나 문맥을 고려해 이와 같이 수정함.
13) 흉독(凶毒): 흉악하고 독함.

輩)를 다리고 돌입(突入)ᄒ라 ᄒ니 방이 슌〃샤례(順順謝禮)ᄒ고 가ᄂ니라.

조(曹) 부인(夫人)이 방의 단녀가므로브터 홀연(忽然) ᄆᆞᆷ이 요동(搖動)ᄒ여 므슴 흉겐(凶計ㄴ)고 념녀(念慮ㅣ) 번다(煩多)ᄒ더니, 쇼제(小姐ㅣ) 홀연(忽然) 좌비(左臂) 쩔녀 진뎡(鎭靜)치 못ᄒ다가 모친(母親)긔 고왈(告曰),

"쇼녜(小女ㅣ) ᄆᆞᆷ이 산난(散亂)ᄒ고 좌비(左臂) 쩔녀 스스로 무셔오니 반ᄃᆞ시 블길(不吉)ᄒᆫ 증됴(徵兆ㅣ)라. 금야(今夜)ᄂ 모친(母親)과 ᄒᆡ이(孩兒ㅣ) 다 옷슬

5면

곳쳐 쇼녀(小女)ᄂ 광텬의 옷슬 닙고 모친(母親)은 대인(大人) 닙으시던 단의(單衣)를 닙으샤 블의지변(不意之變)을 방비(防備)ᄒ미 맛당ᄒ니이다."

부인(夫人)이 졈두(點頭)[14] 왈(曰),

"여언(汝言)이 뎡합오심(正合吾心)[15]이라. 이리 온 십여(十餘) 일(日)의 일시(一時)도 ᄆᆞᆷ을 노치 못ᄒ여 일 만난 사름 ᄀᆞᆺᄐᆞ니 반ᄃᆞ시 대홰(大禍ㅣ) 박두(迫頭)[16]ᄒ미라. ᄒᆞ믈며 위방이 젼일(前日)은 비현(拜見)치 아니ᄒ더니, 근간(近間) 왕ᄂᆡ(往來) 빈〃(頻頻)[17]ᄒ여 이곳가지 단녀가미 유의(有意)ᄒ미라, 금야(今夜)의 변복(變服)ᄒ고 ᄉᆞ긔(事機)[18]를 보리라."

---

14) 졈두(點頭): 점두. 고개를 끄덕임.
15) 뎡합오심(正合吾心): 정합오심. 참으로 내 마음에 합함.
16) 박두(迫頭): 기일이나 시기가 가까이 닥쳐옴.
17) 빈〃(頻頻): 몹시 잦음.
18) ᄉᆞ긔(事機): 사기. 일의 기미.

모녜(母女ㅣ) 의논(議論)을 뎡(定)ᄒ고 셕식(夕食) 후(後) 태부인(太夫人)을 뫼셔 말ᄉᆞᆷᄒ다가 믈너 팀소(寢所)의 도라와 모녜(母女ㅣ) 남의(男衣)를 개착(改着)[19]홀시 쇼져(小姐)의 유모(乳母) 셜난은 부인(夫人)의 유뎨(乳弟)오, 시녀(侍女) 쥬영·현잉은 셜난의 ᄯᆞᆯ이니 다 복심(腹心)[20]이라, 부인(夫人)과 쇼져(小姐)의 거

6면

동(擧動)을 의아(疑訝)ᄒ여 연고(緣故)를 뭇ᄌᆞ오니,

"블의지변(不意之變)곳 이시면 잠간(暫間) 피(避)코져 ᄒᄂᆞ니 여등(汝等)은 나갈 길흘 보라."

셜난이 몸을 니러 밧긔 나와 좌우(左右)를 술피다가 뒤 쟝원(牆垣)을 보니 퇴락(頹落)ᄒ여 문허지고 허술ᄒ니 도라와 부인(夫人)긔 고(告)ᄒ니, 부인(夫人)이 ᄋᆞᄌᆞ(兒子)의 빙녜(聘禮)[21]홀 명듀(明珠)ᄂᆞ 즈긔(自己) 몸의 곰초고 뎡가(鄭家) 빙믈(聘物)과 혼셔(婚書)ᄂᆞ 쇼져(小姐)의 픔의 너코 밤이 깁도록 쵹(燭)을 붉히고 안줏더니,

홀연(忽然) 함성(喊聲)이 대진(大振)[22]ᄒ며 횃블이 됴요(照耀)[23]ᄒ니, 부인(夫人)과 쇼졔(小姐ㅣ) 셜난의 삼(三) 모녜(母女)를 닛글고 챵황(倉黃)[24]히 뒤담 문허진 듸로 급(急)히 ᄂᆡ다라 ᄃᆞᆯ니 피(避)ᄒ듸, 산샹(山上)의 빅셜(白雪)이 만디(滿地)ᄒ고 길히 막히니 젹(賊)이 츄

---

19) 개착(改着): 개착. 바꿔 입음.
20) 복심(腹心): 마음 놓고 부리거나 일을 맡길 수 있는 사람. 심복(心腹).
21) 빙녜(聘禮): 빙례. 빙채(聘采)의 예의. 빙채는 빙물(聘物)과 채단(采緞)으로, 빙물은 결혼할 때 신랑이 신부의 친정에 주던 재물이고, 채단은 신랑집에서 신붓집으로 미리 보내는 푸른색과 붉은색의 비단임.
22) 대진(大振): 크게 일어남.
23) 됴요(照耀): 조요. 밝게 비쳐서 빛남.
24) 챵황(倉黃): 창황. 허둥지둥 당황하는 모양.

종(追蹤)[25] 호족 몸 바릴 곳이 업눈디라. 초조착

7면

급(焦燥着急)[26] 호여 셜난이 계오 부인(夫人)과 쇼져(小姐)를 넛그러 곰초고 것티 셧더니,

위방이 강정(江亭)의 돌입(突入) 호미 졔적(諸賊)을 다리고 바로 조(曹) 부인(夫人) 팀소(寢所)로 드리다라 보미 부인(夫人) 노듀(奴主) 오(五) 인(人)의 그림주도 업눈디라. 방이 무류(無聊)[27] 호고 익둛기 눈 니르지 말고 흉인(凶人)의 분완(憤惋)[28] 호미 비길 곳이 업눈디라 밧비 니르딕,

"요악(妖惡)[29] 혼 년들이 스긔(事機)를 알고 도쥬(逃走) 호미라 반드시 먼니 아니 가시리니 급(急)히 츄종(追蹤) 호라."

방이 슈명(授命) 호여 당뉴(黨類)를 거느리고 샹산(上山) 호여 스면(四面)으로 두로 도라 홰블을 낫곳치 호고 적(賊)이 벌 뭉긔둧 나아오니, 쇼졔(小姐 |) 일이 급(急) 혼디라 무음을 단″이 잡고 모친(母親)을 붓드러 위로(慰勞) 왈(曰),

"츳변(此變)이 비심상지츌(非尋常之出)[30]이오니 아모

8면

커나 일을 급(急)히 방비(防備) 호미 올흐니 태″(太太)는 보신지칙

---

25) 츄종(追蹤): 추종. 종적을 살펴 찾아 쫓음.
26) 초조착급(焦燥着急): 초조하고 매우 급함.
27) 무류(無聊): 무료. 부끄럽고 열없음.
28) 분완(憤惋): 몹시 분하게 여김.
29) 요악(妖惡): 요망하고 악함.
30) 비심상지츌(非尋常之出): 비심상지출. 평범한 데에서 나온 것이 아님.

(保身之策)31)을 싱각ᄒ쇼셔."

부인(夫人)이 〃의 쥬영·현잉을 도라보아 글오디,

"너희 긔상(氣像)과 튱셩(忠誠)으로뻐 쇼져(小姐)의 옥골방신(玉骨芳身)32)을 엇더케 ᄒ여 보젼(保全)홀 도리(道理) 이시랴?"

쥬영·현잉이 응셩(應聲) 디왈(對曰),

"쇼비(小婢) 등(等)이 비록 튱셩(忠誠)이 고인(古人)을 밋지 못ᄒ오나 쳔신(賤身)으로뻐 쇼져(小姐)를 보호(保護)ᄒ리이다."

언미필33)(言未畢)34)의 젹(賊)이 졈〃(漸漸) 산하(山下)의 니르니 셜난·현잉이 쥬영을 븟드러 통곡(慟哭)ᄒ며 웨여 니르디,

"우리ᄂ 뎍(賊)을 피(避)ᄒ 몸으로 쇼져(小姐)를 뫼셔 이의 이시니 바라ᄂ니 인명(人命)을 상(傷)히오지 말나."

위방이 지금(只今) 쇼져(小姐)의 간 바를 츄죵(追蹤)ᄒᄂ 바의 이 곳의 와 만나니 크게 깃거 바로 교ᄌ(轎子)를 산하(山下)

9면

의 다히고 븟들고 통곡(慟哭)ᄒᄂ 거시 쇼져(小姐)라 ᄒ여 급(急)히 븟드러 교ᄌ(轎子)의 담을ᄉ, 쥬영이 본(本)디 옥골방용(玉骨芳容)이 쳥의(靑衣)35) 듕(中)의 ᄲ혀난지라 깁ᄉ미36)로 낫츨 가리오고 이〃(哀哀)히 통곡(慟哭)ᄒ니 젹(賊)이 쇼져(小姐)라 ᄒ여 븟들고 니르디,

"쇼져(小姐)ᄂ 슬허 마르시고 놀나지 마르쇼셔. 쇼져(小姐)긔 희

---

31) 보신지칙(保身之策): 보신지책. 몸을 보호할 계책.
32) 옥골방신(玉骨芳身): 옥처럼 깨끗한 골격과 아름다운 몸.
33) 필: [교] 원문에는 이 글자가 없으나 문맥을 고려해 삽입함.
34) 언미필(言未畢): 말이 끝나기 전.
35) 쳥의(靑衣): 청의. 천한 사람을 이르는 말. 예전에 천한 사람이 푸른 옷을 입었던 데서 유래함.
36) 깁ᄉ미: 비단옷의 소매.

(害)로온 사룸이 아니오, 쇼져(小姐)의 일싱(一生)을 영화(榮華)롭고
부귀(富貴)케 홀 거시니 덕당(賊黨)37)만 넉이지 마르쇼셔."

쥬영이 브듸이져 우러 왈(曰),

"야텬(爺天)38)이 됴림(照臨)39)ᄒ시고 신명(神明)이 직방(在傍)ᄒ니
상문(相門) 규슈(閨秀)를 도적(盜賊)이 〃러툿 욕(辱)되게 구는 일이
고금(古今)의 어듸 이시리오? 모친(母親)은 어듸로 가시며 희텬은 날
을 바리고 믈너셔〃 엇지ᄎ ᄒᄂ뇨?"

방이 쥬영의 거동(擧動)을 보고 윤(尹) 쇼졔(小姐丨)

10면

가장 강녈(剛烈)40)타 ᄒ니, 조(曹) 부인(夫人)을 마ᄌ 죽이면 원슈(怨
讐丨) 될 거시오, 쇼졔(小姐丨) ᄯᅩ 죽을가 겁(怯)ᄒ여 쥬영만 교ᄌ(轎
子)의 담아 표풍춰우(飄風驟雨)41)ᄀᆺ치 모라가니 쥬영은 이〃(哀哀)
히 울기를 마지아니ᄒ니,

셜난이 현잉으로 더브러 그 가는 거동(擧動)을 바라보고 ᄎ악경심
(嗟愕驚心)42)ᄒ여 즉시(卽時) 부인(夫人) 잇는 암셕(巖石) ᄉ이의 나
아가 도적(盜賊)의 ᄒ던 말을 고(告)ᄒ고 셜난이 고왈(告曰),

"그 읏듬도젹(--盜賊)이 의심(疑心) 업슨 위방이라 비록 낫ᄎ 광
듸43)를 ᄲᅧ시나 엇지 모로리잇고?"

부인(夫人)이 심골(心骨)이 경한(驚寒)44)ᄒ여 왈(曰),

---

37) 덕당(賊黨): 적당. 도적의 무리.
38) 야텬(爺天): 야천. 하느님. 천야(天爺).
39) 됴림(照臨): 조림. 세상을 굽어봄.
40) 강녈(剛烈): 강렬. 굳세고 매서움.
41) 표풍춰우(飄風驟雨): 표풍취우. 회오리바람과 소나기.
42) ᄎ악경심(嗟愕驚心): 차악경심. 마음이 몹시 놀람.
43) 광듸: 가면(假面).

"이런죽 녀♀(女兒)를 다리고 드러가지 못ᄒ리니 쥬영을 디신(代身)으로 보닉고 젹(賊)이 믈너가시니 드러가미 맛당ᄒ딕 젹(賊)이 드르면 다시 작변(作變)홀 거시니 이를 엇지ᄒ리오?"

쇼졔(小姐ㅣ) 함누(含淚)

11면

왈(曰),

"위방 흉젹(凶賊)이 쥬영을 겁탈(劫奪)ᄒ여 가시니 계부(季父)의 오시지 아닌 젼(前)은 드러가지 못ᄒ오리니 주위(慈闈)는 유모(乳母)를 다리고 드러가시고 희♀(孩兒)는 현잉으로 더브러 아직 고요ᄒᆫ 곳을 골히여 머믈니이다."

부인(夫人)이 집슈(執手) 탄왈(嘆曰),

"너를 아모 딕도 지향(指向) 업시 보닉고 내 심ᄉ(心思)를 엇지 잡아 견딕리오? 이제 드러갈 형셰(形勢)는 되지 못ᄒ여시니 다른 딕로 가지 말고 금능의 딜♀(姪兒) 등(等)이 〃시니 그곳의 가 머므러 ᄉ긔(事機)를 보아 가며 드러오려니와 이 엄한(嚴寒)⁴⁵⁾의 엇지 득달(得達)ᄒ리오?"

쇼졔(小姐ㅣ) 위로(慰勞) 왈(曰),

"일이 블힝(不幸)ᄒ여 이의 밋츠니 슬허ᄒ여 므엇ᄒ리잇고? 태〃(太太)는 심ᄉ(心思)를 널니 ᄒ시고 쇼녀(小女)를 념녀(念慮)치 마르쇼셔. 금능으로 가거나 어딕 암ᄌ도관부치(庵子道觀--)⁴⁶⁾를 어더 안신(安身)⁴⁷⁾홀 거시

---

44) 경한(驚寒): 놀라고 서늘함.
45) 엄한(嚴寒): 혹독한 추위.
46) 암ᄌ도관부치(庵子道觀--): 암자도관부치. 암자나 도관의 종류.

12면

니 하날이 죽이지 아니시면 스스로 위퇴(危殆)치 아니ᄒ오리니 왕뫼
(王母ㅣ) 바야흐로 즈위(慈闈) 피(避)ᄒ시믈 아르시면 분긔(憤氣) 더
을 거시니 어셔 드러가쇼셔.”

부인(夫人)이 마지못ᄒ여 쇼져(小姐)를 암셕(巖石) 스이의 두고 드
러갈ᄉᆡ 심장(心臟)이 여할(如割)ᄒ여 체읍(涕泣) 왈(曰),

“네 어미 밋고 바라ᄂᆞᆫ 빅 여등(汝等) 남믹(男妹)라. 만고(萬苦)[48]
를 셔리담아 쥬야(晝夜)의 튝슈(祝手)[49]ᄒᄂᆞᆫ 빅 광텬 등(等)과 너를
셩취(成娶)ᄒ여 션군(先君)의 유탁(遺託)[50]을 져바리지 말고져 ᄒ미
라. 녀ᄋᆞ(女兒)ᄂᆞᆫ 하ᄒᆡ(河海)의 너름과 금옥(金玉)의 견고(堅固)ᄒ미
이시니 아모려나 몸을 보젼(保全)ᄒ라.”

쇼졔(小姐ㅣ) 슈명(受命)ᄒ고,

“유모(乳母)를 다리고 드러가쇼셔.”

ᄒ니, 부인(夫人)이 한(限)업슨 슬프믈 춤고 마지못ᄒ여 드러갈ᄉᆡ,
힝냥(行糧)[51]이 업스므로 쇼져(小姐)를 아직 암셕(巖石)의 이시라 ᄒ고,
셜난

13면

으로 더브러 오니 위 시(氏) 바야흐로 손벽을 두다리며 ᄀᆞᆯ오ᄃᆡ,

“조(曹) 시(氏) 모녜(母女ㅣ) 간부(姦夫)[52]를 어더 도망(逃亡)ᄒ고

---

47) 안신(安身): 몸을 편안히 함.
48) 만고(萬苦): 온갖 괴로움.
49) 튝슈(祝手): 축수. 두 손바닥을 마주 대고 빎.
50) 유탁(遺託): 죽은 사람이 남긴 부탁.
51) 힝냥(行糧): 행량. 길을 가는 데 필요한 은자.
52) 간부(姦夫): 간통한 남자.

도적(盜賊)이 드러도 날은 혼ᄌ ᄇ리고 갓다."

ᄒ여 욕셜(辱說)이 히연(駭然)53)ᄒ니, 부인(夫人)이 죡용(足容)을 듐지(中止)ᄒ여 듯고 어히업고 한심(寒心)ᄒ여 ᄌ긔(自己) 남복(男服) ᄒ 거동(擧動)을 보면 더욱 믜이 넉일 줄 알고, 가마니 팀소(寢所)의 드러가 다시 복식(服色)을 개착(改着)ᄒ고 협ᄉ(篋笥)54)를 뒤여 은냥(銀兩)55)을 어더 쇼져(小姐)긔 보닉고 밧비 존고(尊姑)긔 나아가니,

부인(夫人)이 조(曹) 부인(夫人) 모녀(母女ㅣ) 아모 딕로 간 줄을 아지 못ᄒ여 힝(幸)혀 ᄉ라날가 근심ᄒ고 분완(憤惋)ᄒ더니, 부인(夫人)을 보니 믜오미 고딕 삼킬 듯ᄒ나 쇼져(小姐)의 간 곳을 뭇고져 ᄒ여 왈(曰),

"복셜(卜說)이 일노 ᄒ여 익(厄)이 듐(重)타 ᄒ던 거시어니와 반야 삼경(半夜三更)56)의 명화적(明火賊)57)이 급(急)히

14면

드니 노뫼(老母ㅣ) 놀나 거의 긔졀(氣絶)홀 번ᄒ엿ᄂ니 현부(賢婦) 모녀(母女)ᄂ 그림ᄌ도 보지 못ᄒ여시니 어딕 갓더뇨?"

조(曹) 부인(夫人)이 쇼져(小姐)의 간 곳을 젹연(寂然)58)이 모로ᄂ 체ᄒ여 놀나ᄂ ᄉ식(辭色)으로 딕왈(對曰),

"젹(賊)의 함셩(喊聲)을 듯ᄌ고 첩(妾)은 존고(尊姑) 팀젼(寢殿)으로 오려 ᄒ다가 발셔 젹(賊)이 압흘 당(當)ᄒ엿ᄉ오니 오지 못ᄒ고

---

53) 히연(駭然): 해연. 몹시 이상스러워 놀라움.
54) 협ᄉ(篋笥): 협사. 버들가지, 대나무 따위를 걸어 상자처럼 만든 직사각형의 작은 손그릇.
55) 은냥(銀兩): 화폐 구실을 하는 은.
56) 반야삼경(半夜三更): 삼경의 한밤중. 삼경은 밤 11시부터 1시 사이를 이름.
57) 명화적(明火賊): 명화적. 떼를 지어 돌아다니며 재물을 마구 빼앗는 사람들의 무리.
58) 젹연(寂然): 적연. 매우 감감한 모양.

뒤문(-門)으로 나가 잠간(暫間) 숨엇습더니, 명우는 쥬영·현잉을 다리고 뒤문(-門)으로 향(向)ᄒᆞ여 니두르려 ᄒᆞ거늘 쳡(妾)이 존고(尊姑) 침전(寢殿)으로 가거나 쳥ᄉᆞ(廳事) 밋ᄐᆡ 숨거나 ᄒᆞ라 ᄒᆞ엿습더니 어ᄃᆡ 숨고 나지 아녓도소이다.”

부인(夫人)이 조(曹) 부인(夫人)이 평싱(平生) 단목침졍(端默沈靜)[59]ᄒᆞ여 헷말[60]을 아니ᄒᆞ는 줄은 오히려 아는지라 쇼졔(小姐ㅣ) 어ᄃᆡ 숨엇는가 ᄒᆞ여 쳥ᄉᆞ(廳事) 밋과 왼집을 두로 헷쳐 ᄎᆞᆽ보ᄃᆡ 그

15면

림ᄌᆞ도 어더 보지 못ᄒᆞ고 강졍(江亭) 노복(奴僕)과 인〃(隣人)이 다 니르ᄃᆡ, 도젹(盜賊)이 갈 쩍의 교ᄌᆞ(轎子) 속의 우름소ᄅᆡ 들니더라 ᄒᆞ는지라. 태부인(太夫人)이 쇼져(小姐)는 방이 다려간 줄 알고 깃거ᄒᆞᄃᆡ 조(曹) 부인(夫人) 못 죽이믈 익ᄃᆞᆯ나 ᄒᆞ나 방인(傍人)의 〃심(疑心)을 막고져 ᄒᆞ여 거즛 ᄎᆞ악경ᄒᆡ(嗟愕驚駭)[61]ᄒᆞᆫ ᄉᆞᆨ(辭色)으로 두로 ᄎᆞᄌᆞ라 ᄒᆞ며 눈물을 흘니〃 좌위(左右ㅣ) 그러히 넉이더라.

이에 조(曹) 부인(夫人)을 도라보아 왈(曰),

“명우의 거체(居處ㅣ) 맛ᄎᆞᆷᄂᆡ 업ᄉᆞ면 뎡가(鄭家)의 무어시라 ᄒᆞ고 혼인(婚姻)을 믈니려 ᄒᆞᄂᆞ뇨?”

부인(夫人)이 ᄃᆡ왈(對曰),

“녀ᄋᆞ(女兒)를 종시(終是) ᄎᆞᆽ지 못ᄒᆞ면 맛ᄎᆞᆷᄂᆡ 뎡가(鄭家)의 실산(失散)ᄒᆞ므로 통(通)ᄒᆞᆯ 밧 엇지ᄒᆞ리잇고?”

위 시(氏) 우문(又問) 왈(曰),

"빙녜(聘禮)는 엇지ᄒᆞ엿ᄂᆞ뇨?"

딕왈(對曰),

"제 몸의 지니고 나가시니 엇지ᄒᆞ리잇고?"

부인(夫人)이 보월(寶月)의 욕심(慾心)을 닉엿다가 ᄀᆞ장 이

16면

듧[62]고 조(曹) 부인(夫人)을 죽이지 못ᄒᆞᄆᆞᆯ 통완(痛惋)[63]ᄒᆞ나 강정(江亭) 비복(婢僕)들의 소견(所見)이라도 ᄌᆞ긔(自己) 너모 인정(人情)업시 ᄒᆞ면 아름답지 아닌 쇼문(所聞)이 날가 져허 흉심(凶心)[64]을 서리담고 것츠로 흔연(欣然)[65]ᄒᆞ니,

조(曹) 부인(夫人)이 ᄉᆞᄉᆞ(事事)의 한심(寒心)ᄒᆞ여 침소(寢所)의 도라와 설난다려 쇼져(小姐)긔 은ᄌᆞ(銀子)를 젼(傳)ᄒᆞᆫ가 므르니 난이 딕왈(對曰),

"쇼제(小姐ㅣ) 니르시딕, '쇼녀(小女)는 아모조록 보명(保命)[66]ᄒᆞ여 타일(他日) 슬하(膝下)의 졀ᄒᆞ오리니 ᄌᆞ위(慈闈)는 쳔만보듕(千萬保重)[67]ᄒᆞ쇼셔.' ᄒᆞ시더이다."

부인(夫人)이 기리 탄식(歎息)ᄒᆞ여 녀ᄋᆞ(女兒)의 약질(弱質)노 셜한(雪寒)의 어딕로 향(向)ᄒᆞᆫ고 익상(哀傷)[68]ᄒᆞᄆᆞᆯ 니긔지 못ᄒᆞ니 셜난이 위로(慰勞)ᄒᆞ더니,

날이 붉으미 강정(江亭) 노복(奴僕) 등(等)이 옥누항 공ᄌᆞ(公子) 등

---

62) 듧: [교] 원문에는 이 앞에 '익'가 있으나 부연으로 보아 삭제함.

63) 통완(痛惋): 몹시 한탄함.

64) 흉심(凶心): 흉악한 마음.

65) 흔연(欣然): 기뻐하는 모양.

66) 보명(保命): 목숨을 보존함.

67) 쳔만보듕(千萬保重): 천만보중. 몸의 관리를 매우 잘하여 건강하게 유지함.

68) 익상(哀傷): 애상. 슬퍼함.

(等)긔 실산지변(失散之變)69)을 고(告)ᄒ니, 공ᄌ(公子) 등(等)이 대
경(大驚)ᄒ여 창황(倉黃)70)이 슉모(叔母)

17면

긔 고(告)ᄒ고 강졍(江亭)의 니르니,

위 시(氏) 마조 나와 야간ᄉ(夜間事)를 니르고 쇼져(小姐) 실산(失
散)ᄒᆫ 딕 밋쳐ᄂᆞᆫ 목이 메여 눈믈을 금(禁)치 못ᄒ니 냥(兩) 공ᄌ(公
子ㅣ) 엇지 조모(祖母)의 ᄯᆺ을 모로리오. 슌셜(脣舌)71)이 무익(無益)
ᄒ여 다만 뉴쳬(流涕) 왈(曰),

"져졔(姐姐ㅣ) 비록 일시(一時) 간 곳을 모로오나 결단(決斷)ᄒ여
도적(盜賊)의게 잡히여 가지 아녓ᄉ오리니 왕모(王母)ᄂᆞᆫ 과상(過傷)
치 마르쇼셔."

모친(母親) 방(房)의 와 작야ᄉ(昨夜事)72)를 뭇ᄌᆞᆸ고 대공ᄌ(大公
子)ᄂᆞᆫ 친(親)히 두로 도라 져〃(姐姐)의 거쳐(去處)를 ᄎᆞᄌᆞ보렷노라
ᄒ니, 부인(夫人)이 냥(兩) ᄌ(子)를 나호여 가마니 쥬영을 젹(賊)이
다려감과 쇼졔(小姐ㅣ) 금능으로 가려 ᄒ던 바를 니르니, 냥(兩) 공
ᄌ(公子ㅣ) 깃거ᄒ나 약질(弱質)이 엄한(嚴寒)을 당(當)ᄒ여 엇지 득
달(得達)ᄒ고 참연(慘然)ᄒ여 부인(夫人)긔 고왈(告曰),

"ᄌ위(慈闈) 엇디 져〃(姐姐)를 개연이73) 보닉시니잇고? 금능은
길히 멀고 암ᄌ도관부치(庵子道觀--)

---

69) 실산지변(失散之變): 사람을 잃어버린 변고.
70) 창황(倉黃): 미처 어찌할 사이 없이 매우 급작스러운 모양.
71) 슌셜(脣舌): 순설. 입술과 혀라는 뜻으로, 말을 함을 이름.
72) 작야ᄉ(昨夜事): 작야사. 전날 밤의 일.
73) 개연이: 선뜻.

도 종용(從容)흔 곳을 엇기 극난(極難)ᄒ오리니 쇼ᄌ(小子) 등(等)이 오날 종일(終日) 츠ᄌ보려 ᄒᄂ이다.”

부인(夫人)이 말녀 왈(曰),

“여미(汝妹)74) 위인(爲人)이 결단(決斷)코 몸을 가바야이 바리지 아니리니 아직 가마니 바려 두라. 흉적(凶賊)이 쥬영을 다려가시나 닉응(內應)75)이 〃시니 필연(必然) 여미(汝妹) 버셔난 줄 알면 대변(大變)이 나리니 아직 모로ᄂ 체ᄒ미 올흐니라.”

냥(兩) 공ᄌ(公子ㅣ) 딕왈(對曰),

“ᄌ괴(慈敎ㅣ)76) 맛당ᄒ시나 혼인(婚姻)은 임의 길일(吉日)이 머지 아녓고 뎡부(鄭府)의셔는 우리 집 연고(緣故)를 모로ᄂ딕 규수(閨秀)를 일타 ᄒ여 혼인(婚姻)을 믈니미 아름답지 아니ᄒ오니, 쇼ᄌ(小子ㅣ) 두로 도라 져〃(姐姐)를 츠ᄌ 종용(從容)흔 암ᄌ(庵子)를 어더 안신(安身)케 ᄒ고 도라와 뎡부(鄭府)의ᄂ 아직 이런 말 〃고 계뷔(季父ㅣ) 혼인(婚姻) 님시(臨時)ᄒ여 오실 거시니, 계뷔(季父ㅣ) 오시거든 져〃(姐姐)를 다려와 성혼(成婚)ᄒ

여 보니면 밋쳐 간젹(奸賊)77)이 손을 놀니지 못홀 거시오, 혼ᄉ(婚事)는 무ᄉ(無事)히 지닉미 되리이다.”

부인(夫人) 왈(曰),

---

74) 여미(汝妹): 여매. 네 누이.
75) 닉응(內應): 내응. 안으로 응함.
76) ᄌ괴(慈敎ㅣ): 자교. 어머니의 가르침.
77) 간젹(奸賊): 간적. 간악한 도적.

"오우(吾兒)의 말이 맛당ᄒᆞ되 슉〃(叔叔)이 혼인(婚姻) 밋쳐 못 오시면 녀우(女兒)의 혼ᄉᆞ(婚事)는 길일(吉日)을 허숑(虛送)홀가 ᄒᆞ노라."

대공ᄌᆞ(大公子ㅣ) 되왈(對曰),

"계뷔(季父ㅣ) 혹ᄌᆞ(或者) 혼인(婚姻) 밋쳐 못 오시면 뎡가(鄭家)의ᄂᆞᆫ 믜졔(妹姐ㅣ) 유질(有疾)ᄒᆞ여 친ᄉᆞ(親事)를 일우지 못ᄒᆞ니 잠간(暫間) 믈니ᄌᆞ ᄒᆞ미 올ᄒᆞ니이다."

부인(夫人)이 올히 넉여 졈두(點頭)78)ᄒᆞ더라.

뉴 시(氏) 강졍(江亭)의 도젹(盜賊)이 드러 쇼져(小姐)의 거쳬(去處ㅣ) 업ᄉᆞ믈 듯고 위방이 다려가시믈 알고 깃거ᄒᆞ나 오히려 조(曹) 부인(夫人)을 죽이지 못ᄒᆞ엿고 공ᄌᆞ(公子) 등(等)이 비상(非常)ᄒᆞ니 혹ᄌᆞ(或者) ᄉᆞ긔(事機)를 알가 존고(尊姑)긔 글을 올녀,

'광뎐 등(等)이 용이(容易)ᄒᆞᆫ 우희(兒孩) 아니〃 혹(或) 누의를 ᄎᆞᄌᆞ려 하리니 슈일(數日)가지는 면젼(面前)을 쪄나지 못ᄒᆞ게

20면

ᄒᆞ여 명ᄋᆞ의 ᄌᆞ최를 엇지 못ᄒᆞ게 하쇼셔.'

ᄒᆞ여시니,

태부인(太夫人)이 씌ᄃᆞ라 짐짓 누어 셜며 알ᄂᆞᆫ 쳬ᄒᆞ고 부인(夫人) 삼(三) 모ᄌᆞ(母子)를 블너 니르되,

"내 졍신(精神)이 황홀(恍惚)ᄒᆞ여 긔운이 혼〃(昏昏)79)ᄒᆞ니 현뷔(賢婦ㅣ) 손ᄋᆞ(孫兒) 등(等)을 다리고 압흘 쪄나지 말나."

부인(夫人)과 공ᄌᆞ(公子) 등(等)이 조모(祖母)의 심의(心意)를 지긔

---

78) 졈두(點頭): 점두. 고개를 끄덕임.
79) 혼〃(昏昏): 정신이 가물가물하고 희미함.

(知機)[80]ᄒᆞ나 이러툿 대통(大痛)[81]ᄒᆞ믈 블승경황(不勝驚遑)[82]ᄒᆞ여 슈죡(手足)을 쥐므르며 좌우(左右)의셔 ᄯᅥ나지 아니터니,

가장 이윽ᄒᆞᄆᆡ 공ᄌᆞ(公子) 등(等)은 여신(如神)ᄒᆞᆫ 총명(聰明)이라, 병후(病候)[83]를 슬피ᄆᆡ 결단(決斷)ᄒᆞ여 진짓 알는 증휘(症候) 아니라 그윽이 한심(寒心)ᄒᆞ여 가변(家變)을 크게 슬허ᄒᆞ더니, 대공ᄌᆞ(公子ㅣ) 모친(母親)긔 고왈(告曰),

"희뎨(-弟)를 다리시고 왕모(王母) 환후(患候)를 구호(救護)ᄒᆞ쇼셔. 쇼ᄌᆞ(小子)는 져〃(姐姐)의 거쳐(去處)를 아라보리이다."

태부인(太夫人)이 광텬의 손을 잡아 겻ᄐᆡ 안치고

21면

왈(曰),

"작야(昨夜) 젹변(賊變)의 놀난 가슴이 지금(至今) 진뎡(鎭靜)치 못 홀 듯ᄒᆞ니 너희 다 ᄯᅥ나지 말나."

조(曹) 부인(夫人)이 ᄒᆡᆼ(幸)혀 ᄋᆞ지(兒子ㅣ) 역명(逆命)[84]홀가 두려 눈으로ᄡᅥ ᄋᆞ즈(兒子)를 보아 왈(曰),

"녀ᄋᆞ(女兒)는 ᄌᆞ최 아모 ᄃᆡ로 간 줄 아지 못ᄒᆞ고 존고(尊姑) 환휘(患候ㅣ) 이러툿 ᄒᆞ시니 믈너날 의ᄉᆞ(意思)를 말나."

공ᄌᆞ(公子ㅣ) 져〃(姐姐)의 거쳐(去處)를 츳지 못홀 비 ᄆᆞ음이 버히는 듯ᄒᆞ나 조모(祖母)의 심용(心用)을 슷치고 츄연(惆然) ᄃᆡ왈(對曰),

"쇼ᄌᆞ(小子ㅣ) 금일(今日)브터 두로 도라 져〃(姐姐)의 거쳐(去處)

---

80) 지긔(知機): 지기. 낌새를 알아차림.
81) 대통(大痛): 크게 아픔.
82) 블승경황(不勝驚遑): 불승경황. 매우 놀라고 경황이 없음.
83) 병후(病候): 병의 징후.
84) 역명(逆命): 명령을 거역함.

를 알고 도적(盜賊)의 근본(根本)을 브딕 알고져 ㅎ엿습더니, 왕뫼(王母ㅣ) 이러틋 ㅎ시니 움죽이지 못ㅎ오나 민져(妹姐)를 싱각ㅎ오니 처황(悽惶)[85]흔 심식(心思ㅣ) 비길 곳이 업ᄂ이다."

부인(夫人)이 공ᄌ(公子)의 말을 듯고 심니(心裏)의 우이 넉여 혜오딕,

'제 비록 춍명(聰明)ㅎ나 우리 작용(作用)을 어이 알니오. 아모커나 잡아 안쳐

22면

두어 아직 쇼문(所聞)을 듯지 못ㅎ게 ㅎ리라.'

ㅎ고 공ᄌ(公子) 형데(兄弟)를 다 겻틱 믈너나지 못ㅎ게 ㅎ니,

대공직(大公子ㅣ) 더옥 착급(着急)ㅎ딕 홀일업셔 슈삼(數三) 일(日)을 면젼(面前)의셔 써나지 못ㅎ더라.

뎡(鄭) 공(公)이 옥누항의 와 공ᄌ(公子) 등(等)을 보고져 흔죽 강졍(江亭)의 나갓다 ㅎ고 노복(奴僕) 등(等)이 쇼져(小姐)를 실산(失散)ㅎ므로써 고(告)ㅎ니, 뎡(鄭) 공(公)이 대경(大驚)ㅎ여 친(親)히 강졍(江亭)의 나아가 냥(兩) 공ᄌ(公子)를 보고 므러 왈(曰),

"길긔(吉期) 졈〃(漸漸) 갓가오니 두굿거오믈 니긔지 못ㅎ여 존부(尊府)의 나아가 여등(汝等)을 보고 미비(未備)흔 거시 잇거든 의구(儀具)[86]를 돕고져 ㅎ더니, 싱각 밧 쇼져(小姐)를 실산(失散)ㅎ다 ㅎ니 이 엇진 변(變)이며 여등(汝等)은 므슴 연고(緣故)로 이리 나왓ᄂ뇨?"

대공직(大公子ㅣ) 브딕 민져(妹姐)의 거쳐(居處)를 아라 계뷔(季父

---

85) 처황(悽惶): 처황. 매우 슬픔.
86) 의구(儀具): 의례에 쓰이는 기구.

1) 드러오시거든 져〃(姐姐)를 다려다가

23면

길녜(吉禮)를 지니려 ᄒᆞᄆᆞ로 실산(失散)ᄒᆞᆷᆯ 뎡부(鄭府)의 통(通)치 아녓더니, 뎡(鄭) 공(公)이 발셔 아라시믈 블ᄒᆡᆼ(不幸)이 넉이ᄃᆡ 졔 알고 뭇ᄂᆞᆫᄃᆡ 긔이[87]미 블가(不可)ᄒᆞ여 이의 몸을 굽혀 ᄃᆡ왈(對曰),

"조뫼(祖母ㅣ) 피우(避寓)[88]ᄒᆞ실 일이 〃셔 ᄌᆞ당(慈堂)과 미져(妹姐)를 다리시고 이의 올마 계시더니, ᄯᅮᆺ밧 명화젹(明火賊)이 심야(深夜)의 돌입(突入)ᄒᆞ니 ᄉᆞ미(舍妹) 두어 시녀(侍女)로 더브러 급(急)히 피(避)ᄒᆞ다 ᄒᆞ되 슈일(數日)이 되여시나 거쳐(居處)를 아지 못ᄒᆞ오니 합개(闔家ㅣ) 초조경황(焦燥驚遑)ᄒᆞᄂᆞᆫ 가온ᄃᆡ 잇ᄂᆞᆫ지라. 즉시(卽時) 존부(尊府)의 통(通)ᄒᆞ여 아르시게 ᄒᆞᆯ 거시로ᄃᆡ 혹ᄌᆞ(或者) 누의를 ᄎᆞᆽ즐가 ᄒᆞ오미러니 금일(今日)가지 소식(消息)이 업ᄉᆞ오니 반ᄃᆞ시 밤을 당(當)ᄒᆞ여 창황(倉黃)이 피(避)ᄒᆞ다가 길흘 일허 ᄎᆞᆽ지 못ᄒᆞᄂᆞᆫ가 시브오니, 존당(尊堂) 셩휘(聖候ㅣ) 블안(不安)

24면

ᄒᆞ신 고(故)로 ᄯᅥ나지 못ᄒᆞ고 졍(正)히 아모리 ᄒᆞᆯ 줄 모로ᄂᆞ이다."

공(公)이 경히ᄎᆞ악(驚駭嗟愕)ᄒᆞ여 문왈(問曰),

"봉젹(逢賊)[89] 시(時)의 너의 형뎨(兄弟)ᄂᆞᆫ 어ᄃᆡ 이시며 녕미(令妹)ᄯᅩ 엇지 그리 먼니 가셔 길흘 일토록 ᄒᆞ리오? 상문(相門) 규슈(閨秀)

---

87) 이ᄂᆞᆫ: [교] 원문에는 이 뒤에 '이'가 있으나 부연으로 보아 삭제함.
88) 피우(避寓): 전염병이나 액 따위를 피하기 위해 잠시 거처를 옮겨 머묾.
89) 봉젹(逢賊): 봉적. 도적을 만남.

의 실산(失散)이 희한(稀罕)흔 변(變)이라 혼긔(婚期) 님박(臨迫)흐엿 눈듸 이런 블힝(不幸)이 어듸 이시리오?"

냥(兩) 공지(公子ㅣ) 츄연(惆然) 듸왈(對曰),

"길일(吉日)을 허송(虛送)흐실 일이 존부(尊府)의도 블힝(不幸)이 어니와 년딜(緣姪)[90] 등(等)이 누의를 실산(失散)흐오니 ᄉ정(事情)의 통박(痛迫)흔 근심은 니르도 말고 존당(尊堂)과 편위(偏闈)[91]예 과상(過傷)흐시미 셩질(成疾)[92]흐시기의 니르시니 더옥 초민(焦悶)[93]흐믈 니긔지 못흐리로소이다. 젹(賊)이 돌입(突入)흘 쩌 년딜(緣姪) 등(等)은 본부(本府)의 이시니 아지 못흐고 금명(今明)[94]의야 이에 니르럿ᄉ오나 ᄉ미(舍妹) 아

25면

모 듸로 간 줄 모로오니 지향(指向)흐여 ᄎ줄 길히 업습고 존당(尊堂) 환후(患候)로 쩌나지 못흐오니 심신(心身)이 밋칠 둣흐여이다."

뎡(鄭) 공(公)이 공ᄌ(公子) 등(等)의 거동(擧動)을 보미 흔갓 누의를 실산(失散)흐여 초려(焦慮)[95]흘 ᄯ분 아니라 황황어득(遑遑--)[96]하여 아모리 흘 줄 모로는 형상(形狀)이라 반두시 별단(別段) ᄉ괴(事故ㅣ) 이시믈 쩌드라 블힝(不幸)흐믈 니긔지 못흐여 공ᄌ(公子) 등(等)을 당부(當付)흐여 쇼져(小姐)를 ᄎ즈보라 흐고 도라가니,

공ᄌ(公子) 등(等)이 안히 드러와 모친(母親)긔 뎡(鄭) 공(公)의 말

---

90) 년딜(緣姪): 연질. 조카뻘 되는 친척.
91) 편위(偏闈): 아버지가 죽어 홀로 있는 어머니. 편모(偏母).
92) 셩질(成疾): 성질. 병이 남.
93) 초민(焦悶): 속이 타도록 몹시 고민함.
94) 금명(今明): 오늘 아침.
95) 초려(焦慮): 애를 태우며 생각함.
96) 황황어득(遑遑--): 경황이 없고 혼란스러움.

숨을 고(告)ᄒ니, 부인(夫人)이 참괴츄연(慙愧惆然)[97]ᄒ나 태부인(太夫人)을 두려 쇼져(小姐) 츳줄 의ᄉ(意思)를 못 ᄒ고 일슌(一旬)을 지닉엿더니,

태위(大夫ㅣ) 항쥐(杭州) 나려가 투장(偸葬)[98]ᄒᆫ 거슬 파닉고 밧비 샹경(上京)ᄒ여 부듕(府中)의 니르니,

26면

쇼져(小姐)의 길긔(吉期) 슈삼(數三) 일(日)이 격(隔)ᄒ여시므로 공(公)은 셜듕엄한(雪中嚴寒)[99]을 혜지 아냐 셜니 온즉, 공ᄌ(公子) 등(等)도 업고 구패(寇婆ㅣ) 밧비 닉ᄃ라 태부인(太夫人)이 피우(避寓)로 조(曹) 부인(夫人) 모녀(母女)를 다리고 강정(江亭)의 갓다가 쇼져(小姐) 실산(失散)ᄒᆫ 연유(緣由)와 태부인(太夫人)이 놀나 셩질(成疾)ᄒ여시믈 고(告)ᄒ고 쇼져(小姐) 실산(失散)ᄒ믈 슬허ᄒ니, 공(公)이 쳥미필(聽未畢)[100]의 만심경악(滿心驚愕)[101]ᄒ여 봉안(鳳眼)이 둥글고 미위(眉宇ㅣ) 참엄(斬嚴)[102]ᄒ여 왈(曰),

"ᄌ졍(慈庭)이 브졀업슨 복셜(卜說)[103]을 미드샤 강졍(江亭)을 향(向)ᄒ시나 셔모(庶母)와 뉴 시(氏) 등(等)이 엇지 간(諫)치 못ᄒ뇨?"

구패(寇婆ㅣ) 탄왈(嘆曰),

"상공(相公)이 오히려 태부인(太夫人) 셩졍(性情)을 모로시ᄂ이다. 노신(老身) 등(等)이 피우(避寓)ᄒ시미 브졀업ᄉ믈 고(告)ᄒ딕 듯지

---

97) 참괴츄연(慙愧惆然): 참괴추연. 부끄러워하고 슬퍼함.
98) 투장(偸葬): 남의 산이나 묏자리에 몰래 자기 집안의 묘를 씀.
99) 셜듕엄한(雪中嚴寒): 설중엄한. 눈이 오는 혹독한 추위.
100) 쳥미필(聽未畢): 청미필. 채 다 듣지 않음.
101) 만심경악(滿心驚愕): 온 마음에 크게 놀람.
102) 참엄(斬嚴): 매우 엄함.
103) 복셜(卜說): 복설. 점쟁이의 말.

아니시니 홀일업더이다."

공(公)이 탄식(歎息)고 강정(江亭)의

27면

니르니 태부인(太夫人)이 마조 닛다라 쇼져(小姐) 실산(失散)ᄒ믈 니
르고 눈믈을 흘니 〃 태위(大夫ㅣ) 그스이 존후(尊候)를 뭇ᄌᆞ고 쳬싀
(涕泗ㅣ)104) 환난(汍亂)105)ᄒ여 왈(曰),

"ᄌᆞ위(慈闈) 무복(巫卜)106)을 슝상(崇尙)ᄒ시믈 ᄆᆡ양 간(諫)ᄒ옵더
니 필경(畢竟) 이런 일이 잇셔 명ᄋᆞ를 일흐니 엇지 읻닯지 아니리잇
가? 쇼ᄌᆞ(小子ㅣ) 블초무상(不肖無狀)ᄒ와 평일(平日) ᄌᆞ졍(慈庭)을
간(諫)치 못ᄒ와 요괴(妖怪)로온 무녀복ᄌᆞ(巫女卜者)의 말을 취신(取
信)107)ᄒ시게 ᄒ여 브졀업손 피우(避寓)로 딜녀(姪女)를 실산(失散)
ᄒ니 션형(先兄)108)이 지극(至極) 미드신 바를 져ᄇᆞ리오니 구원타일
(九原他日)109)의 빅시(伯氏)긔 뵈올 면목(面目)이 업스리로소이다."

언진(言盡)110)의 블승쳬읍(不勝涕泣)111)ᄒ니,

조(曹) 부인(夫人)이 드러오니, 〃러 마ᄌᆞ 녜필(禮畢)의 딜녀(姪女)
의 실산(失散)ᄒ믈 일ᄏᆞ라 누쉬(淚水ㅣ) 여우(如雨)ᄒ니 조(曹) 부인
(夫人)이 엇지 공(公)을 긔이

---

104) 쳬싀(涕泗ㅣ): 체사. 울어서 흐르는 눈물이나 콧물.
105) 환난(汍亂): 환란. 어지럽게 흐름.
106) 무복(巫卜): 무당과 점쟁이.
107) 취신(取信): 취신. 취해 믿음.
108) 션형(先兄): 선형. 죽은 형.
109) 구원타일(九原他日): 죽어 저승에 간 때.
110) 언진(言盡): 말을 끝냄.
111) 블승쳬읍(不勝涕泣): 불승체읍. 눈물 흘리기를 마지않음.

28면

고져 ᄒᆞ리오마ᄂᆞᆫ 존고(尊姑)의 험악(險惡)[112]을 두려 역시(亦是) 비상(悲傷)ᄒᆞᆯ ᄲᅮᆫ이오 ᄀᆞᆺᄐᆞ여 말이 업더니, 공(公)이 모친(母親)긔 고왈(告曰),

"ᄌᆞ위(慈闈) 이리 올무실 제 광ᄋᆡ(-兒ㅣ) 슈〃(嫂嫂)와 딜녀(姪女)를 다려가지 마르쇼셔 ᄒᆞ믈 분노(忿怒), 광ᄋᆞ(-兒)를 난타(亂打)ᄒᆞ시미 과도(過度)ᄒᆞᆫ 지경(地境)의 밋쳐 광ᄋᆡ(-兒ㅣ) 머리 ᄢᆡ여졋더라 ᄒᆞ니 그 엇진 일이니잇고? 광ᄋᆞ(-兒) 등(等)이 블쵸(不肖)ᄒᆞᆫ 일이 잇셔도 ᄉᆞ리(事理)로 ᄎᆡᆨ(責)ᄒᆞ시고 ᄌᆞᄋᆡ(慈愛)로 거ᄂᆞ리시면 져의 텬셩(天性)이 디효(至孝)ᄒᆞ오니 ᄌᆞ연(自然) 허믈된 일이 업ᄉᆞ오려든 ᄌᆞ졍(慈庭)은 셩덕(盛德)과 ᄌᆞᄋᆡ(慈愛)를 먼니ᄒᆞ시고 션형(先兄)의 효우셩힝(孝友性行)[113]을 만고블효블인(萬古不孝不仁)[114]으로 지목(指目)ᄒᆞ샤 실덕(失德)이 과도(過度)ᄒᆞ시던가 시부오니, 쇼ᄌᆡ(小子ㅣ) 듯ᄌᆞ오ᄆᆡ 심한골경(心寒骨驚)[115]ᄒᆞ옵ᄂᆞ니 ᄌᆞ위(慈闈) 비록 심홰(心火ㅣ)

29면

셩(盛)ᄒᆞ시나 엇지 ᄎᆞ마 여ᄎᆞ(如此)ᄒᆞ시니잇고?"

부인(夫人)이 ᄆᆡᄉᆞ(每事)를 공(公)을 모로게 ᄒᆞ여 ᄌᆞ긔(自己) 극악대흉(極惡大凶)을 알가 ᄀᆞᆷ초고 겻ᄎᆞ로 어진 빗출 지어 공(公)을 속이더니, 공ᄌᆞ(公子) 등(等) 난타(亂打)ᄒᆞᆷ과 상셔(尚書)를 드노화[116] 수

---

112) 험악(險惡): 마음이 흉악함.
113) 효우셩힝(孝友性行): 효우성행. 효성스럽고 착한 행실.
114) 만고블효블인(萬古不孝不仁): 만고불효불인. 세상에서 가장 효성스럽지 못하고 어질지 못함.
115) 심한골경(心寒骨驚): 마음이 서늘하고 뼈가 놀랄 정도로 몹시 놀람.
116) 드노화: 함부로 말하여.

짓던 말을 어느 스이 알고 이러툿 니르믈 듯고 가장 민망(憫惘)ᄒ여 거즛 뉘웃는 체ᄒ고 탄왈(嘆曰),

"노뫼(老母ㅣ) 여형(汝兄)을 상(喪)ᄒ 후(後)브터 심홰(心火ㅣ) 셩(盛)ᄒ여 조고만 일이라도 블여(不如)[117]즉 심홰(心火ㅣ) 발(發)ᄒ미라 엇지 손ᄋ(孫兒) 등(等)을 귀듕(貴重)치 아니미리오?"

공(公)이 츄연탄식(惆然歎息)ᄒ고 모친(母親)의 블평(不平)ᄒ시믈 우려(憂慮)ᄒ여 의약(醫藥)을 다ᄉ려 슈히 ᄎ셩(差成)[118]ᄒ시거든 환가(還家)ᄒ시믈 청(請)ᄒ더라.

어시(於時)의 뎡(鄭) 공(公)이 윤(尹) 쇼져(小姐)의 실산(失散)ᄒ믈 듯고 경히ᄎ악(驚駭嗟愕)ᄒ여 도라와 태부인(太夫人)긔 고(告)ᄒ고 길긔(吉期) 허숑(虛送)홀 바를 익둘나 ᄒ고, 윤(尹)

30면

쇼져(小姐)의 셩행ᄉ덕(盛行四德)[119]이 외모(外貌)의 낫타나믈 ᄋ시(兒時)의 본 빅니 슈히 친ᄉ(親事)를 일워 안젼긔화(眼前奇貨)[120]를 삼고져 ᄒ다가 블힝(不幸)코 ᄎ악(嗟愕)ᄒ믈 니긔지 못ᄒ여 어든 ᄌ부(子婦)나 다르지 아니ᄒ니, 태부인(太夫人)이 길일(吉日)을 굴지고 딕(屈指苦待)[121]ᄒ다가 ᄎ언(此言)을 드르믹 대경(大驚)ᄒ여 왈(曰),

"명화젹(明火賊)이 드나 직보(財寶)를 노략(擄掠)홀 거시오, 직상(宰相) 규슈(閨秀)를 겁탈(劫奪)ᄒ여 가든 아닐 거시니 그 집 변괴(變

---

117) 블여(不如): 불여. 뜻과 같지 않음.
118) ᄎ셩(差成): 차성. 병에서 회복함.
119) 셩행ᄉ덕(盛行四德): 셩행사덕. 훌륭한 행실과 여자가 지녀야 할 네 가지 덕. 네 가지 덕은 마음씨[婦德], 말씨[婦言], 맵시[婦容], 솜씨[婦功]를 이름.
120) 안젼긔화(眼前奇貨): 안전기화. 눈앞의 기이한 보화.
121) 굴지고딕(屈指苦待): 굴지고대. 손가락을 꼽아 가며 몹시 기다림.

故(고))) 가장 괴이(怪異)ᄒ지라. 텬ᄋ이(-兒)) 나히 십삼(十三)이나 댱대(壯大)ᄒ미 〃진(未盡)ᄒ미 업거늘 지금(至今) 취실(娶室)[122]치 못ᄒ믄 규슈(閨秀)의 년유(年幼)ᄒᆫ 연괴(緣故))러니 이졔 실산(失散)타ᄒ나 거쳐(去處) 업슨 윤(尹) 시(氏)를 엇지 등ᄃᆡ(等待)[123]ᄒ리오? 몬져 타쳐(他處)의 구혼(求婚)ᄒ여 성혼(成婚)ᄒ면 됴흘가 ᄒ노라."

공(公)이 ᄃᆡ왈(對曰),

"ᄌ괴(慈敎)) 맛당ᄒ시나 져

31면

윤(尹) 시(氏)ᄂᆞᆫ 범연(凡然)이 뎡혼(定婚)ᄒᆫ 빈 아니라 윤(尹) 문강 지시(在時)의 쇼ᄌᆡ(小子)) 친(親)히 윤ᄋᆞ(尹兒) 비상(臂上)의 글ᄌᆞ를 쓰고 면약뎡혼(面約定婚)[124]ᄒ엿ᄉ오니 피ᄎᆡ(彼此)) ᄯᅳᆺ을 변(變)홀 빈 아니오, 져 집이 실신ᄇᆡ약(失信背約)[125]고져 ᄒ미 아니라 변괴(變故)) 여ᄎᆞ(如此)ᄒ여 길일(吉日)을 허숑(虛送)ᄒ미니 오개(吾家)) 어든 ᄌᆞ부(子婦)나 다르리잇고? 슈년(數年)을 기ᄃᆞ려 윤(尹) 시(氏)의 ᄉᆞ싱거쳐(死生居處)를 알고 타쳐(他處)의 구혼(求婚)ᄒ려 ᄒᄂᆞ이다."

부인(夫人)이 심(甚)히 셔운ᄒᆞ여 ᄒ더라.

윤(尹) 공(公)이 모친(母親) 환휘(患候)) 나으시ᄆᆡ 뫼셔 부듕(府中)으로 도라오고 노복(奴僕)을 흣터 쇼져(小姐)의 종젹(蹤迹)을 ᄉᆞ쳐(四處)로 심방(尋訪)[126]ᄒ나 츄풍낙엽(秋風落葉)과 대ᄒᆡ(大海)의 평초(萍草)[127] ᄀᆞᆺ트니 어ᄃᆡ 가 소식(消息)인들 드르리오.

---

122) 취실(娶室): 취실. 아내를 얻음.
123) 등ᄃᆡ(等待): 등대. 미리 준비하고 기다림.
124) 면약뎡혼(面約定婚): 면약정혼. 혼인시키기로 얼굴을 마주해 약속함.
125) 실신ᄇᆡ약(失信背約): 실신배약. 믿음을 저버리고 약속을 어김.
126) 심방(尋訪): 찾아다님.

쇽졀업시 길일(吉日)을 허숑(虛送)ᄒ고 희 밧괴이미 공(公)이 익돕고 통샹(痛傷)[128]ᄒ여 식블감미(食不甘美)[129]ᄒ고 침블안셕(寢不安席)[130]ᄒ

32면

여 풍광(風光)이 슈쳑(瘦瘠)ᄒ니 태부인(太夫人)이 그윽이 통한(痛恨)ᄒ더라.

뎡(鄭) 공(公)이 미양 니르러 태우(大夫)를 보고 쇼져(小姐)의 거쳐(去處)를 심방(尋訪)ᄒ라 흔즉 공(公)이 쳑연(惕然) 왈(曰),

"아니 쳣고져 ᄒ미 아니라 지금(至今) 소식(消息)을 모로니 팀좌(寢坐)[131]의 실닌 병(病)이 되엿ᄂ디라. 형(兄)의 집이 봉ᄉ봉친(奉祀奉親)[132]의 챵빅[133]의 혼ᄉ(婚事ㅣ) 일시(一時) 밧블 거시니, 거쳐(去處) 업ᄂ 딜녀(姪女)를 등디(等待)치 말고 타쳐(他處)의 취실(娶室)케 ᄒ고 혹즉(或者) 딜녀(姪女)를 쳣ᄂ 날이면 비록 션휘(先後ㅣ) 밧괴이나 뎡시(鄭氏)의 셩명(姓名)을 의탁(依託)ᄒ여 바리지 아니미 대덕(大德)이라 형(兄)은 믈녀(勿慮)ᄒ고 밧비 퇴부(擇婦)ᄒ라."

뎡(鄭) 공(公)이 역시(亦是) 츄연(惆然) 왈(曰),

"노친(老親)이 과연(果然) 일시(一時) 밧바 ᄒ시나 슈년(數年)가지나 녕딜(令姪)을 위(爲)ᄒ여 거쳐(居處)를 알고 돈ᄋ(豚兒)의 가긔(佳

---

127) 평초(萍草): 개구리밥과의 여러해살이 수초(水草). 몸은 둥글거나 타원형의 광택이 있는 세 개의 엽상체(葉狀體)로 이루어져 있는데 겉은 풀색이고 안쪽은 자주색임. 개구리밥.
128) 통샹(痛傷): 매우 슬퍼함.
129) 식블감미(食不甘美): 식불감미. 음식을 먹어도 맛이 달지 않음.
130) 침블안셕(寢不安席): 침불안석. 잠을 자도 자리가 편안하지 않음.
131) 팀좌(寢坐): 침좌. 누우나 앉으나.
132) 봉ᄉ봉친(奉祀奉親): 봉사봉친. 제사를 받들고 어버이를 봉양함.
133) 챵빅: 창백. 앞에서는 등장하지 않았지만 뒤의 예를 보면 정천흥의 자(字)로 보임.

期)를 뎡(定)코져 ᄒᆞᄂ

니 엇지 타쳐(他處)의 〃혼(議婚)[134] ᄒ리오? 녕딜(令姪)이 비록 가돈
(家豚)으로 더브러 화쵹(華燭)의 녜(禮)를 일우믄 업ᄉ나 오문(吾門)
빙폐문명(聘幣問名)[135]이 잇고 녕딜(令姪)의 비상(臂上) 글ᄌ 이시
니, 텬디개벽(天地開闢)ᄒ여도 ᄯᆞᆺ을 곳칠 길히 업ᄉ니 엇디 신의(信
義)를 일허 망우(亡友)를 져바리고 구쳔타일(九泉他日)의 문강 형
(兄) 볼 안면(顔面)이 업게 ᄒ리오?"

태위(大夫ㅣ) 쳑연타루(慽然墮淚) 왈(曰),

"딜녀(姪女)의 혼ᄉ(婚事)를 뎡(定)ᄒᆞᆫ 길일(吉日)의 못 지ᄂᆡ믄 쇼뎨
(小弟) 탓시라, 쇼뎨(小弟) 집의 잇더면 편위(偏闈) 강졍(江亭) ᄒᆡᆼ도
(行途)를 아니ᄒᆞ실디라. 흔갓 ᄉ졍(私情)의 버히ᄂ 듯ᄒᆞᆷ 신로이 형
가(兄家)의 근심을 깃치고 죽어 샤빅(舍伯)[136]을 뵈옵고 젼(傳)ᄒᆞᆯ 말
ᄉᆞᆷ이 업순지라. 발셔 실산(失散)ᄒᆞ연 지 슈삼(數三) 월(月)이 되여시
니 더 기다려 보아 맛

춤ᄂᆡ 소식(消息)을 모로면 쇼뎨(小弟) 텬하(天下)를 두로 도라 ᄉᆞᄉᆡᆼ
거쳐(死生居處)를 알고야 견ᄃᆡ리로다."

---

134) 〃혼(議婚): 혼인을 의논함.
135) 빙폐문명(聘幣問名): 결혼할 때 신랑이 신부에게 주는 예물과 혼서. 원래 문명은 혼인을 정한
     여자의 장래 운수를 점칠 때에 그 어머니의 성씨를 묻는 절차이나 여기에서는 혼서의 의미로
     쓰였음.
136) 샤빅(舍伯): 사백. 남에게 자기의 형을 부르는 말.

뎡(鄭) 공(公)이 윤(尹) 공(公)의 과상(過傷)ᄒᄆᆯ 보고 도로혀 위로 (慰勞) 왈(曰),

"녕딜(令姪)은 슈복(壽福)이 완전지상(完全之相)이라, 실산(失散) 의 ᄉᆡᆼ(死生)을 바릴 일은 업ᄉᆞ리니 형(兄)은 과상(過傷)치 말고 익회(厄會)[137] 진(盡)ᄒᆞ여 단합(團合)[138]ᄒᆞ기를 기다리라."

태위(大夫ㅣ) 심회(心懷)를 뎡(定)치 못ᄒᆞ여 거의 상셩(喪性)[139]ᄒᆞᆯ 듯ᄒᆞ더라.

뎡휘(鄭侯ㅣ) 도라간 후(後) 공ᄌᆞ(公子) 등(等)이 ᄂᆡ당(內堂)의 드러와 모부인(母夫人)긔 뎡(鄭) 공(公)의 말ᄉᆞᆷ을 고(告)ᄒᆞ고, 일긔(日氣) 츈화(春和)[140]ᄒᆞ거든 ᄌᆞ긔(自己) 등(等)이 져〃(姐姐)를 ᄎᆞᄌᆞ보렷 노라 ᄒᆞ니 부인(夫人)이 쳑연(惕然) 왈(曰),

"슉〃(叔叔)이 와 계시니 여ᄆᆡ(汝妹)를 ᄎᆞᄌᆞ면 급(急)히 셩혼(成婚) ᄒᆞ여 구가(舅家)로 보ᄂᆡ면 됴흐련마ᄂᆞᆫ 아직 여ᄆᆡ(汝妹)의 거쳐(居處) 를 모로니 제 금능으로 아니 가도 반ᄃᆞ시 안

35면

졍(安靜)[141]ᄒᆞᆫ 곳을 어더 머믈며 우리 소식(消息)도 알녀 ᄒᆞᆯ 거시니 여등(汝等)은 급(急)히 ᄎᆞᆯ 의ᄉᆞ(意思)를 말나."

공ᄌᆞ(公子) 등(等)이 슈명(受命)ᄒᆞ나 져〃(姐姐)를 위(爲)ᄒᆞ여 근심 이 비길 곳이 업더라.

뉴 시(氏) 모녜(母女ㅣ) 위 시(氏)긔 고왈(告曰),

---

137) 익회(厄會): 액회. 액운이 있는 시기.
138) 단합(團合): 한데 모임.
139) 상셩(喪性): 상성. 목숨을 잃음.
140) 츈화(春和): 춘화. 봄처럼 기후가 온화함.
141) 안졍(安靜): 안정. 평안하고 조용함.

"명ᄋᆞ의 위인(爲人)이 심상(尋常)치 아니ᄒᆞ니 위방의 욕(辱)을 감심(甘心)142)치 아녀실 거시니 그 ᄉᆞ단(事端)143)을 아지 못ᄒᆞ니 가장 굼거온지라144) 위 관인(官人)의게 명ᄋᆞ와 냥(兩) 시ᄋᆞ(侍兒ㅣ) 다 갓ᄂᆞᆫ가 아라보쇼셔."

ᄒᆞ니 부인(夫人)이 그러히 넉여 사ᄅᆞᆷ을 보ᄂᆡ여 뭇고져 ᄒᆞ더니,

위방이 믄득 밧긔 와 현알(見謁)ᄒᆞᄆᆞᆯ 쳥(請)ᄒᆞᄂᆞᆫ디라. 공(公)은 맛ᄎᆞᆷ 나가고 냥(兩) 공ᄌᆞ(公子)ᄂᆞᆫ 독셔당(讀書堂)의 이시니 방이 ᄂᆡ당(內堂)의 비견(拜見)ᄒᆞ려 ᄒᆞ더니,

태위(大夫ㅣ) 도라오니 방이 공(公)을 슬히 넉여 총″(恩恩)ᄒᆞᄆᆞᆯ 일ᄏᆞᆺ고 도라가니,

태위(大夫ㅣ) 그 ᄒᆡᆼᄉᆞ(行使)는 아지 못ᄒᆞ되 그

36면

ᄒᆡᆼ동(行動)을 우이 넉여 태부인(太夫人)긔 고왈(告曰),

"위방의 목ᄌᆞ(目子ㅣ)145) 산(山)146) 밧긔 븨여지고147) 몸을 고요히 가지″ 못ᄒᆞ여 거지(擧止) 실셩지인(失性之人)148) ᄀᆞᆺᄐᆞ니 ᄎᆞ후(此後) 오거든 ᄌᆞ위(慈闈) 핑계ᄒᆞ시고 보지 마르쇼셔. 비록 디친(至親)이나 져런 거시 왕ᄂᆡ(往來)ᄒᆞᄆᆡ 블길149)(不吉)ᄒᆞ니이다."

부인(夫人)이 태우(大夫)의 알오미 이 ᄀᆞᆺᄐᆞᄆᆞᆯ 보고 혹ᄌᆞ(或者) 명

---

142) 감심(甘心): 괴로움이나 책망 따위를 기꺼이 받아들임.
143) ᄉᆞ단(事端): 사단. 사건의 단서. 일의 실마리.
144) 굼거온지라: 궁금하므로.
145) 목ᄌᆞ(目子ㅣ): 목자. 눈.
146) 산(山): '눈두덩'의 뜻으로 보이나 미상임.
147) 븨여지고: 빠지고.
148) 실셩지인(失性之人): 실성지인. 정신이 나간 사람.
149) 길: [교] 원문에는 '긴'으로 되어 있으나 문맥을 고려해 이와 같이 수정함.

우의 일을 알오미 잇ᄂᆫ가 ᄒᆞ여 이에 글오ᄃᆡ,

"그거시 본(本)ᄃᆡ 안졍(眼睛)150)이 됴치도 못ᄒᆞ고 무반(武班)이란 거시 댱긔(壯氣)151)를 쓰니 예ᄉᆞ(例事) 그러ᄒᆞᆫ지라. 비록 쳔(賤)ᄒᆞ나 슉딜(叔姪)의 졍(情)이 〃시니 오면 아니 보지 못ᄒᆞ여 보던 빅라 닉당(內堂)이 비편(非便)ᄒᆞ면 보지 말ᄂᆞ라."

태위(大夫ㅣ) 빈미(顰眉)152) ᄃᆡ왈(對曰),

"ᄌᆞ위(慈闈) 보시ᄂᆫ 거슬 말고져 ᄒᆞ미 아니라 쇼ᄌᆡ(小子ㅣ) 그런 뉴(類)와 상면(相面)이 괴로와 ᄒᆞ옵ᄂᆞ니, ᄌᆞ위(慈闈) 아니 보시면 제 스스로 왕닉(往來)ᄒᆞᆯ 빅

37면

업술가 ᄒᆞᄂᆞ이다."

부인(夫人)이 가장 깃거 아냐 다시 말을 아니ᄒᆞ더라.

ᄌᆡ셜(再說). 윤(尹) 쇼졔(小姐ㅣ) 현잉으로 더브러 ᄉᆞ오(四五) 냥(兩) 은ᄌᆞ(銀子)를 가지고 금능으로 향(向)코져 ᄒᆞ더니, 일긔(日氣) 엄한(嚴寒)ᄒᆞ고 쳥슈약질(淸秀弱質)153)이 원노(遠路)의 득달(得達)ᄒᆞᆯ 길 업술ᄲᆞᆫ더러 삼촌금년(三寸金蓮)154)이 동셔(東西)를 블분(不分)ᄒᆞ거늘, 현잉이 쏘ᄒᆞᆫ 하류쳥의(下類靑衣)155)나 어려셔브터 옥규심합(玉閨深閤)156)의 죵ᄉᆞ(從事)ᄒᆞ여시므로 빙긔157)옥골(氷肌玉骨)158)이

---

150) 안졍(眼睛): 안정. 눈동자.
151) 댱긔(壯氣): 장기. 굳센 기운.
152) 빈미(顰眉): 눈썹을 찡그림.
153) 쳥슈약질(淸秀弱質): 청수약질. 맑고 빼어난 약한 바탕.
154) 삼촌금년(三寸金蓮): 삼촌금련. 세 치의 걸음걸이. 금련은 금으로 만든 연꽃이라는 뜻으로, 미인의 예쁜 걸음걸이를 비유적으로 이르는 말. 중국 남조(南朝) 때 동혼후(東昏侯)가 금으로 만든 연꽃을 땅에 깔아 놓고 반비(潘妃)에게 그 위를 걷게 하였다는 고사에서 유래함.
155) 하류쳥의(下類靑衣): 하류청의. 푸른 옷을 입은 천한 무리. 청의는 천한 사람을 이르는 말로, 예전에 천한 사람이 푸른 옷을 입었던 데서 유래함.

라. 노쥬(奴主ㅣ) 셔로 붓드러 ᄆᆞᆷ을 담대(膽大)히 먹고 즉시(卽時) 암혈(巖穴)을 쩌나 길흘 ᄎᆞᆽ 나아갈ᄉᆡ, 가(可)히 그믈의 버셔난 고기오 농듕(籠中)을 면(免)ᄒᆞᆫ 봉황(鳳凰)이라, 니른바 집이 〃시나 드러가지 못ᄒᆞ고 텬하(天下ㅣ) 너르나 일신(一身) 쥬착(住着)¹⁵⁹⁾홀 곳이 업ᄉᆞ니, 부듕(府中)을 바라 암 〃(暗暗)¹⁶⁰⁾히 눈믈을 쓰리고 신샹(身上)의 건복(巾服)¹⁶¹⁾이 〃

38면

시니 밋고 두로 암ᄌᆞ도관(庵子道觀)을 구(求)ᄒᆞ여 안신(安身)코져 홀ᄉᆡ,
　쥬영으로 몸을 ᄃᆡ(代)ᄒᆞ여 위적(-賊)을 속여 도라보ᄂᆡ고 모부인(母夫人) 쩌나는 마음이 버히는 듯ᄒᆞ여 스스로 명텰보신(明哲保身)¹⁶²⁾ᄒᆞ여 신여명(身與命)¹⁶³⁾이 완젼(完全)코져 ᄒᆞᄆᆡ 몸이 비록 향규(香閨)¹⁶⁴⁾ 일(一) 쇼녜(小女ㅣ)나 식견(識見)의 원하(遠遐)¹⁶⁵⁾ᄒᆞᆷ 진유ᄌᆞ(陳孺子)¹⁶⁶⁾의 슬긔 잇고 명달(明達)ᄒᆞᆷ ᄉᆞ군ᄌᆞ(士君子) 녈댱부(烈丈夫)의 ᄆᆞᆷ이 잇ᄂᆞᆫ디라, 엇지 일시(一時) 니별(離別)의 셜 〃(屑屑)¹⁶⁷⁾ᄒᆞ여 대ᄉᆞ(大事ㅣ) 그릇되게 ᄒᆞ리오.
　모친(母親) 보ᄂᆡᆫ 바 ᄉᆞ오(四五) 냥(兩) 은ᄌᆞ(銀子)를 가지고 강정

---

156) 옥규심합(玉閨深閤): 사대부가의 안주인이 거처하는 방.
157) 기: [교] 원문에는 '슈'로 되어 있으나 문맥을 고려해 이와 같이 수정함.
158) 빙기옥골(氷肌玉骨): 얼음처럼 흰 살결과 옥처럼 깨끗한 골격.
159) 쥬착(住着): 주착. 일정한 곳에 머물러 있음.
160) 암 〃(暗暗): 기억에 남은 것이 눈앞에 아른거리는 듯함.
161) 건복(巾服): 갓과 웃옷을 아울러 이르는 말로 남복(男服)을 이름.
162) 명텰보신(明哲保身): 명철보신. 총명하고 사리에 밝아 일을 잘 처리하여 자기 몸을 보존함.
163) 신여명(身與命): 몸과 목숨.
164) 향규(香閨): 향기로운 규방.
165) 원하(遠遐): 멂.
166) 진유ᄌᆞ(陳孺子): 진유자. 중국 전한(前漢)의 개국공신 진평(陳平, ?-B.C.178)을 이름. 유자(孺子)는 고향의 부로(父老)들이 진평에 대해 부른 이름.
167) 셜 〃(屑屑): 설설. 자질구레함.

(江亭)의셔 십여(十餘) 리(里)를 힝(行)ᄒ여 가더니, 압흘 당(當)ᄒ여 일위(一位) 녀승(女僧)이 빅나장삼(白羅長衫)168)을 썰치고 오ᄉᆡᆨ념쥬(五色念珠)를 목의 걸고 황옥장(黃玉杖)169)을 집고 바로 윤(尹) 쇼져(小姐)를 향(向)ᄒ여 합장빅례(合掌拜禮) 왈(曰),

"벽화산170) 취월암 혜원 니

39면

고(尼姑)ᄂᆞᆫ 귀(貴) 쇼져(小姐) 안젼(案前)의 뵈ᄂᆞ이다. 이런 셜한(雪寒)의 쳔금약질(千金弱質)이 도로(道路)의 방황(彷徨)ᄒ시도소이다."

쇼제(小姐ㅣ) 남복(男服)을 ᄒ여시므로 ᄌᆞ긔(自己) 녀진(女子ㅣᆫ) 줄 아지 못ᄒᆞᄂᆞᆫ가 ᄒ다가 쳔만싱각(千萬--) 밧 니고(尼姑)를 만나 이런 말을 드르니 놀납고 신긔(神奇)ᄒᆞᆷ믈 니긔지 못ᄒ여 눈을 드러 니고(尼姑)를 보니 얼골이 빅셜(白雪) ᄀᆞᆺ고 미목(眉目)이 ᄲᅢᆺ혀나 강산졍긔(江山精氣)를 ᄯᅵᆯ엿ᄂᆞᆫ디라, 이의 탄식(歎息)고 니르ᄃᆡ,

"내 평싱(平生) 법ᄉᆞ(法師)로 일면지분(一面之分)171)이 업고 환난(患難)을 당(當)ᄒᆞᆫ 곡졀(曲折)을 니르지 아녓거늘 법식(法師ㅣ) 엇지 이러툿 아ᄂᆞ뇨?"

혜원이 쇼왈(笑曰),   ·

"빈되(貧道ㅣ)172) 비록 블명(不明)ᄒ나 쇼져(小姐)의 근본(根本)을 거의 아옵ᄂᆞ니, 도로(道路)의 문답(問答)ᄒᆞᆯ 빈 아니오니 암ᄌᆡ(庵子ㅣ)

---

168) 빅나장삼(白羅長衫): 백라장삼. 하얀 천으로 된 승려의 웃옷. 길이가 길고, 품과 소매를 넓게 만듦.
169) 황옥장(黃玉杖): 황옥장. 황옥(黃玉)으로 만든 지팡이.
170) 벽화산: [교] 원문에는 '벽환'으로 되어 있으나 뒤에 나오는 명칭을 고려해 이와 같이 수정함.
171) 일면지분(一面之分): 한 번 만난 교분.
172) 빈되(貧道ㅣ): 덕(德)이 적다는 뜻으로, 승려나 도사가 자기를 낮추어 이르는 말.

계오 슈리(數里)는 흔지라 밧비 나가쇼셔."

쇼졔(小姐ㅣ) 바야흐로 암즈도관(庵子道觀)을 어더 머믈

40면

고져 ᄒ다가 이승(異僧)을 만나 ᄒᆞᆫ가지로 벽화산의 니르니, 산형(山形)이 긔려(奇麗)[173]ᄒ고 암즈(庵子ㅣ) 졍묘(精妙)ᄒ여 별유세계(別有世界)오 봉ᄂᆡ방댱(蓬萊方丈)[174]이라. 암즈(庵子)로조ᄎᆞ 칠팔(七八)인(人) 녀승(女僧)이 나와 혜원을 마즈 왈(曰),

"ᄉᆞ뷔(師傅ㅣ) 월아션(月娥仙)[175]을 마즈라 가노라 ᄒ시더니 마즈 오시ᄂᆞ니잇가?"

혜원 왈(曰),

"월아션(月娥仙)을 마즈 오거니와 너의 요란(搖亂)이 구지 말나."

이리 니르며 쇼져(小姐)를 인도(引導)ᄒ여 안흐로 드러오니,

졔승(諸僧)이 윤(尹) 쇼졔(小姐ㅣ) 녀진(女子ㄴ) 줄 아지 못ᄒ나 남의(男衣) 가온ᄃᆡ 일월명광(日月明光)과 텬향아ᄐᆡ(天香雅態)[176] 만고(萬古)를 기우려 둘 업슨 ᄉᆡ광(色光)이라, 모다 넉술 일허 긔이(奇異)히 넉이믈 마지아니ᄒ더라.

원간(元間) 혜원은 본(本)이 ᄉᆞ족(士族)이라. 양쥬 션ᄇᆡ 강운의 녀즈(女子)로 일즉 부뫼(父母ㅣ) 망(亡)ᄒ고 이칠(二七)의 췌가(娶嫁)ᄒ여 가뷔(家夫ㅣ) 죽

---

173) 긔려(奇麗): 기려. 기이하고 화려함.
174) 봉ᄂᆡ방댱(蓬萊方丈): 봉래방장. 봉래산(蓬萊山)과 방장산(方丈山)을 함께 이르는 말로 중국 전설에 나오는 삼신산(三神山) 중 두 산. 나머지 하나는 영주산(瀛洲山).
175) 월아션(月娥仙): 월아선. 달에 사는 선녀인 항아(姮娥)를 이름. 항아는 지상에서 후예(后羿)의 아내였는데 후예가 가진 불사약을 훔쳐 달로 도망가 달의 신이 되었다 함.
176) 텬향아ᄐᆡ(天香雅態): 천향아태. 좋은 향기가 나는 전아한 자태.

으니, 향니(鄕里)의 인심(人心)이 흉음(凶淫)[177]ᄒ여 그 ᄌᆡᆨ(姿色)을 듯고 믄득 졀(節)을 희지으려 ᄒ니, 법ᄉᆡ(法師ㅣ) 부모(父母)와 동긔(同氣) 업스니 보젼(保全)치 못홀가 두려 단발[178]위리(斷髮爲尼)[179]ᄒ니 무상(無狀)[180]ᄒ 탕ᄌᆡ(蕩子ㅣ) 산문(山門)을 ᄶᅩᆯ와ᄃᆞ니며 겁칙(劫敕)[181]ᄒ려 ᄒ니, 법ᄉᆡ(法師ㅣ) 브득이(不得已) 경사(京師)의 올나와 남문(南門) 밧 벽화산의 암ᄌᆞ(庵子)를 일우고 부쳐를 밧드런 지 슈십(數十) 년(年)의 화식(火食)을 념어(厭飫)[182]ᄒ고 도ᄒᆡᆼ(道行)이 긔특(奇特)ᄒ여 부쳐의 뎡과(正果)[183]를 어덧ᄂᆞᆫ지라, 안ᄌᆞ셔 쳔(千) 니(里) 밧 일을 혜아리미 잇고 몸이 운니(雲裏)의 〃지(依支)ᄒ여 ᄒ로 만(萬) 니(里)를 힝(行)ᄒᄂᆞᆫ디라.

이날 법당(法堂)의 안ᄌᆞ 숑경(誦經)[184]ᄒ더니 눈을 희미(稀微)히 금으민 관음(觀音)이 현셩(顯聖)[185] 왈(曰),

"월아션(月娥仙)이 윤가(尹家)의 ᄶᅩᆯ이 되엿더니 즉금(卽今) 젹변(賊變)을 당(當)ᄒ여 도로(道路)의 방황(彷徨)ᄒ니 뎨ᄌᆡ(弟子ㅣ) 샐니 구(救)

---

177) 흉음(凶淫): 흉악하고 음란함.
178) 발: [교] 원문에는 이 뒤에 '흔'이 있으나 문맥을 고려해 삭제함.
179) 단발위리(斷髮爲尼): 머리를 깎고 비구니가 됨.
180) 무상(無狀): 아무렇게나 함부로 행동하여 버릇이 없음.
181) 겁칙(劫敕): 겁박하여 탈취함.
182) 념어(厭飫): 염어. 먹는 것을 싫어함.
183) 뎡과(正果): 정과. 바른 과보(果報). 과보는 사람이 지은 선악의 행위에 의한 결과를 이름.
184) 숑경(誦經): 송경. 불경을 외움.
185) 현셩(顯聖): 현성. 높고 귀한 사람이 죽은 후에 신령이 되어 나타남.

42면

호여 다려다가 암즈(庵子)의 편(便)히 머믈게 호라."

법시(法師 l) 놀나 씌여 월아션(月娥仙)의 운슈(運數)를 혜아리민 남의(男衣)로 반두시 암즈도관(庵子道觀)을 구(求)호는지라.

즉시(卽時) 나아가 윤(尹) 쇼져(小姐)를 마즈 도라오민 깃브믈 니긔지 못호며 그 셩즈광휘(盛姿光輝)[186]를 황홀(恍惚)호여 반두시 비상(非常)흔 귀격(貴格)[187]이믈 혜아리고 말솜을 펴 관음대스(觀音大師)의 현셩(顯聖)호여 가른치시던 말솜을 젼(傳)호며 냥목(兩目)을 옴기지 아니코 쇼져(小姐)를 부라보아 왈(曰),

"쇼제(小姐 l) 빅쥬(白晝)의 화란(禍亂)을 당(當)호여도 귀복(貴福)이 인간(人間)의 희한(稀罕)호시니 조곰도 위틱(危殆)호신 바는 업거니와 초년(初年)이 험난(險難)호여 년긔(年紀) 십(十) 셰(歲)를 넘지 못호여셔 엄상(嚴喪)[188]을 만나실 거시오, 이번도 집을 삼스(三四) 삭(朔)이나 써나실 운쉬(運數 l)어니와 익회(厄會) 아직 머러 계시이다."

쇼제(小姐 l) 추언(此言)을 듯

43면

고 가장 놀나 셩안(星眼)의 츄쉬(秋水 l) 동(動)호여 왈(曰),

"쳡(妾)의 운쉬(運數 l) 법스(法師)의 니르는 말곳치 어려셔 엄졍(嚴庭)[189]을 여희옵고 외로오신 즈모(慈母)로 더브러 일월(日月)을 보느는 비러니, 작야(昨夜)의 도적(盜賊)이 드러 혼스(婚事)를 작난

---

186) 셩즈광휘(盛姿光輝): 성자광휘. 찬란한 자태와 빛나는 외모.
187) 귀격(貴格): 귀한 골격.
188) 엄상(嚴喪): 부친의 죽음.
189) 엄졍(嚴庭): 엄정. 아버지.

(作亂)ᄒ니 첩(妾)은 ᄒᆞᆫ 낫 시녀(侍女)로 더브러 급(急)히 피(避)ᄒ여 ᄉ오(四五) 리(里)ᄅᆞᆯ 나오미 길흘 일코 날이 붉으나 집을 ᄎᆞᆺ디 못ᄒ 여 도로(道路)의 방황(彷徨)ᄒ더니, 법ᄉ(法師)의 구(救)ᄒ여 암ᄌᆞ(庵 子)의 다려오믈 어드니 감사(感謝)ᄒᆞᄆᆞᆯ 니긔지 못ᄒ나 법ᄉ(法師)의 셩시(姓氏)와 근본(根本)은 엇더ᄒ뇨?"

혜원이 기리 탄왈(嘆曰),

"빈도(貧道)ᄂᆞᆫ 텬하(天下)의 명박지인(命薄之人)[190]이라 ᄉ문녀ᄌᆞ (士門女子ㅣ) 단발위리(斷髮爲尼)ᄒᄂᆞᆫ 거시 어이 사름을 들념 즉ᄒ 리잇고? 발셔 블가(佛家)의 밍셰(盟誓)ᄒ여 셰렴(世念)[191]을 ᄭᅳᆫ헌 지 하마 슈십(數十) 년(年)이라 산슈간(山水間)의 오유(遨遊)[192]

44면

ᄒ여 ᄯᅳᆺ을 븟치ᄂᆞᆫ 빈 되엿더니, 텬ᄒᆡᆼ(天幸)으로 쇼져(小姐)ᄅᆞᆯ 만나니 산문(山門)의 큰 경ᄉᆞ(慶事ㅣ)로소이다."

쇼졔(小姐ㅣ) 혜원의 풍ᄎᆡ골격(風采骨格)이 반졈(半點) 진애(塵 埃)[193]의 무드지 아녀시믈 긔특(奇特)이 넉여 죵용(從容)이 말ᄉᆞᆷ홀ᄉᆡ, 혜원이 뎨ᄌᆞ(弟子)ᄅᆞᆯ 명(命)ᄒ여 쇼션(素膳)[194]을 ᄀᆞᆺ초아 ᄌᆡ(齋)[195]ᄅᆞᆯ 됴히 ᄒ여 쇼져(小姐)ᄅᆞᆯ 니밧고[196] 그윽ᄒᆞᆫ 팀당(寢堂)을 굴희여 쇼져 (小姐) 노듀(奴主)ᄅᆞᆯ 머믈게 홀ᄉᆡ 혜원 왈(曰),

"ᄎᆞ쳐(此處ㅣ) 경ᄉᆞ(京師)의셔 슈십(數十) 니(里)ᄂᆞᆫ ᄒᆞ거니와 유벽

---

190) 명박지인(命薄之人): 운명이 기박한 사람.
191) 셰렴(世念): 세념. 세상 생각.
192) 오유(遨遊): 재미있고 즐겁게 놂.
193) 진애(塵埃): 티끌과 먼지라는 뜻으로 인간 세상을 말함.
194) 쇼션(素膳): 소선. 고기나 생선이 들어 있지 아니한 반찬.
195) ᄌᆡ(齋): 재. 재가(在家)나 불가의 식사. 재식(齋食).
196) 니밧고: 이바지하고.

(幽僻)[197] ᄒᆞ여 일즉 외인(外人)의 ᄌᆞ최 님(臨)치 아니ᄒᆞ니 쇼제(小姐
ㅣ) 음양(陰陽)을 밧고아 건복(巾服)으로 계시미 블가(不可)ᄒᆞ니 개
복(改服)ᄒᆞ시미 맛당홀가 ᄒᆞᄂᆞ이다.”

쇼제(小姐ㅣ) 왈(曰),

“ᄉᆞ부(師傅)의 말ᄉᆞᆷ이 올ᄒᆞ나 내 이곳의 머믈 일이 업고 혹ᄌᆞ(或
者) 싱각밧 외인(外人)이 드러와도 심(甚)히 비편(非便)[198]ᄒᆞ니 엇지
녀복(女服)을 곳치리오?”

혜원

45면

이 그러히 넉여 왈(曰),

“쇼제(小姐ㅣ) 싱각이 그러ᄒᆞ시니 빈되(貧道ㅣ) 감(敢)히 막지 못
ᄒᆞᄂᆞ니 쇼져(小姐)의 ᄯᅳᆺ디로 ᄒᆞ시고 임의 이곳의 와 계시니 ᄒᆞᆫ번(-
番) 비블(拜佛)[199]ᄒᆞ시믄 폐(廢)치 못ᄒᆞ시리이다.”

쇼제(小姐ㅣ) 왈(曰),

“산문(山門)의 투입(投入)ᄒᆞ여 부모(父母)의 신톄발부(身體髮膚)
를[200] 상(傷)히와 단발위리(斷髮爲尼)ᄂᆞᆫ 가(可)치 아니ᄒᆞ거니와 ᄒᆞᆫ번
(-番) 녜비(禮拜)야 엇지 말니오?”

혜원이 깃거 조됴(早朝)[201]를 당(當)ᄒᆞ여 쇼져(小姐)를 블젼(佛前)
의 현비(見拜)ᄒᆞ라 ᄒᆞ니, 쇼제(小姐ㅣ) 마지못ᄒᆞ여 익회(厄會)를 소
셜(昭雪)[202]ᄒᆞ고 슈히 도라가믈 튝원(祝願)ᄒᆞ더라.

---

197) 유벽(幽僻): 한적하고 외짐.
198) 비편(非便): 편하지 않음.
199) 비블(拜佛): 배불. 부처에 절함.
200) 를: [교] 원문에는 ‘는’으로 되어 있으나 문맥을 고려해 이와 같이 수정함.
201) 조됴(早朝): 조조. 이른 아침.

쇼제(小姐ㅣ) 암즈(庵子)의 머므러 얼픗흔 스이 신년(新年)을 당(當)ᄒ니 심회(心懷) 쵹쳐(觸處)의 감챵(感愴)203)ᄒᄆᆯ 니긔지 못ᄒ고, 모친(母親)의 괴롭고 슬픈 심ᄉ(心思)를 싱각ᄒ여 쥬야(晝夜) 마르는 듯ᄒᆯ ᄲᅟᅵᆫ 아니라 싱셰(生世) 처음으로 ᄌᆞ모(慈母)를 ᄻᅧ나 그립고 처황(悽惶)ᄒ미 날노

46면

더으니, 쥬영은 도젹(盜賊)의게 잡혀가 엇지 되고 경〃(耿耿)204)흔 심녜(心慮ㅣ) 비길 곳이 업손지라 ᄯᅥ〃 쳥뉘(淸淚ㅣ) 환난(汍亂)205)ᄒ여 雙頰(쌍협)을 젹시니, 현잉이 일시(一時)를 ᄻᅧ나지 아냐 위로(慰勞)ᄒ고 혜원이 밧들기를 관음(觀音)의 버금으로 ᄒ206)여 졍셩(精誠)이 동쵹(洞屬)207)ᄒ니,

쇼제(小姐ㅣ) 감사(感謝)ᄒᄆᆯ 마지아니ᄒ며 암즈(庵子)의 계오 어더 니이는208) 지식(齋食)209)을 ᄌᆞ긔(自己)로 허비(虛費)ᄒᄆᆯ 블안(不安)ᄒ여 ᄉᆞ오(四五) 냥(兩) 가져온 은냥(銀兩)의 ᄉᆡᆨᄉ(色絲)210)와 쵹단(蜀緞)211)을 ᄉᆞ 슈(繡)노화 시샹(市上)의 ᄆᆡᄆᆡ(賣買)ᄒ미 슈치(繡致)212)의213) 졍묘(精妙)ᄒ미 보느니로 ᄒ여곰 황홀(恍惚)ᄒᆯ 빅라, 져

---

202) 소셜(昭雪): 소설. 씻어 없앰.
203) 감챵(感愴): 감창. 느끼어 슬퍼함.
204) 경〃(耿耿): 마음에서 사라지지 않고 염려가 됨.
205) 환난(汍亂): 환란. 어지럽게 흐름.
206) ᄒ: [교] 원문에는 이 뒤에 같은 글자가 있으나 부연으로 보아 삭제함.
207) 동쵹(洞屬): 동촉. 공경하고 삼가며 매우 조심스러움.
208) 니이는: 잇는.
209) 지식(齋食): 재식. 불가(佛家)의 식사.
210) ᄉᆡᆨᄉ(色絲): 색사. 색실.
211) 쵹단(蜀緞): 촉단. 중국 촉나라에서 생산된 비단.
212) 슈치(繡致): 수치. 수놓은 솜씨.
213) 의: [교] 원문에는 '로'로 되어 있으나 문맥을 고려해 이와 같이 수정함.

마다 갑술 닷토지 아니ᄒ고 다쇼(多少)를 의논(議論)치 아냐 부귀가
(富貴家) 쇼져(小姐) 등(等)이 스기를 못 밋출 ᄃ시 ᄒ니, 암ᄌ(庵子)
의 이션 지 슈월(數月)의 금은(金銀)이 날노 모히니 쇼져(小姐)ᄂᆞ 일
호(一毫)도 머므르ᄂᆞ 거시 업셔 슈(繡)를 파라 갑

47면

슐 바드민 즉시(卽時) 니고(尼姑)를 주어 냥ᄌ(糧資)를 삼으라 ᄒ고
십지셤슈(十指纖手)214)를 신긔(神奇)히 놀녀 낫이면 슈치(繡致)의 잠
심(潛心)ᄒ고 밤이면 시셔(詩書)의 잠젹(潛寂)215)ᄒ니, 원간(元間) 혜
원이 ᄒ문(學問)이 유여(裕餘)ᄒ여 암듕(庵中)의 셩경현젼(聖經賢
傳)216)을 ᄀᆞ초아 두엇ᄂᆞᆫ지라, 쇼졔217)(小姐ㅣ) 셔젹218)(書籍)을 옴겨
ᄌᄀᆡ(自己) 머므ᄂᆞ 방(房)의 ᄯᅡ코,

현잉을 명(命)ᄒ여 강졍(江亭) 근쳐(近處)의 가 소식(消息)을 탐지
(探知)ᄒ여 오라 ᄒ니, 현잉이 슈명(受命)ᄒ여 반일(半日) 나가 알고
와 고(告)ᄒ디,

"태위(大夫ㅣ) 도라와 태부인(太夫人)과 모부인(母夫人)을 뫼셔 옥
누항으로 드러가고 노복(奴僕)을 닉여 노화 쇼져(小姐)의 소식(消息)
을 듯본다 ᄒ더이다."

ᄒ니, 쇼졔(小姐ㅣ) 깃거 ᄌᄀᆡ(自己) 암ᄌ(庵子)의 이시믈 통(通)ᄒ
여 집으로 드러가고져 ᄒ거늘 혜원이 말녀 왈(曰),

---

214) 십지셤슈(十指纖手): 십지섬수. 가냘프고 고운 열 손가락.
215) 잠적(潛寂): 잠적. 고요히 몰두함.
216) 셩경현젼(聖經賢傳): 성경현전. 성인의 경서(經書)와 현인의 전서(傳書).
217) 졔: [교] 원문에는 '져'로 되어 있으나 문맥을 고려해 이와 같이 수정하고, 또 이 뒤에 '긔'가
있으나 문맥을 고려해 삭제함.
218) 젹: [교] 원문에는 '젼'으로 되어 있으나 문맥을 고려해 이와 같이 수정함.

"아모 제라도 도라갈 거시니, 빈되(貧道ㅣ) 쩌나기를 년〃(戀戀)ᄒ
미 아니라 아직 드러가시미 너모 급(急)ᄒ니 슈삼(數三) 월(月) 더
머므

48면

르샤 즈연(自然) 긔회(機會)를 만나리니 옥누항으로 나아가쇼셔."

쇼제(小姐ㅣ) 문왈(問曰),

"이제 드러가면 므스 일이 〃시랴?"

혜원이 쇼왈(笑曰),

"쇼져(小姐)의 익회(厄會)는 아직 머러 계시거니와 이번(-番)도 너
모 쩔니 드러가시면 취화(取禍)[219]ᄒ미 급(急)ᄒ시리이다."

쇼제(小姐ㅣ) 왈(曰),

"그러면 언제로 드러가리오?"

혜원이 딕왈(對曰),

"계츈(季春)[220]을 기다리쇼셔."

쇼제(小姐ㅣ) 탄왈(嘆曰),

"나의 스친지회(思親之懷)[221] 일〃(一日)이 여삼츄(如三秋)ᄒ거니
와 계춘(季春)이 블원(不遠)ᄒ니 법스(法師)의 말을 미드리라."

법시(法師ㅣ) 이에 관음가스(觀音袈裟)[222]의 슈(繡)를 청(請)ᄒ여
왈(曰),

"빈되(貧道ㅣ) 타일(他日)의 취월암의도 잇지 아니ᄒ오려니와 혹

---

219) 취화(取禍): 취화. 재앙을 얻음.
220) 계츈(季春): 계춘. 늦봄. 음력 3월을 이름.
221) 스친지회(思親之懷): 사친지회. 어버이를 그리워하는 마음.
222) 관음가스(觀音袈裟): 관음가사. 관음대사의 가사. 가사는 승려가 장삼 위에, 왼쪽 어깨에서 오
른쪽 겨드랑이 밑으로 걸쳐 입는 법의(法衣).

즉(或者) 다시 쇼져(小姐)를 뫼실가 바라느니 쇼져(小姐)는 블가(佛家)의 젹공(積功)[223] ᄒ샤 관음가사(觀音袈裟)의 슈(繡)를 노화 주시미 엇더ᄒ리잇고?"

쇼제 개연이[224] 허락(許諾)ᄒ고 ᄌᆡ조(才操)를 다ᄒ여 관음가사(觀音袈裟)의 슈(繡)를

49면

노ᄒ니, 녕농(玲瓏)ᄒ여 슈치(繡致) 오ᄉᆡᆨ(五色)이 어리어 상광(祥光)[225]이 됴요(照耀)ᄒ여 일셰(一世) 용우(庸愚)[226]ᄒᆫ 슈품(繡品)[227]과 닉도(乃倒)[228]ᄒ니 혜원이 깃브믈 니긔지 못ᄒ더라.

필역(畢役)[229]ᄒᆫ 날 법당(法堂)의 가 블젼(佛前)의 ᄇᆡ복(拜伏)ᄒ고 윤(尹) 쇼져(小姐)의 슈복(壽福)을 튝원(祝願)ᄒ더라.

이ᄯᅥ 됴가(朝家)[230]의셔 녜우(禮遇)[231]를 베퍼 인ᄌᆡ(人材)를 ᄲᅢ실ᄉᆡ, 뎡부(鄭府)의셔 텬흥 공ᄌᆞ(公子ㅣ) 조모(祖母)를 쵹(囑)[232]ᄒ여 굴오ᄃᆡ,

"야애(爺爺ㅣ) 쇼손(小孫)의 나히 어리다 ᄒ샤 거년(去年) 과거(科擧)의도 못 보게 ᄒ시고 이번(-番)도 과거(科擧)를 보지 말나 ᄒ시니, 남이(男兒ㅣ) 됴달영귀(早達榮貴)[233]를 구(求)치 아니ᄒ고 구틱여 슈

---

223) 젹공(積功): 적공. 공을 쌓음.
224) 개연이: 선뜻.
225) 상광(祥光): 상서로운 빛.
226) 용우(庸愚): 용렬하고 어리석음.
227) 슈품(繡品): 수품. 수놓은 품격.
228) 닉도(乃倒): 내도. 차이가 매우 큼.
229) 필역(畢役): 일을 마침.
230) 됴가(朝家): 조가. 조정(朝廷).
231) 녜우(禮遇): 예우. 예의를 지키어 정중하게 대우함.
232) 쵹(囑): 부추김.
233) 됴달영귀(早達榮貴): 조달영귀. 어린 나이에 출세해 지체가 높고 귀함.

염(髥髵)이 셰고 긔운이 다 진(盡)흔 후(後) 과거(科擧)를 흐여든 므어시 됴흐리잇가? 원(願)컨디 왕뫼(王母ㅣ) 여ᄎ여ᄎ(如此如此)흐샤 쇼손(小孫)이 과장(科場)의 나아가게 흐쇼셔.”

태부인(太夫人)이 그 긔상(氣像)을 두긋겨 웃고 왈(曰),

50면

“네 아비다려 니르려니와 여뷔(汝父ㅣ) 미양 너의 호방(豪放)흐믈 닐너 일즉 과거(科擧)를 흐면 긔운을 길울가 흐여 념녀(念慮)흐미어니와 엇지 나롯[234]시 셰고 긔운이 쇠(衰)한 후(後) 과거(科擧)를 보라 흐리오?”

공ᄌ(公子ㅣ) 역시(亦是) 웃고 퇴(退)흐엿더니,

ᄎ일(此日) 져녁문안(--問安)을 당(當)흐여 태부인(太夫人)이 금평후(--侯)다려 왈(曰),

“박명인싱(薄命人生)으로 셰샹(世上)의 흥황(興況)[235]이 업스디 너흔 몸을 두니 다른 ᄌ녜(子女ㅣ) 잇지 아니흐고 손ᄋ(孫兒)의 텬흥 밧긔는 ᄌ라니 업는디라. 흥ᄋ(-兒)의 문댱긔상(文章氣像)이 노셩댱ᄌ(老成長者)[236]라도 밋지 못흘디라 발셔 과장(科場) 출입(出入)이 맛당흐나 네 고집(固執)흐여 흥ᄋ(-兒)의 과거(科擧) 보믈 허(許)치 아니흐더니 금번(今番)은 노모(老母)를 위(爲)흐여 드려보닌라.”

뎡(鄭) 공(公)이 셩회(誠孝ㅣ) 츌텬(出天)흐여 평싱(平生)

---

234) 나롯: 수염.
235) 흥황(興況): 흥미 있는 상황.
236) 노셩댱ᄌ(老成長者): 노성장자. 늙고 성숙한 어른.

의 태부인(太夫人) 말숨을 어긔오는 일이 업는 고(故)로 슈명비샤(受命拜謝)[237] 왈(曰),

"삼가 ㅈ교(慈敎)를 봉승(奉承)[238]ᄒ오려니와 텬홍의 위인(爲人)이 방일허랑(放逸虛浪)[239]ᄒ여 군ㅈ(君子)의 힝(行)의 부죡(不足)ᄒ오니, 일쥭 댱옥(場屋) 츌입(出入)을 식여 어린 긔운을 펴 등양(騰驤)[240]ᄒ는 날은 미녀셩식(美女聲色)을 모흘가 념녀(念慮)ᄒ오미러니 ㅈ위(慈闈) 져를 과장(科場)의 드리과져 ᄒ시니 어이 거역(拒逆)ᄒ리잇고?"

공ㅈ(公子)를 블러 명일(明日) 입과(入科)[241]ᄒ라 ᄒ니 텬홍이 심니(心裏)의 흔힝(欣幸)ᄒ나 다만 나즉이 비샤슈명(拜謝受命)ᄒ고,

댱옥제구(場屋諸具)[242]를 출혀 나아가니, 오라지 아냐셔 글제(-題) 나고 시긱(時刻)이 급(急)ᄒ여 범연(凡然)ᄒ 지조(才操)는 붓슬 쩔치기 어려오되 명텬홍의 십(十) 년(年) 공부(工夫)와 강하대ᄌ(江河大才)[243]로 이날의 펼치민 지상(紙上)의 풍운(風雲)이 취지(聚之)ᄒ여 농

식(龍蛇ㅣ) 비등(飛騰)[244]ᄒ고 봉황(鳳凰)이 썅〃(雙雙)이 춤츄는디라 치셰경뉸(治世經綸)[245]홀 지덕(才德)[246]이 글 우희 완전(完全)ᄒ니,

---

237) 슈명비샤(受命拜謝): 수명배사. 웃어른의 명령을 듣고 절해 사례함.
238) 봉승(奉承): 웃어른의 뜻을 받들어 이음.
239) 방일허랑(放逸虛浪): 제멋대로 거리낌 없이 방탕하게 놀고, 언행이나 상황 따위가 허황하고 착실하지 못함.
240) 등양(騰驤): 지위가 상승해 벼슬길이 뜻대로 이루어짐.
241) 입과(入科): 과거장에 들어감.
242) 댱옥제구(場屋諸具): 장옥제구. 과거장에서 쓰는 뭇 도구.
243) 강하대ᄌ(江河大才): 강하대재. 양자강과 황하를 거스를 만한 대단한 재주.
244) 농식(龍蛇ㅣ) 비능(飛騰): 용사비등. 용이 살아 움직이는 깃같이 아주 활기 있는 필력을 비유적으로 이르는 말.

임의 쓰기를 맛츠미 죵ᄌ(從子)를 주어 밧치라 ᄒ고 두로 도라 슈만다ᄉ(數萬多士)의 글졔(-題)를 보니,247) 눈셥을 ᄢᅥᆼ긔고 목을 그덕여 한(限)업시 싱각ᄒ며 글시를 비ᄂᆞ 쟈(者)도 잇고, 필톄(筆體) 쾌(快)ᄒ여 용녈(庸劣)키를 면(免)ᄒᆞᆫ 쟈(者)도 잇고, 글을 능(能)히 짓지 못ᄒ여 남이 지어 주기를 쳥(請)ᄒ니도 잇셔248) ᄌ쟉ᄌ셔(自作自書)249)ᄒ리 ᄀᆞ장 드믄디라. 싱(生)이 〃 거동(擧動)을 보고 실쇼(失笑)ᄒ여 혜오ᄃᆡ,

'져런 것들이 션ᄇᆡ 쳬ᄒ고 명디(名紙)250)를 메고 과거(科擧)의 드러오니 엇지 념치상진(廉恥喪盡)251)치 아니리오.'

이러ᄐᆞᆺ 우으며 흔곳의 다ᄃᆞ르니, 네 낫 션ᄇᆡ 글졔(-題)를 ᄇᆞ라보고 눈믈이 ᄯᅥ러지며 의ᄉᆡ(意思ㅣ) 삭막(索莫)252)ᄒ여 슈두

53면

ᄌᆡ(首頭者ㅣ) 탄왈(嘆曰),

"과거(科擧)ᄂᆞ 일(一) 년(年)의 슈삼(數三) ᄎᆞ(次)나 잇ᄂᆞ 거시오, 사ᄅᆞᆷ마다 등양(騰驤)ᄒ기를 바라ᄂᆞ 거시 아니로ᄃᆡ 나의 졍ᄉᆞ(情事)ᄂᆞ 타인(他人)과 ᄀᆞᆺ지 아냐 부뫼(父母ㅣ) 구몰(俱沒)253)ᄒ시고 조모(祖母)의 은양(恩養)254)ᄒ시믈 닙어 댱셩(長成)ᄒ니, 시금(時今)의 조

---

245) 치세경뉸(治世經綸): 치세경륜. 세상을 다스릴 만한 경륜.
246) ᄌᆡ덕(才德): 재덕. 재주와 덕.
247) 니: [교] 원문에는 '아'로 되어 있으나 문맥을 고려해 이와 같이 수정함.
248) ᄒ니도 잇셔: [교] 원문에는 'ᄒ여'로 되어 있으나 문맥을 고려해 이와 같이 수정함.
249) ᄌ쟉ᄌ셔(自作自書): 자작자서. 스스로 짓고 씀.
250) 명디(名紙): 명지. 과거 시험에 쓰던 종이.
251) 념치상진(廉恥喪盡): 염치상진. 염치가 다 없음.
252) 삭막(索莫): 잊어버리어 생각이 아득함.
253) 구몰(俱沒): 다 죽음.
254) 은양(恩養): 은혜로 길러 줌.

모(祖母)의 환휘(患候ㅣ) 위듕(危重)[255]ᄒ신 가온ᄃᆡ 실(實)노 병측(病側)을 ᄯᅥ나 과당(科場)의 드러오지 못ᄒᆞᆯ 거시로ᄃᆡ 조뫼(祖母ㅣ) 권(勸)ᄒᆞ여 드려보ᄂᆡ시며, '내 병(病)을 약(藥)으로 티료(治療)치 말고 계화청삼(桂花靑衫)[256]으로 내 알패 졀ᄒᆞ면 내 병(病)이 경긱(頃刻)의 나으리라.' ᄒᆞ시더니, 이제 글뎨(-題)를 보믹 챵졸(倉卒)[257]의 작필(作筆)ᄒᆞᆯ 길히 업스니 타빅(拖白)[258]ᄒᆞ여 그져 가게 되엿거니와 조모(祖母)긔 므어시라 고(告)ᄒᆞ리오?"

그 아릭 안즌 션빅 눈믈을 머금고 왈(曰),

"형(兄)은 집이 경샤(京師)의 이시니 과거(科擧)

마다 참예(參預)ᄒᆞ여도 쉬오려니와 아등(我等)은 쳔니외방(千里外方)의셔 가계(家計) 빈궁(貧窮)ᄒᆞ여 됴블여셕(朝不慮夕)[259]ᄒᆞᄂᆞᆫ 지경(地境)의 즈뫼(慈母ㅣ) 아니 계시고 엄졍(嚴庭)이 쇠로(衰老)ᄒᆞ샤 셰샹ᄉᆞ(世上事)를 씨닷지 못ᄒᆞ시며 과게(科擧ㅣ) 이시믈 드르시고 냥ᄌᆞ(糧資)를 장만ᄒᆞ여 주시며 아등(我等)을 당부(當付)ᄒᆞ여 과거(科擧)를 못 ᄒᆞ거든 ᄂᆞ려오지 말나 ᄒᆞ시더니, 글뎨(-題)를 보니 의식(意思ㅣ) 아득ᄒᆞ여 가슴이 막히ᄂᆞᆫ 듯ᄒᆞ니 등양(騰驤)은 바라도 못 ᄒᆞ고 도라가 엄졍(嚴庭)의 뵈올 낫치 업도다."

---

255) 위듕(危重): 위중. 병세가 위험할 정도로 중함.
256) 계화청삼(桂花靑衫): 계화청삼. 계수나무의 꽃과 청삼. 모두 과거에 급제한 사람의 차림새임. 청삼은 조복(朝服) 안에 받쳐 입는 옷으로 남빛 바탕에 검은 빛깔로 가장자리를 꾸미고 큰 소매를 달았음.
257) 챵졸(倉卒): 창졸. 미처 어찌할 사이 없이 매우 급작스러움.
258) 타빅(拖白): 타백. 지필(紙筆)을 손에 들고서도 시문을 짓지 못함. 중국 당나라의 장석(張奭)이 하루 종일 글을 짓지 못하고 임금 앞에 백지를 내놓은 고사에서 유래함.
259) 됴블여셕(朝不慮夕): 조불여석. 형세가 절박하여 아침에 저녁 일을 헤아리지 못함.

말셕(末席)의 안즈니는 머리를 숙이고 오릭 말을 못 ᄒ다가 냥(兩) 항(行) 뉘(淚ㅣ)믈 흐르둣 ᄒ여 왈(曰),

"쇼뎨(小弟)는 원간(元間) 과거(科擧)의 드러올 의ᄉ(意思)를 아녓더니 망팔지년(望八之年)260)의 증조뫼(曾祖母ㅣ) 농몽(龍夢)이 〃시니 드러가라 ᄒ샤 댱옥졔구(場屋諸具)를 구초(苟且)히 비러 주시

55면

니, 마지못ᄒ여 드러왓더니 문여필(文與筆)261)을 다 모양(模樣)262)ᄒ여 닉기는 죽도록 ᄒ여도 못 ᄒ여 그져 힘〃히263) 도라가 증조모(曾祖母)긔 무류(無聊)264)ᄒ신 심ᄉ(心思)를 엇지 뵈오리오? 으시(兒時)로부터 팔직(八字ㅣ) 긔구(崎嶇)ᄒ여 부모(父母)와 조부모(祖父母)를 다 여희고 동긔(同氣)와 친쳑(親戚)이 업ᄉ니 증조모(曾祖母)를 의앙(依仰)265)ᄒ여 즈라나셔도 흔 일도 희열(喜悅)ᄒ시믈 뵈옵지 못ᄒ고 허탄(虛誕)흔 몽ᄉ(夢事)를 미드샤 아ᄋ라히 바라고 계실 거시니 출하리 쳐음의 과거(科擧)를 보라 ᄒ셔도 ᄉ양(辭讓)ᄒ고 드러오지 말거슬 이런 잇둘온 일이 어딕 이시리오?"

ᄒ는디라.

ᄎ시(此時) 뎡(鄭) 공직(公子ㅣ) ᄉ(四) 인(人)의 문답(問答)을 다 듯고 직죄(才操ㅣ) 용둔(庸鈍)266)ᄒ나 져딕도록 ᄒᄆ를 우이 넉이딕, 그 졍ᄉ(情事)를 츄연(惆然)ᄒ여 알패 나아가 팔흘 드러 댱읍(長

---

260) 망팔지년(望八之年): 여든을 바라보는 나이라는 뜻으로, 나이 일흔한 살을 이르는 말.
261) 문여필(文與筆): 글과 글씨.
262) 모양(模樣): 꾸며 맵시를 냄.
263) 힘〃히: 부질없이.
264) 무류(無聊): 무료. 부끄럽고 열없음.
265) 의앙(依仰): 의지하고 우러러봄.
266) 용둔(庸鈍): 용렬하고 아둔함.

읍(揖)[267) 왈(曰),

"셕(昔)의 ᄉ마의(司馬懿)[268) 닐

오딕, 'ᄉ히지닉(四海之內) 개가위형뎨(皆可謂兄弟)'[269)라 ᄒ니 쇼뎨
(小弟) ᄉ(四) 위(位) 형(兄)으로 더브러 면분(面分)이 업ᄉ나 금일(今
日) ᄉ(四) 위(位) 존형(尊兄)의 졍회(情懷)를 잠간(暫間) 드르니 인심
(人心)의 츄연(惆然)ᄒᄆᆯ 니긔지 못홀 비니, 아지 못게라 셩명(姓名)
이 뉘라 ᄒ시ᄂ니잇고? 쇼뎨(小弟) 지죄(才操ㅣ) 둔녈(鈍劣)[270)ᄒ나
ᄉ(四) 형(兄)이 타빅(拖白)ᄒ시ᄂ 즉ᄉ로 혜아려 명지(名紙)를 닉시
면 가마괴를 그려도 되게 ᄒ리이다."

ᄉ(四) 인(人)이 바야흐로 슈회(愁懷)[271)를 니르고 눈을 드러 보지
아니ᄆᆯ로 뎡싱(鄭生)이 뒤히 션 줄 몰낫다가 믄득 읍(揖)ᄒ고 그 말
ᄉᆷ이 ⟋러틋 ᄒ기의 밋쳐ᄂ 크게 놀나 년망(連忙)[272)이 니러 답빅
(答拜)ᄒᆯ시, 뎡싱(鄭生)의 신치졍광(神彩精光)[273)이 바로 태양(太陽)
의 졍치(精彩)오, 낫 우희 찬연(燦然)이 고은 거ᄉ 니르도 말고 팔쳑
경뉸(八尺徑輪)[274)의 언건앙댱(偃蹇昂藏)[275)ᄒᆫ 위의(威儀) 쳔고일인

---

267) 댱읍(長揖): 장읍. 길이 읍함. 읍은 두 손을 맞잡아 얼굴 앞으로 들어 올리고 허리를 앞으로
공손히 구부렸다가 몸을 펴면서 손을 내리는 예(禮).

268) ᄉ마의(司馬懿): 사마의. 중국 삼국시대 위(魏)나라의 명장(179-251). 자(字)는 중달(仲達). 촉
한(蜀漢) 제갈공명의 도전에 잘 대처하는 등 큰 공을 세워, 그의 손자 사마염이 위(魏)에 이어
진(晉)을 세우는 데에 기초를 세움.

269) ᄉ히지닉(四海之內) 개가위형뎨(皆可謂兄弟): 사해지내 개가위형제. 세계에 사는 사람들은 모
두 형제라 이를 만함. 이 말은 사마의가 아니라 자하가 한 말임. 『논어(論語)』, 「안연(顏淵)」
에 공자의 제자 자하(子夏)가 사마우(司馬牛)에게 한 말이 등장함. 원문은 "사해 안의 사람들
은 모두 형제다. 四海之內, 皆兄弟也."임.

270) 둔녈(鈍劣): 둔열. 아둔하고 용렬함.

271) 슈회(愁懷): 수회. 슬픈 회포.

272) 년망(連忙): 연망. 황급한 모양.

273) 신치졍광(神彩精光): 신채정광. 빛나는 풍채.

(千古一人)이라. 혹주(或者)

57면

신션(神仙)이 즈가(自家) 등(等)을 희롱(戱弄)ᄒᆞᄂᆞᆫ가 의심(疑心)ᄒᆞ여 면〃(面面)이 셔로 도라보고 디답(對答)지 못ᄒᆞ니, 싱(生)이 다시 글오디,

"사룸을 밋지 아냐 시긱(時刻)이 느져 가디 명지(名紙)를 닉지 아니〃 쇼뎨(小弟) 쳥(請)ᄒᆞ여 누츄(陋醜)ᄒᆞᆫ 문필(文筆)을 뵈고져 ᄒᆞ던 줄 심(甚)히 참괴(慙愧)²⁷⁶⁾ᄒᆞ도다."

ᄉᆞ(四) 인(人)이 년망(連忙)이 몸을 굽혀 칭샤(稱謝) 왈(曰),

"쇼뎨(小弟) 등(等)은 박녈용우지인(薄劣庸愚之人)²⁷⁷⁾이라 지죄(才操ㅣ) 업셔 참방(叅榜)²⁷⁸⁾ᄒᆞ기를 ᄇᆞ라믄 둘지오, 명지(名紙)를 도로 가져가게 되니 다 졍식(情事ㅣ) 녜ᄉᆞ(例事)롭지 아냐 우연(偶然)이 졍ᄉᆞ(情事)를 니르미러니 존형(尊兄)은 어디로좃ᄎᆞ 니르러 계시관디 사룸의 젹션(積善)²⁷⁹⁾을 ᄒᆞ랴 ᄒᆞ시ᄂᆞ뇨? 존셩(尊姓)과 대명(大名)을 듯고져 ᄒᆞᄂᆞ이다."

뎡싱(鄭生)이 미쇼(微笑) 왈(曰),

"셩명(姓名) 알기ᄂᆞᆫ 밧브지 아니〃 어셔 ᄎᆞ례(次例)로 명지(名紙)를 닉쇼셔."

ᄉᆞ(四) 인(人)이 불승환희(不勝歡喜)²⁸⁰⁾ᄒᆞ여 즉시(卽時) 명디(名紙)

---

274) 팔쳑경뉸(八尺徑輪): 팔쳑경륜. 팔 척이나 되는 키와 그 몸둘레를 함께 이르는 말. 경륜(徑輪)은 사물의 지름과 둘레를 함께 이르는 말.

275) 언건앙댱(偃蹇昂藏): 언건앙장. 거만해 보일 정도로 기상이 헌걸참.

276) 참괴(慙愧): 부끄러움.

277) 박녈용우지인(薄劣庸愚之人): 박렬용우지인. 천박하고 용렬하며 어리석은 사람.

278) 참방(叅榜): 과거에 급제하여 이름이 방목(榜目)에 오름.

279) 젹션(積善): 적선. 착한 일을 쌓음.

와 필연(筆硯)을[281] 나와 쓰기를 구(求)홀시, 슈두ᄌ(首頭者)의 셩명
(姓名)은 녀슉이오, 그 아린로 박관, 박건이 형뎨(兄弟)니 원방(遠方)
의셔 온 션비오, 말좌(末座)의 쇼년(少年)은 화졍이니 뎡싱(鄭生)을
향(向)ᄒ여 천만칭샤(千萬稱謝)ᄒ고 그 작필(作筆)ᄒ는 거동(擧動)을
볼시, 일분(一分)도 싱각는 일이 업셔 시긱(時刻)이 느져시므로 ᄉ
(四) 댱(張) 명디(名紙)를 초셔(草書)로 다 각〃(各各) 톄(體)를 다르
게 ᄒ여 젹은덧[282] ᄉ이 필셔(畢書)[283]ᄒ니 디샹(紙上)의 썅뇽(雙龍)
이 쒸놀고 일월(日月)이 쎠러진 듯, 광치(光彩) 찬란(燦爛)ᄒ여 눈이
바이는디라. ᄒ믈며 쳡〃(疊疊)ᄒᆫ 문한(文翰)[284]이 댱강대히(長江大
海) ᄀᆺᄐ니 ᄉ(四) 인(人)이 글ᄯᆺ은 엇더ᄒᆫ 줄 모로나 신속(迅速)ᄒᆷᆯ
놀나더니, 쓰기를 다ᄒᆞ미 싱(生)이 니러 읍(揖)ᄒ고 굴오디,

"일싴(日色)이 느져시니 어셔 밧치고 더딕지 마르쇼셔."

ᄉ(四) 인(人)이 일시(一時)의 뎡싱(鄭生)의 옷슬 븟

들고 셩명(姓名)을 므르며 은인(恩人)이라 칭(稱)ᄒ여 감골(感骨)[285]
ᄒ미 말슴의 낫타나니 싱(生)이 졍싴(正色) 왈(曰),

"우연(偶然)이 둔녈(鈍劣)ᄒᆫ 글귀(-句)를 시험(試驗)ᄒ미 이시나 이
딕도록 ᄒ미 쇼뎨(小弟)의 블안(不安)ᄒᆷᆯ 돕는디라. 동졉(同接)[286]

---

280) 블승환희(不勝歡喜): 블승환희. 기쁨을 이기지 못함.
281) 을: [교] 원문에는 '연을'이 이 뒤에 있으나 부연으로 보아 삭제함.
282) 젹은덧: 잠깐.
283) 필셔(畢書): 필서. 글쓰기를 마침.
284) 문한(文翰): 문필(文筆)에 관한 일.
285) 감골(感骨): 뼛속 깊이 감동함.

이 바야흐로 기다릴 거시니 한담(閑談)치 못ㅎᄂ니 셩명(姓名)은 후일(後日) 알오미 이시리라."

언파(言罷)[287]의 지촉ㅎ여 명디(名紙)를 밧치라 ㅎ고 늠연(凜然)[288]이 니러나며 여러 사롬의게 셧기니 경긱(頃刻)의 간 바를 모로ᄂ더라. 녀싱(-生) 등(等)이 신션(神仙)인가 의심(疑心)ㅎ며 글을 지어시니 다힝(多幸)ㅎ여 일시(一時)의 밧치니라.

뎡싱(鄭生)이 녀·박 수(四) 인(人)의 글을 지어 주고 한유(閑遊)[289]ㅎ다가 다시 년무쳥(鍊武廳)을 바라보니, 슈만(數萬) 군웅(群雄)이 댱긔(壯氣)[290]를 비양(飛揚)[291]ㅎ여 물을 달니고 활을 잡아 빅(百)보(步)의 뉴엽(柳葉)[292]을 맛치며 비슈(飛獸)[293]

60면

의 무리를 쏘아 쌈을 흘니고 참방(叅榜)ㅎ기를 죄오ᄂ 무음이 대한(大旱)[294]의 운예(雲霓)[295] ᄀᆺ튼더라.

뎡싱(鄭生)이 홀연(忽然) 의ᄉᆞ(意思ㅣ) 요동(搖動)ㅎ여 혜오더,

'대댱뷔(大丈夫ㅣ) 직조(才操)를 품고 발(發)치 아니면 용졸(庸拙)[296]키 심(甚)ㅎ더라. 내 본(本)디 무예(武藝)를 닉이지 못ㅎ여시나 쯧이 미양 문무(文武)를 겸젼(兼全)코져 ㅎ더니 아모커나 ᄒᆞ번(-番)

---

286) 동졉(同接): 동접. 같은 곳에서 함께 공부함. 또는 그런 사람이나 관계.
287) 언파(言罷): 말을 마침.
288) 늠연(凜然): 늠름한 모양.
289) 한유(閑遊): 한가로이 노닒.
290) 댱긔(壯氣): 장기. 굳센 기운.
291) 비양(飛揚): 잘난 체하고 거드럭거림.
292) 뉴엽(柳葉): 유엽. 버드나무 잎.
293) 비슈(飛獸): 비수. 날짐승.
294) 대한(大旱): 큰 가뭄.
295) 운예(雲霓): 구름과 무지개를 아울러 이르는 말. 또는 비가 올 징조.
296) 용졸(庸拙): 용렬하고 졸렬함.

시험(試驗)ᄒ여 보리라.'

ᄒ고, 즉시(卽時) ᄉ매를 썰치고 개연이297) 년무쳥(鍊武廳)의 나아가 보궁(寶弓)을 다리며298), 비젼(飛箭)299)을 날니미 엇지 추오(差誤)300)ᄒ미 이시리오. 반싱(半生)을 근노(勤勞)ᄒ여 닉이던 ᄌ(者)라도 이에 밋지 못ᄒᆯ다라 빅발빅듕(百發百中)ᄒ니 무과(武科) 댱원(壯元)을 남의게 ᄉ양(辭讓)치 아닐지라. 큰 북이 년(連)ᄒ여 울고 슈만(數萬) 군웅(群雄)이 혀를 둘너 칭찬(稱讚)치 아니리 업ᄉ며, 그 표치풍광(標致風光)301)의 발월동탕(發越動蕩)302)ᄒ미 만고일인(萬古一人)이라, 견

61면

ᄌ(見者ㅣ) 홀〃(忽忽)303)이 넉슬 일허 어린 ᄃ시 뎡(鄭) 공ᄌ(公子) 신샹(身上)의 눈을 ᄯᅩ앗더라.

이날 과장(科場)이 크게 젼(前)과 달나 황샹(皇上)이 친(親)히 뎨(題)를 닉시고 일〃(一一)히 쇼노샤304) 인ᄌ(人材) 바라시ᄂᆞᆫ ᄆᆞ음이 극(極)ᄒ신디라, 흔 댱(張)도 셩의(聖意)에 합(合)ᄒ미 업셔 혹(或) 시의(詩意) 경발(警拔)305)ᄒ니 이시나 맛ᄎᆞᆷ니 은하(銀河)의 깁흔 거시 업고, 그러치 아니면 계오 셩편(成篇)ᄒ니도 이시며 문니(文理)306)

---

297) 개연이: 선뜻.
298) 다리며: 당기며.
299) 비젼(飛箭): 비전. 날아가거나 날아오는 화살.
300) 추오(差誤): 차오. 틀리거나 잘못됨.
301) 표치풍광(標致風光): 아름다운 얼굴과 풍채.
302) 발월동탕(發越動蕩): 용모가 깨끗하고 훤칠하며 활달하고 호탕함.
303) 홀〃(忽忽): 황홀한 모양.
304) 쇼노샤: 잘잘못을 따져 평가하셔서.
305) 경발(警拔): 착상 따위가 아주 독특하고 뛰어남.
306) 문니(文理): 문리. 글의 뜻을 깨달아 아는 힘.

치 되지 못ᄒ니도 이셔 뇽안(龍顔)이 심(甚)히 블예(不豫)[307]ᄒ시더니, 날호여 뎡(鄭) 공ᄌ(公子)의 시권(詩券)을 친(親)히 어드시니 ᄒ 번(-番) 어람(御覽)ᄒ시민 만디(滿紙)의 황뇽(黃龍)이 셔리고 난봉(鸞鳳)이 쮜노ᄂ디라. 첩〃(疊疊)ᄒ 문한(文翰)이 텬디(天地)의 너른 거ᄉᆯ 가져 안방뎡국(安邦靖國)[308]ᄒ며 티셰경뉸(治世經綸)홀 ᄌ지덕(才德)이 디샹(紙上)의 완젼(完全)ᄒ니, 텬심(天心)이 대열(大悅)ᄒ샤 친(親)히 댱원(壯元)을 뎡(定)ᄒ시고 ᄎ례(次例)

62면

로 ᄭ노아 슈(數)를 치오시니, 녀·박·화 등(等)의 글을 보시고 당셰(當世)의 인ᄌ(人材) 만흐믈 깃거ᄒ시고 시신(侍臣)[309]이 다 황홀칭찬(恍惚稱讚)ᄒ더라.

임의 문무(文武)의 슈(數)를 치와 뎐두관(殿頭官)[310]이 옥계(玉階) 하(下)의셔 소ᄅᆡ를 길게 ᄒ여 문무댱원(文武壯元)을 호명(呼名)ᄒ니 '태쥬인(--人) 뎡텬흥의 년(年)이 십ᄉ(十四) 셰(歲)오, 부(父)ᄂ 대ᄉ도(大司徒) 금평후(--侯) 연이라.' 브르ᄂ 소ᄅᆡ 세 번(番)의 일위(一位) 쇼년(少年)이 편〃(翩翩)[311]이 거러 옥계(玉階) 하(下)의 츄딘(趨進)[312]ᄒ니, 신댱(身長)이 팔(八) 쳑(尺)이오, 두렷ᄒ 텬졍(天庭)[313]은 동[314](董) 원슈(元帥)[315]의 텬원디방(天圓地方)[316]을 향(向)ᄒ엿고,

---

307) 블예(不豫): 불예. 지위가 높은 사람의 기분이 좋지 않음.
308) 안방뎡국(安邦靖國): 안방정국. 나라를 평안하게 하고, 어지러운 나라를 안정시킴.
309) 시신(侍臣): 임금의 곁에서 모시는 신하.
310) 뎐두관(殿頭官): 전두관. 궁전에서 임금의 명을 받아 널리 알리거나 일을 하는 내시.
311) 편〃(翩翩): 걸음걸이가 가벼운 모양.
312) 츄딘(趨進): 추진. 잰걸음으로 나아감.
313) 텬졍(天庭): 천정. 관상에서, 두 눈썹의 사이 또는 이마의 복판을 이르는 말.
314) 동: [교] 원문에는 '등'으로 되어 있으나 문맥을 고려해 이와 같이 수정함.
315) 동(董) 원슈(元帥): 동 원수. 중국 전한(前漢) 때의 재상 동중서(董仲舒, B.C.176?-B.C.104)를

와잠봉목(臥蠶鳳目)317)이오 연함호두(燕頷虎頭)318)며 호비쥬슌(虎鼻朱脣)319)이오 농호긔상(龍虎氣像)이라, 뎐샹뎐하(殿上殿下)의 구름 又튼 사름이 댱원(壯元)의 년쇼(年少)흐믈 듯고 모든 눈이 일시(一時)의 관광(觀光)흐더니 그 신댱톄디(身長體肢)를 보고 아니 놀나리 업눈디라.

뎐안(天眼)

63면

이 흔번(-番) 보시미 대열(大悅)흐샤 계화(桂花)를 주시고 크게 칭찬(稱讚)흐샤 왈(曰),

"뎡연은 동냥지신(棟樑之臣)320)이며 금옥군직(金玉君子ㅣ)321)러니 주식(子息)을 두미 이러툿 츌셰특이(出世特異)322)흐니 흔갓 뎡가(鄭家)의 복(福)이 아니라, 딤(朕)이 인지(人材)를 어더 샤딕지신(社稷之臣)323)을 삼고 동냥지직(棟梁之材)를 뎡(定)흐리니 국가(國家)의 경 시(慶事ㅣ)라 엇지 깃브디 아니리오?"

만됴(滿朝ㅣ) 일시(一時)의 만셰(萬歲)를 블너 득인(得人)흐시믈 하례(賀禮)흐고 문무신뇌(文武新來)324)를 추례(次例)로 블너드리시

이름. 동중서는 천인감응(天人感應), 천원지방(天圓地方) 사상을 주장한 바 있음.

316) 텬원디방(天圓地方): 천원지방. 하늘은 둥글고 땅은 네모남.

317) 와잠봉목(臥蠶鳳目): 잠자는 누에 모양처럼 길고 굽은 눈썹과 봉의 눈같이 가늘고 길며 눈초리가 위로 째지고 붉은 기운이 있는 눈.

318) 연함호두(燕頷虎頭): 제비 모양의 턱과 범 모양의 머리라는 뜻으로, 먼 나라에서 봉후(封侯)가 될 상(相)을 이르는 말.

319) 호비쥬슌(虎鼻朱脣): 호비주순. 호랑이 코에 붉은 입술.

320) 동냥지신(棟樑之臣): 동량지신. 동량의 신하. 동량은 마룻대와 들보로 쓸 만한 재목이라는 뜻으로, 집안이나 나라를 떠받치는 중대한 일을 맡을 만한 인재를 이르는 말.

321) 금옥군직(金玉君子ㅣ): 금옥군자. 금과 옥처럼 매우 훌륭한 군자.

322) 츌셰특이(出世特異): 출세특이. 보통 사람보다 특출남.

323) 샤딕지신(社稷之臣): 사직지신. 나라의 안위(安危)와 존망(存亡)을 맡은 중신(重臣).

324) 문무신뇌(文武新來): 문무신래. 문과와 무과에 새로 급제한 사람.

니, 녀·박·화 스(四) 인(人)이 구슬 쎈 드시 등양(騰驤)ᄒ고, 뎨뉵(第六)의ᄂᆞᆫ 셕쥰이니 츄밀스(樞密使) 셕화의 뎨삼ᄌᆡ(第三子ㅣ)니, 태우(大夫) 윤슈의 녀셰(女壻ㅣ)오 경ᄋᆞ의 가뷔(家夫ㅣ)라. 샹(上)이 가장 툉ᄋᆡ(寵愛)ᄒᆞ샤 금평후(--侯) 뎡연과 츄밀스(樞密使) 셕화를 갓가이 브르샤 옥빈(玉杯)의 향온(香醞)325)을 ᄂᆞ리와 각〃(各各) 긔

64면

자(奇子) 두믈 포댱(褒獎)326)ᄒᆞ시고 댱원(壯元)을 각별(恪別) 툉ᄋᆡ(寵愛)ᄒᆞ샤 어온(御醞)을 반샤(頒賜)327)ᄒᆞ시고,

이날 작직(爵職)을 도〃아 한님혹ᄉᆞ328)(翰林學士) 호위댱군(護衛將軍)을 ᄒᆞ시고, 그 어린 나히 문무젼ᄌᆡ(文武全才) 만고(萬古)의 희한(稀罕)ᄒᆞ믈 대찬(大讚)ᄒᆞ시니, 금평휘(--侯ㅣ) ᄋᆞᄌᆞ(兒子)의 웅문대ᄌᆡ(雄文大才)329)로뼈 과댱(科場)의 나아가미 참방(叅榜)ᄒᆞᆯ 줄은 짐작(斟酌)ᄒᆞ엿거니와 문무(文武)의 읏듬이 되여 우흐로 텬심(天心)과 아리로 만됴(滿朝)의 칭찬(稱讚)ᄒᆞ미 셰ᄃᆡ일인(世代一人)으로 밀위니 도로혀 블안(不安)ᄒᆞ고 깃거 아니며 텬툥(天寵)이 과도(過度)ᄒᆞ기의 다드라 블승황공(不勝惶恐)330)ᄒᆞ여 돈슈샤은(頓首謝恩) 왈(曰),

"텬흥은 ᄒᆞᆫ낫 년유쇼ᄋᆡ(年幼小兒ㅣ)라. 우연(偶然)이 셩과(盛科)의 참예(叅預)ᄒᆞ오나 뇽문승영(龍門承榮)331)은 천만의외(千萬意外)라.

---

325) 향온(香醞): 향기로운 술이라는 뜻으로, 임금이 내리는 술을 이름.
326) 포댱(褒獎): 포장. 칭찬하여 장려함.
327) 반샤(頒賜): 반사. 임금이 녹봉이나 물건을 내려 나누어 주던 일.
328) 샤: [교] 원문에는 없으나 문맥을 고려해 삽입함.
329) 웅문대ᄌᆡ(雄文大才): 웅문대재. 헌걸찬 문장과 큰 재주.
330) 블승황공(不勝惶恐): 불승황공. 두려움을 이기지 못함.
331) 뇽문승영(龍門承榮): 용문승영. '용문(龍門)에 오른 영광'이라는 뜻으로 과거에 급제한 영광을 이름. 용문(龍門)은 중국 황하(黃河) 중류에 있는 여울목으로, 잉어가 이곳을 뛰어오르면 용이 된다고 전해짐.

ᄒᆞ믈며 문무(文武) 두 길흘 드듸여 댱원(壯元)을 쳔ᄌᆞ(踐藉)332)ᄒᆞ오니 신(臣)이 블승송황경구(不勝悚惶驚懼)333)ᄒᆞ와 알욀 바를 아지

못ᄒᆞ옵ᄂᆞ니, 복망(伏望) 셩샹(聖上)은 텬흥의 외람(猥濫)ᄒᆞᆫ 쟉딕(爵職)을 거두샤 십(十) 년(年) 말ᄆᆡ를 주시면 믈너가 글을 더 닑고 나ᄒᆡ ᄎᆞ거든 ᄉᆞ군보국(事君報國)334)ᄒᆞ와 셩은(聖恩)을 만분지일(萬分之一)이나 갑ᄉᆞ올가 ᄒᆞᄂᆞ이다.”

ᄌᆡ삼(再三) 샤양(辭讓)ᄒᆞ미 혈심(血心)의 낫타나니 샹(上)이 그 공검쳥념(恭儉淸廉)335)ᄒᆞᆷ을 아름다이 넉이시고 만됴(滿朝ㅣ) 탄복(歎服)ᄒᆞ믈 마지아니ᄒᆞ더라.

댱원(壯元)이 야〃(爺爺)의 깃거 아니시믈 보고 역시(亦是) 뎐폐(殿陛)의 나려 고샤(固辭) 왈(曰),

“쇼신(小臣)은 이칠쇼ᄋᆞ(二七小兒ㅣ)라, 어린 나히 과거(科擧)를 구경ᄒᆞ미 므어시 밧브리잇고마ᄂᆞᆫ 한미 년노(年老)ᄒᆞ와 님박셔산(臨迫西山)336)ᄒᆞ오니 ᄌᆞ손(子孫)의 영화(榮華)를 밧비 보고져 ᄒᆞ와 신부(臣父)를 권(勸)ᄒᆞ여 신(臣)을 과쟝(科場)의 드려보ᄂᆡ오니 마지못ᄒᆞ여 작셔(作書)ᄒᆞ여 밧치온 비오, 년무쳥(鍊武廳)의셔 무반(武班)의 궁젼(弓箭)337)을 희롱(戲弄)ᄒᆞ오니 ᄋᆞ히(兒孩) ᄆᆞ음

---

332) 쳔ᄌᆞ(踐藉): 천자. 자리를 밟음.
333) 블승송황경구(不勝悚惶驚懼): 불승송황경구. 놀라움과 두려움을 이기지 못함.
334) ᄉᆞ군보국(事君報國): 사군보국. 임금을 섬기고 나라의 은혜를 갚음.
335) 공검쳥념(恭儉淸廉): 공검청렴. 공손하고 검소하며 청렴함.
336) 님박셔산(臨迫西山): 임박서산. 해가 서산에 곧 기운다는 뜻으로 죽음이 가까움을 이름.
337) 궁젼(弓箭): 궁전. 활과 화살.

66면

의 일시(一時) 희롱(戲弄)으로 보궁(寶弓)을 잡아 비됴(飛鳥)를 ᄡᅩᄂᆞᆫ 노름의 참예(叅預)하엿ᄉᆞ오나 긔약(期約)지 아닌 무과(武科) 댱원(壯元)이 되오니 황공블안(惶恐不安)ᄒᆞ오미 몸 둘 곳을 아지 못ᄒᆞ옵ᄂᆞ니, 복원(伏願) 셩상(聖上)은 신(臣)의 일홈을 무과(武科) 댱원방목(壯元榜目)의 ᄡᅧ히시고 십(十) 년(年) 말ᄆᆡ를 허(許)ᄒᆞ시면 믈너가 다시 ᄌᆡᄒᆞᆨ(才學)을 ᄃᆞᆨ가 ᄃᆡᆨ임(職任)[338]을 다ᄉᆞ리〃이다."

샹(上)이 우어 ᄀᆞᆯ오샤ᄃᆡ,

"경(卿)의 부ᄌᆡ(父子ㅣ) 겸퇴(謙退)[339]ᄒᆞᄂᆞᆫ 뜻이 너모 과도(過度)ᄒᆞᆫ디라. 원간(元間) ᄌᆡ조(才操)ᄂᆞᆫ 년치노쇼(年齒老少)의 잇지 아니〃, 셕(昔)애 댱냥(張良)[340]의 쇼년(少年)이 범아부(范亞父)[341]를 묘시(藐視)[342]ᄒᆞ니 뎐흥의 ᄌᆡ덕(才德)으로 엇지 샤군보국(事君報國)ᄒᆞᆯ ᄌᆡ죄(才操ㅣ) 브족(不足)ᄒᆞ리오? 경(卿)은 안심믈녀(安心勿慮)[343]ᄒᆞ고 뎐흥은 무익(無益)히 샤양(辭讓)치 말고 힝공찰ᄃᆡᆨ(行公察職)[344]ᄒᆞ라."

ᄒᆞ시니, 뎡(鄭) 공(公) 부ᄌᆡ(父子ㅣ) ᄌᆡ삼(再三) 고샤(固辭)ᄒᆞ여 십(十) 년(年) 말ᄆᆡ를 쳥(請)ᄒᆞᄃᆡ 죵블윤(終不允)[345]ᄒᆞ시고 삼일

338) ᄃᆡᆨ임(職任): 직임. 직무상 맡은 임무.
339) 겸퇴(謙退): 겸손히 물러남.
340) 댱냥(張良): 장량. 중국 한(漢)나라 고조 때의 재상(?-B.C.186). 자는 자방(子房)이고 시호는 문성공(文成公). 일찍이 유방 밑에서 모사로 있으면서 소하(蕭何)와 함께 한나라 창업에 힘썼고, 그 공으로 유후(留侯)에 책봉됨. 말년에 유방이 자신을 의심한다는 것을 알고 적송자를 본받아 은거하여 살았음.
341) 범아부(范亞父): 중국 초나라 항우의 모신(謀臣)이었던 범증(范增, ?-B.C.204)을 이름. 아부는 항우가 그를 아버지 버금이라 해 부른 이름. 범증은 항우를 위해 홍문연을 열어 유방을 죽이려 했지만 실패하고 유방의 모사인 진평의 이간계에 빠진 항우의 의심을 받자, 자리에서 물러나 고향으로 돌아가는 길에 등창이 나 죽음.
342) 묘시(藐視): 업신여겨 깔봄.
343) 안심믈녀(安心勿慮): 안심물려. 안심하고 염려하지 맒.
344) 힝공찰ᄃᆡᆨ(行公察職): 행공찰직. 공무를 행하고 직임을 살핌.
345) 죵블윤(終不允): 종불윤. 임금이 끝내 허락하지 않음.

유가346)(三日遊街)347) 후(後) 즉시(即時) 힝공(行公)ᄒ라 ᄒ시니,

당원(壯元)이 홀일업셔 샤은슉비(謝恩肅拜)348)ᄒ고 믈너날ᄉᆡ, 텬심(天心)이 블승ᄋᆡ지(不勝愛之)349)ᄒ샤 어뎐(御殿)의 신ᄂᆡ(新來)를 ᄇᆡᆨ단유희(百端遊戲)350)ᄒ샤 군신(君臣)이 종일(終日) 진환(盡歡)351)ᄒ고 파됴(罷朝)ᄒ시니,

당원(壯元)이 문무방하(文武榜下)352)를 거ᄂᆞ려 궐문(闕門)을 나ᄆᆡ 만됴ᄇᆡᆨ관(滿朝百官)이 일시(一時)의 그 뒤흘 니어 믈너나니,

뎡(鄭) 공(公)이 ᄋᆞᄌᆞ(兒子)를 압셰오고 부듕(府中)으로 도라올ᄉᆡ, 집ᄉᆞ아역(執事衙役)353)은 위의(威儀)를 돕고 금의ᄌᆡ인(錦衣才人)354)은 지조(才操)를 비양(飛揚)355)ᄒ거늘, 쳔356)동ᄥᅡᆼ개(天童雙蓋)357)와 홍패(紅牌)358) 둘히 알플 인도(引導)ᄒ거늘, 명공거경(名公巨卿)359)이 별이 뭉긔며360) 기얌이361) ᄲᅳ시ᄃᆞ시362) 대로(大路)를 덥허 ᄎᆔ운

---

346) 가: [교] 원문에는 '과'로 되어 있으나 문맥을 고려해 이와 같이 수정함.
347) 삼일유가(三日遊街): 과거에 급제한 사람이 사흘 동안 풍악을 잡히고 거리를 돌며 시험관과 선배 급제자와 친척을 방문하던 일.
348) 샤은슉비(謝恩肅拜): 사은숙배. 임금의 은혜에 감사하여 공손하고 경건하게 절을 올림.
349) 블승ᄋᆡ지(不勝愛之): 불승애지. 사랑하는 마음을 이기지 못함.
350) ᄇᆡᆨ단유희(百端遊戲): 백단유희. 온갖 방법으로 희롱함.
351) 진환(盡歡): 즐거움을 다함.
352) 문무방하(文武榜下): 문과와 무과의 방하. 방하는 같이 과거에 급제하였지만, 순위가 떨어지는 사람들을 말함.
353) 집ᄉᆞ아역(執事衙役): 집사아역. 집의 일을 맡아보는 사람과 관아에서 사사로이 부리는 사내종.
354) 금의ᄌᆡ인(錦衣才人): 금의재인. 비단옷을 입은 광대.
355) 비양(飛揚): 잘난 체하고 거드럭거림.
356) 쳔: [교] 원문에는 '쳥'으로 되어 있으나 문맥을 고려해 이와 같이 수정함.
357) 천동ᄥᅡᆼ개(天童雙蓋): 천동쌍개. 좌우에서 일산을 받드는, 임금이 하사한 소년들.
358) 홍패(紅牌): 문과와 무과 급제자에게 주는 합격증서. 붉은색을 띤 용지를 사용했으므로 이와 같이 부름.
359) 명공거경(名公巨卿): 이름난 재상과 높은 벼슬아치.
360) 뭉긔며: 엉겨서 무더기를 이루며.
361) 기얌이: 개미.
362) ᄲᅳ시ᄃᆞ시: 비집듯이.

산의 모다 신늬(新來)를 희롱(戲弄)ᄒ려 홀식, 벽데썅곡(辟除雙轂)363)과 ᄉ마거륜(駟馬車輪)364)이 젼후(前後)로 분〃(紛紛)365)ᄒ 가온듸 댱원(壯元)의 텬양경일지풍(天壤輕逸之風)366)과 뇽ᄌ봉질(龍資鳳質)367)이 독보(獨步)ᄒ니 노샹관시ᄌ(路上觀視者ㅣ)368) 칙〃칭션(嘖嘖稱善)369)ᄒ여 텬샹낭(天上郎)이

68면

라 ᄒ더라.

부듕(府中)의 도라와 뎡(鄭) 공(公)이 댱원(壯元)을 다리고 닉당(內堂)의 드러가 슌 태부인(太夫人)긔 뵈오니, 태부인(太夫人)과 진 부인(夫人)이 밧비 눈을 드러 보니 댱원(壯元)이 표〃(飄飄)370)한 봉익(鳳翼)371)의 금슈쳥삼(錦繡靑衫)372)을 가(加)373)ᄒ고 일희374) 허리의 옥듸(玉帶)를 두로고 셤슈(纖手)의 아홀(牙笏)375)을 잡아 조모(祖母)와 태〃(太太)긔 비례(拜禮)ᄒ니, 어화(御花)376)ᄂ 월익(月額)377)의 기우럿고 어온(御醞)의 반춰(半醉)ᄒ 용화(容華)378)ᄂ 츄퇵(秋澤)의

---

363) 벽데썅곡(辟除雙轂): 벽제쌍곡. 두 바퀴 달린 수레를 탄 지위가 높은 사람이 행차할 때, 구종(驅從) 별배(別陪)가 잡인의 통행을 금하던 일.
364) ᄉ마거륜(駟馬車輪): 사마거륜. 네 필의 말이 끄는 수레.
365) 분〃(紛紛): 어지러운 모양.
366) 텬양경일지풍(天壤輕逸之風): 천양경일지풍. 천지간에 시원스럽고 빼어난 풍채.
367) 뇽ᄌ봉질(龍資鳳質): 용자봉질. 용과 봉황처럼 빼어난 바탕.
368) 노샹관시ᄌ(路上觀視者ㅣ): 노상관시자. 길에서 구경하는 사람.
369) 칙〃칭션(嘖嘖稱善): 책책칭선. 큰 소리로 떠들며 인물의 훌륭함을 칭찬함.
370) 표〃(飄飄): 가볍게 나부끼거나 날아오름.
371) 봉익(鳳翼): 봉황의 날개를 뜻하는 말로 양 어깨를 비유적으로 표현한 말.
372) 금슈쳥삼(錦繡靑衫): 금수청삼. 비단에 수놓은 청삼. 청삼은 조복(朝服) 안에 받쳐 입던 옷.
373) 가(加): 더함.
374) 일희: 이리.
375) 아홀(牙笏): 벼슬아치가 몸에 지니던 홀. 무소뿔이나 상아로 만듦.
376) 어화(御花): 문무과에 급제한 사람에게 임금이 하사하던 꽃.
377) 월익(月額): 월액. 달처럼 둥근 이마.
378) 용화(容華): 빛나는 얼굴.

홍년(紅蓮)이 셩개(盛開)[379]ᄒ엿ᄂ 듯, 뉴셩(流星) ᄀᆞ튼 안광(眼光)은 녕긔(英氣) 징〃(澄澄)[380]ᄒ여 좌우(左右)의 바이고 발월(發越)[381]ᄒ 긔상(氣像)과 절인ᄌᆡ풍(絶人才風)[382]이 쳥삼화ᄃᆡ(靑衫花帶)[383] 가온ᄃᆡ 더옥 ᄲᅢ혀난지라. 태부인(太夫人)이 밧비 그 손을 잡고 등을 두다려 깃브믈 니긔지 못ᄒ여 두굿겨 웃ᄂ 입을 주리지 못ᄒ여 왈(曰),

"미망여싱(未亡餘生)[384]이 붕셩(崩城)[385]의 셜우믈 견ᄃᆡ믄 네 아뷔 지효(至孝)를 져바리지 못ᄒ여 셰샹(世上)의 머므러시나 실(實)노 즐겁고 깃브

69면

믈 아지 못ᄒ더니, 오날ᄂᆞᆯ 네 쳥운(靑雲)의 고등(高登)ᄒ여 계화쳥삼(桂花靑衫)으로 노모(老母)의 압히 졀ᄒᆞ믈 어드니 인간(人間) 낙ᄉᆞ(樂事ㅣ) 이 밧긔 업슨 듯 두굿겁고 아름다오믈 형샹(形狀)치 못ᄒᆞᄂ니 엇디 효ᄌᆞ현손(孝子賢孫)이 아니리오?"

진 부인(夫人)은 팔ᄌᆞ츈산(八字春山)[386]의 희긔(喜氣)[387] 가득ᄒ여 단슌호치(丹脣皓齒)[388] 찬연(燦然)[389]ᄒ니 댱원(壯元)이 조모(祖母)와 모친(母親)의 깃거ᄒ시믈 보옵고 옥면(玉面)의 승안화긔(承顔

---

379) 셩개(盛開): 성개. 활짝 핌.
380) 징〃(澄澄): 매우 맑은 모양.
381) 발월(發越): 용모가 깨끗하고 훤칠함.
382) 절인ᄌᆡ풍(絶人才風): 절인재풍. 매우 빼어난 재주와 풍채.
383) 쳥삼화ᄃᆡ(靑衫花帶): 청삼화대. 과거급제자의 차림인 청삼(靑衫)과 어화(御花), 옥대(玉帶)를 함께 이른 말.
384) 미망여싱(未亡餘生): 미망여생. 남편이 죽은 후에 죽지 않고 살아 있는 목숨.
385) 붕셩(崩城): 붕성. 성이 무너졌다는 뜻으로 남편이 죽은 것을 비유하는 말.
386) 팔ᄌᆞ츈산(八字春山): 팔자춘산. 화장한 눈썹을 비유적으로 나타낸 말. 팔자는 눈썹의 모양을 나타낸 말임.
387) 희긔(喜氣): 희기. 기쁜 빛.
388) 단슌호치(丹脣皓齒): 단순호치. 붉은 입술과 흰 이.
389) 찬연(燦然): 빛나는 모양.

和氣)390) 우흴391) 듯흔디라. 금휘(-侯ㅣ) ᄋᄌ(兒子)의 츌인(出人)흔 ᄌ조(才操)를 긔특(奇特)이 넉이나 어린 나히 사ᄅᆷ마다 너모 일ᄏᆞᆺᄂᆞᆫ 빈 되고 문무(文武)의 읏듬이 되여 뇽방쳔인(龍榜千人)392)을 묘시(藐視)흐니 그윽이 블안(不安)ᄒᆞ여 너모 됴달(早達)393)흐믈 깃거 아니ᄒᆞ더니, 모부인(母夫人)의 이러툿 즐겨 ᄒᆞ시믈 보니 비로소 잠간(暫間) 웃고 쥬왈(奏曰),

"ᄌ식(子息)의 됴달영귀(早達榮貴)ᄂᆞᆫ 인ノ(人人)의 바라ᄂᆞᆫ 빈오나 쳔흥이 년쇼브ᄌᆡ(年少不才)394)로 외람(猥濫)이 문무댱원(文武壯元)이 되오

70면

니, 무비(武備)395)ᄂᆞᆫ 션세(先世)로브터 본(本)디 념(厭)396)ᄒᆞᄂᆞᆫ 빈어ᄂᆞᆯ. ᄋᄒᆡ(兒孩) 망녕(妄靈)되이 아비 깃거 아닛ᄂᆞᆫ 일을 승ᄉᆞ(勝事)397)로 아라 힝(行)ᄒᆞ오니 쇼ᄌᆡ(小子ㅣ) 죵일(終日) 심회(心懷) 블평(不平)ᄒᆞ와 깃븐 줄을 아지 못ᄒᆞ옵더니, 집의 도라와 ᄌ위(慈闈) 희열(喜悅)ᄒᆞ시믈 보오니 쳔ᄋ(-兒)의 효도(孝道)라 ᄒᆞ리로소이다."

태부인(太夫人)이 쇼왈(笑曰),

"무비(武備)ᄂᆞᆫ 조션(祖先)의 업슨 일이니 쳔ᄋ(-兒)의 일이 오활(迂

---

390) 승안화긔(承顏和氣): 승안화기. 어른의 안색을 살펴 그대로 좇아 안색을 온화하게 함.
391) 우흴: 움킬.
392) 뇽방쳔인(龍榜千人): 용방천인. 용방의 천 사람. 용방은 회시(會試)에 급제한 것을 이름. 용호방(龍虎榜). 중국 당나라 정원(貞元) 8년에 구양첨(歐陽詹)과 한유(韓愈), 이강(李絳) 등 23명이 급제하였는데 모두 걸출했으므로 세상에서 용호방(龍虎榜)이라 칭함. 『신당서(新唐書)』, 「문예전(文藝傳) 하(下)」, "구양첨(歐陽詹)".
393) 됴달(早達): 조달. 나이가 어려 출세함.
394) 년쇼브ᄌᆡ(年少不才): 연소부재. 나이가 어리고 재주가 없음.
395) 무비(武備): 군사에 관련된 일.
396) 념(厭): 염. 꺼림.
397) 승ᄉᆞ(勝事): 승사. 훌륭한 일.

闕)398) ᄒ거니와 문과(文科)를 폐(廢)ᄒ고 무과(武科)를 응(應)ᄒ미 아니라 문무(文武)의 다 뎨일(第一)이 되니 ᄋ손(阿孫)의 ᄌ죄(才操ㅣ) 비상(非常)ᄒ미라 엇지 블평(不平)ᄒ미 이시리오? 비록 부ᄌ(父子ㅣ) 나 셩되(性度ㅣ) 각 #(各各)이니 흥ᄋ(-兒)ᄂᆞ 쳔고녈댱뷔(千古烈丈夫 ㅣ)399)오, 일셰쥰걸(一世俊傑)400)이어ᄂᆞᆯ 너ᄂᆞ 단믁(端黙)401)ᄒᆞᆫ 군ᄌ(君子ㅣ)라 고요ᄒ기를 니ᄅᆞ면 네 나으려니와 만ᄉ(萬事ㅣ) 능녀긔이(凌厲奇異)402)ᄒ기ᄂᆞᆫ 손ᄋ(孫兒ㅣ) 그 아비의셔 빅비(百倍) 승(勝)ᄒ리니 너ᄂᆞ 브졀업ᄉ 근심 말나."

금휘(-侯ㅣ) 쇼이비샤(笑而拜謝)

ᄒ고 댱원(壯元)을 다리고 샤묘(祠廟)403)의 현비(見拜)404)ᄒ기를 맛고, 외당(外堂)의 좌긱(座客)이 가득ᄒ여 신ᄂᆡ(新來) 브르ᄂᆞᆫ 소리 진동(震動)ᄒ니, 금휘(-侯ㅣ) ᄋᄌ(兒子)를 다리고 외헌(外軒)의 나와 하긱(賀客)을 마즐ᄉᆡ, 명공거경(名公巨卿)이 당샹(堂上)의 녈좌(列坐)405)ᄒ여 신ᄂᆡ(新來)를 빅단유희(百端遊戲) ᄒᆞᆯᄉᆡ, 졀ᄃᆡ미ᄋ(絶代美兒)를 드려 ᄃᆡ무(對舞)406)ᄒ여 온가지로 유희(遊戲)ᄒᄃᆡ 진퇴졀ᄎ(進退節次)407)의 튱텬댱긔(衝天壯氣)408)를 당튝(藏蓄)409)지 못ᄒ여 샤

---

398) 오활(迂闊): 우활. 사리에 어둡고 세상 물정을 잘 모름.
399) 쳔고녈댱뷔(千古烈丈夫ㅣ): 천고열장부. 세상에 드문 대장부.
400) 일셰쥰걸(一世俊傑): 일세준걸. 당대의 영웅.
401) 단믁(端黙): 단묵. 단엄하고 묵묵함.
402) 능녀긔이(凌厲奇異): 능려기이. 아주 뛰어나게 훌륭하고 기이함.
403) 샤묘(祠廟): 사묘. 조상의 신위를 모신 사당.
404) 현비(見拜): 현배. 알현해 절함.
405) 녈좌(列坐): 열좌. 나란히 앉음.
406) ᄃᆡ무(對舞): 대무. 마주해 춤을 춤.
407) 진퇴졀ᄎ(進退節次): 진퇴절차. 나아가고 물러가는 절차.
408) 튱텬댱긔(衝天壯氣): 충천장기. 분하거나 의로운 기개, 기세 따위가 북받쳐 오를 정도의 굳센

관(司官)410)이 フ른칠 나의411) 업시 희롱(戱弄)이 낭⊼(狼藉)ᄒ여
긔〃졀도지〈(奇奇絶倒之事ㅣ)412) 만ᄒ니, 공후직렬(公侯宰列)413)과
쇼년명위(少年名流ㅣ)414) 다 션⊼(扇子)를 쳐 박장졀도(拍掌絶倒)415)
ᄒ기를 마지아니ᄒ딕, 금휘(-侯ㅣ) 안연단좌(晏然端坐)416)ᄒ여 조곰
도 웃는 빗치 업셔 날호여 냥목(兩目)을 빗겨 댱원(壯元)을 보니 싱
(生)이 야〃(爺爺)의 긔싴(氣色)을 아라보고 즉시(卽時) 희롱(戱弄)을
긋치고 ᄉ관(司官)의게 고왈(告曰),

"어젼(御殿)의셔 녈위(列位) 노션싱(老先生)이 빅단유희(百端遊戱)
ᄒ시믹

72면

쇼싱(小生)이 갓븐 슘을 두로지 못ᄒ여셔 집의 도라오〃니 쏘 이ヌ
치 보쳐시니 쇼싱(小生)이 긔진(氣盡)417)ᄒ여 못 견딕리로소이다."

만좨(滿座ㅣ) 대쇼(大笑) 왈(曰),

"이 신늬(新來) 완만(頑慢)418)ᄒ여 스스로 보쳐기를 긋치고져 ᄒ
믹오, 긔운이 진(盡)홀 듯ᄒ단 말은 허언(虛言)이라. 댱원(壯元)의 튱
텬댱긔(衝天壯氣) 산악(山岳)을 것구로칠 듯ᄒ니 이ヌ치 보쳐기를
일(一) 년(年)을 ᄒ여도 갓바 못 견딕도록 홀 니(理)는 업ᄉ리라."

기운.
409) 댱튝(藏蓄): 장축. 감춤.
410) 샤관(司官): 사관. 각 관청에 소속된 관원.
411) 나의: 나위.
412) 긔〃졀도지〈(奇奇絶倒之事ㅣ): 기기절도지사. 이상하고 우스꽝스러워 웃다가 까무러칠 만한 일.
413) 공후직렬(公侯宰列): 공후재열. 제후와 재상의 무리.
414) 쇼년명위(少年名流ㅣ): 소년명류. 소년으로서 널리 세상에 알려진 사람들.
415) 박장졀도(拍掌絶倒): 박장절도. 손뼉을 치며 배를 그러안고 넘어질 정도로 몹시 웃음.
416) 안연단좌(晏然端坐): 평안한 빛으로 단정히 앉음.
417) 긔진(氣盡): 기진. 기운이 다함.
418) 완만(頑慢): 성질이 모질고 거만함.

댱원(壯元)이 우음을 머음고 고왈(告曰),

"스관(司官)이 쇼싱(小生)의 긔운이 진(盡)ᄒ도록 보치려 ᄒ신즉 감(敢)히 샤양(辭讓)치 못ᄒ오려니와 혈육지신(血肉之身)[419]은 다 ᄒᆞᆫ 가지라 제위(諸位) 존공(尊公)은 등과(登科) 시(時)의 갓브지 아니시더니잇가? 쇼싱(小生)은 졸약(拙弱)[420]ᄒ여 그만 보치셔도 깅긔(更起)[421]를 못 ᄒ리로소이다."

좌듕(座中)이 크게 웃고 긔상(氣像)을 아니 스랑ᄒ리 업셔 샤(赦)ᄒ여 당(堂)의 올녀 말ᄉᆞᆷ홀ᄉᆡ, 댱원(壯元)

73면

은 부젼(父前)이라 경근(敬謹)[422]ᄒᄂᆞᆫ 녜(禮)를 잡으니 념슬궤좌(斂膝跪坐)[423]ᄒ여 봉안(鳳眼)이 나죽ᄒ고 긔운이 안셔(安舒)[424]ᄒ며 단엄뎡딕(端嚴正直)[425]ᄒᆫ 거동(擧動)이 다른 사ᄅᆞᆷ ᄀᆞᆺᄐᆞᆫ지라. 금후(侯)ᄂᆞᆫ 그 흔갈ᄀᆞᆺ지 못ᄒᄆᆞᆯ 미온(未穩)[426]ᄒ여 심니(心裏)의 념녀(念慮)ᄒᄂᆞᆫ 바ᄂᆞᆫ 지긔(志氣)를 펴 문무댱원(文武壯元)이 되고 샹튱(上寵)[427]이 과도(過度)ᄒ시니 더욱 방약무인(傍若無人)[428]ᄒ여 동셔(東西)의 것칠 거시 업셔 제어(制御)ᄒ기 어려올가 근심ᄒ고, 댱원(壯元)은 야야(爺爺)의 긔ᄉᆡᆨ(氣色)이 화열(和悅)치 아니시믈 크게 황공

---

419) 혈육지신(血肉之身): 피와 살을 가진 몸.
420) 졸약(拙弱): 졸렬하고 나약함.
421) 깅긔(更起): 갱기. 다시 일어남.
422) 경근(敬謹): 공경하고 삼감.
423) 념슬궤좌(斂膝跪坐): 염슬궤좌. 무릎을 가지런히 한 채 꿇어앉음.
424) 안셔(安舒): 안서. 편안하고 조용함.
425) 단엄뎡딕(端嚴正直): 단엄정직. 단정하고 엄격하며 바르고 곧음.
426) 미온(未穩): 평온하지 않음.
427) 샹튱(上寵): 상총. 임금의 총애.
428) 방약무인(傍若無人): 곁에 사람이 없는 듯이 행동함.

(惶恐)ᄒ여 말ᄉᆞᆷ을 ᄆᆞ옴ᄃᆡ로 못 ᄒᆞᄂᆞᆫ디라.

좌간(座間)의 윤(尹) 태위(大夫ㅣ) 댱원(壯元)의 손을 잡고 안식(顔色)이 쳑연(惕然)ᄒᆞ여 뎡(鄭) 공(公)을 향(向)ᄒᆞ여 닐오ᄃᆡ,

"딜녀(姪女)의 박복(薄福)ᄒᆞ미 일즉 봉관화리(鳳冠花履)[429]로 명부(命婦)[430]의 딕(職)을 즐기지 못ᄒᆞ고 미급혼취(未及婚娶)[431]의 무고(無故)히 실산(失散)ᄒᆞ여 이제 녕낭(令郞)이 쳥운(靑雲)의 고등(高等)ᄒᆞ니 가실(家室)이 ᄒᆞ로도 업지 못ᄒᆞᆯ

디라 형(兄)은 거쳐(去處) 업ᄉᆞᆫ 아딜(我姪)을 등ᄃᆡ(等待)[432]치 말고 명문귀가(名門貴家)의 슉녀(淑女)를 마쟈 녕낭(令郞)의 빅우(配偶)를 빗나게 ᄒᆞ라."

금휘(-侯ㅣ) 탄왈(嘆曰),

"슈년(數年)을 기다려 녕딜(令姪)의 거쳐(去處)를 구식(求索)[433]ᄒᆞ여 죵시(終是)[434] ᄎᆞᆺ디 못ᄒᆞ면 남ᄋᆞ(男兒ㅣ) 환거(鰥居)[435]치 못ᄒᆞ여 취실(娶室)ᄒᆞ려니와 아딕은 쇼뎨(小弟) 념녜(念慮ㅣ) 다른 곳의 유의(有意)치 아니ᄒᆞ노라."

좌듕(座中)의 가득ᄒᆞᆫ 명공거경(名公巨卿)이 ᄯᆞᆯ 둔 ᄌᆞᄂᆞᆫ 져마다 유의(有意)ᄒᆞ여 구혼(求婚)ᄒᆞ고져 ᄒᆞᄃᆡ 젼일(前日) 뎡(鄭) 공(公)이 동셔구친(東西求親)[436]을 다 믈니치고 윤(尹) 샹셔(尙書) 집과 아시뎡

---

429) 봉관화리(鳳冠花履): 봉황 문양으로 장식한 예관(禮冠)과 아름다운 신발.
430) 명부(命婦): 봉작(封爵)을 받은 부인(夫人)을 통틀어 이르는 말.
431) 미급혼취(未及婚娶): 미급혼취. 아직 혼인을 하지 않음.
432) 등ᄃᆡ(等待): 등대. 미리 준비하고 기다림.
433) 구식(求索): 구색. 애를 써서 찾음.
434) 죵시(終是): 종시. 끝내.
435) 환거(鰥居): 홀아비로 지냄.

밍(兒時訂盟)[437]이 〃시믈 닐너시므로 윤(尹) 태우(大夫)의 말슴이 여츠(如此)ᄒ고 뎡(鄭) 공(公)이 타쳐(他處)를 유의(有意)치 아니ᄒ니 감(敢)히 구혼(求婚)ᄒ리 업더라.

좌듕(座中)의 동평댱ᄉ(同平章事) 양필광은 참졍(叅政) 양문광의 아이라, 뎡(鄭) 공(公)으로 더브러 지심익위(知心益友ㅣ)[438]러니 이에 웃고,

"댱원(壯元)

75면

의 걸츌(傑出)ᄒ 긔샹(氣像)이 일(一) 쳐(妻)로 늙지 아닐 거시니 만일(萬一) 윤(尹) 쇼져(小姐)를 만나 혼ᄉ(婚事)를 일우거든 쇼뎨(小弟) 비록 용우(庸愚)ᄒ나 외람(猥濫)이 형(兄)의 지긔(知己)로 허(許)ᄒ시믈 닙어 다시 인아(姻婭)[439]의 졍(情)을 밋고져 ᄒᄂ니, 쇼뎨(小弟)의게 머리 누른 쏠이 잇셔 ᄒ마 도요시(桃夭詩)[440]를 읇게 되여시니 형(兄)이 만일(萬一) 날을 나모라 바리지 아니ᄒ거든 쇼녀(小女)로뻐 댱원(壯元)의 ᄌ실(再室)을 허(許)ᄒ라."

금휘(-侯ㅣ) 양 평댱(平章)의 쳥고명현(淸高明賢)[441]ᄒ 위인(爲人)을 긔허(期許)[442]ᄒᄂ디라 미몰히 쎄칠 의ᄉ(意思)ᄂ 업더라.

---

436) 동셔구친(東西求親): 동서구친. 여기저기에서 혼인하기를 청함.
437) 아시뎡밍(兒時訂盟): 아시정맹. 어렸을 때 굳게 약속을 함.
438) 지심익위(知心益友ㅣ): 서로의 마음을 알아주는, 사귀어 유익함이 있는 벗.
439) 인아(姻婭): 결혼으로 맺어진 친척. 인(姻)은 사위의 아버지를 말하고, 아(婭)는 사위들이 서로를 부르는 말임.
440) 도요시(桃夭詩): 도요는 『시경(詩經)』의 편명으로, 복숭아꽃이 필 무렵이란 뜻이며, 혼인을 올리기 좋은 시절을 이르는 말. 시집 가는 아가씨를 노래하고 있음.
441) 쳥고명현(淸高明賢): 청고명현. 맑고 고상하며 현명함.
442) 긔허(期許): 기허. 칭송하며 허여함.

명듀보월빙(明珠寶月聘) 권디뉵(卷之六)

1면

화셜(話說). 금평휘(--侯ㅣ) 양 평댱(平章)의 쳥고명현(淸高明賢)ᄒᆞᆫ 위인(爲人)을 긔허(期許)¹⁾ᄒᆞᄂᆞ디라 민몰이 졔칠 의ᄉᆞ(意思)ᄂᆞᆫ 업ᄉᆞ디, 댱원(壯元)의 호신(豪身)²⁾을 념녀(念慮)ᄒᆞ여 그 방탕(放蕩)ᄒᆞᆷᄋᆞᆯ 돕디 아니려 ᄒᆞ여 ᄉᆞ샤(辭謝)³⁾ 왈(曰),

"형(兄)이 돈ᄋᆞ(豚兒)⁴⁾의 용우(庸愚)⁵⁾ᄒᆞᆷᄋᆞᆯ 혐의(嫌疑)치 아냐 옥녀(玉女)로ᄡᅥ 직실(再室)의 나ᄌᆞᄆᆞᆯ 구애(拘礙)치 아니ᄒᆞ고 구혼(求婚)ᄒᆞ니 쇼뎨(小弟) 엇디 감샤(感謝)치 아니리오마ᄂᆞᆫ 돈ᄋᆞ(豚兒ㅣ) 소활무식(疎豁無識)⁶⁾ᄒᆞ여 일(一) 쳐(妻)도 편(便)히 거나리지 못ᄒᆞ리니 형(兄)의 만금농쥬(萬金弄珠)⁷⁾를 탕ᄌᆞ(蕩子)의게 가(嫁)⁸⁾ᄒᆞ여 일ᄉᆡᆼ(一生)이 욕(辱)되믈 뭇디 아냐 알디라. 쇼뎨(小弟) 딘졍(眞情)으로 니르ᄂᆞ니 형(兄)은 오ᄋᆞ(吾兒)를 유의(有意)치 말고 댱안ᄌᆞ믹(長安紫

---

1) 긔허(期許): 기허. 칭송하며 허여함.
2) 호신(豪身): 호방함의 의미로 보이나 미상임.
3) ᄉᆞ샤(辭謝): 사사. 예를 갖추어 사양함.
4) 돈ᄋᆞ(豚兒): 돈아. 자기 아들을 낮춰 부르는 말.
5) 용우(庸愚): 용렬하고 어리석음.
6) 소활무식(疎豁無識): 꼼꼼하지 못하고 어설프며 사리를 알지 못함.
7) 만금농쥬(萬金弄珠): 만금농주. 매우 귀한 딸. 농주는 희롱하는 구슬이라는 뜻으로 한고(漢皐)의 두 신녀의 고사. 정교보(鄭交甫)가 남쪽의 초(楚)에 가 한고의 누대 아래에 이르러 두 여자를 만났는데, 두 여자가 두 개의 구슬을 차고 있었는데 크기가 계란만 했다 함. 『문선(文選)』, 장형(張衡), <남도부(南都賦)> 주(註).
8) 가(嫁): 시집감.

陌)9)의 옥인군ᄌ(玉人君子)를 갈희여 녕ᄋ(令兒)의 종신대ᄉ(終身大
事)10)를 그르게 말나."

양 공(公)이 쇼

2면

왈(笑曰),

"형(兄)이 쇼뎨(小弟)로 더브러 인친(姻親)11) 되믈 염(厭)ᄒ여 녕낭
(令郎)의 호일(豪逸)12)ᄒ믈 일ᄏ라 친ᄉ(親事)를 밀막으니13) 쇼뎨(小
弟) 이돌오믈 니긔지 못ᄒ나니 녕낭(令郎)의 긔상(氣像)이 빅(百) 미
인(美人)과 쳔희(千姬)를 맛져도 외입(外入)14)홀 뉴(類ㅣ) 아니〃 엇
디 냥(兩) 쳐(妻)를 거나리지 못홀가 근심ᄒ리오? 셜ᄉ(設使) 녕낭(令
郎)이 방탕(放蕩)ᄒ여 녀ᄌ(女子)의 일싱(一生)이 안〃(晏晏)15)치 못
홀디라도 쇼뎨(小弟) 스ᄉ로 쳥(請)ᄒ여 어든 ᄉ회16)라 형(兄)을 한
(恨)치 아닐 거시니 부졀업시 칭탁(稱託)17)지 말고 허락(許諾)ᄒ라."

뎡(鄭) 공(公)이 양 공(公)의 말이 〃의 밋쳐ᄂ 밀막을 말이 업셔
도로혀 쇼왈(笑曰),

"형(兄)으로뻐 식안(識眼)18)이 남의셔 나은가 ᄒ엿더니 돈ᄋ(豚兒)
의 허랑블미(虛浪不美)19)ᄒ믈 이딕도록 과(過)히 아라 쳔금옥녀(千

---

9) 댱안ᄌ뵉(長安紫陌): 장안자맥. 서울의 번화한 거리
10) 종신대ᄉ(終身大事): 종신대사. 평생에 관계되는 큰일이라는 뜻으로, '결혼'을 이르는 말.
11) 인친(姻親): 혼인으로 맺어진 친척.
12) 호일(豪逸): 예절이나 사소한 일에 매임이 없이 호방함.
13) 밀막으니: 핑계하고 거절하니.
14) 외입(外入): 다른 길로 빠짐.
15) 안〃(晏晏): 평안함.
16) ᄉ회: 사위.
17) 칭탁(稱託): 사정이 어떠하다고 핑계를 댐.
18) 식안(識眼): 어떤 사물의 가치나 진위 따위를 구별하여 알아내는 눈. 감식안.
19) 허랑블미(虛浪不美): 허랑불미. 언행이나 상황 따위가 허황하고 착실하지 못하며 아름답지 않음.

金玉女)를 직실(再室)노 도라보너고져 하니 지인(知人)

3면

하미 엇디 그디도록 블명(不明)하뇨? 오딕 윤(尹) 시(氏)를 춧지 못하여시니 직취(再娶)를 의논(議論)치 못할 거시오, 돈의(豚兒ㅣ) 년유쇼우(年幼小兒)로 만사(萬事ㅣ) 외람(猥濫)하여 문무(文武)의 댱원(壯元)이 되고 쟉첫(爵次ㅣ)20) 과도(過度)하니 쇼데지심(小弟之心)이 공구툭쳑(恐懼蹙蹙)21)하여 직취(再娶)를 허(許)홀 의사(意思ㅣ) 업도다."

댱원(壯元)의 표슉(表叔)22) 딘 샹셔(尙書) 등(等)이 웃고 닐오디,

"속담(俗談)의 '우들의 안히는 열히라도 스양(辭讓)치 아닛는다.' 하니, 형(兄)이 비록 텬우(-兒)로써 윤(尹) 시(氏) 밧 타인(他人)을 허(許)치 아닐 쯧이 //시나 져의 위인(爲人)이 형(兄)의 단믁(端默)홈과 다른디라, 타일(他日) 여러 쳐쳡(妻妾)을 모홀 거시니 엇디 양 형(兄)의 간절(懇切)혼 청(請)을 믈니치느뇨? 모로미 쾌허(快許)23)하여 쥬딘(朱陳)의 호연(好緣)24)을 일우게 하라."

금휘(-侯ㅣ) 미급답(未及答)25)의 윤(尹)

---

20) 쟉첫(爵次ㅣ): 작차. 벼슬의 차례.
21) 공구툭쳑(恐懼蹙蹙): 공구축척. 두려워하고 위축됨.
22) 표슉(表叔): 표숙. 외숙부.
23) 쾌허(快許): 시원하게 허락함.
24) 쥬딘(朱陳)의 호연(好緣): 주진의 호연. 주씨와 진씨 집안의 좋은 인연이라는 뜻으로 두 집안이 통혼함을 이르는 말. 당나라 때 서주(徐州) 고풍현의 주진이라는 마을에 주씨와 진씨 두 성씨만 살면서 대대로 혼인을 하며 화목하게 지냈다고 한 데서 유래함. 『백씨장경집(白氏長慶集)』, 「주진촌(朱陳村)」.
25) 미급답(未及答): 미처 답하기 전.

태위(大夫ㅣ) 골오딕,

　"형(兄)이 신의(信義)를 굿게 잡아 ㅇ딜(我姪)을 츠ㅈ 녕낭(令郎)의 원위(元位)를 삼고져 ㅎ니 쇼데(小弟) 감은(感恩)26)ㅎ믈 니긔지 못ㅎ리로소이다. 연(然)이나 양 형(兄)이 천금농쥬(千金弄珠)로뼈 챵빅의 직실(再室)을 구(求)ㅎ니 형(兄)이 비록 원(願)치 아니나 챵빅의 풍신용화(風神容華)27)를 보는 지(者ㅣ) 뜰 두느니는 무심(無心)치 아닐지라. 양 형(兄)의 녀진(女子ㅣ) 긔특(奇特)ㅎ믄 뭇지 아녀 알니〃 텬여블춰(天與不取)면 반슈기앙(反受其殃)28)이라, 챵빅의 호풍(豪風)29)을 져빅리고 슉녀현부(淑女賢婦)를 샤양(辭讓)ㅎ미 가(可)치 아니〃 거쳐(去處) 업슨 딜녀(姪女)를 기다리지 말고 혹ㅈ(或者) 싱존(生存)ㅎ 소식(消息)을 듯거든 미좃츠30) 췌(娶)ㅎ여도 형(兄)의 신의(信義)예 히(害)롭지 아닐가 ㅎ노라."

　뎡(鄭) 공(公)이 침ᄉᆞ냥구(沈思良久)31)의 쳐연(凄然) 탄왈(嘆曰),

　"오의(吾兒ㅣ) 아직

고인(古人)의 유취지년(有娶之年)32)이 아니라, 이제 슈년(數年)을 더 기다리미 므어시 밧바 션후(先後)를 밧고며 구원(九原)33)의 망우(亡

---

26) 감은(感恩): 은혜에 감동함.
27) 풍신용화(風神容華): 빼어난 풍채와 빛나는 외모.
28) 텬여블춰(天與不取)면 반슈기앙(反受其殃): 천여불취면 반수기앙. 하늘이 주는 것을 받지 않으면 도리어 재앙을 받음.
29) 호풍(豪風): 호방한 풍채.
30) 미좃츠: 뒤이어.
31) 침ᄉᆞ냥구(沈思良久): 침사양구. 오랫동안 깊이 생각함.
32) 유취지년(有娶之年): 유취지년. 아내를 얻을 나이.

友)를 져바리〃오?"

　금평후(--侯)의 구든 뜻을 도로혀기 어려온지라 좌위(左右ㅣ) 다 탄복(歎服)ᄒᆞᄆᆞᆯ 마지아니ᄒᆞ고 윤(尹) 공(公)이 역시(亦是) 츄연감오(惆然感悟)[34]ᄒᆞᄆᆞᆯ 니긔지 못ᄒᆞ더라.

　이러틋 죵일(終日) 달난(團欒)[35]ᄒᆞ고 일모셔산(日暮西山)[36]ᄒᆞᄆᆡ 녈후지샹(列侯宰相)이며 공경명ᄉᆡ(公卿名士ㅣ) 다 훗터지고,

　댱원(壯元)이 삼일유가[37](三日遊街)를 맛고 샹(上)긔 듀달(奏達)ᄒᆞ고 말ᄆᆡ를 쳥(請)ᄒᆞ여 션산(先山)의 소분(掃墳)[38]ᄒᆞᆯᄉᆡ, 죤당(尊堂) 부모(父母)긔 하딕(下直)하고 챵부지인(倡夫才人)[39]과 하리츄죵(下吏驅從)[40]을 거ᄂᆞ려 션능(先陵)[41]을 향(向)ᄒᆞᆯᄉᆡ, 죤당(尊堂) 부뫼(父母ㅣ) 댱원(壯元)의 손을 잡고 쳔니ᄒᆡᆼ도(千里行途)의 년유(年幼)ᄒᆞᆫ ᄋᆞ히(兒孩) 엇지 누ᄃᆡ션묘(累代先墓)의 잘 단녀오리오, 념녀(念慮) 무궁(無窮)ᄒᆞ여 년〃(戀戀)ᄒᆞᄆᆞᆯ 마지아니

6면

ᄒᆞ니 댱원(壯元)이 〃셩화긔(怡聲和氣)[42]ᄒᆞ여 ᄀᆞᆯ오ᄃᆡ,

　"쇼ᄌᆡ(小子ㅣ) 비록 년쇼(年少)ᄒᆞ오나 혈긔방강(血氣方强)[43]ᄒᆞ오니 쳔(千) 니(里)를 니르지 마옵고 만(萬) 니(里)라도 죡(足)히 녑녀

---

33) 구원(九原): 사람이 죽은 뒤에 그 혼이 가서 산다고 하는 세상. 저승.
34) 츄연감오(惆然感悟): 추연감오. 슬픈 빛으로 느끼어 깨달음.
35) 달난(團欒): 단란. 여럿이 함께 즐겁고 화목함.
36) 일모셔산(日暮西山): 일모서산. 해가 서산으로 저묾.
37) 가: [교] 원문에는 '과'로 되어 있으나 문맥을 고려해 이와 같이 수정함.
38) 소분(掃墳): 오랫동안 외지에서 벼슬하던 사람이 친부모의 산소에 가서 성묘하던 일.
39) 챵부지인(倡夫才人): 창부재인. 광대.
40) 하리츄죵(下吏驅從): 하리추종. 말단 관리와 윗사람을 따라다니는 종.
41) 션능(先陵): 선릉. 조상의 무덤.
42) 〃셩화긔(怡聲和氣): 이성화기. 소리를 평안히 하고 기운을 온화하게 함.
43) 혈긔방강(血氣方强): 혈기방강. 혈기가 바야흐로 왕성함.

(念慮) 업스오리니, 존당(尊堂)과 부모(父母)는 과려(過慮)치 마르시고 귀톄(貴體) 녕슌(寧順)44)ᄒ시믈 바라ᄂᆞ이다."

인(因)ᄒ여 졀ᄒ여 하직(下直)ᄒ고 부젼(父前)의 ᄇᆡ별(拜別)ᄒ니, 금휘(-侯ㅣ) 직삼(再三) 슈히 단녀오믈 니르고 여러 곳 션묘(先墓)를 가ᄅᆞ치니, 댱원(壯元)이 ᄇᆡ이슈명(拜而受命)45)ᄒ고 길희 오ᄅᆞ니 ᄌᆡ인(才人)과 하리츄죵(下吏騶從)이 길흘 덥헛고 싱소고악(笙簫鼓樂)46)이 훤텬(喧天)47)ᄒ여 십(十) 니(里)의 버러시니, 도로관광ᄌᆞ(道路觀光者ㅣ) 칙〃칭션(嘖嘖稱善)48)ᄒ여 댱원(壯元)의 월모풍신(月貌風神)49)과 댱(壯)ᄒᆫ 위의(威儀)를 일ᄏᆞ라 텬샹낭(天上郎)이라 ᄒᆞ더라.

쇼과쥬현(所過州縣)50)이 지ᄃᆡ영숑(祇待迎送)51)ᄒ여 긔구(器具)의 부려(富麗)52)ᄒᆞᄆᆞᆯ 도으니 댱원(壯元)이 일노(一路)의 영광(榮光)이 됴요53)(照耀)54)ᄒ여 무ᄉᆞ(無事)히 션능(先陵)의

7면

득달(得達)ᄒ니,

향니(鄕里) 녀로남복(女奴男僕)55)이 진동(震動)ᄒ여 십(十) 니(里) 밧긔 나와 맛고, 원근(遠近) 향당(鄕黨)이 모혀 댱관(壯觀)을 구경ᄒ

---

44) 녕슌(寧順): 영순. 평안하고 순탄함.
45) ᄇᆡ이슈명(拜而受命): 배이수명. 절하고 명령을 들음.
46) 싱소고악(笙簫鼓樂): 생소고악. 생황(笙簧)과 퉁소, 북 등의 악기.
47) 훤텬(喧天): 훤천. 천지에 떠들썩함.
48) 칙〃칭션(嘖嘖稱善): 책책칭선. 큰 소리로 떠들며 인물의 훌륭함을 칭찬함.
49) 월모풍신(月貌風神): 아름다운 용모와 풍채.
50) 쇼과쥬현(所過州縣): 소과주현. 지나는 고을.
51) 지ᄃᆡ영숑(祇待迎送): 지대영송. 공경해 기다려 맞이하고 보냄.
52) 부려(富麗): 풍부하고 화려함.
53) 요: [교] 원문에는 이 글자가 없으나 문맥을 고려해 삽입함.
54) 됴요(照耀): 조요. 밝게 비쳐서 빛남.
55) 녀로남복(女奴男僕): 여로남복. 여자 종과 남자 종.

며 댱원(壯元)의 옥모풍신(玉貌風神)[56]과 슈려쇄락(秀麗灑落)[57]호
긔상(氣像)을 칙〃칭찬(嘖嘖稱讚)호여 혜 달코 춤이 마를 둧호더라.

이에 긔구(器具)를 ス초아 션셰능묘(先世陵墓)의 소분(掃墳)호기
를 맛고 슈일(數日)을 고퇵(古宅)의 머므러 평안(平安)이 쉬기를 다
호민 션묘(先墓)의 하딕(下直)고 도라올시, 힝(行)호여 십여(十餘) 일
(日) 만의 경셩디경(京城地境)[58] 갓가이 왓더니, 취운산 하(下)의 다
드라 급(急)혼 비 붓드시 오니 ᄎ역(此亦) 하날이 유의(有意)호시미
아니리오.

일힝(一行)이 무듀공산(無主空山)[59]의 대우(大雨)를 만나니 피(避)
홀 딕 업셔 뎡(正)히 방황(彷徨)호더니, 믄득 산샹(山上)의 젹은 암ᄌ
(庵子ㅣ) 님목(林木) 스이에 빗최거늘 댱원(壯元)이 하리(下吏)를 명
(命)호여 졀의 드러가 피우(避雨)호려

8면

호니 암ᄌ(庵子)의 통(通)호라 호니,

하리(下吏) 급(急)히 암ᄌ(庵子)의 드러가 긱실(客室)을 치우라 호
니, 모든 니괴(尼姑ㅣ) 황〃(遑遑)[60]호여 긱당(客堂)을 셔릇고[61] 댱
원(壯元)을 영졉(迎接)호거늘,

싱(生)이 보니 남승(男僧)이 아니오 녀승(女僧)의 무리어늘 구틱여
졉담(接談)[62]치 아니호고 잠간(暫間) 피우(避雨)호여 날이 기기를 기

---

56) 옥모풍신(玉貌風神): 옥처럼 빼어난 외모와 풍채.
57) 슈려쇄락(秀麗灑落): 수려쇄락. 빼어나고 화려하며 시원스러움.
58) 경셩디경(京城地境): 경성지경. 경성 땅.
59) 무듀공산(無主空山): 무주공산. 주인 없는 빈 산.
60) 황〃(遑遑): 갈팡질팡 어쩔 줄 모르게 급함.
61) 셔릇고: 거두어 치우고.
62) 졉담(接談): 접담. 말을 서로 주고받음.

다리고, 일힝(一行)의 오반(午飯)홀 냥지(糧財)[63]를 후(厚)히 주어 폐(弊)를 씻치지 말나 ᄒ고 문(門)을 지혓더니,[64]

홀연(忽然) 인가(人家) 셔동(書童)의 복식(服色)흔 노지(奴子ㅣ) 안흐로 가거늘, 댱원(壯元)이 믄득 블너 알패 니르미 므러 왈(曰),

"이곳이 녀승(女僧)의 암지(庵子ㅣ)나 유흑(儒學)ᄒᄂ 셔싱(書生)이 머므ᄂ냐? 너를 보니 인가(人家) 셔동(書童)이라 네 듀인(主人)이 〃에 계시냐?"

그 셔동(書童)이 몽눙(朦朧)이 딕왈(對曰),

"녀승(女僧) 잇ᄂ 암ᄌ(庵子)의 엇디 유학(儒學)ᄒᄂ 션빅 머믈니 잇고마는 우리 듀인(主人)이 맛춤 머믈 일이 잇셔 잠

9면

간(暫間) 뉴우(流寓)[65]ᄒ엿ᄂ이다."

댱원(壯元)이 비를 피(避)ᄒ여 잠간(暫間) 암ᄌ(庵子)의 머므나 고젹(孤寂)[66]ᄒ여 더브러 말ᄒ리 업스니 번화(繁華)흔 셩졍(性情)의 심(甚)히 답〃홀 섇 아니라 그 셔동(書童)의 말을 드르미 암ᄌ(庵子)의 머므ᄂ 션빅를 흔번(-番) 보고져 의식(意思ㅣ) ᄌ연(自然) 요동(搖動)ᄒ여 스스로 몸을 니러 그 셔동(書童)다려 왈(曰),

"내 잠간(暫間) 네 듀인(主人)을 보고져 ᄒᄂ니 모로미 네 날을 인도(引導)ᄒ여 압셔라."

ᄎ시(此時) 현잉이 몸 우히 남복(男服)이 〃시므로뼈 셔동(書童)인

---

63) 냥지(糧財): 양재. 양식과 재물.
64) 지혓더니: 기댔더니.
65) 뉴우(流寓): 유우. 방랑하다가 머물러 삶.
66) 고젹(孤寂): 고적. 외롭고 쓸쓸함.

체ᄒ나 외인(外人)이 쇼져(小姐)를 보려 ᄒ믈 가장 놀나 다시 눈을 드러 댱원(壯元)을 보미 영풍쥰골(英風俊骨)[67]이 늠〃쇄락(凜凜灑落)[68]ᄒ여 태산졔월지풍(泰山霽月之風)[69]과 쳥텬빅일지샹(靑天白日之像)[70]이 완연(宛然)[71]이 쇼져(小姐)로 뎡혼(定婚)ᄒ엿던 신낭(新郞)이라. 뎡(鄭) 댱원(壯元)은 현잉을 유의(有意)ᄒ여 본 일이 업스므로 아지 못ᄒ

10면

나 현잉은 댱원(壯元)이 옥누항의 왕ᄂᆡ(往來)ᄒ여 태우(大夫)긔 비견(拜見)홀 젹 닉이 보앗ᄂᆞᆫ디라 크게 경아(驚訝)[72]ᄒ여 듀인(主人)이 유질(有疾)ᄒ므로 칭탁(稱託)고져 ᄒ다가 댱원(壯元)이 발셔 당(堂)의 나려 신을 신고 셔동(書童)을 직촉ᄒ여 압셔라 ᄒ니, 현잉이 밋쳐 말을 못 ᄒ고 압셔 쇼져(小姐) 침소(寢所)의 다ᄃᆞ르니,

이날 윤(尹) 쇼졔(小姐ㅣ) 맛춤 슈치(繡致)를 믈니치고 셩현셔(聖賢書)를 잠심(潛心)[73]ᄒ여 눈을 옴기지 아니터니, 문(門)을 여ᄂᆞᆫ 바의 현잉이 드러오고 일위(一位) 남ᄌᆡ(男子ㅣ) 쳥삼옥ᄃᆡ(靑衫玉帶)로 오ᄉᆞ(烏紗)[74]를 슉여 드러오니 거동(擧動)이 참방신ᄂᆡ(叅榜新來)[75] ᄀᆞᆺᄐᆡ 어화(御花)ᄂᆞᆫ 하리(下吏)를 맛져시므로 ᄶᅳ지 아녀시니 풍광

---

67) 영풍쥰골(英風俊骨): 영풍준골. 헌걸찬 풍채와 준수한 골격.
68) 늠〃쇄락(凜凜灑落): 늠름쇄락. 늠름하고 시원스러움.
69) 태산졔월지풍(泰山霽月之風): 태산제월지풍. 태산처럼 당당하고 비가 갠 하늘의 밝은 달과 같은 풍채.
70) 쳥텬빅일지샹(靑天白日之像): 청천백일지상. 맑게 갠 하늘에 떠 있는 해와 같은 기상.
71) 완연(宛然): 뚜렷한 모양.
72) 경아(驚訝): 놀라고 의아함.
73) 잠심(潛心): 어떤 일에 마음을 두어 깊이 생각함.
74) 오ᄉᆞ(烏紗): 오사. 벼슬아치들이 관복을 입을 때에 쓰던 모자로, 검은 사(紗)로 만듦.
75) 참방신ᄂᆡ(叅榜新來): 참방신래. 과거에 급제한 사람.

(風光)이 동탕(動蕩)76)ᄒ여 좌우(左右)의 쏘이ᄂᆞᆫ디라. 쇼제(小姐ㅣ)
쳔만긔약(千萬期約)지 아닌 외인(外人)이 ᄌᆞ긔(自己) 팀쳐(寢處)의
드러오믈 당(當)ᄒ니 놀납고

11면

황〃(遑遑)ᄒᆞ미 모양(模樣)ᄒ여 비길 ᄃᆡ 업ᄉᆞᄃᆡ 몸 우희77) 남복(男
服)이 〃시믈 밋고 마디못ᄒ여 니러 마ᄌᆞ 녜필좌뎡(禮畢坐定)78)의
댱원(壯元)이 눈을 드러 윤(尹) 쇼져(小姐)를 보ᄆᆡ 그 팔ᄎᆡ명광(八彩
明光)79)이 면모(面貌)의 어른겨 챵졸(倉卒)80)의 이목구비(耳目口鼻)
를 ᄌᆞ시 아라보디 못ᄒᆞᆯ디라. 비봉(飛鳳)81) ᄀᆞᆺᄐᆞᆫ 냥익(兩翼)82)의 청삼
(靑衫)을 가(加)ᄒ고 뉴지(柳枝)83) ᄀᆞᆺᄐᆞᆫ 허리의 셰초ᄃᆡ(細草帶)84)를
두로고 단연뎡좌(端然正坐)85)ᄒ니 그 머리의 오히려 관(冠)을 쓰디
아냐 편발동몽(編髮童蒙)86)을 면(免)치 못ᄒ여시ᄃᆡ 슉목(肅穆)87)ᄒᆞᆫ
위의(威儀) 츄텬(秋天)의 고원(高遠)ᄒᆞᆷ믈 닷툴디라.

댱원(壯元)이 냥구(良久)히 슬피ᄆᆡ 그 미우(眉宇)의 셩ᄌᆞ긔믹(聖資
氣脈)88)이 낫타나고 효셩안광(曉星眼光)89)의 슉덕(淑德)90)이 어리여

---

76) 동탕(動蕩): 얼굴이 잘생기고 살집이 있음.
77) 희: [교] 원문에는 이 글자가 없으나 문맥을 고려해 삽입함.
78) 녜필좌뎡(禮畢坐定): 예필좌정. 인사를 마치고 자리를 잡음.
79) 팔ᄎᆡ명광(八彩明光): 팔채명광. 눈썹의 밝은 빛. 팔채는 여덟 빛깔의 눈썹이라는 뜻으로, 제왕
    의 얼굴을 찬미하는 말임. 중국 고대 요(堯) 임금의 눈썹에 여덟 가지 색채가 있었다는 데서
    유래함. 여기에서는 윤명아 눈썹의 아름다움을 형용한 말로 쓰임.
80) 챵졸(倉卒): 창졸. 미처 어찌할 사이 없이 매우 급작스러움.
81) 비봉(飛鳳): 날아가는 봉황이라는 뜻으로 어깨를 형용하는 말.
82) 냥익(兩翼): 양익. 두 어깨.
83) 뉴지(柳枝): 유지. 버드나무 가지.
84) 셰초ᄃᆡ(細草帶): 세초대. 가느다란 실로 꼬아서 만든 띠.
85) 단연뎡좌(端然正坐): 단연정좌. 단정한 모습으로 바르게 앉음.
86) 편발동몽(編髮童蒙): 머리를 길게 땋아 늘인 차림의, 아직 관례를 올리지 않은 남자아이.
87) 슉목(肅穆): 숙목. 엄숙하고 공손함.
88) 셩ᄌᆞ긔믹(聖資氣脈): 성자기맥. 성인의 자질과 기운.

시니 옥면년험(玉面蓮頰)91)과 단슌호치(丹脣皓齒)며 월익무빈(月額霧鬢)92)이 만고(萬古)의 디두(對頭)93)훈

12면

리 업슨디라. 댱원(壯元)이 슉시냥구(熟視良久)94)의 대경흠복(大驚欽服)95)호여 혜오디,

'미목(眉目)의 덕긔(德氣)96) 져굿치 빗최고 텬졍(天庭)97)의 문명(文明)98)이 즈연(自然)호니 도덕흑힝(道德學行)이 셰딕무쌍(世代無雙)99)호려니와 남직(男子ㅣ) 되여 어이 져딕도록 고은 직(者ㅣ) 이시리오. 우리도 풍신(風神)을 져마다 일굿는 비로디 실(實)노 이 쇼년(少年)과 비(比)훈즉 만히 나리〃니 혈육지신(血肉之身)이 훈가지로디 츳인(此人)은 긔이(奇異)호미 천고일인(千古一人)이라. 외뫼(外貌ㅣ) 이 굿고 뉘직(內在)100) 나리지 아니리니 언어(言語)를 문답(問答)호여 보리라.'

호고, 이에 말숨을 펴 왈(曰),

"쇼뎨(小弟)는 경사(京師) 사름으로 맛춤 향니(鄕里)의 단닐 일이〃셔 갓다가 도라오는 길히 비를 만나 피(避)훌 길히 업셔 이곳의

---

89) 효성안광(曉星眼光): 효성안광. 샛별처럼 밝은 눈빛.
90) 슉덕(淑德): 숙덕. 착한 덕.
91) 옥면년험(玉面蓮頰): 옥면연협. 옥처럼 아름다운 얼굴과 연꽃처럼 하얀 뺨.
92) 월익무빈(月額霧鬢): 월액무빈. 달처럼 둥근 이마와 안개가 서린 듯한 하얀 귀밑털.
93) 디두(對頭): 대두. 적이나 어떤 세력, 힘 따위와 맞서 겨룸. 또는 그 상대.
94) 슉시냥구(熟視良久): 숙시양구. 한참을 자세히 봄.
95) 대경흠복(大驚欽服): 크게 놀라 흠모하며 마음으로 복종함.
96) 덕긔(德氣): 덕기. 덕스러운 기운.
97) 텬졍(天庭): 천정. 관상에서, 두 눈썹의 사이 또는 이마의 복판을 이르는 말.
98) 문명(文明): 문채(文彩)가 뛰어나고 분명함.
99) 셰딕무쌍(世代無雙): 세대무쌍. 당대에 쌍이 없음.
100) 뉘직(內在): 내재. 안에 들어 있음. 마음.

잠간(暫間) 쉬고져 ᄒᆞ더니, 슈ᄌᆡ(秀才)[101] ᄎᆞ쳐(此處)의 머므ᄅᆞ

13면

시믈 듯고 심(甚)히 뇨젹(寥寂)[102]ᄒᆞ여 감(敢)히 교도(交道)를 밋고져
ᄒᆞ여 니르럿ᄂᆞ니, 아디 못게라 존셩(尊姓)과 대명(大名)을 드르리잇가?"

윤(尹) 쇼졔(小姐ㅣ) 처음 눈 드러 보믈 뉘웃쳐 다시 셩안(星眼)을
드디 아니코 오직 ᄉᆞ샤(謝辭) 왈(曰),

"쇼ᄉᆡᆼ(小生)은 일죽 년유쇼ᄋᆞ(年幼小兒)로 어려서 부모(父母)를 실
니(失離)[103]ᄒᆞ여 셩명(姓名)을 브득(不得)ᄒᆞᆫ 죄인(罪人)으로 ᄌᆞ최 산
문(山門)의 머므니 혹ᄌᆞ(或者) 사ᄅᆞᆷ이 셩명(姓名)을 뭇ᄂᆞ니 이시나
니를 말이 업ᄂᆞᆫ디라. 스ᄉᆞ로 셰샹(世上)의 머므ᄂᆞᆫ 줄을 붓그리ᄂᆞ니
감(敢)히 녜ᄉᆞ(例事) 사ᄅᆞᆷ과 ᄀᆞ치 교유(交遊)ᄒᆞᄆᆞᆯ 바라지 못ᄒᆞ고 ᄒᆞ
믈며 귀인(貴人)으로 더브러 ᄉᆞ괴기를 원(願)ᄒᆞ리잇가?"

옥셩(玉聲)이 낭〃(朗朗)ᄒᆞ여 금반(金盤)의 진쥬(珍珠)를 구을니고
봉음(鳳音)이 화열(和悅)[104]ᄒᆞ여 텬디(天地)의 화긔(和氣)를 일월디
라. 말노조ᄎᆞ 유연(幽然)[105]이 븟

14면

그리ᄂᆞ 틱되(態度ㅣ) 이셔 어엿븐 거동(擧動)이 츈풍하일(春風夏
日)[106]의 일만(一萬) 곳봉오리 향긔(香氣)를 토(吐)ᄒᆞ며 상연(爽

---

101) 슈ᄌᆡ(秀才): 수재. 미혼 남자를 높여 이르는 말.
102) 뇨젹(寥寂): 요적. 고요하고 적적함.
103) 실니(失離): 실리. 헤어져 이별함.
104) 화열(和悅): 화평하고 부드러움.
105) 유연(幽然): 그윽한 모양.
106) 츈풍하일(春風夏日): 춘풍하일. 봄날의 화창한 기운과 여름날의 볕.

然)[107]이 놉고 묽으믄 만니댱공(萬里長空)[108]의 흔 조각 졈운(點雲)이 업슨 곳의 츄월(秋月)이 옥누(玉樓)의 붉앗는 둣, 텬틱(川澤)[109]이 어름을 삐셔 슈졍(水晶)을 딕(對)흠 굿트니, 뎡(鄭) 댱원(壯元)이 눈을 옴기지 아니ᄒ고 황홀흠익(恍惚欽愛)[110]ᄒ믈 니긔지 못ᄒ여 아모리 싱각ᄒ여도 남ᄌ(男子)로는 져런 태되(態度ㅣ) 업슬지라. 팀ᄉ냥구(沈思良久)의 쏘 유의(有意)ᄒ여 본즉 피치(彼此ㅣ) 다 어려셔 본 빈나 뎡싱(鄭生)의 신긔로온 안춍(眼聰)[111]이 음양(陰陽)의 변톄(變體)ᄒ믈 씩다를 ᄲᆫ 아니라 ᄎ인(此人)의 용화젼형(容華典形)[112]이 윤(尹) 쇼져(小姐) 어려실 젹 태도(態度)와 만히 굿트여 비록 남복(男服)과 대쇄(大小ㅣ) 다르나 이상(異常)이 방블(彷佛)ᄒ니 일단(一段) 의심(疑心)이 뉴동(流動)[113]ᄒ여 믄득 근이좌(近而坐)[114]ᄒ

15면

여 굴오딕,

"슈ᄌᆡ(秀才)의 졍ᄉ(情事)를 드르니 츄연(惆然)ᄒ믈 니긔지 못ᄒ나니, 아지 못게라 엇지 텬하(天下)를 두로 도라 부모(父母)를 ᄎᆺ지 못ᄒ시ᄂ뇨? 원간(元間) 방년(芳年)이 몃 츈츄(春秋)를 지녀 계시뇨?"

쇼제(小姐ㅣ) 쏘흔 나흘 아지 못ᄒ므로 답(答)ᄒ고 그 갓가이 안기를 님(臨)ᄒ여 경황(驚惶)ᄒ믈 ᄎᆷ디 못ᄒ여 믈너안ᄌ니, 뎡싱(鄭生)

---

107) 상연(爽然): 시원한 모양.
108) 만니댱공(萬里長空): 만리장공. 끝없이 높고 먼 공중.
109) 텬틱(川澤): 천택. 연못.
110) 황홀흠익(恍惚欽愛): 황홀흠애. 황홀히 흠모하고 사랑함.
111) 안춍(眼聰): 안총. 형상을 인식하는 눈의 능력.
112) 용화젼형(容華典形): 용화전형. 빛나는 얼굴과 전아한 모습.
113) 뉴동(流動): 유동. 흘러넘침.
114) 근이좌(近而坐): 가까이 앉음.

이 눈으로 쇼져(小姐)를 보며 손으로 셔안(書案)의 칙(冊)을 뒤적이더니, 두어 댱(張) 시시(詩詞ㅣ) 써러지거늘 펴 보니 필획(筆劃)이 찬눈[115](燦爛)ᄒ여 믁광(墨光)[116]이 됴요(照耀)ᄒ니 일월(日月)이 빗쵠 ᄃᆞᆺ, 쥬옥(珠玉)을 흣튼 ᄃᆞᆺ, 쳘ᄉ(鐵紗)[117]를 드리온 ᄃᆞᆺ, 시ᄉ(詩詞)의 쳥신고결(淸新高潔)[118]ᄒ미 그 위인(爲人)으로 다르지 아니ᄒ나 웅호댱활(雄豪壯闊)[119]ᄒ미 브죡(不足)ᄒ여 젼(專)혀 놉고 ᄆᆞᆰ기와 인셩슉덕(仁聖淑德)[120]으로 쥬(主)ᄒ여시니 남ᄌ(男子)로

16면

니를진딘 안연(顔淵)·ᄌ긔(子奇)[121]에 일뉴(一類ㅣ)[122]라. 댱원(壯元)이 칭찬(稱讚)ᄒ믈 마지아녀 쇼져(小姐)를 향(向)ᄒ여 ᄀᆞᆯ오딘,

"이 반ᄃᆞ시 슈ᄌᆡ(秀才)의 쇼쟉(所作)이라, 탄복(歎服)ᄒ믈 니긔지 못ᄒᆞᄂᆞ니 이졔 우리 일(一) 슈(首) 시(詩)를 화(和)ᄒ여 쳐음으로 보눈 빈나 평싱(平生) 아던 바ᄀᆞᆺ치 졍(情)을 표(表)ᄒ리라."

쇼졔(小姐ㅣ) 더옥 블열(不悅)ᄒ여 다만 손을 곳고 샤례(謝禮) 왈(曰),

"명공(明公)이 미셰(微細)ᄒᆫ 글귀(-句)를 이러ᄐᆺ 과찬(過讚)[123]ᄒ샤 쇼싱(小生)의 ᄆᆞᆷ을 엇지 참괴(慙愧)[124]케 ᄒ시ᄂᆞᆫ? 쇼싱(小生)

---

115) 눈: [교] 원문에는 없으나 문맥을 고려해 삽입함.
116) 믁광(墨光): 묵광. 글씨나 그림에 나타난 먹의 빛깔.
117) 쳘ᄉ(鐵紗): 철사. 가는 철실. 사창(紗窗)이나 사문(紗門)을 만드는 데 쓰임.
118) 쳥신고결(淸新高潔): 청신고결. 맑고 참신하며 고상하고 깨끗함.
119) 웅호댱활(雄豪壯闊): 웅호장활. 웅장하고 호대함.
120) 인셩슉덕(仁聖淑德): 인성숙덕. 어질고 착한 덕.
121) 안연(顔淵)·ᄌ긔(子奇): 안연·자기. 이들은 모두 어린 나이에 재주가 있는 사람으로 일컬어졌던 사람들임. 『후한서』, 「순제기(順帝紀)」. 안연은 중국 춘추시대의 유학자이며 공자의 수제자로 학덕이 뛰어났으나 요절한 안회(顔回, B.C.521-B.C.490)를 이르는 말로, 안연은 그의 자(字)인 자연(子淵)과 합쳐 부른 말임. 자기는 중국 춘추시대 제(齊)나라 사람으로 나이 18살 때 제나라 임금이 그에게 아현(阿縣)이라는 고을을 다스리게 했는데 정사를 잘했다 함.
122) 일뉴(一類ㅣ): 일류. 한 무리.
123) 과찬(過讚): 과도하게 칭찬함.

이 셩졍(性情)이 암둔(闇鈍)¹²⁵⁾ᄒ고 ᄌᆞ죄(才藻ㅣ)¹²⁶⁾ 노하(駑下)¹²⁷⁾
ᄒ여 창졸(倉卒)의 작셔(作書)ᄒᆞᆯ 길히 업ᄉᆞ니 됴흔 ᄯᅳ을 밧드지 못ᄒ
ᄂᆞ이다.”

ᄃᆡᆼᄉᆡᆼ(鄭生)이 ᄌᆡ삼(再三) 쳥(請)ᄒᆞᄃᆡ 구지 샤양(辭讓)ᄒᆞ며 ᄡᅡᆼ안(雙
眼)을 낫초아 비록 입으로 슈작(酬酌)¹²⁸⁾ᄒᆞ나 방듕(房中)의 사ᄅᆞᆷ이
〃시며 업ᄉᆞᄆᆞᆯ 보지 아니〃 ᄃᆡᆼᄉᆡᆼ(鄭生)이 의심(疑心)이 졈〃(漸漸)
니러나 가연이¹²⁹⁾ 몸을

17면

움즉여 그 알ᄑᆡ 나아가 큰 힘으로 쇼져 팔흘 ᄭᅥ히며 지필(紙筆)을
가져 글을 지으라 ᄒᆞ니, 쇼졔(小姐ㅣ) 대경(大驚)ᄒᆞ여 급(急)히 팔흘
ᄹ러치고져 ᄒᆞᆯ 적, ᄃᆞ원(壯元)이 그 옥슈(玉手)를 잡고 ᄉᆞ민를 밀치ᄆᆡ
빅옥(白玉)의 단ᄉᆞ(丹砂)¹³⁰⁾ 빗치 찬연(燦然)¹³¹⁾ᄒᆞᄃᆡ, 쥬필(朱筆)노
'뎡가종부¹³²⁾(鄭家宗婦)¹³³⁾' ᄉᆞ(四) ᄌᆞ(字ㅣ) 완연(宛然)¹³⁴⁾이 부공
(父公)의 필젹(筆跡)이라, 의심(疑心) 업ᄉᆞᆫ 윤(尹) 쇼졔(小姐ㅣ)믈 쾌
(快)히 알ᄆᆡ 심니(心裏)의 깃브고 다ᄒᆡᆼ(多幸)ᄒᆞᄆᆞᆯ 형상(形象)치 못ᄒᆞ
니 셩녜(成禮) 젼(前) 친근(親近)ᄒᆞᄆᆡ 녜(禮) 밧기라 유희(有害)ᄒᆞᄆᆞᆯ
ᄭᆡᄃᆞ라 밧비 잡앗던 손을 노코 니러 왈(曰),

---

124) 참괴(慙愧): 매우 부끄러워함.
125) 암둔(闇鈍): 어리석고 아둔함.
126) ᄌᆞ죄(才藻ㅣ): 재조. 시문(詩文)을 짓는 재능.
127) 노하(駑下): 둔하고 낮음.
128) 슈작(酬酌): 수작. 서로 말을 주고받음.
129) 가연이: 선뜻.
130) 단ᄉᆞ(丹砂): 단사. 수은으로 이루어진 황화 광물. 붉은색 안료.
131) 찬연(燦然): 빛나는 모양.
132) 뎡가종부(鄭家宗婦): [교] 원문에는 '뎡문통부'로 되어 있으나 앞의 예를 따라 이와 같이 수정함.
133) 뎡가종부(鄭家宗婦): 정가종부. 정씨 집안의 종부. 종부는 종가(宗家)의 맏며느리를 이름.
134) 완연(宛然): 눈에 보이는 것처럼 아주 뚜렷함.

"쇼져(小姐)의 덩혼(定婚)흔 바 뎡(鄭) 챵빅이러니 선능(先陵)의 쇼분ᄉ(掃墳事)[135]로 나려갓다가 우연(偶然)이 암ᄌ(庵子)의 비를 피(避)ᄒᆞ여 드러왓더니, 쇼졔(小姐ㅣ) 진실(眞實)노 남진(男子ㄴ)가 넉여 스괴고져 ᄒᆞ미러니, 비샹(臂上) 글ᄌ를 보니 처음의 남녀(男女)를 아지 못ᄒᆞ여 셩녜(成禮) 젼(前) 상면슈작(相面酬酌)이 블가(不可)ᄒᆞ나 실(實)노 만〃무졍

18면

지ᄉᆞ(萬萬無情之事ㅣ)[136]라, 쇼졔(小姐ㅣ) 놀나시나 타인(他人)과 다르니 쇼져(小姐)는 안심(安心)ᄒᆞ쇼셔. 싱(生)이 도라가 녕슉대인(令叔大人)긔 고(告)ᄒᆞ여 본부(本府)로 도라가시게 ᄒᆞ리이다."

언파(言罷)[137]의 팔흘 드러 녜(禮)ᄒᆞ고 썰니 나가ᄂᆞᆫ지라.

이ᄯᅥ 윤(尹) 쇼졔(小姐ㅣ) 참괴(慙愧)ᄒᆞ미 욕ᄉᆞ무지(欲死無地)[138]ᄒᆞ여 만면(滿面)의 홍광(紅光)이 취지(聚之)ᄒᆞ니 셩안(星眼)의 슈패(水波ㅣ) 요동(搖動)ᄒᆞ믈 면(免)치 못ᄒᆞ여 ᄌᆞ긔(自己) 빙옥방신(氷玉芳身)[139]과 고〃녜졀(孤高禮節)[140]노 집의 무ᄉᆞ(無事)히 이시믈 엇지 못ᄒᆞ여 산문(山門)의 뉴락(流落)[141]ᄒᆞ여 뎡싱(鄭生)을 만나니 놀납고 추악(嗟愕)[142]ᄒᆞ며 붓그럽고 한심(寒心)ᄒᆞ믈 니긔지 못ᄒᆞ고, 뎡싱(鄭生)이 ᄌᆞ긔(自己) 근본(根本)을 모로고 간 것과 달나 미리 니르

---

135) 쇼분ᄉ(掃墳事): 소분사. 소분하는 일. 소분은 경사로운 일이 있을 때 조상의 산소를 찾아가 돌보고 제사를 지내는 일.
136) 만〃무졍지ᄉᆞ(萬萬無情之事ㅣ): 만만무정지사. 전혀 고의로 한 일이 아님.
137) 언파(言罷): 말을 마침.
138) 욕ᄉᆞ무지(欲死無地): 욕사무지. 죽으려 해도 죽을 땅이 없음.
139) 빙옥방신(氷玉芳身): 얼음과 옥처럼 깨끗한 몸.
140) 고〃녜졀(孤高禮節): 고고예절. 홀로 고상한 예절.
141) 뉴락(流落): 유락. 자기 고향이 아닌 고장에서 삶.
142) 추악(嗟愕): 차악. 매우 놀람.

고 나가니 일마다 명도(命途)[143]를 슬허 부친(父親)이 계시더면 즈긔
(自己) 엇지 미혼(未婚) 젼(前)의 이런 일이 〃시리오, 식로이 비회교
집(悲懷交集)[144]ᄒ니 어린 ᄃ시 벼개의 지혓더니, 혜원이 드러와

웃고 왈(曰),

"이제ᄂ 쇼제(小姐ㅣ) 도라가실 긔약(期約)이 갓가오리니 엇지 져
러틋 즐겨 아니ᄒ시ᄂ니잇고?"

쇼제(小姐ㅣ) 믁연브답(黙然不答)ᄒ니 혜원이 위로(慰勞) 왈(曰),

"만ᄉ(萬事ㅣ) 다 명(命)이니 쇼져(小姐)ᄂ 한(恨)치 마르쇼셔. 블
과(不過) 일삭지닉(一朔之內)의 도라가시려니와 화익(禍厄)[145]이 머
럿ᄂ니 비록 면(免)코져 ᄒ나 쉽지 못ᄒ딕, 본(本)딕 쇼져(小姐)의 귀
복(貴福)이 당〃(堂堂)ᄒ여 천만위경(千萬危境)[146]을 당(當)ᄒ여도
맛ᄎᆷ닉 ᄉ싱(死生)은 념녀(念慮)롭지 아닌지라, 빈되(貧道ㅣ) 혹ᄌ(或
者) 타일(他日) 다시 뫼실가 ᄒᄂ이다."

쇼제(小姐ㅣ) 쳑연탄식(慽然歎息)[147]ᄒ여 말이 업더라.

싱(生)이 밧긔 나와 현잉을 블너 므르딕,

"네 듀인(主人)이 남직(男子ㅣ) 아니믄 아랏거니와 너도 셔동(書
童)이 아니오 시녜(侍女ㅣ)니, 아지 못게라 이곳이 옥누항의셔 슈십
여(數十餘) 리(里)ᄂ 격(隔)ᄒ고 강졍(江亭)은 더옥 갓갑거늘 너의 듀
인(主人)이 집을

---

143) 명도(命途): 운명과 재수를 아울러 이르는 말.
144) 비회교집(悲懷交集): 슬픈 회포가 서로 모임.
145) 화익(禍厄): 화액. 재앙과 액운.
146) 천만위경(千萬危境): 천만위경. 매우 위태로운 지경.
147) 쳑연탄식(慽然歎息): 척연탄식. 슬픈 빛으로 탄식함.

츠즈 도라가지 아니시고 이 암즈(庵子)의 머믈기는 므슴 연괴(緣故ㅣ)
오? 나는 드르미 도적(盜賊)이 드러 너의 듀인(主人)을 실산(失散)ᄒ다
ᄒ더니 므슴 곡졀(曲折)노 산ᄉ(山寺)의 뉴우(留寓)ᄒ미 되엿ᄂ뇨?"

현잉이 쇼져(小姐)와 뎡혼(定婚)ᄒ 신낭(新郎)이믈 알미 ᄆᆞ음의 혜
오디,

'내[148] 형(兄)이 쇼져(小姐) 디신(代身)으로 가시니 아름답지 아닌
말이 우리 쇼져(小姐) 신샹(身上)의 밋ᄎ면 비록 벗고져 ᄒ나 쉽지
아니ᄒ니 뎡(鄭) 상공(相公)이 므르시는 ᄶᆞ를 타 고(告)ᄒ리라.'

ᄒ고, 이에 고왈(告曰),

"쇼비(小婢)의 듀인(主人)이 노태부인(老太夫人)을 뫼셔 강졍(江
亭)의 나왓더니 싱각지 아닌 도적(盜賊)이 심야(深夜)의 돌입(突入)
ᄒ니, 쥬인(主人)이 쇼비(小婢) 형뎨(兄弟)로 더브러 급(急)히 피(避)
ᄒ시디 원간(元間) 가듕ᄉᆡ(家中事ㅣ) 어즈러온 일이 만흐므로 태우
(大夫) 노애(老爺ㅣ) 항쥐(杭州) 나려가시고 외로이 강졍(江亭)의

머므시니, 듀인(主人)이 원녜(遠慮ㅣ)[149] 깁허 맛춤 밤을 당(當)ᄒ여
남의(男衣)를 개장(改裝)[150]ᄒ신 ᄶᆞ라. 도적(盜賊)이 굿ᄐ여 ᄌᆡ믈(財
物)을 노략(擄掠)홀 쥬의(主意) 아니오, 쇼져(小姐) 신샹(身上)을 ᄒᆡ
(害)코져 ᄒᄂᆞ 고(故)로 쇼비(小婢)의 형(兄)이 쇼졘(小姐ㅣ) 체ᄒ고

---

148) 내: [교] 원문에는 이 앞에 '도젹이 타인이 니르디'라는 어구가 있으나 문맥을 고려해 삭제함.
149) 원녜(遠慮ㅣ): 원려. 먼 앞일까지 미리 잘 헤아려 생각함.
150) 개장(改裝): 바꿔 입음.

잡혀 가니 그 도적(盜賊)이 가장 심상(尋常)[151]치 아냐 닉응(內應)[152]이 〃셔 아듀(我主)를 희(害)코져 ㅎ느니 이시므로 쇼졔(小姐)) 인(因)ㅎ여 강졍(江亭)을 써나 암즈(庵子)의 머므시느니라. 태우(大夫) 노애(老爺)) 도라오신 후(後) 옥누항으로 가려 ㅎ시디 또 희(害)를 닙을가 두리시는 고(故)로 삼스(三四) 삭(朔)을 이곳의 머므신 비 되엿느이다."

댱원(壯元)이 잉의 말을 드르미 윤부(尹府) 가닌(家內) 평샹(平常)치 못ㅎ여 별단(別段) 스괴(事故)) 이시믈 짐작(斟酌)ㅎ고 우왈(又曰),

"여쥬(汝主))[153] 옥누항으로 드러가기를 두릴진딘 다른 곳의 머므실 딘 업셔 산스(山寺)의 머므시느냐?"

잉이 딘왈(對曰),

"경스(京師)의는

22면

맛당이 머므셤 즉흔 곳이 업고 쇼져(小姐)의 표문(表門)[154]이 금능의 계신지라 그썩 금능으로 가려 ㅎ시다가 일긔(日氣) 엄한(嚴寒)ㅎ고 규듕약질(閨中弱質)이 험노(險路)의 발셥(跋涉)[155]ㅎ실 길히 업셔 마디못ㅎ여 암듕(庵中)의 머므시더니, 근일(近日)의 도라가려 ㅎ시더니 혜원 니괴(尼姑)) 츠즈라 오리 이시믈 고(告)ㅎ여 '급(急)히 드러가 취화(取禍)[156]치 마르쇼셔.' ㅎ니, 실(實)노 인심(人心)을 측냥(測量)

---

151) 심상(尋常): 대수롭지 않고 예사로움.
152) 닉응(內應): 내응. 안에서 응하는 사람.
153) 여쥬(汝主)): 여주. 네 주인.
154) 표문(表門): 외가(外家).
155) 발셥(跋涉): 발섭. 산을 넘고 물을 건너 길을 감.
156) 취화(取禍): 취화. 재앙을 취함.

치 못ᄒ여 아모리 홀 줄을 아디 못ᄒᄂ이다."

뎡싱(鄭生)이 현잉의 말이 슈상(殊常)ᄒ믈 드르니 구퇴여 남의 집 아ᄅᆷ답지 아닌 쇼문(所聞)을 다시 알고져 아니ᄒ여 날호여 닐오ᄃᆡ,

"내 도라가 윤(尹) 태우(大夫)긔 너의 노쥬(奴主ㅣ) 이곳의 이시믈 젼(傳)ᄒ여 슈히 다려가시게 ᄒ리라."

현잉이 다만 샤례(謝禮)ᄒ고 믈너가거늘,

싱(生)이 〃옥이 안ᄌ 비 기기를 기다

23면

려 ᄲᆞᆯ니 운산으로 오니 발셔 일모(日暮)[157]ᄒ엿더라.

싱(生)이 존당(尊堂) 부모(父母)긔 ᄇᆡ현(拜見)ᄒ고 그ᄉᆞ이 존후(尊候)를 뭇ᄌᆞ올ᄉᆡ, 집을 ᄯᅥ난 지 일망(一望)[158]이 되엿ᄂᆞᆫ디라, 조모(祖母)와 모친(母親)이 크게 반기고 금평휘(--侯ㅣ) 여러 능침(陵寢)의 소분(掃墳)ᄒ믈 뭇고 쵹(燭)을 니어 태원뎐의셔 부ᄌᆞ(父子) 형뎨(兄弟) 태부인(太夫人)을 뫼셔 말ᄉᆞᆷ홀ᄉᆡ, 금평휘(--侯ㅣ) 왈(曰),

"네 이제ᄂᆞᆫ 소분(掃墳)을 다ᄒ여시니 찰딕ᄒᆡᆼ공(察職行公)[159]홀디라. 어린 긔운을 나ᄂᆞᆫ ᄃᆡ로 ᄒ여 사ᄅᆷ과 결우기를 말지니 너의 등과(登科)ᄒ므로 드듸여 어린 ᄋᆞ희(兒孩) 문무딕임(文武職任)이 과도(過度)ᄒᆞᆫ디라. 오문(吾門)이 ᄃᆡ〃(代代)로 공후ᄌᆡ렬(公侯宰列)노 관면(冠冕)[160]이 슝고(崇高)ᄒ니 내 ᄆᆡ양 블안(不安)ᄒᆞᆫ ᄯᅳᆺ이 업지 아니ᄒ더니, 너의 등양(騰驤)ᄒᆞᆫ 이후(以後)로 더옥 셩만(盛滿)[161]의 셰(勢)를

---

157) 일모(日暮): 날이 져묾.
158) 일망(一望): 한 보름 동안.
159) 찰딕ᄒᆡᆼ공(察職行公): 찰직행공. 맡은 직무를 살피고 공무를 행함.
160) 관면(冠冕): 갓과 면류관이라는 뜻으로, 벼슬아치를 비유적으로 이르는 말.
161) 셩만(盛滿): 성만. 가득 참.

두리느니 종족(宗族)의 오스즈포지(烏紗紫袍者])162) 스십여(四十餘)인(人)이라. 비록 슉딜형뎨(叔姪兄弟) 아니나

24면

원족(遠族)이라도 과경(科慶)이 즈로 나니 도로혀 깃거 아닛느니 쯧 잡기를 튱녈(忠烈)의 오로지 아니ᄒ고 몸가지믈 쳥검(淸儉)이 홀진 딘 엇지 깃브지 아니리오?"

댱원(壯元)이 비샤(拜謝) 왈(曰),

"ᄋ히(兒孩) 슈블쵸무샹(雖不肖無狀)163)ᄒ오나 엄훈(嚴訓)의 지극(至極)ᄒ시믈 간폐(肝肺)의 삭이리이다."

태부인(太夫人)이 탄왈(嘆曰),

"샤군찰임(事君察任)164)은 제 ᄆᆞᆷ의 달녓거니와 뎐ᄋ(-兒)의 취쳐(娶妻)는 그 아비 ᄆᆞᆷ의 이시디 등과(登科)ᄒ 즈식(子息)으로뼈 편발쳑동(編髮尺童)165)ᄀᆞ치 안히를 엇지 말나 ᄒ고 윤(尹) 시(氏)를 위(爲)ᄒ여 슈졀(守節)166)ᄒ라 ᄒ니, 흥이(-兒]) 만일(萬一) 아뷔 쯧을 어긔여 훼졀(毀節)167)ᄒᄂᆞᆫ 일이 〃시면 아비 눈밧긔 나는 즈식(子息)이 되리니 노모(老母)는 근간(近間) 뎐ᄋ(-兒)를 위(爲)ᄒ여 근심ᄒ노라."

공(公)이 계상직비(稽顙再拜)168) 왈(曰),

---

162) 오스즈포지(烏紗紫袍者]): 오사자포자. 오사모와 자줏빛 도포를 입은 사람. 오사모는 벼슬아치들이 관복을 입을 때에 쓰던 모자로, 검은 사(紗)로 만들었음.

163) 슈블쵸무샹(雖不肖無狀): 수불초무상. 비록 어리석고 도리를 알지는 못하나.

164) 샤군찰임(事君察任): 사군찰임. 임금을 섬기고 맡은 일을 살핌.

165) 편발쳑동(編髮尺童): 편발척동. 머리를 길게 땋아 늘인 아이.

166) 슈졀(守節): 수절. 정절을 지킴.

167) 훼졀(毀節): 훼절. 정절을 훼손함.

168) 계상직비(稽顙再拜): 계상재배. 이마가 땅에 닿도록 몸을 굽혀 두 번 절함.

"쇼직(小子ㅣ) 블초(不肖)호와 이런 쉬온 일의 주위(慈闈) 우려(憂慮)호시게 호오니 블효(不孝)를 탄(歎)호옵나

25면

니, 윤(尹) 태우(大夫)를 보아 그 딜녀(姪女)의 스싱거쳐(死生居處)를 주시 듯보라 호여 죵시(終是)[169] 소식(消息)을 모로면 양가(-家)의 취실(娶室)케 호여 며나리를 주졍(慈庭)이 슈히 보시게 호리이다."

태부인(太夫人)은 댱원(壯元)의 가긔(佳期)[170] 느즈믈 이돌나 호고 딘 부인(夫人)이 굴오디,

"윤가(尹家)는 흔갓 텬우(-兒)의 뎡약(定約)쑨 아니라 녀우(女兒)를 광텬과 뎡혼(定婚)호여시니 그 집 규슈(閨秀) 일는 변(變)을 보니 실(實)노 혼시(婚事ㅣ) 되고져 의신(意思ㅣ) 적어 만히 셔운터이다."

금휘(-侯ㅣ) 왈(曰),

"당추시(當此時)호여는 윤개(尹家ㅣ) 아모 괴이(怪異)흔 일이 〃셔도 빅약(背約)[171]지 못호게 되여시니 부인(夫人)은 브졀업슨 말 마르쇼셔."

태부인(太夫人) 왈(曰),

"뎡약(定約)이 금셕(金石) ᄀᆞᆺ투니 요개(搖改)[172]홀 길은 업스려니와 져 집이 만일(萬一) 며느리를 어더 편(便)히 거느리지 못ᄒᆞᆯ량이면 엇디 블힝(不幸)이 아니리오?"

공(公)이 웃고 디왈(對曰),

---

169) 죵시(終是): 종시. 끝내.
170) 가긔(佳期): 가기. 혼인 날짜.
171) 빅약(背約): 배약. 약속을 어김.
172) 요개(搖改): 흔들어서 고침.

"각〃(各各) 져의 팔직(八字ㅣ)오니 념

26면

녀(念慮)ᄒᆞ여 밋출 길 업ᄉᆞ온지라, 아직 텬흥의 형뎨(兄弟)도 입장(入丈)[173]치 못ᄒᆞ엿ᄉᆞ오니 녀ᄋᆞ(女兒)의 혼ᄉᆞ(婚事)ᄂᆞᆫ 념(念)이 밋지 못ᄒᆞ엿ᄉᆞ오나 윤광텬을 보오면 녀ᄋᆞ(女兒)의 어셔 ᄌᆞ라기를 바라옵ᄂᆞ니, 아모리 괴려(乖戾)[174]ᄒᆞᆫ 가듕(家中)이라도 광텬 ᄀᆞᄐᆞᆫ 가부(家夫)를 엇ᄂᆞᆫ 녀ᄌᆡ(女子ㅣ) 복녹(福祿)이 무량(無量)ᄒᆞ리이다. 쇼ᄌᆞ(小子)ᄂᆞᆫ 망우(亡友)의 ᄯᅳᆺ을 져바리지 못ᄒᆞ오며 광텬 ᄒᆞ나흘 보아 근심을 아닛ᄂᆞ이다."

댱원(壯元)이 조모(祖母)와 부모(父母)의 말솜을 긋치신 후(後) 좌(座)를 ᄯᅥ나 고왈(告曰),

"쇼ᄌᆡ(小子ㅣ) 금일(今日) 급(急)ᄒᆞᆫ 비를 만나 남문(南門) 밧 벽화산 취월암의 잠간(暫間) 드럿습더니 윤(尹) 시(氏)의 ᄉᆡᆼ존(生存)을 아랏ᄂᆞ이다."

태부인(太夫人)과 공(公)의 부뷔(夫婦ㅣ) 크게 깃거 윤(尹) 쇼져(小姐)의 ᄉᆡᆼ존(生存)ᄒᆞᆫ 곡졀(曲折)을 므르니, ᄉᆡᆼ(生)이 몸을 굽혀 윤(尹) 시(氏)의 시비(侍婢)를 보고 남복(男服)을 ᄒᆞ여시므로 인가(人家) 셔동(書童)만 넉여 다리고 드러

27면

가 윤(尹) 시(氏)를 보오믹, 쳐음은 녀ᄌᆡ(女子ㅣ)믈 아디 못ᄒᆞ엿다가

173) 입장(入丈): 장가를 듦.
174) 괴려(乖戾): 사리에 어그러져 온당하지 않음.

너모 슈습(收拾)175)ᄒ미 괴이(怪異)ᄒ와 우연(偶然)이 글을 지으라 ᄒ더니 옷ᄉ미 거두치미176) 비샹(臂上)을 보오니 그제야 ᄭᆡ다라 놀나 즉시(卽時) 나옴과 그 시ᄋᆞ(侍兒)의 말을 다 고(告)ᄒ니, 태부인(太夫人)과 금후(-侯) 부뷔(夫婦ㅣ) 희열(喜悅)ᄒ믈 니긔지 못ᄒ여 윤(尹) 태우(大夫)긔 긔별(奇別)ᄒ여 길녜(吉禮)를 슈히 일우려 홀ᄉᆡ,

태부인(太夫人)이 윤(尹) 쇼져(小姐)의 용화긔질(容華器質)177)을 므른ᄃᆡ 싱(生)이 부공(父公)이 직좌(在座)ᄒ시니 말ᄉᆞᆷ을 나ᄂᆞᆫ ᄃᆡ로 못 ᄒ여 오직 ᄃᆡ왈(對曰), 남복(男服) 가온ᄃᆡ 유의(有意)치 아니코 ᄌᆞ시 보지 아냐시믈 고(告)흔ᄃᆡ, 태부인(太夫人)이 ᄋᆞ쇼져(兒小姐) 혜쥬를 나호여 ᄡᅳ다듬아 쇼왈(笑曰),

"아손(阿孫)은 텰부셩녜(哲婦聖女ㅣ)178)라, 윤(尹) 시(氏) 비록 아름다오나 아손(阿孫)을 밋지 못ᄒ리라."

뎡(鄭) 공(公)이 우음을 ᄶᅴ여 고왈(告曰),

"ᄌᆞ정(慈庭)은 혜쥬

28면

로ᄡᅥ 셰간(世間)의 업슨 ᄋᆞ희로 아르시나 윤(尹) 시(氏)ᄂᆞᆫ 여러 층(層) 나으미 잇ᄉᆞᆸᄂᆞ니 대례(大禮)를 일워 보시ᄂᆞᆫ 날 아르시리이다."

부인(夫人) 왈(曰),

"윤ᄋᆞ(尹兒)의 싱존(生存)ᄒᆞᆷ믄 깃브거니와 그 시녀(侍女)의 ᄒᆞ더란 말을 드르니 그 가듕(家中)이 고요치 아닌 줄 알 거시오, 향ᄌᆞ(向

---

175) 슈습(收拾): 수습. 몸을 정돈함.
176) 거두치미: 걷어 올리니.
177) 용화긔질(容華器質): 용화기질. 빛나는 얼굴과 기질.
178) 텰부셩녜(哲婦聖女ㅣ): 철부성녀. 어질고 지덕이 뛰어난 여자.

者)179)의 드르니 윤(尹) 태우(大夫) 모친(母親) 위 시(氏) 가장 인ᄌᆞ(仁慈)치 못ᄒᆞ고 윤(尹) 태우(大夫) 부인(夫人) 뉴 시(氏) 어지〃 못흔 녀ᄌᆡ(女子ㅣ)라 ᄒᆞ거늘, 우연(偶然)이 드럿더니 금ᄎᆞ지시(今次之時)180)ᄒᆞ여ᄂᆞᆫ 념녀(念慮)ᄒᆞ미 혜쥬로ᄡᅥ 셩녜(成禮)도 아녀시나 ᄆᆞᄋᆞᆷ이 블평(不平)ᄒᆞ도다."

공(公)이 쇼왈(笑曰),

"비록 부인(夫人) 녀ᄌᆞ(女子)의 잔호의(-狐疑)181) 이시나 엇지 미리 근심ᄒᆞ리오? 아녀(阿女)ᄂᆞᆫ 슈화(水火)의 드러도 념녀(念慮)로온 ᄋᆞ히(兒孩) 아니라, 복녹(福祿)이 구젼(俱全)182)ᄒᆞ리니 두고 보쇼셔."

부인(夫人)이 ᄃᆡ왈(對曰),

"미리 근심ᄒᆞ미 아니라 윤(尹) 시(氏) 〃녀(侍女)의 말을 드르니 의심(疑心)이 만코 윤(尹) 시(氏) 실

29면

산(失散)흔 말을 드르니 근본(根本)이 괴(怪)흔지라. 쳡(妾)의 소견(所見)의ᄂᆞᆫ 상공(相公)이 윤ᄋᆞ(尹兒)의 싱년월일(生年月日)을 아르시ᄂᆞᆫ 비니 아딕 거쳐(居處)를 ᄎᆞ즈라 마르시고 져 집이 모로게 퇵일(擇日)ᄒᆞ샤 슈삼(數三) 일(日)만 격(隔)ᄒᆞ거든 그졔야 윤(尹) 태우(大夫)다려 닐너 그 딜녀(姪女)를 다려다가 혼ᄉᆞ(婚事)를 지ᄂᆡ게 ᄒᆞ미 맛당ᄒᆞ니, 미리 알게 ᄒᆞ면 혹ᄌᆞ(或者) 윤ᄋᆞ(尹兒)를 히(害)ᄒᆞ리 이셔 간계(奸計)183)를 힝(行)홀가 두리ᄂᆞ이다."

---

179) 향ᄌᆞ(向者): 향자. 지난번.
180) 금ᄎᆞ지시(今次之時): 금차지시. 지금의 때.
181) 잔호의(-狐疑): 자잘한 생각.
182) 구젼(俱全): 구전. 다 갖춤.
183) 간계(奸計): 간악한 계교.

공(公)이 올히 넉여 쇼왈(笑曰),

"부인(夫人)이 잔념녀(-念慮)를 만히 ᄒ기로 일을 쥬밀(周密)[184]이 싱각ᄒ여시니 이 의논(議論)이 방ᄒᆡ(妨害)롭지 아니ᄒ도다."

태부인(太夫人)이 튁일(擇日)을 슈히 ᄒ라 ᄒ니 공(公)이 ᄃᆡ왈(對曰),

"튁일(擇日)은 신부(新婦)의 집의셔 ᄒ는 거시 올커놀 쇼ᄌᆞ(小子)는 윤(尹) 시(氏)의게 엄구(嚴舅)라 친부(親父)를 겸(兼)ᄒ

30면

니 혼ᄉᆞ(婚事)를 지닌 후(後) 범연(凡然)ᄒᆫ 구식지간(舅息之間)[185]과 다르리로소이다."

태부인(太夫人)이 웃고 길일(吉日)이 슈히 나믈 기다리니,

금휘(-侯 |) 존당(尊堂)의 밧바 ᄒ시믈 보고 촉하(燭下)의셔 튁일(擇日)ᄒ니 쇼원(所願)과 영합(迎合)ᄒ여 일망(一望)이 격(隔)ᄒ엿는디라. 태부인(太夫人)이 희열(喜悅)ᄒ고 금휘(-侯 |) 길일(吉日)이 슈삼(數三) 일(日)만 격(隔)ᄒ거든 윤(尹) 태우(大夫)다려 니르려 ᄒ더라.

댱원(壯元)이 힝공찰직(行公察職)[186]ᄒᆞᆯ시 면절졍징(面折廷爭)[187]은 당상(唐相) 위징(魏徵)[188] ᄀᆞᆺ고 안방뎡국(安邦靖國)[189]ᄒᆞᆯ 지ᄒᆡ(才華 |)[190] 가쪽ᄒ여 냥ᄃᆡ보필지ᄌᆡ목(兩代輔弼之材木)[191]이라, 샹툥

---

184) 쥬밀(周密): 주밀. 허술한 구석이 없고 세밀함.

185) 구식지간(舅息之間): 시아버지와 며느리 사이.

186) 힝공찰직(行公察職): 행공찰직. 공무를 행하고 직무를 살핌.

187) 면절졍징(面折廷爭): 면절정쟁. 임금의 면전에서 허물을 기탄없이 직간하고 쟁론함.

188) 위징(魏徵): 중국 당나라 태종 때의 재상, 학자(580-643). 자는 현성(玄成). 수(隋)나라 말기 혼란기에 이밀(李密)의 군대에 참가하였으나 곧 당고조(唐高祖)에게 귀순하여 고조의 장자를 도움. 황태자 건성이 아우 세민(世民, 후의 太宗)과의 경쟁에서 패하였으나 위징의 인격에 끌린 태종의 부름을 받아 후에 재상이 됨. 직간(直諫)한 신하로 유명함.

189) 안방뎡국(安邦靖國): 안방정국. 나라를 평안히 하고 어지러운 나라를 태평하게 함.

190) 지ᄒᆡ(才華 |): 재화. 빛나는 재주.

191) 냥ᄃᆡ보필지ᄌᆡ목(兩代輔弼之材木): 양대보필지재목. 두 대에 걸쳐 임금을 보필할 재목.

(上寵)192)이 늉성(隆盛)ᄒ시고 만됴(滿朝ㅣ) 츄앙(推仰)193)ᄒ더라. 금
평후(--侯)는 힝ᄉ(行使)를 두굿기나 가지록 경계(警戒)ᄒ믈 엄(嚴)히
ᄒ여 계칙(戒飭)194)ᄒ더라.

이러구러 길긔(吉期) 격(隔)ᄒ민 금평휘(--侯ㅣ) 옥누항의 니르러
윤(尹) 태우(大夫)를 보고 죵용(從容)이 담

31면

화(談話)ᄒᆯ시, 믄득 쇼왈(笑曰),

"형(兄)이 녕딜(令姪)의 거쳐(居處)를 죵시(終是) 모르ᄂ냐?"

태위(大夫ㅣ) 탄왈(嘆曰),

"아모리 ᄎᆺ고져 ᄒ여도 망〃(茫茫)195)이 소식(消息)을 모로니 쇼
뎨(小弟) 친(親)히 ᄎᄌ려 ᄒ노라."

뎡(鄭) 공(公) 왈(曰),

"어나 ᄶ의 ᄎᄌ려 ᄒᄂ뇨?"

태위(大夫ㅣ) 답왈(答曰),

"발셔 ᄎᄌ보려 ᄒ엿더니 ᄉ괴(事故ㅣ) 만하 ᄶ나지 못ᄒ엿는지
라. 슈일(數日) 후(後) 발힝(發行)ᄒ여 경샤(京師)로브터 ᄉ히구쥬(四
海九州)196)를 다 도라 딜아(姪兒)의 ᄉ싱거쳐(死生居處)를 알고 드러
오려 ᄒ노라."

---

192) 샹통(上寵): 샹총. 임금의 총애.
193) 츄앙(推仰): 추앙. 높이 받들어 우러러봄.
194) 계칙(戒飭): 경계하여 타이름.
195) 망〃(茫茫): 아득한 모양.
196) ᄉ히구쥬(四海九州): 사해구주. 사방의 모든 고을. 구주는 중국 고대에 전국을 나눈 9개의 주.
요순시대(堯舜時代)와 하(夏)나라 때에는 기(冀)·연(兗)·청(靑)·서(徐)·형(荊)·양(揚)·예
(豫)·양(梁)·옹(雍)이며, 은(殷)나라 때에는 기·예·옹·양·형·연·서·유(幽)·영(營)이
고, 주(周)나라 때에는 양·형·예·청·연·옹·유·기·병(幷)임. 이후 모든 고을을 가리키
는 말로 쓰임.

뎡(鄭) 공(公)이 쇼왈(笑曰),

"형(兄)이 녕딜(令姪)의 ᄉᆞᆼ(死生)을 ᄎᆞᄌᆞ라 나가ᄂᆞᆫ 슈고로뼈 녕딜(令姪)의 잇ᄂᆞᆫ 곳을 가ᄅᆞ칠 거시니 슈일간(數日間) 길녜(吉禮)를 일울가 시브냐?"

태위(大夫ㅣ) 왈(曰),

"딜아(姪兒)를 ᄎᆞᆺᄂᆞᆫ 날이라도 길일(吉日)을 만나면 친ᄉᆞ(親事)를 지ᄂᆡ려니와 형(兄)이 엇디 아딜(阿姪)의 거쳐(居處)를 아ᄂᆞ뇨?"

금휘(-侯ㅣ) 쇼왈(笑曰),

"돈익(豚兒ㅣ) 등과(登科) 후(後) 션영197)(先塋)의

32면

소분(掃墳)ᄒ고 집으로 도라오다가 급(急)ᄒᆞᆫ 비를 만나 남문(南門) 밧 벽화산 암ᄌᆞ(庵子)의 드러가 비를 피(避)ᄒ다가 녕딜(令姪)이 그곳의 남복(男服)으로 이시니, 져ᄂᆞᆫ 아지 못ᄒ고 ᄉᆞ괴고져 ᄒ다가 비샹(臂上) 글ᄌᆞ를 보고 비로소 녕딜(令姪)인 줄 아라 셩녜(成禮) 젼(前) 셔로 보믈 깃거 아니나 임의 녕딜(令姪)의 거쳐(居處)를 아라시니 냥가(兩家)의 다ᄒᆡᆼ(多幸)이라. 쇼뎨(小弟) 녕딜(令姪)의 ᄉᆡᆼ년월일(生年月日)을 알므로 길일(吉日)을 ᄐᆡᆨ(擇)ᄒ니 우명일(又明日)198)이 대길(大吉)ᄒᆞᆫ지라 밧비 다려와 이번(-番)이나 길긔(吉期)를 무ᄉᆞ(無事)히 지ᄂᆡ게 ᄒ라."

태위(大夫ㅣ) 깃브고 즐거오미 도로혀 어린 ᄃᆞᆺᄒᆞ여 뎡(鄭) 공(公)을 냥구(良久)히 보다가 쇼왈(笑曰),

---

197) 영: [교] 원문에는 '형'으로 되어 있으나 문맥을 고려해 이와 같이 수정함.
198) 우명일(又明日): 모레.

"녕낭(令郞)이 소분(掃墳)ᄒ고 도라완 지 일슌(一旬)[199]이 넘은지라, 형(兄)이 아란 지 오라거늘 이졔야 니르믄 하의야(何意耶)오?"

금휘(-侯ㅣ) 쇼왈(笑曰),

"쇼졔(小弟) 즉시(卽時) 형(兄)다려 니르

33면

려 ᄒ엿더니 맛춤 ᄉ괴(事故ㅣ) 이셔 이곳의 오지 못ᄒ고 형(兄)이 쇼졔(小弟)를 ᄎᆺ지 아니″, 쇼졔(小弟) 싱각ᄒ니 님혼(臨婚)[200]ᄒ여아라도 젼일(前日) 츌혓던 혼쉬(婚需ㅣ) 업지 아닐 거시니 현마 엇지 ᄒ리오?"

태위(大夫ㅣ) 금평후(--侯)의 즉시(卽時) 니르지 아닌 줄이 필유묘믹(必有苗脈)[201]이믈 씨ᄃ라 괴이(怪異)히 넉이나 딜녀(姪女)의 거쳐(居處)를 아라시니 만분다힝(萬分多幸)ᄒ지라 쇼왈(笑曰),

"형(兄)이 스ᄉ로 틱일(擇日)ᄒ고 쇼졔(小弟)다려는 니르지 아녓다가 님박(臨迫)ᄒ 후(後) 이졔야 니르미 가장 통한(痛恨)[202]ᄒ니 길일(吉日)이 ᄯ 엇지 업ᄉ리오? 딜ᄋ(姪兒)를 다려와 쳔″이 혼ᄉ(婚事)를 지ᄂ리라."

금휘(-侯ㅣ) 대쇼(大笑) 왈(曰),

"이리ᄒ여는 쇼졔(小弟) 스ᄉ로 명일(明日)의 녕딜(令姪)을 다려다가 형(兄)의 집 ᄉ랑(舍廊)의 머므르고 셩녜(成禮) 후(後) 다려가리니, 형(兄)이 바야흐로 녕딜(令姪)의 거쳐(居處)를 모

---

199) 일슌(一旬): 일순. 열흘.
200) 님혼(臨婚): 임혼. 혼인에 임함.
201) 필유묘믹(必有苗脈): 필유묘맥. 반드시 어떤 까닭이 있음.
202) 통한(痛恨): 매우 한스러워함.

를 즈음의 내 와 니르니 감격(感激)훈 줄은 모로고 언단(言端)203)이 여ᄎ(如此)ᄒ니 쇼뎨(小弟) 도로혀 분(憤)ᄒ도다.”

태위(大夫ㅣ) 호〃(浩浩)204)히 쇼왈(笑曰),

“셩녜(成禮) 후(後)ᄂ 형(兄)의 집 며나리니 거쥐(去就) 윤보의 달녀 아즈비 알 빅 아니어니와 셩혼(成婚) 젼(前)은 형(兄)의 임의(任意)로 못 ᄒ리니 우은 말 말나.”

언파(言罷)의 가졍(家丁)205)을 분부(分付)ᄒ여 거륜(車輪)을 출히라 ᄒ고 명(鄭) 공(公)다려 왈(曰),

“형(兄)이 아직 이곳의 이시라. 내 가셔 딜ᄋ(姪兒)를 다려오리라.”

금휘(-侯ㅣ) 단닐 딕 이셔 도라가다.

태위(大夫ㅣ) 즉시(卽時) 안히 드러가 모친(母親)긔 고왈(告曰),

“명ᄋ를 실산(失散)ᄒ여 삼ᄉ(三四) 삭(朔)이 거의로딕 거쳐(居處)를 모로더니, 드르니 문외(門外) 산ᄉ(山寺)의 뉴우(留寓)206)ᄒ다 ᄒ오니 쇼직(小子ㅣ) 이제 가 다려오려 ᄒᄂ이다.”

위 시(氏) 추언(此言)을 드르믹 놀나오미 벽녁(霹靂)이 만신(滿身)을 바으ᄂ 듯, 통한(痛恨)코 이상(異常)ᄒ믈 결을치 못ᄒ여

명이 힝(幸)혀 위방의 집의셔 도망(逃亡)ᄒ여 산ᄉ(山寺)로 갓ᄂ가 심(甚)히 ᄎ악(嗟愕)ᄒ여 즈연(自然) 눈믈을 금(禁)치 못ᄒ니, 이ᄂ

---

203) 언단(言端): 말끝.
204) 호〃(浩浩): 한없이 넓고 큼.
205) 가졍(家丁): 가정. 집에서 부리는 남자 일꾼.
206) 뉴우(留寓): 유우. 머물러 거처함.

즈긔(自己) 과악(過惡)을 태위(大夫ㅣ) 알고 므슴 변(變)을 닉여 태위 (大夫ㅣ) 죽으려 셔돌가 념녀(念慮) 무궁(無窮)ᄒ여 굴오딕,

"문외(門外) 산ᄉ(山寺)의 이시면 엇지 이제야 소식(消息)이 잇ᄂ 뇨? 가(可)히 아지 못홀 일이로다. 아모커나 어셔 다려오라."

태위(大夫ㅣ) 즉시(卽時) 하리(下吏)를 거느려 취월암을 ᄎᄌ가니, 현잉이 맛춤 문밧(門-)긔 나왓다가 태우(大夫)를 보고 년망(連忙) 이 빙알(拜謁)ᄒ거늘, 태위(大夫ㅣ) 그 남복(男服) 닙어시믈 괴이(怪 異)히 넉여 밧비 믈긔 나려 쇼져(小姐) 잇ᄂ 곳을 므르니, 현잉이 안 히 이시믈 고(告)흔딕 태위(大夫ㅣ) 쇼져(小姐) 볼 ᄯᆺ이 급(急)ᄒ여 알플 인도(引導)ᄒ라 ᄒ니,

잉이 태우(大夫)를 뫼셔 쇼져(小姐) 슉소(宿所)의 니르러 슉딜(叔 姪)이 상견(相見)홀ᄉᆡ, 뎡ᄉᆡᆼ(鄭生)을 만나 즈긔(自己) 근본(根本)을

36면

알고 도라간 후(後) 일슌(一旬)이 지나딕 소식(消息)이 업스니 반드 시 옥누항의 통(通)치 아녀시믈 알고 괴이(怪異)히 넉이나 현잉이 뎡 (鄭) 한님(翰林)다려 가듕연고(家中緣故)를 닐너시믈 아지 못ᄒ엿더 니, 금일(今日) 계부대인(季父大人)을 만나 슬젼(膝前)의 졀ᄒᆡ미 진〃(津津)[207]이 늣기믈 마지아닛ᄂ지라. 태위(大夫ㅣ) 그 남복(男 服) 가온딕 졀인(絶人)[208]흔 풍치(風采) 더옥 슈려(秀麗)ᄒ여 텬향월 틱(天香月態)[209] 이목(耳目)의 현난(絢爛)[210]ᄒ니, 밧비 그 손을 잡

---

207) 진〃(津津): 매우 많음.
208) 졀인(絶人): 절인. 매우 빼어남.
209) 텬향월틱(天香月態): 천향월태. 뛰어나게 좋은 향기와 달처럼 아름다운 자태.
210) 현난(絢爛): 현란. 눈이 부시도록 찬란함.

고 냥(兩) 항(行) 누(淚)를 나리와 오릭도록 말을 못 ᄒᆞ다가 날호여
탄식(歎息) 왈(曰),

"내 항쥬(杭州)를 나려간 지 오라지 아녀셔 너를 실산(失散)ᄒᆞ니
도라와 아모리 ᄎᆞᄌᆞ려 ᄒᆞ나 소식(消息)을 알 길히 업더니, 금일(今
日)이야 뎡(鄭) 공(公)이 니르러 여ᄎᆞ여ᄎᆞ(如此如此)ᄒᆞ거늘 다리라
왓거니와 음양(陰陽)을 밧고아 산ᄉᆞ(山寺)의 뉴우(留寓)ᄒᆞ여 집을 ᄎᆞ
ᄌᆞ 도라오기를 닛고 슈

37면

슈(嫂嫂)의 듀야(晝夜) 참절(慘絶)[211]ᄒᆞ신 념녀(念慮)를 싱각지 아니
믄 어인 뜻이뇨?"

쇼제(小姐ㅣ) 오열톄읍(嗚咽涕泣)[212]ᄒᆞ여 말ᄉᆞᆷ을 즉시(卽時) 딕
(對)치 못ᄒᆞ고 가듕형셰(家中形勢)를 고(告)ᄒᆞ고져 ᄒᆞ딕, 그 가온딕
뉴 부인(夫人)을[213] 범(犯)ᄒᆞ믈 블평(不平)ᄒᆞ고 ᄉᆞ단(事端)[214]이 무
궁(無窮)ᄒᆞᆯ지라 출하리 도적(盜賊)의게 똧치여 오므로뻐 딕답(對答)
ᄒᆞ여 일이 슌편(順便)[215]ᄒᆞ기를 위쥬(爲主)ᄒᆞ여 이에 비읍(悲泣) 딕
왈(對曰),

"조뫼(祖母ㅣ) 강졍(江亭)의 피우(避寓)ᄒᆞ시므로 모친(母親)과 쇼
녜(小女ㅣ) 뫼셔 나왓다가 모일(某日) 야(夜)의 명화적(明火賊)이 다
라드러 구ᄐᆞ여 진보(財寶)를 ᄎᆔ(取)ᄒᆞ미 업고 쇼녀(小女)를 ᄒᆡ(害)ᄒᆞ
려 ᄒᆞ오니, 창황(倉黃) 듕(中) 피(避)ᄒᆞᆯ 도리(道理) 업ᄉᆞ와 희련의 여

---

211) 참절(慘絶): 참절. 매우 슬퍼함.
212) 오열톄읍(嗚咽涕泣): 오열체읍. 오열하며 눈물을 흘림.
213) 을: [교] 원문에는 '이'로 되어 있으나 문맥을 고려해 이와 같이 수정함.
214) ᄉᆞ단(事端): 사단. 사고나 탈. 사달.
215) 슌편(順便): 순편. 마음이나 일의 진행 따위가 거침새가 없고 편함.

벌(餘) 옷슬 급(急)히 닙고 니다르니 도젹(盜賊)이 똘오기를 셩화(星火)굿치 ᄒ여 화(禍)를 면(免)키 어려오니 마지못ᄒ여 다시 블의지변(不意之變)이 〃실가 공구(恐懼)²¹⁶⁾ᄒ와 길히셔 혜원 니고(尼姑)를 만나

38면

지셩(至誠)으로 쳥뉴(請留)ᄒ여 아직 산亽(山寺)의 머므다가 익회(厄會)²¹⁷⁾ 멸(滅)ᄒ거든 도라가라 ᄒ오니, 삼亽(三四) 삭(朔)을 뉴우(留寓)ᄒ오나 조모(祖母) 슉당(叔堂)과 亽위(慈闈)를 앙모(仰慕)²¹⁸⁾ᄒ옵ᄂ 하졍(下情)²¹⁹⁾이 어나 씩 노히리잇가?"

태위(大夫ㅣ) 대경(大驚) 왈(曰),

"그씩 엇던 도젹(盜賊)이 너를 히(害)코져 ᄒ다가 쥬영을 딕신(代身)의 잡아가단 말이뇨? 가장 심상(尋常)ᄒ 젹뉘(賊類ㅣ) 아니라 지상가(宰相家) 규슈(閨秀)를 겁칙(劫勅)ᄒ미 셰딕(世代)의 희한(稀罕)ᄒ 변(變)이니 엇지 흉젹(凶賊)을 잡아 쾌(快)히 다亽릴고? 실(實)노 통히(痛駭)²²⁰⁾ᄒ도다."

쇼졔(小姐ㅣ) 유모(乳母)의 말노좃ᄎ 위방인 줄 알오딕 능(能)히 고(告)치 못ᄒ고 삼亽(三四) 삭(朔) 상니(相離)²²¹⁾ᄒ엿다가 슉딜(叔姪)이 만나미 태우(大夫)의 깃븐 뜻과 쇼져(小姐)의 반기ᄂ 무음이 부녀(父女)와 다르미 업더라.

---

216) 공구(恐懼): 몹시 두려움.
217) 익회(厄會): 액회. 재앙이 닥치는 불행한 고비.
218) 앙모(仰慕): 우러러 사모함.
219) 하졍(下情): 하정. 어른에게 대하여, 자기 심정이나 뜻을 겸손하게 이르는 말.
220) 통히(痛駭): 통해. 몹시 이상스러워 놀라움.
221) 상니(相離): 상리. 서로 헤어짐.

공(公)이 혜원을 블너 딜녀(姪女)를 구(救)ᄒ여 편(便)히 머믈게 ᄒ믈 칭샤(稱謝)ᄒ고 빅은(白銀) 삼빅(三百) 냥(兩)을 주니 혜원은 쳥졍(淸淨)222)

39면

ᄒᆫ 이승(異僧)이라, 직물(財物)을 블관(不關)223)이 넉이ᄃᆡ 태우(大夫)의 칭은(稱恩)ᄒ미 과도(過度)ᄒ니 블승감격(不勝感激)ᄒ여 샤례(謝禮)ᄒ고 쇼져(小姐) ᄶᅥ나믈 크게 결연(缺然)224)ᄒ여 눈믈을 ᄲᅮ려 니별(離別)을 앗기고, 암듕제승(庵中諸僧)이 다 훌연225)ᄒ믈 니ᄀᆞ지 못ᄒ여 년″(戀戀)ᄒ믈 마지아니ᄒᆞ는지라, 쇼졔(小姐ㅣ) ᄯᅩᄒᆫ 제승(諸僧)의 후의(厚意)를 칭샤(稱謝)ᄒ고,

태위(大夫ㅣ) 날이 느ᄌᆞᄆᆞᆯ 일ᄏᆞ라 직쵹ᄒ여 쇼졔(小姐ㅣ) 교ᄌᆞ(轎子)의 드니 혜원이 쇼져(小姐)를 붓들고 의″쳑연(依依慽然)226)ᄒ여 후회(後會)227)를 일ᄏᆞᄅᆞ니, 쇼졔(小姐ㅣ) 역시(亦是) 혜원의 쳥고(淸高)ᄒᆫ 도ᄒᆡᆼ(道行)을 공경(恭敬)ᄒ던 비라 삼ᄉᆞ(三四) 삭(朔)을 ᄒᆞᆫ가지로 머므러 관곡(款曲)228)ᄒ던 후의(厚意)를 식로이 칭샤(稱謝)ᄒ고 ᄒᆡᆼ게(行車ㅣ) ᄲᅡᆺᄇᆞᆫ 고(故)로 춍″(悤悤)229)이 도라가니, 현잉이 ᄯᅩᄒᆫ 제승(諸僧)의 ᄉᆞ랑ᄒ던 은혜(恩惠)를 닙엇ᄂᆞᆫ지라 피ᄎᆞ(彼此) ᄶᅥ나믈 결연(缺然)ᄒ여 눈믈을 ᄲᅢ

---

222) 쳥졍(淸淨): 청정. 나쁜 짓으로 지은 허물이나 번뇌의 더러움에서 벗어나 깨끗함.
223) 블관(不關): 불관. 중요하게 여기지 않음.
224) 결연(缺然): 모자라서 서운하거나 불만족스러움.
225) 훌연: 허전함.
226) 의″쳑연(依依慽然): 의의척연. 헤어지기 서운하여 슬픈 빛을 띰.
227) 후회(後會): 뒤에 만남.
228) 관곡(款曲): 매우 정답고 친절함.
229) 춍″(悤悤): 총총. 몹시 급하고 바쁨.

려 제승(諸僧)을 하직(下直)ᄒ고 쇼져(小姐)를 뫼셔 도라올시, 혜원과 제승(諸僧)이 먼니 와 니별(離別)ᄒ고 도라오미 훌연ᄒ믈 니긔지 못ᄒ더라.

어시(於時)의 윤(尹) 태위(大夫ㅣ) 딜녀(姪女)를 다리고 도라오니, 남노녀복(男奴女僕)이 문(門)의 나와 마ᄌ며 광·희 냥(兩) 공ᄌ(公子ㅣ) 나아와 태우(大夫)를 마ᄌ며 져〃(姐姐)의 도라오믈 깃거ᄒ니 니른바 ᄉ듕구싱(死中求生)230)ᄒ미러라.

바로 교ᄌ(轎子)를 경희던 쓸의 노ᄒ니, 쇼제(小姐ㅣ) 오히려 남의(男衣)를 벗지 못ᄒ엿ᄂᆫ지라 쳥포혁ᄃᆡ(靑袍革帶)231)로 쥬렴(珠簾) 밧긔 나미 광텬 형데(兄弟)와 구패(寇婆ㅣ) 붓드러 반기미 늉흡(隆洽)232)ᄒ며 그 남복(男服)ᄒ여시믈 보고 각〃(各各) 우음을 먹음더라.

쇼제(小姐ㅣ) 당(堂)의 올나 존당(尊堂)과 모부인(母夫人)긔 비현(拜見)ᄒ고 뉴 시(氏)긔 졀홀시, 위 시(氏) 흉히(胸海)233)의 소원(小圓)234)이 쒸노라 놀납고 믜오며 분(憤)ᄒ믈 니긔지 못ᄒ고 이돌오미 극(極)

ᄒ여 조(曹) 시(氏) ᄉ(四) 모ᄌ녀(母子女)를 경긱(頃刻)235)의 육장(肉醬)을 민ᄃ라 믜온 ᄆᆞᆷ을 쾌(快)히 셜(雪)ᄒ고져 시브ᄃᆡ 태우(大

---

230) ᄉ듕구싱(死中求生): 사중구생. 죽을 수밖에 없는 처지에서 한 가닥 살길을 찾음.
231) 쳥포혁ᄃᆡ(靑袍革帶): 청포혁대. 푸른 도포와 가죽 띠.
232) 늉흡(隆洽): 융흡. 매우 흡족함.
233) 흉히(胸海): 흉해. 가슴.
234) 소원(小圓): 작은 원. 심장을 이름.
235) 경긱(頃刻): 경각. 매우 짧은 시간.

夫)의 〃심(疑心)을 동(動)치 아니려 ᄒᆡ미 도로혀 붓들고 울기를 마

지아니〃, 조(曹) 부인(夫人)은 머리를 슉여 믁연(默然)ᄒᆞ딕 태부인

(太夫人) 거동(擧動)을 보니 근심이 더옥 깁허 ᄌᆞ긔(自己) ᄌᆞ녀(子女)

의 화란(禍亂)이 브디하경(不知何境)[236]일 줄 모로고 태우(大夫)ᄂᆞᆫ

모친(母親)의 흉심(凶心)을 아지 못ᄒᆞ고 과상(過傷)ᄒᆞ시믈 위로(慰勞)

ᄒᆞ고 조(曹) 부인(夫人)긔 고(告)ᄒᆞ딕,

"뎡(鄭) 공(公)이 길일(吉日)을 틱(擇)ᄒᆞ니 우명일(又明日)이 대길

(大吉)타 ᄒᆞ니 슈〃(嫂嫂)ᄂᆞᆫ 혼구(婚具)를 급(急)히 츌혀 셩녜(成禮)

케 ᄒᆞ쇼셔."

부인(夫人)이 심니(心裏)의 깃거 녀ᄋᆞ(女兒)를 어셔 셩인(成姻)[237]

ᄒᆞ여 뎡가(鄭家)로 보ᄂᆡ고져 ᄒᆞᄂᆞᆫ디라 이에 딕왈(對曰),

"혼슈(婚需)ᄂᆞᆫ 젼일(前日)의 츌힌 빅라 져 집이 밧바 ᄒᆞ면 이번(-

番)이나 뎡(定)ᄒᆞᆫ

42면

날노 디닉면 됴흘가 ᄒᆞᄂᆞ이다."

태위(大夫ㅣ) 쇼져(小姐)를 도라보아 남의(男衣)를 버스라 ᄒᆞ니,

쇼졔(小姐ㅣ) 더옥 두려 움죽이지 못ᄒᆞ고 조모(祖母)의 심폐(心肺)를

혜아리민 념녀(念慮) 측냥(測量)업셔 팔ᄌᆞ츈산(八字春山)[238]의 슈운

(愁雲)[239]이 모히고 효셩냥안(曉星兩眼)[240]의 썅뉘(雙淚ㅣ) 구으러

---

236) 브디하경(不知何境): 부지하경. 어느 지경에 이를지 알지 못함.

237) 셩인(成姻): 성인. 혼인을 이룸.

238) 팔ᄌᆞ츈산(八字春山): 팔자춘산. 화장한 눈썹을 비유적으로 나타낸 말. 팔자는 눈썹의 모양을 나타낸 말임.

239) 슈운(愁雲): 수운. 근심스러운 기색.

240) 효셩냥안(曉星兩眼): 효성양안. 샛별 같은 두 눈.

화협(花頰)241)을 젹실 쁜이러니, 위 시(氏) 울며 왈(曰),

"너를 실산(失散)ᄒ여 슴ᄉ(三四) 삭(朔)이 되나 ᄉ싱거쳐(死生居處)를 모로고 쥬〃야〃(晝晝夜夜)의 칼흘 삼킨 듯 통샹(痛傷)242)ᄒᆫ 심ᄉ(心思)를 금억(禁抑)지 못ᄒ더니, 산문(山門)의 뉴우(留寓)ᄒ여 능(能)히 몸이 무양(無恙)243)ᄒ니 다힝(多幸)ᄒ거니와 반가오믹 그썩 일코 이쁘던 바와 노뫼(老母ㅣ) 도젹(盜賊)의 변(變)을 혼ᄌ 당(當)ᄒ여 하마 죽을 번ᄒᆫ 일을 싱각ᄒ니 슬프미 극(極)ᄒ도다."

쇼제(小姐ㅣ) 탄식(歎息) 되왈(對曰),

"쇼녜(小女ㅣ) 그썩 도젹(盜賊)의게 쫏치여

43면

맛춤 남복(男服)을 ᄒ여시므로 화(禍)를 버셔나 급(急)히 피(避)ᄒ니 오던 길흘 일코 취월암 슈승(首僧)이 간졀(懇切)이 쳥(請)ᄒ여 암ᄌ(庵子)의 가 도익(度厄)244)ᄒ기를 니르니, 오히려 블의지변(不意之變)을 두려 집으로 드러오디 못ᄒ고 삼ᄉ(三四) 삭(朔)을 산문(山門)의 머므오니 존당(尊堂)과 ᄌ모(慈母)를 처음으로 니측(離側)245)ᄒ와 앙모지졍(仰慕之情)을 어이 측냥(測量)ᄒ리잇고?"

위 시(氏) ᄎ언(此言)을 드르니 결단(決斷)코 위방의게 가지 아녓던246) 줄 알고 더욱 놀납고 괴이(怪異)ᄒ여,

'즉금(卽今) 위방이 윤(尹) 쇼져(小姐)라 ᄒ여 두니ᄂᆫ 그 뉜고?'

---

241) 화협(花頰): 꽃 같은 뺨.
242) 통샹(痛傷): 매우 슬퍼함.
243) 무양(無恙): 몸에 병이나 탈이 없음.
244) 도익(度厄): 도액. 가정이나 개인에게 닥칠 액을 미리 막음.
245) 니측(離側): 이측. 곁을 떠남.
246) 가지 아녓던: [교] 원문에는 '갓던'으로 되어 있으나 문맥을 고려해 이와 같이 수정함.

창졸(倉卒)의 싱각지 못ᄒ여 블냥(不良)ᄒᆫ 목직(目子ㅣ) 벌거ᄒ여
흉심(凶心)이 경긱(頃刻)의 니러나ᄃᆡ 공교(工巧)ᄒᆫ 쐬ᄂᆞᆫ 뉴 시(氏)를
밋지 못ᄒᄂᆞᆫ디라, 뉴 시(氏) 현잉은 와시ᄃᆡ 쥬영이 업ᄉᆞᆷ을 보고 쇼져
(小姐)다려 문왈(問曰),

"쥬영은 어ᄃᆡ 갓관

44면

ᄃᆡ 아니 오고 현잉만 다려왓ᄂᆞ뇨?"

쇼제(小姐ㅣ) ᄃᆡ왈(對曰),

"도적(盜賊)이 쥬영을 쇼딜(小姪)만 넉여 다려갓ᄂᆞᆫ지라, 타일(他
日) 쥬영을 ᄎᆞᆺᄂᆞᆫ 날이면 도적(盜賊)의 근본(根本)을 아라 쳐치(處置)
ᄒᆞᆯ 도리(道理) 이시ᄃᆡ 아직 쥬영을 ᄎᆞᆺ지 못ᄒ여시니 적한(賊漢)[247]이
뉜 줄 모로ᄂᆞ이다."

뉴 시(氏) 모녀(母女)와 태부인(太夫人)이 듯고 말마다 부홰[248] 넘
노라 믜오믈 ᄎᆞᆷ지 못ᄒᆞᄃᆡ 급(急)히 히(害)ᄒᆞᆯ 긔틀이 업고 혼인(婚姻)
이 우명일(又明日)이라 ᄒᆞ니 졀〃(切切)[249]이 통한(痛恨)ᄒᆞᆷ을 니긔지
못ᄒ고 위방의게 통(通)ᄒ여 '쥬영을 죽여 업시 ᄒ여 후일(後日)의
쇼문(所聞)이 나지 아니케 ᄒ라.' 니르고져 ᄒᆞᄃᆡ, 위방이 ᄉᆞ오(四五)
일(日) 젼(前)의 황금(黃金) 팔빅(八百) 냥(兩)을 가마니 보ᄂᆡ여 은혜
(恩惠)를 샤례(謝禮)ᄒ여시니 위방의게 쥬영을 죽이라 ᄒᆞᆯ 낫치 업셔
종용(從容)이 뉴 시(氏)와 의논(議論)ᄒ

---

247) 적한(賊漢): 적한. 도적놈.
248) 부홰: 노엽거나 분한 마음. 부아.
249) 졀〃(切切): 졀졀. 매우 간절함.

려 ㅎ더라.

날이 져믈미 쇼졔(小姐ㅣ) 모친(母親) 침소(寢所)의 믈너와 녀복(女服)을 개장(改裝)ㅎ고 광텬 형뎨(兄弟)와 구파(寇婆)로 더브러 말숨ㅎ롤ㅣ, 조(曹) 부인(夫人)은 혼亽(婚事)를 속〃(速速)히 지니게 되니 흔힝(欣幸)[250)]ㅎ나 촉쳐(觸處)[251)]의 심亽(心思ㅣ) 여할(如割)[252)]ㅎ여 상셰(尚書ㅣ) 주녀(子女)의 혼亽(婚事)를 보지 못ㅎ믈 극골통상(刻骨痛傷)[253)]ㅎ는디라, 공주(公子) 형뎨(兄弟) 위로(慰勞)ㅎ고 구패(寇婆ㅣ) 위로(慰勞) 왈(曰),

"부인(夫人)은 슬허 마르시고 쇼져(小姐)를 츳주 성인(成姻)[254)]ㅎ미 극(極)ㅎ 경亽(慶事ㅣ)니 무익(無益)히 셕亽(昔事)를 싱각지 마르쇼셔."

부인(夫人)이 쳑연탄식(惕然歎息)ㅎ고 쇼져(小姐)의 월패(月佩)를 츳주 상(傷)히오지 아녀시믈 깃거ㅎ더라.

위 시(氏), 뉴 시(氏)를 블너 マ마니 닐오디,

"요괴(妖怪)로온 명이 피화(避禍)[255)]ㅎ기를 긔특(奇特)이 ㅎ여 위방의게 쥬영을 보니고 져는 산亽(山寺)의 무亽(無事)히 잇다가 도라와 뎡가(鄭家)로 인연(因緣)을 일우게

---

250) 흔힝(欣幸): 흔행. 기뻐하고 다행으로 여김.
251) 촉쳐(觸處): 촉처. 가서 닥치는 곳.
252) 여할(如割): 베어지는 듯함.
253) 극골통상(刻骨痛傷): 각골통상. 뼈에 사무치도록 몹시 슬퍼함.
254) 성인(成姻): 성인. 혼인을 이룸.
255) 피화(避禍): 재앙을 피함.

되니 이 익둛고 분(憤)혼 무음을 엇지 견디리오? 쥬영이 도라오는 날
은 위방의 일이 드러날 거시오, 노모(老母)의 과악(過惡)을 모로리 업
스리니 아직 다힝(多幸)이 조(曹) 시(氏) 모녜(母女ㅣ) 그 도적(盜賊)이
위방인 줄은 아지 못호나 방의게 긔별(寄別)호여 쥬영을 죽여 쇼문(所
聞)이 업게 호고 명우를 다시 겁칙(劫勅)[256]호라 호고 시브듸 져의 금
(金)을 다 업시 호여시니 낫치 업셔 아모리 홀 줄 모로리로다."

뉴 시(氏) 이윽이 싱각다가 고왈(告曰),

"명우를 급(急)히 업시 홀 도리(道理)는 업스니 비록 명가(鄭家)와
셩녜(成禮)호나 금슬(琴瑟)이 블화(不和)호여 아조 원슈(怨讐)곳치
믜드라 명우의 젼졍(前程)[257]을 맛츠면 다시 위 관인(官人)의게 도라
보니거나 타쳐(他處)의 금은(金銀)을 밧고 팔거나 각별(恪別) 묘흔
계괴(計巧ㅣ) 이시리니, 쳡(妾)의 형(兄)이 일(一) 주(子)를 두고

부뷔(夫婦ㅣ) 구몰(俱沒)[258]호니 딜주(姪子) 몽슉이 혈″무의(孑孑無
依)[259]호여 어려셔 쳡(妾)의게 다려와 기르더니, 나히 칠팔(七八) 셰
(歲) 된 후(後) 상셔(上書) 진광의게 슈혹(受學)호니 진 상셔(尚書)는
명텬흥의 표슉(表叔)[260]이오, 집이 취운산의 잇셔 구몽슉이 우시(兒
時)로브터 명텬흥 등(等)과 졍의(情誼)[261] 후(厚)호고, 몽슉이 비상

256) 겁칙(劫勅): 겁박하여 탈취함.
257) 젼졍(前程): 전정. 앞길.
258) 구몰(俱沒): 다 죽음.
259) 혈″무의(孑孑無依): 외로워 의지할 곳이 없음.
260) 표슉(表叔): 표숙. 외숙부.
261) 졍의(情誼): 정의. 서로 사귀어 친하여진 정.

(非常)혼 직죄(才操ㅣ) 이셔 슈년(數年) 전(前) 긔특(奇特)혼 도인(道人)을 만나 변화(變化)ᄒᆞᄂᆞᆫ 술(術)을 비화 얼골이 밧괴이고 성음(聲音)이 다르ᄂᆞᆫ지라, 첩(妾)의 소견(所見)은 몽슉을 청(請)ᄒᆞ여 뎡텬흥의 〃심(疑心)을 일위여 명ᄋᆞ를 함정(陷穽)의 너흐미 맛당홀가 ᄒᆞᄂᆞ이다.”

위 시(氏) 왈(曰),

“현부(賢婦)의 디략(智略)은 진유즈(陳孺子)[262]의게 지난지라, 밧비 구싱(-生)을 청(請)ᄒᆞ여 계교(計巧)를 니르고 뎡텬흥의 금슬(琴瑟)이 블합(不合)ᄒᆞ여 명ᄋᆞ를 츌거(黜去)[263]ᄒᆞᄂᆞᆫ 지경(地境)이어든 구싱(-生)ᄃᆞ려 첩(妾) 삼아 술나 니르

48면

라.”

뉴 시(氏) 쇼이ᄃᆡ왈(笑而對曰),

“몽슉이 년긔(年紀) 십오(十五)의 아직 미취(未娶) 전(前)이니 명ᄋᆞ를 뎡가(鄭家)의셔 바리면 안히라도 삼으리니 엇지 첩(妾)을 의논(議論)ᄒᆞ리잇가?”

위 시(氏) 직쵹ᄒᆞ여 구싱(-生)을 블너 니르라 ᄒᆞ니,

뉴 시(氏) 즉시(卽時) 시녀(侍女)를 보ᄂᆡ여 몽슉을 블너 오니, 원ᄂᆡ(元來) 몽슉즈(--者)ᄂᆞᆫ 니부시랑(吏部侍郎) 구슌의 ᄌᆞ(子ㅣ)라. 구슌이 쳥개(淸介)[264]혼 위인(爲人)으로 명망(名望)이 됴야(朝野)의 드레더니,

---

262) 진유즈(陳孺子): 진유자. 중국 전한(前漢)의 개국공신 진평(陳平, ?-B.C.178)을 이름. 유자(孺子)는 고향의 부로(父老)들이 진평에 대해 부른 이름.
263) 츌거(黜去): 출거. 강제로 내쫓음.
264) 쳥개(淸介): 청개. 청렴하고 고결함.

일(一) 즈(子)를 두고 부체(夫妻ㅣ) 됴스(早死)265)ᄒ니 몽슉을 집금오
(執金吾) 뉴 공(公)이 다려다가 길너 칠팔(七八) 세(歲) 된 후(後)ᄂ
상셔(尚書) 진 공(公)과 금평휘(--侯ㅣ) 구 공(公)으로 더브러 가장 친
졀(親切)ᄒ 븡위(朋友ㅣ)라, 그 일(一) 즈(子ㅣ) 혈〃무의(孑孑無依)
ᄒᄆᆯ 츄연(惆然)ᄒ여 딘 상셰(尚書ㅣ) 다려다가 교훈(敎訓)ᄒ고 뎡
(鄭) 공(公)이 의식지졀(衣食之節)266)의 유렴(留念)267)ᄒ기를 텬흥
등(等)과 ᄀᆞᆺ치 ᄒ여, 뎡(鄭)·진 냥가(兩家)로 왕ᄂᆡ(往來)ᄒ여 즈딜(子
姪) ᄀᆞᆺ치 ᄒ고, 몽슉이 용뫼(容貌ㅣ)

49면

미려(美麗)ᄒ고 풍치(風采) 헌앙(軒昂)268)ᄒ여 보기의 ᄉᆞ랑홉고 말솜
이 현하지변(懸河之辯)269)이 〃시니, 혹문(學問)이 유여(裕餘)ᄒ여
흠ᄉᆡ(欠事ㅣ) 업ᄉᆞ딘 일단심ᄉᆡ(一段心思ㅣ)270) 어지〃 못ᄒ여 간교
(奸巧)ᄒ더라.

이날 구ᄉᆡᆼ(-生)이 슉모(叔母)의 쳥(請)ᄒᄆᆯ 인(因)ᄒ여 윤부(尹府)의
니르니, 뉴 시(氏) 좌우(左右)를 칙오고 소ᄅᆡ를 가마니 ᄒ여 왈(曰),

"현딜(賢姪)이 뎡텬흥과 졍의(情誼) 친밀(親密)ᄒ니 너의 말을 취
듕(取重)271)ᄒᄂᆞ냐?"

몽슉이 ᄃᆡ왈(對曰),

"쇼딜(小姪)이 텬흥 등(等)과 동긔(同氣) ᄀᆞᇀ니 ᄋᆞ시(兒時)로브터

---

265) 됴스(早死): 조사. 일찍 죽음.
266) 의식지졀(衣食之節): 의식지절. 의복과 음식의 절도.
267) 유렴(留念): 유념. 잊거나 소홀히 하지 않도록 마음속에 깊이 간직하여 생각함.
268) 헌앙(軒昂): 풍채가 좋고 의기가 당당함.
269) 현하지변(懸河之辯): 물이 거침없이 흐르듯 잘하는 말.
270) 일단심ᄉᆡ(一段心思ㅣ): 일단심사. 한 조각 마음.
271) 취듕(取重): 취중. 중요하게 여김.

정의(情誼) 깁흔지라 숙뫼(叔母ㅣ) 엇지 모르시ᄂ니잇고?"

뉴 시(氏) 왈(曰),

"연(然)즉 텬흥의 금슬(琴瑟)을 작희(作戱)[272]ᄒ고 네 슉녀(淑女)를 취(娶)홀 계교(計巧)를 못 ᄒ랴?"

몽슉이 가쟝 반겨 듯고 ᄃᆡ왈(對曰),

"비록 동긔(同氣) ᄀᆞᆺ튼 친우지간(親友之間)이나 슉녀(淑女)의 다ᄃ라ᄂ 므스 일을 못 ᄒᆞ며 그 금슬(琴瑟)을 희짓지[273] 못ᄒᆞ리잇가?"

뉴 시(氏) 믄득 몽슉의 ᄆᆞ음을 요동(搖動)코져

50면

ᄒ여 기리 탄왈(嘆曰),

"져々(姐姐)의 ᄂᆡ외(內外) 계시더면 너의 취쳐(娶妻)ᄒᆞ미 얼현ᄒᆞ리오마ᄂ 블ᄒᆡᆼ(不幸)ᄒᆞ여 너의 부뫼(父母ㅣ) 구몰(俱沒)ᄒᆞ시고, 집이 업셔 아직 뎡(鄭)·진 냥가(兩家)의셔 후ᄃᆡ(厚待)[274]ᄒᆞ나 남이란 거슨 다 거즛 거시라. 네 지금(至今) 취실(娶室)도 못 ᄒᆞ고 문한(文翰)[275]이 니두(李杜)[276]를 우슬 거시로ᄃᆡ 등과(登科)ᄒᆞᄂ 경ᄉᆞ(慶事ㅣ) 업ᄉᆞ니, 범ᄉᆞ(凡事ㅣ) 형셰(形勢)의 ᄡᆞᆯ오엿ᄂ니 뎡텬흥 ᄀᆞᆺ튼니ᄂ 년유쇼ᄋᆞ(年幼小兒)로 문무댱원(文武壯元)이 되고 만됴거경(滿朝巨卿)[277]의 유녀쟤(有女者ㅣ) 닷토아 셔랑(壻郎)을 삼고져 ᄒᆞᄃᆡ 뎡(鄭) 공(公)

---

272) 작희(作戱): 방해함.
273) 희짓지: 방해하지.
274) 후ᄃᆡ(厚待): 후대. 후하게 대우함.
275) 문한(文翰): 문필(文筆)에 관한 일.
276) 니두(李杜): 이두. 이백(李白, 701-762)과 두보(杜甫, 712-770)를 아울러 이르는 말. 모두 중국 성당(盛唐) 때의 시인. 중국의 최고 시인들로 꼽히며 이백은 시선(詩仙)으로, 두보는 시성(詩聖)으로 칭하여짐.
277) 만됴거경(滿朝巨卿): 만조거경. 온 조정의 지위가 높은 관리들.

이 허(許)치 아니키로 지금(只今)가지 취처(娶妻)를 못 ᄒᆞ여 슉〃(叔叔) 상셔공(尙書公)의 일(一) 녀(女)를 ᄋᆞ시(兒時)브터 뎡련홍과 뎡약(定約)이 잇던지라. 거년(去年) 셰말(歲末)의 친ᄉᆞ(親事)를 지니여실 거슬 도젹(盜賊)이 드러 딜녀(姪女)를 실산(失散)ᄒᆞ기로 삼ᄉᆞ(三四) 삭(朔)을 믈녓다가 딜녀(姪女)를 ᄎᆞᄌ 도라오ᄆᆡ 길

51면

긔(吉期) 계오 일〃(一日)이 격(隔)ᄒᆞ엿거니와 딜녀(姪女)의 만고무비(萬古無比)278)ᄒᆞᆫ 용화긔질(容華器質)이 진실(眞實)노 너 ᄀᆞᆺ튼 옥인직ᄉᆞ(玉人才士)279)와 ᄡᅡᆼ(雙)이 되지 못ᄒᆞ고 뎡가(鄭家)의 며나리 되믈 실(實)노 앗기ᄂᆞ니, 네 모로미 뎡련홍의 금슬(琴瑟)을 희지어 딜녀(姪女)로뼈 뎡가(鄭家)의 온전(穩全)이 머므지 못ᄒᆞ여 츌거(黜去)ᄒᆞᄂᆞ 지경(地境)이면 네 당〃(堂堂)이 ᄲᅥ를 타 딜녀(姪女)를 겁칙(劫勅)홀지니, 나의 너를 위(爲)ᄒᆞᆫ 졍(情)이 쥬야(晝夜) 고독(孤獨)ᄒᆞ여 슉녀(淑女)를 쳔거(薦擧)코져 ᄒᆞ디 맛당ᄒᆞᆫ 곳이 업고 의ᄉᆞ(意思ㅣ) 궁극(窮極)280)ᄒᆞ여 이리 니르니, 네 직죄(才操ㅣ) 경긱(頃刻)의 변화(變化)ᄒᆞ여 소원(所願)딕로 다 흔다 ᄒᆞ니 딜녀(姪女)의 전정(前程)을 맛츠며 련홍으로뼈 의심(疑心)케 ᄒᆞ기는 네 손의 이시니, 일이 졍도(正道ㅣ) 아니나 뇨됴슉녀(窈窕淑女)는 셩인(聖人)도 오미ᄉᆞ복(寤寐思服)ᄒᆞ샤 젼〃반측(輾轉反側)281)ᄒᆞ시니 ᄒᆞ믈며 풍뉴랑(風流郎)이냐?"

---

278) 만고무비(萬古無比): 역사상 비할 사람이 없음.

279) 옥인직ᄉᆞ(玉人才士): 옥인재사. 옥처럼 귀한 사람과 재주 있는 선비.

280) 궁극(窮極): 끝이 다함.

281) 오미ᄉᆞ복(寤寐思服)ᄒᆞ샤 젼〃반측(輾轉反側): 오매사복하사 전전반측. 자나깨나 생각해 뒤척이며 잠을 못 이룸. 『시경』, <관저(關雎)>에 나오는 구절로 주희(朱熹)는 이 구절이 그 배필을 얻지 못해 근심하는 내용이라고 해석함.

몽슉이 쳥미반(聽未半)[282]의 깃브고 즐거오

52면

미 윤(尹) 시(氏)를 져의 긔믈(器物)을 삼으니 굿트여 년망(連忙)이 샤례(謝禮) 왈(曰),

"슉뫼(叔母ㅣ) 쇼딜(小姪)을 위(爲)ᄒ샤 졀식미인(絶色美人)을 쳔거(薦擧)ᄒ시니 블승감은(不勝感恩)ᄒ이다. 뎡텬흥의 금슬(琴瑟)을 희지어 윤(尹) 시(氏)로뼈 츌화(黜禍)[283]를 보게 ᄒᆞᆷ 쇼딜(小姪)의 손의 이시니 슉모(叔母)ᄂᆞᆫ 아모려나 윤(尹) 시(氏)로뼈 쇼딜(小姪)의 가인(佳人)이 되도록 ᄒᆞ쇼셔."

뉴 시(氏) 언″(言言)이 고개 좃고 몽슉을 ᄌᆡ삼(再三) 당부(當付)ᄒᆞ여,

"어셔 가셔 뎡싱(鄭生)을 놀닉여 미리 의심(疑心)을 동(動)케 ᄒᆞ라."

몽슉이 슈명(受命)ᄒᆞ고 도라가ᄆᆡ, ᄉᆞ의(辭意)[284] 규″(規規)[285]ᄒᆞ여 알 니 업더라.

뎡부(鄭府)의셔 길일(吉日)이 님(臨)ᄒᆞ니 혼슈(婚需)를 출히며 태부인(太夫人)과 뎡(鄭) 공(公) 부뷔(夫婦ㅣ) 두긋기믈 니긔지 못ᄒᆞ고, 뎡(鄭) 한님(翰林)도 슉녀(淑女)의 만고무비(萬古無比)ᄒᆞᆫ 용화긔질(容華器質)을 친(親)히 본 빅라, 빅냥(百兩)[286]으로 췱(娶)ᄒᆞ여 관져지락(關雎之樂)[287]을 일울 의ᄉᆞ(意思ㅣ) 잇ᄂᆞᆫ지라, 각별(恪別) 다른

---

282) 쳥미반(聽未半): 청미반. 절반도 듣기 전.
283) 츌화(黜禍): 출화. 쫓겨나는 재앙.
284) ᄉᆞ의(辭意): 사의. 말의 내용.
285) 규″(規規): 은밀함.
286) 빅냥(百兩): 백량. 신부를 맞아 오는 일. 백 대의 수레로 신부를 맞이한다 하여 이와 같이 씀. 『시경(詩經)』, <작소(鵲巢)>에 "새아씨가 시집옴에 백량으로 맞이하도다. 之子于歸, 百兩御之."라는 구절이 있음.
287) 관져지락(關雎之樂): 관저지락. '관저'의 즐거움이라는 뜻으로 부부가 화락함을 이름. '관저(關雎)'는 『시경(詩經)』의 작품 명에서 유래함.

념녀(念慮) 업

더니,

홀연(忽然) 몽슉이 쳥듁헌의 니르러 한님(翰林) 형뎨(兄弟)로 말슴
ᄒ다가 닌흥 공ᄌ(公子ㅣ) 안흐로 드러가고 한님(翰林)만 이시믈 보
고 몽슉이 문왈(問曰),

"나는 바히288) 몰낫더니 윤(尹) 명쳔 녀ᄌ(女子)로 혼ᄉ(婚事)를
뎡약(定約)이 잇다 ᄒ던 비라, 규슈(閨秀ㅣ) 실산(失散)타 ᄒ더니 타
쳐(他處)의 취실(娶室)ᄒᄂ냐?"

한님(翰林) 왈(曰),

"실산(失散)ᄒ엿던 규슈(閨秀)를 ᄎᄌ시므로 구약(舊約)을 셩젼(成
全)289)코져 ᄒ미라 형(兄)이 엇지 므로ᄂ뇨?"

몽슉이 ᄎ언(此言)을 듯고 변ᄉᆨ(變色) 왈(曰),

"형(兄)의 츌세(出世)290)ᄒᆫ 풍뉴신광(風流身光)291)과 문한ᄌᆡ덕(文
翰才德)292)으로뼈 비우(配偶)를 골희미 반ᄃ시 님ᄉ(姙姒)293)의 셩
덕(盛德)이 잇ᄂ 슉녜(淑女ㅣ) 아니면 가(可)치 아니ᄒ니 형(兄)이 능
(能)히 비필(配匹)을 아름다이 만나랴?"

한님(翰林)은 구싱(-生)을 ᄉ괴미 깁흐나 그 위인(爲人)을 블ᄎ(不
取)294)ᄒᄂ디라, 이런 말을 드러도 가장 공교(工巧)로이 넉여 답(答)

---

288) 바히: 전혀.
289) 셩젼(成全): 성전. 완성하여 온전히 함.
290) 츌세(出世): 출세. 세상에서 빼어남.
291) 풍뉴신광(風流身光): 풍류신광. 멋스럽고 풍치가 있는 몸.
292) 문한ᄌᆡ덕(文翰才德): 문한재덕. 문필과 재주, 덕행.
293) 님ᄉ(姙姒): 임사. 중국 고대 주(周)나라 문왕(文王)의 어머니 태임(太姙)과, 문왕의 아내이자
무왕(武王)의 어머니인 태사(太姒)를 아울러 이르는 말로 이들은 현모양처로 유명함.

지 아니코 셔안(書案)의 칙(冊)을 드러 명낭(明朗)이 닑는지

54면

라. 몽슉이 말짓츨 녀미 도로혀 무류(無聊)295)ᄒ딕 한님(翰林)의 거동(擧動)을 시험(試驗)코져 ᄒ므로 한님(翰林)의 닑는 칙(冊)을 앗고 소릭를 나죽이 ᄒ여 왈(曰),

"쇼데(小弟) 심듕(心中)의 픔은 비 이시딕 발셜(發說)홈도 실(實)노 어렵고, 아니흔죽 내 알고 형(兄)을 긔이며 흉참(凶慘)흔 일을 모로시고 혼ᄉ(婚事)를 지닉고져 ᄒ시니, 놀납고 ᄎ악(嗟愕)ᄒ믈 견딕지 못ᄒᄂ니 쇼데(小弟) 형가(兄家)의 슈은(受恩)296)ᄒ기를 젹게 ᄒ여시면 이런 듕대(重大)흔 말을 닉고져 ᄒ리오마는 녕대인(令大人) 바라오믈 부형(父兄) ᄀ치 ᄒ고 형(兄) 등(等)으로 더브러 골육(骨肉) ᄀ튼 고(故)로 잠〃(潛潛)치 못ᄒ미라. 형(兄)은 듯고 스스로 잘 쳐치(處置)ᄒ여 이런 일이 힝(幸)혀도 쇼데(小弟) 닙으로 난 줄 타인(他人)다려 니르지 말나."

인(因)ᄒ여,

"윤(尹) 시(氏) 실산(失散)ᄒ여시미 다른 연괴(緣故ㅣ) 아니라 젼ᄌ(前者)의 윤(尹) 태우(大夫) 문긱(門客) 딩환으로 유정(有情)ᄒ엿

55면

더니, 길일(吉日)이 님박(臨迫)ᄒ믹 딩환이 거줏 명화젹(明火賊)인

---

294) 블취(不取): 불취. 취하지 않음.
295) 무류(無聊): 무료. 부끄럽고 열없음.
296) 슈은(受恩): 수은. 은혜를 입음.

체ᄒᆞ고 강정(江亭)의 가 윤(尹) 쇼져(小姐)를 겁칙(劫勅)ᄒᆞ여 취월암의 곰초고 음비(淫鄙)²⁹⁷⁾ᄒᆞᆫ 졍젹²⁹⁸⁾(情迹)²⁹⁹⁾이 무상(無常)ᄒᆞ되, 오히려 밍환이 윤(尹) 쇼져(小姐)의 비상(臂上) 잉혈(鶯血)을 머므러 아직 이셩(二姓)의 친(親)³⁰⁰⁾을 일우지 아녀시나 ᄯᅳᆺ이 금셕(金石) ᄀᆞᆺᄐᆞ여 부〃(夫婦)의 은졍(恩情)이 무궁(無窮)ᄒᆞᆷᄋᆞᆯ 니르며 밍환이 용밍(勇猛)이 졀뉸(絶倫)³⁰¹⁾ᄒᆞ여 즉금(卽今) 칼 ᄀᆞᆺᄐᆞᆫ ᄆᆞᄋᆞᆷ을 가져시니 뎡문(鄭門)의 화란(禍亂)이 두리오믈 금즉이 져히ᄂᆞᆫ지라."

한님(翰林)이 듯기를 다 못 ᄒᆞ여셔 ᄎᆞ악(嗟愕)ᄒᆞ여 스ᄉᆞ로 믈너안ᄌᆞ 그 말을 듯지 아냐 왈(曰),

"내 비록 군ᄌᆞ(君子ㅣ) 아니나 비례믈텽(非禮勿聽)³⁰²⁾이니 형(兄)은 그만 긋치라. 다만 윤(尹) 시(氏)ᄂᆞᆫ 만고음녜(萬古淫女ㅣ)³⁰³⁾라 닐너도 셕년(昔年)의 대인(大人)이 윤(尹) 명쳔으로 더브러 구든 뎡약(定約)을 두어 계시니 엇지 빅반(背叛)ᄒᆞ리오? 텬하(天下)의 흔흔 거시

56면

녀ᄌᆞ(女子ㅣ)니 윤(尹) 시(氏)를 ᄎᆔ(娶)ᄒᆞ여 ᄒᆡᆼ실(行實)이 음비(淫鄙) 홀진ᄃᆡ 츌거(黜去)ᄒᆞ고 다른 안ᄒᆡ를 어들 거시니 현마 어이ᄒᆞ리오? 아모 댱ᄉᆞ(壯士) 놈이라도 인명(人命)을 간ᄃᆡ로 살ᄒᆡ(殺害)치 못홀지라 므어시 두리오리오?"

---

297) 음비(淫鄙): 음란하고 비루함.
298) 젹: [교] 원문에는 '졍'으로 되어 있으나 문맥을 고려해 이와 같이 수정함.
299) 졍젹(情迹): 정적. 사정의 흔적.
300) 이셩(二姓)의 친(親): 이성의 친. 두 성씨의 혼인.
301) 졀뉸(絶倫): 절륜. 아주 두드러지게 뛰어남.
302) 비례믈텽(非禮勿聽): 비례물청. 예(禮)가 아닌 말은 듣지 않음. 『논어』, 「안연(顔淵)」에 있는 문장. 원문은 "예가 아니면 보지 말고, 예가 아니면 듣지 말며, 예가 아니면 말하지 말고, 예가 아니면 행동하지 마라. 非禮勿視, 非禮勿聽, 非禮勿言, 非禮勿動."임.
303) 만고음녜(萬古淫女ㅣ): 만고음녀. 세상에 드문 음란한 여자.

언파(言罷)의 슉연뎡좌(肅然正坐)304)ᄒᆞ여 도로 쳑(冊)을 줌심(潛心)305)ᄒᆞ여 보ᄂᆞᆫ지라, 스식(辭色)이 여화츈풍(如和春風)306)이로ᄃᆡ 긔위(氣威) 엄슉뎡대(嚴肅正大)ᄒᆞ여 다시ᄂᆞᆫ 말 븟치기 어려오니, 몽슉이 크게 무류(無聊)ᄒᆞ고 ᄯᅩᄒᆞᆫ 통완(痛惋)307)ᄒᆞ여 그 심지(心志)를 여어볼308) 길히 업스니 거ᄌᆞᆺ 칭찬(稱讚) 왈(曰),

"어질고 명쾌(明快)ᄒᆞ미 진실(眞實)노 밋츠리 업스리로다. 쇼뎨(小弟)ᄂᆞᆫ 이 말을 드르미 한심(寒心)ᄒᆞ여 형(兄)다려 닐너 쳐치(處置)ᄒᆞ고져 ᄒᆞ엿더니, 형(兄)의 말이 〃러틋 ᄒᆞ니 쇼뎨(小弟) 탄복(歎服)ᄒᆞᆷ믈 니긔지 못ᄒᆞᄂᆞ니 타일(他日)의 이런 말을 형(兄)이 블츌구외(不出口外)309)ᄒᆞ

57면

여 쇼뎨(小弟) 니르믈 아모다려도 젼(傳)치 말나."

한님(翰林)이 완이(莞爾)310) 쇼왈(笑曰),

"형(兄)이 쇼뎨(小弟)를 과장(過獎)311)ᄒᆞ미 이ᄃᆞᆯ도록 ᄒᆞ여 쇼뎨(小弟)로 ᄒᆞ여곰 치신무디(置身無地)312)케 ᄒᆞ미로다. 형(兄)의 젼(傳)ᄒᆞᄂᆞᆫ 말을 아모다려도 니르지 아니리니 념녀(念慮)치 말나."

몽슉이 말이 업셔 이윽이 안ᄌᆞᆺ다가 진부(-府)로 가ᄂᆞᆫ지라.

한님(翰林)이 단좌ᄉᆞ량(端坐思量)313)ᄒᆞ미,

---

304) 슉연뎡좌(肅然正坐): 숙연정좌. 엄숙한 빛으로 바르게 앉음.
305) 줌심(潛心): 잠심. 어떤 일에 마음을 두어 깊이 생각함.
306) 여화츈풍(如和春風): 여화춘풍. 마치 온화한 봄바람 같음.
307) 통완(痛惋): 괘씸해 하고 한탄함.
308) 여어볼: 엿볼.
309) 블츌구외(不出口外): 불출구외. 입밖에 내지 않음.
310) 완이(莞爾): 빙그레 웃는 모양.
311) 과장(過獎): 과장. 지나치게 칭찬함.
312) 치신무디(置身無地): 치신무지. 몸을 둘 곳이 없음.

'윤(尹) 시(氏)의 빗나며 고으믄 니르도 말고 됴코 묽은 긔운이 츄텬졔월(秋天霽月)314)이라, 흐믈며 미우(眉宇)315)의 셩덕(盛德)이 낫타나고 안광(眼光)의 어진 긔운이 가득ᄒ며 만면(滿面)이 슉덕영복지상(淑德永福之相)316)이라. 내 ᄉ오(四五) 셰(歲)로부터 글을 닑어 십(十) 셰(歲)의 문후317)를 능통(能通)치 아닌 곳이 업셔 윤(尹) 시(氏) 만일(萬一) 그런 음비(淫鄙)ᄒᆫ 졍젹(情迹)이 〃시면 그 얼골이 반ᄃ시 고은 가온ᄃᆡ 됴치 아닌

58면

곳이 〃실 듯ᄒᄃᆡ 아모리 보아도 션연츌범(鮮然出凡)318)ᄒ니 엇지 구싱(-生)의 공교(工巧)로온 말을 군ᄌ(君子ㅣ) 취신(取信)319)ᄒ리오. 윤(尹) 시(氏)의 시ᄋᆞ(侍兒ㅣ) 말을 아라드를 만치 ᄒ여 졔 듀인(主人)을 ᄒᆡ(害)ᄒᄂ니 이시믈 빗최니 반ᄃ시 윤(尹) 시(氏)를 믜워ᄒᄂ 쟈(者ㅣ) 몽슉을 쵹(囑)ᄒ여 내 귀예 흉참(凶慘)ᄒᆫ 말을 젼(傳)ᄒ미라. 윤(尹) 시(氏)를 취(娶)ᄒ여 일퇵지상(一宅之上)의셔 그 거동(擧動)을 보면 알니 〃 미리 념녀(念慮)ᄒᆯ 비 아니라.'

의ᄉᆞ(意思ㅣ) 이에 밋쳐는 단연(斷然)320)이 다른 념녀(念慮) 업셔, 추야(此夜)의 닌흥 등(等) 졔뎨(諸弟)로 쳥듁헌의셔321) 슉침(宿寢)ᄒ더니,

---

313) 단좌ᄉ량(端坐思量): 단좌사량. 단정히 앉아 깊이 생각함.
314) 츄텬졔월(秋天霽月): 추천제월. 비가 갠 가을하늘의 달.
315) 미우(眉宇): 이마의 눈썹 근처.
316) 슉덕영복지상(淑德永福之相): 숙덕영복지상. 착한 덕이 있고 길이 복을 받을 관상.
317) 문후: 글을 의미하는 것으로 보이나 미상임.
318) 션연츌범(鮮然出凡): 선연출범. 뚜렷이 보통 사람보다 뛰어남.
319) 취신(取信): 취신. 받아들여 믿음.
320) 단연(斷然): 결연한 태도가 있음.
321) 셔: [교] 원문에는 이 글자가 더 있으나 부연으로 보아 삭제함.

반야(半夜)의 크게 소릭흥고 칼노 스창(紗窓)을 지르느니 잇거놀, 한님(翰林)이 희미(稀微)히 눈을 써 보니 추시(此時) 망간(望間)322)이라 명월(明月)이 만방(萬方)의 빗최고 창외(窓外)의 신댱(身長)이 팔(八) 쳑(尺)이나 흔 댱식(壯士ㅣ) 섯는지라. 한님(翰林)

59면

이 분연(憤然)323)이 니러나 문(門)을 뿌시는 칼흘 앗고 문(門)을 열치고 닉다르니, 기인(其人)이 경각(頃刻)의 공듕(空中)으로 소스며 왈(曰),

"뎡텬흥아, 네 나의 천금미인(千金美人)을 감(敢)히 아스 취(娶)ᄒ려 ᄒ거니와 나 밍환이 일셰(一世)를 혼일(混一)324)ᄒᄂᆫ 직죄(才操ㅣ) 이시며 두 팔 가온딕 만인부덕지용(萬人不敵之勇)325)이 〃시니 네 머리 열히라도 보젼(保全)치 못ᄒ리니 ᄀ장 조심(操心)ᄒ라."

이리 니르며 간 바를 아디 못ᄒ니, 한님(翰林)이 추경(此景)을 당(當)ᄒ여 추악경희(嗟愕驚駭)326)ᄒ고 제(諸) 공지(公子ㅣ) 다 씨여 놀나믈 마디아니〃 한님(翰林)이 도로 드러와 벼개의 누으며 왈(曰),

"어딕셔 괴이(怪異)흔 도젹놈(盜賊-)이 와셔 형젹(形迹)327)을 뵈고 도망(逃亡)ᄒ니 져를 두리는 거시 아니라 긴 혀를 놀녀 욕셜(辱說)이 비경(非輕)328)ᄒ니 그런 통완(痛惋)329)흔 일이 업도다."

---

322) 망간(望間): 음력 보름께.
323) 분연(憤然): 분노하는 모양.
324) 혼일(混一): 한데 섞어서 하나로 만듦.
325) 만인부덕지용(萬人不敵之勇): 만인부적지용. 만 명이 대적하지 못하는 용맹.
326) 추악경희(嗟愕驚駭): 차악경해. 몹시 놀람.
327) 형젹(形迹): 형적. 사물의 형상과 자취를 아울러 이르는 말. 또는 남은 흔적.
328) 비경(非輕): 가볍지 않음.
329) 통완(痛惋): 괘씸해 하고 한탄함.

삼공ᄌ(三公子) 셰흥이 나히 어린지라 심니(心裏)

60면

의 분완(憤惋)330) ᄒ고 놀납기를 니긔지 못ᄒ여 왈(曰),

"그 도적(盜賊)이 언니(言內)331)의 져의 미인(美人)을 형댱(兄丈)이 아ᄉ려 혼다 ᄒ니 긔 엇진 말이니잇고? 부모(父母)와 태모(太母)긔 알외여 혼인(婚姻)을 못 지니게 ᄒ쇼셔."

한님(翰林)이 개연(慨然)332) 쇼왈(笑曰),

"비록 팔(八) 셰(歲) 쇼ᄋ(小兒ㅣ)나 식견(識見)이 〃디도록 천단(淺短)333)ᄒ뇨? 윤(尹) 시(氏) 혹ᄌ(或者) 그런 일이 〃셔도 윤(尹) 명천과 대인(大人)이 엇던 친우간(親友間)이며 져 윤개(尹家ㅣ) 엇던 법문(法門)이오, 윤(尹) 시(氏) 일시(一時) 실산(失散)ᄒ미 이시나 그 익회(厄會) 블힝(不幸)ᄒ미오, 음분도쥬(淫奔逃走)334)혼 일은 아닐 거시니 두고 보면 알녀니와 그 도적(盜賊)의 말을 미들 거시 아니라. 도적(盜賊)이 진실(眞實)노 날을 죽이려 와시면 내 제 손의 죽을 니(理)는 업스나 반ᄃ시 가마니 드러와 히(害)홀 거시오, 제 힘이 브죡(不足)ᄒ여 도망(逃亡)ᄒ여도 잠 〃(潛潛)코 갈 거시지

61면

엇지 흉(凶)혼 소리를 낭ᄌ(狼藉)히 니를 니(理) 이시리오? 너는 이런

---

330) 분완(憤惋): 분노하고 한탄함.
331) 언니(言內): 언내. 말 가운데.
332) 개연(慨然): 분개하는 모양.
333) 천단(淺短): 천단. 천박하고 짧음.
334) 음분도쥬(淫奔逃走): 음분도주. 남녀가 음란하고 방탕한 짓을 해 도주함.

말을 부모(父母)긔 고(告)치 말나. 이 밤이 식면 길일(吉日)이니 어이 혼인(婚姻)을 믈니리오?"

ᄎ공ᄌ(次公子) 닌흥이 빅시(伯氏)의 명달(明達)[335]ᄒᆞᆫ 말ᄉᆞᆷ을 듯고 심〃탄복(甚深歎服)[336] 왈(曰),

"형댱(兄丈)의 원대(遠大)ᄒᆞ신 지식(知識)이 〃러틋 ᄒᆞ시니 아모 어려온 일을 당(當)ᄒᆞ신들 두려온 일이 〃시리오? 명일(明日) 지닐 혼ᄉᆞ(婚事)를 믈니ᄌᆞ ᄒᆞ믄 비록 어린ᄋᆞ히(--兒孩) 말이나 블통(不通)[337]ᄒᆞ미 심(甚)ᄒᆞ니라. 다만 의혹(疑惑)건딕 윤가(尹家)의셔 뉘 져딕도록 규슈(閨秀)를 믜워ᄒᆞᆫ고 아지 못ᄒᆞᆯ 일이로소이다."

한님(翰林)이 탄왈(嘆曰),

"인심(人心)은 블가측(不可測)[338]이니 뉘 그리ᄒᆞᄂᆞᆫ 줄 알니오마는 윤(尹) 시(氏)를 그러타 칙오기ᄂᆞᆫ[339] 나ᄂᆞᆫ 못ᄒᆞᆯ노다."

세흥이 쇼왈(笑曰),

"형댱(兄丈) 말ᄉᆞᆷ도 맛당ᄒᆞ시거니와 윤가(尹家)의셔 엇던 놈을 보닉여 그리ᄒᆞᆯ 지(者ㅣ)

62면

이시리잇가?"

냥(兩) 뎨(弟)의 말을 듯고 한님(翰林)이 당부(當付)ᄒᆞ여 이런 말을 블츌구외(不出口外)ᄒᆞ라 ᄒᆞ니,

삼공ᄌ(三公子ㅣ) 나히 어리나 셩되(性度ㅣ) 과격(過激)ᄒᆞᆫ지라, 능

---

335) 명달(明達): 지혜롭고 사리에 밝음.
336) 심〃탄복(甚深歎服): 깊이 감탄해 복종함.
337) 블통(不通): 불통. 사리에 밝지 못함.
338) 블가측(不可測): 불가측. 헤아릴 수 없음.
339) 칙오기ᄂᆞᆫ: 지목하기는.

(能)히 춤지 못ᄒ여 명일(明日) 신성(晨省)³⁴⁰⁾ 후(後) 가듕(家中)이 ᄌ연(自然) 소요(騷擾)³⁴¹⁾ᄒ여 대연(大宴)을 진셜(陳設)³⁴²⁾ᄒ고 ᄂᆡ외 빈ᄀᆡᆨ(內外賓客)을 쳥(請)ᄒ니, 태부인(太夫人)긔ᄂ 더옥 고(告)ᄒᆞᆯ 틈이 업셔 모친(母親)이 협실(夾室)의 드러가신 ᄯᅥ를 타 ᄯᆞ라 드러가 작야변(昨夜變)을 일〃(一一)히 고(告)ᄒ니,

진 부인(夫人)이 텬셩(天性)이 단엄밍녈(端嚴猛烈)³⁴³⁾ᄒ여 본(本)ᄃᆡ 비의블법(非義不法)³⁴⁴⁾을 용납(容納)지 아니ᄒ고 만ᄉ쳐신(萬事處身)이 녜뫼(禮貌ㅣ) 가죽ᄒ여 규식(規式)³⁴⁵⁾이 도혹유ᄌᆡ(道學儒者ㅣ)로ᄃᆡ, 화열(和悅)³⁴⁶⁾ᄒ며 유슌(柔順)³⁴⁷⁾ᄒᆞᆫ 품질(稟質)이 잠간(暫間) 브죡(不足)ᄒ여 창희(滄海) ᄀᆞᆺ치 너르지 못ᄒᆞᆫ지라, ᄎ언(此言)을 듯고 발연대로(勃然大怒)³⁴⁸⁾ᄒ여 경희(驚駭)ᄒᆞᆷ믈 니긔지 못ᄒ나 금일(今日)이 길일(吉日)이니 여러 이목(耳目) 듕(中) 비루(鄙陋)ᄒᆞᆫ 쇼문(所聞)을

63면

ᄂᆡ지 못ᄒ여 삼공ᄌ(三公子)를 당부(當付)ᄒ여 이런 말을 다시 말나 ᄒ나 듕심(中心)의 통히(痛駭)ᄒ미 가득ᄒ니 ᄌ연(自然) 안식(顔色)이 블화(不和)ᄒᆞᆫ지라.

금평후(--侯ㅣ) 곡졀(曲折)을 모로고 일가친쳑(一家親戚)과 ᄂᆡᄂᆡ제

---

340) 신셩(晨省): 신성. 아침 일찍 부모의 침소에 가서 밤사이의 안부를 살피는 일.
341) 소요(騷擾): 여럿이 떠들썩함.
342) 진셜(陳設): 진설. 베풂.
343) 단엄밍녈(端嚴猛烈): 단엄맹렬. 단정하고 엄격하며 매서움.
344) 비의블법(非義不法): 비의불법. 의리에 어긋나고 법을 어김.
345) 규식(規式): 정하여진 법규와 격식.
346) 화열(和悅): 온화함.
347) 유슌(柔順): 유순. 부드럽고 순함.
348) 발연대로(勃然大怒): 발끈 성을 냄.

우(隣里諸友)를 모호며 두굿기믈 니긔지 못ᄒ다가 부인(夫人)의 닝담(冷淡)ᄒᆫ 스ᄉᆡᆨ(辭色)을 보고 문득 쇼왈(笑曰),

"부인(夫人)이 원간(元間) 화긔(和氣) 적은 품질(稟質)이어니와 금일(今日)을 당(當)ᄒ여 ᄌᆞ식(子息)을 처음으로 셩인(成姻)ᄒ며 쳘부셩녀(哲婦聖女)를 엇ᄂᆞᆫ 날이라 인심(人心)의 깃브미 극(極)ᄒ려든 엇지 블호지ᄉᆡᆨ(不好之色)³⁴⁹⁾이 잇ᄂᆞ뇨?"

진 부인(夫人)이 강인(强忍)³⁵⁰⁾ᄒ여 미쇼무언(微笑無言)이러니,

ᄂᆡ외빈긱(內外賓客)이 벌 뭉긔둧 ᄒᆞᄂᆞᆫ디라, 태부인(太夫人)이 진부인(夫人)으로 더브러 졔긱(諸客)을 마ᄌᆞ 좌(座)를 일워 담화(談話)ᄒᆞᆯᄉᆡ, 태부인(太夫人) 년긔(年紀) 뉵슌(六旬)이 되여시ᄃᆡ 쇠로(衰老)ᄒᆞ미 업셔 면뫼(面貌ㅣ) 츈화(春花) ᄀᆞᆺᄐᆞ여 말ᄉᆞᆷ을 ᄂᆡ미 ᄉᆞ

64면

좌(四座)를 감열(感悅)³⁵¹⁾ᄒ니 인심(人心)이 흡연(洽然)³⁵²⁾ᄒ여 셩덕(盛德)을 열복(悅服)³⁵³⁾지 아니리 업고 진 부인(夫人)의 삼엄졍슉(森嚴貞淑)³⁵⁴⁾ᄒᆫ 미모셩ᄒᆡᆼ(美貌性行)이 공경(恭敬)치 아니리 업ᄂᆞᆫ디라. 일가죡당(一家族黨)의 부인(夫人)ᄂᆡ 져마다 금평후(--侯) 부〃(夫婦)의 복녹(福祿)을 일ᄏᆞ르며 한님(翰林)의 쇼년쳥망(少年淸望)³⁵⁵⁾을 흠찬(欽讚)³⁵⁶⁾ᄒ여 태부인(太夫人)긔 하례(賀禮)ᄒ니 태부인(太夫人)이

---

349) 블호지ᄉᆡᆨ(不好之色): 블호지색. 좋지 않은 낯빛.
350) 강인(强忍): 억지로 참음.
351) 감열(感悅): 감격하여 기뻐함.
352) 흡연(洽然): 흡족한 모양.
353) 열복(悅服): 기뻐하며 복종함.
354) 삼엄졍슉(森嚴貞淑): 삼엄정숙. 엄격하고 곧고 착함.
355) 쇼년쳥망(少年淸望): 소년청망. 어린 나이에 맑은 명망을 지님.
356) 흠찬(欽讚): 흠모하며 칭찬함.

유열(愉悅)이 소샤(謝辭) 왈(曰),

"미망여싱(未亡餘生)이 구초(苟且)히 세샹(世上)의 머믈며 일(一)
존(子)의 디효(至孝)를 의지(依支)ㅎ여 붕셩지통(崩城之痛)[357]을 니
존나 슬히(膝下 l) 젹막(寂寞)ㅎ고 셕년(昔年)의는 종일(終日) 입을
열 일이 업셔 비샹(悲傷)흔 회포(懷抱)씬이러니, 지금(只今)은 텬흥
의 형뎨(兄弟) 여러히 용쇽(庸俗)[358]ㅎ믈 면(免)ㅎ여 진 현뷔(賢婦 l)
회틱(懷胎)[359]ㅎ여 쏘 소오(四五) 삭(朔)이니 스스로 힝열(幸悅)[360]
ㅎ믈 니긔지 못ㅎ노라. 녈위제친(列位諸親)[361]의 셩녀(盛慮)를 힘닙
어 손이(孫兒 l) 등과(登科)ㅎ

65면

고 금일(今日) 신부(新婦) 취(娶)ㅎ기의 당(當)ㅎ여 친쳑닌니(親戚隣
里) 다 님(臨)ㅎ시니 폐샤(弊舍)[362]의 광치(光彩) 빈승(倍勝)[363]ㅎ도
소이다."

제긱(諸客)이 공조(公子) 등(等)의 츌범(出凡)ㅎ믈 만구칭션(萬口
稱善)[364]ㅎ여 왈(曰),

"젼일(前日)의 ᄋ쇼져(兒小姐)를 보앗더니 이졔 거의 조라실지라
친쳑(親戚) 등(等)이야 므슴 닉외(內外)ㅎ리잇고? 흔번(-番) 보게 ㅎ
쇼셔."

---

357) 붕셩지통(崩城之痛): 붕성지통. 성이 무너질 만큼 큰 슬픔이라는 뜻으로, 남편이 죽은 슬픔을
    이르는 말.
358) 용쇽(庸俗): 용속. 용렬하고 비속함.
359) 회틱(懷胎): 회태. 임신함.
360) 힝열(幸悅): 행열. 다행스럽고 기쁨.
361) 녈위제친(列位諸親): 열위제친. 뭇 친척.
362) 폐샤(弊舍): 폐사. 자기 집을 낮추어 이르는 말.
363) 빈승(倍勝): 배승. 배나 좋아짐.
364) 만구칭션(萬口稱善): 만구칭선. 많은 사람이 한결같이 칭찬함.

태부인(太夫人)이 쇼왈(笑曰),

"져를 구투여 뇌외(內外)ᄒ미 아니라 어린ᄋ희(--兒孩) 슈치(羞恥)365)ᄒ기 심(甚)ᄒ여 널위존전(列位尊前)의 뵈옵기를 어려워ᄒ거니와 브딕 보고져 ᄒ실진딘 이제 블너 현알(見謁)케 ᄒ리이다."

언파(言罷)의 혜쥬 쇼져(小姐)를 브르니, 슈유(須臾)366)의 쇼졔(小姐ㅣ) 두어 시녀(侍女)로 더브러 나아오니 삼촌금년(三寸金蓮)367)을 ᄌ약(自若)368)히 옴겨 모든 딕 녜(禮)ᄒᆞᆯᄉᆞ, 오치상광(五彩祥光)369)이 이ᇰᇰ(靄靄)370)ᄒ여 면모(面貌)를 ᄀ리오고 ᄒ이ᇰ(行)ᄒᄂ

66면

바의 이향(異香)이 옹비(擁鼻)371)ᄒ고 보비로온 긔질(器質)과 선연(嬋妍)372)ᄒ ᄐ되(態度ㅣ) 텬화일지(天花一枝)373) 옥호(玉壺)의 쇼ᄌ시며 츄텬명월(秋天明月)이 광치(光彩)를 만방(萬方)의 흘니ᇰᇰ, 만좌(滿座ㅣ) 제성칭찬(齊聲稱讚)374)ᄒ여 넉슬 일코 태부인(太夫人)이 두굿기믈 니긔지 못ᄒ고 쇼졔(小姐ㅣ) 빈긱(賓客)이 무슈(無數)ᄒᄆᆯ 보고 즉시(卽時) 드러가려 ᄒ니 친쳑(親戚) 부인(夫人)닉 손을 잡고 태부인(太夫人)을 향(向)ᄒ여 대찬(大讚)ᄒ니 태부인(太夫人)이 쇼왈

---

365) 슈치(羞恥): 수치. 부끄러워함.
366) 슈유(須臾): 수유. 짧은 시간.
367) 삼촌금년(三寸金蓮): 삼촌금련. 세 치의 걸음걸이. 금련은 금으로 만든 연꽃이라는 뜻으로, 미인의 예쁜 걸음걸이를 비유적으로 이르는 말. 중국 남조(南朝) 때 동혼후(東昏侯)가 금으로 만든 연꽃을 땅에 깔아 놓고 반비(潘妃)에게 그 위를 걷게 하였다는 고사에서 유래함.
368) ᄌ약(自若): 자약. 큰일을 당해서도 놀라지 아니하고 보통 때처럼 침착함.
369) 오치상광(五彩祥光): 오채상광. 오색의 상서로운 빛.
370) 이ᇰᇰ(靄靄): 애애. 자욱함.
371) 옹비(擁鼻): 향기, 냄새 따위가 코를 찌름.
372) 선연(嬋妍): 선연. 어여쁨.
373) 텬화일지(天花一枝): 천화일지. 하늘 꽃 한 가지. 천화는 천상계에 핀다는 영묘한 꽃을 이름.
374) 제성칭찬(齊聲稱讚): 제성칭찬. 일제히 소리내어 칭찬함.

(笑曰),

"ᄌ식(子息)이 ᄌ연(自然) 부모(父母)를 담ᄂᆞ니라, 돈ᄋᆞ(豚兒)와 현부(賢婦)의 외모풍ᄎᆡ(外貌風彩)와 긔질셩ᄒᆡᆼ(器質性行)이 남의 아ᄅᆡ 아니 〃, 여러 ᄌ식(子息)이 ᄒᆞ나토 용우(庸愚)[375]ᄒᆞ니ᄂᆞᆫ 업거니와 텬흥과 ᄎᆞᄋᆞ(此兒)ᄂᆞᆫ 제 부모(父母)의게 지난 위인(爲人)이라 나의 ᄉᆞ랑ᄒᆞᄂᆞᆫ 졍(情)이 ᄌᆞ별(自別)[376]ᄒᆞ니 녀ᄌᆞ(女子)ᄂᆞᆫ 일ᄉᆡᆼ(一生) 다리고 잇지 못ᄒᆞᄂᆞ니 나히 ᄎᆞ면 남의 집 사ᄅᆞᆷ이 될지라, 오

67면

가(吾家)를 흥긔(興起)[377]ᄒᆞᆯ 일도 업고 크게 바라ᄂᆞᆫ 바ᄂᆞᆫ 금일(今日) 보ᄂᆞᆫ 신뷔(新婦ㅣ) 제 고모(姑母)[378]만이나 ᄒᆞ면 쟉ᄒᆞ리잇가?"

명언간(停言間)[379]의 금평휘(--侯ㅣ) 드러오니, ᄂᆡ외(內外)ᄒᆞᆯ 부인(夫人)ᄂᆡᄂᆞᆫ 댱ᄂᆡ(帳內)로 들고 원근친쳑(遠近親戚) 부인(夫人)ᄂᆡ만 셔로 볼ᄉᆡ, 졔(諸) 부인(夫人)이 공ᄌᆞ(公子)의 비상(非常)ᄒᆞᆷ과 쇼져(小姐)의 특이(特異)ᄒᆞᆷ믈 일ᄏᆞ라 복경(福慶)을 하례(賀禮)ᄒᆞ니 공(公)이 블감ᄉᆞ샤(不堪謝辭)[380]ᄒᆞ고 우음을 먹음어 태부인(太夫人)ᄭᅴ 고왈(告曰),

"금일(今日) 텬흥의 길일(吉日)이니 녀ᄋᆞ(女兒)ᄂᆞᆫ 엇지 규슈(閨秀)로셔 연셕(宴席)[381]의 나오니잇고?"

태부인(太夫人)이 웃고 졔(諸) 부인(夫人)ᄂᆡ 보고져 ᄒᆞ므로 블너시

---

375) 용우(庸愚): 용렬하고 어리석음.
376) ᄌᆞ별(自別): 자별. 본디부터 남다르고 특별함.
377) 흥긔(興起): 흥기. 세력이 왕성해짐.
378) 고모(姑母): 시어머니.
379) 명언간(停言間): 정언간. 말이 잠시 멈춘 사이.
380) 블감ᄉᆞ샤(不堪謝辭): 불감사사. 칭찬하는 말을 감당하지 못함.
381) 연셕(宴席): 연석. 잔치 자리.

믈 니르고 왈(曰),

"닉 스스로 손녀(孫女)를 즈랑ᄒ미 아니로딕 사름이 다 혜쥬 ᄎ기
ᄂ 어려오니 신뷔(新婦ㅣ) 져의 고모(姑母)를 계젹(繼蹟)382)홀 진딕
엇지 깃브디 아니랴?"

공(公)이 만면쇼안(滿面笑顏)383)으로 딕왈(對曰),

"윤(尹) 시(氏)ᄂ 만고셩녜(萬古聖女ㅣ)라 엇디 그 고모(姑母)의게
비(比)

68면

ᄒ리잇고? 보시면 아르시리이다."

태부인(太夫人)이 쇼왈(笑曰),

"딘 현부(賢婦)의 슉덕(淑德)은 진실(眞實)노 아름다오니라."

뎡(鄭) 공(公)이 쇼이딕왈(笑而對曰),

"너모 과쟝(過獎)384)치 마르쇼셔."

태부인(太夫人)이 웃고 좌우(左右)를 고면(顧眄)385)ᄒ여 썅〃(雙
雙)ᄒ 옥동(玉童)이 개〃(箇箇)히 션풍옥골(仙風玉骨)386)이믈 두굿겨
ᄒ고 공(公)이 녀ᄋ(女兒)를 팀소(寢所)로 드려보닉고,

날이 느즈민 한님(翰林)이 드러와 길복(吉服)을 닙을식, 태부인(太
夫人)이 습녜(習禮)387)ᄒ고 가라 ᄒ니 한님(翰林)이 미쇼(微笑) 딕왈
(對曰),

---

382) 계젹(繼蹟): 계적. 조상이나 부형의 훌륭한 업적이나 행적을 본받아 이음.
383) 만면쇼안(滿面笑顏): 만면소안. 얼굴에 웃는 빛이 가득함.
384) 과쟝(過獎): 과장. 지나치게 칭찬함.
385) 고면(顧眄): 이쪽저쪽을 돌아봄.
386) 션풍옥골(仙風玉骨): 선풍옥골. 신선의 풍채와 옥과 같은 골격이란 뜻으로, 남달리 뛰어나고
고아(高雅)한 풍채를 이르는 말.
387) 습녜(習禮): 습례. 예법을 익힘.

"습녜(習禮)를 아니ᄒ오나 실녜(失禮)ᄒ도록 ᄒ리잇가?"

공(公)이 굴오딕,

"실녜(失禮)ᄒ리라 ᄒᄂᆞᆫ 거시 아니라 ᄌ졍(慈庭)이 보고져 ᄒ시니 샤양(辭讓)치 말나."

한님(翰林)이 역(逆)지 못ᄒ여 늠〃(凜凜)ᄒᆞᆫ 신댱(身長)의 길복(吉服)을 ᄀᆞ초고 전안지녜(奠雁之禮)388)를 습의(習儀)389)ᄒ니 쇄락(灑落)ᄒᆞᆫ 용모(容貌)ᄂᆞᆫ 남전빅옥(藍田白玉)390)이 ᄯᆞᆺ글을 ᄢᅥ셔

69면

시며 편〃(翩翩)391)ᄒᆞᆫ 풍뉴(風流)ᄂᆞᆫ 금당(金塘)392)의 일만(一萬) 양뉴(楊柳ㅣ) 춤추ᄂᆞᆫ 듯ᄒ니 좌긱(座客)이 칭찬(稱讚)ᄒᄆᆞᆯ 마디아니터라. 요긱(繞客)393)이 지촉ᄒ니 한님(翰林)이 존당(尊堂) 부모(父母)긔 하직(下直)ᄒ고 외당(外堂)의 나와 허다(許多) 위의(威儀)를 거ᄂᆞ려 옥누항으로 향(向)ᄒᆞᄂᆞ라.

이ᄯᅥ 윤부(尹府)의셔 쇼져(小姐)의 성혼(成婚)ᄒ기를 당(當)ᄒ니 태위(大夫ㅣ) 션형(先兄)을 싱각고 ᄉᆡ로이 참담(慘憺)ᄒᆞᆫ 심ᄉᆞ(心思)를 억제(抑制)치 못ᄒ나 범ᄉᆞ(凡事)의 정셩(精誠)이 가족ᄒ니 비록 청검(淸儉)ᄒ기를 위쥬(爲主)ᄒ나 엇지 혼녜(婚禮)의 셩비(盛備)394)치 아니리오. 대연(大宴)을 개댱(開張)395)ᄒ여 신낭(新郞)을 마즈며

---

388) 전안지녜(奠雁之禮): 전안지례. 혼인 때 신랑이 신붓집에 기러기를 가져가서 상위에 놓고 절하는 예.

389) 습의(習儀): 의식을 연습함.

390) 남전빅옥(藍田白玉): 남전백옥. 남전(藍田)의 백옥. 남전은 중국 섬서성의 옥이 많이 나는 지역.

391) 편〃(翩翩): 풍채가 멋스럽고 좋음.

392) 금당(金塘): 아름답게 가꾼 연못.

393) 요긱(繞客): 요객. 혼인 때에 가족 중에서 신랑이나 신부를 데리고 가는 사람.

394) 셩비(盛備): 성비. 성대히 갖춤.

395) 개댱(開張): 개장. 펼쳐서 넓게 벌리어 놓음.

신부(新婦)를 보닐시, 닉외친쳑(內外親戚)을 쳥(請)ᄒ여 쥬비(酒杯)를 날니며 셕ᄉ(昔事)를 닐너 연〃(戀戀)ᄒ믈 마지아니터니,

날이 느즈미 신낭(新郞)을 쳥(請)ᄒ고 닉헌(內軒)의 드러가 쇼져(小姐)를 단장(丹粧)ᄒ여 쳥듕(廳中)의셔 습녜(習禮)ᄒ실

70면

아연(雅然)[396]ᄒ 텬향(天香)[397]과 찬난(燦爛)ᄒ 염광(艶光)[398]이 좌우(左右)를 유동(流動)ᄒ니 태양(太陽)의 빗츨 아삿ᄂ니라, 만고(萬古)의 무ᄡᅡᆼ(無雙)이오 일딕(一代)의 독보(獨步)[399]ᄒ리러라.

조(曹) 부인(夫人)은 녀ᄋ(女兒)의 길일(吉日)을 당(當)ᄒ여 혼ᄌ보믈 ᄀ골통상(刻骨痛傷)[400]ᄒ여 눈물을 금(禁)치 못ᄒ고 위 시(氏)의 구밀복검(口蜜腹劍)[401]을 짐쟉(斟酌)고 더옥 츠악(嗟愕)ᄒ더라.

이윽고 신낭(新郞)이 니르러 옥상(玉床)의 홍안(鴻雁)을 젼(奠)ᄒ고 텬디(天地)긔 비례(拜禮)ᄒ기를 맛츠미 시강혹ᄉ(侍講學士) 셕쥰이 연젼(宴展)[402]의 참예(叅預)ᄒ엿다가 팔 미러 좌(座)의 드니, 윤(尹) 공(公)이 신낭(新郞)의 손을 잡고 츄연(惆然) 탄왈(歎曰),

"셕년(昔年)의 이 당(堂) 가온딕셔 샤곤(舍昆)[403]과 녕엄(令嚴)[404]이 혼ᄉ(婚事)를 뎡(定)ᄒ시니, 피ᄎ(彼此ㅣ) 다 유하ᄌ녜(乳下子女

---

396) 아연(雅然): 젼아한 모양.
397) 텬향(天香): 천향. 뛰어나게 좋은 향기.
398) 염광(艶光): 어여쁜 모습.
399) 독보(獨步): 남이 감히 따를 수 없을 만큼 혼자 앞서감.
400) ᄀ골통상(刻骨痛傷): 각골통상. 뼈에 사무치도록 몹시 슬퍼함.
401) 구밀복검(口蜜腹劍): 입에는 꿀이 있고 뱃속에는 칼이 있다는 뜻으로, 말로는 친한 듯하나 속으로는 해칠 생각이 있음을 이르는 말.
402) 연젼(宴展): 연전. 베푼 잔치.
403) 샤곤(舍昆): 사곤. 자기 집의 형.
404) 녕엄(令嚴): 영엄. 상대의 아버지를 높여 이르는 말.

ㅣ)405)라 여러 춘츄(春秋)를 밧고아 슈히 댱셩(長成)호기를 바랄 쌘이오, 샤곤(舍昆)이 셔랑(壻郞)을 보시지 못홀 줄은

싱각지 아녓더니, 이제 구약(舊約)을 셩젼(成全)호니 쵹〈(觸事)의 상감(傷感)406)혼 회푀(懷抱ㅣ) 비(比)홀 곳이 업〈니라. 미약(微弱)혼 딜녀(姪女)로뼈 챵빅의게 일싱(一生)을 의탁(依託)호미 녀〈(女子)의 쇼〃(小小) 허믈이 〃시나 챵빅은 관인대톄(寬仁大體)407)를 슝샹(崇尙)호여 기리 화락(和樂)홀진뒤 엇디 깃브지 아니리오?"

한님(翰林)이 뒤왈(對曰),

"쇼싱(小生)이 금일(今日) 합하(閤下)408)의 비챵(悲愴)409)호신 말숨을 듯〈오니 인심(人心)의 츄연(惆然)호믈 니긔지 못호옵〈니, 합해(閤下) 비록 쇼싱(小生)다려 셰쇄(細瑣)410)키를 당부(當付)호실지라도 쇼싱(小生)이 텬셩(天性)이 소활(疎闊)411)호오니 엇디 녀〈(女子)의 쇼〃(小小) 허믈을 아른 톄호리잇고? 텬슈(天數)의 뎡(正)혼 팔〈(八字)는 임의(任意)치 못호려니와 이런 말숨을 호실 빅 아니로소이다."

태위(大夫ㅣ) 그 옥면호풍(玉面豪風)412)이 오날 더옥 싁로오믈 크게 두굿겨 〈랑호미 친셔(親壻)413)의 지나미 잇〈니라.

---

405) 유하〈녜(乳下子女ㅣ): 유하자녀. 젖먹이 자녀.
406) 상감(傷感): 슬퍼 느낌.
407) 관인대톄(寬仁大體): 관인대체. 너그럽고 어질며 중요한 의리.
408) 합하(閤下): 높은 벼슬아치를 높여 이르는 말.
409) 비챵(悲愴): 비창. 마음이 몹시 상하고 슬픔.
410) 셰쇄(細瑣): 세쇄. 시시하고 자질구레함.
411) 소활(疎闊): 꼼꼼하지 못하고 어설픔.
412) 옥면호풍(玉面豪風): 옥 같은 얼굴과 호방한 풍채.
413) 친셔(親壻): 친서. 친사위.

72면

날이 늦고 길히 초간(稍間)⁴¹⁴⁾흔 고(故)로 신부(新婦)의 샹교(上轎)⁴¹⁵⁾를 지쵹ᄒ니 태위(大夫ㅣ) 안히 드러와 쇼져(小姐)를 보닐ᄉᆡ, 조(曹) 부인(夫人)이 녀ᄋᆞ(女兒)의 단장(丹粧)을 ᄀᆞ초아 나믓쥴⁴¹⁶⁾ 치오며 효봉구고(孝奉舅姑)⁴¹⁷⁾와 승슌군ᄌᆞ(承順君子)⁴¹⁸⁾를 경계(警戒)ᄒ매 구패(寇婆ㅣ) 쇼져(小姐)의 손을 잡고 슬프믈 니긔지 못ᄒᆞᄂᆞ더라.

태부인(太夫人)과 뉴 시(氏)ᄂᆞ 뎡(鄭) 한님(翰林)의 풍치(風采)를 보고 믜오며 분(憤)ᄒ여 명ᄋᆞ의 십삼(十三) 쇼ᄋᆞ(小兒)를 져 ᄀᆞᄐᆞᆫ 영준호걸(英俊豪傑)⁴¹⁹⁾의 ᄇᆡ위(配偶ㅣ) 되여 부귀(富貴)를 누릴 일이 이둛고 통완(痛惋)ᄒᆞ여 구몽슉이 금슬(琴瑟)을 작희(作戲)ᄒᆞ여 명ᄋᆞ의 젼졍(前程)을 아조 맛고, 쳥등야우(靑燈夜雨)⁴²⁰⁾의 홍뉘(紅淚ㅣ)⁴²¹⁾ 뉴미(柳眉)⁴²²⁾를 잠ᄋᆞ고져 ᄒᆞ니 용심(用心)의 궁흉극악(窮凶極惡)⁴²³⁾ᄒᆞ미 엇디 비(比)ᄒᆞᆯ 곳이 〃시리오.

태우(大夫)ᄂᆞ 모친(母親)과 뉴 시(氏) 모녀(母女)의 심장(心臟)을 아지 못ᄒᆞ고 딜녀(姪女)의 손을 잡고 경계(警戒) 왈(曰),

"너의 품질(稟質)이 하ᄌᆞ(瑕疵)ᄒᆞᆯ 곳이 업ᄉᆞ니

---

414) 초간(稍間): 한참 걸어가야 할 정도로 거리가 조금 멂.
415) 샹교(上轎): 상교. 가마에 오름.
416) 나믓쥴: 주머니를.
417) 효봉구고(孝奉舅姑): 시부모를 효도로 받듦.
418) 승슌군ᄌᆞ(承順君子): 승순군자. 남편의 뜻을 이어 순종함.
419) 영쥰호걸(英俊豪傑): 영준호걸. 헌걸차고 호방한 남자.
420) 쳥등야우(靑燈夜雨): 청등야우. 비 내리는 밤의 푸른 불빛 아래.
421) 홍뉘(紅淚): 홍루. 애간장이 타서 나는 눈물.
422) 뉴미(柳眉): 유미. 버들잎 같은 눈썹이란 뜻으로, 미인의 눈썹을 이르는 말.
423) 궁흉극악(窮凶極惡): 지극히 흉악함.

안견(眼見)424)이 구산(丘山)425) 굿튼 구가(舅家)라도 미진(未盡)이
넉일 바는 업스려니와 챵빅은 셰츠고 어려온 댱뷔(丈夫ㅣ)오, 뎡가
(鄭家)는 녜의지문(禮義之門)이라 모로미 조심(操心)ᄒ여 션형(先兄)
의 쳥덕(淸德)과 슈〃(嫂嫂)의 셩힝(盛行)426)으로뻐 뚤을 두시미 사
룸마다 어질믈 니르게 ᄒ면 우슉(愚叔)427)이 엇지 깃브지 아니리오?"

언파(言罷)의 샹연슈루(傷然垂淚)428)ᄒ니 쇼제(小姐ㅣ) 옥면(玉面)
이 쳑〃(慼慼)429)ᄒ여 비샤슈명(拜謝受命)이오, 뉴 부인(夫人) 모녀
(母女)는 태위(大夫ㅣ) 명으 스랑ᄒ믈 더옥 믜이 넉이더라.

쇼제(小姐ㅣ) 존당(尊堂) 슉당(叔堂)과 모친(母親)긔 하직(下直)고
덩430)의 들믹, 신낭(新郎)이 슌금쇄약(純金鎖鑰)431)을 가져 봉교(封
轎)432)ᄒ고, 샹마(上馬)ᄒ여 취운산으로 도라올시, 윤(尹)·뎡(鄭) 냥
(兩) 부(府)의 모닷던 바 명공거경(名公巨卿)이 다 남취녀가(男娶女
嫁)433)의 위의(威儀) 되여 스마거륜(駟馬車輪)434)과 벽제쌍곡(辟除雙
轂)435)이 대로(大路)의 메이고, 싱소고악(笙簫鼓樂)436)이 훤텬(喧
天)437)ᄒ 듕(中) 신낭(新郎)의 출뉴(出類)ᄒ 풍광(風光)

---

424) 안견(眼見): 안목.
425) 구산(丘山): 언덕과 산.
426) 셩힝(盛行): 성행. 훌륭한 행실.
427) 우슉(愚叔): 우숙. 어리석은 삼촌이라는 뜻으로 조카에게 자신을 낮추어 이르는 말.
428) 샹연슈루(傷然垂淚): 상연수루. 슬픈 빛으로 눈물을 흘림.
429) 쳑〃(慼慼): 척척. 매우 슬퍼함.
430) 덩: 공주나 옹주가 타던 가마.
431) 슌금쇄약(純金鎖鑰): 순금쇄약. 순금으로 만든 자물쇠.
432) 봉교(封轎): 가마를 봉함.
433) 남취녀가(男娶女嫁): 남취여가. 남자는 장가 가고 여자는 시집감.
434) 스마거륜(駟馬車輪): 사마거륜. 한 채의 수레를 끄는 네 필의 말.
435) 벽제쌍곡(辟除雙轂): 벽제쌍곡. 혼인 행렬이 지나가는 데 방해받지 않도록 잡인의 통행을 금
하는 것과 두 바퀴 달린 수레.
436) 싱소고악(笙簫鼓樂): 생소고악. 생황과 통소, 북 등의 음악 소리.
437) 훤텬(喧天): 훤천. 천지에 떠들썩함.

이 빅일(白日)의 빗출 앗고 농봉(龍鳳)의 지질(才質)과 당〃(堂堂)흔
상뫼(相貌ㅣ) 쳔승(千乘)[438]을 긔필(期必)홀지라, 노샹관시지(路上觀
視者ㅣ)[439] 윤(尹) 쇼져(小姐)의 복(福)되믈 니르더라.

힝(行)ᄒ여 부듕(府中)의 다드라 쳥듕(廳中)의셔 합환교빅(合歡交
拜)[440]홀싀, 금쥬션(錦珠扇)[441]을 반개(半開)ᄒ미 남풍녀뫼(男風女貌
ㅣ)[442] 발월특이(發越特異)[443]ᄒ여 황금빅벽(黃金白璧)[444]이 빗출
닷토며 슈듕교룡(水中蛟龍)이 셔로 희롱(戲弄)ᄒ니 일월(日月)이 병
명(竝明)흔 듯ᄒ더라.

듕빈(衆賓)이 슘을 길게 쉬고 밋쳐 말을 못 ᄒ여셔 신낭(新郎)이
밧그로 나가고 신뷔(新婦ㅣ) 단장(丹粧)을 곳쳐 현구고지녜(見舅姑
之禮)[445]를 일울싀, 싼혀난 신댱(身長)의 홍금슈라샹(紅錦繡羅裳)[446]
을 싀을고 옥슈(玉手)의 폐빅(幣帛)을 밧드러 압히 나아오니 묽은 안
치(眼彩) 먼니 빗최여 두 줄 졍광(精光)이 일좌(一座)의 됴요(照耀)ᄒ
고 팔ᄌ뉴미(八字柳眉)[447]는 츈산(春山)의 아당(阿黨)[448]ᄒ믈 아
쳐[449]ᄒ니 덕긔(德氣) 츌어외모(出於外貌)[450]ᄒ여 쳔만고(千萬古)의

---

438) 쳔승(千乘): 천승. 천 대의 병거라는 뜻으로, 제후를 이르는 말. 제후는 천 대의 병거를 낼 만
　　한 나라를 소유하였음.
439) 노샹관시지(路上觀視者ㅣ): 노상관시자. 길에서 구경하는 사람.
440) 합환교빅(合歡交拜): 합환교배. 신랑 신부가 서로 잔(盞)을 바꾸어 마시는 합근례(合졸禮)와
　　서로에게 절을 하고 받는 교배례(交拜禮)를 함께 이르는 말.
441) 금쥬션(錦珠扇): 금주선. 비단 폭에 구슬이 달린 부채.
442) 남풍녀뫼(男風女貌ㅣ): 남풍여모. 남자의 풍채와 여자의 외모.
443) 발월특이(發越特異): 용모가 깨끗하고 훤칠하고 특이함.
444) 황금빅벽(黃金白璧): 황금백벽. 황금과 흰 옥.
445) 현구고지녜(見舅姑之禮): 현구고지례. 혼례에서 대례를 마친 신부가 폐백을 드리고 처음으로
　　시부모를 뵙는 의례.
446) 홍금슈라샹(紅錦繡羅裳): 홍금수라상. 붉은 비단에 수(繡)를 놓아 만든 치마.
447) 팔ᄌ뉴미(八字柳眉): 팔자유미. 버들잎 같은 팔자 눈썹.
448) 아당(阿黨): 아첨함.
449) 아쳐: 싫어함.

75면

일(一) 인(人)이라. 슌 태부인(太夫人)이 폐빅(幣帛)을 바드며 신부(新婦)를 바라보는 눈이 어리고[451] 깃븐 긔운이 면간(面間)의 뉴동(流動)ᄒ여 웃는 입을 쥬리지[452] 못ᄒ니, 뎡(鄭) 공(公)의 만심환열(滿心歡悅)[453]ᄒ미 태부인(太夫人)긔 나리미[454] 업셔 슈려(秀麗)ᄒᆫ 미우(眉宇)의 화긔(和氣) 가득ᄒ더라.

---

450) 츌어외모(出於外貌): 츌어외모. 외모에 드러남.
451) 어리고: 어리고.
452) 쥬리지: 다물지.
453) 만심환열(滿心歡悅): 온 마음으로 기뻐함.
454) 미: [교] 원문에는 없으나 문맥을 고려해 삽입함.

주요 인물

구몽숙: 이부시랑 구순의 아들. 유 부인의 조카. 상서 진광에게 수
학함. 정연이 먹여 기름. 정천흥의 친구. 유 부인의 사주
로 윤명아를 음란한 여자로 모함하나 남편 정천흥이 믿지
않음.

구파: 윤현과 윤수의 서모. 승상 구준의 서매(庶妹).

김탁: 임금의 장인. 김 귀비의 아버지. 초왕과 결탁해 하진 부자를
모함함.

김후: 김탁의 첫째아들. 이부천관.

박관: 정천흥이 과거장에서 대신 글을 써 준 인물. 박건과 형제지간.

박건: 정천흥이 과거장에서 대신 글을 써 준 인물. 박관과 형제지간.

석준: 개국공신 석수신의 손자. 추밀사 석화의 셋째아들. 윤경아의
남편.

순 태부인: 정연의 어머니.

양필광: 동평장사. 참정 양문광의 아우. 양 소저의 아버지. 정천흥
의 장인.

양문광: 참정. 양필광의 형.

여숙: 정천흥이 과거장에서 대신 글을 써 준 인물.

위방: 위 부인의 서질(庶姪). 위 부인의 사주로 윤명아를 탈취하려

하나 실패함.

위 부인: 윤수의 친어머니. 유 씨의 시어머니.

유 부인: 이부상서 유환의 딸. 윤수의 아내. 시어머니 위 부인, 딸
　　　　윤경아와 함께 윤명아, 윤광천, 윤희천 형제를 죽이려 함.

윤경아: 윤수와 유 씨의 첫째딸. 석준의 아내.

윤광천: 윤현의 쌍둥이 아들 중 첫째. 어머니는 조 부인. 자는 사원.

윤수: 윤 노공의 후실 위 부인 소생. 자는 명강. 윤현의 이복동생.
　　　아들이 없어 윤현의 아들 윤희천을 양자로 들임. 아내는 유
　　　부인. 딸은 윤경아, 윤현아. 태중태우.

윤현: 윤 노공의 전실 황 부인 소생. 명천 선생. 자는 문강. 아내는
　　　조 부인. 윤광천과 윤희천의 아버지. 윤수의 형. 금국에 사
　　　신으로 갔다가 자결함. 홍문관 태학사 이부상서 금자광록태
　　　우. 죽은 후에 충무공으로 추증됨.

윤현아: 윤수와 유 씨의 둘째딸.

윤희천: 윤현의 쌍둥이 아들 중 둘째. 어머니는 조 부인. 윤수의
　　　　계후로 들어가 양조모 위 부인과 양모 유 부인의 박대를
　　　　받음. 자는 사빈.

정세흥: 정연과 진 부인의 셋째아들.

정연: 윤현과 하진의 친구. 자는 윤보. 대사도. 금평후.

정인흥: 정연과 진 부인의 둘째아들.

정천흥: 정연과 진 부인의 첫째아들. 자는 창백. 윤명아의 남편.
　　　　문무에 장원급제해 한림학사 호위장군이 됨.

조 부인: 개국공신 조빈의 딸. 윤현의 아내. 윤광천과 윤희천의 어
　　　　머니.

조 씨: 하진의 아내.

진광: 상서. 정천흥의 외숙부. 구몽숙을 가르침.

진 씨: 정연의 아내.

초왕: 임금의 종제(從弟). 김탁과 결탁해 하진 부자를 모함함.

하원경: 하진과 조 씨 사이의 큰아들. 자는 자건. 아내는 이부시랑
　　　　임경의 딸. 초왕, 김탁의 모함을 받아 반역죄로 옥에 갇혀
　　　　있다가 독살당함.

하원광: 하진과 조 씨 사이의 넷째아들. 윤현아의 정혼자.

하원보: 하진과 조 씨 사이의 둘째아들. 자는 자상. 초왕, 김탁의
　　　　모함을 받아 반역죄로 옥에 갇혀 있다가 독살당함.

하원상: 하진과 조 씨 사이의 셋째아들. 자는 자종. 초왕, 김탁의
　　　　모함을 받아 반역죄로 매를 맞다가 죽음.

하진: 윤현과 정연의 친구. 자는 퇴지. 어사태우. 병부상서 문연각
　　　태학사.

혜원: 여승. 사족 출신. 양주 선비 강운의 딸. 벽화산 취월암에 있
　　　으면서 길을 헤매던 윤명아를 구해 취월암에서 살게 함.

화정: 정천흥이 과거장에서 대신 글을 써 준 인물.

화천: 윤현의 벗. 도사. 항주 사람. 어릴 때 윤현과 항주에서 이웃
　　　해 살며 친구가 됨. 천태산 아래 진청 도사에게서 배움. 자
　　　는 연지.

역자 해제

1. 머리말

<명주보월빙>은 18~19세기에 창작되었을 것으로 추정되는 고전 대하소설이다. 작가는 알려져 있지 않으나 다른 대하소설과 마찬가지로 사대부가 여성의 창작으로 추정된다. 후편인 <윤하정삼문취록>과 연작 관계에 있는 소설로,[1] 100권 100책(권78 결)의 장편 거질이다. <윤하정삼문취록>의 105권 105책(권15, 권33, 권39 결)과 합하면 205권 205책에 달한다. 고전소설 중 가장 긴 작품이 한국학중앙연구원에 소장된 180권 180책의 <완월회맹연>인데, 연작까지 아울러서 보면 <명주보월빙> 연작이 가장 길다고 하겠다.

이 작품은 중국 송나라를 배경으로 윤씨, 하씨, 정씨 세 집안 인물들의 이야기를 중심으로 서사가 전개된다. 이 가운데 특히 윤씨 집안이 주축이 되는바, 입양한 종통(宗統)과 그를 제거해 종통의 자리를 빼앗으려는 세력의 갈등이 중심축을 이루고 있다. 여기에 남편의 다른 아내를 죽여 자신의 지위를 확고히 하려는 여성인물이 다수 등장한다. 또한 주인공을 시기하는 남성인물의 행위가 더해져 서사가

---

1) 이들 작품과 한국학중앙연구원에 30권 30책의 완질로 소장된 <엄씨효문청행록>의 관계에 대해서는 연구자에 따라 이견이 있으나, 필자는 <엄씨효문청행록>은 <윤하정삼문취록>의 파생작으로 보는 입장이다. 연작은 전편의 인물, 배경 등이 후편에도 이어질 때 부르는 이름이라 할 수 있는데, <엄씨효문청행록>은 그와 달리 <윤하정삼문취록>에 단편적으로 등장하는 엄씨 집안을 따로 떼어 본격적인 서사물로 구성한 작품이기 때문이다.

다채롭게 전개된다. 결국 유교 이념의 승리로 귀결되지만 그에 이르기까지 전개되는 서사는 독자들에게 긴장감과 흥미를 부여하기에 충분하다.

2. 제명(題名)

'명주보월빙(明珠寶月聘)'이라는 제목은 '명주와 보월패(寶月佩)의 빙물(聘物)'이라는 뜻이다. 명주는 야명주(夜明珠)로서 어두운 데서도 빛이 나는 구슬이고, 보월패는 허리나 가슴에 차던 달 모양의 패옥(佩玉)이다. 모두 여성들이 쓰던 물건들로, 이것들을 남성 가문에서 빙물, 즉 혼인을 약속한 여성 가문에게 주는 예물로 삼았다는 말이다.

명주와 보월패는 원래 윤씨, 하씨, 정씨 집안의 1대 인물들인 윤현, 하진, 정연이 남강에 뱃놀이를 갔다가 적룡에게서 받은 물건들로, 윤현은 명주 네 낱을, 하진과 정연은 '빙물'이라고 써진 보월패를 받는다. 이전에 윤현은 꿈에 선관이 나타나 나중에 명주를 얻게 될 것이니 그것들을 빙물로 삼으라고 들은 바가 있으므로 꿈과 현실이 부합한 것을 기이하게 여긴다. 이 보물들을 받은 세 사람은 이것이 상서로운 물건들이므로 나중에 아들들의 빙물로 삼겠다 한다. 실제로 이 보물들은 후에 세 집안 아들들의 빙물로 사용된다.

<명주보월빙>의 제목에는 이처럼 세 집안 사람들의 혼인 관계를 드러내며 작품의 내용을 포괄하는 소재가 들어가 있다. 대하소설 중에는 <이씨세대록>이나 <유씨삼대록>[2]처럼 역사기록인지 혼동될 정도로 단순한 제명이 있는가 하면 완월루에서 만나 잔치하며 맹세

---

2) 각기 '이씨 집안 여러 세대의 기록', '유씨 집안 세 세대의 기록'이라는 뜻이다.

를 한다는 뜻의 <완월회맹연>, 두 팔찌를 가진 사람이 기이하게 만
난다는 뜻의 <쌍천기봉>, 옥원앙을 지닌 사람들이 기이하게 두 번
만난다는 뜻의 <옥원재합기연> 등 주로 혼인 관계를 암시하며 작품
의 내용을 짐작하게 하는 제명도 있는데 <명주보월빙>은 이중 후자
에 속한다.

3. 이본

<명주보월빙>의 이본은 현재 4종이 전한다. 이 저서에서 저본으로
이용한 장서각본 100권 100책을 비롯하여 박순호본 36권 36책, 정병
설본 1권 1책 낙질본, 장서각본2[3] 2권 1책 낙질본[4]이 그것이다.

본격적인 이본 연구는 뒤로 미루고 이 자리에서는 각 이본에 대해
간략히 소개하려 한다. 장서각본은 유려한 궁체로 필사되어 있는데 다
만 그 필사자와 필사연대는 알 수 없다. 권78이 빠진 이본인바, 해당
권은 박순호본의 권28에 해당되어 누락된 내용을 보충할 수 있다.[5]

박순호 교수 소장본은 1912년부터 1914년부터 필사된 것으로 이
중 권1부터 권14까지는 68세의 조창룡이라는 인물이 군산에서 필사
했다. 현전하는 이본 가운데 유일한 완본이라는 점에서 의미가 있다.
장서각본과 비교했을 때 박순호본에는 누락된 부분이 상당하지만,
역으로 장서각본에도 누락된 부분이 적지 않고 어휘 단위에서 박순
호본에 정확한 부분이 꽤 있어 둘 중 어느 본이 선본(善本)이라고
단정짓기는 어렵다.

---

3) 해제자가 임의로 명명한 것이다.
4) 이 이본은 기존 연구에서는 소개되지 않았고, 본 해제에서 처음으로 소개하는 이본이다.
5) 특별한 언급이 없는 한, 이본과 관련된 내용은 다음의 글을 참조했다. 유인선, 「<명주보월빙>
   연작 연구-운명관과 초월계의 성격을 중심으로-」, 서울대학교 박사학위논문, 2021.

정병설 교수 소장본은 유인선 교수가 처음 소개하였는데 권43만 있는 낙질본이다.

장서각본2는 이 자리에서 처음 소개하는 이본이므로 상대적으로 자세하게 소개하려 한다. 2권 1책으로서, 표제는 "明珠寶月錄"이고 권수제는 "명쥬보월빙"이며 전체 213면이다. 권1은 108면까지 있고 권2는 105면이다. 표지에 "辛亥至月下澣"이라 써져 있어 신해년 11월 하순에 필사 내지 장정을 했음을 알 수 있다. 이때 신해년은 1911년 또는 1851년으로 추정된다. 말미에는 후기가 있다.6) 이를 보면 필사자가 저본으로 사용한 이본도 낙질본임을 추측할 수 있고, 이러한 형식의 〈명주보월빙〉 낙질본들이 적지 않게 있었을 가능성을 유추할 수 있다.

어휘나 문장을 보면 장서각본이나 박순호본과는 다른 저본을 사용했음을 알 수 있다. 장서각본에는 없는 부분이 꽤 있고,7) 장서각본에 비해 표현이 풍부하다. 독특한 면은 필사자가 낙장(落張)이나 낙줄(落-) 사실을 표기했다는 점이다.8) 장서각본2의 필사자가 참고한 저본에 원래 빠져 있었는지, 아니면 필사자가 의도적으로 누락시

---

6) "明珠宝月錄 終 초칙 설화 보음 죽호괴로 등셔호여시나 흉괴망질노 낙점 낙주 만호니 보시느니 눌너 겨지호쇼셔 여러 권 칙이라 잋시 업스니 만 번 익답고 이 잋슬 어딕셔 어더볼고 소이로다"
7) 두 가지 예를 들면 다음과 같다.
　"즉시 나오니 차일 졀도스의"(장 2:36); "즉시 나오니 이향이 코흘 거스리고 경운이 희월누롤 둘너 산○의 빗치 애〃호니 주연 아라보이는디라 신익 그이흔 줄 아른 더옥 깃거호더라 추일 졀도스의"(장2 2:6)
　"혈누를 나리올 썬이러니 슈일 후의 상귀"(장 2:42); "누어 혈뉘 거츤 주리를 젹실 썬이니 구파는 셔루 믈 모르는 스람갓치 부인을 위로호며 쌍으롤 어라만져 셰숭의 일졈 골육이 업시 쳔년 조과호나니도 잇시니 부인은 십육 년 동쥬의 우소겨롤 두시고 이런 옥동이 쌍으로 나니 윤문을 흥흘디라 무어술 겨딕도록 과샹호시느뇨 부인니 쌍으롤 볼스록 그 부친의 아지 못호믈 각골이샹호더라 수일 후 샹셔의 상구"(장2 2:13)
8) "제신니 간호야 낙줄 차셕칭츤호여"(장2 2:20) 이 부분은 장서각본 기준으로 3면 정도가 빠져 있다.
　"부졀없다 호고 낙줄 부인니 슈퇴호야 경우"(장2 2:30) 장서각본 기준으로 3면 정도가 빠져 있어 낙줄이 아니라 낙장이라 해도 무방하다.

켰는지는 분명하지 없다. 장서각본에는 없으나 장서각본2와 박순호본에는 있는 부분도 있다. 김후 등이 임금에게 하진 등을 참소하는 부분이 장서각본(권3)에는 없으나 박순호본(1:95-96)과 장서각본2(2:69-71)에는 있는 것이다.[9]

참고로 장서각본과 장서각본2, 박순호본의 분권 양상을 보면 다음과 같다.

장서각본	장서각본2	박순호본
권1, 69면 끝	권1, 81면	권1, 41면
권2, 32면	권1, 108면 끝	권1, 60면
권2, 74면 끝	권2, 38면	권1, 80면
권3, 46면	권2, 73면	권1, 103면 끝
권3, 70면 끝	권2, 102면	권2, 15-16면[10]
권4, 4면	권2, 106면 끝	권2, 18면

각 이본의 분권 부분이 모두 동일하지 않다. 또 각권의 분량 면에서 박순호본이 가장 많고, 장서각본2, 장서각본 순으로 적어짐을 알 수 있다.

이상으로 네 종의 이본을 간략히 살펴보았다. 이본의 본격적인 비교는 여기에서 구체적으로 제시하지 않은 정병설본까지 포함해 어휘나 문장, 단락, 단위담 단위 등을 기준으로 할 필요가 있다.

---

9) 각 이본의 비교는 향후에 본격적으로 할 필요가 있다.
10) "흥회을 분석흥라"는 어구가 있어 분권의 표지는 장서각본과 다르지만, 내용적으로는 분권 부분이 동일함을 알 수 있다.

4. 서사 구성과 모티프

<명주보월빙>은 윤하정 세 집안의 이야기가 번갈아가며 서술되어 있는데, 각 집안별로 2대[11) 혹은 3대까지의 인물들의 이야기가 서사의 축을 이루고 있다. 즉 윤씨 집안은 1대인 윤현, 윤수와 2대인 윤희천, 윤광천, 윤명아의 이야기가, 정씨 집안은 1대인 순 부인과 2대인 정연, 3대인 정천흥, 정혜주의 이야기[12)가, 하씨 집안은 1대인 하진과 2대인 하원광의 이야기가 주축이 되어 있다.

세 집안 중에서도 윤씨 집안이 가장 비중[13)이 크고 그 다음으로 정씨 집안이며, 가장 비중이 낮은 집안은 하씨 집안이다. 각 집안에서 가장 비중이 큰 인물은 윤씨 집안에서는 윤희천이고 정씨 집안에서는 정천흥이며 하씨 집안에서는 하원광이다. 모두 실질적으로 2대에 해당하는 인물들이다. 이중에서도 <명주보월빙>의 양대 주인공은 윤희천과 정천흥이며, 두 사람 중에서도 윤희천이 더 큰 비중을 지니고 있다. 윤희천의 효성이 작품에 핍진하고 지속적으로 등장해 그 양조모 위 부인과 양모 유 부인을 감화하고 있는데, 이것이 작품을 관통하고 있는 가장 중요한 축이기 때문이다.

<명주보월빙>은 윤씨 집안의 이야기를 중심으로 사이사이에 하씨와 정씨 집안의 이야기가 서술되는 구조로 되어 있다. 즉 윤씨 집안-정씨 집안-윤씨 집안-하씨 집안의 방식이다. 물론 정씨 집안에서도 반동인물인 문양 공주를 중심으로 갈등이 적지 않게 일어나고 있어

---

11) 여기에서 1대라 칭하는 인물들은 서사에 본격적으로 등장하는 인물을 의미한다. 따라서 이름만 존재하는 윤씨 집안의 윤 공은 1대라 하기 어렵다. 다만 비중은 미미하지만 집안의 어른 역할을 하는 정씨 집안의 순 부인은 형식적으로 1대에서 제외하기 어려운 면이 있다.

12) 이 해제에서 1대를 순 부인으로 설정하기는 하였으나 2대인 정연이 윤씨나 하씨 집안의 1대인 윤현, 윤수, 하진과 벗으로 등장한다는 점에서 실질적인 1대는 정연이라 해도 무방하다고 본다.

13) 비중은 분량의 측면과 서사에서 차지하는 중요도를 모두 감안한 것이다.

정씨 집안을 축으로 다른 집안이 교차 서술되는 부분이 있기는 하다.[14] 그러나 대부분의 서사는 윤씨 집안을 중심으로 교차 서술되고 있다.

이러한 서사 구성은 작가가 애초에 세 집안의 비중에 차이가 나도록 설정했다는 점에서 예상할 수 있는 방식이다. 만일 세 집안의 비중이 대등하게 설정되어 있다면 세 집안의 서사가 어느 한쪽에 치우침이 없이 번갈아 서술되었을 것이다. 비중에 차이가 난 것은 또한 윤씨 집안의 갈등을 핵심적으로 설정했다는 점에서도 기인한다. <명주보월빙>은 종통과 비종통의 대결이 핵심인바 그것이 윤씨 집안에서 벌어지고 있다.

이러한 서사 구성 방식은 다른 대하소설과 변별되는 지점이다. 예를 들어, <쌍천기봉>에서는 이씨 집안의 이야기가 중심이 되어 있고 역사적 사건이 서사의 축으로 설정되어 있다. 역사적 배경을 후면에 두고 이씨 집안 인물들의 부부 갈등, 부자 갈등 등 다양한 이야기가 구성되어 있는 방식이다. 그 후편인 <이씨세대록>은 <쌍천기봉>과 달리 부부 갈등이 중심이 되어 인물별로 병렬적으로 구성되어 있다. 다만 이 경우에도 이씨 집안의 이야기가 중심이 되어 있는 점은 전편과 같다.

앞의 두 편은 연작 관계로 되어 있지만 서사 구성 방식은 다른데, <명주보월빙>은 또 이 두 편과 다르다. 이는 <쌍천기봉> 연작과 달리 <명주보월빙>은 여러 가문이 중심적인 가문으로 설정되어 있다는 점이, 서로 차이가 나게 하는 가장 큰 요인으로 보인다. 또한 갈등의 종류가 <명주보월빙>은 종통 갈등을 축으로 하여 서사가 전개

---

14) 예를 들어 권53부터 권56까지는 정씨 집안-하씨 집안-정씨 집안-윤씨 집안의 순으로 교차되어 있다.

되는 점도 차이가 나게 하는 요인이다. 역사적 배경을 배경에 두고 남녀 간의 애정과 그들의 갈등을 중시한 <쌍천기봉>이나 집안 내에서의 부부 갈등을 중심으로 한 <이씨세대록>과는 차이가 있는 것이다. 이처럼 같은 대하소설이라 해도 서사 구성 방식은 작품별로 차이가 있다.

<명주보월빙>의 모티프는 작품의 분량에 걸맞게 매우 다양하게 등장한다. 이중 가장 먼저 나오며 중요하게 설정된 것은 신물(信物) 모티프다. 대하소설에서 신물 모티프는 남녀가 각각 결혼의 징표로 간직한 물건을 두고 벌어지는 이야기이다. 이 작품의 제명에 보이는 '명주(明珠)'와 '보월(寶月)'이 바로 신물에 해당한다. 윤현, 윤수 형제와 그 벗들인 정연, 하진이 남강에 뱃놀이를 갔다가 용에게서 명주 네 낱과 보월을 얻어 각기 자식이 생기면 신물로 삼자고 하는데, 자식들이 장성한 후에 그 신물은 믿음의 징표로서의 기능을 한다. 온갖 고초를 겪으면서도 신물을 끝내 지켜 결혼 상대에게 주는 것이다.

요약 모티프도 서사에서 중요한 기능을 한다. 원하는 얼굴로 바뀌게 하는 개용단, 정신을 흐리게 하는 미혼단이나 도봉잠 등은 반동 인물들이 주로 사용하는 요약으로서, 상대를 모함하거나 자신의 뜻을 성취하려 할 때 사용한다. 예를 들어 유 부인이 양자인 윤희천을 모함하려 할 때, 자기 남편인 윤수에게 미혼단을 먹여 윤수의 정신을 흐리게 해 윤희천에 대한 윤수의 사랑이 없어지게 한다.

앵혈(鶯血) 모티프 역시 다른 대하소설에서와 마찬가지로 <명주보월빙>에서도 중요하게 등장한다. 앵혈은 도마뱀에게 주사(朱砂)를 먹인 후 말려 빻아 물에 탄 것인데, 여자의 팔에 찍으면 남자와 성관계를 맺은 후에야 없어진다. 윤현 형제와 친구들이 모여서 윤현의 딸 명아는 정연의 아들 천흥과, 윤수의 딸 현아는 하진의 넷째아들

원광과 정혼시키기로 하고, 명아의 팔에는 시아버지가 될 정연이, 현아의 팔에는 또한 그 시아버지가 될 하진이 앵혈에 붓을 찍어 쓰는 장면이 등장한다.(권1) 이외에 위 부인이 명아의 앵혈이 없어진 걸 보고 기뻐하지 않으나 겉으로는 기쁜 척하는 장면도 있다.(권10) 앵혈은 순결과 동일시되는데, 앵혈 모티프는 여성에게 순결을 강요하던 봉건 시대의 이데올로기가 서사화한 것이다.

이외에 미인도 모티프[15] 등 다양한 모티프가 있는데 그중에서 초월 모티프도 서사에서 중요한 기능을 한다. 주인공들이 어려움에 처할 때 등장하는 화 도사는 초월적 인물이고, 그에 맞서 반동인물을 돕는 신묘랑도 초월적 인물이다. 유 부인 죄를 뉘우치게 되는 결정적 요인은 천경(天鏡)을 통해 자신의 악행과 광천 형제의 효행을 보면서부터이다. 이때의 천경은 초월적 물건이다.

5. 갈등

<명주보월빙>에서 갈등은 세 집안에서 서로 다르게 설정되어 있다. 즉 윤씨 집안에서는 종통(宗統)과 비종통(非宗統) 의 갈등이, 정씨 집안에서는 처처 갈등이, 하씨 집안에서는 부부 갈등과 외적 갈등이 대표적으로 드러나 있다. 비중은 위에서 언급했듯이 윤씨, 정씨, 하씨 순이다.

윤씨 집안에서 종통 계열에 있는 사람은 윤현을 비롯하여 그 아내 조 부인, 윤현과 조 부인의 자식인 윤광천, 윤희천, 윤명아와 그 배

---

15) 미인도 모티프는 호방형 남성주동인물이 미인도를 보고 미인도에 그려진 여인을 사모하는데 그 여인은 실제로 존재하는 여인으로서 후에 그 남성인물의 배우자가 된다는 모티프이다. 예를 들어 윤광천이 미인도를 보고 그림 속의 여인을 흠모하자, 그의 벗 정천흥이 주선해 미인도 속 주인공인 진성염을 윤광천과 혼인하게 하는 것을 들 수 있다.(권16)

우자들이다. 이 가운데 윤희천이 비종통 계열인 윤수의 양자로 입양된다. 비종통 계열에 있는 사람은 윤현의 동생인 윤수를 비롯하여 그 어머니인 위 부인과 아내인 유 부인, 딸인 윤경아, 윤현아다. 이 중에서 반동인물로서 종통 계열의 인물들을 죽이려는 사람은 위 부인, 유 부인과 윤경아다.

위·유 부인이 종통 계열을 해치려는 장면들은 처절하다시피 하다. 윤광천과 윤희천에게 하인들이나 하는 천역(賤役)을 시키고, 그들을 때리는 일은 다반사다. 조 부인과 그 자식들에게 밥을 제대로 주지 않는 일이 허다하고 그들을 독약으로 죽이려 하기도 한다. 윤광천의 아내인 정혜주와 윤희천의 아내인 하영주 역시 위·유 부인의 표적이 되어 죽을 고비를 여러 번 넘는다.

이러한 갈등은 주도적 반동인물인 유 부인이 천경(天鏡)을 통해 윤광천 형제의 효성을 보고 뉘우칠 때까지 작품의 주요 갈등으로 전면화해 있다.(권73) 거울은 대개 자신의 모습을 비추는 도구이지만, 여기에서는 다른 이들의 행위를 보여주는 용도로 쓰이고 있다. 자신의 잘못을 반추하는 기능을 하고 있는 것이다. 유 부인이 윤광천 형제의 효성에 의해 잘못을 뉘우친다는 설정은 유교 이념 중의 하나인 효의 이데올로기적 기능을 드러낸다. 효는 자신을 죽이려는 악인도 감화시킬 정도의 힘을 지니고 있음을 보여 준다. 이를 통해 대하소설의 주된 독자로 추정되는 사대부가 여성은 자신이 어려서부터 교육받은 유교 윤리의 힘을 확인하게 된다.

종통 갈등은 조선 후기에 내면화하려 한 종법제(宗法制)의 일면을 보여 주는 것이다. 원래 중국 주나라에서 쓰이던 종법제는 임병 양란을 전후해 조선에서 강화되었다. 집안의 종통을 중시하는 이 제도는 혈연보다는 명분을 강조한다. 집안에 아들이 없어 친척의 자식을 양자로 들인 후에 친자가 생기더라도 종통은 이미 들인 양자에게 돌아간다. 조선 후기에는 이러한 일로 소송이 벌어지기까지 했는데, <명주보월빙>에서 종통 갈등은 이러한 사회적 모습을 일정하게 반영하고 있다. 다만 <명주보월빙>은 양자를 들인 후에 친자가 생겨 갈등을 빚는 <완월회맹연>과는 달리 비종통 계열이 양자를 비롯해 종통 계열의 씨를 말리려 한다는 점에서 특이하다.

정씨 집안에서는 호방형 인물인 정천흥이 주인공인데 그 아내들 중 한 명인 문양 공주가 다른 아내들을 죽이려 하는 처처16) 갈등이 드러나 있다. 문양 공주는 정천흥을 우연히 보고 반해 사혼(賜婚)으로 정천흥과 혼인하는 인물이다. 정천흥은 문양 공주의 그러한 행위가 음란한 것으로 보고 겉으로는 친한 척하나 속으로는 경멸한다. 이에 문양 공주는 정천흥에게서 애정을 독점하기 위해 정천흥의 다른 아내들인 윤명아 등을 다양한 방법으로 죽이려 한다. 문양 공주가 정씨 집안에 사혼으로 들어온 권17부터 윤명아 등 네 동렬과 그 자식들의 정성에 회과하는 권89까지 문양 공주의 서사는 지속된다.

문양 공주의 반동 행위는 기실 정천흥의 박대로부터 기인한 바 크다. 그리고 정천흥이 문양 공주를 박대하게 된 근저에는 당대 여성에게만 강요되던 정절 이데올로기가 깔려 있다. 여성이 남성에게 반하지 않을 이유가 없지만 정천흥과 소설 속 인물들은 문양 공주의 그러한 '반함'을 발칙한 것으로 상정하고 있다. 문양 공주는 이러한 이유 때문에 시가에 들어갈 때부터 남편인 정천흥에게서 박대를 받고 이 때문에 소외감을 가지게 된 것이다.

---

16) 조선 시대에 다처는 태종 13년(1413)에 중혼 금지령이 내려지면서 공식적으로 금지되고 대신 첩을 두는 것은 허용되었으나 소설에서는 다처의 모습이 공공연하게 보인다. <구운몽>이 그 대표적 예다.

문양 공주의 반동 행위는 또한 당대 가부장제의 질곡을 상징적으로 보여 주는 표지이다. 정천흥에게는 문양 공주 외에 네 명의 처가 더 있다. 원천적으로 애정을 독점할 수 없는 구조다. 이 때문에 문양 공주는 다른 네 명의 처를 다 죽이면 자신이 정천흥을 독점할 수 있다고 '착각'한다. 게다가 정천흥은 문양 공주 외의 아내들에게는 잘해 준다. 여러 아내[17]를 둘 수 있는 가부장제에서 가장의 애정이 고르지 않을 때 일어나는 현실이 문양 공주의 반동 행위를 통해 잘 드러나 있다.

윤명아의 격고등문으로 위·유 부인과 문양 공주의 반동 행위가 낱낱이 밝혀지기는 하지만(권60), 근본적으로 문양 공주의 회과에는 윤명아 등 동렬의 우애가 큰 영향을 끼쳤음을 서술자는 제시하고 있다. 윤명아의 격고등문이 법적인 해결이라면 윤명아 등의 우애를 통한 회과는 이념적 해결이다. 윤광천 형제가 유교 이념인 효도를 통해 유 부인을 감화했다면, 윤명아 등 동렬은 우애를 통해 상대를 감화함으로써 유교 이념의 우위를 보여 주고 있다.

하씨 집안은 외적 갈등도 있지만 하원광과 윤현아의 부부 갈등을 대표적인 갈등으로 꼽을 수 있다. 먼저 외적 갈등을 보면, 김탁과 초왕이, 직언을 서슴지 않아 임금 앞에서 자신들을 비난한 하진과 그 아들들을 모함해 하진 부자가 역적으로 몰려 아들 삼 형제가 죽고 화진은 귀양을 가게 되는 내용이다. 작품 초반부에 나오는 갈등으로, 이후 죽은 삼 형제는 하진 집안에 환생하여 세 아들의 역할을 대신한다.

하원광과 윤현아의 부부 갈등은 하원광이 구몽숙의 계교에 속아

---

17) 여러 아내는 첩을 포함한다. 고전소설에서는 현실의 첩을 처로 치환하여 처처 갈등의 구조로 보여 주는 예가 흔하다.

아내 윤현아를 간부(奸婦)로 오해하는 데서 비롯한다. 후에 하원광이 비로소 윤현아의 현숙함을 알게 되어 오해가 풀린다(권10-권48). 하원광은 하씨 집안 사 형제 중에 죽지 않고 살아남은 유일한 자식이다. 하씨 집안에서 주인공의 역할을 하는바, 다만 정천흥이 아내 윤명아의 부정(不貞)을 의심하지 않는 것과는 달리 하원광은 윤현아를 의심함으로써 갈등이 야기된다. 윤씨나 정씨 집안의 갈등에 비해 상대적으로 비중이 작게 설정되어 있다.

<명주보월빙>에서는 위에서 살핀 바와 같이 집안별로 대표적인 갈등을 각각 다르게 설정해 놓음으로써 당대 상층 사대부 가문에서 벌어질 수 있는 다양한 양상을 알 수 있도록 하였다. 종통과 비종통 사이, 아내들 사이, 부부 사이의 갈등은 충분히 극화할 수 있는 소재다. <명주보월빙>에서는 그것을 유교 이념의 승리라는 교조적인 주제의식을 보여 주면서 흥미롭게 서술하고 있다.

6. 맺음말

<명주보월빙>이 산생된 것으로 추정되는 18-19세기는 한편으로는 기존의 성리학적 유교 이념을 완강히 지키면서 그 우위를 칭송하는 반면에, 다른 한편에서는 실학 등이 등장하여 봉건 사회를 지양하고 새로운 시대로 나아가려 한 과도기적 시기였다. 박지원의 소설들이 후자의 모습을 반영하고 있다면, <명주보월빙>은 전자의 모습을 보여 주고 있다.

<명주보월빙>이 성리학적 이념의 우위를 표면적으로 보여 주고 있지만, 그 이면을 보면 상황은 그리 녹록지 않다. 종통과 비종통의 다툼을 통해 종법제가 정착되는 시기의 단면을 드러내면서도 그 제

도가 당대인들에게 가한 고통스러운 모습이 잘 드러나 있다. 또한 아내에게는 여러 남편이 허락되지 않는 반면에, 남편에게만 여러 아내가 허락된 제도하에서 남편에게 소외받았을 때 느끼는 아내의 심정이 여실히 드러나 있다. 아내에게 순결이 강요되던 시기에 남편이 아내의 순결을 의심하는 순간 아내가 맞이하는 운명 역시 고스란히 이 작품에 반영되어 있다. 서술자는 의도하지 않았겠지만, 가부장제의 질곡이 이처럼 이 작품에 잘 드러나 있다.

서술자는 각 집안의 이야기를 윤씨 집안 위주로 서술하면서도 다른 집안의 상황을 적절히 배치함으로써 서사의 짜임새를 잘 구축하고 있다. 서술자는 갈등 위주의 서사를 전개함으로써 내용적으로 독자에게 흥미를 부여하고 있다면, 각 이야기를 이처럼 촘촘하고 짜임새 있게 배치함으로써 독자들에게 또 다른 재미를 부여하고 있다.

장시광

서울대 강사, 아주대 강의교수 등을 거쳐 현재 경상국립대학교 국어국문학과 교수로 재직 중이다. 논문으로 「대하소설의 여성반동인물 연구」(박사학위논문), 「여성영웅소설에 나타난 여화위남의 의미」, 「대하소설 갈등담의 구조 시론」, 「운명과 초월의 서사」 등이 있고, 저서로 『한국 고전소설과 여성인물』이 있으며, 번역서로 『조선시대 동성혼 이야기 방한림전』, 『여성영웅소설 홍계월전』, 『심청전: 눈먼 아비 홀로 두고 어딜 간단 말이냐』, 『팔찌의 인연: 쌍천기봉 1-9』, 『이씨 집안 이야기: 이씨세대록 1-13』 등이 있다.

명주와 보월의 인연
명주보월빙 2

초판인쇄 2025년 12월 01일
초판발행 2025년 12월 01일

지 은 이 장시광
펴 낸 이 채종준
펴 낸 곳 한국학술정보㈜
주   소 경기도 파주시 회동길 230(문발동)
전   화 031) 908-3181(대표)
팩   스 031) 908-3189
투고문의 ksibook1@kstudy.com
등   록 제일산-115호(2000. 6. 19)

ISBN 979-11-7457-310-0 04810
      979-11-7457-233-2 04810 (set)

이담북스는 한국학술정보(주)의 학술/학습도서 출판 브랜드입니다.
이 시대 꼭 필요한 것만 담아 독자와 함께 공유한다는 의미를 나타냈습니다.
다양한 분야 전문가의 지식과 경험을 고스란히 전해 배움의 즐거움을 선물하는 책을 만들고자 합니다.